프레드릭 브라운 SF 단편선 2

아레나

프레드릭 브라운 지음 | **고호관** 옮김

서커스

차례

프레드릭 브라운 SF 단편선 2

아레나

아직은 끝이 아니다
Not Yet the End

금속으로 된 큐브 안에서 어딘가 섬뜩해 보이는 푸르스름한 빛이 흘러나왔다. 조종석에 앉은 생명체의 창백한 피부가 그 빛을 받아 희미한 녹색으로 보였다.

머리 정면 한가운데 박힌, 연마한 보석처럼 생긴 눈은 미동도 없이 다이얼 일곱 개를 바라보았다. 잔도르를 떠난 이래로 단 한 번도 시선이 다이얼을 떠난 적이 없었다. 카르-388Y가 속한 종족에게는 잠이라는 개념이 없었다. 자비라는 개념도 마찬가지였다. 보석 같은 눈 아래쪽의 날카롭고 잔인한 생김새를 한번 힐긋 보기만 해도 알 수 있었다.

네 번째와 일곱 번째 다이얼의 포인터가 움직임을 멈췄다. 큐브가 인접한 목적지를 기준으로 우주 공간 속에서 멈췄다는 뜻이었다. 카르는 위쪽 오른팔을 앞으로 뻗어 안정기 스위치를 올렸다. 그리고 일어서서 굳은 근육을 풀었다.

카르는 큐브에 함께 타고 있는 동료, 자신과 같은 존재를 향해 고개를 돌렸다. "도착했어." 카르가 말했다. "첫 번째 목적지, Z-5689야. 행성이 아홉 개인데, 세 번째 것만 거주가 가능해. 잔도르에서 노예로 쓸 만한 생명체가 있기를 기대해 보자고."

여정 내내 꼼짝도 않고 앉아 있었던 랄-16B도 일어서서 몸을 쭉 폈다. "그래, 기대해 보자고. 그러면 잔도르로 돌아갈 수 있고, 함대 가 놈들을 데리러 오는 동안 명예롭게 지낼 수 있겠지. 하지만 너무 큰 기대는 마. 처음 들른 곳에서 성공한다는 건 기적일 테니까. 아마 천 군데는 들러야 할 거야."

카르는 어깨를 으쓱해 보였다. "그러면 천 군데를 들러야지, 뭐. 루 낙스가 멸종하는 판국이라 노예가 꼭 필요해. 아니면 우린 광산을 닫아야 하고, 우리 종족도 멸망할 거야."

카르는 다시 조종석에 앉아서 아래쪽 광경을 보여주는 화면을 활 성화시키는 스위치를 넣었다. 카르가 말했다. "우린 세 번째 행성의 밤에 해당하는 곳 위에 있어. 우리 아래쪽으로 구름층이 있군. 여기 서부터는 수동으로 가야겠어."

카르가 버튼을 이리저리 누르더니 몇 분 뒤 말했다. "랄, 화면을 봐. 규칙적으로 불빛이 퍼져 있어. 도시야! 이 행성에는 거주민이 있 어."

랄도 자기 자리인 전투용 조종석에 앉아 있었다. 랄 역시 다이얼 을 유심히 들여다보았다. "우리가 걱정할 만한 건 없어. 도시를 둘러 싼 역장 같은 건 낌새도 안 보이는군. 이 종족의 과학 지식은 조잡한 수준이야. 우리가 공격한다면 단 한 방으로 도시를 쓸어버릴 수 있 어."

"좋아." 카르가 말했다. "하지만 우리 목적이 파괴하는 건 아니니 까— 아직까지는. 표본이 있어야 해. 놈들이 쓸 만하다는 게 확실해지고 함대가 와서 필요한 만큼 데리고 가면, 그때는 도시가 아니라 행성 전체를 파괴해도 돼. 이놈들 문명이 발전해서 복수전을 시작하지 못하도록 말이야."

랄이 손잡이 하나를 조정했다. "좋아. 메그라 역장을 켜겠어. 그러면 자외선 영역을 깊숙이 들여다보지 않는 한 우리를 볼 수 없을 거야. 이곳 항성의 스펙트럼으로 보건대, 그럴 리는 없을 것 같군."

큐브가 하강함에 따라 빛이 녹색에서 보라색을 거쳐 점점 변해갔다. 마침내 큐브가 부드럽게 멈췄다. 카르는 에어록을 작동시켰다.

카르가 밖으로 나왔다. 랄이 바로 뒤따랐다. "봐." 카르가 말했다. "이족보행체 둘이야. 팔 둘에, 눈이 둘. 좀 더 작긴 하지만, 루낙하고 많이 다르진 않아. 흠, 저것들이 우리 표본이 되겠군."

카르는 아래쪽 왼팔을 들어올렸다. 손가락 세 개가 와이어로 감긴 가느다란 막대를 쥐고 있었다. 카르는 먼저 두 생명체 중 하나를 겨눴다가, 나머지 하나를 향했다. 막대 끝에서 눈에 보이는 무엇인가가 나오지는 않았지만, 이족보행체 둘은 순식간에 동상처럼 굳어버렸다.

"덩치가 별로 안 커, 카르." 랄이 말했다. "내가 하나를 옮길 테니, 자네가 하나를 옮겨. 우주로 나간 뒤 큐브 안에서 자세히 조사해 보자고."

카르는 희미한 불빛 속에서 주위를 둘러보았다. "좋아. 둘이면 충분해. 게다가 하나는 수컷, 하나는 암컷인 것 같군. 가자."

얼마 뒤 큐브는 상승하기 시작했다. 대기권을 벗어나자마자 카르는 안정기를 켜고 랄에게 다가갔다. 랄은 상승하는 데 걸린 짧은 시간 동안 벌써 표본 조사에 착수했다.

"모체에서 태어나는 종족이야." 랄이 말했다. "손가락은 다섯 개고, 손은 그럭저럭 정밀한 작업을 하는 데 적합해 보여. 그런데… 가장 중요한 검사를 해 보자고. 지능 말이야."

카르는 두 개가 한 벌인 헤드셋을 가져왔다. 한 쌍을 랄에게 건네자, 랄은 하나를 자기 머리에 쓰고, 다른 하나를 표본의 머리에 씌웠다. 카르도 다른 표본을 가지고 똑같이 했다.

몇 분이 지난 뒤, 카르와 랄은 암담한 표정으로 서로 마주보았다.

"최소 사양에서 7점 아래야." 카르가 말했다. "훈련시켜봤자 광산에서 가장 조잡한 일도 못 하겠어. 아주 간단한 지시도 알아듣지 못할 거야. 음, 잔도르 박물관에나 가져가야겠어."

"행성은 파괴할까?"

"아니." 카르가 말했다. "어쩌면 백만 년 뒤에, 그때까지 우리 종족이 남아 있다면, 용도에 적당하게 진화해 있을 수도 있으니까. 우린 다른 항성계로 가자고."

〈밀워키 스타〉의 편집부장은 식자실에서 지역 뉴스 페이지 마감을 지켜보고 있었다. 수석 편집기자인 젠킨스가 활자 사이에 납을 밀어 넣으며 끝에서 두 번째 단을 단단하게 조이고 있었다.

"피트, 여덟 번째 단에 기사 하나 넣을 공간이 있어요." 젠킨스가 말했다. "파이카* 서른여섯 개 정도요. 글자가 넘친 판에 딱 맞아 보

---

* 12포인트 크기의 활자.

이는 게 두 개 있는데, 뭘 쓸까요?"

편집부장은 쥠틀 옆의 돌판 위에 놓여 있는 교정쇄를 힐긋 살펴보았다. 다년간의 경험이 있다 보니 슬쩍 봐도 거꾸로 된 제목을 읽는 게 어렵지 않았다. "컨벤션 기사하고 동물원 기사인가. 젠장, 컨벤션 기사로 해. 간밤에 원숭이섬에서 원숭이 두 마리가 사라졌든지 말든지 알 게 뭐야."(1941)

얄미운 놈들
Runaround

녀석이 무거운 발걸음으로 먹을 것 하나 없는 숲을 뚫고나온 뒤 야트막한 덤불과 모래밖에 없는 황야를 가로질러 바다로 흘러드는 작은 강의 푸른 기슭을 따라 방황한 지 며칠 째였다. 언제나 배가 고 팠다.

배가 고프지 않았던 적이 없는 것 같았다.

가끔씩 먹을 게 띄긴 했다. 하지만 매번 작은 놈뿐이었다. 어떤 놈은 발굽이 있었고, 어떤 놈은 발가락이 세 개였다. 전부 다 너무 작았다. 그런 것 하나 가지고서는 식욕이 엄청난 이 파충류가 입맛을 다시기에도 부족했다.

그리고 그 조그만 놈들은 달리기가 아주 빨랐다. 눈에 띄기만 하면 거대한 입에서 침을 줄줄 흘리며 땅이 흔들리게 뛰어갔지만, 조그만 털북숭이들은 순식간에 나무 사이로 사라졌다. 잡아보겠다고 조그만 나무를 쓰러뜨리며 미친 듯이 뛰어가도 언제나 더 빨리 사라져 버렸다. 그 조그만 다리를 가지고도 강력한 다리로 뛰는 녀석보다 빨랐다. 녀석이 한 걸음만 걸어도 그 놈들이 오십 번 걷는 것보다 더 많이 움직였지만, 놈들은 잽싸고 작은 다리로 녀석이 한 걸음

걸을 때 백 걸음을 걸었다. 몸을 숨길 나무가 없다고 해도 잡을 수가 없었다.

백 년 동안의 굶주림.

동물의 왕인 녀석, 티라노사우루스 렉스는 이 세상에 존재했던 그 어떤 동물보다 강대하고 흉포했으며, 자신에게 맞서는 상대는 누구라도 죽일 수 있었다. 그러나 아무도 녀석과 맞서지 않았다. 그저 도망갈 뿐이었다.

조그만 놈들. 놈들은 도망쳤다. 어떤 놈들은 날아서 도망쳤다. 나머지는 나뭇가지를 타고 몸을 날리다가 7미터나 되는 녀석의 키를 벗어날 정도로 높고 뿌리째 뽑아버리지 못할 정도로 두꺼운 나무를 만나면, 녀석의 거대한 턱에서 30센티미터 떨어진 곳에 매달려 좌절감과 굶주림에 포효하는 녀석을 놀렸다.

배가 고팠다. 언제나 배가 고팠다.

항상 부족하게 살았던 백 년. 종족의 마지막 생존자. 이제 녀석과 맞서 싸울 수 있는, 죽여서 배를 채울 수 있는 존재는 남아 있지 않았다.

오랫동안 굶주림에 고통받으며 괴로워하다 보니 몸을 덮고 있는 청회색 피부가 주름이 잡혀 겹겹이 늘어졌다.

녀석의 기억력은 나빴지만, 항상 이렇지는 않았다는 사실 정도는 어렴풋이 알고 있었다. 녀석에게도 젊은 시절이 있었다. 자신에게 맞서는 적과 무서운 전투를 벌이기도 했다. 그런 상대는 그때도 드물었지만, 가끔씩 만날 수 있었다. 그리고 녀석은 상대를 해치웠다.

가죽이 장갑처럼 단단하고 등에 섬뜩할 정도로 날카로운 날이 서 있던 덩치 큰 놈은 녀석을 뒤집어 쓰러뜨린 다음 반 토막을 내려고 했었다. 목덜미는 육중한 뼈로 둘러싸여 있고 뾰족한 뿔 세 개가 앞을 향해 튀어나와 있던 놈도 있었다. 놈들은 네 발로 걸어 다니고는 했다. 아니, 적어도 녀석을 만나기 전까지는 그랬다. 이제는 그렇게 걸어 다니는 놈도 없었다.

예전에는 녀석과 같은 놈도 더 있었다. 녀석보다 몸집이 몇 배나 더 큰 놈들도 있었지만, 녀석은 손쉽게 놈들을 죽였다. 그런 놈들 중에서 가장 큰 건 머리와 입이 작았고 땅 뒤에서 나뭇잎과 풀을 뜯어 먹고 살았다.

그때만 해도 지구에는 거대 동물이 살았다. 개중에는 만족스러운 식사거리도 있었다. 그런 놈들을 잡아먹으면 며칠 동안은 포만감을 느끼며 나른하게 보낼 수 있었다. 잠든 사이에 이빨이 달린 기다란 부리와 가죽으로 된 날개가 달린 성가신 놈들이 거대한 진수성찬을 다 뜯어먹지 않았다면 한 번 더 먹을 수도 있었다.

설령 남은 게 없다고 해도 상관없었다. 다시 좀 어슬렁거리다가 배고플 때 또 잡으면 됐다. 배가 고프지 않을 때는 싸움과 살육의 즐거움을 느끼기 위해 죽이기도 했다. 뭐든 눈앞에 보이기만 하면, 모조리 죽여 버렸다. 뿔이 달린 놈이든, 살가죽이 장갑처럼 튼튼한 놈이든, 괴물 같은 놈이든. 걸어 다니는 놈이건 기어 다니는 놈이든 가차 없었다. 녀석의 옆구리는 우툴두툴했고, 과거의 전투가 남긴 흉터로 가득했다.

그때는 거대 동물이 살았다. 이제는 작은 놈들이 있었다. 도망쳐 달려가고 나무를 기어오르는 놈들. 싸우지 않는 놈들.

어떤 놈들은 달리기가 정말 빨라서 녀석의 주위를 빙빙 돌 수도 있었다. 길이가 15센티미터나 되는, 양면이 모두 날카롭고 구부러진 녀석의 이빨로 물 수만 있다면 털 많은 조그만 놈들을 단번에 꿰뚫어 버리고 비늘 덮인 목을 타고 따뜻한 피가 흘러내리게 할 수 있겠지만, 그런 기회는 거의 오지 않았다. 놈들은 언제나, 거의 언제나 이빨이 닿지 않는 곳에 있었다.

물론 가끔씩 한 마리 정도 잡을 때도 있었다. 하지만 자주 있는 일이 아니었다. 이제 왕국 없는 왕에 불과하지만, 흉포한 파충류의 제왕인 티라노사우루스 렉스의 엄청난 식욕을 만족시키기에는 턱도 없었다.

뱃속에서 불이 타오르는 기분이 들었다. 끔찍하게 배가 고팠다. 굶주림은 언제나 녀석을 움직이게 했다.

오늘은 무거운 발걸음을 이끌고 튼튼한 관목과 어린 나무가 마치 평지에 난 풀이라도 되는 것처럼 짓밟으며 숲을 지나갔다.

녀석의 앞에는 항상 허둥지둥 뛰어 달아난 작은 놈들의 발자국이 있었다. 잽싸게 뛰어가는 발굽 소리, 타다닥 하는 좀 더 부드러운 발소리가 들려왔다.

에오세의 숲은 생명으로 가득했지만, 다들 작은 몸집과 기민함을 이용해 폭군에게서 안전하게 도망쳤다.

당당히 맞서서 지축을 흔들 듯이 포효하며 턱에서는 피가 줄줄 흘러내리는 괴수끼리의 싸움을 벌이는 그런 생명체가 아니었다. 이들은 싸우다 죽지 않으려고 약삭빠르게 속임수나 써 대는 놈들이었다.

부글부글 끓어대는 늪에서도 마찬가지였다. 미끄러운 놈들이 진흙탕 속으로 주르륵 기어들어갔는데, 빠르기는 마찬가지였다. 그놈들은 번개처럼 헤엄쳐서 썩은 통나무 속으로 숨었다. 그리고 통나무를 쪼개 보면 이미 사라져 있었다.

어두워지고 있었다. 몸이 너무 쇠약해져서 한 걸음 더 내딛기가 몹시 고통스러웠다. 백 년 동안 굶주려 왔지만, 지금은 최악이었다. 그러나 걸음을 멈춘 건 기운이 없어서가 아니었다. 그건 지금까지 녀석을 움직이게, 한 걸음 내딛는 게 힘들어도 계속 움직이게 만들었던 놈 때문이었다.

그놈은 커다란 나무 높은 곳에 매달려서 "꺅! 꺅! 꺅!" 하며 단조로운 목소리로 조롱했다. 부러진 나뭇가지 하나가 호를 그리며 떨어지더니 녀석의 두꺼운 가죽에 부딪쳐 튕겨나갔다. 건방진 놈. 순간 녀석은 싸울 상대를 기대하며 힘을 끌어올렸다.

녀석은 몸을 돌려 방금 자기를 때린 나뭇가지를 낚아채 조각 내 버렸다. 그리고 몸을 곧추세우고는 머리 위 높은 곳의 나뭇가지에 매달려 있는 작은 놈을 향해 도전하듯 포효했다. 그러나 그놈은 내려오지 않았다. "꺅! 꺅! 꺅!" 소리만 지르며 겁쟁이처럼 안전한 곳에 머물렀다.

녀석은 몸에 힘을 실어 나무에 부딪쳤다. 하지만 지름이 1.5미터나 되는 나무는 꼼짝도 하지 않았다. 녀석은 당황해서 나무 주위를 두 바퀴 돌며 으르렁거렸다. 그러고는 점점 짙어지는 어둠 속으로 걸음을 옮겼다.

앞쪽의 어린 나무에서 회색을 띤 조그만 털뭉치 같은 놈이 하나 보였다. 녀석이 낚아채려 했지만, 나무를 덥석 물었을 때는 이미 사라진 뒤였다. 한 발 움직이기도 전에 그놈이 땅으로 뛰어내려 그림자 속으로 사라지는 희미한 흔적밖에 보지 못했다.

날이 더 어두워졌다. 숲속에서는 희미하게 볼 수 있었지만, 달빛이 비치는 평야로 나오자 훨씬 더 똑똑히 보였다. 녀석은 계속해서 움직였다. 왼쪽에 뭔가 있었다. 흙이 드러난 땅 위에 뭔가 작은 생명체가 웅크리고 앉아 있었다. 녀석은 그쪽으로 몸을 틀었다. 그놈은 녀석이 거의 다가올 때까지 가만히 있다가 순식간에 구멍 속으로 사라졌다.

그 뒤로 녀석의 발걸음은 더욱 느려졌다. 근육이 굼뜨게 반응했다. 해가 뜰 무렵 냇가가 나왔다.

간신히 물가에 도착한 녀석은 거대한 머리를 낮추고 물을 크게 들이켰다. 뱃속을 찌르는 듯한 고통이 심해지더니 이내 가라앉았다. 녀석은 물을 더 마셨다.

천천히, 녀석은 진흙 속으로 빠져 들어갔다. 넘어진 건 아니었지만, 서서히 다리에 힘이 풀리면서 그 자리에 누웠다. 떠오르는 햇살이 보였다. 움직일 수가 없었다. 뱃속의 고통이 이제 온몸으로 퍼졌지만, 전보다는 무뎌져 있었다. 괴로움이라기보다는 쇠약해져서 몸이 쑤시는 것에 가까웠다.

해가 머리 위까지 솟아올랐다가 천천히 가라앉았다.

녀석은 아직 볼 수 있었지만, 눈앞은 희미했다. 머리 위에서 날개 달린 놈들이 빙빙 돌았다. 겁쟁이처럼 천천히 원을 그리며 하늘을 나는 놈들. 먹이였지만, 내려와서 싸우려 들지 않았다.

꽤 어두워지자 다른 놈들도 보였다. 땅에서 60센티미터쯤 올라온

곳에 보이는 눈들이 녀석을 둘러쌌다. 흥분했는지 요란하게 짖어대거나 울부짖는 소리가 들렸다. 녀석과 싸우다 잡아먹히려 하지 않는 작은 놈들. 약삭빠르게 굴기만 하는 놈들.

둥글게 둘러싼 눈과 달빛으로 빛나는 하늘에 보이는 날개.

사방에 먹이가 있었지만, 놈들은 뭔가 보거나 듣기만 해도 번개같이 다리를 움직여 도망쳐 버렸다. 그리고 눈과 귀는 아주 밝아서 결코 못 보거나 못 듣는 일이 없었다. 그 작은 놈들은 도망치기만 했지, 싸우지 않았다.

녀석은 물가 가까이에 머리를 대고 누워 있었다. 새벽이 오자 붉은 태양이 다시 보였다. 녀석은 육중한 다리를 앞으로 움직여 다시 물을 깊숙이 들이켰다. 그리고 몸이 경련을 일으켰고, 녀석은 머리를 물속에 담근 채 늘어져버렸다.

날개 달린 놈들이 원을 그리며 천천히 내려왔다. (1942)

새로운 자
The New One

"아빠, 인간은 실제로 있어요?"

"거 참, 얘야, 아스타로트가 수업 시간에 가르쳐 주지 않던? 그러지 않는다면 내가 한 학기에 10B.T.U씩 낼 이유가 없지 않겠니?"

"아스타로트도 가르쳐 주긴 해요, 아빠. 그런데 무슨 소린지 잘 이해가 안 가요."

"흐음… 아스타로트는 좀― 음, 뭐라고 하던?"

"인간은 실제로 있고, 우리는 안 그렇대요. 우리는 인간이 우리를 믿기 때문에 존재한다고 해요. 그러니까 우리가 사, 상… 뭐라고…"

"상상력의 산물이라고?"

"네, 아빠. 우리는 인간의 상상력의 산물이랬어요."

"음, 그게 뭐가 문제지? 그 정도면 답이 되지 않니?"

"아빠, 그런데 우리가 실제로 있는 게 아니면 우리는 왜 있죠? 그러니까 어떻게―"

"좋아, 얘야. 내가 자세히 설명을 좀 해 줘야 할 것 같구나. 그런데 일단 이건 알아 둬라. 그런 일로 걱정하지는 마. 그건 학술적인 거니까."

"학술적인 게 뭐예요?"

"실제로는 별로 중요하지 않다는 거야. 멍청한 드라이어드처럼 무식해지지 않으려고 배우는 거 말이야. 네가 정말 열심히 공부해야 하는 건 레발로메나 마르두크의 수업에서 배우는 거야."

"적마술하고 빙의 같은—"

"그래, 그런 거 말이야. 특히 적마술. 불의 정령으로서 그 분야는 확실히 알아야 해. 알겠지? 그건 그렇고, 다시 이 문제로 돌아가면. 음… 정신과 물질이라는 두 가지 종류가 있어. 그건 확실히 알겠지?"

"네, 아빠."

"좋아. 정신은 물질보다 위에 있어, 알지? 존재의 상위층에 있다는 거야. 예를 들면 바위 같은 건 말이지… 음, 그건 순수한 물질이야. 존재의 최하층에 있지. 인간은 정신과 물질이 갈라지는 곳에 있다고 할 수 있어. 둘 다 있거든. 인간의 몸은 바위 같은 물질인데, 몸을 움직이는 건 정신이야. 그래서 중간쯤에 있는 거지. 이해하겠니?"

"대강은요, 아빠. 그런데—"

"잠깐만. 그리고 세 번째이자 존재의 가장 높은 형태는… 음… 우리야. 정령과 신, 그리고 온갖 종류의 신화 속 인물 말이야. 요정이니 인어공주니 악마니 루—가루니 하는, 네가 평소에 보는 모든 존재들이지. 우리는 상위층에 있어."

"그런데 우리가 실제로 있는 게 아니면, 어떻게—"

"쉿. 우리는 순수한 생각이기 때문에 더 높은 거야. 알겠니? 우리는 순수한 정신으로 이뤄진 종족이란다, 얘야. 인간이 사고력 없는 물질에서 나온 것처럼 우리는 인간에게서 나왔어. 인간이 우리를 생각해 냈지. 이제 이해하겠지?"

"그런 것 같아요, 아빠. 그런데 만약 인간이 우리를 안 믿게 되면 어떡해요?"

"그럴 리는 없어. 절대로. 언제나 누군가는 믿게 돼 있다고. 그거면 충분하지. 물론 더 많은 인간이 우리를 믿을수록 우리 개개인은 더 강해져. 아몬—라나 벨—마르두쿠 같은 더 오래된 신을 보렴. 요새 는 추종자가 없다 보니 작고 힘도 약하고 그렇잖아. 예전엔 거물이 었거든. 벨—마르두크한테 하피 떼 정도는 아무것도 아니던 시절이 떠오르는구나. 그런데 요새는 어떠냐. 지팡이 짚고 걷지 않니. 토르 는 또 어떠냐. 한창 난리였을 때 얘기를 네가 들어봤어야 해. 그게 고 작 몇 세기 전인데."

"아빠, 그런데 믿는 사람이 정말로 아무도 안 남으면 어떻게 돼요? 죽나요?"

"흐음. 이론적으로는 그래. 그래도 한 가지 살 길이 있단다. 인간 중에는 뭐든지 믿는 사람이 있어. 아니면, 적어도 아무것도 안 믿지 는 않는 인간이 있지. 그런 인간은 일종의 핵 구실을 해. 어떤 믿음이 있다고 할 때, 아무리 그걸 못 믿겠다 싶어도 조금이나마 '혹시나' 하 는 마음이 있는 거야."

"그런데 아빠, 인간이 신화적인 존재를 새로 떠올리면 어떻게 돼 요? 그것도 여기에 존재하게 되나요?"

"물론이지, 얘야. 우리도 다 그렇게 해서 생겼어. 하나둘씩 말이야. 예를 들자면, 폴터가이스트들을 보렴. 새로 온 친구들이거든. 그리고 이렇게 둥둥 떠나니면서 길을 막고 다니는 영기靈氣 보이지? 이것도 최근 거야. 그리고 또, 어디 보자. 음. 폴 버니언*이라는 덩치 큰 친구. 이 친구도 여기 온 지 한 세기 정도밖에 안 됐어. 너하고 별 차이도 안 나지. 그 밖에도 많아. 물론 그 친구들이 모습을 나타내려면 불러 냄을 받아야지. 하지만 그건 항상 시간문제일 뿐이야."

"우와, 고마워요, 아빠. 아스타로트가 설명했을 때보다 훨씬 더 이해가 잘 돼요. 아스타로트는 '형태변형'이나 '초현실화' 같은 어려운 단어로 얘기했거든요."

"그래. 이제 나가 놀아라. 그런데 그 망할 물의 정령 꼬마는 데려오지 마. 증기가 너무 생겨서 앞이 안 보이니까. 그리고 아주 중요한 존재가 들르기로 했으니까."

"누군데요, 아빠?"

"다르베스라고, 불의 악마 수장이야. 거물이지. 그러니까 밖에서 놀고 있어."

"히잉, 아빠. 와서 보면—"

"안 돼. 아빠랑 아주 중요한 얘기를 하기로 했어. 인간 하나를 조종하고 있는데, 꽤 쉽지 않은 일이거든."

"조종하고 있다고요? 뭘 하려고 하는데요?"

"당연히 그쪽에 불을 놓는 거지. 다르베스가 계획을 크게 세우고 있거든. 자기 말로는 네로나 오리어리 부인의 소**를 가지고 했던 것보다 더 낫대. 이번에는 아주 큰 건이라는 거지."

---

* 미국 민담에 등장하는 나무꾼.
** 1871년 랜턴을 걷어차 시카고 대화재를 일으켰다는 이야기가 있다.

"와, 저도 보면 안 돼요?"

"나중에. 아직은 볼 게 없어. 그 인간은 아직 아기거든. 하지만 다르베스는 멀리 내다보고 계획을 세웠어. 어릴 때 잡자. 바로 그거지. 실행하는 데 시간은 오래 걸리겠지만, 일단 벌어지면 끝내줄 거야."

"그때는 봐도 돼요?"

"당연하지. 지금은 나가서 놀아. 그 얼음 거인한테는 가까이 가지 말고."

"네, 아빠."

그렇게 되는 데 22년이 걸렸다. 그 오랜 세월동안 저항했지만, 결국 무너져 버렸다.

아, 물론 그건 언제나 근처에서 도사리고 있었다. 왈리 스미스가 아기였을 때부터, 기억도 안 나는 시절부터 그랬다. 안전울타리를 두 손으로 붙잡고 오동통한 아기 다리로 간신히 일어났을 때부터, 아버지가 조그만 나무막대기를 신발 바닥에 긁은 뒤에 담배파이프에 가져다대는 모습을 바라봤을 때부터 항상 그랬다.

우습게도, 파이프에서 흘러나오는 연기 속에 있었다. 또 어느 순간에 없기도 했다. 회색의 환영과도 같았다. 하지만 이건 아주 흥미로울 것도 없었다.

왈리의 크고 둥근 눈을 사로잡은 건 불꽃이었다.

나무막대기 끝에서 춤을 추던 불꽃. 번쩍이며 끊임없이 형태를 바꾸던 불꽃. 노랑, 빨강, 파랑이 어우러져 만든 경이. 마술적인 아름다움.

통통한 한 손으로 안전울타리를 붙잡고 나머지 한 손은 불꽃을 향해 뻗었다. 내 거야. 왈리는 불꽃을 원했다. 내 거야.

왈리의 아버지는 아기의 손이 닿지 않게 담배를 멀찍이 떨어뜨린 채 자부심과 맹목적인 부성애로 웃음을 지으며 아들을 바라보았다. 아들의 속마음이 어떤지는 짐작도 하지 못했다. "예쁘지, 우리 아들? 그런데 이건 절대 건드리면 안 돼. 불에 덴단 말이야."

그래, 왈리야. 불에 덴다고.

학교 갈 나이가 됐을 때 왈리 스미스는 이미 불에 대해 아주 잘 알았다. 불에는 덴다는 것도 알았다. 그건 경험해 봐서 알았다. 아팠지만 그렇게 괴로운 경험은 아니었다. 팔뚝에 난 흉터만 보면 그 일이 떠올랐다. 하얀 얼룩 같은 흉터는 소매를 걷기만 하면 보였다.

불 때문에 생긴 또 다른 특징도 있었다. 눈이었다.

그것도 어렸을 때 일이었다. 태양, 영광스럽고 무시무시한 태양 때문이었다. 어머니가 안전울타리를 마당으로 내놓았을 때 왈리는 태양을 보았다. 숨 막힐 듯한 매력에 사로잡혀 태양을 바라보았다. 보다가 눈이 아프면 잠깐 다른 데 돌렸다가 다시 또 태양을 보았다. 조그만 팔도 그쪽을 향해 힘껏 뻗었다. 어떻게 해서인지 왈리는 그게 불이라는 걸 알았다. 아버지가 담배파이프에 갖다 댔던 나무막대기 끝에서 춤추던 것과 똑같다는 것을.

불. 왈리는 불을 사랑했다.

그래서 꽤 어린 나이에 안경을 쓰게 됐다. 평생 동안 왈리는 근시로 살았고, 두꺼운 안경을 썼다.

징병위원회는 알이 두꺼운 안경을 한번 보고는 신체검사를 받으

라는 말조차 꺼내지 않았다. 두꺼운 렌즈 하나로 그들은 왈리를 면
제자로 분류하고 집으로 돌려보냈다.

견디기 어려웠다. 왈리는 정말 군대에 가고 싶었다. 뉴스영화에서
새로 나온 화염방사기를 보았던 것이다. 그거 하나만 손에 넣고 만
져볼 수 있다면—

그러나 그런 갈망은 무의식적인 것이었다. 왈리는 그게 자신이 군
복을 입고 싶은 이유의 큰 부분을 차지한다는 사실을 알지 못했다.
그게 1941년 가을이었고, 우리는 아직 참전하지 않고 있었다. 얼마
뒤인 12월이 됐을 때, 그건 여전히 왈리가 입대하고 싶은 이유이긴
했지만, 전처럼 큰 부분은 아니었다. 왈리 스미스는 훌륭한 미국인
이었던 것이다. 훌륭한 방화광이 되는 것보다는 그게 훨씬 더 중요
했다.

어쨌든 왈리는 마음속의 방화광을 억눌렀다. 아니, 적어도 그랬다
고 생각했다. 아예 사라진 건 아니었다고 해도 마음속 깊은 곳에 묻
어 놓아서 평상시에는 거의 생각을 하지 않고 지낼 수 있었다. 왈리
의 마음속으로 통하는 통로 하나에는 '여기까지! 더 이상은 그만!'이
라는 표지판이 달려 있었다.

화염방사기를 향한 그런 열망 때문에 걱정은 좀 되었다. 그때 진
주만 사건이 터졌고, 왈리 스미스는 일본놈들을 죽이고 싶은 감정이
애국심 때문인지, 아니면 화염방사기를 손에 넣는 게 중요한 건지
확실히 알아야 했다.

왈리가 생각에 잠겨 있는 동안 필리핀은 더욱 뜨겁게 달아올랐다.
일본놈들은 말레이 반도에서 싱가포르까지 손을 뻗었다. 해안 근처

에는 유보트가 활개를 쳤다. 점점 더 조국이 왈리를 원하는 것만 같았다. 내면의 분노가 치밀어 오르며 방화광이든 아니든 신경 쓰지 말라고 속삭였다. 그건 애국심이라고, 정신병인지 아닌지는 나중에 생각하라고.

왈리는 징병소 세 곳을 찾아갔지만, 전부 거절당했다. 그 당시 왈리가 일하고 있던 공장이— 잠깐. 이야기가 너무 앞서 나가고 있다.

왈리가 일곱 살로 어렸을 때 정신과 의사를 찾아간 적이 있었다. "그래요." 정신과 의사는 이렇게 말했다. "방화광입니다. 최소한 방화광이 될 가능성이 굉장히 큽니다."

"어… 저기… 원인이 뭔가요, 선생님?"

여러분도 그 의사를 본 적이 있을 것이다. 효모 광고에서 아주 여러 번이나. 아마도 유명한 비엔나 빵 전문가로서 말이다. 도덕적인 타락부터 내향성 발톱까지 어떤 병에든 효모를 먹어야 한다고 주장하던 유명한 비엔나 빵 전문가들 이름이 담긴 기다란 목록이 기억나는가? 물론 그건 나치가 오스트리아를 밀어 버려 피가 포도주처럼 흐르기 전의 일이었다. 마음속으로 비엔나의 효모 왕국을 상상해 보라. 그러면 그 의사가 얼마나 인상적으로 생겼는지 알 수 있을 것이다.

"어… 저기… 원인이 뭔가요, 선생님?"

"정서적으로 불안정해요, 스미스 씨. 방화광이 정신이상자는 아닙니다. 그건 이해하셔야 해요. 일단… 통제가 될 때까지는 말이죠. 그건 정서적인 불안정성을 바탕으로 설명할 수 있는 강박신경증입니다. 그게 왜 하필이면 그런 표현방식으로 나타났는지에 대해서는…

유아 시절에 뭔가 심리적인 트라우마를 겪었던 게 분명—"

"심리적인 뭐요, 선생님?"

"트라우마요. 정신, 그러니까 마음에 입은 상처지요. 방화광 같은 경우는 대개 화상을 심하게 입어서 괴로웠던 경험 때문에 생깁니다. 이런 말 들어 보셨을 겁니다, 스미스 씨. '불에 덴 적이 있는 아이는 불을 무서워한다.'"

그리고 의사는 젠체하며 웃음을 짓고, 액운을 쫓듯이 마술지팡이를—검정색 비단 리본이 달린 코안경을—휘둘렀다. "오히려 사실은 그 반대지요. 불에 덴 적이 있는 아이는 불을 사랑한답니다. 월리가 어렸을 때 불에 덴 적이 있나요, 스미스 씨?"

"어, 네, 선생님. 네 살 때 성냥을 갖고 놀다가—"

팔에 흉터가 남아 있는 게 그대로 보이지 않나, 의사 선생? 당연히 불에 덴 적이 있는 아이는 불을 사랑하지. 아니면 애초에 불에 델 리가 없잖아.

의사는 사전 징후에 대해서는 묻지 않았다. 그러나 스미스 씨가 먼저 기억을 더듬어 이야기했다고 해봤자 코웃음을 치며 무시했을 터였다. 아이가 그렇게 불에 끌리는 건 이상할 게 없으며 화상을 입기 전까지는 비정상적이라고 할 정도가 되지 못한다며 말이다. 정신과 의사가 일단 트라우마에 꽂히면 그런 사소한 불일치는 아무렇지도 않게 설명할 수 있다.

그리하여 원인을 파악한 의사는 월리를 치료했다. 끝.

"지금입니까, 다르베스?"

"아니. 기다린다."

"학교 건물이 불에 타는 것도 재미있을 텐데요. 쉽게 타잖습니까. 대피로도 좁은 편이고."

"그렇지. 그래도 기다린다."

"녀석이 나중에 더 큰 걸 터뜨린다는 겁니까?"

"바로 그거야."

"그런데 녀석이 갈고리에서 빠져나가지 않을 거라고 확신합니까?"

"녀석은 안 그럴 거야."

"왈리야, 일어나."

"알았어요, 엄마." 왈리가 헝클어진 머리를 하고 침대에서 일어났다. 엄마를 보려면 안경을 찾아 써야 했다. "엄마, 어젯밤에 또 그 꿈을 꿨어요. 전부 불로 된 거하고 그보다는 작고 좀 다르지만 비슷한 게 말을 했어요. 학교 건물에 대해서인데―"

"왈리야, 의사 선생님이 그 꿈에 대해서는 이야기하지 말라고 했잖니. 그 얘기는 의사 선생님이 물어볼 때만 하는 거야. 그런 얘기를 하면 네 마음속에서 그런 인상이 더 강해져서 자꾸 생각나고 또 생각하게 되는 거야. 그러다보면 또 그런 꿈을 꾸는 거고. 알겠니, 왈리?"

"그건 알아요. 그런데 왜 엄마한테도―"

"의사 선생님이 그러지 말라고 했으니까. 어제 학교에서 어땠는지나 말해 보렴. 산수는 또 100점 받았어?"

당연스럽게도 정신과 의사는 그 꿈에 큰 흥미를 보였다. 꿈은 흔히 써먹는 수단이었다. 하지만 혼란스럽고 의미 없는 꿈이었다. 그렇다고 그 의사에게 뭐라 할 수는 없다. 일곱 살짜리 꼬마가 자기가 본 영화 줄거리를 설명하는 걸 들어본 적이 있나?

왈리가 기억을 더듬어 말한 내용은 횡설수설이었다. "―그러더니 이 크고 노란 게, 어, 그건 그때 별로 한 게 없는 거 같아요. 근데 그 큰 게요, 그러니까 다른 것보다 더 크고 빨간 게 낚시에 대해서 얘길 하는 거예요. 갈고리에서 못 빠져나갈 거라고. 그리고―"

의자에 살짝 걸터앉아 두꺼운 안경 너머로 의사를 바라보는 왈리는 두 손을 단단히 꼬고 눈을 크게 뜨고 있었다. 하지만 말은 횡설수설이었다.

"꼬마야, 오늘 밤에 잘 때, 다른 재미있는 걸 생각하려고 해 보렴. 뭔가 음…"

"모닥불 같은 거요?"

"아니! 내 말은 야구나 스케이트 같은 것 말이야."

부모는 세심하게 왈리를 돌봤다. 특히 성냥은 멀찍이 두었다. 그리고 불도. 부모는 없는 돈을 털어서 가스난로를 대신할 전기난로를 샀다. 그러고도 성냥을 눈에 띄게 하지 않으려고 아버지는 담배를 끊었다. 담배를 끊어서 생긴 돈이 전기난로에 들어갔다.

그렇게 왈리는 치료가 됐다. 의사는 그걸 자신의 공으로 돌렸다. 물론 치료비도 챙겼다. 어쨌거나 밖으로 드러나는 위험한 증상은 사라졌다. 왈리는 여전히 불에 매혹되었지만, 소방차를 따라다니는 건 남자애라면 다 하는 일 아닌가?

왈리는 꽤 건장한 젊은이로 자랐다. 아주 실하지는 않았지만, 키도 꽤 컸다. 농구 선수를 하기에 적당한 몸이었지만, 눈이 나빠서 선수가 될 수는 없었다.

한두 번 담배를 피워 봤지만, 그 뒤로는 피우지 않았다. 술도 안 마시기로 했다. 술을 마시면 '여기까지! 더 이상은 그만!'이라고 쓰인 채 마음속으로 가는 길목을 막고 있는 방어막이 약해졌다. 그날 밤 왈리는 제정신을 잃고 배송 담당으로 일하고 있는 공장에 불을 낼 뻔했다. 거의 그럴 뻔했다.

"지금입니까, 다르베스?"

"아직 아니다."

"대왕님, 왜 더 기다리십니까? 저건 큰 건물입니다. 나무에다가 낡았습니다. 게다가 셀룰로이드 장식품을 만드는 곳입니다. 셀룰로이드가 얼마나 잘 타는지 아시잖습니까, 다르베스?"

"그렇지. 참 아름답지. 하지만—"

"더 큰 기회가 올 거라고 생각하시는 겁니까?"

"생각한다고? 난 알고 있다."

다음 날 아침 왈리 스미스는 끔찍한 숙취를 느끼며 깨어났다. 주머니에는 성냥 한 갑이 있었다. 어젯밤 술을 마시기 시작할 때는 없던 것이었다. 왈리는 그게 언제 어디서 난 건지 기억이 나지 않았다.

하지만 자기가 그걸 집어 들었다는 생각만 해도 소름이 끼쳤다.

그리고 무슨 의도로 성냥갑을 주머니에 집어넣었는지 생각해 보자 정신이 아득해졌다. 왈리는 분명 정신이 나간 채로 뭔가 하려고 했었다. 그리고 그 뭔가가 아주 끔찍한 것이었다는 사실도 얼추 알 수 있었다.

어쨌든 왈리는 맹세했다. 어떤 상황에서든 절대로 술을 마시지 않기로 마음먹었다. 술만 안 마시면 정신을 놓지 않을 자신이 있었다. 제정신만 유지한다면 방화광이 되지 않을 수 있었다. 망할. 방화광이 아니라고. 어릴 때 의사가 치료해 줬지 않은가. 분명히 그랬다.

그러나 동시에 뭔가에 홀린 듯한 빛이 눈빛이 떠올랐다. 다행히 두꺼운 안경 덕에 크게 드러나지는 않았다. 도트는 살짝 눈치를 챘다. 도트 웬들러는 왈리가 사귀던 여자였다.

비록 도트는 몰랐지만, 그날 밤은 왈리의 인생에 또 다른 비극을 낳았다. 왈리는 도트에게 막 청혼할 참이었던 것이다. 하지만 지금은—

스스로 확신을 잃은 이때에 도트 같은 여자에게 결혼해 달라고 하는 게 과연 올바른 일일까? 왈리는 결혼을 거의 포기했다. 괜히 얼굴을 보면 괴로우니까 두 번 다시 만나지 않으려고 했지만, 그건 좀 심한 일이었다. 왈리는 계속 사귀지만 그런 의문을 품지 않는 것으로 타협을 보았다. 굳이 따지자면 먹지는 않지만 굳이 식당 창문에서 시선을 돌리지는 않는 남자와 같다고 할까.

그리고 1941년 12월 7일이 되었다. 9일 아침에는 입대를 하려고 했다. 징병소 세 군데에서 시도했지만, 전부 거절당했다.

도트는 왈리를 위로하려 했지만, 마음속으로는 기뻤다. "왈리,

당신이 일하는 공장도 분명히 군수공장으로 바뀔 거야. 지금은 다 그렇게 하잖아. 그러면 당신도 국방에 도움이 되는 거라고. 군인뿐만 아니라 총이나 그… 무기 같은 것도 필요하잖아. 그리고—"

자리를 잡고 결혼할 수도 있잖아. 도트는 이렇게 말하려고 했지만, 입 밖에 내지는 않았다.

1월 초가 되자 도트의 말이 옳았음이 드러났다. 공장은 체제를 바꾸는 동안 임시로 휴업했다. 두 주였다. 첫 주는 도트가 휴가를 내서 행복하게 보냈다. 둘은 함께 이곳저곳을 쏘다녔다. 도트는 왈리와 함께 있으려고 무급으로 휴가를 냈지만, 그 사실을 말하지는 않았다.

두 주가 지나가 왈리는 다시 일터로 나갔다. 공장이 바뀌는 데는 생각보다 오래 걸리지 않았다. 금속이 아니라 화학물질을 다루는 공장은 장비를 크게 바꿀 게 별로 없었다. 그 공장에서는 톨루엔을 질산화할 계획이었다. 톨루엔을 그렇게 처리한 물질을 트리니트로 톨루엔이라고 불렀다. 그건 시간이 있을 때 이야기고, 그렇게 긴 단어를 쓸 시간이 없을 때는 약자를 썼다. TNT라고 하면 딱 맞았다.

"지금입니까, 다르베스?"
"지금이다!"

그날 정오가 될 때까지 왈리 스미스는 이상하다는 느낌을 받지 못했다. 그러나 어딘가 온전치는 않았다. 정신적으로. 뭔가 이상했다. 그리고 갈수록 더 이상해지고 있었다.

왈리는 점심을 먹으러 철로변에 있는 화물 하역장으로 갔다. 차량이 열대 남짓 있었고, 사내 열 명이 그중 하나에서 화물을 내리느라 점심시간까지 일하고 있었다. 부대에 담긴 화물은 무거워 보였다.

"그게 뭐야?" 왈리가 그중 한 명에게 물었다.

"그냥 시멘트야. 방화벽 세우는데 쓰는 거."

"아." 왈리가 말했다. "언제 시작하는데?"

그 남자는 부대를 내려놓고 손등으로 이마를 닦았다. "내일. 그걸 어떻게 세운다는지 알아?" 그가 씨익 웃었다. "한 번에 하나씩 벽을 허물고 시멘트를 붓는대. 공장을 전력으로 가동하면서 말이야."

"으, 으흠." 왈리가 말했다. "저 차량이 다 시멘트로 차 있어?"

"아냐. 이것만이야. 다른 건 다 무슨 화학물질이야. 휴우, 여길 좀 제대로 해 놓기만 해도 훨씬 더 안심이 될 텐데 말이야. 지금은… 만약 이번 주에 뭔가 잘못되기라도 하면 지난 전쟁 때 있었던 블랙 톰 폭발*보다 훨씬 더 끔찍할 거야. 저 기차에 있는 것만 터져도 철길 건너편에 있는 정유공장까지 불이 번질걸. 그 건너편에는 뭐가 있는지 알아?"

"그래." 왈리가 말했다. "당연히 경비도 삼엄하지. 하지만—"

"하지만이 맞아." 그 남자가 말했다. "우린 서둘러 탄약을 만들어야 해. 하지만 이 근처에는 화학물질이 너무 잔뜩 있어. 여긴 트리니트로 같은 물질을 갖고 놀 만한 곳이 아니야. 다른 물질하고 너무 가까워. 아무리 조심한다고 해도 만에 하나 이 공장이 날아가면, 연쇄적으로—" 남자는 눈을 가늘게 뜨고 왈리 스미스를 바라보았다. "이런,

---

* 1916년 독일 첩자가 미국 뉴저지 주의 군수 공장을 폭파시킨 사건.

말이 너무 많았군. 지금 한 얘기는 공장 밖에서는 하지 마."

왈리는 아주 엄숙하게 고개를 끄덕였다.

일꾼이 부대를 들어 올리려다가 잠시 멈추고 말했다. "그래. 예방 조치야 있지. 하지만 이곳에 첩자 한 명만 있어도 우린 전쟁에서 질 수 있다고. 물론 그놈한테 운이 따를 때 얘기지만. 내 말은, 만약 그게 번지면, 이 근처에… 음, 태평양에서 승패를 가를 수 있을 정도의 양이 있다는 거야."

"그리고." 왈리가 말했다. "사람도 아주 많이 죽겠지."

"어이없군. 어쩌면 천 명도 넘게 죽을지도 모르지. 그런데 그게 무슨 상관이야? 러시아 전선에서는 매일 그 정도씩 죽어. 더 죽을걸. 그런데 왈리— 젠장, 내가 말이 너무 많았군."

그 남자는 시멘트 부대를 어깨에 얹고 건물 안으로 들어갔다.

왈리는 생각에 잠긴 채 점심 식사를 마친 뒤 포장지를 구겨서 금속으로 만든 방화 휴지통에 넣었다. 손목시계를 보니 10분이 남아 있었다. 왈리는 하역장 가장자리에 다시 앉았다.

뭘 해야 할지는 알고 있었다. 일을 그만두는 것이다. 백만 분의 1 확률이라고 해도— 아니, 백만 분의 1만큼도 그럴 리가 없었다. 빌어먹을. 왈리가 중얼거렸다. 이미 치료가 됐다. 왈리는 괜찮았다. 이곳에는 왈리가 필요했다. 미미하게나마 이 일은 중요했다.

하지만 잠깐. 혹시 모르니까 전에 찾아갔던 그 정신과 의사에게 다시 가 보면 어떨까? 그 사람은 아직 이 동네에 있었다. 그 의사에게 전부 털어놓고 조언을 구하는 거다. 만약 그 사람이 그만두라고 한다면—

사무실에서 전화를 걸 수도 있었다. 저녁에 바로 약속을 잡는 것이다. 아니, 사무실 전화는 안 된다. 하지만 복도에 공중전화기가 있었다. 굴러다니는 5센트짜리가 있나? 있었다. 왈리는 기억이 났다. 동전이 있었다.

왈리는 일어서서 동전주머니에 손을 넣어 잔돈을 꺼냈다. 4센트가 있었다. 왈리는 의아한 표정으로 바라보았다. 어떻게 1센트짜리가 생긴 거지? 5센트 짜리가 있었―

왈리는 다른 주머니에 손을 넣었다. 손이 그대로 얼어붙었다.

손가락에 두꺼운 종이가 와 닿았다. 종이성냥처럼 생긴 종이였다. 왈리는 숨죽인 채로 주머니 속에 있는 생소한 물체를 더듬었다. 의심의 여지 없이 안전성냥이었다. 하나도 안 쓴 새것이었다. 그리고 그 아래에 하나가 더 있었다. 그 성냥이 1센트에 두 개 아니었던가? 5센트에서 모자랐던 바로 그 1센트에 두 개.

하지만 성냥을 주머니에 넣은 적이 없었다. 왈리는 절대로 성냥을 사거나 갖고 다니지 않았다. 절대로―

아니, 혹시?

오늘 아침 출근길에 일어났던 괴상한 일이 막 떠올랐다. 직장에서 한 구역 떨어진 그랜트 거리와 휠러 거리 모퉁이에서 왈리를 살짝 놀라게 했던 재미있는 느낌 말이다. 출근길 중에서 한 구역이 사라져 버렸다. 그곳을 어떻게 걸어왔는지 기억이 나지 않았다.

공상이나 하면서 멍하니 걸었던 거겠지. 왈리는 중얼거렸다. 그러나 그 길가에는 가게가 있었다. 성냥을 파는 가게가.

멍하니 딴 생각을 하면서 한 구역 정도를 걸을 수는 있었다. 그런데 자기도 모르는 사이에 뭔가 살 수도 있을까? 뭔가 무서운 의미가 담긴 것을?

만약 무의식적으로 성냥을 살 수 있다면, 무의식적으로 사용할—

왈리는 주머니에서 성냥 두 개를 꺼내 방화 휴지통에 밀어 넣었다.

그리고 창백하고 단호한 얼굴을 한 채 서둘러 걸었다. 왈리는 건물로 돌아가 긴 복도를 따라 걸어가 배송 사무실로 향했다.

왈리가 말했다. "데이비스 씨, 저 그만두겠습니다."

책상에 앉아 있던 대머리 남자가 고개를 들었다. 온화한 얼굴에는 살짝 놀란 표정이 떠 있었다. "왈리, 무슨 문제가 있나? 무슨 일이… 자네 괜찮은가?"

왈리는 얼굴을 펴고 자연스럽게 보이려고 하면서 말했다. "저기… 저 그만두려고요, 데이비스 씨. 설명은 드릴 수 없습니다." 왈리는 밖으로 걸어 나갔다.

"왈리, 그러면 안 돼. 망할, 우린 지금 일손이 부족하단 말이야. 자네도 부서 상황은 알잖아. 사람을 찾아서 자네를 대체하게 하려면 몇 주는 걸린다고. 미리 이야기를 했어야지. 최소한 일주일 전에라도. 그래야 우리가—"

"아뇨. 전 지금 그만둡니다. 그래야 해요."

"하지만— 빌어먹을, 왈리, 그건 도망치는 거야. 이봐, 여기엔 자네가 필요해. 이곳은… 바탄 전선만큼이나 중요하다고. 이 공장은 태평양 함대 전체만큼이나 중요해. 이건… 자네도 우리가 무슨 일을 하는지 알잖아. 그리고— 도대체 왜 그만두는 거야?"

"어… 그냥요. 그게 다예요."

대머리 남자가 책상에서 일어섰다. 이제 얼굴은 온화해 보이지 않았다. 왈리는 키가 180센티미터였고 그 남자는 160센티미터가 채 안 됐지만, 그 순간만큼은 젊은이를 위압하는 기세였다. 데이비스가 말했다. "무슨 꿍꿍인지 말하도록 해. 아니면—" 데이비스는 책상을 돌아 나오며 말했다. 두 주먹을 굳게 쥐고 있었다.

왈리는 한 걸음 물러서며 말했다. "저기요, 데이비스 씨. 이해 못 하실 겁니다. 제가 그만두고 싶어서 그러는 게 아니에요. 전—"

"어이, 다르베스 님 어디 계셔? 빨리 모셔 와!"

"아폴로하고 이야기 중이셔. 그 그리스 양반은 미국 편이라 미국이 이기게 하고 싶어서 지금 이 일을 막으려 하고 있지. 하지만 아폴로나 그 양반 동료들은 이미 힘이 약해져서—"

"닥쳐. 다르베스 님!"

"뭐지?"

"이 방화광이 자백하려고 합니다. 만약 그러면 갇힐 테고 그러면—"

"알겠으니 닥쳐라."

"급합니다! 이 녀석을—"

"내가 집중할 수 있게 닥치라니까. 아, 됐군."

"저기요, 데이비스 씨. 저… 전 그런 게 전혀 아니고요. 머리가 쪼개질 것처럼 아파서요. 똑바로 생각을 할 수가 없어요. 제가 지금 무슨 소리를 하는지도 모르겠어요. 그냥 여기서 나가려고 막 지껄이는 거예요—"

"아, 그러면 좀 얘기가 달라지는데, 왈리. 그런데 두통이 있다고 해서 직장을 관둔다고? 뭐, 의사한테 가 봐도 좋아. 하지만 돌아오라고. 오늘이든, 내일이든, 다음 주든, 다시 괜찮아지면 와. 이봐, 아파서 쉬고 싶다고 굳이 직장을 관둘 필요까지는 없다고."

"네, 데이비스 씨. 그런 식으로 말해서 죄송해요. 정신이 좀 없어서요. 되도록 빨리 돌아올게요. 오늘이라도 바로요."

됐어, 왈리. 이제 그자는 속았어. 병원에 간다고 해. 그럼 잠시 자리를 비울 핑계가 되겠지. 그러면 성냥도 더 살 수 있을 거야. 아까 쓰레기통에 버린 걸 다시 꺼내면 사람들이 이상하게 볼 테니까.

넌 나가서 성냥을 더 살 것이고, 그걸로 뭘 해야 할지 알고 있어. 그렇지, 왈리? 수천의 인명과 수십억 달러 어치의 물자, 군수 계획에서 상당한 시간 피해를 보겠지만, 그 불길은 정말 아름다울 거야. 하늘이 온통 새빨갛게 물들겠지.

저자에게 말을 해—

"저, 데이비스 씨. 전에도 두통이 있었거든요. 아플 때는 아주 쪼개질 것 같지만, 몇 시간이면 사라져요. 이렇게 할게요. 다섯 시에 돌아와서 네 시간을 더 일해서 벌충할게요. 괜찮겠죠?"

"아, 물론이지. 그때 상태가 괜찮고, 아프지 않을 것 같으면 그렇게 해. 일이 밀려 있어. 한 시간 한 시간이 중요하다고."

"감사합니다, 데이비스 씨. 그땐 괜찮을 거예요. 그럼 다녀오겠습니다."

"잘 하셨습니다, 다르베스 님. 뭐니 뭐니 해도 밤이 더 낫지요."

"언제나 밤이 더 낫지."

"아아. 꼭 봐야겠습니다. 시카고 때가 기억나시는지요? 블랙 톰이나 로마는요?"

"이번이 그때보다 더 멋질 것이다."

"하지만 그 그리스놈들, 헤르메스나 율리시즈 패거리들 말입니다. 놈들이 모여서 막으려 들지 않을까요? 그리고 그쪽 편에 붙은 다른 나라의 존재들이 합세할지도 모르고요. 그 문제에 대비가 되어 있으십니까, 다르베스 님?"

"문제? 푸훗. 그 녀석들은 믿는 인간이 부족해서 힘이 없다. 내 새끼손가락만 갖고도 쓰러뜨릴 수 있어. 그리고 그놈들이 문제가 될 때 누가 우리를 돕는지 모르느냐. 지크프리트와 스기모토 일당들이 있지 않느냐."

"로마인도 있습니다."

"로마인? 아니야. 그놈들은 이 전쟁에 관심이 없어. 무솔리니를 별로 좋아하지 않거든. 그놈들은 문제가 되지 않을 거다. 내 부하 악마 하나면 전부 처리할 수 있어."

"멋지군요. 제 자리도 하나 맡아 주십시오, 다르베스 님."

이상한 밤이었다. 두 시간 정도 일했을 때인 7시가 되자 어두워지기 시작했다. 왈리 스미스에게는 어둠이 뭔가 이질적으로 보였다.

마음 한구석에서 왈리는 자신이 평소와 다를 바 없이 일하고 있다는 사실을 알고 있었다. 야간 근무조와 이야기를 나누고 농담도 했다. 전에도 종종 몇 시간씩 야근을 하면 야간조와 근무 시간이 겹쳤던 덕에 알고 지내던 사람들이었다.

몸은 저절로 움직였다. 집어 들어야 할 것을 집어 들고, 내려놓아야 할 곳에 내려놓았다. 카드와 서류에 메모를 하고 선하증권을 작성했다. 마치 손과 목이 알아서 일을 하고 말을 하는 것 같았다.

왈리 스미스의 다른 부분도 있었다. 이게 진짜인 게 분명했다. 그 부분은 멀찍이 떨어져서 자기 몸이 일을 하는 모습을 지켜보고 말하는 소리를 들었다. 이 왈리 스미스는 두려움의 가장자리에 무력하게 서 있었다. 이제는 알았다. 방어막이 밀고 들어오면서 모든 것을 알게 됐다. 다르베스에 대해서도.

9시가 되고 건물을 나갈 때 자신이 신중하게 쓰레기를 쌓아 놓은 구석방을 지나가리라는 것도 알았다. 아주 인화성이 높은 쓰레기로, 성냥 하나면 쉽게 불꽃이 일어나 누가 알아채기도 전에 그 뒤에 있는 벽까지 불이 붙을 수 있었다. 그리고 그 벽 뒤에는 —

이제 두 가지만 남아 있었다. 스프링클러 장치의 핸들을 돌려서 잠가 놓는 것. 성냥 하나에 불을 붙이는 것.

노랗게 불이 붙은 성냥 한 개비. 그리고 게걸스러운 불꽃이 만드는 붉은 지옥. 대재앙이었다. 일단 붙으면 절대 끌 수 없는 불. 불꽃이 건물을 하나씩 먹어치울 것이며, 폭발에 죽거나 기절한 사람들도 지옥의 불꽃에 불타올라 검은 재가 될 것이다.

왈리 스미스의 마음은 기이하게 뒤섞여 있었다. 어린 시절 꿈에서 봤던 익숙한 악몽과 어린아이로서는 설명하거나 확인하기 어려웠던 환상적인 존재들. 하지만 이제는 알 수 있었다. 그게 누구며 뭘 원하는지, 적어도 어렴풋하게는. 신화와 전설 속 존재들. 존재하지 않는 존재.

하지만 어떻게 해서인지 그들은 그 악몽 속에 존재했다.

왈리는 들을 수도 있었다. 목소리가 아니라 그들의 생각이 비언어적으로 표현된 것을 들었다. 그리고 가끔은 이름도. 이름은 어느 언어로 해도 똑같았다. 다르베스라는 이름은 계속 들렸다. 이 다르베스라는 이름의 불덩어리가 바로 왈리로 하여금 지금 하려는 일을 하게 만드는 존재였다.

왈리는 끔찍한 두려움 속에서 보고 듣고 느꼈다. 그러는 동안에도 두 손은 선적표를 배부했고, 주변의 동료들과 시시껄렁한 농담을 주고받았다.

그리고 시계를 보았다. 9시 1분 전.

왈리 스미스는 하품을 했다. "음. 이제 가 봐야겠군. 잘들 있어."

왈리는 시계로 다가가 근무표를 슬롯에 밀어 넣어 구멍을 뚫었다. 모자를 쓰고, 코트를 입고, 복도를 따라 걸었다.

그러자 왈리는 다른 사람들의 시선에서 벗어났다. 하지만 아직 문에 있는 경비병은 볼 수 있었다. 동작이 갑자기 은밀해졌다. 왈리는 마치 퓨마처럼 걸으며 비어 있는 창고로 들어갔다. 모든 게 준비가 되어 있는 곳이었다.

이제 시작이었다. 왈리는 성냥을 들고 있었다. 성냥을 그었다. 불꽃이 일었다. 왈리가 태어나서 처음 봤던, 아버지가 들고 있던 성냥 끝에서 춤을 추던 그때 그 불꽃 같았다. 그때 어린 왈리는 통통하고 작은 손가락으로 막대기 끝에 있는 불꽃을 향해 손을 뻗었다. 너울

거리는 불길, 끝없이 변하는 형체, 노랗고 빨갛고 파란 불가사의, 마술적인 아름다움. 불꽃.

나무에 불이 붙을 때까지 기다리자. 잘 타오를 때까지. 그래야 성냥을 움직여도 꺼지지 않지. 갓 태어난 불꽃은 연약하지.

"안 돼!" 마음 한구석에서 외치는 소리가 들렸다. "하지 마! 왈리, 그러지—"

넌 그만둘 수 없어, 왈리. 안 된다고 할 수 없어. 왜냐하면 불의 악마인 다르베스가 운전대를 잡고 있거든. 그자는 너보다 강해. 네가 들여다보고 있는 악몽 속의 어떤 존재보다 강해. 도와달라고 외쳐 봐, 왈리. 소용없을 거야.

아무한테나 외쳐 봐. 낡아버린 몰록에게 외쳐 봐. 네 말은 듣지 않을걸. 아마 이걸 즐길 거야. 대부분이 그럴 거야. 전부는 아니겠지. 토르는 한쪽에 비켜 서 있을 거야. 전사라서 이걸 좋아하지는 않겠지만, 다르베스와 싸울 정도로 강하지 않아. 그곳에 있는 누구나 마찬가지야.

불의 왕, 그리고 모든 불의 정령들이 악마의 춤을 추고 있지. 다른 이들은 바라볼 뿐이야. 수염이 허연 제우스도 있고, 악어를 닮은 머리를 하고 그 옆에 서 있는 이도 있지. 그리고 드래곤을 타고 다니는 스킬라도— 인간이 만들어 낸, 그리고 만들어 내고 있는 모든 존재가—

하지만 그중 아무도 널 돕지 않을 거야, 왈리. 넌 혼자야. 지금 성냥을 들고 몸을 숙이고 있군. 열린 문에서 들어오는 바람에 불이 꺼지지 않게 손바닥으로 감싸면서 말이야.

바보 같지, 안 그래 왈리? 실제로 있을 수 없는 것, 단지 생각 때문에 존재하는 어떤 것에 종용을 받고 있다는 게? 넌 미쳤어, 왈리. 미쳤다고. 아닌가? 생각도 물체만큼 실제적인 게 아닐까? 너도 흙덩어리에 매인 생각에 불과하지 않아? 그들은 매이지 않은 생각 아닌가?

도와 달라고 외쳐 봐, 왈리. 어디선가 도움이 나타날 거야. 외쳐 봐. 어차피 지금 네 것도 아닌 목과 입술로 외칠 게 아니라 마음으로! 도움을 받을 수 있을 만한 곳에서 외쳐 봐. 저기. 다르베스를 막아 줄 누군가 있을 거야. 누가 네 편이 되어 줄 거야.

그래! 그거야! 외쳐!

한 시간 뒤에 어떻게 집에 돌아왔는지 왈리는 거의 기억하지 못했다. 밤하늘이 어둡고 별이 점점이 박혀 있었다는 것밖에 기억이 안 났다. 대재앙이 일어났을 때의 주홍색 하늘이 아니었다. 왈리는 성냥을 문질러 끈 엄지와 검지에 덴 상처를 거의 느끼지 못했다.

왈리의 집주인은 시원한 현관 앞에 놓인 안락의자에 앉아 있었다. 집주인이 말했다. "일찍 왔네, 왈리."

"일찍요?"

"응. 오늘 아침에 여자친구와 데이트한다고 그러지 않았나? 시내에서 밥 먹고 공장에서 바로 여자친구 집으로 간다고 한 거 같은데."

그제야 기억이 떠오른 왈리는 당황해서 전화기를 향해 뛰어갔다. 미쳐 버릴 것 같은 순간이 지나고 여자친구의 목소리가 들렸다.

"왈리, 무슨 일이야? 내가 계속 기다 —"

"미안, 도트. 야근하느라 전화를 못 했어. 지금 갈까? 나랑 결혼해

줄래?"

"내가— 방금 뭐라고 했어, 왈리?"

"자기야, 이젠 괜찮아. 나랑 결혼해 줄래?"

"아— 여기로 와. 그러면 말해 줄게, 왈리. 그런데 이젠 괜찮다는 게 무슨 뜻이야?"

"그건… 내가 바로 갈게. 가서 말할게."

그러나 여섯 구역을 걸어가는 동안 다시 이성이 주도권을 잡았다. 당연히 여자친구에게 실제 벌어진 일을 이야기하지 않았다. 왈리는 그럴듯하게 둘러댈 수 있는, 그리고 도트가 믿을 법한 이야기를 하나 꾸며 냈다. 좋은 남편이란 응당 그럴 줄 알아야 했다. 왈리 스미스는 기회만 온다면 좋은 남편이 될 준비가 되어 있었다. 그리고 그렇게 되었다.

"아빠."

"얘야, 쉿."

"그런데 왜요, 아빠? 침대 밑에서 뭐하세요?"

"쉬잇. 아, 됐다. 하지만 조그맣게 얘기해. 아직 근처에 있는 것 같아."

"누가요, 아빠?"

"새로운 자 말이다. 그자가— 휴우. 얘야, 어젯밤에 그렇게 난리였는데 쭉 잤어? 십칠 세기 만에 가장 큰 싸움이었어!"

"이런, 아빠! 누가 이겼어요?"

"새로운 자가. 그자가 아직도 돌아오지 못할 정도로 멀리 다르베스를 몰아냈어. 그리고 다르베스의 친구들이 떼로 덤볐는데 전부 물리쳤단다. 지금은 그자가 밖에서 돌아다니고—"

"다른 누구와 싸우려고요, 아빠?"

"음, 모르겠어. 아직 다르베스를 빼고는 먼저 공격하지 않으면 아무도 건드리지 않고 있어. 아마 다르베스가 작업 중이던 인간이 불러서 다르베스를 공격한 것 같아."

"그런데 아빠는 왜 숨어 있어요?"

"왜냐하면— 음, 얘야, 난 불의 정령이란다. 그자는 내가 다르베스의 친구라고 생각할지 몰라. 일이 조용해지기 전까지는 몸을 조심해야지. 알겠어? 그자 곁에는 그자를 믿는 인간이 아주 많은 게 분명해. 그래서 이렇게 강하겠지. 그자가 다르베스에게 한 짓은—"

"그자의 이름이 뭐예요, 아빠? 신화예요, 전설이에요, 아니면 뭐예요?"

"모르겠어. 내가 직접 물어보지는 않을 거야."

"커튼 밖을 좀 보고 올게요, 아빠. 내 불을 최대한 낮출게요."

"얘야, 이리로— 아냐, 그래. 하지만 조심하렴. 그자가 보이니?"

"네. 그자인 것 같아요. 위험해 보이지는 않지만—"

"위험한 짓 하지 마. 아빤 창문 근처에도 갈 수가 없어. 너보다 밝아서 그자에게 보일 거야. 어제는 너무 어두워서 잘 보지 못했는데, 낮에는 어떻게 생겼니?"

"위험해 보이지 않아요, 아빠. 턱에 하얀 수염이 있고, 키가 크고, 말랐어요. 빨갛고 하얀 줄무늬가 있는 바지를 장화 속에 넣어 입었고요. 그리고 굴뚝 같은 모자를 썼어요. 파란 모자에 하얀 별들이 찍혀 있고요. 빨강, 하양, 파랑.* 거기에 무슨 뜻이 있어요, 아빠?"

"어젯밤에 일어난 일로 보건대, 분명히 무슨 뜻이 있을 거야. 난 다른 누가 그자의 이름이 뭔지 물어볼 때까지 침대 밑에 있으마!"

(1942)

---

* 엉클 샘. 미국을 의인화한 존재로, 성조기와 같은 청색, 적색, 백색을 이용한 의복을 입고 있다. 1차 세계대전 때부터 징병 포스터에 쓰인 모습이 유명하다.

기젠스탁

The Geezenstacks

이 이야기에서 기이한 점 중 하나는 오브리 월터스가 전혀 기이한 아이가 아니라는 점이다. 부모와 마찬가지로 유별날 게 거의 없는 아이였다. 이들은 오티스 거리에 있는 아파트에서 살았는데, 일주일 중 하루는 브리지 게임을 했으며 하루는 외출을 했고 나머지 저녁은 집에서 조용하게 보냈다.

오브리는 아홉 살이었다. 머리카락은 뻣뻣하고 주근깨가 있었지만, 아홉 살짜리는 으레 그런 데 신경 쓰지 않았다. 부모가 보내 준 중상급 정도의 사립학교에서 잘 지냈으며, 다른 아이들과도 어렵지 않게 친해졌다. 그리고 4분의 3 크기로 만든 바이올린으로 교습도 받고 있고, 그걸로 끔찍한 소리를 냈다.

오브리의 가장 큰 단점이라면 아마도 밤 늦게까지 안 자는 버릇일 것이다. 그건 부모의 잘못이기도 했다. 졸려서 침대로 가고 싶어질 때까지 자지 않고 옷을 입고 있어도 특별히 뭐라고 하지 않았다. 다섯 살이나 여섯 살 때도 오브리는 밤 10시 전에 자는 일이 드물었다. 어머니가 걱정이 되어 일찍 침대에 들인다고 해도 어차피 잠은 자지 않았다. 그렇다면 굳이 침대에 눕힐 필요도 없었다.

아홉 살이 된 지금 오브리는 거의 부모가 잘 때까지 깨어 있었다. 보통은 11시였고, 브리지 게임을 할 때는 더 늦었다. 외출할 때는 보통 오브리를 데리고 나갔으므로 그럴 때는 더 늦어졌다. 오브리는 어디든 외출하는 게 좋았다. 극장에서는 생쥐처럼 자리에 가만히 앉아 있었고, 나이트클럽에 갈 때면 부모가 칵테일 한두 잔을 마시는 동안 진저에일이 든 잔 너머로 여자아이 특유의 진지한 표정을 하고 바라보고 있었다. 오브리는 신이 나서 둥그렇게 뜬 눈으로 소음과 음악, 춤을 빠짐없이 즐겼다.

가끔은 외삼촌 리처드가 함께 어울렸다. 오브리와 리처드는 좋은 친구였다. 인형을 가져다 준 것도 리처드였다.

"오늘 재밌는 일이 있었어." 리처드가 말했다. "마리너 빌딩을 지나서 로저스 플레이스를 걷고 있었거든. 누나도 알잖아. 하워드 선생님 사무실이 있었던 데 말이야. 그런데 갑자기 뭔가 내 뒤에 떨어지는 거야. 돌아보니까 이 꾸러미가 있었어."

'이 꾸러미'는 신발 상자보다 약간 큰 하얀 상자였다. 회색 리본이 약간 이상한 방식으로 묶여 있었다. 오브리의 아버지 샘 월터스는 의아한 표정으로 그 상자를 바라보았다.

"부서진 것 같지는 않은데." 샘이 말했다. "아주 높은 데서 떨어진 건 아닌가 봐. 원래 이렇게 묶여 있었어?"

"바로 그렇게요. 열어서 본 다음에 리본은 다시 묶어 놨어요. 그때 거기서 열어본 건 아니에요. 그때는 누가 떨어뜨렸나 서서 보기만 했죠. 누가 창밖을 내다보고 있을 것 같았거든요. 그런데 아무도 없었어요. 그래서 상자를 집었죠. 뭔가 들어 있었는데, 별로 무겁진 않더군요. 그리고 상자나 리본의 모양으로 봐서는 일부러 내다버린 것 같지는 않았어요. 그래서 서서 위를 올려다봤는데 아무것도 없더라고요. 그래서 상자를 좀 흔들었더니―"

"그래, 알았어." 샘 월터스가 말했다. "그런 건 넘어가자고. 누가 떨어뜨렸는지 찾았어?"

"맞다. 전 4층까지 올라가면서 제가 상자를 주운 장소 바로 위에 창문이 있는 집을 찾아가 물었어요. 다들 집에 있었지요. 그런데 아무도 자기 게 아니라는 거예요. 창턱에서 떨어졌을지도 모른다고 생각했는데―"

"그 안에 뭐가 들어 있어, 리처드?" 에디스가 물었다.

"인형. 네 개. 오늘 저녁에 오브리에게 주려고 가져왔어. 갖고 싶으면 가져도 돼."

리처드는 상자를 풀었다. 오브리가 말했다. "우와! 삼촌, 이거 정말 예뻐요."

샘이 말했다. "흠. 인형이라기보다는 마네킹처럼 생겼는걸, 리처드. 옷 입은 게 그렇잖아. 하나에 몇 달러씩은 할 거야. 주인이 안 나타나리라는 보장이 있나?"

리처드는 어깨를 으쓱해 보였다. "그럴 것 같진 않아요. 아까도 말했지만, 4층까지 올라가면서 다 물어봤다니까요. 상자가 멀쩡한 거나 떨어질 때의 소리로 봐서는 그다지 높은 데서 떨어진 것도 아니에요. 자, 여기―" 리처드는 인형 하나를 들어 샘 월터스에게 잘 보라고 내밀었다.

"밀랍을 보세요. 머리랑 손에. 하나도 금이 안 갔잖아요. 2층보다 높은 데서 떨어진 게 아니에요. 그렇다고는 해도 이게 어떻게—" 리처드는 다시 어깨를 으쓱했다.

"얘들은 기젠스탁이에요." 오브리가 말했다.

"응?" 샘이 물었다.

"기젠스탁 가족이라고 부를 거예요." 오브리가 말했다. "보세요. 이게 아빠 기젠스탁이고, 이게 엄마 기젠스탁이에요. 그리고 이 작은 여자애는 오브리 기젠스탁이에요. 다른 남자 한 명은 삼촌 기젠스탁이라고 할래요. 여자애 삼촌이요."

샘이 웃었다. "딱 우리처럼 말이지? 음, 그런데 이 삼촌 기젠스탁은 엄마 기젠스탁의 남동생이야. 리처드가 엄마의 남동생인 것처럼. 그러니까 이름이 기젠스탁은 아니지."

"그거나 그거나 똑같아요." 오브리가 말했다. "전부 기젠스탁이에요. 아빠, 얘네들 넣을 인형의 집 사주실 거예요?"

"인형의 집? 그건—" 샘은 '그건 얼마든지 사주지'라고 말하려다가 아내와 눈이 마주치면서 오브리의 생일이 일주일 뒤라는 사실을 떠올렸다. 딸에게 무엇을 사줄지 고민하고 있던 참이었다. 샘은 급히 말을 바꿨다. "그건 모르겠다. 생각 좀 해 보자."

아름다운 인형의 집이었다. 1층짜리였지만, 꽤 정교했다. 지붕을 열어서 가구를 옮기거나 인형을 다른 방으로 가게 하면서 놀 수 있었다. 리처드가 가져다 준 마네킹과 크기도 잘 맞았다.

오브리는 굉장히 신이 났다. 다른 장난감은 전부 잊어버린 채 깨어 있는 시간에는 내내 기젠스탁 가족만 가지고 놀았다.

얼마 지나지 않아 샘 월터스는 이 기젠스탁 놀이에 뭔가 이상한 점이 있음을 깨닫고 의아하게 여기기 시작했다. 처음에는 우연의 일치가 이어지자 조용히 웃고 말았다.

그런데 곧 당황스러운 눈빛이 떠올랐다.

얼마 지나지 않아 샘은 리처드를 방 한구석에 몰아넣었다. 넷은 연극을 한 편 보고 돌아온 참이었다. 샘이 말했다. "음. 리처드."

"네, 매형?"

"이 인형 말이야. 어디서 난 거지?"

리처드는 멍하니 샘을 바라보았다. "무슨 소리예요, 매형? 저번에 얘기했잖아요."

"그래. 그런데 장난이었거나 그런 건 아니지? 그러니까 오브리한 테 주려고 샀는데, 우리가 그런 비싼 선물 주는 걸 거절할까봐서 그 랬다거나―"

"아니에요. 진짜예요."

"젠장. 리처드, 인형이 창문이나 하늘에서 떨어질 리가 없잖아. 부서지지도 않았고. 저건 밀랍인형이라고. 누가 자네 뒤에서 걷다가, 아니면 자동차 같은 걸 타고 가지 않았나?"

"아무도 없었어요, 매형. 아무도요. 저도 궁금하다니까요. 제가 거 짓말을 하려고 했으면 그런 바보 같은 이야기를 지어냈겠어요? 공원 벤치나 극장 의자에서 주웠다고 했겠죠. 그런데 그게 왜 그렇게 궁금하세요?"

"그게― 그냥 갑자기."

샘 월터스는 도무지 신경을 끌 수가 없었다.

대부분은 사소한 일이었다. 일전에 오브리는 이런 말을 했다. "오늘 아침에는 아빠 기젠스탁이 회사에 가지 않았어요. 아파서 누워 있어요."

"그러니?" 샘은 물었다. "어디가 아픈데?"

"뭘 잘못 먹었나 봐요."

그리고 다음 날, 아침을 먹으며 물었다. "기젠스탁 씨는 좀 어떠니, 오브리?"

"조금 나아졌어요. 그런데 오늘도 회사에 가지 말라고 의사가 그랬어요. 어쩌면 내일도요."

그리고 다음 날, 기젠스탁 씨는 회사에 갔다. 바로 그날 샘 월터스는 점심 먹은 것이 탈이 나 집으로 왔다. 그 뒤로 이틀을 회사에 가지 못했다. 아파서 일을 못 나간 건 몇 년 만에 처음이었다.

이보다 더 빠르기도 늦기도 했다. '이 일이 기젠스탁 가족에게 일어난다면 24시간 이내에 우리에게 일어난다'라고 단언할 수 있는 정도는 아니었다. 어떤 때는 한 시간 이내였고, 어떤 때는 일주일이나 뒤에 일어나기도 했다.

"엄마와 아빠 기젠스탁이 오늘 말다툼을 했어요."

샘은 에디스와 말다툼을 하지 않으려고 노력했지만, 어쩔 수 없는 일인 것 같았다. 그날따라 귀가 시간이 꽤 늦어졌는데, 샘의 잘못은 아니었다. 종종 있는 일이었지만, 이번만큼은 에디스가 가만있지 않았다. 부드럽게 대답해도 에디스가 화를 풀지 않자 결국 샘도 성질을 내고 말았다.

"삼촌 기젠스탁이 멀리 다녀온대요." 리처드는 지난 몇 년 동안 사는 지역을 벗어난 적이 없었다. 그런데 갑자기 다음 주에 뉴욕에 다녀온다는 소식을 전했다. "피트와 에이미 아시잖아요. 저보고 오라고 편지를—"

"언제?" 샘이 따지듯이 물었다. "그 편지를 언제 받았지?"

"어제요."

"그러면 지난주에 처남은— 이런 걸 묻다니 내가 바보 같군. 리처드, 지난주에 어디 갈 생각을 했었나? 다른 사람한테, 다른 누구한테는 어디를 다녀올지도 모른다고 얘기한 적이 있나?"

"아뇨, 전혀요. 피트랑 에이미 생각이 난 것도 몇 달 만인데요. 어제 와서 일주일 동안 있다 가라는 편지를 받기 전까지는 생각도 못했어요."

"3일이면 돌아올 거야. 아마도." 샘은 말했다. 정말로 리처드가 3일 만에 돌아왔을 때도 샘은 굳이 설명을 하지 않았다. 리처드가 얼마나 오래 떠나 있을지 미리 알았던 게 삼촌 기젠스탁이 딱 그만큼만 떠나 있었기 때문이라는 말을 하려니 너무 바보 같아 보였다.

샘 월터스는 딸을 유심히 지켜보았다. 이상했다. 기젠스탁을 마음대로 움직이는 건 분명히 딸이었다. 오브리에게 뭔가 기이한 초자연적인 능력이 생겨서 무의식적으로 월터스 가족과 리처드에게 일어날 일을 예언하고 있다는 설명이 가능할까?

샘은 당연히 천리안을 믿지 않았다. 하지만 오브리가 천리안이라면?

"기젠스탁 부인은 오늘 쇼핑을 갈 거예요. 새 코트를 산대요."

이건 마치 짜고 하는 소리 같았다. 에디스는 웃으며 오브리를 본 뒤 샘을 바라보았다. "그러고 보니 내일 시내에 가려고 해. 세일이—"

"에디스, 지금은 전시야. 게다가 코트는 없어도 되잖아."

샘은 열심히 따졌지만, 결국 직장에만 늦고 말았다. 코트 정도는 살 돈이 있었고 코트를 사지 않은 지도 한두 해는 됐기 때문에 딱히 설득력은 없는 주장이었다. 그러나 샘은 아내가 코트를 사지 않기를 바라는 이유가 바로 기젠스탁 부인 때문이라는 진짜 이유를 설명할 수 없었다. 자기가 생각해도 너무 바보 같은 소리였다.

에디스는 코트를 샀다.

샘은 아무도 그 우연의 일치를 알아채지 못한다는 게 이상했다. 하지만 리처드는 가끔씩 들를 뿐이었고, 에디스는 — 음, 에디스는 오브리가 재잘거리는 소리의 10분의 9는 그냥 흘려버리는 재주가 있었다.

"오브리 기젠스탁은 오늘 성적표를 가져와요, 아빠. 산수에서 90점을 받았고, 철자에서는 80점을—"

이틀 뒤, 샘은 학교장에게 전화를 걸었다. 물론 아무도 듣지 못하게 공중전화로 걸었다. "브래들리 선생님, 저기— 좀— 특이한 질문을 드리고 싶은데요, 중요한 일이라 꼭 여쭤봐야겠습니다. 학교 학생이 점수를 미리 정확하게 알 수 있는 방법이 있습니까…"

아니, 없었다. 평균을 계산하기 전까지는 교사도 몰랐고, 평균을 계산하는 건 성적표를 만들어 보내는 날 아침이었다. 즉, 어제 아침, 아이들이 노는 동안이었다.

"매형, 요새 안색이 안 좋아요. 일이 잘 안 되세요? 앞으로는 사정이 나아질 거예요. 매형 회사는 걱정할 게 없잖아요."

"그 문제가 아니야, 리처드. 그게— 난 걱정이 없어. 따지고 보면. 그러니까—" 샘은 한두 가지 걱정거리를 꾸며 내서 리처드가 더 자세히 파고들지 못하게 막았다.

샘은 기젠스탁 가족에 대해 생각이 많았다. 너무 많았다. 차라리 미신을 믿거나 남에게 잘 속는 성향이었다면 차라리 나았을 것이다. 그러나 샘은 그렇지 않았다. 그래서 우연의 일치가 이어질수록 전보다 더 큰 충격을 받았다.

에디스와 리처드도 눈치를 채고, 샘이 없을 때 이야기를 나누곤 했다.

"그이가 요즘 이상해, 리처드. 정말 걱정이야. 너무 이상한 행동을— 잘 얘기해서 병원에 가보라고 할 수 있을까?"

"정신과에? 음. 그럴 수도 있겠지. 그런데 매형이 그럴 것 같지 않아, 누나. 뭔가 계속 마음에 걸리나 봐. 전에 한번 떠보려고 한 적이 있는데 말을 안 하더라고. 알다시피 저 망할 인형하고 상관있는 것 같은데."

"인형? 오브리 인형 말이야? 네가 준 거?"

"응. 기젠스탁 가족 말이야. 매형이 가만히 앉아서 인형의 집을 바라보더라고. 애한테 뭔가 물어보는 소리도 들었어. 장난이 아니고 진심으로. 매형이 그 인형에서 환각을 보고 있거나 다른 뭔가 있는 것 같아. 아니면 완전히 빠져 있거나."

"리처드, 그건 너무 끔찍하다."

"누나, 오브리는 이제 인형에 대한 관심이 좀 줄었잖아. 오브리가 아주 하고 싶어하는 게 있을까?"

"춤 학원이 있어. 하지만 바이올린을 배우고 있어서 우리 형편으로는 —"

"그 인형을 버리면 춤을 배우게 해준다고 했을 때 오브리가 그렇게 할까? 그 인형을 내다버려야 할 것 같아. 그리고 오브리가 상처를 받아서도 안 되니까 —"

"어, 그러면 오브리에게는 뭐라고 하지?"

"인형이 하나도 없는 가난한 집이 있다고 해. 그러면 그렇게 하자고 할 것 같은데. 누나가 좀 강하게 나가야 해."

"하지만 샘에게는 뭐라고 말하지? 그런 말은 그이한테 안 통할 거야."

"매형한테는 오브리가 없을 때 이렇게 말해. 인형을 갖고 놀기에는 나이가 많아서 그랬다고. 그리고 오브리가 인형에 좀 과하게 집착해서 의사가 그렇게 하라고 했다, 이런 식으로 말하지 뭐."

오브리는 그다지 내켜하지 않았다. 처음 받았을 때만큼 기젠스탁 가족에 빠져 있는 건 아니지만, 인형도 갖고 춤 학원도 다닐 수는 없는 걸까.

"그 두 개를 다 할 시간은 없을 것 같구나, 얘야. 그리고 가난해서 인형을 전혀 못 가지고 노는 아이들이 있단다. 그런 친구들을 안타깝게 생각해야지."

결국 오브리도 마음이 약해졌다. 그러나 춤 학원은 열흘 뒤에 열었다. 오브리는 수업이 시작할 때까지는 인형을 갖고 있고 싶어했다. 말다툼이 좀 있었지만, 결국 그렇게 됐다.

"그 정도야 괜찮겠지, 누나." 리처드가 말했다. "열흘이라도 뒤에 없애는 게 낫지. 그리고 만약에 오브리가 순순히 인형을 포기하지 않으면 소동이 일어날 테고, 그러면 매형이 무슨 일인지 알게 될 거야. 매형한테는 아무 얘기 안 했지?"

"안 했어. 그런데 알려주면 그이 기분이 더 낫지—"

"나라면 말 안 할 거야. 매형이 도대체 뭣 때문에 그 인형에 끌리는 건지, 아니면 꺼려하는 건지도 모르잖아. 그때까지 기다렸다가 말하자고. 오브리는 이미 인형이 없어도 된다고 했으니까. 혹시 매형이 인형을 갖고 있자고 나설지도 모르잖아. 그러지 못하게 먼저 없애 버리는 거야."

"그 말이 맞다, 리처드. 오브리는 아빠한테 말 안 할 거야. 내가 춤 학원에 대한 얘기는 하지 않고 있다가 아빠를 놀라게 하자고 했거든. 춤 학원 얘기를 안 하려면 인형 얘기도 할 수 없어."

"잘했어, 누나."

샘이 아는 게 더 나을 수도 있었다. 혹은 샘이 안다고 해도 달라지는 건 없을 수도 있었다.

가엾은 샘. 샘은 바로 다음 날 아침 끔찍한 순간을 겪었다. 오브리의 친구 한 명이 와서 함께 인형의 집을 갖고 노는 중이었다. 샘은 별로 관심 없는 척하면서 지켜보고 있었다. 에디스는 뜨개질을 하고 있었고, 조금 전에 막 도착한 리처드는 신문을 읽고 있었다.

아이들이 노는 소리를 듣고 있던 건 샘뿐이었다.

"…그러면 이제 장례식 놀이를 하자, 오브리. 이중 한 명이—"

샘 월터스는 외마디 소리를 지르며 방을 가로질러 가다가 거의 넘어질 뻔했다.

보기 안 좋은 광경이었지만, 에디스와 리처드는 겉보기에는 그럴 듯하게 무마할 수 있었다. 에디스는 이제 오브리의 친구가 돌아가야 할 시간이라고 생각했다. 에디스는 리처드와 의미심장한 눈빛을 주고받고는 함께 아이를 문까지 데려다 주었다.

에디스가 속삭였다. "리처드, 너도 봤─"

"뭔가 이상해, 누나. 기다리지 말았어야 했나 봐. 어쨌든 오브리는 인형을 포기하기로 했으니까─"

거실에서는 샘이 여전히 숨을 다소 거칠게 몰아쉬고 있었다. 오브리는 겁먹은 표정으로 아버지를 바라보았다. 전에는 한 번도 그런 눈빛으로 아버지를 본 적이 없었다. 샘은 부끄러운 기분이 들었다. "얘야, 미안한데, 아빠 말 좀 들어주렴. 다시는 그 인형 가지고 장례식 놀이를 하지 않겠다고 해 주겠니? 누구 하나가 아주 아프다거나 사고를 당하는 것도, 아니 아예 나쁜 일은 일어나지 않게 말이야. 약속해?"

"네, 아빠. 오늘 밤은 인형을 그만 갖고 놀게요."

오브리는 인형의 집 뚜껑을 덮고 부엌으로 돌아갔다.

복도에서 에디스가 말했다. "내가 오브리한테 잘 얘기해 놓을게. 넌 네 매형하고 얘기 좀 해. 말을 해 줘. 오늘 밤은 외출을 하자. 어디 다른 데 가서 이 일에서 멀어지게 하자고. 네 매형이 외출을 할지 물어봐 줘."

샘은 여전히 인형의 집을 바라보고 있었다.

"매형, 재미있게 좀 놀아요." 리처드가 말했다. "어디 밖에 나가는 게 어때요? 너무 집에만 붙어 있었잖아요. 기분이 좀 나아질 거예요."

샘은 깊은 한숨을 쉬었다. "그러지. 자네가 그렇게 말한다면야. 뭐, 기분전환이 좀 되겠지."

에디스가 오브리와 함께 돌아와 남동생에게 한쪽 눈을 깜빡여 보였다. "남자들은 먼저 내려가서 모퉁이에서 택시를 잡고 있어. 시간 맞춰서 오브리와 내려갈게."

코트를 챙겨 입으며 리처드는 샘의 등 뒤로 에디스에게 뭔가 묻는 듯한 눈빛을 던졌다. 에디스는 고개를 끄덕였다.

바깥에는 안개가 심하게 끼어 있었다. 몇 미터 앞까지밖에 안 보였다. 샘은 자기가 택시를 잡는 동안 리처드한테 문 앞에서 에디스와 오브리를 기다리라고 했다. 모녀는 샘이 돌아오기 직전에 내려왔다.

리처드가 물었다. "버렸어—?"

"그래. 내다버리려고 했는데, 누구한테 줘 버렸어. 이제 아예 없어졌어. 그냥 내다버리면 샘이 쓰레기통을 뒤져서 찾으려 할지도—"

"줘 버렸다고? 누구한테?"

"우습지 뭐야. 문을 열었더니 뒤쪽 복도에 할머니 한 명이 지나가고 있었어. 몇 호에 사는지는 모르겠어. 진짜 마녀처럼 생기긴 했는데, 아마 잡일 하는 분일 거야. 그런데 할머니가 내가 들고 있는 인형을 보더니—"

"택시가 왔어." 리처드가 말했다. "그 할머니한테 줬다는 거지?"

"그래. 신기한 일이었어. 할머니가 이러더라고. '나보고 가지라고?

영원히?' 질문이 좀 이상하지 않니? 어쨌든 난 웃으면서 말했어. 네, 영원히 가지―"

모퉁이에서 택시가 그림자처럼 모습을 드러내자 에디스는 말을 끊었다. 샘이 문을 열고 외쳤다. "빨리 타!"

오브리는 보도 뒤를 깡충거리며 뛰어가 택시에 탔다. 다른 사람들도 뒤를 따랐다. 택시가 출발했다.

안개는 더욱 짙어졌다. 창밖이 아예 보이지 않았다. 마치 차 유리를 회색 벽이 짓누르는 느낌이었다. 마치 바깥세상이 완전히 사라져버린 것 같았다. 좌석에 앉아서 보는 앞유리조차 온통 회색이었다.

"어떻게 이렇게 빨리 운전하지?" 리처드가 불안한 목소리로 물었다. "어쨌든 지금 어디로 가는 거예요, 매형?"

"아차! 이 여자분한테 그걸 말 안 했네." 샘이 말했다.

"여자요?"

"그래. 운전수가 여자분이야. 요즘에는 흔하니까. 내가―"

샘은 몸을 숙여 유리를 두드렸다. 그러자 운전수가 뒤를 돌아보았다.

에디스는 그 여자의 얼굴을 보고 비명을 질렀다. (1943)

역설에 빠지다
Paradox Lost

파란색 똥파리 한 마리가 방충망을 뚫고 날아 들어와 강의실 천장 주위를 빙글빙글 돌며 단조롭게 웅웅거리는 소리를 냈다. 강의실 앞쪽의 돌로한 교수도 단조로운 목소리로 빙글빙글 도는 논리를 설명했다. 쇼티 매케이브는 맨 뒷줄에 앉아서 똥파리와 교수를 번갈아 쳐다보다가 결국 파리에 눈길을 던졌다. 둘 중에서는 그나마 파리가 더 재미있었다.

"부정적인 절대성이란," 교수가 말했다. "말하자면, 절대적인 부정이 아니라는 거지. 이게 참 겉보기에는 모순이야. 두 단어를 순서만 바꾸면 새로운 함의가 생긴단 말이야. 따라서—"

쇼티 매케이브는 들리지 않게 한숨을 쉬며 파란색 똥파리를 바라보았다. 자기도 저렇게 빙글빙글 돌며 날아다닐 수 있으면 좋겠다는 생각이 들었다. 영혼까지 만족스러워질 법한 소리를 내면서 말이다. 몸집과 소리의 크기를 비교하면, 파리는 비행기보다 큰 소음을 내는 셈이었다.

상대적인 크기로 보면 둥근 전기톱보다도 더 시끄러웠다. 전기톱으로 쇠도 자를 수 있을까? 톱saw이라. 그러면 전기톱saw으로 톱saw

을 톱질saw하는 걸 봤다saw고 할 수 있겠군. 전기는 빼는 게 낫겠다. 나는 톱으로 톱을 톱질하는 걸 봤다. 아니, 이게 낫겠다. 수Sue는 톱으로 톱을 톱질하는 걸 봤다.

"이렇게 생각할 수도 있겠지." 교수가 말했다. "절대성이란 게 존재의 양태—"

그래, 뭔가가 다른 뭔가라고 생각할 수 있겠지. 그런데 그러면 뭐하나. 머리나 아프지. 어쨌거나 파란 똥파리가 점점 더 흥미로워지고 있었다. 이제 파리는 강의실 앞으로 향해 날아서 내려오고 있었다. 잘하면 돌로한 교수의 머리 위에 앉아서 웅웅거릴 수도 있었다.

아니, 그 대신 파리는 교수의 책상 뒤쪽 어딘가로 사라졌다. 재미삼아 쳐다볼 파리가 없어지자 쇼티는 다른 볼거리나 생각할 거리를 찾아 강의실 안을 둘러보았다. 뒤통수밖에 안 보였다. 쇼티는 뒷줄에 혼자 앉아 있었다. 흠, 그리고 보니 사람들 목 위에 털이 어떻게 자라는지 관찰할 수 있는 좋은 기회였다. 하지만 그다지 재미있어 보이지는 않았다.

쇼티는 앞에 있는 학생들 중에서 몇 명이 자고 있는지 궁금했다. 대략 절반쯤이라고 생각했다. 쇼티도 자고 싶었지만, 잠이 오지 않았다. 어젯밤에 바보같이 일찍 자는 바람에 정신이 말똥말똥했다. 정말이지 끔찍했다.

돌로한 교수가 계속 말했다. "그러나 우리가 긍정적인 절대성이 절대적인 긍정보다 작다는 진술에서 생겨나는 확률의 위배에 동의하지 않는다면, 우리는—"

만세! 책상 뒤편으로 잠시 사라졌던 파란 똥파리가 다시 나타났다. 파리는 웅웅거리며 천장으로 올라간 뒤 잠시 날개를 비비면서 쉬다가 다시 아래로 내려갔다. 이번에는 강의실 뒤쪽으로 움직였다.

계속 나선을 그리며 움직인다면 쇼티의 코 옆으로 스쳐갈 것 같았다. 실제로도 그랬다. 쇼티는 파리를 쳐다보느라 눈동자를 가운데로 모으며 고개를 이리저리 돌렸다. 파리가 날아서 지나쳤다. 그리고―

어디로 갔는지 보이지 않았다. 쇼티 매케이브의 왼쪽으로 대략 30센티미터쯤 떨어진 곳에서 갑자기 웅웅거리며 나는 소리가 들리지 않더니 어디론가 사라져 버렸다. 갑자기 죽어서 바닥으로 떨어진 것도 아니었다.

그냥 그대로 사라졌다. 바닥에서 1미터 남짓 떨어진 허공에서 종적을 감춰 버렸다. 웅웅거리던 소리도 중간에 갑자기 뚝 그친 느낌이었고, 주위가 조용해지자 갑자기 교수의 목소리도 더 크게 들렸다. 웃기게 들렸다고나 할까. "사실에 반대가 되는 가정을 통한 창조를 통해 우리는 존재의 역행이라고 할 수 있는, 일련의 거짓실재적인 공리를 창조할 수―"

쇼티 매케이브는 파리가 사라진 곳을 쳐다보고 있다가 "우와!" 하고 말했다.

"뭐라고 했지?"

"죄송합니다, 교수님. 말한 게 아니고요." 쇼티가 말했다. "그… 그냥 헛기침이 나와서요."

"존재를 역행함으로써― 내가 무슨 얘기를 하고 있었지? 아, 그래. 모든 문제에 대해 다른 답이 나오는 거짓논리의 공리적 근거를 만들고 있지. 그러니까―"

교수의 시선이 다른 데로 향하자 쇼티는 다시 고개를 돌려 파리가 사라진 곳을 바라보았다. 어쩌면 아예 파리가 더 이상 파리가 아니게 된 걸까? 바보 같은 소리. 착시였을 게 분명했다. 파리는 꽤 빨리 난다. 순간적으로 놓쳐 버리면—

쇼티는 돌로한 교수를 슬쩍 보고 교수가 다른 데 집중하고 있음을 확인했다. 그리고 파리가 사라졌던 지점, 대략 그 근처를 향해 손을 뻗어 보았다.

뭐가 어떻게 될지는 전혀 몰랐지만, 아무것도 느껴지지 않았다. 생각해 보면, 당연했다. 만약 파리가 무를 향해 날아 들어갔고 쇼티가 손을 뻗어 아무것도 느끼지 못했다면, 그건 뭐, 당연했다. 하지만 쇼티는 왠지 실망스러웠다. 무슨 일이 벌어질지는 몰랐다. 있지도 않은 파리를 건드릴 리는 없었다. 보이지 않는 단단한 장애물 같은 것을 만지게 될 리도 없었다. 그나저나 파리는 도대체 어떻게 된 걸까?

쇼티는 두 손을 책상에 올려놓은 채 한참 동안 파리를 잊고 수업에 집중하려고 애썼다. 하지만 차라리 파리 생각을 하는 게 더 나았다.

도대체 왜 '논리학 2B' 수업을 신청하는 머저리 같은 짓을 했던 건지 벌써 수천 번은 머리를 쥐어뜯었다. 아마 결코 시험을 통과하지 못할 것이다. 애초에 쇼티는 고생물학과였다. 쇼티는 고생물학이 좋았다. 공룡이야말로 집중할 수 있는 대상이었다. 말하자면 그렇다. 이놈의 논리학이란 도대체, 휴우. 사느냐 죽느냐2B or not 2B. 논리학 수업을 듣느니 화석 연구를 하는 편이 나았다.

쇼티는 자기도 모르게 책상 위에 내려놓은 두 손을 내려다보며 나직하게 소리를 질렀다. "헉!"

"매케이브 군?" 교수가 말했다.

쇼티는 대답하지 않았다. 할 수가 없었다. 왼손을 바라보고 있었는데, 손가락이 하나도 없었다. 쇼티는 눈을 감았다.

교수는 교수 특유의 미소를 지었다. "맨 뒷자리에 앉은 학생이… 음, 잠이 들었던 것 같군." 교수가 말했다. "누가 좀 깨워─"

쇼티는 서둘러 두 손을 무릎 위로 내려놓으며 말했다. "괘… 괜찮습니다, 교수님. 죄송합니다. 뭐라고 하셨나요?"

"자네가 뭐라고 하지 않았던가?"

쇼티는 침을 꿀꺽 삼켰다. "아… 아니요."

"우리가 지금 이야기 중인 게…" 교수가 말했다. 다행히 쇼티가 아니라 반 전체를 향해서였다. "불가능이라고 간주할 수 있는 것의 가능성인데, 이건 용어상으로 모순이 아니야. 불가능과 비가능을 신중하게 구분해야 하기 때문이지. 후자는─"

쇼티는 두 손을 다시 책상 위로 슬쩍 올리고 가만히 바라보았다. 오른손은 멀쩡했다. 그런데 왼손은─ 쇼티는 눈을 감았다 떴지만, 여전히 왼손에는 손가락이 하나도 없었다. 없다는 느낌은 들지 않았다. 실험 삼아 손가락을 움직이는 근육을 꿈틀거려 보았는데, 꿈틀거리는 느낌이 들었다.

그러나 눈에는 전혀 보이지 않았다. 오른손을 뻗어 손가락을 만져 보았다. 아무 느낌이 없었다. 쇼티의 오른손은 왼손 손가락이 있어야 할 공간을 그대로 통과했다. 느낌도 전혀 없었다. 그러나 왼손 손가락을 움직일 수는 있었다. 정말 움직였다.

아주 혼란스러웠다.

그때 쇼티는 파란 똥파리가 사라진 곳으로 뻗었던 손이 바로 왼손이었다는 사실을 떠올렸다. 그리고 갑작스레 떠올린 생각을 뒷받침하기라도 하듯이 마침 사라진 손가락 하나에 가볍게 무엇이 와 닿는 느낌이 들었다. 가벼운 접촉에 이어 뭔가 손가락 위를 기어 다니는 느낌이었다. 파리 정도의 벌레 같은 것 같았다. 그러더니 마치 다시 날아간 것처럼 그 느낌이 사라졌다.

쇼티는 "헉" 소리를 내지 않으려 입술을 깨물었다. 점점 무서워지고 있었다.

미쳐가는 걸까? 아니면 교수 말처럼 자다가 꿈을 꾸는 걸까? 어떻게 알 수 있지? 꼬집어 볼까? 쇼티는 남아 있는 오른손 손가락으로 허벅지를 세게 꼬집었다. 아팠다. 그런데 꿈속에서 꼬집으면 그냥 아픈 꿈을 꾸는 건 아닐까?

쇼티는 고개를 돌려 왼쪽을 바라보았다. 그쪽에는 아무것도 볼 게 없었다. 늘어선 빈 책상과 통로, 그 너머에 또 있는 빈 책상들, 그리고 벽과 창문, 유리 밖으로 보이는 파란 하늘.

그런데—

쇼티는 교수가 칠판에 기호를 쓰는 데 정신이 팔려 있는 모습을 힐끗 보았다. "N이 알려진 무한대라고 하죠. 그리고 a는 가능성이라고 합시다." 쇼티는 시험 삼아 왼손을 다시 복도 쪽으로 뻗으며 자세히 살펴보았다. 확실히 하는 게 나을 것 같아서 좀 더 멀리 뻗었다. 그러자 손이 사라졌다. 쇼티는 화들짝 놀라 손을 뒤로 빼고 땀을 흘리며 앉아 있었다.

미쳤다. 미친 게 분명했다.

이번에도 쇼티는 손가락을 움직여 보았고, 이상한 곳 하나 없이 아주 멀쩡하게 움직이는 느낌을 받았다. 감각도 있었고, 움직이기도 했고, 죄다 멀쩡했다. 그러나 손목을 책상 쪽으로 가져가자 책상을 만지는 느낌이 전혀 없었다.

손이 어디에 있는지는 모르겠지만, 손목에 붙어 있는 건 아닌 게 분명했다. 아직 복도에 있었다. 팔을 이리저리 움직여도 상관없었다. 만약 일어나서 강의실 밖으로 나간다고 해도 팔은 여전히 보이지 않는 채로 복도에 있을까? 수천 킬로미터나 떨어진다고 해도? 그건 바보 같은 소리였다.

그래도 팔은 책상 위에 있는데 손은 60센티미터 떨어져 있다는 것이나 바보 같기는 매한가지였다. 바보 같음에 있어서 60센티미터와 수천 킬로미터 사이의 차이는 종이 한 장이었다.

저 곳에 손이 있기는 한 걸까?

쇼티는 주머니에서 만년필을 꺼내 오른손에 들고 그곳이라고 짐작되는 곳을 향해 뻗었다. 당연히 만년필은 반 정도만 살짝 쥔 채였다. 쇼티는 너무 멀리 손을 뻗지 않도록 주의하면서 만년필을 들었다가 재빨리 내렸다.

느낌이 왔다. 사라진 왼손 손가락에 따가운 느낌이 들었다! 쇼티가 깜짝 놀라 만년필을 떨어뜨리자 그대로 사라졌다. 바닥에도 없었다. 아무 데도 안 보였다. 사라져 버린 것이다. 5달러나 하는 물건이었는데.

헉! 지금 왼손이 없어진 마당에 만년필 걱정이나 하고 있다니. 손을 어떻게 해야 할까?

쇼티는 눈을 감고 중얼거렸다.

"쇼티 매케이브, 논리적으로 생각해서 어디에 있는지 모르는 손을 도로 가져올 방법을 생각해야 해. 겁먹지 말고. 아마도 잠들어서 꿈을 꾸고 있는 건지도 몰라. 아니, 아닐 수도 있고. 아니라면, 굉장히 난감한 상황이겠지. 자, 이제 논리적으로 생각해 보자. 저기 무슨 공간이 있어. 평면 같은 거야. 그 너머로 손을 뻗거나 물건을 넘길 수 있어. 하지만 도로 가져올 수는 없어.

건너편에 뭐가 있는지 모르겠지만, 일단 내 왼손이 있어. 오른손은 왼손이 하는 일을 몰라. 하나는 여기에 있고 다른 하나는 그쪽에 있으니까. 이 둘은 절대 다시 만나지 못— 어이, 그만 하라고, 쇼티. 장난하는 거 아니야."

한 가지 할 수 있는 게 있었다. 그 정체 모를 것의 크기와 모양을 대략적으로마나 밝히는 것이다. 책상 위에 클립 상자가 있었다. 오른손으로 몇 개를 집어든 뒤 복도를 향해 하나를 던졌다. 클립은 복도 위를 대략 15~18센티미터쯤 날아가다가 사라졌다. 바닥에 떨어지는 소리는 어디서도 들리지 않았다.

지금까지는 괜찮았다. 쇼티는 좀 더 낮게 하나를 던졌다. 결과가 똑같았다. 쇼티는 머리가 복도 쪽으로 튀어나오지 않도록 조심하면서 상체를 아래로 숙였다. 그리고 클립 하나를 복도 쪽으로 던졌다. 이번에도 15~18센티미터쯤 되는 곳에서 사라졌다. 이번에는 약간 앞쪽으로 하나를, 약간 뒤쪽으로 하나를 던졌다. 평면은 앞뒤로 최소한 1미터 가깝게 펼쳐져 있었다. 복도와 얼추 평행했다.

위로는? 쇼티는 위쪽으로 클립을 하나 던졌고, 클립은 복도 위로

호를 그리며 날아가다가 바닥에서 1.8미터쯤 떨어진 곳에서 사라졌다. 좀 더 높이, 약간 앞쪽으로 하나를 더 던졌다. 클립은 호를 그리며 날아가다가 복도 건너편의 세 줄 앞에 앉아 있는 여자애 머리 위에 떨어졌다. 여자애는 깜짝 놀라며 머리에 손을 가져갔다.

"매케이브 군." 돌로한 교수가 엄한 목소리로 말했다. "내 강의가 지루한가?"

쇼티는 화들짝 놀랐다. "네… 아니요, 교수님. 전 그저—"

"나도 알겠네. 자네는 탄도학과 포물선의 성질에 대해 실험하고 있었지, 매케이브 군. 포물선은 최초의 동력원과 중력을 제외한 어떤 힘도 가해지지 않는 상태에서 우주로 날아가는 탄알의 곡선 궤적이지. 자, 이제 내가 원래 하려던 강의로 돌아가는 게 낫겠나, 아니면 자네가 이 앞으로 나와서 포물선 역학의 성질을 보여줌으로써 동료 학생들의 지성을 깨우쳐 주는 게 낫겠나?"

"죄송합니다, 교수님." 쇼티가 말했다. "전… 그게… 그러니까… 죄송합니다."

"고맙네, 매케이브 군." 교수는 다시 칠판을 향해 몸을 돌렸다. "자, 이제 기호 b가 비가능성의 정도를 나타낸다고 하고, c를—"

쇼티는 침울한 기색으로 무릎 위에 놓인 두, 아니 한 손을 내려다보았다. 문 위에 걸려 있는 시계를 보자 수업 시간은 5분이 남아 있었다. 어떻게든 해야 했다. 그것도 빨리.

쇼티는 다시 복도로 시선을 돌렸다. 물론 눈에 보이는 건 없었다. 하지만 생각해 봐야 할 거리는 충분히 많았다. 종이 클립 대여섯 개, 가장 좋아하는 만년필, 그리고 왼손.

뭔가 보이지 않는 게 있었다. 만져도 느낄 수 없었고, 클립 같은 물체도 아무 소리 내지 않고 통과했다. 그리고 단 한 방향으로만 통과할 수 있었다. 반대는 해당이 없었다. 오른손을 뻗으면 분명히 왼손을 건드릴 수 있겠지만, 오른손도 두 번 다시 보지 못할 터였다. 그리고 수업은 곧 끝날 테고—

젠장. 이성적으로 생각했을 때 할 수 있는 일은 한 가지밖에 없었다. 건너편에 있는 왼손에는 아픈 느낌이 없었다. 확실한가? 흠, 그렇다면 아예 그쪽으로 걸어 들어가면 어떨까? 어떤 곳인지는 모르겠지만, 몸은 하나로 온전할 것이다.

쇼티는 교수를 곁눈질하며 칠판에 뭔가 쓰기 위해 몸을 돌리기를 기다렸다. 그리고 두 번 생각하면 차마 못할 짓인 것 같아서 더 고민하지 않고 일어서서 복도로 나갔다.

불이 꺼졌다. 아니면 어둠 속으로 걸어 들어간 것일지도 몰랐다.

교수가 강의하는 소리 대신 윙윙거리는 익숙한 소리가 귓가에 들렸다. 파란 똥파리가 어둠 속 어딘가에서 날아다니는 것 같았다.

쇼티는 두 손을 맞잡았다. 오른손에 왼손이 잡히는 것으로 보아 둘 다 멀쩡히 있었다. 어딘지는 모르겠지만, 몸은 온전히 하나였다. 그런데 왜 눈앞이 안 보일까.

누군가가 재채기를 했다.

쇼티는 놀라서 펄쩍 뛰었다. "거기… 누구 있어요?" 목소리가 살짝 떨렸다. 자신이 지금 잠들어 있고 곧 깨어나면 정말 좋겠다는 심정이었다.

"당연하지." 목소리가 들렸다. 살짝 날카롭고 성깔 있게 들리는 목소리였다.

"어… 누구시죠?"

"무슨 소리야. 누구냐니. 나지. 안 보— 아, 안 보이겠군. 깜빡했네. 이봐, 저 사람 말 좀 들어봐! 우리가 미쳤다네!" 어둠 속에서 웃음소리가 났다.

"저 사람이라뇨?" 쇼티가 물었다. "누가 미쳤다고 누가 그래요? 저기요, 전 이해가—"

"저 사람이." 목소리가 들렸다. "선생. 안 보— 아, 맞다. 또 깜빡했네. 어차피 자네는 여기에 볼일이 없겠지. 그래도 거대도마뱀이 어떻게 됐는지 저 선생이 설명하는 걸 들어보라고."

"거대… 뭐요?"

"거대도마뱀. 공룡. 저 선생은 제정신이 아니야. 그러면서 우리보고 미쳤다니!"

쇼티 매케이브는 갑자기 그 자리에 주저앉고 싶어졌다. 어둠 속에서 더듬거리자 책상이 느껴졌고, 그 뒤에 빈 의자가 있었다. 쇼티는 그 의자에 몸을 앉히고 말했다. "도무지 무슨 소린지 모르겠어요. 누가 누구보고 미쳤다는 거죠?"

"저치들이 말하길 우리가 미쳤다잖아. 모르겠어? 맞다. 모르겠군. 저건 왜 여기서 날아다니는 거야?"

"처음부터 얘기 좀 해주세요." 쇼티가 애원했다. "여기가 어디죠?"

"정상인들이란." 까칠한 목소리가 들렸다. "조금만 이상한 일을 겪으면 질문이나 해대고 말이야. 아, 좋아. 조금만 기다려 말해 주지. 그 대신 저 파리 좀 잡아."

"보이는 게 없어요. 전—"

"닥쳐. 난 이걸 듣고 싶어. 그러려고 왔단 말이야. 저, 이크, 저 선생은 덩치가 너무 커진 공룡이 충분히 먹지 못해서 멸종했다고 설명하고 있군. 바보 같지 않아? 덩치가 크면 먹이를 더 잘 구할 텐데? 초식공룡이 숲속에서 굶어 죽을 수 있다고 생각하다니! 초식공룡이 있으면 육식공룡도 살 수 있잖아! 그리고— 그런데 내가 왜 이런 얘기를 너한테 하고 있지. 넌 정상인이잖아."

"저… 전 이해가 안 가요. 내가 정상인이면, 당신은 뭐죠?"

킬킬거리며 웃는 소리가 났다. "난 미친 사람이겠지."

쇼티 매케이브는 침을 꿀꺽 삼켰다. 무슨 말을 해야 할지 몰랐다. 미쳤다는 말은 확실히 맞는 것 같았다.

비록 바깥쪽 소리는 들리지 않았지만, 처음에 돌로한 교수는 확실한 절대성에 대해 강의하고 있었다. 그리고 이 목소리는—도대체 뭐가 이 목소리를 내는지는 모르겠지만—공룡의 쇠퇴에 대한 이야기를 들으러 왔다는 것이다. 도무지 말이 되지 않았다. 돌로한 교수는 불룩한 구체 위에 살던 별난 익룡 같은 것에 대해서는 아는 게 없었다.

그리고— "아얏!" 쇼티가 외쳤다. 뭔가 어깨를 세게 때렸다.

"미안." 목소리가 들렸다. "저 망할 놈의 파리를 잡으려다 그만. 자네 위에 앉았었어. 뭐, 놓쳤지만 말이야. 내가 스위치를 켜고 그 빌어먹을 파리를 내보낼 테니 조금만 기다려. 자네도 나가고 싶나, 응?"

갑자기 웅웅거리는 소리가 멈췄다.

쇼티가 말했다. "저기요. 저… 전 너무 궁금해서 여길 떠나지도, 아니 나가지도 못할 지경이에요. 내가 생각해도 미친 것 같지만—"

"아니, 넌 정상이야. 미친 건 우리지. 어쨌든 저들은 그렇게 얘기하니까. 흠, 저 양반이 하는 공룡 얘기도 지겹군. 저 소릴 듣느니 자네랑 얘기하는 게 낫겠어. 하지만 자네는 여기 들어올 일이 없었잖아. 그 파리도 그렇고, 안 그래? 그 장치에 구멍이 있었나 보군. 나폴레옹에게 말—"

"누구요?"

"나폴레옹. 그 사람이 이 지역 대장이야. 다른 지역에서도 몇 군데는 나폴레옹이 대장을 하고 있어. 우리 중에 자기가 나폴레옹이라고 생각하는 사람이 많지. 난 아니야. 흔한 망상이지. 어쨌든 내가 말한 나폴레옹은 도니브룩에 있는 사람이야."

"도니브룩? 그거 정신병원 아니에요?"

"물론이지. 자기가 나폴레옹이라고 생각하는 사람이 달리 어디 있겠어? 생각해 봐라."

쇼티 매케이브는 눈을 감았다. 사방이 어두워서 감으나마나 똑같았다. 눈을 떠도 보이는 건 전혀 없었다. 쇼티는 혼자 중얼거렸다. "알아듣는 말이 나올 때까지 계속 물어야겠어. 아니면 내가 미쳐버릴 거야. 어쩌면 미쳤는지도 몰라. 미치면 이런 느낌일지도 모르지. 하지만 내가 미쳤다면 난 여전히 돌로한 교수 수업에 앉아 있는 것이고… 아니면 뭐지?"

쇼티는 눈을 뜨고 물었다. "저기요. 이 상황을 다른 각도에서 볼 수 있는지 생각해 보자고요. 당신은 어디 있지요?"

"나? 아, 나도 도니브룩에 있어. 그러니까 보통은. 이 지역에 있는 우리는 모두 그래. 아직 바깥쪽에 있는 몇 명만 빼면. 알겠어? 지금 은." 갑자기 당황스러운 목소리로 바뀌었다. "내가 쿠션을 두른 감방 안에 있군."

"그러면, 이게… 그거인가요?" 쇼티가 두려운 목소리로 물었다. "그러니까 저도 쿠션을 두른 감방 안에 있는 건가요?"

"당연히 아니지. 자네는 안 미쳤잖아. 이봐, 내가 자네하고 이런 이 야기를 할 이유가 없어. 분명히 선이 있단 말이야. 이건 그저 그 장치 가 고장 났기 때문이라고."

쇼티는 "무슨 장치예요?"라고 묻고 싶었지만, 그랬다가는 일고여 덟 가지 질문이 더 생길 것 같다는 느낌이 들었다. 차라리 한 가지를 이해할 수 있도록 집중하면 다른 것도 더 이해할 수 있을지 몰랐다. 쇼티가 말했다. "나폴레옹으로 다시 돌아가요. 당신들 중에 나폴레옹 이 여럿 있다고 했죠? 어떻게 그럴 수 있죠? 똑같은 게 둘 있을 수는 없어요."

키득거리는 웃음소리가 들렸다. "네가 아는 건 그게 다지. 네가 정 상이라는 증거야. 정상적인 추론 방식. 물론 그게 맞지. 그런데 자기 가 나폴레옹이라고 생각하는 자들은 미쳤어. 그래서 적용이 안 돼. 완전히 돌아서 뭐가 뭔지 분간도 안 되는 사람 백 명이 각자 나폴레 옹이 될 수 없을 건 또 뭐야?"

"음." 쇼티가 말했다. "나폴레옹이 죽지만 않았다면, 적어도 아흔아 홉 명은 틀린 거겠죠. 그게 논리예요."

"그게 여기서는 안 먹힌다는 거야." 목소리가 들렸다. "우리가 미쳤 다고 계속 말하지 않았나."

"우리요? 아까 전—"

"아니. 아니. 아니. 아니. 아니야. '우리'라는 건 우리, 나와 다른 이들을 말하는 거지. 자네 말고. 그래서 자네는 여기 볼일이 없는 거야, 알겠어?"

"아뇨." 쇼티가 말했다. 이상하게도 이제는 전혀 두렵지 않았다. 지금 꿈을 꾸고 있는 것이어야 마땅했지만, 쇼티는 그렇게 생각하지 않았다. 하지만 자신이 미치지 않았다는 점만은 확실했다. 쇼티와 대화 중인 목소리도 그렇게 말했다. 그리고 그 목소리는 그 주제에 대해서는 믿을 만한 것 같았다. 나폴레옹이 백 명이라니! 쇼티가 말했다. "재미있는 이야기예요. 잠에서 깨기 전에 가능한 더 많이 알고 싶군요. 당신은 누구죠? 이름이 뭐예요? 전 쇼티예요."

"만나게 되어서 그럭저럭 반갑군, 쇼티 군. 자네 같은 정상인은 보통 날 지루하게 하지만, 자네는 그보다는 좀 낫군. 그래도 도니브룩에서 날 부르는 이름을 알려주진 않을 걸세. 자네가 날 찾아오거나 그러는 건 싫으니까. 그냥 도피라고 불러."

"그게… 저… 그 일곱 난쟁이요? 당신이 그중 하나—"

"아, 아니야. 전혀. 난 편집광이 아니라고. 자네는 망상이라고 부르겠지만, 어쨌든 그런 망상 중에도 내 정체성과 관련된 건 없어. 그냥 여기서 날 부르는 별명일 뿐이야. 자네를 쇼티라고 부르듯이 말이야. 그렇지? 내 다른 이름에 대해서는 신경 끄라고."

쇼티는 말했다. "그… 당신의 망상이란 게 뭔데요?"

"난 발명가야. 사람들은 나를 괴짜 발명가라고 부르지. 일단 난 내가 타임머신을 발명한다고 생각해. 그런 거야."

"그럼 이게— 내가 타임머신 안에 있다는 소린가요? 음, 그렇군요. 그러면… 한두 가지는 설명이 되겠어요. 그런데 만약 이게 타임머신이고 제대로 작동한다면 왜 이걸 '발명한다고 생각한다'고 한 거죠? 만약 이게 그거면— 그러니까—"

웃음소리가 났다. "하지만 타임머신은 불가능해. 그게 역설이지. 자네 교수라면 타임머신이 존재할 수 없다고 설명하겠지. 물체 두 개가 동시에 같은 장소를 점유해야 한다는 뜻이니까. 그리고 사람은 과거로 돌아가서 어렸을 때의 자기 자신을 죽일 수도 있고. 이런 이야기가 많지. 그런 건 절대 불가능해. 미친 사람만이—"

"하지만 이게 그거라면서요. 어… 어디에 있는 거죠? 그러니까 시간 속에서요."

"지금? 지금은 당연히 1968년이지."

"어— 이봐요. 지금은 1963년밖에 안 됐다고요. 내가 탄 뒤에 움직이지 않았다면요. 혹시 움직였어요?"

"아니. 난 쭉 1968년에 있었어. 여기서 공룡에 대한 강의를 듣고 있었지. 그런데 네가 거기서 탄 거야. 5년 전에. 그게 워프 때문이야. 그거 때문에 나폴레옹에게 물어—"

"그런데 내가 지금… 우리가 지금 어디 있는 거죠?"

"자네는 아까와 똑같은 교실에 있어, 쇼티. 5년 뒤일 뿐이지. 손을 뻗어 보면 알 거야. 해 봐. 왼쪽으로 자네가 앉아 있는 곳으로 뻗어 봐."

"어— 손이 다시 돌아오겠죠? 아니면 아까 이쪽으로 손을 뻗었을 때처럼 될까요?"

"괜찮아. 멀쩡할 거야."

"그럼—" 쇼티가 말했다.

쇼티는 시험 삼아 손을 뻗어보았다. 머리카락처럼 부드러운 게 만져졌다. 쇼티는 혹시나 해서 붙잡고 살짝 당겨 보았다.

갑자기 그게 바짝 당겨지더니 손아귀에서 빠져나갔다. 쇼티도 반사적으로 손을 도로 뺐다.

"오호라!" 옆에서 목소리가 들렸다. "재미있구먼!"

"어… 어떻게 된 거죠?" 쇼티가 물었다.

"여자애였어. 빨강 머리의 죽이는 애였지. 자네가 5년 전에 앉아 있던 바로 그 의자에 앉아 있었는데, 자네가 걔 머리를 잡아당긴 거야. 놀라서 펄쩍 뛰는 걸 봤어야 하는데! 들어봐—"

"뭘 들어요?"

"조용히 해. 나 좀 듣게—" 잠시 조용하더니 키득거리며 웃는 소리가 났다. "교수가 그 여자애와 데이트를 하려고 하잖아!"

"예?" 쇼티가 말했다. "수업 중에요? 어떻게—"

"아, 여자애가 소리를 내니까 돌아보더니 수업 끝나고 남으라고 했어. 그런데 여자애를 쳐다보는 꼴을 보니 뭔가 꿍꿍이가 있는 것 같아. 뭐라고 할 수는 없지. 저 여자애는 정말 끝내주니까. 손으로 다시 당겨 봐."

"어… 그건 좀—"

"그렇군." 짜증난 목소리가 들렸다. "자네가 나처럼 미치지 않았다는 걸 계속 깜빡하는군. 정상인이라니 끔찍하겠어. 음, 여기서 나가기로 하지. 자루하군. 사냥 가고 싶나?"

"샤냥이요? 음, 총은 잘 못 쏴요. 가뜩이나 보이는 것도 없는데요."

"아, 이 장치에서 걸어 나가면 어둡지 않을 거야. 자네도 아는 세상이야. 하지만 미쳐 있겠지. 그러니까 뭐라고 해야 할까. 자네 교수라면 뭐라고 했을까? 논리성의 비논리적인 측면? 어쨌든 우린 언제나 새총으로 사냥을 해. 그게 더 흥겹거든."

"뭘 사냥하는데요?"

"공룡. 그게 가장 재미있어."

"공룡이요? 새총으로요? 당신은 미쳤— 정말요?"

웃음소리가 났다. "당연하지. 그래서 저 교수가 공룡이 어쩌고 하면서 떠드는 게 웃긴다는 거야. 우리가 공룡을 없앴거든. 내가 이 타임머신을 만든 이래 쥐라기는 우리가 가장 좋아하는 사냥터가 됐어. 아직 사냥할 게 한두 마리는 남아 있을지도 몰라. 내가 놈들이 있을 만한 곳을 알지. 바로 여기야."

"여기요? 1968년의 교실에 있는 줄 알았는데요."

"그땐 그랬지. 자, 내가 극성을 바꿀 테니 자네는 바로 걸어 나가도록 해. 어서."

"하지만—" 쇼티가 중얼거렸다. "음—" 그러고는 오른쪽으로 걸어 나갔다.

햇빛이 눈부셨다.

쇼티는 평생 동안 그렇게 밝게 작열하는 햇빛을 본 적이 없었다. 조금 전까지 겪었던 어둠과 극명하게 대조가 됐다. 쇼티는 눈이 아파서 손으로 가렸다. 손을 치우고 눈을 뜰 수 있게 될 때까지 한참 걸렸다.

쇼티는 잔잔한 호숫가의 모래사장 위에 서 있었다.

"여기는 술을 마시러 오지." 익숙한 목소리가 들리자 쇼티는 몸을 빙글 돌렸다. 웃기게 생긴 작은 남자가 서 있었다. 키가 163센티미터인 쇼티보다 못해도 10센티미터는 작아 보였다. 그 남자는 뿔테 안경을 쓰고 있었고, 턱에는 염소수염이 나 있었다. 오래돼서 색이 바랜 검정색 실크해트 아래로 보이는 얼굴은 작고 여위었다.

그 남자는 주머니에 손을 넣더니 작지만 꽤 튼튼한 고무줄이 달린 새총을 꺼냈다. "원한다면 처음 만나는 건 자네가 쏴도 좋아." 남자가 새총을 내밀었다.

쇼티는 고개를 격렬히 저었다. "먼저 하세요." 쇼티가 말했다.

작은 남자는 허리를 숙이더니 모래밭에서 신중하게 돌멩이 몇 개를 골랐다. 하나만 빼고는 전부 주머니에 넣은 다음 들고 있던 돌멩이를 새총의 가죽 부분에 끼웠다. 그러고는 바위 위에 앉아서 말했다. "숨지 않아도 돼. 공룡은 멍청하거든. 바로 이 앞을 지나갈 거야."

쇼티는 그 남자 주위를 다시 둘러보았다. 호수에서 백 미터쯤 떨어진 곳에 나무들이 있었다. 쇼티가 알던 것보다 훨씬 연한 색의 거대한 이파리가 달린 기이하고 괴상한 나무였다. 나무들과 호수 사이에는 갈색기가 도는 작고 낮은 관목과 누런 풀뿐이었다.

뭔가 빠져 있었다. 문득 쇼티는 그게 무엇인지 깨달았다. "타임머신은 어디 있어요?" 쇼티가 물었다.

"응? 아, 바로 여기." 조그만 남자가 손을 왼쪽으로 뻗었다. 그러자 손이 팔꿈치 부분까지 사라졌다.

"아." 쇼티가 말했다. "어떻게 생겼나 궁금했어요."

"어떻게 생겨?" 작은 남자가 말했다. "어떻게 생기긴 뭐가 어떻게 생겨? 내가 말했잖아. 타임머신 같은 건 없다고. 존재할 수가 없다고. 완벽한 역설이라고. 시간은 고정된 차원이야. 그리고 난 그걸 증명하고 미쳐버렸지."

"그게 언젠데요?"

"지금으로부터 대충 400만 년 뒤야. 1961년쯤. 타임머신을 만드는 데 마음을 쏟았고, 실패했을 때 정신이 나갔지."

"아." 쇼티가 말했다. "저기요. 아까 미래에서는 왜 당신이 안 보이다가 여기서는 보이는 거죠? 그리고 이 400만 년 전의 세상이 당신 세상인가요, 내 세상인가요?"

"그 질문에 대한 답은 하나로 할 수 있어. 여기는 중립지대야. 제정신과 정신이상으로 나뉘기 전인 곳이지. 공룡은 멍청하기 짝이 없어. 정상은 고사하고 정신이상을 겪기에도 뇌가 부족하지. 뭘 봐도 아무 것도 몰라. 타임머신이 있을 수 없다는 것도 모르지. 그래서 여기로 온 거야."

"아." 쇼티가 다시 말했다. 그리고 잠시 말을 더 잇지 못했다. 어찌 된 일인지 이제는 새총으로 공룡을 사냥하는 모습을 보려고 기다려야 한다는 게 그다지 이상해 보이지 않았다. 애초에 공룡을 기다리고 있어야 한다는 게 미친 소리였다. 그건 인정하더라도 새총을 들고 앉아서 기다린다는 건 마찬가지로 어리석었다. "저기요." 쇼티가 말했다: "새총으로 공룡을 사냥하는 게 스포츠면, 파리채로도 해 봤어요?"

조그만 남자의 눈빛이 밝아졌다. "그럴 수도 있겠군. 이봐, 자네는 정말 적합한—"

"아뇨." 쇼티가 서둘러 말했다. "그냥 농담이었어요. 진짜로요. 그런데 들어보세요."

"난 아무것도 안 들려."

"그게 아니고요. 그러니까, 음, 저기요, 곧 난 잠에서 깨거나 할 거예요. 그 전에… 당신이 여기 있을 때 몇 가지 묻고 싶은 게 있거든요."

"자네가 여기 있을 때 말이겠지." 조그만 남자가 말했다. "자네가 여기 나와 함께 있게 된 건 순전한 사고라고 말했잖아. 그건 내가 나폴레옹에게—"

"나폴레옹 얘기 좀 집어치워요." 쇼티가 말했다. "이봐요, 내가 이해할 수 있게 대답해 줄 수 있어요? 우리는 여기 있어요? 아니면, 여기 있지 않아요? 내 말은 만약 저기 당신이 만든 타임머신이 있다면, 타임머신이 있을 수 없는데 어떻게 타임머신이 있는 거죠? 그리고 난 돌로한 교수가 수업하는 강의실에 아직 있는 건가요, 아닌가요? 만약 있는 거라면, 난 여기서 뭘 하고 있죠. 아아, 망할. 도대체 이게 다 무슨 일이에요?"

조그만 남자가 생각에 잠긴 표정으로 미소를 지었다. "자네가 아주 혼란스러워하고 있다는 걸 알겠어. 확실히 이야기해줘야겠어. 논리에 대해 아는 게 있나?"

"음, 조금요. 어—"

"도피라고 불러. 자네가 논리에 대해 좀 안다면, 그게 자네 문제야. 논리는 잊어버리고 내가 미쳤다는 것만 기억해. 그러면 달라질 거야,

그렇지? 미친 사람은 논리적일 필요가 없어. 우리 세상은 다르다고, 모르겠어? 넌 우리가 정상인이라고 부르는 사람이니까, 다른 사람처럼 세상을 보겠지. 하지만 우린 달라. 그리고 물질이란 건 단순히 마음속의 개념인 게 분명—"

"그래요?"

"당연하지."

"하지만 그건 논리에 따라서잖아요. 데카르트가—"

조그만 남자는 새총을 가볍게 흔들었다. "아, 그렇지. 하지만 다른 철학자에 따르면 안 그래. 이원론자들 말이야. 거기서 논리학자들이 우리의 허를 찌르는 거야. 어떤 문제를 정반대로 바라보는 두 진영으로 갈라놓지. 어리석은 소리? 하지만 물질이 의식이 만들어낸 개념이라는 사실은 그대로야. 완전히 미치지 않은 일부 사람들은 그렇다고 생각하지. 자네가 공유하는 정상적인 물질 개념이 있고, 비정상적인 개념도 수두룩하게 있는 거야. 비정상적인 개념들은 서로 뭉친다고 할 수 있지."

"이해가 안 가요. 당신 말은 그… 다른 세상에 사는 음… 미치광이들로 이뤄진 비밀 결사가 있다는 거잖아요, 그런 거죠?"

"그런 건 아니야." 조그만 남자가 힘주어 정정했다. "하지만 아닌 것도 아니지. 그리고 비밀 결사는 아니야. 그런 조직 같은 건 없어. 그냥 있는 거야. 따지고 들자면, 두 세상에 투영된다고나 할까. 하나는 정상인 세상이지. 우리 몸은 거기서 태어났고, 당연히 아직 거기 있어. 그리고 주목을 끌 정도로 충분히 미치면, 그쪽 피난처로 들어갈 수 있게 되는 거야. 하지만 우리는 또 따로 존재해. 우리 마음속에. 나는 거기 있지. 지금 네가 있는 곳도 거기야. 내 마음 속. 사실상 난 여기 있는 게 아니야."

"휘유!" 쇼티가 말했다. "그런데 내가 어떻게 당신 마음속에—"

"말했잖아. 기계가 삐걱거렸다고. 하지만 내 세상에서 논리는 그다지 비중이 크지 않아. 역설도 별로 중요하지 않아. 그리고 타임머신은 그냥 흔한 물건이야. 많이들 가지고 있거든. 그걸로 여기 와서 사냥하는 사람들이 많아. 그래서 공룡이 멸종했지. 그리고—"

"잠깐만요." 쇼티가 말했다. "지금 우리가 앉아 있는 이 세계… 그러니까 쥐라기가 당신의… 음… 생각인 건가요, 아니면 진짜인가요? 진짜 같아 보여요. 실제 같아요."

"이건 진짜야. 하지만 사실상 존재하는 건 아니지. 당연하잖아. 물질이 마음속의 개념이라면, 그리고 공룡에게 마음이 없다면, 공룡이 사는 세상이 어떻게 있겠어? 나중에 우리가 대신 생각해 주는 수밖에 없겠지?"

"아." 쇼티는 힘없이 중얼거렸다. 머릿속이 빙글빙글 돌았다. "그러니까 공룡이 실제로는—"

"한 마리 온다." 조그만 남자가 말했다.

쇼티는 펄쩍 뛰며 사방을 두리번거렸다. 공룡처럼 보이는 건 없었다.

"아래야." 조그만 남자가 말했다. "덤불 사이로 나오는군. 내가 쏘는 걸 봐."

옆에서 새총을 들어 올리자 쇼티는 아래를 내려다보았다. 조그만 도마뱀 같은 동물이었다. 여느 도마뱀과 달리 똑바로 서서 나지막한 관목 주위를 깡충깡충 뛰어다녔다. 대략 키가 40~50센티미터쯤 되어 보였다.

고무줄이 쉭— 하는 소리를 내며 움직였다. 그리고 돌멩이가 눈사이에 맞으면서 픽— 하는 소리가 났다. 녀석이 쓰러졌다. 조그만 남자가 걸어가서 집어 들며 말했다. "다음에 오는 놈은 자네가 쏴."

쇼티는 넋을 잃고 죽은 공룡을 바라보았다. "스트루티오미무스잖아!" 쇼티가 말했다. "맙소사. 큰 놈이 오면 어떻게 하죠? 브론토사우루스나 티라노사우루스 렉스 같은 게 오면요?"

"걔네들은 없어. 다 죽여서 없어졌어. 지금은 작은 놈들만 남아 있지. 그래도 토끼 사냥보다는 낫지 않아? 흠, 오늘은 난 한 마리면 족해. 지루해지는군. 그래도 자네가 원한다면 한 마리 잡을 때까지 기다려 주지."

쇼티는 고개를 저었다. "전 새총으로 정확히 겨누지 못할 것 같아요. 전 안 할래요. 타임머신은 어디 있어요?"

"바로 여기. 앞으로 두 걸음만 걸어."

쇼티가 두 걸음 내딛자 다시 불빛이 사라졌다.

"잠깐만." 조그만 남자의 목소리가 들렸다. "조정 좀 하고. 탄 데서 내리고 싶다고?"

"어… 그게 좋겠죠. 안 그랬다가는 무슨 꼴을 당할지 모르니까요. 지금은 언제죠?"

"다시 1968년이야. 저 작자는 아직도 공룡이 어떻게 된 건지 자기 생각을 떠들고 있군. 그리고 저 빨강머리 여자애는— 와, 저 애는 진짜 예쁘네. 머리 한 번 더 당겨 볼래?"

"아뇨." 쇼티가 말했다. "그런데 전 1963년에 내린다니까요. 이러면 어떻게 거기로 가요?"

"넌 1963년의 여기에서 타지 않았던가? 워프한 거지. 이렇게 하면 아마 바로 거기로 내릴 수 있을 거야."

"아마요?" 쇼티가 놀라서 외쳤다. "이봐요. 만약에 내가 하루 전에 내려서 그 강의실에 있는 내 무릎 위에 앉게 되면 어쩌란 거예요?"

웃는 소리가 들렸다. "그럴 리가 없지. 넌 안 미쳤잖아. 난 그런 적이 있기는 해. 한 번. 뭐, 이제 가 보라고. 난 다시—"

"태워줘서 고마워요." 쇼티가 말했다. "그런데, 잠깐만요. 아직 하나 물어볼 게 있어요. 공룡에 대해서요."

"응? 음, 서둘러. 워프가 오래 못 버틸 수도 있어."

"큰, 아주 큰 공룡들 말인데요. 어떻게 새총으로 죽인 거예요? 새총을 쓰긴 쓴 거예요?"

조그만 남자는 낄낄거리며 웃었다. "당연하지. 그저 더 큰 새총을 썼을 뿐이야. 잘 가라고."

이내 밀치는 느낌을 받았고 다시 눈부신 빛 때문에 눈을 뜰 수가 없었다. 쇼티는 강의실 복도에 서 있었다.

"매케이브 군." 돌로한 교수의 신랄한 목소리가 들렸다. "아직 강의는 5분이 남았네만. 자리로 돌아가 주겠는가? 혹시 몽유병이라도 있는 건가?"

쇼티는 서둘러 자리에 앉으며 말했다. "저… 죄송합니다, 교수님."

남은 시간 동안 쇼티는 멍하니 앉아 있었다. 꿈이라기에는 너무 생생했다. 그리고 만년필은 여전히 사라진 채였다. 물론 다른 데서 잃어버렸을 수도 있었다. 하지만 그 모든 일이 너무도 생생했던 나머지 쇼티는 하루 온종일이 걸려서야 그게 꿈이었다고 스스로 납득할 수 있었다. 드문드문 생각날 정도로 잊을 수 있게 되기까지는 일주일이 걸렸다.

기억이 희미해지는 데 걸리는 시간은 길었다. 일 년이 지나자 쇼티는 아주 별난 꿈을 꾼 적이 있다는 사실만 희미하게 떠올릴 수 있었다. 오 년 뒤에는 그조차도 생각이 나지 않았다. 그렇게 기억이 오래가는 꿈은 없었다.

그때쯤 쇼티는 고생물학을 가르치는 조교수가 되어 있었다. 한 강의에서 쇼티는 이렇게 말했다. "공룡은 쥐라기 말기에 멸종했지. 덩치가 너무 커져서 충분히 먹이를 얻을 수—"

쇼티는 말을 하면서 뒷줄에 앉아 있는 예쁜 빨강머리 대학원생을 보고 있었다. 어떻게 하면 용기를 내서 데이트를 신청할 수 있을지 궁리 중이었다.

강의실 뒤쪽에서 파란색 똥파리가 날아다녔다. 뒤쪽 어딘가에서 갑자기 나타나 나선을 그리며 윙윙 소리를 냈다. 그러자 매케이브 교수는 뭔가가 떠올랐다. 강의를 하면서 그게 뭔지 생각해 내려고 애쓰던 바로 그때 뒷줄에 앉아 있던 여학생이 갑자기 소리치며 펄쩍 뛰었다.

매케이브 교수가 물었다. "윌리스 양, 무슨 문제가 있나?"

"뭐… 뭔가 제 머리를 잡아당긴 것 같아요, 교수님." 여학생이 말하며 얼굴을 붉혔다. 그러자 전보다도 훨씬 더 매혹적이 되었다. "아무래도 잠깐 졸았던 것 같아요."

매케이브 교수는 엄한 눈길로 여학생을 바라보았다. 학생들이 다 쳐다보고 있었기 때문에 그럴 수밖에 없었다. 하지만 이건 바라고 또 기다리고 있던 기회였다. 매케이브 교수는 말했다. "윌리스 양, 수업이 끝나면 잠시 남아주게." (1943)

그리고 신들이 웃었다
And the Gods Laughed

소행성에서 일한다는 게 어떤 건지 아마 다들 알 것이다. 몇 달이고 계약한 기간 내내 다른 네 명하고 거기에 처박혀 있는데, 할 일이라고는 떠드는 것밖에 없었다. 작은 우주선 안의 공간이란 게 워낙에 귀하기 때문에 머물며 들락거리는 수 있는 공간이 책이나 잡지한 권, 게임기를 놓을 수 없을 정도로 좁다. 게다가 지구 시간으로 보통 하루에 한 번 있는 전체 뉴스 방송을 빼면 전파도 닿지 않는 곳이다.

그런 연유로 실내에서 몰입할 수 있는 일이라고는 수다뿐이다. 떠들기와 듣기. 하루에 우주복을 입고 일할 수 있는 시간이 네 시간뿐이고, 사이사이에 우주선으로 돌아와 15분씩 쉬는 시간이 네 번이기 때문에 그 두 가지에 할애할 수 있는 시간은 넘쳐났다.

각설하고, 내가 하고 싶은 말은 일꾼들이 수도 없이 시답지 않은 소리를 해댔다는 것이다. 하루 온종일 할 일이 없으니 예전 지구에 있던 '거짓말쟁이 클럽' 같은 건 일요일 학부모 간담회처럼 만들어 버릴 정도로 터무니없는 허풍을 듣게 된다. 그리고 생각이 그런 쪽으로 쏠리면 넘쳐 나는 시간을 이용해 스스로 하나쯤은 만들어 낼 수도 있다.

찰리 딘이라는 친구가 있었는데, 그 친구는 썰을 좀 풀 줄 알았다. 예전에 볼리와 문제가 있었던 시절에 화성에 있었는데, 그 당시 화성에서 산다는 건 인디언과 싸우던 시절에 지구에 사는 것과 비슷했다. 볼리가 생각하고 싸우는 방식은 아메리카 원주민과 비슷했다. 물론 볼리는 다리가 네 개로 죽마를 탄 악어처럼—상상이나 되는가?—생겼고 활과 화살이 아니라 바람총을 쓰긴 했다. 아니, 아메리카 원주민들이 침입자에 맞서 사용했던 건 석궁이었던가?

어쨌든 찰리는 첫 번째 이야기라고 하기에는 아주 대단한 허풍을 막 끝낸 참이었다. 우리는 방금 착륙한 상태였고, 아무 일도 없었던 여정을 마치고 쉬는 중이었다. 대개 이야기는 평이하고 믿을 만한 것부터 시작하며 제대로 된 우주식 허풍이 나오는 건 모두가 지겨워지는 약 4주쯤부터였다.

"그래서 우리가 이 대장 볼리를 잡았어." 찰리가 이야기를 마치고 있었다. "그놈들 작은 귀가 펄럭거린다는 거 알잖아. 그래서 우리는 지르콘이 박힌 귀걸이를 귀에 끼운 다음에 풀어줬어. 다음에 그놈이 무리로 돌아가면, 그리고—" 음, 찰리의 이야기는 길게 하지 않겠다. 귀걸이를 대화에 등장시켰다는 것 말고는 아무 상관이 없는 소리다.

블레이크는 음울한 표정으로 고개를 젓더니 나를 보며 말했다. "행크, 가니메데에서는 무슨 일이 있었어? 몇 달 전에 그쪽으로 간 우주선에 탔었잖아. 처음으로 거기까지 간 우주선 아니었나? 그 이야기는 별로 들은 적도 어디서 읽은 적도 없어."

"나도야." 찰리가 말했다. "가니메데인이 키가 1미터 남짓한 인간형이고 귀걸이 말고는 아무 것도 안 입는다는 거 빼고는. 좀 점잖지 못한 놈들 아니야?"

나는 씨익 웃었다. "가니메데인을 봤으면 그렇게 생각 안 했을걸. 그런 건 상관없어. 어쨌거나 놈들은 귀걸이를 하지 않아."

"웃기는 소리." 찰리가 말했다. "물론 거기 있었던 건 내가 아니라 너지. 하지만 그래도 웃기는 소리야. 그 사람들이 가져온 사진을 내가 슬쩍 봤는걸. 원주민은 귀걸이를 하고 있었어."

"아니야." 내가 말했다. "귀걸이가 원주민을 하고 있었지."

블레이크가 크게 한숨을 쉬며 말했다. "그럴 줄 알았어. 이번 여행은 처음부터 이상했어. 찰리는 첫날부터 한참을 있어야 나올 법한 허풍을 치지 않나. 이제 자네는 — 아니 혹시 내가 귀걸이라는 물건에 대해 잘못 생각하고 있는 건가?"

나는 웃었다. "전혀 그렇지 않아, 선장."

찰리가 말했다. "사람이 개를 문다는 소리는 들어봤어도, 귀걸이가 사람을 한다는 건 금시초문이야. 행크, 이런 말하긴 싫지만, 달리 할 말이 없네."

어쨌든 주목을 끄는 데는 성공했다. 지금이 적기였다.

내가 말했다. "그 여행에 대해 읽어 본 적이 있다면, 우리가 지구를 떠난 게 대략 8개월 전이었다는 걸 알 거야. 6개월짜리 왕복 여행이었지. M—94에는 여섯 명이 타고 있었어. 나와 다른 두 명이 승무원이었고, 나머지 세 명은 거기서 연구하고 탐사할 전문가였어. 사실최고 수준의 전문가는 아니었어. 그런 사람을 보내기에는 위험한 곳이었거든. 가니메데에 도전한 세 번째 우주선이었고, 그 전의 두 대는 목성 외곽에 있는 위성에 부딪혀 박살났어. 너무 작아서 지구에서는 볼 수 없었기 때문에 그게 있는 줄 몰랐거든.

막상 가보면 목성 주위에 소행성대가 있는 거나 마찬가지라는 걸 알 수 있어. 대부분은 새까매서 빛도 반사하지 않기 때문에 부딪힐 때까지는 볼 수도 없어. 하지만 대부분은—"

"위성은 넘어가." 블레이크가 끼어들었다. "위성이 귀걸이를 하는 것도 아니잖아."

"귀걸이가 위성을 하는 것도 아니고." 찰리가 말했다.

"둘 다 아니지." 난 인정했다. "좋아. 우리는 운이 좋아서 소행성대를 통과했어. 그리고 착륙했어. 아까도 말했듯이 우리는 여섯 명이었어. 생물학자 레키. 지질학자이자 광물학자인 헤인스. 그리고 꽃을 사랑하는 식물학자인 힐다 레이스. 아아. 자네들은 힐다가 마음에 들었을 거야. 멀리서 봤을 때 얘기지만. 누가 힐다를 멀리 보내 버리려고 그 여행에 참가시킨 게 분명해. 힐다는 못 말리는 타입이었어. 다들 무슨 얘긴지 알 거야.

그리고 아트 윌리스와 딕 카니가 있었지. 그들이 딕에게 선장 자격증을 주었어. 우리를 안전하게 이끌 만큼 우주비행에 박식한 친구였지. 그러니까 딕이 선장이었고, 아트와 나는 부하에다 사수였지. 우리의 임무는 전문가들하고 잘 지내면서 그 친구들이 우주선 밖으로 나가면 혹시 모를 위험에 대비해 경비를 서는 거었어."

"그래서 무슨 일이 생겼어?" 찰리가 물었다.

"지금 그 얘기를 하려는 참이야." 내가 말했다. "장소로만 보면 가니메데는 그럭저럭 괜찮은 곳이더라고. 중력은 물론 낮지만 일단 익숙해지면 균형 잡고 돌아다니는 것도 쉬워. 공기도 몇 시간은 호흡할 만하고. 너무 오래 있으면 개처럼 헐떡거리게 되지만 말이야.

재미있는 동물도 많았는데, 그다지 위험한 건 없었어. 파충류도 없었지. 전부 포유류인데, 이해가 될지 모르겠지만 좀 웃긴 종류의 포유류였지."

블레이크가 말했다. "그런 거 이해하고 싶지 않아. 원주민하고 귀걸이 얘기나 하라고."

내가 말했다. "하지만 당연하게도 그런 동물이 주변에 있으면 시간이 좀 지나야 정말로 위험한지 아닌지 알 수 있어. 덩치나 겉모습만 봐서는 판단이 안 된다고. 뱀을 처음 봤다고 생각해 봐. 그 조그만 산호뱀이 위험할 거라고 생각했겠어? 화성에 있는 지지도 겉만 봐서는 좀 큰 기니피그처럼 생겼잖아. 그런데 총이 없으면, 아니 총이 있다고 해도… 차라리 회색곰을 만나고 말지."

"귀걸이." 블레이크가 말했다. "귀걸이 얘기 중이었잖아."

난 말했다. "아, 맞아. 귀걸이. 음, 원주민은 귀걸이를 하고 있었어. 이야기하기 편하도록 일단은 이렇게 표현하기로 하지. 귀는 두 개지만, 귀걸이는 하나씩이었어. 그것 때문에 한쪽으로 좀 기울어져 보여. 귀걸이가 꽤 컸거든. 순금 고리 같은 건데, 지름이 5에서 7센티미터는 될 거야."

어쨌든 우리가 착륙한 곳 근처에 있던 부족은 귀걸이를 그런 식으로 했어. 우리가 착륙한 곳에서 마을이 보이더라고. 진흙 움집이 모여 있는 아주 원시적인 마을이었어. 작전 회의를 통해 셋은 우주선에 남고 다른 세 명이 마을로 가기로 했어. 생물학자 레키, 그리고 아트 윌리스와 내가 총을 갖고 가기로 했지. 뭐가 있을지 모르는 거잖아? 그리고 레키는 언어에 재능이 있어서 뽑혔고, 레키는 모르는 언어도 거의 듣자마자 말할 수 있었어.

원주민은 우리가 착륙하는 소리를 들었어. 한 무리, 대략 40명쯤이 우주선하고 마을 중간 지점에서 우리와 마주쳤어. 원주민은 우호적이었어. 웃기는 사람들이야. 조용하고 위엄이 있는 데다가 하늘에서 내려온 사람에게 야만인이 할 법한 행동을 전혀 하지 않더라고. 야만인이 보통 어떤지 알잖아. 우리를 숭배하거나 죽이려 들거나 둘 중 하나지.

우리는 그 사람들하고 함께 마을로 갔어. 한 40명이 더 있더군. 대표단을 뽑으면서 우리처럼 무리를 둘로 나눴던 거야. 이것도 지능이 있다는 증거지. 그자들은 레키를 대장이라고 생각하고는 사람의 말소리라기보다는 돼지가 꾸르륵거리는 것에 가까운 소리로 뭐라 뭐라 떠들었어. 그러자 곧 레키가 시험 삼아 꾸르륵거리는 소리를 몇 번 내 보기 시작했어.

일이 잘 풀려 가는 것 같았어. 위험하지도 않았지. 그자들은 아트와 내게는 신경도 안 썼어. 그래서 우리는 마을 주변을 돌아다니면서 동네가 어떤지, 위험한 짐승이나 안 그런 짐승이 있는지 살펴보기로 했어. 동물은 못 봤는데, 다른 원주민은 있더군. 그자는 행동이 유별난 거야. 아주 달랐어. 우리한테 창을 던지더니 도망가지 뭐야. 그 원주민이 귀걸이를 하지 않았다는 걸 알아챈 건 아트였어.

그때쯤 숨 쉬는 게 좀 어려워졌어. 우주선을 떠난 지 한 시간이 넘었지. 그래서 우리는 마을로 돌아가서 레키를 데리고 우주선으로 갔어. 레키는 원주민하고 잘 어울리고 있던 터라 돌아가기 싫어했어. 하지만 레키도 헐떡거리기 시작했기 때문에 잘 이야기해서 데리고 갈 수 있었지. 레키는 귀걸이를 하고 있었어. 원주민이 선물로 줬다는 거야. 그래서 마침 갖고 있던 휴대용 계산자를 답례품으로 줬댔어.

'왜 하필이면 계산자야?' 내가 물었어. '그건 비싼 물건이잖아. 저들을 기쁘게 할 만한 쓸모없는 물건이 많다고.'

'그건 자네 생각이고.' 레키가 말했어. '이 사람들은 내가 계산자를 보여주자마자 곱셈과 나눗셈을 터득했어. 제곱근 구하는 방법도 알려줬고, 세제곱근을 구하려던 참인데 자네들이 돌아온 거야.'

나는 휘파람을 불고는 레키가 농담하는 게 아닌지 자세히 봤어. 아닌 것 같더라고. 그런데 걷는 게 이상한 거야. 뭐랄까, 딱 집어 뭐라고 하기는 어려운데, 행동이 조금 이상한 거야. 그러다가 결국 너무 흥분했겠거니 하고 생각했어. 레키는 지구를 떠난 게 처음이었거든. 그럴 만도 하지.

우주선으로 돌아가서 숨이 돌아오자마자—마지막 100미터가 정말 힘들었거든—헤인스와 힐다 레이스에게 가니메데인에 대해 말하기 시작했어. 대부분 어려운 말이어서 나는 이해하지 못했지만, 이상하게 자기들끼리 뭔가 의견이 안 맞는 것 같았어. 원주민의 생활을 놓고 보면 호주 원주민보다 더 야만적이야. 하지만 머리가 좋고 철학과 수학, 순수과학에 대한 지식이 있어. 원주민은 레키에게 원자 구조에 대해서 말했고, 레키는 완전히 흥분했어. 빨리 지구로 돌아가서 장비를 가지고 확인해 보고 싶어서 안달이 났지.

그리고 레키가 말하길 귀걸이는 부족의 일원이라는 징표였어. 이

걸 레키에게 줌으로써 친구이자 동료이자 정체 모를 놈이라는 걸 인정한 거야."

블레이크가 물었다. "그게 금이야?"

"들어 봐." 내가 말했다. 침상에 같은 자세로 너무 오래 앉아 있었더니 쥐가 나고 있었다. 나는 일어서서 기지개를 켰다.

소행성 예인선 안은 기지개를 켤 만한 공간이 별로 없어서 벽에 달아 놓은 권총에 손이 닿았다. 내가 물었다. "이 권총은 뭐야, 블레이크?"

블레이크는 어깨를 으쓱해 보였다. "규정이야. 우주선마다 소형 화기가 하나씩 있어야 해. 소행성에서 그게 왜 필요한지는 모르겠지만. 언제 갑자기 소행성이 미쳐서 우리를 다른 소행성에 집어던질지도 모른다고 생각했나 보지. 아, 우리가 20톤짜리 조그만 바위를 끌고 가던 얘기를 했었나ㅡ"

"닥쳐, 블레이크." 찰리가 말했다. "지금 행크가 귀걸이 얘기를 하고 있잖아."

"그래, 귀걸이." 내가 말했다. 나는 권총을 꺼내서 살펴보았다. 금속을 발사하는 유형의 오래된 권총으로 스무 발을 쏠 수 있었다. 대략 2000년경의 물건이었다. 장전이 되어 있었고 사용 가능했지만, 지저분했다. 지저분한 총을 보니 마음이 아팠다.

나는 이야기를 계속했다. 그러면서 다시 침상에 앉아 내 사물함에서 오래된 손수건을 꺼내 총을 닦았다.

내가 말했다. "레키는 귀걸이를 절대 빼지 않으려고 했어. 헤인스가 금속 성분을 분석하려고 하니까 좀 우습게 굴더라고. 귀걸이를 갖고 장난치고 싶으면 직접 가서 하나 얻으라는 거였지. 그리고 가니메데인이 보여준 우월한 지식에 대해 다시 장광설을 늘어놓기 시작했어.

다음 날은 전원이 마을에 가고 싶어했지. 하지만 여섯 명 중에서 최대 세 명까지만 동시에 우주선 밖으로 나갈 수 있다는 규칙이 있어서 순번을 정해야 했어. 레키는 꾸르륵거리는 것 같은 원주민 언어를 할 수 있었기 때문에 레이와 힐다가 먼저 갔어. 아트가 경호하러 따라갔고. 과학자 둘에 경비 한 명이니 그 비율이면 충분히 안전해 보였어. 원주민 하나가 나와 아트에게 창을 던졌다는 걸 빼면 위험할 건 없어 보였어. 게다가 그 녀석은 얼뜨기 같아 보였고 창은 6미터나 빗나갔거든. 우린 총을 쏠 생각도 안 했어.

그 친구들은 두 시간이 지나기 전에 숨을 헐떡거리면서 돌아왔어. 힐다 레이스는 왼쪽 귀에 그 귀걸이를 하고 눈을 반짝이고 있더라고. 그게 무슨 화성의 여왕 같은 게 쓰는 왕관이라도 되는 양 자랑스러워했어.

그다음에는 내가 레키와 헤인스하고 갔지.

헤인스는 왠지 모르겠지만 좀 언짢아 보였어. 분석용으로 하나 원하기는 해도 원주민이 자기 귀에 귀걸이를 달지는 못할 거라면서 말이야. 그냥 건네주든지 해야 한다는 거야.

마을에 도착한 뒤에도 저번처럼 아무도 내게는 관심이 없었어. 난 마을 주위를 돌아다녔지. 마을 경계에 있는데 누가 소리치는 소리가 들렸어. 난 재빨리 마을 중앙으로 뛰어갔어. 헤인스의 목소리처럼 들렸거든.

그… 회관이라고 부를게, 하여튼 그 가운데를 둘러싸고 원주민이 모여 있었어. 원주민을 양옆으로 밀치면서 그 사이를 헤쳐 나가는 데 시간이 좀 걸렸지. 내가 중앙에 도달했을 때 헤인스는 일어서고 있었어. 하얀 린넨 코트 앞에 커다란 빨간 자국이 있었어.

나는 헤인스를 붙잡아 일으키고 말했지. '헤인스, 무슨 일이야? 다쳤어?'

헤인스는 약간 멍하다는 듯이 천천히 고개를 저었어. 그리고 말했지. '괜찮아, 행크. 난 괜찮아. 그냥 넘어졌던 거야.' 그러더니 내가 빨간 자국을 보는 걸 보고는 미소를 짓더군. 미소였을 거야. 하지만 자연스러워 보이지는 않았어. 헤인스가 말했어. '피가 아니야, 행크. 원주민의 레드와인 같은 걸 실수로 흘렸어. 의식의 일부분이었지.'

나는 무슨 의식이냐고 물었는데, 그때 헤인스가 금 귀걸이를 하고 있는 게 보였어. 아주 웃기다고 생각했지. 하지만 헤인스가 레키와 이야기를 하는데 겉보기도 그렇고 행동도 멀쩡해 보였어. 뭐, 꽤 멀쩡해 보였다는 거지. 레키는 헤인스에게 꾸르륵거리는 소리 몇 개가 무슨 뜻인지 알려줬어. 그러자 헤인스는 상당히 관심을 보였지. 그런데 왠지 나는 헤인스가 나와 이야기하지 않으려고 관심을 보이는 척한다는 느낌을 받았어. 머릿속으로는 뭔가 골똘히 생각하는 것 같았어. 아마도 옷에 묻은 얼룩하고 귀걸이에 대한 생각을 아주 빨리 바꿨다는 사실을 설명할 수 있는 더 나은 이야기를 꾸며내고 있었을지도 몰라.

나는 가니메데 사회에 뭔가 구린 게 있다고 생각하게 됐어. 하지만 그게 뭔지는 몰랐지. 일단 알아낼 때까지는 입은 다물고 눈을 크게 뜨려고 했어.

헤인스를 관찰할 시간은 앞으로도 많았으니 나는 다시 마을 경계로 가서 살짝 밖으로 나가봤어. 그때 만약 내 눈에 띄어서는 안 되는 뭔가가 있다면 내가 숨는 편이 더 낫겠다는 생각이 들었어. 주변에 덤불이 많아서 하나 골라 숨었지. 내 폐 상태로 봐서는 30분쯤 있다가 우주선으로 돌아가야 할 것 같았어.

그리고 30분이 되기도 전에 뭔가 보였어."

나는 말을 멈추고 권총을 들어 총구를 불빛에 비춰 보았다. 이제 꽤 깨끗해지고 있었지만, 총구 부근에 닦을 곳이 몇 군데 더 있었다.

블레이크가 말했다. "내가 맞혀 보지. 화성의 트라그하운드가 꼬리로 서서 〈애니 로리〉라도 부르고 있었겠지."

"그보다 더 심했어." 내가 말했다. "가니메데인 한 명이 다리를 물어뜯기는 걸 봤어. 그것 때문에 짜증을 내더군."

"누구라도 짜증이 나겠지." 블레이크가 말했다. "나처럼 온화한 사람이라도 말이야. 뭐가 다리를 물어뜯었는데?"

"끝내 발견 못했어." 내가 말했다. "뭔가 물속에 있었어. 거기에 마을 옆을 지나가는 시내가 있었거든. 악어 같은 게 살았나 봐. 마을에서 원주민 둘이 나와서 시내를 건너기 시작했어. 반쯤 건너갔을 때 그중 한 명이 소리를 지르더니 아래로 가라앉았어.

다른 한 명이 붙잡아서 냇가로 끌어올렸지. 다리가 둘 다 무릎 아래까지 없어졌더라고.

그때 그 빌어먹을 일이 벌어진 거야. 다리가 끊어진 원주민이 잘린 부분을 짚고 일어서서 꽤나 차분하게 말을, 아니 꾸르륵거린다고 해야 하나, 하여튼 동료한테 이야기를 하는 거야. 동료도 대꾸했고. 목소리만 갖고 판단하자면, 짜증이 나 있었어. 그냥 그뿐이었다고. 잘린 부분으로 서서 걸으려고 하더니 빨리 못 걷겠다고 생각한 것 같았어.

그러더니 어깨를 으쓱하는 것 같은 동작을 하더라고. 그리고 귀걸이를 빼서 다른 원주민에게 내밀었어. 이다음이 가장 이상해.

다른 원주민이 귀걸이를 받았어. 그리고 귀걸이가 첫 번째, 그러니까 다리가 잘린 원주민의 손을 떠나는 순간 그 원주민이 쓰러져서 죽었어. 다른 원주민은 시체를 들어서 물에 던지고 갈 길을 갔지.

그 녀석들이 시야에서 사라지자마자 나는 돌아가서 레키와 헤인스를 데리고 우주선으로 갔어. 내가 도착했을 때는 떠날 준비가 돼 있더라고.

뭔가 걱정스러웠지만, 그때까지는 이상한 점이 보이지 않았어. 레키하고 헤인스를 데리고 우주선으로 가기 전까지는 말이야. 일단 헤인스. 코트 앞에 있던 얼룩이 사라져 있었어. 와인인지 뭔지를 누가 지워 줬나 봐. 코트가 젖어 있지는 않았는데, 찢어져 있었어. 구멍이 뚫려 있었지. 좀 전에는 몰랐는데 창이 뚫고 지나간 것 같은 구멍이 있는 거야.

그러다가 헤인스가 내 앞에 서게 됐는데, 코트 뒤쪽에도 똑같이 찢어진 부분이 있었어. 둘을 놓고 보면 마치 창이 헤인스를 관통했던 것 같았어. 헤인스가 소리를 질렀을 때였겠지.

하지만 창이 그렇게 뚫고 지나갔으면 죽었어야 마땅하지. 그런데 내 눈앞에서 걸어서 우주선으로 가고 있잖아. 왼쪽 귀에는 그 귀걸이를 끼고 말이야. 난 자꾸 그 강에서 본 원주민 일이 생각나더라고. 그렇게 다리가 잘렸으면 분명히 죽었어야 해. 그런데도 귀걸이를 빼기 전까지는 아무것도 모르더라니까.

그날 저녁 난 머리가 복잡했어. 다른 대원들을 관찰했지. 내가 보기에는 전부 이상하게 굴고 있었어. 특히 힐다. 새끼고양이처럼 구는 하마를 보고 있다고 생각하면 될 거야. 헤인스와 레키는 뭔가 꾸미고 있는 것처럼 생각에 잠긴 채 숨죽이고 있었어. 얼마 뒤 아트가 식료품실에서 올라왔는데, 그 친구도 귀걸이를 하고 있었지.

내가 생각하고 있는 게 혹시 사실이라면, 이제 나와 딕밖에 남지 않았다는 사실에 좀 떨리더라고. 빨리 딕과 이야기를 해봐야 할 것 같았어. 딕은 보고서를 쓰는 중이었는데, 제출하기 전에 곧 정기 점검을 하러 창고에 간다는 걸 알고 있었어. 그때 구석에서 얘기하려고 했어.

그동안 다른 네 명을 관찰했는데, 갈수록 점점 더 확신이 들었어. 더 무서워지기 시작했지. 자연스럽게 행동하려고 엄청 애를 썼는데, 가끔 가다 한 명씩 꼭 실수를 했어. 하나 예를 들자면, 한 명이 다른 사람을 마주봐. 마치 말을 하려는 것처럼. 그런데 말을 안 해. 그러더니 갑자기 생각난 것처럼 중간부터 말을 하는 거야. 그 전까지는 텔레파시로 말을 하고 있었던 것처럼 말이야.

곧 딕이 올라왔다가 밖으로 나갔어. 내가 따라갔지. 우리는 구석진 창고에 들어갔고, 내가 문을 닫았어. '딕.' 내가 물었지. '눈치챘어?' 딕이 무슨 소리를 하는 거냐고 하더군.

그래서 말했어. '밖에 있는 저 네 사람은 우리와 함께 여기에 탄 사람들이 아니야. 아트와 힐다, 레키, 헤인스에게 뭔 일이 생긴 거지? 무슨 일이 벌어지고 있는 거야? 뭔가 비정상적인 거 눈치 못 챘어?'

그러자 딕이 한숨을 쉬듯 말했어. '음, 통하지 않았군. 연습을 더 해야겠어. 이리 와. 어떻게 된 일인지 우리가 전부 얘기해 줄게.' 그리고 딕은 문을 열고 내게 손을 내밀었어. 소매가 위로 올라가면서 손목이 드러났는데, 거기에 그 황금 귀걸이가 있더라고. 다른 사람들하고 다르게 귀걸이 대신에 팔찌로 쓴 거였어.

나는 너무 어이가 없어서 말문이 막혔지. 딕이 내민 손을 잡지는 않았지만 메인룸으로 따라갔어. 그리고 리더 역할을 맡고 있는 것 같은 레키가 내게 총을 겨누고 있는 동안 난 이야기를 들었어.

그건 내 추측보다 훨씬 더 괴상하고 끔찍했어.

원주민에게는 자신을 부르는 이름이 없었어. 언어 자체가 없었지. 말로 하거나 글로 쓰는 언어 말이야. 눈치챘겠지만, 원주민은 텔레파시를 써. 언어가 필요 없지. 억지로라도 자신들에 대한 원주민의 생각을 통역해 본다면 '우리'라고 해야 할 거야. 일인칭 복수형. 개별적으로는 이름보다 숫자로 구별해.

그리고 언어가 없는 것과 마찬가지로 실제 몸이나 정신도 없어. 지구인은 이해하기 힘들지만, 일종의 기생 생물이야. 어떤 존재냐 하면— 음, 설명하기 어렵군. 어떤 면에서 보면 이들은 움직이거나 생각을 깃들게 할 수 있는 육체가 없을 때는 사실상 존재한다고 할 수 없어. 최대한 쉽게 설명하자면, 이… 어… 가니메데 원주민은 귀걸이 신이라고 부르는데, 이들은 분리돼 있을 때는 활성화되지 않고 잠복해 있어. 그 자체만으로는 생각도 없고 움직임도 없어."

찰리와 블레이크는 어리둥절한 표정이었다. 찰리가 말했다. "행크, 지금 그 귀걸이가 사람에 닿으면 그 사람에 깃들어서 움직이고 그 사람 정신으로 생각도 하는데 자기만의 정체성은 지킨다는 거야? 귀걸이가 깃든 사람은 어떻게 되는 건데?"

내가 말했다. "내가 아는 한 그 사람도 그대로 있어. 하지만 그 존재에 지배당하는 거야. 그러니까 기억도 그대로고 개성도 그대로인데, 뭔가 운전석에 앉아서 조종하는 거지. 몸이 너무 망가지지 않는 한 말이야. 헤인스 같은 경우는 귀걸이를 채우려고 죽일 수밖에 없었어. 헤인스는 죽었던 거야. 만약 귀걸이를 빼면 그대로 쓰러져 다시는 일어나지 못할 거야. 귀걸이를 다시 채우기 전까지는.

다리가 잘린 원주민도 그런 경우였어. 그 몸을 조종하던 존재는 그 몸이 더는 쓸모가 없다고 생각하고 자기 자신을 다른 원주민에게 전달한 거야. 나중에 상태가 더 나은 몸을 찾아서 채웠겠지.

그들이 어디서 왔는지 가니메데에는 어떻게 왔는지 알려주지 않았어. 태양계 밖에서 왔다는 것 말고는. 그들만 온 건 아니었을 거야. 혼자서는 존재할 수 없으니까 말이지. 언젠가 누군가에게 기생한 채로 가니메데까지 온 게 분명해. 어쩌면 수백만 년 전일지도 모르지. 그 뒤로 우리가 착륙하기 전까지 가니메데를 떠나지 못했어. 가니메데는 우주여행을 할 정도까지 발전을—"

찰리가 다시 끼어들었다. "그런데 그자들이 그렇게 똑똑하다면 왜 직접 개발하지 않았지?"

"못한 거야." 내가 말했다. "그들은 자신이 점령한 대상보다 별로 똑똑하지 않았어. 자신들이 점령한 대상의 정신을 최대한도로 이용했으니까 약간 더 똑똑했다고 할 수 있지. 사람들은, 지구인이나 가니메데인이나 그러지 못하잖아. 그러나 가니메데 야만인의 정신을 최대한도로 사용했다 해도 우주선을 개발하기에는 부족했어.

그런데 이제는 우리가 있었지. 레키와 헤인스와 힐다와 아트와 딕. 그리고 우리 우주선도 있었으니 이제 지구로 갈 판국이었어. 우리 정신을 통해 지구와 그곳의 상태를 전부 알 수 있었거든. 뭐, 그자들은 지구를 점령해서 지배할 계획을 세웠어. 어떻게 수를 늘릴 건지는 자세히 설명은 안 해줬지만, 난 지구에 퍼뜨릴 귀걸이가 부족하지는 않을 거라고 짐작했어. 귀걸이든 팔찌든, 아니면 어떻게 접촉하든지 간에.

팔찌, 아니면 팔밴드나 발목밴드였을 거야. 그런 식으로 귀걸이를 하면 지구에서는 너무 수상해 보이니까. 한동안은 비밀리에 작업해야 하거든. 다른 사람은 무슨 일이 벌어지는지 모르게 하면서 한 번에 몇 명씩 점령해가는 거야.

레키, 아니 레키를 지배하는 자는 내게 말하길 나를 기니피그처럼 쓰고 있다고 했어. 아무 때나 귀걸이를 채워서 점령할 수 있었지만, 자신들이 정상적인 사람을 얼마나 흉내 낼 수 있는지 알아보고 싶었다는 거야. 내가 의심하거나 진실을 밝혀내는지 보려 했다는 거지.

그래서 딕은, 그러니까 딕을 지배하는 자는 딕의 소매 아래에 숨어 있었어. 내가 다른 동료를 보고 의심스러우면 딕에게 이야기할 테니까. 실제로 그렇게 했고. 그러면 우주선을 빼앗아 지구로 돌아가서 점령 작전을 시작하기 전에 이 몸을 움직이기 위해 얼마나 더 연습을 해야 하는지 알 수 있겠지.

그게 이야기의 전부였어. 그 이야기를 해준 건 내 반응을 보기 위해서였고. 그러더니 레키가 주머니에서 귀걸이를 꺼내 내 쪽으로 내밀었어. 한 손으로는 계속 권총을 겨누고 있었지.

알아서 차라고 하더군. 안 그러면 먼저 쏜 다음에 채우겠다고. 그래도 그자들로서는 손상되지 않은 몸을 점령하는 편이 훨씬 나았어. 나 역시 먼저 죽지 않는 쪽이 나았고.

하지만 당연하게도 그땐 다른 생각이 들더라고. 난 머뭇거리면서 귀걸이로 손을 뻗는 척하다가 레키의 손에서 권총을 쳐냈어. 그리고 떨어지는 권총을 받으려고 몸을 날렸어.

내가 권총을 받는 순간 다들 나를 덮쳤어. 난 그쪽으로 세 발을 쐈는데, 그들은 성가셔하지도 않았어. 그 귀걸이가 조종하는 몸을 멈추려면 움직이지 못하게 고정시켜야 해. 다리를 자르거나 하는 식으로. 심장에 총알을 박아 넣어봤자 아무 소용이 없어.

하지만 나는 문을 향해 물러나서 밖으로 나왔어. 코트도 없이 가니메데의 밤 속으로 나왔지. 더럽게 춥더라고. 그리고 나오니까 갈 곳이 없었어. 우주선밖에 없었는데, 그 안으로 갈 수는 없고.

그들은 날 쫓아 나오지 않았어. 그럴 필요가 없었지. 세 시간, 기껏해야 네 시간이면 내가 산소 부족으로 의식을 잃을 걸 알았으니까. 그 전에 얼어 죽거나 뭔가에 당하지 않는다면 말이야.

방법이 있을 것도 같은데 생각이 나지 않았어. 난 우주선에서 100미터쯤 떨어진 바위에 앉아서 어떻게 해야 할지 궁리했지. 그런데—"

'그런데' 이후에 딱히 덧붙일 말은 없었다. 잠시 침묵이 감돌다가 찰리가 말했다. "그런데?"

블레이크도 말했다. "어떻게 했나?"

"아무것도 안 했어." 내가 말했다. "아무 생각이 안 나더라고. 그냥 앉아 있었어."

"아침까지?"

"아니. 아침이 되기 전에 의식을 잃었어. 아직 어두울 때 깨어났지. 우주선 안에서."

블레이크는 당황스러운 듯 이마를 찡그린 채 나를 보며 말했다. "뭔 소리야. 그러면—"

그때 찰리가 갑자기 소리치며 누워 있던 침상에서 뛰쳐나와 내 손에 있던 총을 낚아챘다. 마침 내가 청소를 마치고 탄창을 도로 끼워 놓은 뒤였다.

그리고 총을 손에 든 채 마치 낯선 이를 보듯 일어서서 나를 응시했다.

블레이크가 말했다. "앉아, 찰리. 지금 완전히 속은 거 몰라? 그래도, 뭐, 총은 그냥 갖고 있어."

찰리는 총구가 내 쪽을 향하도록 돌린 채로 총을 갖고 있었다. 찰리가 말했다. "내가 지금 바보처럼 보일지 모르겠지만, 소매를 걷어 봐, 행크."

나는 웃으며 일어섰다. "내 발목도 잊지 말라고."

그러나 찰리의 표정은 아주 심각했다. 나는 찰리를 더 몰아붙이지 않았다. 블레이크가 말했다. "다른 데 있을 수도 있어. 접착제로 붙여 놓았거나. 백만 분의 일이지만, 이 친구가 농담하는 게 아니라면 말이야."

찰리는 블레이크를 쳐다보지도 않은 채 고개를 끄덕이며 말했다.
"행크, 이런 거 묻기 싫지만—"

나는 한숨을 쉬다가 키득거리며 웃었다. 내가 말했다. "뭐, 어차피
샤워를 할 참이었으니까."

우주선 안은 더웠다. 내가 몸에 걸친 건 신발과 작업복뿐이었다.
블레이크와 찰리를 무시한 채 나는 옷과 신발을 벗고 조그만 샤워부
스의 얇은 커튼 뒤로 들어갔다. 그리고 물을 틀었다.

물소리 너머로 블레이크가 웃는 소리와 찰리가 나직하게 욕설을
내뱉는 소리가 들렸다.

내가 샤워를 마치고 몸을 말릴 때쯤에는 찰리도 웃고 있었다. 블
레이크가 말했다. "난 찰리가 좀 전에 한 이야기가 괜찮은 허풍이라
고 생각했어. 이번 여행은 거꾸로 가고 있군. 아마 끝날 때쯤이면 우
린 진실만 털어놓고 있을 거야."

에어록 옆에서 선체를 세게 두드리는 소리가 났다. 찰리 딘이 문
을 열어주러 갔다. 찰리가 날 윽박질렀다. "제브하고 레이에게 우리
가 바보꼴이 됐다고 얘기하기만 해 봐. 귀가 머리에 파묻히게 때려
줄 테니. 그 귀걸이 신이고 뭐고…"

소행성 J864A의 67843번이 지구의 5463에게 보내는 텔레파시
보고서 중 일부.

"계획대로 가니메데의 진상을 이야기함으로써 지구인이 얼마나
남을 잘 믿는 성향인지 시험했음.

그들은 받아들일 능력이 있음을 확인.

이것은 우리를 지구인의 육체 안에 숨긴다는 아이디어가 훌륭한 것이었으며 우리 계획이 성공하는 데 있어 필수적이라는 사실을 증명함. 물론 가니메데에서 쓴 방법만큼 단순하지는 않음. 그러나 각 인간을 점령할 때마다 반드시 계속해서 수행해야 할 일임. 팔찌나 다른 물건은 의심을 사게 됨.

이곳에서 한 달을 기다릴 필요는 없음. 곧 우주선을 손에 넣고 돌아가겠음. 이곳에는 광물이 없다고 보고할 예정. 현재 우주선에 타고 있는 지구인 네 명을 움직일 우리 넷은 지구에서 다시 보고할 예정임." (1944)

아레나
Arena

카슨은 눈을 떴다. 그는 희미하게 반짝이는 파란색의 빛을 올려다 보고 있었다.

뜨거웠다. 그리고 그는 모래 위에 누워 있었다. 모래에 박힌 뾰족한 돌멩이 때문에 등이 아팠다. 그는 몸을 옆으로 돌려 돌멩이를 떼어 내고, 다시 상체를 일으켜 앉은 자세를 취했다.

"내가 미쳤나보군." 그는 생각했다. "미쳤든지 죽었든지, 아니면 다른 뭐든지." 모래밭은 파란색, 밝은 파란색이었다. 지구나 다른 행성 어디에도 파란 모래밭 따위는 없었다.

파란 모래밭이라.

파란 돔 아래의 파란 모래. 하늘도 아니었고 그렇다고 방이라고 할 수는 없는 푸른 돔에 둘러싸인 공간 — 어떤 이유에선지 그는 꼭대기까지 볼 수 없었음에도 불구하고 돔에 둘러싸인 한정된 공간에 있다는 사실을 알고 있었다.

그는 모래를 한 줌 쥐어 손가락 사이로 흘려보냈다. 모래가 맨살이 드러난 다리에 닿아 간지러웠다. 맨살?

나신. 그는 완전히 벌거벗고 있었다. 이미 그의 몸은 온몸의 힘을 빼앗아 가는 열기로 인해 땀을 뚝뚝 흘리고 있었고, 모래가 닿은 곳은 어김없이 파란색 모래로 덮여 있었다.

하지만 몸의 그 외 부분은 하얬다.

그는 생각했다. 그렇다면 이 모래는 정말로 파란색이군. 만약 파란 빛 때문에 파랗게 보이는 거라면 나 역시 파랗게 보일 테니까. 그런데 난 하얀색이니까 모래가 파란 거야. 파란 모래. 파란 모래 같은 건 없어. 여기 같은 곳은 어디에도 없다고.

땀이 눈으로 흘러내리고 있었다.

더웠다. 지옥보다도 더 더웠다. 다만 지옥—고대인들이 상상한 지옥—은 파랗지 않고 붉어야 했다.

하지만 이곳이 지옥이 아니라면 뭐지? 행성 중에서라면 오로지 수성만이 이렇게 뜨거울 텐데 여기는 수성도 아니잖아. 수성은 여기서 64억 킬로미터나 떨어져—

그때 카슨은 자기가 어디에 있었는지 떠올렸다. 그는 명왕성 궤도 바깥쪽에서 침입자들을 찾아내기 위해 1인승 정찰기를 타고 전투 대형으로 정렬해 있는 지구 함대의 한쪽 측면까지의 160만 킬로미터 구역을 수색하고 있었다.

적 정찰기—침입자들의—가 탐지기의 범위 내로 들어온 순간 갑자스럽게 신경을 뒤흔들어 놓을 정도로 귀에 거슬리는 경고음이 울려 퍼졌고—

플레이아데스 성단이 있는 방향에서 왔다는 사실을 빼고는 침입자들이 어떤 종족인지, 어떻게 생겼는지, 어느 머나먼 은하계에서 왔는지 아무도 알지 못했다.

먼저 그들은 지구의 식민지와 전초기지에 산발적인 공격을 가해 왔다. 지구의 정찰선과 작은 무리의 침입자 우주선 사이에서 국지적인 전투가 벌어졌다. 서로 승패를 나누어 가졌지만, 아직까지는 한 번도 외계 우주선을 나포하지 못했다. 뿐만 아니라 공격받은 식민지의 주민들 중 누구도 살아남아 우주선 밖으로 나온 침입자의 모습을 보지도 못했다. 밖으로 나오기는 하는지 모르겠지만.

처음에는 공격이 횟수도 많지 않고 위력도 약해 그다지 심각한 위협이 되지 않았다. 그리고 개별적으로 보자면 외계 우주선은 지구 최고의 전투기에 비해 속도와 기동성 면에서 우월했지만 무장은 다소 뒤떨어졌다. 속도가 뛰어나다보니 사실상 포위당하지 않는 한 싸우느냐 도망가느냐 하는 선택의 기회는 침입자들 쪽에 있었다.

그럼에도 불구하고 지구에서는 심각한 사태에 대비한 준비가 진행됐다. 최종 결판을 내기 위해 역사상 가장 강력한 함대를 결성한 것이다. 그 함대는 지금까지 때를 기다려 왔다. 그리고 이제 최후의 대결이 다가오고 있었다.

300억 킬로미터 떨어진 곳에 있던 정찰 부대가 최후의 결전을 위해 접근하는 침입자들의 함대를 발견한 것이다. 그 정찰 부대는 결코 귀환하지 못했지만, 경고 신호는 무사히 도착했다. 그리하여 10만 척의 전함과 50만 명의 우주군으로 이루어진 지구의 함대가 이곳 명왕성 궤도 바깥쪽에서 목숨을 걸고 침입자들을 저지하기 위해 싸울 준비를 하고 있는 것이다.

전초선에서 보내온—이 정보를 보내기 위해 그들은 목숨을 바쳐야 했다—외계인 함대의 규모와 화력에 대한 정보를 바탕으로 추정하건대 막상막하의 전투가 예상됐다.

누가 이길지 모르는 싸움이었다. 태양계의 운명은 저울 한가운데에 놓여 있었다. 마지막이자 유일한 기회. 만약 힘든 싸움 끝에 침입자들이 승리한다면 지구와 식민지 전체는 그들의 자비를 바랄 수밖에 없는 처지가 되는 것이다.

맞아, 그랬지. 밥 카슨이 마침내 기억을 되살렸다.

그렇다고 파란색 모래나 깜빡이는 파란 빛을 설명할 수 있는 건 아니었다. 하지만 날카로운 경고음을 듣고 조종 패널로 화들짝 달려갔던 일. 가슴이 떨려서 손을 더듬거리면서 의자에 몸을 고정시켰던 일. 화면에 나타난 점이 점점 커지던 광경은 기억났다.

바싹 마른 입 안. 이젠 끝장이라는 끔찍한 생각도. 주력 함대는 아직 사정거리 밖에 있었지만 적어도 카슨 자신만큼은 끝장날 수 있었다.

드디어, 처음 겪어 보는 전투의 향기. 약 3초 후면 승리하느냐 까맣게 타 죽어버리느냐 어느 쪽이든 결론이 날 터였다.

3초— 우주에서 전투가 지속되는 시간이다. 여유 있게 천천히 셋까지 세고 나면 이겼거나, 혹은 죽어 있는 것이다. 정찰기처럼 장갑이 얇고 무장이 빈약한 1인승 우주선 따위는 한 방이면 간단히 처리할 수 있다.

미칠 듯한 심정으로—그리고 무의식적으로 마른 입술을 움직여 '하나'라고 말하면서—그는 조종 패널에 매달려 점점 커지는 점이 화면 속 그물망의 정 가운데에 오게 하려고 애썼다. 손으로 그 일을 하는 동안 오른발은 발사 페달 위를 맴돌고 있었다. 화력을 집중해한 방에 맞혀야 했다. 그렇지 않으면— 두 번째 발사 기회는 없을 터였다.

"둘." 그는 자기가 숫자를 세고 있다는 것도 몰랐다. 이제 화면 속의 점은 더 이상 점이 아니었다. 불과 수천 킬로미터 떨어져 있는 지금은 고작 몇 백 미터 밖에 있는 듯 확대된 모습으로 화면에 떠 있었다. 잘 빠진 모양의 작고 빠른 정찰기로, 크기는 서로 얼추 비슷했다.

외계인의 우주선이라. 한번 붙어 보자고.

"세—" 그의 오른발이 발사 페달에 닿았다 —

그 순간 갑자기 침입자가 움직이더니 십자선 밖으로 벗어났다. 카슨은 적기를 쫓아 미친 듯이 키를 두드렸다.

적기는 약 0.1초 동안 완전히 화면을 벗어났다가 그가 정찰선의 방향을 바꿔 추적하자 다시 나타났다. 땅을 향해 수직으로 돌진하고 있는 중이었다.

땅?

착시 현상의 일종으로 보였다. 그래야만 했다. 행성—혹은 다른 뭐든—하나가 화면을 완전히 덮고 있었다. 그게 뭐든 간에 거기 있을 리가 없었다. 그건 불가능했다. 명왕성이 궤도 반대편에 가 있는 지금 가장 가까운 행성이라고 해야 50억 킬로미터 떨어진 곳에 있는 해왕성이었다.

탐지기는 또 어떤가! 탐지기에는 행성 규모는 고사하고 소행성 규모의 물체도 전혀 나타나지 않았다. 지금도 마찬가지였다.

따라서 불과 몇 백 킬로미터 아래에, 지금 그가 돌진하는 방향에 있는 정체불명의 물체는 존재할 수가 없었다.

추락을 막아야겠다는 생각에 갑자기 마음이 급해진 나머지 그는 침입자의 정찰기에 대해서도 까맣게 잊어버렸다. 그는 제동용 역추진 로켓을 점화했다. 순간적으로 속도가 변하면서 몸이 앞으로 쏠리다 안전띠에 호되게 걸렸음에도 불구하고 그는 우측 분사를 최대로 올려 긴급히 방향을 전환했다. 추락하지 않으려면 정찰선의 성능을 최대한 발휘해야 하며 그렇게 급격히 방향을 바꾸면 정신을 잃게 되리라는 사실을 알면서도 그 상태를 끝까지 유지했다.

그리고 정신을 잃었다.

그게 끝이었다. 이제 그는 벌거벗은 채였지만 어디 다친 곳 하나 없이 뜨거운 파란 모래밭 위에 앉아 있는 것이다. 타고 있던 정찰선의—물론 우주도—흔적은 보이지 않았다. 머리 위의 곡면은 뭔지는 모르겠지만 하늘은 아니었다.

그는 자리에서 일어섰다.

중력은 정상적인 지구 중력보다 다소 큰 듯했지만, 별 차이는 아니었다.

평평한 모래밭이 넓게 펼쳐져 있었고 앙상한 나무 덤불이 드문드문 보였다. 덤불도 파란색이었다. 하지만 명암이 조금씩 달라서 어떤 곳은 모래보다 덜 파랬고, 어떤 곳은 더 짙었다.

가까운 곳에 있는 덤불 하나에는 다리가 네 개가 넘는다는 사실만 빼고는 도마뱀과 닮은 조그만 생물이 튀어나왔다. 그것도 역시 파란색이었다. 밝은 파란색이었다. 그 녀석은 카슨을 보더니 다시 덤불 밑으로 뛰어 들었다.

그는 다시 위를 올려보면서 머리 위에 있는 게 뭔지 알아내려고 애썼다. 지붕이라고 할 수는 없었지만, 돔 모양이었다. 계속 깜빡이는 바람에 쳐다보기가 어려웠다. 하지만 분명히 땅을 향해 굽어 내려와 그를 둘러싸고 있는 파란 모래밭에 맞닿아 있었다.

그가 있는 곳은 돔의 한가운데에서 그리 멀지 않았다. 눈짐작으로 보건데 가장 가까운 벽까지—그게 벽인지는 모르겠지만—90미터 정도 돼 보였다. 둘레가 230미터가량인 파란색 반구 같은 것을 평평한 모래밭 위에 엎어 놓은 듯한 모양이었다.

주변의 모든 것은 파란색이었다. 그런데 단 하나 예외가 있었다. 곡면으로 된 벽 근처에 붉은색 물체가 있었다. 구체에 가까운 모양으로 지름은 대략 1미터 정도로 보였다. 너무 멀리 떨어져 있어서 깜빡이는 파란 불빛 아래서는 똑똑히 보기 힘들었다. 하지만 왠지 모르게 몸이 떨렸다.

그는 손등으로 이마의 땀을 닦았다. 아니 닦으려 했다.

이건 꿈, 악몽일까? 열기와 모래, 그리고 저 붉은 물체를 보자 느껴진 알 수 없는 두려움은 도대체 뭐지?

꿈? 아니다. 우주에서 한창 전투를 하다가 잠에 빠져 꿈을 꾸는 사람이 어디 있겠는가?

사후세계? 아니, 그럴 리 없다. 파란 열기에 파란 모래에 붉은 공포라니, 설사 내세가 있다고 해도 이런 느낌일 리 없다.

그때 그는 목소리를 들었다.

목소리는 귀가 아니라 머릿속에서 울렸다. 어딘지 모를 곳에서 들리는 것 같기도 하고 사방에서 들리는 것 같기도 했다.

"시간과 차원을 뚫고 우주를 방랑했다." 마음속에서 목소리가 울렸다. "그리고 이 시간과 이 공간에서 나는 막 전쟁을 벌이려 하는 두 종족을 발견했다. 전쟁이 끝나면 한 종족은 절멸해 버리고, 다른 한 종족은 너무 쇠약해져 퇴보하고 결코 운명을 충족시키지 못하게 된다. 결국 본래의 모습이었던 의미 없는 먼지로 썩어 없어지겠지. 나는 이런 일이 절대로 일어나서는 안 된다고 생각한다."

"누구― 당신 뭐야?" 카슨의 목소리는 크지 않았지만, 머릿속에서 다시 울렸다.

"네가 완벽하게 이해할 것 같지는 않군. 나는 ―" 목소리는 카슨의 머릿속에서 거기에 존재하지 않는, 그가 알 수 없는 단어를 찾는 듯 잠시 멈추었다. "나는 진화의 궁극에 이른 종으로 아주 오랜 옛날, 너희들이 이해할 수 있는 말로는 설명할 수 없는 과거부터 있어 왔다. 종족 전체가 영원히 하나의 존재로 융합했지. 때때로 너희 같은 원시 종족이―" 또다시 단어를 찾고 있었다. "―경지에 이르기도 하지. 네가 지금 속으로 침입자라 부르고 있는 종족도 마찬가지다. 그래서 내가 이 전쟁에 간섭했다. 두 함대의 전력이 엇비슷해서 싸운다면 두 종족 모두 멸망하게 된다. 둘 중 하나는 살아남아야 한다. 한 종족 만은 살아서 발전하고 진화해야 한다."

"하나?" 카슨은 생각했다. "우리? 아니면―"

"지금 내 힘으로도 전쟁을 중단시키고 침입자를 고향으로 돌려보 낼 수 있다. 하지만 그들은 결국 돌아올 것이고, 그렇지 않다면 조만 간 너희 종족이 그들을 추격하겠지. 너희 둘이 서로 파괴하지 못하 도록 막으려면 내가 이 시공간에 머물면서 계속 간섭해야 한다. 물 론 나는 계속 머물 수 없다.

그래서 지금 손을 쓸 수밖에 없다. 난 어느 한쪽의 함대를 완전히 파괴하고 다른 쪽을 온전하게 놓아두겠다. 두 문명 중 하나는 살아 남아야 하니까."

악몽. 이건 악몽이야. 카슨이 생각했다. 하지만 그렇지 않았다.

너무 황당했고 너무 불가능한 일이라 오히려 현실이 아니라고는 생각할 수 없었다.

그는 '어느 쪽?'이라는 질문을 차마 하지 못했다. 하지만 생각만으로 질문이 전달되었다.

"더 강한 종족이 살아남는다." 목소리가 말했다. "그것만큼은 내가 바꿀 수 없다. 바꿀 생각도 없다. 나는 단지 한 쪽의 승리를 완벽한 승리로 만들 뿐이다." 또다시 탐색했다. "―피루스 왕의 승리처럼 불 구의 종족이 되어선 안 된다.

난 전쟁이 벌어지기 직전의 전장 외곽에서 두 개체를 빼냈다. 바로 너와 침입자 한 명이다. 난 너의 마음속을 보았고, 너희들이 국가를 이루고 살던 초기에는 종족 간의 문제를 해결하기 위해 전사들끼리 싸움을 벌였다는 사실을 아직 잊지 않았음을 알 수 있었다.

너와 너의 상대자는 여기서 싸움을 벌이게 된다. 벌거벗은 채로 아무 무기 없이, 너희 둘 모두 똑같이 익숙하지 않고, 똑같이 불편한 조건 아래서 싸우는 거다. 시간제한은 없다. 이곳엔 시간이란 게 없으니까. 살아남는 자는 종족을 대표하는 전사다. 그자의 종족이 살아 남는다."

"하지만―" 카슨의 항변은 뭐라 표현하기 힘들 정도로 모호했지 만, 목소리는 대답했다.

"공평한 대결이다. 우연한 요소인 육체적인 힘과 같은 조건은 승부를 가르는 데 전혀 영향을 끼치지 않는다. 경계가 있기 때문이다. 너도 곧 알게 된다. 힘보다는 두뇌와 용기가 훨씬 더 중요하다. 특히 용기, 살아남고자 하는 의지가 중요하다."

"하지만 그동안 함대가—"

"그렇지 않다. 너는 그곳과 다른 시공간에 와 있다. 여기 있는 동안 네가 알고 있는 우주에서는 시간이 흐르지 않는다. 이곳이 과연 실재인지 궁금한 모양이군. 그렇기도 하고 아니기도 하다. 나 역시— 너의 제한적인 이해력으로 보자면—존재이며 또한 비존재이다. 나는 육체적인 존재가 아니라 정신적인 존재다. 지금 너는 나를 행성으로 보지만, 나는 먼지일 수도 있고 태양일 수도 있다.

하지만 너에게 있어 현재 이 장소는 실재다. 네가 여기서 받을 고통도 진짜다. 만약 여기서 죽는다면, 죽음 또한 진짜다. 네가 죽는다면, 너의 실패는 곧 네 종족의 종말을 뜻한다. 이 정도가 네가 알아야 할 전부다."

목소리는 사라졌다.

이제 그는 홀로 남았다. 아니 혼자는 아니었다. 카슨이 고개를 들자 붉은 물체, 이제는 침입자라는 사실을 알게 된 붉은 구체가 그를 향해 굴러오고 있었다.

굴러왔다(rolling).

겉보기에는 팔이나 다리가 없어 보였다. 특징이랄 게 없었다. 롤러(roller)는 흐르는 수은 방울처럼 매끄럽게 파란 모래밭을 가로질러 굴러왔다. 왠지 알 수는 없지만 역겹고, 불쾌하고, 구역질나는 증오의 물결이 먼저 다가와 온몸을 마비시켰다.

카슨은 황급히 주변을 둘러보았다. 1미터쯤 떨어진 모래밭 위에 놓인 돌멩이 하나가 가장 가까운 무기였다. 크지는 않았지만 부싯돌처럼 모서리가 날카로웠다. 파란색 부싯돌처럼 보이기도 했다.

그는 돌멩이를 집어 들고 몸을 수그리며 공격을 받을 준비를 했다. 그것은 그가 뛰는 속도보다 빠르게 다가오고 있었다.

어떻게 싸울지 생각할 시간도 없었다. 생각한다고 해 봤자 힘이 얼마나 센지, 특징이 무엇인지, 어떤 전투 기술을 쓰는지도 모르는 상대와 싸울 계획을 무슨 수로 짠다는 말인가. 구르는 속도가 빨라지자 롤러는 전에 비해 완벽한 구체로 보였다.

10미터. 5미터. 그때 롤러가 멈췄다.

아니, 막혔다는 편이 가까웠다. 갑자기 보이지 않는 벽에 부딪힌 것처럼 가까운 쪽 면이 평평해졌다. 롤러는 뒤로, 실제로 뒤로 튀어나갔다.

그리고 다시 앞으로 굴러왔다. 하지만 좀 더 천천히, 좀 더 조심스럽게 다가왔다. 롤러는 또다시 멈췄다. 같은 장소였다. 그것은 옆으로 몇 미터 떨어진 곳에서 똑같은 시도를 했다.

그곳에는 일종의 경계가 있었다. 그때 카슨의 머릿속에 떠오르는 게 있었다. 그를 이곳으로 데려왔다는 존재가 머릿속에 불어 넣은 생각이었다. "—우연한 요소인 육체적인 힘과 같은 조건은 승부를 가르는 데 전혀 영향을 끼치지 않는다. 경계가 있기 때문이다."

역장이겠군, 물론. 지구의 과학자들도 알고 있는 네치안 필드는 아니었다. 네치안 필드는 발광을 했고 딱딱거리는 소리도 냈다. 이건 투명하고 조용했다.

경계는 뒤집힌 반구를 반으로 가르는 벽이었다. 카슨이 직접 알아볼 필요는 없었다. 롤러가 그러고 있었다. 롤러는 경계를 따라 옆으로 구르며 구멍을 찾았지만 헛수고였다.

카슨은 왼손을 앞으로 내밀어 더듬으면서 몇 걸음 걸어갔다. 그러자 손이 경계에 닿았다. 부드럽고 살짝 들어가는 느낌이 유리라기보다는 고무막에 가까웠다. 따뜻했지만 발아래의 모래만큼 따뜻하지는 않았다. 그리고 가까이서 보아도 완전히 투명했다.

그는 돌멩이를 버린 뒤 두 손을 대고 밀어 보았다. 밀리는 것 같긴 했지만 아주 약간에 불과했다. 온몸의 무게를 실어서 밀어 보아도 더 이상은 들어가지 않았다. 강철판으로 덧댄 고무막 같은 느낌이었다. 제한된 탄력과 변함없는 강도.

그는 발끝으로 서서 최대한 손을 높이 뻗어보았다. 경계는 거기도 있었다.

그는 롤러가 원형경기장 한쪽 끝까지 갔다가 다시 돌아오는 모습을 보았다. 카슨은 또다시 구역질이 올라오는 것을 느꼈다. 그는 롤러가 지나가자 경계에서 뒤로 몇 걸음 물러섰다. 롤러는 멈추지 않았다. 그런데 혹시 경계가 지면에서 끝나는 건 아닐까? 카슨은 무릎을 꿇고 모래를 파헤쳤다. 부드럽고 가벼워 파기 쉬웠다. 60센티미터를 파고들어갔지만 경계는 여전히 있었다.

롤러가 다시 돌아오고 있었다. 그쪽에서도 구멍을 찾지 못한 게 분명했다.

분명히 통하는 길이 있을 거야. 카슨은 생각했다. 상대방을 공격할 수 있는 방법. 그게 없다면 결투는 무의미했다.

하지만 당장 그걸 알아내느라 급할 건 없었다. 먼저 시험해 봐야 할 일이 있었다. 롤러는 다시 돌아와 있었다. 이제 불과 2미터 떨어진 경계 건너편에 가만히 있었다. 카슨을 관찰하는 모양이었다. 하지만 카슨은 아무리 살펴봐도 롤러에게 어떤 외부 감각 기관이 있다는 증거를 찾을 수 없었다. 눈이나 귀, 심지어는 입처럼 생긴 것도 없었다. 그런데 한참 보고 있자 일련의 홈이 보였다. 다 합쳐서 대략 수십 개 정도였는데, 갑자기 그중 두 곳에서 촉수가 하나씩 튀어나와 강도를 측정하려는 듯이 모래 속에 박혔다. 촉수는 직경이 대략 2.5센티미터 정도에 길이는 50센티미터 정도 돼 보였다.

하지만 촉수는 사용할 때를 빼고는 홈 속으로 집어넣어 둘 수 있었다. 롤러가 구를 때 촉수가 들어가 있었고, 촉수와 이동 방법은 아무 상관이 없어 보였다. 카슨이 보기에 롤러는 중력의 중심을 이동시킴으로써—어떻게 그럴 수 있는지는 상상도 안 되지만—움직이는 것 같았다.

그는 롤러를 바라보며 몸을 떨었다. 그것은 외계인, 지구에 살거나 혹은 다른 행성에서 발견된 그 어떤 생명체와도 끔찍할 정도로 다른 완전한 외계인이었다. 구체적으로 말할 수는 없지만 그는 본능적으로 정신 또한 육체만큼이나 다르다는 걸 알 수 있었다.

하지만 시도해 봐야 했다. 만약 롤러에게 텔레파시 능력이 없다면 실패로 끝나겠지만, 왠지 그런 능력이 있을 것 같았다. 어쨌든 몇 분 전에 그를 향해 다가올 때만 해도 물질적이지 않은 뭔가를 투사했던 것이다. 증오심의 파동이 거의 확실하게 느껴졌다.

그런 것을 투사할 수 있다면 마음을 읽을 수 있을지도 몰랐다. 그 정도면 지금 하려는 일에 충분했다.

카슨은 의도적으로 조금 전 유일한 무기로 갖고 있던 돌멩이를 집어 들었다가 다시 땅에 던지고 빈손을 손바닥이 보이게 앞쪽으로 들었다. 무기를 버렸다는 몸짓이었다.

그는 큰 소리로 말했다. 앞에 있는 외계인에게 말소리가 아무 의미 없으리라는 사실은 알고 있었지만, 말을 함으로써 스스로 생각을 전달하고자 하는 의미에 더욱 완전하게 집중할 수 있었다.

"우리 평화롭게 지낼 수 없을까?" 그는 말했다. 쥐죽은 듯 조용한 공간에 울러 퍼지는 목소리가 이상하게 들렸다. "우리를 여기 데려온 존재가 말했잖아, 우리의 종족 간 전쟁으로 어떻게 될지. 한 종족은 멸종하고 다른 종족은 쇠약해져서 퇴보할 거라고. 둘 사이의 전쟁은 우리가 여기서 어떻게 하는지에 따라 결정될 거라고 그 존재가 말했어. 우리가 여기서 평화 협정을 맺지 말라는 법도 없잖아? 너희 종족은 너희 은하계로, 우리는 우리 은하계로."

카슨은 답변을 듣기 위해 마음을 비웠다.

답이 왔다. 답변은 그를 육체까지 뒤흔들어 놓았다. 실제로 그는 자신에게 투사된 깊고 강렬한 증오와 죽이고 싶어 하는 갈망이 느껴지는 붉은 이미지에서 순수한 공포를 느끼고 뒤로 몇 걸음 물러났다. 정확한 단어가 아니라—그 존재의 생각이 카슨에게 전해졌던 것처럼—겹겹이 쌓인 강렬한 증오의 파동이었다.

상대의 증오가 불러일으킨 정신적인 충격에 대항하고, 스스로 마음을 비워 가며 받아들였던 외계인의 생각을 몰아내고 정신을 가다

듣느라 애쓰던 잠시 동안의 시간이 마치 영원처럼 느껴졌다. 그는 속을 게워내고 싶었다.

악몽에서 깨어난 사람이 천천히 꿈이 엮어 놓은 공포에서 벗어나 듯, 그도 서서히 정신을 차렸다. 숨을 쉬기 힘들었고 점점 쇠약해지는 느낌이었다. 하지만 생각은 할 수 있었다.

그는 선 채로 롤러를 관찰했다. 롤러는 자신이 근소하게 승리를 거둔 정신력 대결이 이어지는 동안 움직이지 않고 있었다. 그때 롤러가 가장 가까운 파란색 덤불을 향해 1미터 가량 굴러갔다. 홈에서 촉수 세 개가 나오더니 덤불을 뒤지기 시작했다.

"좋아." 카슨이 말했다. "전쟁을 하자 이거지." 그는 비틀린 웃음을 지어 보였다. "내가 이해한 게 맞는다면 넌 평화에 관심이 전혀 없는 거로군." 결국, 조용한 젊은 청년이었던 그는 극적인 상황에 대한 충동을 억누르지 못하고 이렇게 덧붙였다. "어느 한쪽이 죽을 때까지!"

하지만 적막한 공간에 울린 그의 목소리는, 심지어 그에게조차 아주 바보같이 들렸다. 그러자 이게 정말 목숨을 건 일이라는 사실이 직접적으로 다가왔다. 자기 자신이나 그가 롤러라고 부르는 붉은 구체는 물론 어느 한 종족 전체가 죽는 것이다. 만약 그가 실패한다면, 그건 인류의 종말을 뜻했다.

그 사실은 갑자기 그를 아주 소심하게 만들었다. 그런 생각을 하는 것조차 두려웠다. 생각하는 것보다 더 두려운 건 그 사실을 아는 것이었다. 어찌된 일인지 그는 이 대결을 주관한 존재가 이야기해 준 그의 의도와 힘이 진실임을 알 수 있었다. 그건 신념조차 넘어서는 앎이었다. 그 존재의 말은 분명 농담이 아니었다.

인류의 미래가 그에게 달려 있었다. 깨닫고 나니 너무나 끔찍한 일이라 그는 생각을 떨쳐버렸다. 당장은 눈앞의 상황에 집중해야만 했다.

뭔가 경계를 뚫고 가거나, 아니면 경계를 사이에 두고 상대를 죽일 방법이 있을 터였다.

정신적으로? 그는 그렇지 않기를 바랐다. 롤러가 원시적이고 개발되지 않은 인류의 텔레파시 능력보다는 훨씬 강한 능력을 갖고 있는 건 분명해 보였다. 과연 그럴까?

그는 조금 전 자신의 마음속에서 롤러의 생각을 몰아낼 수 있었다. 롤러도 그럴 수 있을까? 만약 투사하는 능력이 더 강하다면 수신하는 능력에는 허점이 있을 수 있지 않을까?

그는 롤러를 응시하며 온 힘을 다해 롤러에 초점을 맞추고 생각을 집중했다.

"죽어라." 그는 생각했다. "넌 죽을 거야. 넌 죽고 있어. 넌—"

그는 생각을 바꾸어 가며 시도했고, 영상을 떠올리기도 했다. 이마에서 땀이 흘렀고, 너무 집중해서 애를 쓴 나머지 몸이 떨렸다. 하지만 롤러는 여전히 덤불을 조사하고 있었다. 마치 카슨이 구구단이나 암송하고 있었던 양 전혀 영향을 받지 않는 듯했다.

결국 아무 소용없는 일이었다.

그는 집중하는 데 너무 애를 쓴 데다가 열기 때문에 기운이 없고 어지러웠다. 그는 파란 모래밭에 앉아서 휴식을 취하며 주의를 집중해 롤러를 관찰했다. 어쩌면 자세한 관찰을 통해 녀석의 힘이나 약점을 알아내거나, 언제라도 직접 맞붙게 될 때 쓸모 있을 정보를 얻게 될지도 몰랐다.

롤러는 나뭇가지를 꺾어내고 있었다. 카슨은 신중히 살펴보면서 그 일을 하는 데 롤러가 얼마나 힘을 쓰는지 판단하려 노력했다. 잠시 후, 그는 자기가 있는 쪽에서도 비슷한 덤불을 찾아 비슷한 굵기의 나뭇가지를 직접 꺾어 봄으로써 그의 팔과 롤러의 촉수의 완력을 비교해 볼 수 있겠다는 데 생각이 미쳤다.

나뭇가지는 꽤 단단해 보였다. 롤러는 힘을 줘서 가지를 꺾고 있었다. 관찰 결과 촉수는 끝 부분에서 두 개의 손가락으로 나뉘며, 각 손가락의 끝은 손톱이나 갈고리로 되어 있었다. 갈고리가 특별히 길거나 위험해 보이지는 않았다. 좀 더 자라면 카슨의 손톱과 비슷해질 것 같았다.

전반적으로 보아 몸으로 싸운다면 그렇게 힘들지는 않을 것 같았다. 물론 저 나무덤불이 아주 단단한 물질로 이루어져 있다면 얘기가 다르지만. 카슨은 주위를 둘러보았다. 좋아. 바로 근처에 똑같은 종류의 덤불이 있었다.

그는 손을 뻗어 가지 하나를 꺾었다. 가지는 약했고, 쉽게 부서졌다. 물론 롤러가 고의로 힘든 척했을 가능성도 있었지만 그는 그렇게 생각하지 않았다.

그런데 한편, 롤러의 약점은 어디 있을까? 기회가 왔을 때 어떻게 해야 상대를 죽일 수 있을까? 그는 다시 롤러를 관찰했다. 외피는 꽤 튼튼해 보였다. 날카로운 종류의 무기가 필요했다. 그는 다시 돌멩이를 하나를 집었다. 돌멩이는 대략 30센티미터 길이에 좁고 끝이 꽤 날카롭게 생겼다. 부싯돌처럼 날카롭게 쪼갤 수 있다면 쓸 만한 칼이 될 것 같았다.

롤러는 여전히 덤불 조사를 계속하고 있었다. 이번에는 가까운 곳에 있는 다른 종류의 덤불로 굴러갔다. 아까 카슨이 자신의 구역에서 보았던 것과 비슷한 다리 많은 파란색 작은 도마뱀이 덤불 아래서 뛰어나왔다.

롤러의 촉수 하나가 득달같이 움직여 도마뱀을 잡아 올렸다. 다른 촉수가 채찍처럼 도마뱀의 다리를 움켜잡아 뽑아내기 시작했다. 덤불에서 나뭇가지를 꺾듯 차갑고 무심한 모습이었다. 도마뱀은 미친 듯이 허우적거리면서 날카로운 비명을 냈다. 자기 자신의 목소리를 빼고는 카슨이 이곳에서 처음 들어보는 소리였다.

카슨은 몸서리를 쳤다. 눈을 돌리고 싶었다. 하지만 그는 애써 지켜보았다. 상대에 대한 정보라면 어떤 것이든, 이렇게 불필요해 보이는 잔인함에 대한 정보조차도 나중에 유용할 수 있었다. 특히 이렇게 상대가 쓸데없이 잔인하다는 사실을 알게 되자 갑자기 악독한 감정마저 솟아났다. 기회가 온다면 저놈을 죽이는 일이 즐거울 것이다.

그는 바로 그 이유를 들어 도마뱀이 해체되는 광경을 묵묵히 지켜보았다.

하지만 마침내 다리가 절반이 사라진 도마뱀이 소리 지르며 허우적대기를 멈추고 롤러의 촉수 안에서 죽어 축 늘어지자 그는 안도했다.

롤러는 나머지 다리는 내버려두었다. 롤러는 거만한 태도로 죽은 도마뱀을 카슨 쪽으로 던졌다. 도마뱀은 곡선을 그리며 허공을 날아오더니 그의 발치에 떨어졌다.

경계를 통과했다! 경계가 사라졌다! 카슨은 순식간에 일어나 돌칼을 손에 쥐고는 앞으로 달려들었다. 바로 지금 여기서 끝장을 보는 것이다! 경계가 사라—

하지만 경계는 그대로 있었다. 카슨은 경계를 머리로 들이받고 거의 기절할 뻔함으로써 아프게 그 사실을 깨달았다. 그는 뒤로 튕겨나와 넘어졌다.

그가 몸을 일으켜 앉아 정신을 차리려고 고개를 흔들고 있을 때 뭔가가 허공을 날아오는 게 보였다. 그는 옆으로 납작하게 몸을 던져 그것을 피했다. 몸통은 무사히 피했지만 순간적으로 왼쪽 장딴지에서 날카로운 고통이 느껴졌다.

그는 고통을 무시한 채 뒤로 굴러 물러난 뒤 일어섰다. 그제야 비로소 자기를 때린 게 돌이라는 것을 알 수 있었다. 그리고 롤러는 촉수 두 개로 돌을 하나 더 들어 올려 뒤로 젖힌 채 다시 던질 준비를 하던 참이었다.

바위가 그를 향해 허공을 날아왔지만, 쉽게 옆으로 비켜날 수 있었다. 확실히 롤러는 똑바로 던질 수는 있었지만, 세게 던지거나 멀리 던지지는 못했다. 첫 번째 돌에 맞은 건 앉아 있다가 거의 맞을 때까지도 보지 못했기 때문이었다.

약하게 날아오는 두 번째 돌을 피해 옆으로 걸으며 카슨은 계속 손에 쥐고 있던 돌을 던지려고 오른팔을 뒤로 뻗었다. 갑자기 의기양양해진 그는 만약 던지는 무기가 경계를 통과할 수 있다면, 그 방법으로 이 대결을 펼칠 수 있겠다고 생각했다. 그리고 지구인의 강력한 오른팔이—

4미터밖에 안 되는 거리에서 1미터자리 구체를 빗맞히긴 어려웠다. 그는 빗맞히지 않았다. 바위는 공기를 가르며 직선으로, 롤러가 던졌던 돌보다 두세 배는 빠른 속도로 날아갔다. 돌은 정확히 가운데에 맞았다. 하지만 불행히도 뾰족한 부분이 아닌 평평한 부분으로 맞았다.

그러나 육중한 소리가 난 것으로 보아 아팠던 게 분명했다. 롤러가 다른 돌을 집어 올리려다가 생각을 바꿔 그 자리에서 벗어났던 것이다. 카슨이 돌 하나를 더 집어 던지려고 했을 때 롤러는 이미 경계에서 30여 미터나 떨어진 곳에 가 있었다. 놈은 아직 멀쩡해 보였다.

두 번째 던진 돌은 몇십 센티미터 차이로 빗나갔고, 세 번째 돌은 거리가 미치지 못했다. 롤러는 다시 사정거리에서—적어도 다칠 정도로 무거운 돌이 날아올 수 있는 범위에서는—벗어나 있었다.

카슨은 씩 웃었다. 이번 판은 그의 승리였다. 하지만—

그는 웃음을 거두고 허리를 숙여 장딴지를 살펴보았다. 돌멩이의 날카로운 모서리가 몇 센티미터에 걸쳐 꽤 깊은 상처를 내 놓았다. 피가 계속 흘러나왔지만 동맥을 건드릴 정도로 깊게 다치지는 않은 것 같았다. 피가 저절로 멈춘다면 상관없겠지만, 그렇지 않다면 그건 문제였다.

그러나 상처보다도 한 가지 먼저 알아내야 할 게 있었다. 바로 경계의 성질.

그는 다시 앞으로 걸어갔다. 이번에는 손을 내밀어 더듬으며 걸었다. 경계에 손이 닿자, 그는 한 손을 댄 채로 다른 손으로 모래를 한 줌 집어서 던졌다. 모래는 그대로 통과했지만 손은 막힌 채였다.

유기물과 무기물의 차이일까? 그건 아니었다. 죽은 도마뱀은 경계를 통과했는데, 죽었건 살았건 도마뱀은 유기물이 분명했기 때문이었다. 식물은 어떨까? 그는 나뭇가지를 꺾어 경계를 찔러 보았다. 나뭇가지는 아무 저항 없이 경계를 통과했다. 하지만 가지를 쥐고 있는 손가락이 경계에 닿자 손은 막혔다.

그는 경계를 통과할 수 없고, 그건 롤러도 마찬가지였다. 하지만 돌이나 모래나 죽은 도마뱀은―

살아 있는 도마뱀이라면? 그는 덤불 아래서 도마뱀 사냥에 나섰다. 한 마리 찾아내서 잡은 뒤 경계를 향해 부드럽게 던졌다. 도마뱀은 튕겨 나오더니 파란 모래밭을 가로질러 서둘러 도망쳤다.

지금까지의 정보로 미루어 보건대 이제 답이 보였다. 경계는 살아 있는 존재를 막고 있었다. 죽은 생물이나 무기물은 통과할 수 있었다.

결론이 내려지자 카슨은 다시 다친 다리로 시선을 돌렸다. 출혈은 줄어들고 있었고, 그건 곧 굳이 지혈을 하지 않아도 된다는 뜻이었다. 하지만 상처를 깨끗이 닦기 위해 혹시 근처에 신선한 물이 있는지 찾아봐야 했다.

신선한 물― 그 생각을 하자 갑자기 지독하게 목이 마르다는 사실을 깨달았다. 이 결투가 오래 지속될 경우에 대비해서 물을 찾아야 했다.

살짝 다리를 절며 그는 원형경기장의 절반인 자기 구역을 한 바퀴 돌기 시작했다. 왼손을 경계에 댐으로써 방향을 잡고 오른쪽을 향해 곡면의 벽이 나올 때까지 걸었다. 벽은 눈에 보였다. 가까운 거리에

탁한 청회색의 벽이 있었고, 그 표면도 경계와 똑같은 느낌이었다.

그는 시험 삼아 모래 한 줌을 던져 보았다. 모래는 벽에 닿더니 그대로 통과하면서 사라져 버렸다. 공 모양의 벽 역시 역장이었다. 다만 경계처럼 투명하지 않고, 불투명했을 뿐이었다.

그는 다시 경계에 닿을 때까지 벽을 따라 걸었다. 그리고 경계를 따라 처음 출발했던 곳으로 돌아왔다.

물의 흔적은 없었다.

슬슬 걱정이 된 그는 경계와 벽 사이를 지그재그로 왔다 갔다 하며 그 사이의 공간을 철저히 수색했다.

물은 없었다. 파란 모래, 파란 덤불, 그리고 참을 수 없는 열기. 그게 전부였다.

갈증 때문에 이렇게 괴롭다는 건 상상일 뿐이야. 그는 화가 난 듯 스스로에게 말했다. 여기에 얼마나 있었지? 물론 본래의 시공간 틀에서 생각하면 조금도 시간이 흐르지 않았다. 그 존재는 그가 여기 있는 동안 바깥에서는 시간이 흐르지 않는다고 말했다. 하지만 여기서도 신진대사는 똑같이 이루어졌다. 그리고 몸이 인식하는 시간의 변화는 얼마나 될까? 아마 서너 시간은 흐른 듯했다. 갈증으로 심각한 고통을 받을 정도는 분명히 아니었다.

하지만 고통스러웠다. 목이 바싹 말라 타는 듯했다. 아마도 강렬한 열기 때문인 듯했다. 이곳은 정말 더웠다. 대략 50도는 되는 것 같았다. 공기의 움직임이 전혀 없어 건조하고 답답했다.

그는 조금 전보다 심하게 절고 있었다. 게다가 아무 소득 없이 자기 구역의 탐사를 마쳤을 때는 기진맥진해 있었다.

그는 경계 건너편에서 꼼짝 앉고 있는 롤러를 보며 상대도 자기만큼이나 비참한 상태이기를 바랐다. 사실 상대방도 이 상황을 그다지 즐기고 있지 않을 건 뻔했다. 그 존재가 말하길 조건은 양쪽 모두에게 똑같이 낯설 것이며 똑같이 불편할 것이라고 했다. 어쩌면 롤러는 정상 기온이 200도인 행성에서 왔을 수도 있다. 어쩌면 그가 타 죽을 듯한 이 순간 상대는 얼어 죽을 듯한 상황일지도 몰랐다.

어쩌면 지금 상대에게는 공기가 너무 짙을지도 몰랐다. 왜냐하면 카슨에게는 공기가 너무 희박해서 자기 구역을 탐사하고 나자 숨이 차올랐기 때문이었다. 이곳의 대기 농도가 화성에 비해 그리 짙지 않다는 사실을 그는 그제야 깨달았다.

물의 부재.

이건 곧 그에게 한정된 시간이 남아 있다는 뜻이었다. 경계를 건너가거나, 아니면 이쪽에서 상대를 죽일 수 있는 방법을 찾아내지 못한다면 결국 갈증으로 죽게 되어 있었다.

그러자 갑자기 절박한 심정이 되었다. 서둘러야만 했다.

하지만 그는 애써 자리에 앉아 휴식을 취하며 생각을 좀 하기로 했다.

뭘 어떻게 할 수 있을까? 할 일은 없는 듯하면서도 많았다. 먼저 몇 가지 종류의 덤불이 있었다. 별로 쓸모가 있어 보이지는 않았지만, 혹시 모를 가능성을 위해 조사해 봐야 했다. 그리고 그의 다리—상처를 닦을 물이 없다고 해도 뭔가 조처를 취하기는 해야 했다. 돌과 같은 무기를 모으고, 칼을 만들 수 있는 돌을 찾아야 했다.

이제 다리가 꽤 아팠다. 그는 상처를 먼저 처리하기로 결정했다.

덤불 중 한 종류에는 잎—혹은 잎과 비슷한 무엇—이 있었다. 그는 이파리를 한 줌 뜯어내 조사해 본 뒤 일단 써 보기로 했다. 이파리를 이용해 모래와 흙과 엉긴 피를 닦아내고 깨끗한 잎으로 패드를 만들어 같은 덤불에서 딴 덩굴을 사용해 상처 위에 묶었다.

덩굴은 의외로 질기고 강했다. 얇고 부드러우면서 잘 휘었지만, 끊을 수가 없었다. 그는 부싯돌 같은 파란 돌멩이의 뾰족한 부분으로 썰어내야 했다. 두꺼운 덩굴 중에는 길이가 30센티미터가 넘는 것도 있었다. 그는 향후 참고로 하기 위해 두꺼운 덩굴을 여러 개 묶으면 꽤 쓸 만한 밧줄을 만들 수 있겠다는 사실을 기억해 두었다. 어쩌면 밧줄이 유용할 때가 올지도 몰랐다.

다음에는 칼을 만들었다. 기대했던 것처럼 파란 부싯돌은 쪼개졌다. 30센티미터 길이의 돌 조각으로 그는 조악하지만 치명적인 무기를 만들었다. 그리고 덤불에서 딴 덩굴로는 돌칼을 허리에 찰 수 있는 허리띠를 만들었다. 그러면 칼을 항상 휴대하면서도 두 손을 자유롭게 할 수 있었다.

그는 다시 덤불을 조사했다. 세 종류가 있었는데, 하나는 잎이 없고 마른 잡초처럼 잘 부스러졌다. 다른 하나는 부드럽고 무른 나무였는데 마치 썩은 나무 같았다. 겉모습이나 촉감으로 보아 불이 아주 잘 붙을 것 같았다. 세 번째는 거의 나무 같았다. 손만 대면 시들어 버리는 약한 잎이 있었지만, 줄기는 짧았음에도 불구하고 곧고 단단했다.

정말 끔찍하게, 참을 수 없을 정도로 더웠다.

카슨은 다리를 절뚝이며 경계를 향해 걸어갔다. 아직 경계가 그대로 있는지 만져 보았다. 그대로 있었다.

그는 선 채로 한동안 롤러를 관찰했다. 롤러는 돌의 유효 사정 거리에서 벗어난 안전한 거리에 있었다. 롤러는 경계에서 뒤쪽으로 떨어진 곳에서 이리저리 움직이며 뭔가를 하고 있었다. 그는 롤러가 무엇을 하는지 알 수 없었다.

한번은 롤러가 멈추더니 조금 가까이 다가왔다. 카슨에게 주의를 집중하는 듯했다. 다시 한번 그는 역겨움의 파동과 맞서 싸워야 했다. 그는 돌을 던졌고 롤러는 뒤로 물러나더니 뭔지는 모르겠지만 조금 전까지 하던 일로 돌아갔다.

적어도 그는 롤러가 다가오지 못하게는 할 수 있었다.

씁쓸한 생각이 들었지만, 그건 그로서도 굉장히 반가운 일이었다. 카슨 역시 똑같이 던지기 적당한 크기의 돌을 모아서 경계 근처 몇 군데에 깔끔하게 쌓아두면서 한두 시간을 보냈다.

이제 그의 목은 타 버릴 것 같았다. 물 이외에 다른 생각을 하기가 힘들었다.

하지만 다른 일을 생각해야만 했다. 이곳의 열기와 갈증이 먼저 그를 죽이기 전에 밑으로든 위로든 경계를 넘어가서 저 붉은 구체를 죽여 버릴 생각을 해야 했다.

경계는 양쪽 벽까지 이어져 있었다. 하지만 얼마나 높으며 얼마나 모래 아래 깊숙이 묻혀 있을까?

그 순간 카슨은 정신이 너무 몽롱해서 둘 중 어느 하나도 제대로 생각하지 못할 것 같았다. 결국 가만히 뜨거운 모래밭에 앉아서—그는 자기가 앉았다는 것도 기억 못했다—파란 도마뱀 한 마리가 은

신처인 덤불에서 나와 다른 은신처를 찾아가는 모습을 보았다.

새로 찾아간 덤불 아래에서 도마뱀은 그를 보고 있었다.

카슨은 도마뱀을 향해 웃어 보였다. 점점 몽롱해지고 있었는지, 갑자기 화성의 사막 식민지에서 전해지던 오래된 이야기가 떠올랐다. 그 이야기는 지구의 사막에서 전해지던 더 오래된 이야기에서 유래한 것이었다. "얼마 되지 않아 너무 외로워진 나머지 정신 차려 보면 어느새 도마뱀한테 말을 걸고 있다. 그리고 잠시 후면 도마뱀이 대답하는 모습까지 보게 된다 —"

물론 그는 롤러를 죽일 방법을 생각하는 것에 집중해야 했다. 하지만 그는 도마뱀에게 웃음을 지어 보이며 말했다. "안녕."

도마뱀이 그를 향해 몇 걸음 다가왔다. "안녕." 도마뱀이 말했다.

카슨은 순간 까무러칠 정도로 놀랐다. 잠시 후 그는 정신을 차리고 큰 소리로 웃었다. 웃는 데 목이 아프지는 않았다. 그 정도로 목이 타는 건 아니었다.

당연한 것 아닌가? 이 악몽 같은 장소를 생각해 낸 존재는 그렇게 대단한 능력이 있는데, 유머 감각이라고 없으란 법이 어디 있을까? 말하는 도마뱀이라, 말을 걸면 똑같은 언어로 대꾸해 준다니 괜찮은 생각이었다.

그는 도마뱀을 향해 웃으며 말했다. "이리 와 봐." 하지만 도마뱀은 뒤돌아 도망쳤다. 덤불에서 덤불로 허둥지둥 도망치더니 시야에서 벗어나 버렸다.

그는 다시 목이 말랐다.

그리고 그는 뭔가를 해야만 했다. 제자리에 앉아서 비참해하고 있는 것만으로는 결투에서 이길 수 없었다. 뭔가를 해야 했다. 그런데 뭘 하지?

경계를 통과하지. 하지만 경계는 통과하거나 넘어갈 수 없었다. 하지만 밑으로 통과할 수 없는지는 확실한가? 그러고 보니 땅을 파면 가끔 물이 나오는 경우가 있지 않나? 일석이조—

이제 다리는 고통스러웠다. 카슨은 경계로 절뚝거리며 다가가 땅을 파기 시작했다. 한 번에 두 손으로 모래를 퍼냈다. 구덩이 가장자리에서는 모래가 다시 안으로 떨어지기 때문에 깊이 팔수록 구덩이도 넓어야 하는 느리고 힘든 작업이었다. 얼마나 오래 팠는지 모르겠지만 그는 1미터 남짓한 깊이에서 암반에 부딪쳤다. 건조한 암반. 물의 흔적은 없었다. 그리고 경계를 이루는 역장은 확실히 암반까지 이어졌다. 헛수고였다. 물도 없고, 아무것도 없었다.

그는 구덩이에서 기어 나와 누운 채 숨을 헐떡였다. 잠시 후에는 고개를 들어 건너편에서는 롤러가 무엇을 하고 있는지 확인했다. 뭔가 하고 있을 게 분명했다.

그랬다. 롤러는 덤불에서 잘라낸 가지를 덩굴로 묶어 뭔가를 만들고 있었다. 이상하게 생긴 나무틀로 높이는 1미터 남짓에 정사각형에 가까운 모양이었다. 좀 더 자세히 보기 위해 카슨은 구덩이에서 파낸 모래를 쌓아 둔 작은 언덕에 올라서서 관찰했다.

그 물체 뒤쪽에는 두 개의 기다란 막대가 튀어 나와 있었는데, 그중 하나는 끝에 컵 모양의 부품이 달려 있었다. 일종의 투석기인가 보군, 카슨은 생각했다.

확실했다. 롤러는 꽤 큰 바위를 들어 컵 속에 넣고 있었다. 그동안 촉수 하나가 다른 막대를 위아래로 움직였다. 그 뒤에 롤러는 조준하듯이 그 기계를 살짝 돌렸고, 돌이 담긴 막대가 상승하며 앞으로 움직였다.

바위는 카슨의 머리에서 몇 미터 위로 날아갔다. 너무 많이 빗나가서 피할 필요가 없었다. 하지만 그는 바위가 날아간 거리를 가늠해 보고 부드럽게 휘파람을 불었다. 그는 그만한 무게의 바위를 절반 정도도 던질 수 없었다. 게다가 만약 롤러가 투석기를 경계 근처까지 가져온다면 자기 영역의 맨 뒤로 간다고 해도 위험에서 벗어날 수 없었다.

바위 하나가 더 윙— 하며 머리 위로 날아갔다. 이번에는 그리 먼 곳에 떨어지지 않았다.

그는 투석기가 위험할 수 있겠다고 판단했다. 뭔가 대책을 세우는 게 나을 것이다.

그는 투석기가 겨냥하지 못하도록 경계와 나란히 양 옆으로 움직이면서 투석기에 열 개가 넘는 돌을 던졌다. 하지만 아무 효과가 없는 것 같았다. 그 정도 거리를 던지려면 가벼운 돌이어야 했다. 그런데 그런 돌은 투석기 본체에 맞아도 아무 손상도 못 입히고 튕겨져 나왔다. 그리고 그 거리에서는 롤러도 아무 어려움 없이 자기에게 날아오는 돌을 피할 수 있었다.

게다가 팔이 심하게 아파오기 시작했다. 격심한 피로로 온몸이 아팠다. 30초 간격으로 꾸준히 날아오는 바위를 피할 필요 없이 잠시 쉴 수만 있다면—

그는 비틀거리며 원형경기장의 맨 끝까지 물러났다. 하지만 그래도 소용없음을 깨달았다. 바위는 거기까지도 날아왔다. 다만 뭔지 모를 원리로 작동하는 투석기를 장전하는 데 드는 시간이 늘어나는 듯 날아오는 간격이 길어졌을 뿐.

피곤한 몸을 이끌고 그는 다시 경계로 다가갔다. 넘어졌다 겨우 일어나 다시 걷기를 여러 차례 반복했다. 그는 인내심의 한계에 도달했음을 깨달았다. 그래도 지금은 멈출 수 없었다. 그 전에 저 투석기를 멈춰야 했다. 만약 잠이 든다면, 다시는 깨어나지 못할 것이다.

투석기에서 날아온 바위 하나가 그에게 실마리를 제공해 주었다. 날아온 바위가 그가 무기로 쓰려고 경계 근처에 쌓아 놓은 돌무더기에 부딪쳤다. 그러자 불꽃이 일었다.

불꽃. 불. 원시인들은 불꽃을 이용해 불을 지폈다. 그렇다면 저 마르고 무른 나무를 불쏘시개로 사용하면—

다행히 그런 종류의 덤불이 가까이 있었다. 그는 가지를 꺾어 돌무더기로 가져갔다. 그리고 불꽃이 불쏘시개에 옮겨 붙을 때까지 참을성 있게 돌 두 개를 부딪쳤다. 불길은 빠르게 치솟아 그의 눈썹을 스치고 지나갔고 나무는 몇 초 만에 재가 되어 버렸다.

하지만 그는 이제 요령을 터득했고, 몇 분도 걸리지 않아 한 시간여 전에 파 놓은 모래 구덩이를 바람막이로 써서 그 안에 작은 불을 피울 수 있었다. 불쏘시개용 가지로 불을 피우고, 좀 더 천천히 타는 다른 덤불을 이용해 꾸준히 불길을 유지했다.

철사처럼 질긴 덩굴은 빨리 타지 않아서 만들기 쉽고 던지기도 쉬운 화염탄을 만드는 데 도움이 됐다. 나뭇가지로 작은 돌멩이를 둘러싸 묶으면 무게도 적당했고, 늘어진 덩굴을 붙잡고 빙빙 돌려 던질 수 있었다.

그는 대여섯 개를 먼저 만든 뒤 불을 붙여서 하나를 던졌다. 화염탄은 멀리 빗나갔지만 롤러는 재빠르게 뒤로 물러서면서 투석기를 끌어당겼다. 하지만 카슨은 이미 후속타를 준비해 두었고, 신속하게 연달아 던졌다. 네 번째 화염탄이 투석기 본체에 박혀 의도한 효과를 발휘했다. 롤러는 모래를 뿌리며 필사적으로 번지는 불길을 잡으려 했다. 하지만 촉수에 달린 갈고리로는 고작해야 한 번에 손가락 하나만큼의 모래밖에 뿌릴 수 없었고, 노력은 무위로 돌아갔다. 투석기는 불타 버렸다.

롤러는 화염에서 멀리 떨어진 안전한 곳으로 물러났다. 카슨에게 정신을 집중하는 듯했고, 카슨은 또다시 증오와 역겨움의 파동을 느꼈다. 하지만 이전보다는 약했다. 롤러가 약해지고 있거나, 그가 정신적인 공격으로부터 방어하는 방법을 익혔거나 둘 중 하나였다.

그는 엄지손가락을 코에 가져다 대고 롤러를 모욕하면서 돌을 던져 롤러가 황급히 뒤로 물러나게 했다. 롤러는 자기 구역의 맨 끝으로 물러가 다시 덤불을 뒤집어엎기 시작했다. 투석기를 다시 만들려는 모양이었다.

카슨은 다시—한 백 번은 확인한 듯했다—경계가 아직 작동하고 있음을 확인했다. 다음 순간 그는 서 있기에도 너무 지쳐서 자기도 모르게 경계 바로 옆의 모래밭 위에 주저앉고 있었다.

이제 다리는 계속해서 고동쳤고, 갈증의 고통은 심각해졌다. 하지만 그것도 몸 전체를 사로잡고 있는 극심한 피로에 비하면 아무것도 아니었다.

그리고 열기도.

그는 지옥이 이런 곳일 거라고 생각했다. 고대인들이 믿었던 지옥이. 그는 깨어 있으려고 애를 썼다. 하지만 깨어 있는 게 무슨 소용이랴 싶었다. 할 수 있는 게 아무것도 없는데. 경계가 저렇게 건재하고 롤러가 사정거리 바깥에 있는 동안 무엇을 할 수 있을까.

하지만 뭔가가 있어야 했다. 그는 금속과 플라스틱의 시대가 오기 전의 전투 기술에 대해 고고학 책에서 읽었던 내용을 떠올리려고 노력했다. 가장 먼저 나왔던 게 돌을 던지는 방법이었던 것 같았다. 뭐, 그건 이미 시도해 봤고.

거기에서 한 단계 더 나갈 수 있는 거라고 해야 롤러가 만들었던 투석기뿐이었다. 하지만 덤불에서 얻을 수 있는 작은 나뭇가지—단하나도 30센티미터를 넘는 게 없었다—가지고서는 결코 투석기를 만들 수 없었다. 원리야 분명히 생각해 낼 수 있겠지만, 그에게는 며칠이나 걸릴 작업에 필요한 지구력이 남아 있지 않았다.

며칠? 하지만 롤러는 이미 하나 만들었다. 벌써 며칠이 지난 건가? 그는 곧 롤러에게는 일을 할 수 있는 촉수가 많고 따라서 분명히 그보다 빨리 작업할 수 있을 거라는 사실을 떠올렸다.

게다가 투석기는 승부를 가르지 못했다. 그보다 효과적인 공격을 해야 했다.

활과 화살? 아니었다. 그는 예전에 활을 쏴 본 적이 있는데 아무래도 거기에는 소질이 없었다. 정확성이 뛰어난 경기용 최신 듀라스틸 활로도 그 모양이었는데, 여기서 끼워 맞춰 만든 조악한 활로 쏜다면 돌을 던질 수 있는 거리만큼이나 날아갈지 의문이었다. 똑바로 쏘지도 못할 터였다.

창? 음. 그거라면 만들 수 있었다. 거리가 있다면 다른 던지는 무기와 마찬가지로 쓸모없었지만, 가까운 곳에서라면 유용할 것이다. 가까이 갈 수나 있다면 말이지만.

그리고 창을 만들기로 하면 뭔가 할 일이 생기기도 했다. 산란해지는 마음을 다잡는 데 도움이 될 터였다. 그렇지 않아도 슬슬 정신이 오락가락하기 시작했다. 이제 가끔은 한참 집중을 하고 난 뒤에야 겨우 자신이 왜 여기에 있는지, 왜 롤러를 죽여야 하는지를 기억해 내곤 했다.

다행히 돌무더기가 아직 옆에 있었다. 그는 돌무더기를 뒤져 창끝처럼 생긴 돌을 하나 찾았다. 그리고 그보다 작은 돌 하나로 창끝을 두드려 날카롭게 깨뜨렸고, 한번 박히면 잘 빠지지 않도록 양 옆을 뾰족하게 만들었다.

작살처럼 만들까? 그거 괜찮은 아이디어군, 그는 생각했다. 이 말도 안 되는 대결에는 창보다 작살이 더 나을지도 몰랐다. 일단 롤러의 몸속에 창을 박아 넣은 뒤에 밧줄을 당겨 롤러를 경계까지 끌고 오면 비록 손을 통과하지 못하지만 돌로 만든 칼날을 집어넣어 공격할 수 있었다.

창날보다는 자루를 만드는 게 더 어려웠다. 하지만 덤불 네 개의 굵은 줄기를 쪼개어 합치고 접합 부분은 얇지만 질긴 덩굴로 묶자 대략 1미터가 좀 넘는 단단한 자루가 만들어졌다. 끝 부분에는 홈을 낸 뒤 돌로 만든 창날을 묶었다.

그렇게 만든 창은 조잡했지만 튼튼했다.

이번에는 밧줄이었다. 얇고 질긴 덩굴을 가지고 그는 6미터 가량의 밧줄을 만들었다. 밧줄은 가벼웠고 겉보기에는 튼튼해 보이지 않았지만, 그의 몸무게 정도는 지탱하고도 남을 게 분명했다. 그는 밧줄의 한쪽 끝을 창 자루에 묶고 다른 한쪽을 손목에 묶었다. 경계 너머로 작살을 던진 뒤 빗나간다고 해도 최소한 회수할 수는 있을 것이다.

마지막으로 매듭을 묶고 나자 더 이상 할 일이 없었다. 열기와 피로, 다리의 고통과 끔찍한 갈증이 갑자기 이전보다 천 배는 더 크게 다가왔다.

그는 일어서서 롤러가 무엇을 하고 있는지 보려고 했다. 하지만 그럴 수 없었다. 세 번째 시도 만에 그는 무릎을 짚고 일어났지만 다시 쓰러지고 말았다.

"난 자야 해." 그는 생각했다. "지금 승부를 내려 해도 기운이 전혀 없어. 녀석이 그걸 알면 그냥 다가와서 날 죽이고 말걸. 힘을 좀 회복해야 해."

천천히, 그리고 고통스럽게 그는 땅을 기어 경계에서 멀리 떨어진 곳으로 갔다. 10미터, 20—

근처에서 뭔가 모래밭을 때리는 충격이 혼란스럽고 끔찍한 꿈에서 그를 깨워 더 혼란스럽고 더 끔찍한 현실로 데려왔다. 그는 다시 눈을 뜨고 파란 모래밭을 비추는 파란 광휘를 보았다.

얼마나 잤을까? 1분? 하루?

돌 하나가 더 가까운 곳에 떨어지며 그에게 모래를 뿌렸다. 그는 두 팔로 몸을 일으켜 앉았다. 몸을 돌리자 20미터 떨어진 곳, 경계 옆에 롤러가 있었다.

그가 일어나 앉자 롤러는 황급히 도망쳐 최대한 멀리 갈 때까지 멈추지 않았다.

카슨은 롤러가 돌을 던질 수 있는 범위 안에 있었던 것으로 보아 너무 빨리 잠에 빠져버렸음을 깨달았다. 그가 꼼짝없이 누워 있는 것을 보고 대담하게 경계로 다가와 돌을 던졌던 것이다. 다행히 롤러는 그가 얼마나 약한지 알아차리지 못했다. 그랬다면 그 자리에서 계속 돌을 던졌을 것이다.

잠은 푹 잤던 걸까? 그런 것 같지는 않았다. 자기 전이나 느낌이 똑같았다. 전혀 쉰 것 같지도 않았고, 목이 더 마르지도 않았고, 아무 변화가 없었다. 아마 몇 분 정도 그러고 있었던 것 같았다.

그는 다시 기어가기 시작했다. 이번에는 최대한 멀리, 무색의 불투명한 원형경기장 외벽이 눈앞에 보일 때까지 억지로 기어갔다.

그리고 다시 모든 것이 흐릿해졌다 —

잠에서 깨어나도 별다른 변화가 없었다. 하지만 이번에는 오래 잤다는 걸 알 수 있었다.

가장 먼저 느껴진 건 입 안의 상태였다. 바짝 말라서 굳어 있었다. 혀는 부어올라 있었다.

서서히 정신이 제대로 돌아오면서 뭔가 잘못됐다는 걸 느꼈다. 피로는 덜했다. 잠을 잤더니 극심한 탈진 상태를 벗어날 수 있었다.

하지만 아팠다. 몹시 괴로울 정도로 아팠다. 몸을 움직이려 하자 통증이 다리에서 온다는 걸 알 수 있었다.

그는 고개를 들어 다리를 내려다보았다. 무릎 아래가 끔찍하게 부어 있었고, 허벅지 중간까지도 붓기가 올라와 있었다. 나뭇잎으로 만든 보호패드를 묶는 데 썼던 덩굴은 부어오른 살 속 깊숙이 파고들어 상처를 냈다.

살 속에 박힌 덩굴 아래로 칼을 끼워 넣는 건 불가능해 보였다. 다행히 마지막에 묶은 매듭이 정강이뼈 위에 있었다. 덩굴이 다른 곳에 비해 그나마 덜 파고든 곳이었다. 필사적으로 노력한 끝에 그는 매듭을 풀 수 있었다.

보호패드 아래의 모습은 최악이었다. 감염과 패혈증이 꽤 심각해 보였고, 점점 나빠지고 있었다.

그리고 약이나 붕대는 물론 물조차도 없는 상황에서 그가 할 수 있는 일은 아무것도 없었다.

감염이 온몸으로 퍼지면 꼼짝 없이 죽는 수밖에 없었다.

희망이 전혀 없었다. 그는 졌다.

그리고 인류도. 그가 여기서 죽으면, 저 바깥 우주에서는 그의 친구들, 모든 이가 죽는 것이다. 그리고 지구와 인류의 개척 행성은 모두 굴러다니는 붉은 외계인인 침입자들의 차지가 될 터였다. 인간과는 전혀 다른, 재미로 도마뱀 다리를 뜯어내는 악몽 같은 존재.

그런 생각을 하자 용기가 났다. 그는 이루 말할 수 없는 고통에도 불구하고 경계를 향해 기어가기 시작했다. 이번에는 무릎을 쓸 수 없어서 손과 팔로만 몸을 끌어당겼다.

100만 분의 1의 가능성. 경계에 도착한 뒤에도 힘이 남아 있을 수 있다면, 단 한 번만이라도 작살을 날려 치명상을 입일 수 있다면. 롤러가—이 또한 100만 분의 1의 가능성이지만—경계로 가까이 다가

오도록. 아니면 이제쯤 경계가 사라졌기를.

경계로 가는 데 몇 년이 걸린 것 같았다.

경계는 그대로였다. 처음 느낌 그대로 절대 통과할 수 없는 경계였다.

롤러도 거기 있지 않았다. 팔꿈치로 땅을 짚고 고개를 들자 롤러가 자기 구역 뒤쪽에서 그가 파괴한 것과 똑같은 투석기를 절반쯤 완성하고 있는 모습이 보였다.

아까보다 움직임이 둔했다. 롤러 역시 쇠약해진 게 분명했다.

하지만 카슨은 롤러에게 두 번째 투석기가 필요할지 의심스러웠다. 그는 투석기가 완성될 때까지 살아 있을 수 없을 것 같았다.

지금, 살아 있는 동안에 롤러를 경계 가까이 유인할 수 있다면—그는 손을 흔들며 소리치려 했지만, 바짝 마른 목에서는 아무 소리도 나지 않았다.

제발 이 경계를 통과할 수만 있다면—

잠시 정신이 나간 게 틀림없었다. 카슨은 헛된 분노에 휩싸여 주먹으로 경계를 두드리고 있었다. 그는 손을 거뒀다.

눈을 감고 마음을 차분하게 가다듬으려고 노력했다.

"안녕." 목소리가 말했다.

작고 가는 목소리였다. 마치—

그는 눈을 뜨고 고개를 돌렸다. 목소리의 주인공은 도마뱀이었다.

"꺼져. 꺼지라고. 넌 진짜가 아니야. 진짜 같지만 진짜 말을 하는 건 아니라고. 내가 또 상상하는 거야."

그는 이렇게 말하고 싶었지만 목소리가 나오지 않았다. 건조함으로 인해 목과 혀는 말하는 능력을 상실했다. 그는 다시 눈을 감았다.

"아파." 목소리가 말했다. "죽여. 아파— 죽여. 와."

그는 다시 눈을 떴다. 다리가 열 개인 파란 도마뱀은 여전히 거기 있었다. 도마뱀은 경계를 따라 달려가다가 돌아오고, 또 달려가다가 돌아오기를 반복했다.

"아파." 도마뱀이 말했다. "죽여. 와."

도마뱀이 다시 달려가다가 돌아왔다. 카슨이 따라오기를 원하는 게 분명했다.

그는 다시 눈을 감았다. 목소리가 계속 이어졌다. 의미 없는 세 단어의 반복이었다. 매번 그가 눈을 뜰 때마다 도마뱀은 달려가다가 돌아왔다.

"아파. 죽여. 와."

카슨은 신음했다. 저 괘씸한 녀석을 따라가기 전까지 평화는 오지 않을 듯했다. 원하는 대로 해 주지.

그는 도마뱀을 따라 기어갔다. 날카롭게 끽끽대는 새로운 소리가 귓가에 들렸다. 소리는 점점 커졌다.

뭔가 모래밭에 누워 있었다. 그것은 몸부림치며 날카로운 소리를 냈다. 작고 파란 도마뱀 같지만—

그는 그게 무엇인지 알아보았다. 한참 전에 롤러가 다리를 뜯어냈던 도마뱀이었다. 하지만 살아 있었다. 도마뱀은 다시 살아나 고통으로 인해 꿈틀거리며 비명을 지르고 있었다.

"아파." 다른 도마뱀이 말했다. "아파. 죽여. 죽여."

카슨은 이해가 갔다. 그는 허리에서 돌칼을 꺼내 괴로워하는 도마뱀을 죽였다. 살아 있는 도마뱀은 재빨리 사라졌다.

카슨은 경계로 돌아왔다. 그는 손과 머리를 경계에 기대고 저 뒤쪽에서 새 투석기를 만들고 있는 롤러를 바라보며 생각했다.

"저기까지 갈 수만 있다면, 여기만 통과할 수 있으면 좋겠건만. 통과만 할 수 있으면 이길지도 모르는데. 저놈도 약해 보여. 내가—"

암담한 절망이 다시 느껴졌고, 고통이 그의 의지를 꺾었다. 차라리 죽었으면 하는 심정이었다. 그는 방금 죽인 도마뱀이 부러웠다. 더 이상 살아서 고통 받을 필요가 없으리라. 그에게는 고통이 예정돼 있었다. 패혈증으로 인해 죽을 때까지 몇 시간이 걸릴지, 며칠이 걸릴지 몰랐다.

차라리 칼로 목숨을 끊을까—

하지만 실제로 그럴 수는 없었다. 그가 살아 있는 한 비록 적지만 기회는—

그는 두 팔이 팽팽해질 정도로 세게 손바닥으로 경계를 누르고 있었다. 그러자 팔이 얼마나 가늘고 앙상해졌는지 알 수 있었다. 이곳에서 오랜 시간이 지난 게 틀림없었다. 이렇게 마른 것을 보면 며칠이 흘렀을지…

얼마나 더 살아 있을 수 있을까? 열기와 갈증과 고통을 육체가 얼마나 더 감내할 수 있을까?

그는 잠시 동안 다시 히스테리에 빠질 뻔했지만, 곧 굉장히 차분해졌다. 그리고 놀라운 사실이 떠올랐다.

방금 그가 죽인 도마뱀. 그 도마뱀은 산 채로 경계를 건너왔다. 롤러의 구역에서 이쪽으로 왔다. 롤러가 도마뱀의 다리를 뜯어낸 뒤

모욕적으로 그를 향해 던졌고, 도마뱀은 경계를 통과해 날아왔다. 그는 그게 도마뱀이 죽었기 때문이었다고 생각했다.

하지만 그건 죽지 않았다. 의식이 없었을 뿐이었다.

살아 있는 도마뱀은 경계를 통과할 수 없지만, 의식이 없는 도마뱀은 그럴 수 있었다. 그렇다면 경계는 살아 있는 생물에게 작용하는 경계가 아니라 의식이 있는 생물에게 작용하는 경계였다. 경계란 곧 정신적인 투사, 정신적인 장애물이었다.

거기에 생각이 미치자 카슨은 목숨을 건 마지막 도박을 하기 위해 경계를 따라 기어갔다. 너무나 가망이 없어 오로지 죽음을 목전에 둔 사람만이 시도해 볼 만한 희망이었다.

성공 가능성을 점치는 건 아무 의미가 없었다. 어차피 시도하지 않는다면 살아날 확률은 0에 무한히 수렴하는 지금에서야.

그는 대략 1미터 남짓한 높이로 쌓여 있는 모래 언덕을 향해 경계를 따라 기었다. 경계 아래쪽 끝을 찾거나 물을 찾아보겠다는 심산으로—얼마나 한참 전이었을까?—구덩이를 파던 곳이었다.

모래 언덕은 바로 경계 옆에 있었다. 언덕의 완만한 쪽 경사면은 경계 양쪽에 걸쳐 있었다.

근처의 돌무더기에서 돌멩이 하나를 집어든 그는 모래 언덕을 기어올라 꼭대기에 도달했다. 거기서 그는 경계가 사라지면 급한 쪽 경사면을 따라 적의 영토로 굴러 떨어질 수 있도록 몸무게를 경계에 의지한 채 기대고 누웠다.

그는 밧줄 허리띠에 칼이 무사히 걸려 있는지, 작살이 팔꿈치 안쪽에 놓여 있는지, 6미터짜리 밧줄이 작살과 손목 양쪽에 고정돼 있는지 확인했다.

그리고 그는 오른손으로 돌멩이를 들고 자기 머리를 내려칠 준비를 했다. 그 한 방에는 운이 필요했다. 기절할 정도로 세게 때려야 하지만 너무 세게 때려서 정신을 오랫동안 못 차리는 일이 생겨서는 안 된다.

그는 롤러가 그를 관찰하고 있으며 만약 경계를 통과해 굴러 떨어지면 다가와서 살펴볼 거라는 예감이 들었다. 그는 롤러가 그가 죽었다고 생각하기를 바랐다. 롤러 역시 십중팔구는 경계의 성질에 대해 그가 이끌어 낸 것과 같은 결론을 도출했을 것 같았다. 하지만 신중하게 접근할 것이고, 그에게는 짧은 기회가—

그는 머리를 내리쳤다.

고통이 다시 그의 의식을 깨웠다. 머리와 다리에서 느껴지는 욱신거리는 통증과는 다른 짧고 날카로운 고통이었다.

하지만 그는 머리를 내려치기 전에 상황을 정리하면서 이런 고통을 예상하고 있었다. 심지어는 바라기도 했다. 그는 깨어나면서 갑자기 움직이지 않도록 스스로 억제했다.

그는 가만히 누워서 실눈을 떴다. 자기가 제대로 예상했음을 알수 있었다. 롤러가 가까이 다가오고 있었다. 롤러는 6미터 떨어진 곳에 있었고, 그를 깨운 고통은 그가 살았는지 죽었는지 확인하기 위해 롤러가 던진 돌 때문이었다.

그는 가만히 누워 있었다. 롤러가 더 가까이 다가왔다. 4미터 떨어진 곳에서 다시 멈췄다. 카슨은 숨을 죽였다.

그는 가능한 한 마음을 비우고 있었다. 롤러가 텔레파시 능력으로 그에게 의식이 있다는 사실을 알아채지 못하게 하기 위해서였다. 그렇게 마음을 비우자 롤러의 사고가 그의 마음에 가하는 충격은 거의 영혼을 파괴할 수준이었다.

그는 롤러의 사고에서 느껴지는 극도의 이질성, 엄청난 차이에 순수한 공포를 느꼈다. 느낄 수는 있지만 이해할 수도, 표현할 수도 없었다. 그 어떤 인간의 언어에도 적당한 말이 없고, 그 어떤 인간의 마음도 꼭 들어맞는 심상을 떠올릴 수 없었다. 차라리 거미나 사마귀, 또는 화성의 모래 세르펜트에게 지성을 부여하고 인간과 텔레파시로 동조하게 만드는 편이 이보다 더 편안하고 익숙할 정도였다.

이제 그 존재의 말이 옳았다고 인정할 수밖에 없었다. 인간과 롤러, 이 둘은 한 우주에서 공존할 수 없었다. 누가 선이냐 악이냐를 떠나 둘 사이에서는 아무런 균형조차 찾을 수 없었다.

좀 더 가까이. 카슨은 롤러가 1미터 정도 떨어진 곳까지 다가오기를 기다렸다. 롤러가 갈고리가 달린 촉수를 뻗을 때까지—

그는 고통도 잊은 채 일어나 앉아 마지막으로 남아 있는 힘을 모두 쥐어 짜 작살을 들어 던졌다. 그러자 마지막 남은 힘이라는 건 생각에 불과했던 듯 갑자기 신경이 막히기라도 한 듯 통증이 모두 사라지며 최후의 힘이 솟아나왔다.

작살에 깊숙이 찔린 롤러가 굴러서 도망가자 카슨은 일어나 뒤를 쫓으려 했다. 하지만 그러지는 못했다. 그는 넘어졌지만 계속 기어갔다.

롤러가 밧줄의 길이만큼 멀어졌다. 그러자 손목이 갑자기 앞으로 당겨지면서 끌려가기 시작했다. 롤러는 1미터 가량 그를 끌고 가더니 멈췄다. 카슨은 멈추지 않았다. 두 손으로 밧줄을 당겨 롤러를 향해 전진했다.

롤러는 멈춰 선 채로 촉수를 꿈틀거리며 작살을 빼 내려는 헛된 시도를 하고 있었다. 떨고 있는 것 같았다. 그러다가 도망갈 수 없다는 사실을 깨달은 듯 갈고리 촉수를 내밀고 그를 향해 뒤돌아 굴러왔다.

돌칼을 손에 쥔 채 그는 롤러와 마주했다. 그는 계속해서 찔렀고, 롤러는 무서운 갈고리로 그의 피부와 살, 근육을 찢었다.

그는 찌르고 베기를 계속했고, 마침내 롤러는 움직이지 않았다.

신호음이 울리고 있었다. 눈을 뜨고 그가 어디에 있는지, 무슨 소리인지 깨닫는 데는 시간이 걸렸다. 그는 정찰기 조종석에서 안전띠를 매고 있었고, 눈앞의 화면은 그저 빈 우주 공간만을 보여 주었다. 침입자 우주선도 있을 수 없는 행성도 보이지 않았다.

신호음은 통신 신호였다. 누군가가 수신기의 전원을 켜라고 종용하고 있었다. 순전히 반사적으로 그는 손을 뻗어 전원을 켰다.

그의 정찰기가 속한 모선인 마젤란 호의 함장, 브랜더의 얼굴이 화면에 나타났다. 그의 얼굴은 창백했고 검은 눈은 흥분으로 반짝였다.

"마젤란이 카슨에게." 그가 외쳤다. "귀환하라. 전투는 끝났다. 우리가 이겼다!"

화면이 꺼졌다. 브랜더는 자기가 지휘하는 다른 정찰기에 소식을 전하는 모양이었다.

천천히, 카슨은 정찰기를 귀환 경로에 맞췄다. 천천히, 믿을 수 없는 심정으로 그는 안전띠를 풀고 후미로 가 탱크에서 찬물을 따라 마셨다. 무슨 이유에서인지 엄청나게 목이 말랐다. 물을 여섯 잔이나 마셨다.

그는 벽에 기대 선 채 무슨 일이 일어났는지 생각해 보려 했다.

그게 정말 일어났던 일일까? 그의 몸은 다친 곳 없이 멀쩡하고 건강했다. 갈증은 육체적이라기보다는 정신적인 것이었으리라. 목도 건조하지 않았다. 다리는 —

그는 바지를 걷고 장딴지를 살폈다. 하얗고 긴 흉터, 하지만 완전히 나은 흉터가 있었다. 전에는 없던 것이었다. 지퍼를 열고 셔츠를 풀어헤쳤다. 가슴과 배에 작고 거의 알아보기 힘든, 그리고 완전히 다 아문 흉터가 여기저기 나 있었다.

그가 겪은 일은 진짜였다.

자동 조종 상태의 정찰기는 이미 모선의 해치를 통과하고 있었다. 착륙용 갈고리가 정찰선을 개인용 격납고에 고정시켰고, 잠시 후 격납고에 공기가 주입됐다는 신호가 울렸다. 카슨은 해치를 열고 밖으로 나와 격납고의 이중문을 통과했다.

그는 곧바로 브랜더의 방을 찾아 들어가 경례를 붙였다.

브랜더는 아직도 환희에 들떠 있었다. "잘 왔네, 카슨." 그가 말했다. "그걸 놓치다니! 정말 장관이었는데!"

"무슨 일이 일어난 겁니까?"

"정확히는 모르네. 우리가 일제사격을 한 번 가했는데, 놈들의 함대가 먼지로 변해 버렸어! 그게 뭔지는 모르겠지만 순식간에 전함에서 전함으로 옮겨 다녔지. 우리가 조준하지 않았거나 사정거리에서 벗어나 있던 전함까지! 함대 전체가 우리 눈앞에서 분해돼 버렸어. 그리고 우리는 단 한 척도, 페인트조차 긁히지 않았단 말일세!

그것 덕분인지도 확실히 모르네. 놈들이 쓰는 금속에 뭔가 불안정한 원소가 있었던 모양이야. 우리의 시험 발사가 거기에 방아쇠를 당긴 거지. 이런, 자네가 그 신나는 장면을 놓치다니 정말 아쉽군."

카슨은 억지로 웃어 보였다. 보일락 말락 희미한 웃음이었다. 그가 겪은 정신적인 충격을 극복하려면 며칠은 걸릴 터였다. 하지만 함장은 그를 보고 있지 않았고, 눈치채지 못했다.

"아쉽군요." 카슨은 말했다. 겸손함이 문제가 아니라 상식적으로 보아, 조금이라도 그 이야기를 입에 올린다면 아마 우주 최악의 거짓말쟁이로 낙인찍힐 것이다. "그렇게 신나는 장면을 놓치다니 정말 아쉽습니다."(1944)

살인에 관한 열 단계 수업
Murder in Ten Easy Lessons

살인은 전혀 낭만적인 일이 아니다. 지저분한 일이라 좋아하려고 해도 좋아할 수가 없다.

그래, 살인이란 걸 한번 자세히 파헤쳐 보자. 즐거움이라고는 죽은 지 몇 주 된 개구리를 해부할 때와 비슷하다. 냄새도 거의 비슷하고, 시체를 들고 소각장으로 서둘러 뛰어가고 싶은 기분도 마찬가지다.

이쯤에서 그만 읽어도 좋다. 계속 읽어도 상관없지만, 내가 경고했다는 사실만은 기억하기를 바란다.

여러분이 몰리 에반스를 알았다면, 그 녀석을 썩 좋아하지는 않았을 것이다. 몰리를 좋아하는 사람은 거의 없었다. 우연히 신문에서 그 녀석에 대한 기사를 읽었을 수도 있지만, 아마 그 이름이 아니었을 것이다. 듀크 에반스라는 이름으로 통하지만, 그건 나중 일이다. 어렸을 때는 스팅키라고 불렸다.

이름이 스팅키라니 장난처럼 들린다. 대개는 그렇겠지만, 정말 제대로인 경우도 있다. 경우에 따라 아이들은 별명을 짓는 데 있어 굉장히 기발한 재주를 보여주곤 한다. 몸에서 냄새가 났던 건 아니다. 어렸을 때부터 부모님은 스팅키가 적당한 빈도로 목욕을 하도록 했다. 어른이 되어서는 말쑥했고, 약간 느끼해 보이기는 했지만 옷차림도 단정했다. 어쩌면 내가 편견을 갖고 있는 것일지도 모른다. 녀석은 그렇게 느끼하지는 않았다. 다만 머리에 오일을 발랐을 뿐.

이제 각설하고, 스팅키 에반스와 첫 번째 수업 이야기로 돌아가도록 하자. 열네 살 때 스팅키는 토요일 오후만 되면 싸구려 물건을 파는 가게를 털러 다니던 무리와 어울렸다. 가게에 우르르 몰려 들어갔다가 주머니를 가득 채워서 나오는 식이었다. 솜씨가 좋은 편이어서 잡힌 적은 거의 없었다.

해리 캘런이 그 무리의 대장이었다. 다른 아이들보다는 나이가 좀 더 많았고, 연줄이 있었다. 20달러어치에 해당하는 면도날, 축음기 바늘 따위를 가져가 5달러짜리 현금으로 만들 수 있었다. 그 능력과 주먹 실력, 덩치의 우위를 가지고 무리를 이끌었다.

스팅키 에반스의 첫 번째 수업은 해리 캘런이 스팅키를 늘씬하게 두들겨 팬 날 오후에 있었다고 할 수 있다. 때린 이유는 딱히 없었다. 해리는 자신의 우위를 확인하기 위해 이따금씩 부하 하나를 두들겨 패곤 했다.

그 일은 젬 볼링장 뒷골목에서 일어났다. 무리 중 몇 명이 가끔 핀 놓는 일을 하러 가는 곳이었다. 처음에는 말로 시작했다가—대부분은 해리 캘런이 떠드는 소리였다—해리가 스팅키 에반스에게 주먹을 날리며 흠씬 두들겼다.

새로운 경험이었다. 그때까지 스팅키는 자기보다 작은 아이들과만 싸워봤다. 싸움은 오래 걸리지 않았다. 끝났을 때 스팅키는 울먹이는 소리로 욕을 하며 골목에 누워 있었다. 코에서 피가 났다. 많이 다친 건 아니었다. 본보기로 맞은 정도라는 건 스팅키도 알았다.

그래서 그 자리에 누운 채로 돌멩이를 단단히 움켜쥐고 있었다. 그때 마음속으로 작은 악마가 들어왔다. 스팅키는 돌멩이를 집어 들었다. 죽여. 머릿속에서 뭔가 속삭였다. *저 쥐새끼를 죽여.*

거기까지였다. 해리 캘런은 손에 든 돌멩이를 차내 버리고 스팅키의 얼굴을 걷어차 이빨 세 개를 부러뜨렸다. 그리고 젬 볼링장 뒷문으로 들어갔다.

어차피 무슨 일이 벌어지지는 않았을 터였다. 스팅키가 돌멩이를 던졌을 리도 없거니와 하물며 해리 캘런의 머리에 던졌을 리는 더더욱 없었다. 마음이 약해졌을 게 분명했다. 아직은 살인할 준비가 되어 있지 않았다.

스팅키는 한참 누워 있다가 일어나서 집으로 갔다.

물론 이제는 지옥을, 조그만 붉은 악마가 쇠스랑이 같은 창을 들고 돌아다니는 구체적인 모습을 띤 지옥 같은 것을 믿는 사람은 거의 없었다.

그러나 여전히 지옥이 있는 건 분명했다. 살인이 달리 어디서 이뤄지겠는가. 살인까지 이어지는 길을 설명하려면 그 정도는 믿어야한다. 제각기 믿는 지옥이 조금씩 다르니 일단 고전적인 모습을 떠올리도록 하자. 어차피 지옥을 가정하려면 좋게 만드는 게 낫다. 조그만 붉은 악마든 뭐든 전부 나오게 하는 것이다.

달리 말하면, 최대한 노력을 해 보자는 것이다. 스팅키가 볼링장 뒷골목에서 일어나 집으로 걸어가는 동안 조그만 붉은 악마가 즐거워서 낄낄거리며 웃는 모습을 상상해 보자.

그리고 그 녀석이 대장에게 지껄이고 있다고 해 보자. "앞날이 유망한 녀석입니다, 대장. 이런 놈이 있었나 싶을 정도로 비열한 녀석이죠. 이 녀석은 성공할 겁니다, 대장."

"첫 번째 수업을 마쳤나?"

"옙." 조그만 붉은악마가 말했다. "방금 끝냈습니다. 앞으로 가끔씩 수업을 하면 통과할 겁니다."

"좋다. 그 녀석은 네가 알아서 해라. 항상 붙어 있도록."

"알겠습니다, 대장." 작은 악마가 대답했다. "붙어 있도록 합죠. 떨어지지 않겠습니다."

그게 스팅키 에반스가 열네 살 때의 일이었다. 열다섯 살 때 스팅키는 자동차 타이어를 훔치다가 붙잡혔다. 유치장에서 하루는 보냈는데, 스팅키가 미성년자임이 드러나 청소년 보호소로 이송됐다. 스팅키는 유치장에서 전과 4범인 사내와 어울리게 됐는데, 이런저런 이야기를 하다 보니 칼 쓰는 법까지 이어졌다.

감방 안은 어두웠고, 문의 쇠창살이 바닥에 드리우는 그림자밖에 보이지 않았다. 검은색 줄무늬가 있는 희미한 노란 사다리꼴 같았다. 바퀴벌레 한 마리가 그 위로 지나가자 죄수화를 신은 커다란 발이 침상에서 불쑥 튀어나오더니 그대로 짓밟아 버렸다.

"나중에 칼로 사람을 찌르게 된다면 말이야, 비틀어 버려." 전과 4범이 말했다. "공기가 들어가서 더 빨리 허물어지지. 소리칠 틈도 없고, 너한테 계란 요리를 해줄 틈도 없어, 알겠냐? 그래서 넓적한 날이 좋은 거야. 비틀면 공기가 더 들어가거든. 뾰족한 건 좋지가 않아. 심장을 찌르지 못하면 대여섯 번은 찔러야 하니까…" 그런 얘기가 이어졌다. 꽤나 유익한 내용이었다. 스팅키는 해리 캘런을 떠올렸다.

복도 저편에서는 금단 증상을 겪고 있는 알콜중독자가 타란튤라가 자기를 쫓아오고 있다고 미친 듯이 소리를 질렀다. 스팅키 에반스는 몸서리를 쳤다.

타이어 절도에 대해서는 보호 관찰 처분을 받았다.

그게 끝나기 전에 스팅키는 다시 한번 문제를 일으켰고 이번에는 소년원에서 6개월을 보냈다. 아주 잘 보낸 6개월이었다. 스팅키는 그곳에서 많이 배웠다. 재미도 없는 내용을 시시콜콜하게 늘어놓으면 지루할 테니 그냥 이 시기의 일을 통틀어 세 번째 수업에서 다섯 번째 수업이라고 치자. 이것도 보수적으로 잡은 것이다.

출소했을 때 스팅키는 열다섯 살이었지만, 더 나이 들어 보였다. 기분도 그랬다. 스팅키는 집으로 돌아가지 않기로 했다. 집으로 가면 직장을 구한 뒤 청소년 보호소에 정기적으로 잘 지내고 있다고 보고해야 했다. 항상 감시를 받게 될 터였다. 그딴 건 집어치우라지.

스팅키는 아주 잠깐 동안만 집에 들러 옷가지를 챙기고 임대료로 쓸 돈을 이가 빠진 찻주전자 속에서 훔쳐 가지고 나왔다. 25달러였다.

화물열차에 올라탔다가 스프링필드 분기점에서 제동수가 열차 옆에서 일하는 모습을 보고 뛰어내렸다.

스팅키는 스프링필드에서 값싼 방을 얻은 뒤 동네를 살피러 나왔다. 돈을 거의 다 쓴 관계로 창문에 '일자리 있음'이라는 표지판이 걸려 있던 당구장으로 돌아갔다.

그곳은 닉 체스터가 운영하는 애크미 당구장이었다. 닉 체스터라는 이름은 여러분도 들어봤을 것이다. 스프링필드에 산다면 모르기가 어려운 인물이었다.

가무잡잡하고 체구가 작지만 거침없는 남자인 닉은 200달러짜리 양복을 입었고 50센트짜리 시가를 피웠다. 마을 외곽에 있는 화려한 저택에 살면서 맞춤형으로 주문 생산한 자동차를 몰았다. 그러니까 누릴 수 있을 건 죄다 누리는 삶이다. 그게 전부 일주일에 20에서 30달러 정도 들어올 조그만 당구장에서 나온다는 것이다.

닉은 20달러짜리 중절모를 뒤로 젖힌 채 모든 것을 꿰뚫어볼 것 같은 눈으로 스팅키 에반스를 바라보았다.

"몇 살이냐, 꼬마야?" 닉이 말했다.

"스무 살이요."

"빵에 간 적이 있냐?" 닉은 굳이 대답을 기다리지 않았다. "도망 다니고 있는 것만 아니라면 나야 상관없어."

스팅키는 고개를 저었다.

"이름은 뭐냐?" 닉이 물었다.

스팅키는 미리 이름을 정해 놓았다. "듀크요. 듀크 에반스."

"좋아, 듀크. 당분간 공 정리를 해라." 닉이 말했다. "좀 더 지내보고 다른 일을 주든지 하겠다. 잘 해봐."

듀크는 당구대 옆으로 돌아가 닉 체스터를 관찰했다. 스팅키는 이제 목표를 찾았다. 바로 저것이었다. 옷깃에 하얀 카네이션이 꽂힌 200달러짜리 정장에 값비싼 시가, 무심하지만 모든 것을 알고 있는 눈빛, 그리고 주머니 가득한 돈.

권력. 스팅키는 바로 그걸 원했다. 권력을 얻기 위해 일을 하고, 훔치고, 심지어는…

어쩌면 지옥에서는 축하연을 열고 있을지 몰랐다. 물론 지옥이란 게 있다고 했을 때 말이지만. 일이 술술 풀리고 있었다. 조그만 붉은 악마가 작업 중인 게 분명했다.

"잘 따라오고 있습니다, 대장." 악마가 말했다. "방금 여섯 번째 수업을 마쳤습니다. 일 년이면—"

"너무 서두르지 마라. 충분히 성장하게 해. 녀석을 믿으라고."

"우수한 성적으로 졸업할 겁니다. 그런데 이삼 년은 더 기다려야 한다는 말씀이신가요?"

"더 원숙해지도록 해. 오륙 년 정도는"

조그만 붉은 악마가 침을 꿀꺽 삼켰다. 깜짝 놀란 표정이었다. "그렇게 오래 말입니까? 오, 하느님!"

악마는 내뱉은 말 때문에 유황으로 입을 닦아야 했다.

열여덟 살에 일곱 번째 수업을 마쳤다. 듀크 에반스는 듀크 에반스처럼 보이기 시작했다. 입고 있는 정장은 30달러짜리에 불과했지만, 바지는 칼같이 줄을 세워 입었다.

이제 듀크는 공 정리 담당이 아니었다. 수금을 했다. 소액이었지만, 횟수가 많았다. 그게 닉의 방식이자 힘이었다. 수천 개의 조그만 파이에 손가락을 담그는 것. 듀크는 한 번에 하나씩 그 파이에 대해 배워갔다.

그로브 거리에 있는 꽃집을 찾아간 듀크는 기운찬 모습으로 가게를 가로질러 안쪽 방에서 화관을 만들고 있는 왜소한 주인을 마주했다. 듀크는 씩 웃으며 말했다. "어이, 라킨. 줄 돈이 있잖아. 40달러라고."

꽃집 주인은 마주 웃어주지 않았다. "그게… 돈이 없어요. 그쪽 조직의 웨스콧 씨한테 말했는데요. 오늘 아침에 전화를 했어요. 돈을 지불하기 시작한 뒤로는 계속 밑천을 까먹고 있어서…"

듀크는 웃음을 싹 거두고 눈을 부라렸다. "난 명령을 받았다고, 알겠어?"

"하지만 좀 봐 줘요. 40달러도 없다고요. 아직 가게 임대료도 못 냈어요. 돈이—"

뒷걸음질 치는 꽃집 주인의 얼굴에 두려운 빛이 떠올랐다. 그게 실수였다. 이제껏 누구도 듀크 에반스에게 두려워하는 기색을 보인 적이 없었다. 그리고 이 꽃집 주인은 덩치도 작았다. 겁을 먹어 몸이 굳어 있는 호구였다.

사실 듀크가 할 일은 아니었다. 듀크는 돌아가서 보고만 하면 됐다. 그러면 덩치가 한 명 파견됐을 터였다. 하지만 너무 쉬운 일이었다.

듀크는 손등으로 라킨의 왼쪽 뺨을 후려쳐 안경을 날려 버렸다. 그리고 물러서는 꽃집 주인을 따라가며 이어서 손바닥으로 반대쪽 뺨을 때렸다.

한 번 더 때리자 덩치 작은 사내의 머리가 앞뒤로 흔들렸다. 그때 듀크는 배에 강력한 잽을 꽂아 넣었다. 라킨은 허리를 푹 숙이더니 배에 든 것을 게워내려 했다.

듀크는 뒤로 물러섰다. "이건 그냥 맛보기야. 아직도 40달러가 없는 것 같나?"

듀크는 40달러를 빼앗아냈다. 본부로 돌아오는 길에 시가를 한 개비 샀다. 담배나 시가의 맛을 좋아하지 않았지만, 앞으로는 계속 피울 생각이었다. 옷깃에는 라킨의 가게에서 나오는 길에 들고 나온 하얀 장미꽃봉오리를 꽂았다.

괜히 구두도 반짝이게 닦았다. 기분이 꽤 좋았다.

닉 체스터는 하얀 장미꽃봉오리에 시선을 던졌다. 왼쪽 눈썹이 살짝 올라갔지만, 듀크는 눈치채지 못했다.

듀크는 토니 배리아와 친해졌다. 토니와 그 정도로 친한 사람은 거의 없었다.

토니도 라킨처럼 덩치가 작았다. 그러나 어디 가서 이리저리 떠밀리고 다닐 인물이 아니었다. 토니는 살인청부업자였다.

냉철하고 신경이 예민한 사람으로, 동작이 부드럽고 우아했지만 너무 빠른 나머지 마치 경련하는 것처럼 보일 정도였다. 토니와 함께 있으면 누구도 마음이 편하지 못했다. 등이라도 한 대 치면 폭발할 것 같다고나 할까. 어쩌면 살인청부업자라는 단어는 토니 배리아를 위해 만든 걸지도 몰랐다. 그러나 스누커 몇 게임을 치고 키안티, 그러니까 값비싼 이탈리아 레드와인을 마시면 토니도 혀가 누그러졌다. 듀크는 배우고 싶은 게 있었기 때문에 항상 방에 키안티를 보관했다. 듀크는 토니에게서 야심찬 젊은이가 알아야 할 몇 가지 교훈을 배웠다.

예를 들어 보자. "사람한테 쓰려면 45구경 자동권총이 최고야. 코딱지만 한 총 갖고 장난치지 마. 45구경이라고. 소형 가지고 어깨나 다리 같은 데를 맞추면 그건 아무 쓸모도 없다고. 죽이려면 머리나 심장을 쏴야 해. 배를 쏴도 죽일 수는 있는데, 한동안 살아 있겠지.

그사이에 누가 쐈는지 말할 수도 있고 말이야. 알겠어? 하지만 큰놈 한 방이면 어딜 쏴도 야구방망이 한 방으로 후려친 것처럼 끝이야."

만일의 경우에 대비해서 권총을 하나 들고 다닐 거라면 32구경이 면 될 거야. 가벼워서 코트 안에 넣어도 불룩 튀어나오지 않고…"

물론 이런 건 기본적인 내용이었다. 하지만 듀크는 계속해서 파고 들었고 중요한 내용도 들을 수 있었다. 가령 파라핀 시험을 속이는 방법이라거나… 만약 모른다면 알려고 할 필요 없다. 난 그냥 이야 기를 하려는 것이지 그런 걸 가르쳐 주려는 게 아니니까.

토니는 뼛속까지 총잡이였다. 칼은 계집애나 쓰는 것이며, 주먹은 고릴라 같은 놈이나 쓰는 것, 기관총은 권총을 똑바로 쏠 줄 모르는 얼간이나 쓰는 것이라고 했다. "흥, 따발총 따위는 45구경으로 상대 할 수 있다고. 한 발이면 끝나는데, 그 망할 놈의 것을 내 쪽으로 돌 려서 겨냥하는 동안 세 발은 쏠 수 있지—"

듀크 에반스는 토니에게서 꽤 많이 배웠다. 한 가지만 빼고. 그건 바로 토니를 두려워하지 않는 방법이었다. 그러나 듀크는 만약 자신 이 움직인다면 토니가 자기편이 될 거라고 생각했다. 토니는 닉을 좋아하지 않았다. 듀크는 그 점을 고려했다…

듀크는 이삼 년을 더 기다렸다. 그동안 더 악독해졌고, 몸도 좋아 졌으며, 갱단 안에서 인망도 많이 쌓았다. 다른 사람에게 절대로 알 려지지 않도록 신경 써서 총도 두 자루 구했다. 엽총도 한 자루 샀는 데, 이건 드러내놓고 떠들고 다녔다. 때때로 사냥을 떠난 건 자동권 총 사격 연습을 할 수 있는 호젓한 장소를 숲속에서 찾기 위해서였 다. 아무도 듀크가 권총 사격 연습을 하는 줄은 몰랐다.

한동안 듀크는 힘깨나 쓰는 녀석들을 맡아서 이끌었다. 누구를 만나서 어느 정도로 손을 봐 주라고 지시하기만 하면 되는 일이었다. 듀크는 그 일에서 쾌감을 느꼈다.

한번은 직접 수류탄을 설치해 페렐먼이라는 남자가 운영하는 담배 가게를 완전히 날려 버리기도 했다. 충고를 무시하고 경마 브로커 일을 하지 않기로 결심한 대가로 수류탄으로 가게를 날려버린 것이다. 그러나 듀크 에반스가 직접 나선 건 페렐먼이 듀크에게 "여기서 꺼져 버려, 애송이"라고 말했기 때문이었다.

듀크 에반스는 이제 애송이가 아니었다.

몇 블록 떨어진 곳에서 폭발 소리를 들으며 듀크는 이렇게 생각했다. "애송이라고? 흥!" 수류탄이 터졌을 때 페렐먼이 가게에 있었으면 좋겠다고 생각했다. 듀크는 그 모습이 눈에 선했다. 어두운 골목에 서 있어서 표정을 감출 필요도 없었기 때문에 마음껏 기분을 드러냈다.

그건 절대 보기 좋은 표정이 아니었다. 그러나 어차피 듀크 에반스는 착한 사람이 아니었다. 내가 경고했잖아.

얼마 뒤, 준비가 끝났다. 이제 접수할 준비가 끝났다.

듀크는 계획을 다 짜 놓았다. 어설프게 총을 쓸 생각은 없었다. 그건 토니 같은 싸구려 살인청부업자나 하는 짓이었다. 닉이 뺑소니 사고로 죽은 것처럼 보이는 게 여러 모로 보나 더 나았다.

어느 날 듀크는 자동차를 한 대 훔쳐서 밤이 될 때까지 몰래 감춰 두었다. 닉이 집에 간 뒤 닉에게 전화를 걸었다. 그 점에 대해서도 여러 각도에서 생각해 두었다. 중요한 일이 생겼으니 꼭 만나자. 무슨 일이 생겼다. 그러면 닉은 절대로 부하를 집에 들이지 않는 성격이므로 분명히—

세부적은 내용은 아무래도 좋았다. 닉은 옷을 입고 두 블록을 걸어와야만 했다. 차고에서 차를 꺼내기는 귀찮게 느껴질 정도로 짧은 거리였다. 그러면 닉은 특정 모퉁이에서 길을 건너야 했다.

듀크는 딱 좋은 지점에 훔친 차를 세워 놓고 전조등을 끈 뒤 시동만 살짝 걸어놓았다. 닉이 3분의 1 정도 건넜을 때 출발하면 닉은 오도 가도 못하고 치일 터였다.

모퉁이에는 가로등이 하나 있었지만, 듀크가 차를 세워 놓은 곳은 어두웠다. 원래 생각보다도 더 어두웠다. 닉이 곧 나타날 즈음이었다. 듀크는 온 신경을 그쪽에 쏟고 있었다.

그러다보니 자동차의 양쪽 문이 열릴 때까지도 남자 둘이 반대편에서 다가오는 소리를 듣지 못했다. 그중 한 명은 토니 배리아였고, 다른 하나는 스위드였다.

토니는 듀크 옆에 앉아 45구경으로 옆구리를 찔렀다. 그 총을 맞으면 무슨 꼴이 될지를 떠올렸다. 땀이 흘렀다. 듀크가 말했다. "이봐, 토니. 난—"

총구가 갈빗대를 쿡 찔렀다. "닥쳐. 북쪽으로 차를 몰아."

"토니, 내가 전부 다 줄 테니까—"

뒷자리에 앉아 있던 스위드가 권총을 들어 손잡이로 세게 내리쳤다.

그러나 작은 붉은 악마가 본부로 달려 들어온 건 새벽녘(지옥이 아니라 스프링필드의 새벽)이었다. 악마는 의기양양하게 웃으며 화살촉 같은 꼬리를 신나게 흔들었다.

"방금 녀석이 졸업했습니다, 대장." 악마가 우쭐거리며 웃었다. "방금 마지막 수업을 마쳤습니다. 이제 녀석은 살인에 대해 모르는 게 없습니다. 한 방 맞고 뻗었는데, 항구에 도착하기 전에 깨어났지요. 두 놈이 시멘트 통을 녀석의 다리에 다는 동안 전부 배웠습니다. 직접 들으셨어야 하는데, 애원을 해대서 두 놈이 결국 녀석에게 재갈을 물렸지요. 그래도 전부 배웠습니다. 이제 모르는 게 없습니다. 네, 확실히 졸업했지요. 분명히—"

"좋아. 물론 데리고 왔겠지."

"물론입죠." 작은 붉은악마가 말했다. "물론 데리고 왔습니다. 확실히 데리고 왔지요…"(1945)

플래싯은 미친 곳이다
Placet Is a Crazy Place

익숙해진 다음에도 때로는 신경을 깊숙이 긁어놓곤 한다. 오늘 아침에 있었던 일처럼… 그걸 아침이라고 부를 수 있다면 말이지만. 사실은 밤이었다. 하지만 우리는 플래싯에서 지구 시간을 사용한다. 이 너저분한 행성에서는 시간조차도 다른 모든 것들처럼 엉망으로 작동하기 때문이다. 그러니까 내 말은, 6시간의 낮에 이어 2시간의 밤이 찾아오고, 다음에는 15시간 동안 낮이 이어진 다음 1시간의 밤이 찾아오는 상황이라면… 솔직히 말해서, 두 개의 차등 쌍성 사이를 지옥에서 날아온 박쥐처럼 8자를 그리며 공전하는 행성에서 어떻게 시간을 측정할 수 있겠는가. 게다가 두 개의 항성은 상당히 가까운 거리에서 서로의 주변을 엄청난 속도로 회전하고 있기 때문에, 지구의 천문학자들은 두 항성이 하나라고 생각했다. 20년 전 블레이크슬리 탐사대가 이 행성에 착륙하기 전까지는.

따라서 이 행성의 자전 주기는 공전 주기와 절대 일정한 비율을 유지하지 못하며, 두 항성 사이에는 블레이크슬리 자기장대라는 것이 존재한다. 그 영역에서는 빛의 속도가 극도로 느려져서 한참 후까지 남아 있게 되고, 그 결과—

만약 플래싯에 대한 블레이크슬리 보고서를 아직 읽지 않았다면, 부디 내 이야기를 듣는 동안 뭔가를 꼭 붙들고 있어 주기 바란다.

플래싯은 자신의 그림자에 가리는 일식을 경험할 수 있는 알려진 유일한 행성이다. 이 행성은 40시간 주기로 자신의 환영 속으로 들어갔다 나오기를 반복한다.

믿지 못하는 것도 당연한 일이다.

나 또한 믿지 않았다. 처음 플래싯에 도착했을 때, 나는 행성이 머리 위에서 떨어져 내리는 광경에 꼼짝도 못하고 얼어붙을 정도로 겁을 먹었다. 블레이크슬리 보고서를 읽고 왔기 때문에 무슨 일이 벌어지고 있는지, 그리고 그 이유까지도 알고 있었는데도 말이다. 마치 초기 영화에서 기차 앞에 카메라를 설치하고 촬영을 해서, 관객들이 달려오는 기관차를 보고 진짜가 아니라는 것을 알면서도 달아나려는 충동을 느꼈을 때와 같은 상황이었다.

어쨌든 이야기로 돌아가자면, 그날 아침 나는 책상 앞에 앉아 있었다. 책상 위는 잔디로 덮여 있고, 내 발은 찰랑거리는 물 위에 놓여 있는 것으로 보였다. 그러나 축축한 느낌은 들지 않았다.

책상의 잔디밭 위에는 분홍색 꽃병이 놓여 있고, 그 안에는 밝은 녹색의 토성 도마뱀이 머리부터 거꾸로 꽂혀 있었다. 시각이 아니라 이성을 사용해서 추측하자면, 아무래도 이것들이 내 펜과 잉크병인 모양이었다. 또한 '주께서 우리 가정에 축복을'이라고 적힌 훌륭한 십자수 작품도 책상 위에 놓여 있었는데, 이건 사실 방금 전파 통신기를 통해 도착한 지구 본부의 전갈이었다. B. F. 효과가 시작된 다음에 사무실에 들어왔기 때문에, 나는 그 전갈의 내용을 확인할 수 없었다. 실제로 '주께서 우리 가정에 축복을'이라고 적혀 있는 것은 아닐 것이다. 내 눈에 그렇게 보인다는 것이 바로 그 이유였다. 당시 나는 화가 나고 질려 버려서 전갈의 실제 내용 따위는 조금도 신경이 쓰이지 않았다.

여러분도 알다시피— 아무래도 설명을 하는 편이 나을 것 같다. B. F., 그러니까 블레이크슬리 자기장 효과란 플래싯이 8자를 그리며 공전하는 두 항성인 아르길 I과 아르길 II의 가운데에 들어갈 때 발생한다. 과학적인 설명이 존재하기는 하지만, 말이 아니라 수식을 동원해야 가능한 모양이다. 요점은 다음과 같다. 아르길 I은 실제 물질로 구성된 항성이며, 아르길 II는 반물질, 또는 음의 물질로 구성된 항성이다. 그리고 두 항성 사이의 가운데 부분에는 광선의 속도가 급격하게 줄어드는 구간이 존재하며, 그 범위도 제법 넓은 편이다. 이 영역 내부에서 빛은 음속 정도로 느리게 움직인다. 결과적으로 그 구역 안에서 소리보다 빠른 속도로 움직이는 존재가 있다면— 예를 들어, 플래싯 행성 그 자체라든가—지나간 자리에 자신의 환영이 따라오는 모습을 볼 수 있게 되는 것이다. 플래싯의 환영이 그 구역을 벗어나는 데는 26시간이 걸린다. 그리고 그때쯤이 되면 플래싯은 항성 하나를 돌아서 자신의 환영과 마주치게 되는 것이다. 자기장대의 중앙에 도착하면 다가오는 환영과 멀어져 가는 환영이 동시에 존재하게 되고, 플래싯은 자기 자신의 그림자로 두 번의 일식을 동시에 일으켜 양쪽 태양을 모두 가려 버린다. 그리고 조금만 더 가면 반대쪽에서 다가오는 자신의 환영과 충돌하며, 실제로 벌어지는 일이 아니라는 것을 알고 있으면서도 꼼짝도 하지 못할 정도로 무시

무시한 광경이 펼쳐진다.

여러분이 정신이 나가기 전에 다른 방식으로 설명해 보기로 하자. 구식 기관차 한 대가 여러분을 향해 다가오고 있다고 가정해 보자. 다만 이 기관차의 속도는 소리보다 훨씬 빠르다. 1마일 떨어진 곳에서 기관차가 경적을 울린다. 그러면 여러분은 기관차가 지나간 다음에야 경적 소리를 듣게 된다. 이미 기관차가 존재하지 않는, 1마일 떨어진 곳에서 들려오는 경적 소리를 말이다. 음속보다 빠르게 움직이는 물체에서는 이런 청각 효과가 발생한다. 방금 내가 설명한 것은, 자신의 형상보다 더 빠르게 8자를 그리며 움직이는 물체에서 발생하는 같은 식의 시각 효과인 것이다.

가장 끔찍한 일은 이것이 아니다. 실내에서 시간을 보내면 일식이나 정면충돌 영상은 피할 수 있지만, 블레이크슬리 자기장대의 생리심리학적인 효과는 피할 수가 없다.

그리고 이 생리심리학적 효과는 완전히 다른 문제다. 역장이 시신경 또는 시신경과 연결되는 뇌의 시각 중추에 영향을 끼쳐, 특정 약물을 복용했을 때와 유사한 효과를 만들어 내는 것이다. 이런 효과는 엄밀히 말해 환각이라 할 수는 없다. 존재하지 않는 것을 보는 것이 아니라, 그곳에 존재하는 물체를 다른 형태로 인지하게 되는 것이기 때문이다.

당시 나는 잔디로 뒤덮인, 그러나 실제로는 잔디밭이 아닌 책상 앞에 앉아 있었고, 찰랑이는 수면이 아니라 평범한 플라스틱 바닥에 발을 딛고 있다는 사실 또한 완벽하게 인지하고 있었다. 내 책상 위의 물체가 토성 도마뱀이 꽂혀 있는 분홍색 꽃병이 아니라 20세기에 만들어진 골동품 펜과 잉크병이라는 사실도. 또한 '주께서 우리 가정에 축복을'이라고 적힌 십자수 작품이 평범한 전파 통신용지에 인쇄된 지령문이라는 사실도 잘 알고 있었다. 블레이크슬리 자기장대의 영향을 받지 않는 촉각을 사용하면 이 모든 사실을 확인할 수 있었다.

물론 눈을 감을 수도 있기는 하지만, 그리 현명한 대처 방법은 아니다. B. F. 효과가 극에 달한 상황에서도 시각을 통해서 물체의 대략적인 크기와 거리 정도는 확인할 수 있으며, 익숙한 환경에 있으면 기억과 이성을 통해 그 정체를 가늠할 수 있기 때문이다.

따라서 문이 열리고 머리 둘 달린 괴물이 들어왔을 때에도 그 괴물이 리건이라는 사실을 알고 있었다. 리건의 원래 모습이 머리 둘 달린 괴물이라는 소리는 아니지만 발소리를 들으면 파악이 가능했다.

나는 말했다. "뭔가, 리건?"

머리 둘 달린 괴물이 말했다. "대장, 기계 작업소가 흔들리고 있습니다. 중간 시기에는 아무런 작업도 하지 않는다는 규칙을 깨야 할지도 모르겠습니다."

"새들인가?" 내가 물었다.

머리 두 개가 동시에 고개를 끄덕였다. "지하 벽은 이미 그 사이를 뚫고 날아다니는 새들 때문에 체처럼 구멍이 잔뜩 뚫려 있을 겁니다. 빨리 콘크리트를 부어야 할 것 같습니다. 아크 호가 가져오는 새로운 합금으로 만든 지지대가 새들을 막을 수 있으리라 생각하십니까?"

"물론이지." 거짓말이었다. 자기장대의 효과를 잊은 채, 나는 몸을 돌려 시계를 확인하려 했다. 그러나 시계가 있어야 할 곳에는 흰 백합으로 만든 장례식 화환이 걸려 있었다. 장례식 화환으로 시간을 추측할 수는 없는 법이다. 나는 입을 열었다. "콘크리트와 함께 넣을 지지대가 도착할 때까지는 강화 작업을 할 필요가 없을 줄 알았는데. 아크 호가 곧 도착할 걸세. 아마 지금은 밖에서 빙빙 돌면서 우리가 자기장대에서 나오기를 기다리고 있겠지. 혹시 우리가 그때까지 기다릴 수 있다면—"

뭔가 무너지는 소리가 들렸다.

"네, 기다릴 수 있겠군요." 리건이 말했다. "방금 기계 작업소가 무너진 모양이니, 이제 딱히 서두를 필요는 없습니다."

"그 안에는 아무도 없었나?"

"없었죠. 하지만 확인해 보겠습니다." 그는 바로 달려 나갔다.

플래닛에서의 삶이란 항상 이따위다. 이제 충분히 겪었다. 지나칠 정도로 겪었다. 나는 리건이 떠나 있는 동안 마음을 굳혔다.

리건은 밝은 청색 골격 모형의 형상으로 돌아왔다.

그가 말했다. "좋습니다, 대장. 안에 아무도 없었습니다."

"심하게 망가진 기계는 없던가?"

그는 소리 내 웃었다. "고무로 만든 보라색 점박이 말 모양 튜브를 보고 안이 무사한지 어떻게 알 수가 있나요? 대장, 지금 대장 모습이 어떻게 보이는지는 아십니까?"

"말하면 자네는 해고일세."

지금 이 말이 농담인지 아닌지조차 확신할 수가 없었다. 꽤나 신경이 곤두선 상태였으니까. 나는 책상 서랍을 열고 '주께서 우리 가정에 축복을' 십자수를 넣은 다음 그대로 쾅 닫아 버렸다. 완전히 질려 버렸다. 플래싯은 미친 곳이고, 이곳에 오래 있으면 사람도 미쳐 버린다. 지구 본부에서 보낸 플래싯 근무자 열 명 중 한 명은 일이 년을 버티지 못하고 정신과 치료를 받으러 지구로 돌아간다. 그리고 나는 이곳에 거의 3년이나 있었다. 계약 기간도 끝나가고 있었다. 나는 이미 결심을 다진 후였다.

"리건." 나는 입을 열었다.

그는 문 쪽으로 걸음을 옮기다 고개를 돌렸다. "네, 대장?"

"전파 통신기로 지구 본부에 전갈을 보내줬으면 좋겠네. 똑똑히 전하게. 단어 두 개야. '이걸로 끝이야.'"

"알겠습니다, 보스." 그리고 리건은 그대로 걸어 나가 문을 닫았다.

나는 의자에 몸을 묻으며 눈을 감고 생각에 잠겼다. 저질러 버렸다. 당장 리건을 뒤쫓아 달려가서 전갈을 보내지 말라고 지시하지 않으면, 이 결정은 절대 번복할 수 없게 될 것이다. 지구 본부는 이런 측면에서는 독특한 행동 양식을 보인다. 위원회는 다른 분야에서는 꽤나 관대하게 행동하지만, 일단 사임을 하면 그 결정은 바꾸게 해주지 않는다. 절대 굽히지 않는 유일한 규칙이며, 100에 99 정도는 행성이나 은하 단위의 프로젝트를 진행하는 입장이라는 점을 들어 정당화를 시도한다. 직원이 해당 업무를 완수하기 위해서는 전력을 투구해야 하며, 일단 한번 마음이 돌아서면 업무에 필요한 날카로움이 사라져 버린다는 것이다.

중간 기간이 끝났다는 것은 알고 있었지만, 나는 그대로 눈을 감은 채 자리에 앉아 있었다. 시계가 다른 무언가로 보이지 않는다는 것이 확실해진 다음에 눈을 뜨고 시계를 확인하고 싶었다. 나는 그대로 앉아 생각에 잠겼다.

리건이 내 사직 통보를 가볍게 받아들였다는 사실이 내심 충격이었다. 10년 동안 친하게 지내온 사이인데 말이다. 적어도 내가 떠나게 되어 유감이라고 말해주기는 해야 하지 않겠는가. 물론 그가 내 직위로 승진하게 될 가능성도 꽤 높기는 하지만, 속으로는 그런 생각을 하더라도 겉으로는 예의를 차려야 마땅할 텐데 말이다. 아무리 그래도 최소한—

아, 이제 와서 속으로 후회하는 일은 관두자고. 나는 이렇게 속으로 중얼거렸다. 플래싯과도 지구 본부와도 이제 완전히 끝난 거고, 직위 해제 통보만 나오면 곧바로 지구로 돌아가게 될 거야. 그러면 새 직업을 가질 수 있겠지. 아마 교직으로 돌아가게 되겠지만.

그러나 리건의 태도는 여전히 마음에 들지 않았다. 그는 지구 시티 기술대학에서 내 학생이었고, 그를 이곳 플래싯의 일자리로 끌어들인 것도 나였다. 그런 젊은 나이에 거의 천 명의 사람을 관리하는 행정관의 직위를 얻기는 쉽지 않은 법이다. 사실 내 직위 역시 나이에 비해서는 괜찮은 편이다. 나 또한 서른한 살밖에 되지 않았으니까. 훌륭한 일이다. 다만 세우는 건물마다 족족 쓰러질 뿐이고… 그만두자. 나는 속으로 되뇌었다. 이제 다 끝난 일이니까. 지구로 돌아가서 다시 강단에 서면 되니까. 그만 잊자.

나는 지쳐 있었다. 책상 위에서 팔에 머리를 파묻었고, 아마도 그대로 잠깐 잠들었던 모양이다.

나는 문으로 들어오는 발소리에 고개를 들었다. 리건의 발소리와

는 달랐다. 주변을 보니, 환영은 많이 잦아든 모양이었다. 그러나 방으로 들어온 사람은 빨간 머리카락의 엄청난 미녀였다 — 적어도 내 눈에는 그렇게 보였다. 물론 말도 안 되는 소리였다. 플래싯에 여자가 몇 명 있기는 하지만, 대부분 기술자의 아내들이었고, 저 정도의 미녀는—

그녀가 말했다. "저 기억 안 나세요, 랜드 씨?" 여자였다. 여자의 목소리였고, 그것도 아름다운 목소리였다. 어딘가 낯익은 목소리이기도 했다.

"말도 안 되는 소리 말게. 중간 기간 동안에 자네를 알아볼 수가 없지 않겠—" 순간 내 눈이 그녀의 어깨 너머로 보이는 시계에 가서 멎었다. 장례식 화환이나 뻐꾸기 둥지가 아닌, 제대로 된 시계였다. 그리고 그 순간, 나는 방 안의 모든 물건이 정상적인 모습으로 돌아와 있다는 사실을 깨달았다. 그 말인즉슨 중간 기간은 끝났으며, 내 앞의 사람은 환영이 아니라는 뜻이었다.

내 시선은 다시 빨강머리 아가씨를 향했다. 분명 실제 존재하는 사람이었다. 그리고 문득 그녀가 누구인지가 떠올랐다. 물론 모습이 상당히 변하기는 했지만, 모든 변화는 사실상 개선이라고 부를 만했다. 지구 시티 제4기술대학에서 식물학 III 수업을 들을 때에도 이미 꽤나 예쁘장한 아가씨였지만 말이다.

당시에는 예뻤다. 그러나 지금은 아름다웠다. 숨이 막힐 지경이었다. 텔레토키에서 왜 아무것도 알려주지 않은 걸까? 아니, 일부러 말하지 않은 건가? 여기서 저 아이가 뭘 하고 있는 걸까? 아크 호를 타고 온 것은 분명하지만— 문득 내가 아직도 그녀를 얼빠진 얼굴로 바라보고 있다는 사실을 깨달았다. 나는 너무 서둘러 자리에서 일어서다가 발이 걸려 책상 위로 엎어질 뻔했다.

"물론 기억하고 있네, 로크티야 양." 나는 더듬거리며 말했다. "자리에 앉지 그러나? 여기는 어쩌다 오게 된 건가? 방문자 금지 규칙을 완화하기라도 한 건가?"

그녀는 웃으며 고개를 저었다. "저는 방문자로 온 게 아니에요, 랜드 씨. 본부에서 선생님을 위한 기술 비서직을 모집하기에 응모해서 합격했어요. 물론 선생님이 허락을 하셔야 하지만요. 일단은 한 달 동안 수습이에요."

"놀랍군." 도저히 내 감정을 전부 담을 수 없는 표현이었다. 나는 단어를 덧붙여 수식하기 시작했다. "아주 훌륭해—"

누군가 헛기침을 하는 소리가 들렸다. 나는 주변을 돌아보았다. 리건이 문가에 서 있었다. 이번에는 파란색 해골이나 머리 둘 달린 괴물은 아니었다. 평범한 리건이었다.

그가 말했다. "전자파 전문에 대한 답신이 방금 들어왔습니다." 그는 우리 쪽으로 건너와 내 책상 위에 문건을 내려놓았다. 나는 그걸 들여다보았다. "승인. 8월 19일"이라고 적혀 있었다. 그쪽에서 내 사임을 받아들이지 않을지도 모른다는 마지막 남은 허황된 꿈은 말썽꾸러기 새들과 함께 사라져 버렸다. 내가 기대할 수 있는 가장 간략하고 명확한 답변이었다.

8월 19일이라… 다음번에 아크 호가 도착하는 날이다. 시간을 조금도 낭비하고 싶지 않은 모양이었다. 내 시간이든, 자기네 시간이든. 4일 뒤이지 않은가!

리건이 말했다. "바로 알고 싶으실 거라 생각했습니다, 필."

"그래." 나는 그를 노려보며 말했다. "고맙네." 약간의, 아니 아마도 약간 이상의 증오를 담은 목소리였다. 나는 속으로 이런 생각을 했다. 그래, 내 친구여, 애석하게도 내 자리를 차지하지는 못하게 된 모양이로군. 그랬다면 전문에 적혀 있었을 테니까. 다음 아크 호가 올 때 후임을 보내올 모양이야.

하지만 이런 말을 입 밖에 내지는 않았다. 그러기에는 문명의 허식이 너무 두터웠다. 나는 다른 말을 꺼냈다. "로크티야 양, 여기 소개해 줄 사람이 있는데—" 그들은 서로를 바라보더니 웃음을 터트렸고, 나는 그제야 떠올렸다. 당연하게도 리건과 마이클리나는 둘 다 내 식물학 수업을 들었다. 마이클리나의 쌍둥이 동생인 이겔로드도 마찬가지고. 물론 그 빨간머리 쌍둥이를 마이클리나와 이겔로드라고 부르는 사람은 없었지만. 일단 아는 사이가 되면 다들 마이크와 이겔이라고 불렀다.

리건이 말했다. "아크에서 내리는 마이크를 만났죠. 직접 아크를 맞이하러 나오지 않으셨기에, 사무실로 가는 길을 알려줬습니다."

"그거 고맙군." 내가 말했다. "강화 지지대는 들어왔나?"

"그런 것 같습니다. 뭔가 화물을 내리고 있던데요. 작업을 서두르더라고요. 벌써 다시 이륙해 버렸습니다."

나는 끙 하고 신음소리를 냈다.

리건이 말했다. "뭐, 그럼 저는 화물을 확인해 보러 가겠습니다. 전문을 전해 드리려 잠깐 들른 겁니다. 좋은 소식은 빨리 알려드리는 편이 나으니까요."

그는 방을 나갔고, 나는 그가 사라진 쪽을 노려보았다. 저 애송이가. 저 망할—

마이클리나가 말했다. "즉시 업무를 시작해야 할까요, 랜드 씨?"

나는 애써 표정을 관리해 웃음을 지어 보였다. "물론 그건 아니지. 일단 이곳을 좀 살펴봐야 하지 않겠나. 풍경을 음미하며 좀 익숙해져 보게. 마을로 내려가서 뭐라도 한잔하는 건 어떤가?"

"물론 좋죠."

우리는 건물이 옹기종기 모여 있는 곳을 향해 오솔길을 따라 내려갔다. 모두 작고 1층에 네모난 건물들이었다.

그녀가 말했다. "이건… 멋지네요. 공중을 걷는 기분이에요. 몸이 너무 가벼워요. 여기 중력이 어떻게 되나요?"

"0.47G일세. 만약 자네 몸무게가 음… 지구에서 127파운드였다면, 여기서는 대략 89파운드가 되는 셈이지. 그리고 자네에게 그 정도 몸무게면 꽤 괜찮아 보이는군."

그녀는 웃음을 터트렸다. "고맙습니다, 교수님— 아, 아니지. 이제 교수님이 아니죠. 제 상관이시니까 랜드 씨라고 불러야겠네요."

"자네가 나를 필이라고 부르고 싶지 않다면 말이지, 마이클리나?"

"저를 마이크라고 불러주신다면요. 저는 마이클리나라는 이름이 정말 싫어요. 이겔이 이겔로드를 싫어하는 만큼이나요."

"이겔은 어떻게 지내나?"

"잘 지내요. 기술대학에서 강사 일을 하고 있는데, 일이 별로 마음에 들지는 않는가 봐요." 그녀는 앞쪽의 마을을 바라보았다. "왜 큰 건물을 몇 채 세우지 않고 작은 건물을 잔뜩 세운 거죠?"

"플래싯에서는 모든 건물의 평균 수명이 3주 안팎이기 때문일세. 그리고 안에 있는 사람들 머리 위로 언제 건물이 무너질지 알 수가 없지. 그게 우리의 가장 큰 문제일세. 우리가 할 수 있는 일이라고는 건물을 최대한 작고 가볍게 만들고, 건물의 토대는 최대한 튼튼하게 만드는 정도라네. 그 덕분에 아직까지는 무너지는 건물에 깔려 심각한 부상을 입은 사람은 없었다네. 하지만— 방금 그거 느꼈나?"

"진동이요? 방금 그게 뭐죠, 지진인가요?"

"아니. 새들이 날아가는 소리일세."

"뭐라고요?"

나는 그녀의 표정을 보고 웃음을 터뜨릴 수밖에 없었다. "플래싯은 미친 곳이야. 조금 전에 자네는 허공을 걷는 기분이 든다고 했지. 어떻게 보면 자네는 말 그대로 허공을 걷는 거라고도 할 수 있어. 플래싯은 일반 물질과 무거운 물질 두 가지가 함께 존재하는, 우주에서 보기 드문 행성이라네. 무거운 물질은 분자 구조가 일그러져 있어서 조약돌 크기의 물체도 들어 올릴 수가 없을 정도로 무겁지. 플래싯의 내핵은 그런 물질로 이루어져 있다네. 그래서 맨해튼 섬의 두 배 정도 면적을 가진 이 작은 행성이 지구의 4분의 3에 달하는 중력을 가지고 있는 거야. 그리고 핵에는 생물이 살고 있어. 지능은 없지만 동물이라네. 그리고 이 행성의 내핵과 흡사한 분자 구조를 가진 새들도 있지. 너무 구성 밀도가 높아서 일반적인 물질을 우리가 공기를 뚫고 지나가듯 움직일 수 있는 놈들이라네. 지구의 새들이 공기 속을 날아다니는 것처럼, 그 새들은 이 행성의 물질을 뚫고 날아다닌다네. 그 새들이 보기에는 우리는 플래싯의 대기권 위에 살고 있는 셈이야."

"그래서 지표 아래에서 새들이 날아다니며 보내는 진동이 건물을 무너뜨린다는 건가요?"

"그래, 그리고 그보다 더한 일도 벌어지지. 우리가 무슨 물질을 써서 만들든, 새들이 건물의 기반을 그대로 뚫고 날아가거든. 우리가 어떤 물질을 사용해도 그 새들에게는 기체나 다름없으니까. 모래나 토사 속을 날아가는 것과 마찬가지로 쇠나 강철 속도 날아다닐 수 있다네. 방금 지구에 주문한 엄청나게 강한 물질이 도착하긴 했는데―내가 리건에게 물었던 그 특수 합금 말일세―사실 그쪽에도 딱히 기대는 하고 있지 않다네."

"그러면 그 새들이 위험한 것 아닌가요? 그러니까, 건물이 쓰러지게 하는 것 이상으로요. 충분히 가속하면 지면을 뚫고 대기 중으로 약간이나마 올라올 수 있지 않나요? 그러면 그곳에 서 있는 사람도 바로 뚫고 지나갈 수 있을 텐데요."

"가능하지." 내가 말했다. "하지만 그런 일은 벌어지지 않는다네. 그 새들은 항상 지표에서 몇 인치 아래에서만 날아다니거든. 자기네 '대기'의 꼭대기에 가까워지면 특수한 감각이 그 사실을 일러주는 모양일세. 초음파와 비슷한 역할을 하는 뭔가가 있는 거지. 자네도 알다시피, 박쥐가 어둠 속을 날아다니면서도 절대 다른 물체와 부딪치지 않는 것처럼 말일세."

"그렇죠, 레이더처럼."

"그래, 박쥐는 전자파가 아니라 음파를 사용한다는 점만 제외하면 레이더와 동일하지. 그리고 이곳의 말썽꾸러기 새들 또한 같은 원리로 작동하지만 정반대의 결과를 가져오는 감각기관을 가지고 있을 걸세. 단단한 물체가 아니라, 그들 입장에서는 진공이나 다름없는 공간을 몇 인치 앞에서 감지하고 방향을 트는 거지. 무거운 물질로 이루어져 있으니, 새가 진공에서 생명을 유지하거나 날아다닐 수 없는 것과 마찬가지로 대기 중에서 생존할 수 없을 걸세."

마을에서 칵테일을 한 잔씩 나누면서, 마이클리나는 다시 자기 동생을 언급했다. 그녀는 말했다. "이젤은 교직이 전혀 마음에 들지 않는 모양이에요, 필. 여기 플래싯에 자리를 마련해 주실 수 없나요?"

"안 그래도 지구 본부에 행정관을 한 명 더 보내달라고 끈질기게 조르던 중이었네. 행성의 지표 대부분을 활용하게 된 이후로 일이 상당히 늘어났거든. 리건은 정말로 도움이 필요할 걸세. 내가—"

그녀의 얼굴이 열망으로 환하게 빛나고 있었다. 순간 나는 깨달았다. 내 일은 끝나지 않았던가. 나는 사임을 한 사람이니, 지구 본부에서는 내 추천 따위는 말썽꾸러기 새들의 추천만큼이나 아무 신경도 쓰지 않을 것이다. 나는 어물쩍 말을 맺었다. "내가… 뭔가 할 수 있는 일이 있는지 알아보겠네."

그녀가 말했다. "고마워요— 필." 술잔 옆에 놓여 있는 내 손 위로, 아주 잠깐 그녀의 손이 겹쳐졌다. 그래, 여기서 순간 높은 전압의 전류가 흐른 것처럼 느껴졌다고 말한다면 참으로 진부한 비유일 것이다. 하지만 실제로 그런 일이 일어난 순간, 나는 육체적 충격과 더불어 정신적 충격까지 느꼈다. 내가 푹 빠져 버렸다는 사실이 명확해졌기 때문이다. 플래싯의 그 어떤 건물보다도 폭삭 주저앉아 버렸다. 충격에 숨이 막힐 지경이었다. 마이클리나의 얼굴을 보지는 않았지만, 그녀가 수천분의 1초만큼 내 손을 눌렀다가, 바로 불에 데기라도 한 양 떼었다는 것에서 추측해 볼 때, 그녀 또한 나처럼 전류를 살짝 느낀 모양이었다.

나는 조금 비틀대며 일어나서는 사령부 건물로 돌아가자고 제안했다.

이제 완전히 어쩔 수 없는 상황이 되었기 때문이다. 본부에서 내 사임을 승인한 이상, 이제 가족을 부양할 수 있는 수단도 완전히 사라져 버렸다. 한순간 정신이 나가서 황금알을 낳는 거위의 배를 가른 것이다. 다시 교직을 얻을 수 있을지도 확신할 수 없었다. 지구 본부는 우주에서 가장 강한 권력을 가진 조직이며, 모든 파이에 손가락을 올리고 있다. 만약 그들이 나를 블랙리스트에 올린다면—

돌아오는 동안에는 거의 마이클리나만 말을 했다. 내 쪽에서는 생각할 것이 많았으니까. 진실을 말하고 싶었지만, 동시에 말하고 싶지 않기도 했다.

단답형 대답만을 반복하며 나는 자신과의 투쟁에 들어갔다. 그리고 마침내 패배했다. 아니면 승리한 것일 수도 있고. 다음에 아크 호가 올 때까지는 그녀에게 사실을 알리지 않기로 마음먹은 것이다. 모든 것이 괜찮고 정상인 척하면서, 그 시간 동안 마이클리나가 나와 사랑에 빠지도록 하는 쪽에 걸어보기로 한 것이다. 그 정도 여유는 허락해도 될 것이다. 나흘 동안의 기회인 셈이다.

그리고… 만약 때가 되었을 때 그녀가 나에 대해 같은 감정을 품게 된다면, 나는 자신이 얼마나 한심한 짓을 저질렀는지를 말하고, 내가 그녀로 하여금… 아니, 설령 그녀가 원한다고 해도 나와 함께 지구로 돌아가자고는 하지 않을 것이다. 내게는 불확실한 미래밖에 남아 있지 않으니까. 그저 내가 제대로 된 직장을 다시 찾을 수 있는 기회가 오기만 하면… 어차피 나는 아직 서른하나고 온갖 일이 가능할 수 있으니까—

뭐 이런 생각을 하고 있었다.

사무실에 와 보니 리건이 기다리고 있었다. 비를 맞은 말벌만큼이나 화가 난 표정이었다. "지구 본부의 배송 부서에서 또 일을 망쳤습니다. 그 특수 합금 상자는 — 아니었습니다."

"뭐가 아니라는 건가?"

"아무것도 아닙니다. 텅 빈 상자예요. 포장 기계에 문제가 생겼는데 알아채지도 못한 모양입니다."

"그 상자에 특수 합금이 들어 있었어야 하는 것은 확실한 건가?"

"당연히 확실하지요. 발주서에 있는 다른 물건들은 전부 들어왔습니다. 그리고 선적표를 보면 그 상자에는 합금이 들어 있어야 하는 게 분명합니다." 그는 헝클어진 머리카락을 손으로 쓸어 넘겼고, 평소보다 더 에어데일테리어처럼 보이는 모습이 되었다.

나는 그를 보고 웃음을 지었다. "어쩌면 투명 금속일지도 모르지 않나."

"투명하고 무게도 없고 만질 수도 없는 금속이란 말이죠? 지구 본부에 그런 식으로 한마디 해 줘도 되겠습니까?"

"하고 싶은 대로 하게." 나는 말했다. "하지만 일단은 잠깐 기다려 주겠나. 마이크에게 숙소를 안내해 준 다음에 자네하고 이야기할 것이 있어서 말이네."

나는 마이클리나를 사령부 건물 주변에서 가장 좋은 숙소로 안내해 주었다. 그녀는 이겔에게 일자리를 마련해 주려 시도해 보겠다는 말에 다시 한번 감사를 표했고, 나는 말썽꾸러기 새의 시체만큼이나 축 처진 채로 사무실로 돌아왔다.

"뭡니까, 대장?" 리건이 말했다.

"지구에 보낸 전문 말인데. 그러니까, 오늘 아침에 보낸 것 말이야. 그 내용에 대해서는 마이클리나에게 아무 말도 하지 말게나."

그는 너털웃음을 터트렸다. "직접 말해주시려는 겁니까? 알겠습니다. 입을 꾹 다물고 있지요."

나는 살짝 빈정거리며 덧붙였다. "아무래도 현명한 행동은 아니었던 것 같군."

"허? 저는 그렇게 해 주셔서 정말 기쁜데요. 아주 훌륭한 생각이셨습니다."

리건이 방에서 나가는 동안, 나는 놈의 뒤통수에 뭔가를 던지고 싶은 충동을 간신히 억눌렀다.

별 상관은 없는 일이지만, 다음 날은 화요일이었다. 나는 그날을 플래싯의 두 가지 주요한 문제 중 하나를 해결한 날로 기억한다. 시기가 조금 묘하게 꼬이기는 했지만.

나는 녹색 맥아의 재배에 관한 기록을 남기는 중이었다. 플래싯이 지구에 중요한 행성인 이유는 이곳에 자생하며 다른 곳에서는 재배가 불가능한 일군의 식물종에서 약리학적으로 중요한 성분을 추출해 낼 수 있기 때문이다. 일하기가 꽤나 힘든 상황이었는데, 기록을 받아 적는 사람이 마이클리나였기 때문이다. 그녀는 플래싯에 도착한 둘째 날부터 일을 하겠다고 나섰던 것이다.

그리고 갑자기, 청명한 하늘과 혼탁한 정신 속에서 아이디어 하나가 떠올랐다. 나는 구술을 멈추고 리건을 호출했다. 그는 바로 들어왔다.

"리건, J-17 적응 앰플을 5천 개 주문하게. 서두르라고 이르고."

"대장, 기억 안 나십니까? 그건 시도해 봤잖습니까. 중간 기간 동안 정상적으로 사물을 보게 될 수도 있으리라 생각했지만, 우리 시신경에는 아무 영향도 없었습니다. 여전히 괴상한 환영을 보게 되었지요. 고온이나 저온에 적응하는 데는 효과가 훌륭하지만—"

"또한 수면과 기상 주기가 길거나 짧은 경우에도 적응할 수 있지." 나는 그의 말을 끊으며 말했다. "바로 그 점에 주목한 거라네, 리건. 자, 생각해 보게. 플래싯은 두 개의 항성 주변을 돌고 있기 때문에, 낮과 밤이 짧고 불규칙적으로 반복되어 시간이 별 도움이 안 되는 거야. 그렇지?"

"물론이죠. 하지만—"

"하지만 플래싯에는 제대로 된 낮이나 밤이 없기 때문에, 우리는 너무 멀리 있어서 눈에 보이지도 않는 지구의 태양에 종속되어 살아가는 걸세. 24시간 주기로 하루를 측정하면서. 하지만 중간 기간은 20시간마다 주기적으로 일어난다네. 우리는 적응 앰플을 사용해서 20시간 주기로 살면 되는 걸세. 여섯 시간 수면을 취하고, 열두 시간 깨어 있는 거지. 눈이 환상을 보여주는 동안에는 그냥 잠든 채로 보내면 되는 걸세. 어두운 방 안에서 수면을 취하면 잠에서 깨더라도 아무것도 보이지 않을 테고. 하루가 좀 짧아지고 1년 안에 더 많은 날짜가 들어가기만 하면, 아무도 정신이 나가 덤벼들지 않을 거란 말이네. 문제가 있다면 말해 보게."

그는 잠시 멍한 표정을 짓다가, 손바닥으로 자기 이마를 철썩 소리가 나게 때렸다.

"정말 간단하군요. 그게 문제였습니다. 너무 간단해서 오직 천재만이 생각해낼 수 있는 해결법이었어요. 2년 동안 그거 때문에 조금씩 맛이 가고 있었는데, 너무 간단해서 아무도 알아채지 못하는 해결책이 존재했다니요. 즉시 주문을 하겠습니다."

그는 방을 나가려다 몸을 돌렸다. "그럼 건물이 무너지지 않게 하려면 뭘 어째야 합니까? 자, 어서, 지금 요정이나 뭐 그런 게 되신 모양이니 빨리 말씀해 주시죠."

나는 웃으며 말했다. "그 텅 빈 상자에 들어 있는 투명 합금을 사용해 보는 건 어떤가?"

그는 "젠장"이라고 말하고는 문을 닫았다.

다음 날은 수요일이었고, 나는 일 따위는 때려치우고 마이클리나와 함께 걸어서 플래싯을 한 바퀴 돌아보기로 했다. 이 행성을 한 바퀴 돌아보는 일은 한나절 소풍으로 제격이다. 물론 마이클리나 로크티야와 함께 있으면 어떤 소풍도 훌륭하게 느껴지겠지만. 그녀와 보낼 수 있는 시간이 하루밖에 남지 않았다는 것만 제외하고. 금요일이 되면 세상이 끝날 테니까.

내일이면 지구에서 아크 호가 출발할 것이며, 그 안에는 우리의 문제 중 하나를 해결할 수 있는 적응제가 실려 있을 것이다. 추가로 내 자리를 물려받기 위해 지구 본부에서 보낸 사람도. 아르길 I-II 쌍성계에서 충분한 거리를 두고 워프해 와서는, 로켓 동력을 이용해 행성으로 날아올 것이다. 금요일이 되면 아크 호는 여기 도착할 테고, 나는 그걸 타고 돌아갈 것이다. 하지만 나는 그런 생각은 하지 않으려 노력했다.

그리고 제법 수월하게 잊어버릴 수 있었다. 사령부로 돌아와서, 못생긴 상판이 둘로 갈라질 정도로 헤벌쭉 웃고 있는 리건의 얼굴을 보기 전까지는. 그가 말했다. "대장, 대장이 해냈습니다."

"그거 훌륭하군." 내가 말했다. "근데 내가 뭘 했다는 거지?"

"건물 기반을 강화하는 방법에 대한 해답을 주셨죠. 문제를 해결하셨습니다."

"그래?"

"그래요. 그렇지 않아, 마이크?"

마이클리나도 내가 그랬을 것만큼 영문을 모르겠다는 표정이었다. "농담을 하신 거잖아. 빈 상자 안에 들어 있는 물건을 사용하라고 하신 거 아니었어?"

리건은 다시 웃음을 지었다. "농담을 하고 있다고 생각하신 것뿐이지. 이제부터는 그걸 사용하는 겁니다. 아무것도 안 넣는 거예요. 대장, 적응제와 같은 해답인 셈입니다. 너무 단순해서 아무도 생각하지 못한 거죠. 대장이 텅 빈 상자 안에 있는 걸 사용하라고 하고, 제가 그 말을 다시 곱씹어보기 전까지는 말입니다."

나는 잠시 생각을 하고는, 리건이 전날 했던 것과 같은 행동을 했다. 손바닥으로 이마를 철썩 소리가 나게 때린 것이다.

마이클리나는 여전히 혼란스러운 표정이었다.

"기반을 텅 비게 하는 걸세." 내가 그녀에게 말했다. "말썽꾸러기 새들이 통과하지 않는 물질이 뭐지? 공기 아닌가. 이제 건물을 필요한 만큼 크게 만들 수 있네. 기반을 다질 때는 그냥 가운데 널찍하게 공기층이 들어 있는 이중벽을 사용하면 되는 걸세. 우리는 —"

나는 문득 말을 멈추었다. 이제 더 이상 '우리'가 아니었기 때문이다. 내가 지구에서 일자리를 구하느라 애쓰는 동안, '그들'이 그런 식으로 건물을 지을 테니까.

그렇게 목요일이 가고 금요일이 찾아왔다.

나는 마지막 순간까지 일을 하고 있었다. 그게 가장 쉬웠기 때문이다. 리건과 마이클리나의 도움을 받으며 신규 건설 프로젝트에 필요한 자재 목록을 작성하는 중이었다. 우선 사령부 건물로 방이 40개는 되는 3층 건물을 지을 생각이었다.

다들 서두르고 있었다. 얼마 지나지 않아 중간 기간이 찾아올 것이며, 읽을 수도 없고 촉각에 의지해 글을 써야 하는 상황이 되면 서류 작업은 불가능하기 때문이다.

그러나 나는 아크 호를 생각하고 있었다. 나는 전자파 통신실에 전화를 걸어 상황을 물어보았다.

"방금 무선이 들어왔습니다." 통신사가 말했다. "워프해 들어오기는 했지만, 중간 기간이 끝나기 전에 착륙할 수 있을 정도로 가깝지는 않다고 합니다. 중간 기간이 끝나자마자 착륙하겠다고 합니다."

"알았네." 나는 그들이 하루 늦을 수도 있다는 희망을 버리며 이렇게 말했다.

나는 자리에서 일어나 창가로 향했다. 두 항성의 가운데에 근접하고 있는 모양이었다. 멀리 북쪽 하늘에 플래싯이 우리를 향해 다가오는 모습이 보였다.

"마이크, 이리 와 보게." 내가 말했다.

그녀는 창가로 다가왔고, 우리는 함께 하늘을 바라보며 서 있었다. 나는 그녀의 허리에 팔을 두르고 있었다. 언제 그랬는지는 기억이 나지 않지만, 나는 팔을 치우지 않았고, 그녀도 몸을 빼지 않았다.

리건이 우리 뒤에서 헛기침을 하더니 이렇게 말했다. "일단 지금까지 만든 목록을 통신실에 전달하고 오겠습니다. 중간 기간이 끝난 다음에 바로 송신할 수 있을 겁니다." 그는 방을 나서며 문을 닫았다.

마이클리나는 조금 더 가까이 몸을 붙였다. 우리는 함께 창밖에서 다가오는 플래싯의 모습을 바라보고 있었다. 그녀가 말했다. "아름답네요. 그렇지 않아요, 필?"

"그래." 내가 말했다. 그러나 그렇게 말하는 순간, 나는 시선을 돌려 그녀의 얼굴을 바라보고 있었다. 그리고— 나도 모르게, 나는 키스를 했다.

그리고 창가에서 물러나 책상 앞에 앉았다. 그녀가 말했다. "필, 뭐가 문제예요? 설마 어딘가 마누라하고 애들 여섯쯤 숨겨두고 있는 건가요? 지구 기술대학에서 당신한테 사랑을 느꼈을 때는 독신이었는데. 5년 동안이나 포기하려고 하다가 실패하고, 마침내 당신을 만나기 위해 여기 플래싯까지 왔는데… 내가 프로포즈를 전부 해야 하나요?"

나는 신음을 냈다. 그녀를 바라볼 수가 없었다. "마이크, 나도 당신을 열렬히 사랑하고 있어. 하지만— 당신이 여기 오기 전에, 지구로 단어 두 개로 된 전문을 보냈어. '이걸로 끝이야'라고. 그러니 이번에 아크 호가 도착하면 그걸 타고 플래싯을 떠나야 해. 지구 본부에서 나를 곱게 보지 않을 테니, 교직을 다시 얻을 수 있을지도 의문이고. 게다가—"

"하지만, 필!" 그녀는 이렇게 말하고 내게 한 걸음 다가섰다.

문 두드리는 소리가 들렸다. 리건의 노크 소리였다. 이번만은 그가 끼어들어 줘서 정말로 반가웠다. 나는 그에게 들어오라고 소리쳤고, 그는 문을 열고 들어왔다.

그가 말했다. "마이크에게 말씀하셨습니까, 대장?"

나는 우울하게 고개를 끄덕였다.

리건은 웃으며 말했다. "잘됐군요. 저도 말하고 싶어 근질근질했거든요. 이겔을 다시 보게 되다니 정말 끝내줄 것 같습니다."

"응? 무슨 이겔?"

리건의 웃음이 사라졌다. "필, 치매라도 생긴 건 아니죠? 나흘 전에 지구 본부에서 보낸 전문에 답신을 보내지 않으셨습니까? 마이크가 도착하기 직전에요."

나는 입을 떡 벌린 채로 그를 바라보고 있었다. 그 전문에는 답신을 하기는커녕 읽어보지도 않았다. 리건이 돌아버린 걸까, 아니면 내가 돌아버린 걸까? 그 전문을 책상 서랍에 쑤셔 넣었던 기억이 났다. 나는 서둘러 서랍을 열고 전문을 꺼냈다. 그 내용을 읽는 내 손이 떨리고 있었다. '추가 행정관 요청이 승인됨. 보직에 추천할 사람이 있나?'

나는 고개를 들고 리건을 바라보았다. "자네 지금 내가 이 전문에 답신을 했다는 건가?"

그 또한 나처럼 어안이 벙벙한 표정이었다.

"그러라고 하셨잖습니까."

"내가 뭐라고 답신을 보내라고 했지?"

"이겔 로크티야라고요." 그는 나를 바라보았다. "대장, 지금 괜찮으신 겁니까?"

너무 괜찮아서 머릿속에서 뭔가 폭발하는 느낌이 들었다. 나는 자리에서 일어나 마이클리나 앞으로 다가가서 말했다. "마이크, 결혼해 주겠어?" 중간 기간이 찾아오기 직전에 간신히 그녀를 끌어안았기 때문에, 서로가 상대방이 어떻게 생겼는지를 보지는 않을 수 있었다. 그러나 그녀의 어깨 너머로 리건이 확실한 존재의 모습은 보였다. "썩 꺼져, 이 원숭이 녀석." 사실 말 그대로의 뜻이었는데, 리건이 그런 모습이었기 때문이다. 밝은 노란색의 유인원 모습.

발밑의 바닥이 흔들리고 있었지만, 다른 온갖 일이 벌어지고 있는 상황이었기 때문에 그게 무슨 뜻인지 머릿속에 들어오지 않았다. 유인원이 몸을 돌리고 소리치기 전까지는. "대장, 발밑을 새떼가 지나가고 있습니다! 당장 거기서 나오세요, 안 그러면—"

그러나 내가 들은 것은 그게 전부였다. 집이 무너져 내리며 주석지붕이 내 머리에 부딪쳐 의식을 잃어버렸으니까. 플래싯은 미친 곳이다. 정말 마음에 든다. (1946)

쥐
Mouse

83번가와 센트럴 파크 웨스트 모퉁이의 독신자 아파트 5층에 사는 빌 휠러가 창밖을 내다보고 있을 때 때마침 어디선가 날아온 우주선이 착륙했다.

우주선은 부드럽게 비행하며 하늘에서 내려와 센트럴 파크의 사이먼 볼리바르 기념관과 산책로 사이의 탁 트인 풀밭에 내려앉았다. 빌 휠러의 집에서 100미터도 채 안 떨어진 곳이었다.

창턱에 앉아 있던 샴고양이의 부드러운 털가죽을 쓰다듬던 손이 멈췄다. 빌이 의아하다는 투로 말했다. "예쁜아, 저게 뭘까?" 하지만 샴고양이는 대답하지 않았다. 쓰다듬던 손길이 멈추자 고양이는 그르렁거리던 소리를 멈췄다. 주인이 뭔가 이상해졌음을 느낀 게 분명했다. 갑자기 손가락이 경직된 걸 느꼈거나 원래 고양이란 동물이 영물이라 사람의 감정을 잘 느끼기 때문일 것이다. 어쨌든 고양이는 몸을 한 바퀴 굴리며 애처로운 소리로 '야옹' 하고 울었다. 빌도 대답하지 않았다. 길 건너편에서 벌어지는 믿을 수 없는 일을 쳐다보느라 정신이 팔려 있었다.

우주선은 시가 모양이었다. 길이는 2미터 남짓이었고, 가장 두꺼운 부분의 지름이 60센티미터 정도였다. 크기만 놓고 보면 멀리서 조종할 수 있는 커다란 장난감 모형일 수도 있었다. 하지만 빌은 창문을 통해 15미터 상공에 떠 있는 모습을 처음 봤을 때부터 그게 장난감이나 모형일 수도 있다는 생각이 전혀 들지 않았다.

뭔가 있었다. 그냥 딱 봐도 외계인입네 하고 있었다. 그게 뭔지 딱 꼬집어서 말할 수는 없었다. 외계 우주선이든 지구의 것이든 무슨 수로 나는지는 도무지 알 수 없었다. 날개나 프로펠러, 분사구 같은 게 하나도 안 보였다. 게다가 몸통은 금속이라 공기보다 무거운 게 분명했다.

그러나 우주선은 풀밭 위 약 30센티미터 되는 높이에 깃털처럼 떠 있었다. 그 위치에 멈춰 서 있더니 갑자기 양쪽 끝에서(양쪽 끝이 거의 똑같이 생겼기 때문에 어디가 앞이고 뒤인지는 알 수 없었다) 눈부신 빛이 뿜어져 나왔다. 불빛과 함께 쉭 하는 소리가 나면서 빌 휠러의 손 밑에 있던 고양이가 유연한 동작으로 몸을 살짝 굴려 일어서서 창밖을 바라보았다. 부드럽게 그르렁거리는 소리가 들렸다. 고양이의 등과 목의 털, 그리고 지름이 5센티미터쯤 되는 꼬리까지 바짝 섰다.

빌은 고양이를 건드리지 않았다. 고양이를 아는 사람이라면 그럴 때 건드리지 않는 게 좋다는 것을 알 것이다. 그 대신 빌은 고양이에게 말을 걸었다. "얌전히 있으렴, 예쁜아. 괜찮아. 저건 지구를 정복하려고 화성에서 온 우주선일 뿐이야. 쥐가 아니라고."

앞부분은 사실상 맞는 말이었다. 다만 뒷부분은 그렇지 않았다. 그 이야기는 천천히 하도록 하자.

배기구 같은 곳에서 뭔가가 한번 뿜어지더니 우주선은 나머지 30

센티미터를 하강해 풀밭 위에 가만히 내려앉았다. 그러고는 아무 움직임도 없었다. 이제는 우주선 한쪽 끝에서 시작해 9미터 정도까지 뻗은 부채꼴 모양의 검게 그을린 땅이 있었다.

그리고 사람들이 사방에서 모여드는 동안 아무 일도 벌어지지 않았다. 경찰 세 명도 뛰어와 사람들이 외계 물체에 너무 가까이 다가가지 못하도록 막았다. 경찰은 3미터 정도 떨어지면 괜찮다고 보는 것 같았다. 빌 휠러는 그게 어리석다고 생각했다. 만약 우주선이 폭발한다면 몇 구역 안에 있는 사람들이 다 죽을 터였다.

우주선은 폭발하지 않고 그 자리에 가만히 있었다. 아무 일도 벌어지지 않았다. 아까 빌과 고양이를 놀라게 했던 섬광이 다였다. 고양이는 털을 다시 수그리고 창턱에 누워 있었다. 지루한 모양이었다.

빌은 멍하니 매끄러운 황갈색 털가죽을 쓰다듬으며 말했다. "대단한 날이구나, 예쁜아. 저기 있는 건 외계에서 온 거야. 아니면 내가 거미의 조카지. 내려가서 한번 봐야겠다."

빌은 엘리베이터를 타고 내려갔다. 내려가서 현관문을 열려고 하는데 열리지 않았다. 유리창 밖으로 보이는 것이라고는 문에 등을 대고 서 있는 사람들의 뒤통수뿐이었다. 까치발을 하고 서서 목을 쭉 늘여 사람들의 어깨 너머로 바라보니 이곳부터 저쪽까지 사람들이 꽉 들어차 있었다.

빌은 다시 엘리베이터에 탔다. 안내원이 말을 걸었다. "밖이 시끌벅적하네요. 행진 같은 거라도 하나요?"

"뭔가 있어요." 빌이 말했다. "방금 센트럴 파크에 우주선이 착륙했어요. 화성이나 뭐 어디서 온 거겠죠. 밖에 몰려 있는 환영 인파 소리가 들리죠?"

"혁." 안내원이 말했다. "우주선이 여기서 뭘 해요?"

"아무것도 안 해요."

안내원이 웃었다. "농담 잘하시네요, 휠러 씨. 기르는 고양이는 어때요?"

"잘 있어요." 빌이 말했다. "그쪽은 어때요?"

"갈수록 성미가 더러워져요. 어젯밤에 몇 잔 걸치고 왔더니 나한테 책을 집어던지더라고요. 그러고는 3달러 50센트를 썼다고 밤새 잔소리를 해댔죠. 고양이 같은 게 최고예요."

"그런 것 같아요." 빌이 말했다.

창가로 돌아와 밖을 보니 사람이 정말 많았다. 센트럴 파크 웨스트는 양쪽으로 반 구역 정도는 사람이 들어차 있었고, 공원도 꽤 멀리까지 사람이 가득했다. 유일하게 트인 공간은 우주선 주위로, 반경이 6미터 정도였다. 셋보다 많은 수의 경찰이 그 선을 유지하고 있었다.

빌 휠러는 샴고양이를 부드럽게 창턱 한쪽으로 옮겨 놓은 뒤 자리에 앉았다. 빌이 말했다. "여기는 특별관람석이구나, 예쁜아. 아래에 괜히 내려갔었어."

경찰이 고생이었다. 하지만 곧 지원 인력이 한 트럭 정도 왔다. 경찰은 안으로 뚫고 들어가서 탁 트인 둥근 공간을 넓혔다. 그 공간이 넓을수록 죽는 사람도 적다고 생각한 모양이었다. 군복을 입은 사람도 몇 명 그 안에 들어와 있었다.

"장교네." 빌이 고양이에게 말했다. "계급이 높은 장교야. 여기서는 계급장이 안 보이는데, 저 친구는 적어도 별 세 개야. 걷는 모습만 보면 알 수 있지."

마침내 그들은 트인 공간을 인도까지 밀어냈다. 그 안에 장교들이 많이 들어가 있었다. 그리고 대여섯 명, 일부는 제복 차림이었고 일부는 사복 차림인 사람들이 아주 신중하게 우주선을 조사하기 시작했다. 먼저 사진을 찍고, 크기를 측정했다. 커다란 가방을 들고 있는 한 남자는 조심스럽게 금속을 긁어내 모종의 실험을 하기도 했다.

"금속학자야, 예쁜아." 빌 휠러가 고양이에게 설명했다. 고양이는 보지도 않고 있었다. "저 사람이 완전히 처음 보는 금속이라는 데 야옹 한 번에 간 10파운드를 걸게. 그리고 그 안에는 정체를 알 수 없는 물질도 섞여 있을 거야. 밖을 좀 보려무나, 예쁜아. 거기 그렇게 늘어져 있지 말고. 오늘은 보통 날이 아니야. 이제 끝이 시작되는 걸지도 몰라. 아니면 새로운 뭔가. 저 사람들이 저걸 얼른 열어 보면 좋겠어."

이제 군용 트럭이 안쪽으로 들어오고 있었다. 커다란 비행기 대여섯 대가 공중을 맴돌며 시끄러운 소리를 냈다. 빌은 호기심 어린 표정으로 하늘을 바라보았다.

"폭격기가 확실해. 잔뜩 실었네. 무슨 생각인 걸까. 만약 저 안에서 작은 녹색 인간이 나와서 광선총으로 사람을 죽이기 시작하면 사람들이 잔뜩 있는 이 공원에다가 폭탄을 퍼부을 생각인가 봐. 그러면 누가 남아 있든 싹 다 죽일 수 있을 테니."

하지만 작은 녹색 인간은 나오지 않았다. 조사하는 사람들도 입구를 찾지 못한 게 분명했다. 지금은 우주선을 뒤집어 아래쪽을 드러내 놓고 있었다. 하지만 아래쪽도 위와 똑같았다. 그들이 보기에는 위와 아래가 똑같았다.

그때 빌 휠러는 욕설을 내뱉었다. 군용 트럭에서 짐을 내리고 있었다. 대형 천막용 구성물이 이리저리 오갔고, 군복을 입은 남자들이 말뚝을 박고 천막 천을 펼치고 있었다.

"저런 짓을 하다니, 예쁜아." 빌이 괴로운 목소리로 투덜거렸다. "지금 저러는 것도 모자라서 죽치고 앉아 일을 하면 우리 시야가 가리—"

텐트가 올라갔다. 빌 휠러는 텐트 꼭대기를 쳐다봤지만 별다른 건 없었고, 그 안에서 벌어지는 일은 볼 수 없었다. 트럭이 분주히 오갔고, 고급 장교와 민간인이 들락거렸다.

얼마 뒤, 전화가 울렸다. 빌은 애정 어린 손길로 고양이의 털을 흐트러뜨리고는 전화를 받으러 갔다.

"빌 휠러 씨?" 목소리가 들렸다. "저는 켈리 장군입니다. 유능한 생물학자로 선생님을 추천 받았습니다. 선생님 분야에서 최고시라고요. 맞습니까?"

"음." 빌이 말했다. "생물학자인 건 맞습니다. 제 분야에서 최고라는 건 그다지 겸손한 표현이 아니겠지만요. 무슨 일이시죠?"

"조금 전 센트럴 파크에 우주선이 착륙했습니다."

"무슨 그런 일이." 빌이 말했다.

"그 현장에서 전화 드리고 있습니다. 저희는 이곳에 전화를 설치하고 전문가를 모으고 있습니다. 선생님과 동료 생물학자분들께서 우리가 이, 음, 우주선에서 찾은 것을 조사해 주셨으면 합니다. 하버

드의 그림 교수님은 이 도시에 도착했고 곧 이곳으로 올 겁니다. 뉴
욕대의 윈슬로 교수님은 이미 도착했고요. 83번가 건너편입니다. 이
쪽으로 오시는 데 얼마나 걸릴까요?"

"낙하산만 있으면 한 10초쯤 걸리겠군요. 창밖으로 보고 있습니
다." 빌은 주소와 아파트 호수를 알려주었다. "장군님이 위압적인 제
복을 입은 튼튼한 사람 몇 명만 보내서 군중 사이에 길을 뚫어주신
다면 혼자 가는 것보다 빠를 겁니다, 괜찮을까요?"

"그러죠. 지금 바로 보내겠습니다. 기다리십시오."

"좋습니다." 빌이 말했다. "저 원통 모양 물체에서 뭘 발견하셨습니
까?"

장군이 잠깐 머뭇거리더니 말했다. "이곳에 도착할 때까지 참으십
시오."

"저한테는 장비가 있습니다." 빌이 말했다. "해부용 장비. 화학 물
질. 시약. 뭘 가져가야 할지 알고 싶습니다. 녹색 난쟁이인가요?"

"아닙니다." 장군이 말했다. 다시 한 번 잠깐 머뭇거리더니 말을 이
었다. "쥐 같습니다. 죽은 쥐요."

"감사합니다." 빌이 말했다. 빌은 전화기를 내려놓고 다시 창가로
걸어가 샴고양이를 나무라듯 쳐다보았다. "예쁜아." 빌이 물었다. "누
가 날 놀리고 있는 걸까, 아니면—"

길 건너편의 현장을 바라보는 빌은 의아한 듯 얼굴을 찡그렸다.
경찰관 두 명이 텐트에서 서둘러 나와 빌의 아파트 현관을 향하는
모습이 보였다. 그들은 군중 사이를 뚫고 움직이기 시작했다.

"날 좀 깨물어 주렴, 예쁜아." 빌이 말했다. "진짜였어." 빌은 벽장

으로 가서 여행용 가방을 꺼냈다. 그리고 캐비닛에서 장비와 시약병 따위를 꺼내 가방에 넣었다. 문을 두드리는 소리가 났을 때는 준비가 끝난 상태였다.

빌이 말했다. "집을 잘 지키고 있으렴, 예쁜아. 쥐를 찾았다는 사람을 만나야 해." 빌은 문 밖에서 기다리고 있던 경찰관과 함께 군중을 뚫고 소수의 엘리트 무리를 지나 텐트 안으로 들어갔다.

우주선이 놓여 있던 지점 주위에 사람이 몰려 있었다. 어깨 너머로 살펴보자 원통이 깔끔하게 반으로 잘려 있었다. 안은 텅 비어 있었고, 부드러운 가죽 같지만 더 부드러운 물질로 덧대어져 있었다. 한쪽 끝에 무릎을 꿇고 있는 남자가 이야기하는 중이었다.

"그 어떤 기계 장치의 흔적도 보이지 않습니다. 전혀요. 전설도 없고, 연료 한 방울조차 없습니다. 그냥 안쪽에 뭔가 덧댄 텅 빈 원통일 뿐입니다. 여러분, 이게 스스로 날아왔다고는 절대로 생각할 수가 없습니다. 하지만 실제로 그랬단 말입니다. 저 바깥에서요. 그레이브센드는 이 물질이 분명히 외계의 것이라고 말했습니다. 여러분, 어떻게 해야 할지 모르겠습니다."

다른 목소리가 들렸다. "내게 생각이 있네, 소령." 빌 휠러가 기대고 있는 어깨의 주인이었다. 그리고 빌은 듣자마자 그 목소리의 주인공을 알아봤다. 미국 대통령이었다. 빌은 기대고 있던 몸을 뗐다.

"난 과학자가 아닐세." 대통령이 말했다. "이건 그저 가능성일 뿐이지. 하나 있던 배기구로 딱 한 번 무엇이 뿜어져 나온 것 기억나나? 그때 파괴된 걸 수도 있네. 기계 장치나 추진제, 혹은 그게 무엇이었든지 산산이 흩어져 버린 거지. 누군지, 무엇인지는 몰라도 이 기묘한 장치를 보낸, 혹은 조종한 존재는 우리가 이 장치의 원동력을 알아내기를 원하지 않았을지 몰라. 그럴 가능성에 대비해 착륙하자마자 완벽하게 자폭하도록 만들어진 것이네. 로버츠 대령, 자네가 그을린 땅을 조사했지. 이 이론을 지지하는 증거가 있나?"

"물론입니다." 또 다른 목소리가 들렸다. "금속과 규소의 흔적, 그리고 약간의 탄소가 나왔습니다. 엄청난 열에 증발했다가 응축한 뒤 균일하게 흩뿌려진 것 같습니다. 손으로 집어들만 한 크기의 것은 없지만, 장비로는 관찰할 수 있습니다. 그리고—"

빌은 누가 자기에게 말을 걸고 있음을 깨달았다. "빌 휠러 선생님이시죠?"

빌이 고개를 돌렸다. "윈슬로 교수님!" 빌이 말했다. "교수님 사진을 본 적이 있습니다. 학회지에서 논문도 읽었고요. 만나서 정말 영광입니다. 또—"

"그런 과분한 얘긴 접어 두시죠." 윈슬로 교수가 말했다. "이것부터 보세요." 윈슬로 교수는 빌의 팔을 붙잡고 텐트 한쪽 구석에 있는 탁자로 이끌었다.

"암만 봐도 죽은 쥐 같지요." 윈슬로 교수가 말했다. "그런데 아닙니다. 전혀요. 아직 해부는 안 했어요. 당신하고 그림 교수를 기다리고 있었지요. 그래도 체온을 측정하고 현미경으로 털을 관찰하고 근육 조직을 조사했습니다. 그러니까, 음, 직접 보시죠."

빌 휠러는 가서 봤다. 정말 쥐처럼 생겼다. 아주 작은 쥐였다. 하지만 가까이서 보자 다른 점이 보였다. 생물학자가 아니었다면 몰랐을 정도였다.

그림 교수가 도착하자 그들은 쥐를—경건한 마음으로 세심하게—잘라 보았다. 차이점이 더 커졌다. 일단 뼈는 뼈가 아닌 것 같았다. 하얗지 않고 밝은 노란색이었다. 소화 기관은 크게 다르지 않았다. 그리고 순환계도 있었는데, 그 안에는 우유 같은 하얀 액체가 있었다. 심장은 없었다. 그 대신 커다란 관을 따라 일정한 간격으로 결절이 있었다.

"중계점이군요." 그림 교수가 말했다. "중앙집중식이 아니에요. 큰거 대신 작은 심장이 많다고 보면 될 겁니다. 효율적이지요. 이런 동물은 심장 문제를 겪지 않을 겁니다. 자, 이 하얀 액체를 슬라이드에 올려놓겠습니다."

누군가 빌의 어깨 위에 기대고 있었기 때문에 무게 때문에 불편했다. 빌은 꺼지라고 말할 작정으로 고개를 돌렸는데, 그 사람이 미국 대통령이었다. "외계에서 온 겁니까?" 대통령이 나직하게 물었다.

"그렇고말고요." 빌이 말했다. 그리고 몇 초 뒤 덧붙였다. "대통령 각하." 그러자 대통령이 웃으며 물었다. "죽은 지 오래된 겁니까, 아니면 도착할 때쯤에 죽은 겁니까?"

이 질문에는 윈슬로 교수가 대답했다. "이 존재를 구성하는 화학 성분이나 정상 온도에 대해 모르기 때문에 추측할 수밖에 없습니다. 제가 도착했을 때인 20분 전에 직장 온도를 쟀을 때는 35.16도였습니다. 1분 전에는 32.5도였습니다. 이 정도의 열 손실 비율이라면 죽은 게 오래되지는 않았을 겁니다."

"이게 지성이 있는 생물이라고 할 수 있습니까?"

"확실하게 말할 수는 없습니다. 완전히 생소한 종류라서요. 그러나 추측한다면 아니라고 할 수 있습니다. 지구에 있는 비슷한 생물인 쥐보다 딱히 지능이 뛰어나지 않을 겁니다. 뇌의 용량과 주름이 꽤 비슷하거든요."

"그게 이 우주선을 만들었으리라고는 생각하기 어렵다는 겁니까?"

"100만 분의 1 확률로 걸겠습니다."

우주선이 착륙한 건 오후 중반쯤이었는데, 빌 휠러가 집에 간 건 거의 자정이 됐을 때였다. 길 건너편에 있다가 집에 간 게 아니라, 뉴욕대 실험실에서 해부와 현미경 검사를 계속 이어 한 뒤에야 집으로 갔다.

빌은 멍한 정신으로 집을 향해 걸었지만, 샴고양이에게 밥을 주지 않았다는 사실을 떠올리고 스스로 책망하며 마지막 발걸음을 서둘렀다.

고양이는 비난하는 듯한 표정으로 빌을 바라보며 울었다. "야옹, 야옹, 야옹, 야옹—" 하도 빨라서 빌은 고양이가 아이스박스에서 꺼낸 간 몇 조각을 먹을 때까지 말을 걸지도 못했다.

"미안하다, 예쁜아." 빌이 그제야 말했다. "저 쥐를 가져오지 못한 것도 미안해. 그런데 내가 그러겠다고 해도 허락을 안 해줬을 거야. 게다가 아마 너도 소화 불량에 걸릴 거라서 부탁하지도 않았어."

빌은 흥분한 나머지 그날 밤 잠을 이루지 못했다. 새벽이 되자 빌은 서둘러 신문을 뒤적이며 새로운 발견이나 진척된 사항에 대한 소식이 있는지 살폈다.

그런 건 없었다. 신문에 난 내용은 빌이 이미 아는 정도에도 못 미쳤다. 그러나 그건 큰 사건이었고, 신문에서도 크게 다뤘다.

사흘 동안 꼬박 뉴욕대 실험실에서 실험하고 조사하다보니 이제는 뭔가 더 해볼 만큼 표본이 남지 않았다. 정부는 남은 양을 가져가 버렸고, 빌 휠러는 다시 소외되고 말았다.

그 뒤로 사흘은 집에 머물면서 라디오와 영상 뉴스를 챙겨 봤고, 뉴욕 시에서 영어로 발행되는 신문은 모조리 구독했다. 그러나 관련 기사는 나날이 줄었다. 더 이상 아무 일도 일어나지 않았고, 새롭게 드러나는 사실도 없었다. 어차피 새로운 실마리가 있어도 대중에 공개하지는 않았을 터였다.

6일째 되던 날에는 그보다 더 큰 뉴스가 터졌다. 미합중국 대통령이 암살당했던 것이다. 사람들은 우주선을 잊어버렸다.

이틀 뒤, 영국 수상이 스페인인에게 살해당했으며, 그다음 날에는 모스코바에서 정치국의 하급 직원 한 명이 정신이 나가 고위 관리를 총으로 쐈다.

다음 날 펜실베이니아 주의 한 교외 지역이 순식간에 솟아올랐다가 천천히 내려앉으면서 뉴욕 시에서 수많은 유리창이 깨져나갔다. 반경 수백 킬로미터 안에 있던 사람들은 누가 뭐라 하지 않아도 원자폭탄이 터졌다는 ―혹은 터졌었다는 ―사실을 알 수 있었다. 그 지역이 인구가 적은 곳이라 죽은 사람은 많지 않아 고작 수천 명 정도였다.

또 바로 그날 오후에 주식거래소 소장이 목을 긋고 자살했고 주가가 급락했다. 다음 날 레이크 석세스에서 폭동이 일어났지만, 정체불명의 잠수함 함대가 뉴올리언스 항구에 있던 선박을 사실상 모조리 침몰시켜 버리는 사태가 일어나 주목받지 못했다.

그날 저녁, 빌 휠러는 자기 집에서 방 안을 이리저리 거닐었다. 간간이 창가에서 걸음을 멈추고 예쁜이라고 이름 붙인 고양이를 쓰다듬으며 센트럴 파크를 내다보았다. 밝은 불빛 아래 무장한 경비병이 보초를 서고 있었고, 그 안에서는 대공포를 설치하기 위해 콘크리트를 붓고 있었다.

빌의 얼굴이 수척했다.

빌이 말했다. "예쁜아, 바로 이 창문에서 우리는 처음부터 다 봤지. 어쩌면 미친 소리일지도 모르지만, 난 그 우주선 때문에 이런 일이 벌어진 거라고 생각해. 어찌된 일인지는 모르겠어. 어쩌면 그 쥐를 그냥 네게 줬어야 했는지도 몰라. 누군지 뭔지 모르겠지만 아무것도 없고서야 이렇게 결딴날 리가 있나."

빌은 천천히 고개를 저었다. "생각 좀 해 보자, 예쁜아. 그 우주선 안에 죽은 쥐 말고 뭔가 더 있었다면 어떨까. 그게 뭐였을까? 그게 도대체 무슨 짓을 했으며 아직도 하고 있는 걸까?

그 쥐가 실험동물이었다고 해 보자. 기니피그 말이야. 우주선에 태워서 보냈고, 여행을 마치는 데는 성공했지만, 도착하니까 죽었어. 왜일까? 이상한 생각밖에 안 들어, 예쁜아."

빌은 의자에 앉아서 몸을 기댄 채 천장을 바라보며 말했다. "어디에선가 그 우주선을 만든 우월한 존재가 그걸 타고 왔다고 가정해 보자. 그게 그 쥐는 아니겠지만, 일단 쥐라고 부르자고. 그러면 그 우주선 안에 있던 육체적인 존재는 그 쥐가 유일했으니까 침입자라고 할 존재는 육체가 없는 거야. 원래 있던 곳에 있는 육체를 떠나서도 있을 수 있는 존재인 거지. 그런데 그게 어떤 몸에서든 살 수 있기 때문에 원래 자기 몸은 고향에 남겨 두고 여기까지는 쓰고 버릴 수 있는 몸을 타고 왔다고 해봐. 도착하자마자 몸을 버릴 수 있는 거지. 그러면 그 쥐를 설명할 수 있어. 우주선이 착륙하자마자 죽은 이유도.

그리고 그 순간 그 존재는 이곳에 있는 다른 몸으로 옮겨 탄 거야. 아마도 우주선이 착륙했을 때 가장 먼저 가 본 사람이겠지. 그건 다른 사람의 몸에서 살고 있어. 브로드웨이의 호텔에 있을 수도 있고, 바워리 거리에 있는 싸구려 여관에 있을 수도 있지. 인간인 척하면서 말이야. 그러면 말이 되지 않니, 예쁜아?"

빌은 일어서서 다시 방 안을 거닐었다.

"그리고 정신을 조종할 수 있다고 하면 어떨까. 화성인인지 금성인인지 모르겠지만 세상을, 그러니까 지구를 자기들이 살아도 안전하도록 만드는 일에 착수할 거야. 며칠만 조사해 보면 이 세상이 자멸하기 일보직전이고, 약간의 계기가 필요할 뿐이라는 걸 알 수 있어. 그래서 계기를 만들어 주는 거지.

어떤 미치광이의 몸으로 들어가 대통령을 암살하고 잡혀도 돼. 러시아인에게 들어가 대장을 쏠 수도 있어. 스페인 사람이 영국 수상을 쏘게 할 수도 있고. UN에서 폭동이 일어나게 하거나 원자폭탄 저장고를 지키는 군인에게 들어가 폭탄이 터지게 할 수도 있지. 또 생각하면— 젠장, 예쁜아. 그건 일주일 안에 이 세상의 마지막 전쟁을 일으킬 수 있어. 사실상 이미 그렇게 했지."

빌은 창가로 걸어가 고양이의 매끄러운 털을 쓰다듬으며 찡그린 눈으로 밝은 불빛 아래서 점차 올라가고 있는 대공포를 바라보았다.

"일은 벌써 끝났고, 설령 내 추측이 맞는다고 해도 막을 방법이 없어. 찾을 수가 없으니 말이야. 아무도 날 믿지 않을 거야. 그건 이 세상을 화성인이 안전하게 살 수 있는 곳으로 만들겠지. 전쟁이 끝났을 때는 저렇게 생긴 조그만, 아니 큰 우주선이 착륙해서 훨씬 더 수월하게 이곳을 장악할 수 있어."

빌은 살짝 떨리는 손으로 담배에 불을 붙였다. 빌이 말했다. "생각하면 할수록—"

다시 의자에 앉았다. 빌은 말했다. "예쁜아, 시도는 해야겠어. 어처구니없는 생각이긴 하지만, 당국에 이 이야기를 해야겠어. 믿든 안 믿든 말이야. 전에 만났던 소령은 똑똑한 사람이었어. 켈리 장군도 그랬고. 난—"

빌은 전화기를 향해 걸어가려고 몸을 일으켰다가 다시 앉았다. "둘 다에게 전화해야겠어. 하지만 그 전에 생각을 좀 더 정리해 보자꾸나. 그 존재를 찾을 수 있는 방법이 있는지 더 생각해 보고—"

빌이 끄응 하는 소리를 냈다. "예쁜아, 그건 불가능해. 굳이 인간일 필요도 없어. 아무 동물이나 될 수 있거든. 너일 수도 있지. 아마도 가장 가까이 있는 몸 중에서 가장 정신이 자신과 가까운 데 탔을 거야. 만약 그게 고양이과 동물과 조금이라도 비슷하다면, 가장 가까운 고양이는 너였겠지."

빌은 몸을 곧추세우며 고양이를 바라보며 말했다. "내가 미쳐가고 있구나, 예쁜아. 저 우주선이 기계 장치를 날려버리고 작동을 중지한 직후에 네가 펄쩍 뛰면서 몸을 비틀던 게 기억나. 이봐, 예쁜아. 너 요즘 들어 평소보다 두 배는 잠을 자고 있어. 네 정신이 혹시 밖에—

그렇다면 어제 네게 밥을 주려고 깨웠는데도 못 일어난 이유도 설명할 수 있어. 예쁜아, 고양이는 언제나 쉽게 깨어나거든. 고양이는 그래."

빌 휠러는 멍한 표정으로 의자에서 일어나며 말했다. "이봐, 고양이. 내가 미친 거니, 아니면—"

샴고양이는 졸린 눈으로 나른하게 빌을 바라보았다. "신경 꺼"라는 뜻이 명확했다.

엉거주춤한 자세로 선 빌 휠러는 잠시 더욱더 멍한 표정을 지었다. 그러더니 생각을 떨치려는 듯 고개를 흔들었다.

빌이 말했다. "내가 무슨 이야기를 하고 있었지, 예쁜아? 요새 잠을 잘 못 자서 정신이 없구나."

빌은 창가로 걸어가 음울한 표정으로 밖으로 내다보며 고양이가 그르렁거릴 때까지 털을 쓰다듬었다.

빌이 말했다. "배고파, 예쁜아? 간 좀 줄까?"

고양이는 창턱에서 뛰어내려 빌의 다리에 사랑스럽게 몸을 비볐다.

고양이가 울었다. "야옹."(1949)

보복 함대
Vengeance Fleet

그들은 상상할 수도 없이 멀리 떨어진 우주의 깊은 어둠 속에서 나타났다. 금성에 집결한 놈들은 이 행성을 파괴해 버렸다. 전원 지구 출신의 개척민이었던 250만 명이 순식간에 죽었다. 금성의 동식물도 마찬가지였다.

그 무기는 순식간에 운명을 맞은 행성의 대기를 태워서 흐트러뜨릴 정도로 강력했다. 금성은 공격에 대비해 아무런 대비도 하지 못했고 병력도 없었다. 게다가 공격도 워낙 급작스러웠고 예상치 못했던 일이었으며, 그에 따른 결과도 신속하고 파괴적이었기에 금성에서는 그들에 맞서 총 한 발 쏘지 못했다.

그들은 태양의 바깥쪽 방향에 있는 다음 행성, 지구로 향했다.

하지만 이번에는 달랐다. 지구는 준비가 되어 있었다. 물론 침략자가 태양계에 등장하자마자 채비를 갖춘 건 아니었다. 2820년 당시 지구는 화성 개척지와 전쟁을 치르고 있었다. 화성은 인구가 지구의 절반에 육박할 정도로 성장했고, 독립을 위해 싸우고 있었다. 금성이 공격을 당했을 때 지구와 화성의 함대는 달 근처에서 전투를 벌이기 위해 기동 중이었다.

그러나 그 전투는 역사상 유례없이 짧은 시간 안에 끝이 나 버렸다. 순식간에 지구와 화성의 함대는 서로 싸우는 게 아니라 지구와 금성 사이에서 침략자를 맞이하기 위해 움직이게 됐다. 두 함대는 수적으로 월등히 우세했으므로 침략해 온 함대는 우주에서 산산조각이 났다. 완벽히 괴멸된 것이다.

24시간이 채 되지 않아 지구와 화성은 지구의 수도인 앨버커키에서 평화 협정을 맺었다. 화성의 독립을 인정하고 외계인의 공세에 대항해 두 행성이—이제는 태양계에서 유일하게 남은 거주 가능한 행성이었다—영구히 동맹을 맺는 조건으로 체결된 항구적인 협정이었다. 그리고 벌써 보복 함대를 보내는 계획이 등장했다. 외계인이 또다시 함대를 보내기 전에 근거지를 찾아내 괴멸시키자는 생각이었다.

지구와 지구에서 수천 킬로미터 상공에 떠 있는 정찰선에 있는 장비로 외계인의 도착을 포착할 수는 있었다— 비록 금성을 구할 수 있을 정도로 신속한 것은 아니었지만. 그 장비가 읽어 낸 수치를 보면 외계인이 어느 방향에서 왔는지 알 수 있었다. 비록 정확히 얼마나 멀리서 왔는지는 몰랐지만, 믿을 수 없을 정도로 먼 거리에서 왔다는 사실은 알 수 있었다.

광속의 몇 배로 움직이는 우주선을 만들 수 있게 해 준 C-플러스 드라이브가 막 발명되지 않았다면 감히 가 볼 생각도 못했을 법한 거리였다. C-플러스 드라이브가 아직 쓰이지 않고 있던 건 지구-화성 전쟁이 양쪽 행성의 자원을 모조리 갉아먹고 있었기 때문이다. 게다가 초광속을 내려면 엄청난 거리가 필요했기 때문에 태양계 안에서는 이점이 없었다.

그러나 이제는 확실한 목적이 생겼다. 지구와 화성은 외계인의 고향 행성을 파괴하기 위해 함께 노력을 기울여 C-플러스 드라이브를 장비한 함대를 만들었다. 그러는 데 10년이 걸렸다. 그리고 예상에 따르면 원정에 10년이 걸릴 터였다.

보복 함대는 ─수가 많지는 않지만 화력이 엄청나게 강했다─ 2830년에 마스포트를 떠났다.

그 뒤로 아무 소식도 들려오지 않았다.

그들의 운명이 밝혀진 건 거의 한 세기가 지나서였다. 그것도 위대한 역사가이자 수학자인 존 스펜서 4세의 연역적 추론에 의해서 밝혀졌을 뿐이었다.

"우리는 이제 알고 있다." 스펜서는 이렇게 썼다. "초광속으로 움직이는 물체는 시간을 거슬러 올라간다는 사실은 꽤 오래전부터 알고 있었다. 따라서 보복 함대는 우리 기준으로 볼 때 출발하기 전에 목적지에 도착했을 것이다.

지금까지 몰랐던 것은 우리가 살고 있는 우주의 차원이다. 그러나 보복 함대가 겪은 일로 미루어볼 때 이제 우리는 추측해 볼 수 있다. 한 방향으로 움직일 경우 적어도 광속의 광속 제곱킬로미터가 우주의 둘레다. 아니면, 직경이라고 해도 똑같다. 우주에서 10년 동안 전진하며 시간을 거슬러 올라갔다면, 보복 함대는 딱 30만의 30만 제곱 킬로미터를 움직였을 것이다. 함대는 직선으로 움직여 우주를 한 바퀴 돌아서 10년 전에 떠났던 바로 그 지점에 도착했다. 함대는 처음 발견한 행성을 파괴했고, 그다음 행성으로 향했다. 그 순간 제독은 진실을 깨달았을 것이다. 그리고 자신을 맞이하러 나온 함대의 정체를 깨달았을 게 분명하다. 지구 - 화성 함대가 도착한 그 순간에 제독은 사격 중지 명령을 내렸을 것이다.

보복 함대의 바를로 제독이 지구 - 화성 함대가 외계인 침략자라고 생각한 적을 파괴하려고 연합했을 때 그 지구 함대의 제독이기도 했다는 사실, 그리고 당시 양쪽 함대의 승무원 상당수가 훗날 보복 함대의 일원이 되었다는 사실은 참으로 놀랍다― 그럴 듯한 역설이기도 하다.

원정 막바지에 이른 바를로 제독이 미리 알아채고 금성을 파괴하지 않았다면 무슨 일이 벌어졌을지 추론해 보는 건 흥미로운 일이다. 그러나 그런 추론은 의미가 없다. 그건 불가능했다. 바를로 제독은 이미 금성을 파괴했기 때문이다. 그러지 않았다면 그가 그 행위에 대한 보복을 하러 떠난 함대의 제독이 되지 않았을 테니까. 과거는 바꿀 수 없는 것이다." (1949)

마지막 열차
The Last Train

엘리엇 헤이그는 바에 홀로 서 있었다. 다른 여러 술집에서도 으레 그러고 서 있곤 했다. 바깥은 어둑어둑했는데, 분위기가 기묘했다. 술집 안은 어두침침했고 그늘져 있었다. 바깥보다도 오히려 더 컴컴했다. 파란색 거울 때문에 특히 더 그랬다. 거울에 비친 헤이그의 모습은 마치 희미한 푸른 달빛을 받아 빛나는 것 같았다. 어슴푸레했지만 모습은 선명했다. 술을 몇 잔 넘게 마셨지만 둘로 보이거나 그러지 않았다. 한 명이었다. 딱 한 명.

몇 시간씩 술을 마실 때면 항상 그러듯이 이번만큼은 해내고야 말겠다고 생각했다.

뭘 해내겠다는 건지는 모호하고 광범위했다. 모든 게 그 안에 들어 있었다. 한 인생에서 오랫동안 숙고해왔던 다른 인생으로 도약한다는 뜻이었다. 엘리엇 헤이그라는 이름의, 적당히 악당짓을 하며 적당히 성공한 변호사의 삶을 버린다는 뜻이었다. 인생의 갖가지 소소한 문제, 법률 안팎을 넘나드는 교묘한 속임수를 버린다는 뜻이었다. 어떤 의미도, 중요성도, 동기도 없는 존재로 만들어 버린 습관을 끊어버린다는 뜻이었다.

푸르스름한 모습을 보니 우울해졌다. 헤이그는 그 어느 때보다도 더 다른 데로 가야 할 필요성을 느꼈다. 그렇게 해서 한다는 게 고작 한 잔 더 하는 것일지라도 다른 데로 가야 했다. 헤이그는 남은 하이볼을 들이켜고 등받이 없는 의자에서 미끄러지듯 내려와 섰다. 헤이그가 말했다. "잘 있게, 조." 그러고는 문을 향해 성큼성큼 걸었다.

바텐더가 말했다. "어디서 큰 불이 났나 보네요. 하늘을 봐요. 마을 반대쪽 목재 적재장일지도 모르겠어요." 바텐더는 건물 정면에 있는 창문에 기대고 하늘을 올려다보았다.

헤이그는 문을 나선 뒤에 하늘을 올려보았다. 하늘이 불그스름하게 빛나고 있었다. 어딘가 멀리서 불이 나긴 한 것 같았다. 하지만 선 자리에서 사방을 둘러봐도 하늘이 온통 그랬다. 어느 쪽에서 화재가 난 건지 도무지 알 수 없었다.

헤이그는 발길 닿는 대로 걸었다. 멀리서 기차 경적 소리가 들리자 다시 그 생각이 났다.

안 될 거 있어? 헤이그는 생각했다. 오늘이어도 되잖아? 만족스럽지 못했던 수천 번의 저녁이 남긴 유령, 그 오래된 충동은 오늘 밤이 더 강했다. 헤이그는 그러면서도 계속 기차역을 향해 걷고 있었다. 그러나 그 정도는 전에도 종종 했던 일이었다. 어떨 때는 기차가 떠나는 모습을 보며 생각에 잠기기도 했다. 저 기차에 타고 있어야 하는 건데. 실제로는 단 한 번도 타지 못했다.

기차역에서 반 구역 정도 떨어진 곳에서 종소리와 함께 증기 소리, 기차가 떠나는 소리가 들렸다. 정말로 용기를 냈다면 탔을지 모르겠지만, 이 기차는 놓친 것이다.

갑자기 오늘 밤은 다르다는 생각이 떠올랐다. 오늘 밤은 정말로 해낼 것이다. 지금 걸친 옷, 지금 주머니에 있는 돈만 갖고서. 언제나 생각했던 것처럼 해낼 것이다. 깔끔하게 정리하는 것이다. 실종신고를 내라고 하자. 어디로 갔는지 궁금하게 하자. 갑자기 사라지는 바람에 꼬인 일은 다른 사람이 처리하라고 하자.

기차역에서 조금 떨어진 곳에 있는 월터 예이츠의 술집 앞에 월터가 서 있었다. 월터가 말했다. "안녕하세요, 헤이그 씨. 오늘 밤은 북극광이 멋지네요. 역대 최고인 것 같아요."

"저게 그건가?" 헤이그가 물었다. "난 큰 화재가 나서 비친 건 줄 알았는데."

월터가 고개를 저었다. "아니에요. 북쪽을 봐요. 그쪽 하늘이 섬뜩하잖아요. 오로라예요."

헤이그는 몸을 돌려 걸어온 길 뒤쪽, 북쪽을 바라보았다. 그 방향으로 불그스름한 불빛이 보였다. 그랬다. '섬뜩하다'는 건 적절한 설명이었다. 아름답기도 했지만, 약간 무서웠다. 그게 뭔지 알아도 무서운 기분은 가시지 않았다.

다시 몸을 돌린 헤이그는 월터를 지나쳐 술집 안으로 들어가며 물었다. "월터, 다음 열차가 언제 떠나지?"

"어디로 가는 열차요?"

"아무 데나."

월터는 시계를 보았다. "몇 분 뒤에요. 이제 금방 신호가 울리겠네요."

"너무 빨라. 이 술잔은 비우고 싶은데. 그다음 열차는?"

"10시 14분에 하나 있네요. 아마 그게 오늘 밤 마지막 열차일 거예요. 어쨌거나 자정까지는요. 그때 문을 닫거든요. 그래서 그 뒤는 몰라요."

"그건 어디로— 아냐. 말하지 말아줘. 알고 싶지 않아. 하지만 그 열차를 탈 거야."

"어디로 가는지도 모르고요?"

"어디로 가는지 상관없이." 헤이그가 정정했다. "이봐, 월터. 난 진지해. 내 부탁 좀 들어주면 좋겠어. 만약 내가 사라졌다는 기사를 신문에서 보면 오늘 밤 내가 여기 왔었다고 아무한테도 말하지 말아줘. 내가 자네에게 무슨 이야기를 했는지도. 난 누구에게도 알릴 생각이 없거든."

월터는 사려 깊은 표정으로 고개를 끄덕였다. "입 다물고 있죠, 헤이그 씨. 고마운 손님이셨으니까요. 절 통해서는 당신의 행방을 알 수 없을 겁니다."

헤이그는 의자 위에서 살짝 몸을 흔들었다. 월터의 얼굴에 초점을 맞추자 가볍게 떠 있는 미소가 보였다. 이 대화에서 어딘가 익숙함이 느껴졌다. 전에도 똑같은 말을 했고, 똑같은 대답을 들은 적이 있는 것 같았다.

헤이그가 날카로운 말투로 물었다. "내가 전에도 이런 말을 했던가, 월터? 얼마나 많이?"

"아, 여섯, 여덟, 한 열 번 하셨나 봅니다. 기억이 잘 안 나요."

헤이그는 나직하게 "맙소사" 하고 말했다. 월터를 가만히 바라보자 월터의 얼굴이 흐릿해지더니 두 개로 나뉘었다. 정신을 차리려고 애를 써야만 하나로 보였다. 살짝 미소를 띤 채 빈정대면서도 참고 있는 듯한 표정. 열 번도 넘었다는 걸 알 수 있었다. "월터, 내가 주정 뱅이인가?"

"그렇다고 할 수는 없지요, 헤이그 씨. 물론 술은 많이 드시지 만—"

헤이그는 더 이상 월터를 보고 싶지 않았다.

술잔을 내려다보니 비어 있었다. 한 잔 더 주문했다. 월터가 준비 하는 동안 바 뒤에 걸린 거울 속의 자기 모습을 바라보았다. 다행히 여기는 거울이 푸르뎅뎅하지 않았다. 평범한 거울에 자기 모습이 두 개로 보인다는 건 별로 좋지 않았다. 헤이그와 헤이그의 똑같은 모 습. 그건 이제 혼자서 읊조리는 케케묵은 농담일 뿐이었다. 그리고 바로 그 기차를 타야만 하는 이유이기도 했다. 술이 깨든, 여전히 취 해 있든 저 기차에 탈 것이다.

다만 그런 말에서도 익숙함이 느껴진다는 게 꺼림칙할 뿐이었다.

몇 번이나 이랬을까?

헤이그는 반의 반 정도 남은 술잔을 내려다보았다. 그리고 다음 번 잔이 절반 남짓 남았을 때 월터의 목소리가 들렸다. "정말 불이 난 건지도 모르겠네요, 헤이그 씨. 큰 불이요. 오로라치고는 너무 밝 아지고 있어요. 잠깐 나갔다 올게요."

그러나 헤이그는 의자에 가만히 앉아 있었다. 다시 고개를 들자 월터가 바로 다시 돌아와서 라디오를 만지작거리고 있었다.

헤이그가 물었다. "불이야?"

"분명해요. 10시 15분 뉴스를 들어보려고요." 나직한 금관악기와 쉬지 않고 울리는 드럼 소리 위로 들쭉날쭉한 클라리넷 소리가 거침없이 달리는 재즈가 흘러나왔다. "맞춰 됐으니까 1분 뒤에 나올 겁니다."

"1분 뒤에—" 헤이그는 거의 떨어지다시피 하며 일어섰다. "지금 10시 14분이란 말이야?"

헤이그는 답을 기다리지 않았다. 열린 문으로 향하는데 바닥이 살짝 기울어진 것 같았다. 건물 몇 개만 지나가면 기차역이었다. 성공할 수 있었다. 정말로 성공할 수 있었다. 그 순간 다리는 아무리 흔들려도 술을 한 잔도 먹지 않은 것처럼 정신이 깨끗이 맑아졌다. 기차가 정시에 출발하는 경우는 별로 없었다. 그리고 월터가 '1분 뒤'라고 했지만 실제로는 3분이나 2분, 4분이 남아 있을지도 몰랐다. 기회는 있었다.

다리가 꼬여서 넘어졌지만 몇 초도 허비하지 않고 일어서서 계속 갔다. 매표소를 지나고—표는 열차 안에서도 살 수 있었다—플랫폼과 게이트로 가는 뒷문을 통과했지만 보이는 건 1미터 밖에서 멀어져가는 기차의 끄트머리였다. 1미터였지만 가망이 없었다. 10미터, 100미터. 기차는 점점 작아졌다.

역무원이 플랫폼 가장자리에 서서 떠나는 기차를 바라보고 있었다.

헤이그의 발소리가 들린 모양이었다. 역무원이 어깨 너머로 말했다. "안타깝군요. 저게 마지막 기차였어요."

헤이그는 갑자기 상황이 우스워 보여서 웃음을 터뜨렸다. 기차를 놓치게 된 그 찰나의 순간을 진지하게 받아들이기에는 너무 우스꽝스러웠다. 게다가 첫 차도 있지 않은가. 역으로 돌아가 기다리기만 하면 됐다. 헤이그가 물었다. "내일 아침 첫 차가 언제 있죠?"

"잘못 이해하셨군요." 역무원이 말했다.

마침내 헤이그가 고개를 돌렸다. 주홍빛으로 빛나는 하늘을 배경으로 서 있는 역무원의 얼굴이 보였다. "잘못 이해하셨어요." 역무원이 말했다. "저건 '마지막' 기차였다고요." (1950)

탈출
Entity Trap

1990년판 세계 인명사전에 실린 내용. 존 B. 딕스. 1960년 2월 1일 미합중국 켄터키 주 루이스빌에서 출생. 하비 R. 딕스(술집 주인)와 엘리자베스 (베일리) 사이의 아들. 1966~1974년, 루이스빌 공립학교 재학. 14세에 가출. 볼링장 핀보이와 사환으로 일함. 1978년 앨라배마, 버밍햄에서 매춘 알선으로 6개월 복역. 1979년 미 육군 입대. 1979~1981년, 중-미 전쟁에 병사로 참전. 1981년 파나민트 전투에서 실종 처리. 1982년 혁명을 이끔. 1982년 8월 5일, 미합중국 대통령으로 취임. 1983년 4월 10일, 북아메리카 독재자로 등극. 1983년 6월 14일 23세로 사망.

콘크리트로 만든 토치카는 여전히 축축했다. 조니 딕스는 기관총 너머로 총안 바깥쪽을 내다보며 손가락으로 벽을 만져보았다. 황인종의 총알을 막을 수 있을 정도로 단단해졌기를 바랐다.

파나민트 산기슭의 언덕 위를 짙은 연기가 덮고 있었다. 토치카 뒤쪽의 언덕에서 들려오는 미합중국의 포화 소리는 천둥과도 같았다. 앞쪽으로 1킬로미터 남짓 되는 곳에 중국의 기동포가 호응하는 소리를 냈다.

전장의 한복판에 있던 조니 딕스로서는 그런 모습을 볼 수도, 지금이 중요한 시기라는 사실도 알 수 없었다. 대륙간탄도탄이 양쪽 나라의 주요 도시를 대부분 폐허로 만들어 버렸음에도 여전히 승패를 가르지 못하자 이뤄진 중국의 캘리포니아 침공은 이 지점까지가 한계였으며, 여기서부터 중국이 다시 바다로 퇴각해 전쟁이 막바지에 이르렀다.

"놈들이 온다." 조니 딕스가 어깨 뒤로 외쳤다. 전우들은 코앞에 있었지만, 조니는 귀가 멍멍해서 악을 써야 했다. "다음 탄창을 준비해! 막아야 해!"

막아야 한다. 머릿속에는 온통 그 생각뿐이었다. 이곳은 적을 막기 위해 제대로 준비를 갖춘 최후의 방어선이었다. 이 뒤쪽에는 죽음의 계곡이 있었다. 만약 활짝 펼쳐진 그 황무지로 퇴각한다면 그곳은 이름에 걸맞은 곳이 될 터였다. 탁 트인 공간에서 그들은 베어 넘겨지는 밀처럼 쓰러질 것이다.

그러나 파나민트 전선은 3일 동안 버티고 있었다. 하늘과 땅에서 무수히 공격을 받았지만 버텼다. 공세는 무뎌졌다. 오히려 몇백 미터 뒤로 물러나기도 했다. 이 토치카는 전날 밤 어둠을 틈타 급하게 새로 만든 전초 기지 중 하나였다.

시커멓고 추악하게 생긴, 커다란 탱크의 앞부분이 연기와 안개를 뚫고 나타났다. 조니 딕스는 다가오는 괴물에게 무용지물인 기관총의 뜨거운 손잡이를 놓고 전우를 팔꿈치로 찌르며 외쳤다. "탱크가 지뢰를 지나간다. 빨리 스위치를 켜! 지금이야!"

지뢰가 터지면서 엎드린 몸 아래로 땅이 무섭게 흔들렸다. 괴물 같은 탱크를 고철로 만들어 버린 폭발 때문에 귀가 멍해지면서 잠시 앞이 안 보였다. 그래서 찢어지는 듯한 소리를 내며 하강하는 비행기 소리를 듣지 못했다.

비행기가 투하한 폭탄이 토치카 근처에서 터졌다. 토치카는 이미 흔적을 찾아보기 어려웠다.

그 안에 있던 두 사람은 순식간에 죽었어야 했다. 그러나 그렇게 된 건 한 명뿐이었다. 삶이란 쉽사리 끝나지 않을 수도 있다. 조니 딕스였던 몸뚱이는 꿈틀거리면서 데굴데굴 굴러갔다. 팔 한 쪽이—다른 팔은 없어졌다—아무렇게나 흐느적거렸고, 손가락은 몇 미터 떨어져 있는 기관총을 잡으려는 듯이 구부렸다. 원래 코가 있었던 곳에 생긴 피가 고인 구멍 위에서 하나 남은 눈이 생기 잃은 눈빛으로 위를 향하고 있었다. 철모는 머리털과 두피 대부분과 함께 어디론가 날아가 버렸다.

산 것도 아니고 죽은 것도 아닌, 처참한 몸뚱이가 꿈틀거리며 기어가기 시작했다.

비행기가 다시 급습했다. 폭발성 탄환이 기어가는 몸뚱이의 무릎 위로 죽음의 골을 파놓으면서 다리를 잘라냈다. 죽어가는 손가락이 경련하며 땅을 움켜쥐었다가 느슨해졌다.

조니 딕스는 죽었다. 그러나 그의 생명이 끊어지는 찰나에 절묘하게 맞아떨어진 우연이 있었다. 처참해진 조니의 몸은 살아 있었다. 이게 바로 23세로 죽기 전에 8개월 동안 북아메리카의 독재자로 있었던 존 딕스 항목을 작성하던 세계 인명사전 편찬자들이 몰랐던 부분이었다.

　평면 사이를 움직이던 이름 없는 존재가—스트레인저라고 부르
도록 하자—도중에 갑자기 멈췄다. 있어서는 안 될 뭔가를 인지했던
것이다.

　스트레인저는 평면을 하나 거슬러 돌아갔다. 그곳이 아니었다. 평
면 하나를 더 돌아갔다. 바로 여기였다. 물질로 이뤄진 평면이었지
만, 의식이 발산하는 것이 느껴졌다. 말도 안 되는 모순이었다. 의식
의 평면이 있었고, 물질의 평면이 따로 있었다. 둘 다 함께 있는 곳은
절대로 없었다.

　의식이 집중된 점, 공간 속의 비물질적인 한 점, 하나의 실재인 스
트레인저는 물질의 평면 속에서 소용돌이치는 별 사이에서 멈췄다.
익숙한 풍경이었다. 물질의 평면은 대개 이랬다. 그러나 뭔가 다른
게 있었다. 의식이 있어서는 안 될 곳에 의식이 있었다. 이질적인 종
류의 의식이었다. 스트레인저는 그 의식이 물질과 연계되어 있을 수
있다는 사실을 인지했다. 그러나 그건 모순적인 개념이었다. 물질은
물질이고, 의식은 의식이었다. 둘은 하나가 될 수 없었다.

　의식은 희미하게 발산되고 있었다. 스트레인저는 자신의 시간 운
동을 감소시킴으로써 의식을 더 강하게 만들 수 있다는 사실을 깨달
았다. 시간 운동을 감소시키다가 최대 지점을 지나치자 곧바로 다시
돌아갔다. 이제 선명했지만, 별들은 이제 소용돌이치지 않았다. 무한
한 곡면을 배경으로 거의 아무런 움직임 없이 걸려 있었다.

　스트레인저가 움직이면서 사고의 초점이 모호한 신호가 나오는

별을 향하도록 조절했다. 이제 그 별의 세 번째 행성에서 그 신호가 나오고 있음을 인지할 수 있었다.

스트레인저는 가까이 다가가다가 그 행성을 둘러싸고 있는 기체권의 외곽에서 다시 멈췄다. 혼란스러웠다. 저 아래에 있음을 인지할 수 있는 놀라운 대상을 분석하며 이해하려고 애썼다.

그 아래에는 수백만, 수십억에 달하는 존재가 있었다. 스트레인저가 넘어 온 평면 전체에 있는 것보다 이 작은 구 위에 있는 존재가 더 많았다. 그러나 이들 존재는 전부가 각각 아주 작은 물질 안에 갇혀 있었다.

도대체 우주의 그 어떤 격변, 그 어떤 행성 간의 시공간이 어떻게 휘어져야 이런 불가능해 보이는 결과가 나올 수 있을까? 이들 존재는 모종의 방법과 이유로 의식과 물질의 있을 수 없는 잘못된 결합을 초래한 수많은 의식의 평면 중 하나에서 온 것일까?

스트레인저는 존재 하나만 집중해서 인지해 보려 했지만, 행성의 표면에서 방사되는 사고가 무수히 많고 혼란스러운 탓에 그럴 수가 없었다.

스트레인저는 외곽의 대기층을 뚫고 단단한 표면을 향해 내려갔다. 서로 뒤엉켜 혼란스러워진 사고와 동조하려면 그중 하나에 가까이 다가가야만 한다는 사실을 깨달았다.

아래로 내려갈수록 대기가 짙어졌다. 간헐적이지만 잦은 진동 때문인지 대기가 이상하게 교란되어 있는 것 같았다. 소리와 청각이 생소한 비물질적인 존재가 아니었다면, 스트레인저는 폭발로 인한 충격파를 인식했을 것이다.

처음 접촉했을 때 대기의 변형이나 오염으로 인식했던 대상은 대량의 연기였다. 시각에 의존하지 않고 인지하는 존재에게 그건 상공의 순수한 공기나 마찬가지로 투명했다.

스트레인저가 고체 영역으로 들어갔다. 물론 고체라고 해도 움직이는 데 전혀 방해는 되지 않았다. 하지만 그러고 나니 공교롭게도 고체의 표면과 거의 일치하는 수직면 위에 있음을 인지할 수 있었다. 그리고 그 평면에서는 혼란스럽고 어지러운 의식이 사방에서 방사되고 있었다.

그런 방사원 중 하나가 아주 가까이 있었다. 스트레인저는 자신의 사고를 차폐한 채로 가까이 다가갔다. 근처에 있는 그 존재가 방사하는 의식이 이제 뚜렷해졌다. 그러더니 다시 흐려졌다.

그게 끔찍한 고통이 다른 모든 것을 흐리게 만들거나 혹은 아예 지워 버리고 있기 때문이라는 것을 스트레인저는 알지 못했다. 고통은 정신과 물질의 결합체에게만 가능한 것으로, 스트레인저로서는 결코 이해할 수 없는 개념이었다.

더 가까이 다가가자 다시 고체 영역으로 들어가게 됐다. 이번에는 표면이 조금 달랐다. 바깥쪽은 뭔가 걸쭉하고 끈적거리는 것으로 젖어 있었다. 그 아래로는 유연한 표면이 그보다 더 유연한 층을 덮고 있었다. 그 안에는 부드럽고 이상한 물질이 기이한 방식으로 얽혀 있었다.

스트레인저는 이해할 수 없는 의식을 방사하는 존재를 향해 다가갔으나 희한하게도 의식은 더 희미해지고 있었다. 이런 의식이 한 지점에서 나오는 게 아니라 부드러운 물질이 얽혀 있는 여러 지점에서 나오는 것 같았다.

스트레인저는 천천히 움직이며 이 기괴한 현상을 이해하려고 애썼다. 일단 안으로 뚫고 들어가 보니 물질 자체도 달랐다. 세포로 이뤄져 있었고, 그 사이를 액체가 흐르고 있었다.

그 순간 그 이상한 물질의 일부분이 급작스럽게 움직였다. 이해 불가능한 고통의 의식이 폭발적으로 뿜어져 나온 뒤에 정적이 이어졌다. 스트레인저가 조사하고 있는 존재는 말 그대로 그냥 사라졌다. 움직이지 않았음에도 완전히 사라져 버린 것이다.

스트레인저는 당황했다. 물질과 정신이 잘못된 결합을 이룬 이 특이한 행성에서 접한 가장 놀라운 일이었다. 죽음, 그것은 죽음을 종종 목격한 존재에게도 가장 신비로운 일이지만, 존재가 끝날 수도 있다는 생각을 전혀 해 본 적이 없는 존재에게는 더더욱 신비로운 일이었다.

그러나 더 놀라운 일이 벌어졌다. 그 이치에 맞지 않는 의식이 꺼지는 바로 그 순간에 스트레인저는 갑자기 자신을 잡아당기는 힘을 느꼈다. 마치 공기가 진공 속으로 빨려들듯이 소용돌이 속으로 빨려들며 공간 속에서 살짝 끌려갔다.

스트레인저는 움직이려고 해 보았다. 처음에는 공간 속에서, 그다음에는 시간 속에서 움직여 보려고 했지만 그럴 수가 없었다. 스트레인저는 갇혀 버렸다. 외계의 존재를 찾기 위해 들어온 이 이해 불가능한 물질 안에 붙잡혀 버린 것이다! 의식의 존재인 스트레인저는 어떻게 해서인지 물질과 꼼짝없이 뒤엉켜 버리고 말았다.

두려움은 느끼지 않았다. 그런 감정은 스트레인저와 무관했다. 그

대신 자신이 처한 난관을 차분하게 검토하기 시작했다. 확대와 축소를 번갈아 하며 인지 범위를 넓혀 가면서 자신을 붙잡고 있는 것의 성질을 파악하기 시작했다.

그건 생김새가 괴상했다. 기본적으로 달걀 모양의 원통이라고 할 수 있었다. 한쪽 끝으로는 기다랗고 관절이 있는 확장 부위가 뻗어 나와 있었다. 반대쪽 끝에는 좀 더 짧지만 더 굵은 돌기가 있었다.

무엇보다 가장 기묘한 건 짧고 유연한 기둥 끝에 달려 있는 달걀형 부위였다. 꼭대기 근처에 있는 이곳의 안쪽이야말로 바로 지금 스트레인저가 의식을 집중하고 있는 부위였다.

스트레인저는 자신이 갇혀 있는 감옥을 관찰하고 탐구했다. 그러나 이 기괴하고 복잡한 신경과 관다발, 장기의 목적을 이해할 수 없었다.

그때 근처에 있는 다른 존재가 방사하는 의식이 느껴졌다. 인지 범위를 더욱 넓게 확장하자 호기심은 더 커졌다.

조니 딕스의 조각난 몸을 지나 병사들이 포복으로 전장을 가로질러 전진하고 있었다. 스트레인저는 그들을 관찰하며 서서히 이해하기 시작했다. 지금 들어 있는 몸은 그 병사들의 몸과 대체적으로 비슷했지만, 완전하지가 못했다. 이런 몸은 여러 가지 제약이 있지만 그 안에 들어 있는 존재에 의해 움직일 수 있었다. 스트레인저가 들어 있는 지금도 마찬가지였다.

행성의 단단한 표면 위에 갇혀 있는 셈이지만, 평면을 따라 몸을 움직일 수 있었다. 스트레인저는 인지 범위를 다시 조니 딕스의 몸으로 한정시키고 그 몸을 움직일 수 있는 비밀을 탐구했다.

옆을 지나쳐 움직이는 것들을 조사한 결과 스트레인저는 몇 가지 도움이 되는 개념을 알아냈다. 다섯 개의 돌기가 있는 작은 돌출물은 '팔'이었다. '다리'는 반대쪽에 있는 부위를 말했다. '머리'는 스트레인저가 갇혀 있는 달걀형 부위였다.

방법만 안다면 이들 부위를 움직일 수 있었다. 스트레인저는 이런저런 실험을 해 보았다. 잠시 후 팔에 있는 근육 하나가 꿈틀거렸다. 그때부터 스트레인저는 신속하게 알아냈다.

이내 조니 딕스의 몸이―팔 하나와 끊어진 다리를 가지고―느릿느릿하고 서투르게 다른 병사들과 같은 방향으로 움직이기 시작했다. 그 당시 스트레인저는 자신이 불가능한 일을 행하고 있다는 사실을 몰랐다.

자신이 움직인 몸은 두 번 다시 움직일 수 없는 몸이었다. 제대로 된 의사라면 누구라도 그 몸을 보고 죽었다고 단정할 수 있다는 사실을 알지 못했다. 괴저와 부패가 이미 진행 중이었다. 그러나 스트레인저의 의지가 굳은 근육을 움직였다.

한때 조니 딕스였던 엉망진창이 된 몸이 꿈틀거리면서 중국 쪽 전선을 향해 기어갔다.

윙 리는 포탄이 떨어져 생긴 구멍의 경사면에 엎드려 있었다. 철모와 가스마스크의 고글 윗부분이 반쯤 구멍 위로 드러나 있었다.

윙 리는 전방에 놓인 연기와 화염 사이로 반격을 가하고 있는 미국 쪽 전선을 응시했다. 윙 리가 들어가 있는 구멍은 지금 미군의 사격을 받고 있는 전선에서 약간 뒤쪽에 있었다. 윙 리는 전선을 강화

하기 위해 150미터 뒤쪽에 있는 방공호에서 여덟 명의 동료와 함께 전진해 왔다. 여덟 명의 동료는 소나기처럼 쏟아지는 파편을 맞고 모두 죽었다. 충성스러운 병사이긴 했지만 웡 리는 남은 30미터를 전진하다가 뻔한 죽음을 맞이할 바에는 이곳에서 대기하는 게 더 지휘관을 위하는 일이라고 생각했다.

웡 리는 저 앞쪽의 대학살극에서 그 무엇이 살아남을 수 있을지 궁금해하면서 연기 사이를 뚫고 전방을 응시하면서 기다렸다.

십여 미터 앞쪽에서 뭔가 연기를 뚫고 다가오는 모습이 흐릿하게 보였다. 아직 또렷하게 보이지는 않았다. 하지만 뭔가 사람 같지는 않아 보이는 것이 비처럼 쏟아지는 파편 속에서 기어오고 있었다. 지금도 천천히 기어오고 있었다. 너덜너덜해진 미군복이 여기저기 들러붙어 있었다.

그쯤 되니 그게 가스마스크나 철모를 쓰고 있지 않다는 게 보였다. 웡 리는 옆에 쌓여 있던 무기 더미에서 가스수류탄을 하나 집어 들고 정면을 향해 높이 던졌다. 수류탄은 제대로 떨어졌다. 기어오는 녀석에게서 30센티미터도 떨어지지 않은 곳이었다. 하얀 가스 구름이 피어올랐다. 한 모금만 마셔도 즉사하는 가스였다.

웡 리는 음울하게 웃으며 이제 됐다고 생각했다. 마스크를 안 썼으니 죽은 것이나 마찬가지였다. 하얀 가스가 천천히 연기 속으로 흩어졌다.

그러다가 웡 리는 숨을 크게 들이켰다. 녀석이 여전히 다가오고 있었다. 하얀 죽음의 구름을 뚫고 똑바로 기어왔다. 거리가 가까워지자 얼굴이 보였다. 지금은 인간의 몸이라고 생각도 할 수 없을 정도로 끔찍하게 조각난 몸과 말도 안 되게 움직이는 그 모습이 보였다.

얼어붙을 듯한 공포가 뱃속을 움켜쥐었다. 그래도 도망쳐야 한다는 생각까지는 미치지 못했다. 그게 다가오기 전에 멈춰야 한다는 생각은 들었다. 아니면 미쳐버릴 것 같았다.

겁에 질린 나머지 파편이 쏟아진다는 것도 잊고 말았다. 웡 리는 벌떡 일어나 3미터 밖에서 기어오고 있는 괴물을 향해 자동소총을 겨누고 방아쇠를 당겼다. 당기고 또 당겼다. 탄환이 명중하는 게 다 보였다.

탄창이 다 비기도 전에 포탄이 날아오는 소리가 들렸다. 다시 구덩이로 몸을 던지려고 했지만 조금 늦고 말았다. 웡 리는 균형을 잃고 뒤로 넘어졌고, 그때 포탄이 명중했다. 포탄은 기어오는 괴물의 바로 뒤에 떨어져 폭발했다. 파편이 철모에 맞아 비켜나가는 소리가 들렸다. 다른 부위에 맞지 않은 건 기적이었다.

머리에 받은 충격 때문에 웡 리는 정신을 잃었다.

의식을 찾고 보니 웡 리는 구덩이 바닥에 가만히 누워 있었다. 처음에는 전투가 끝났거나 전선이 이동한 것 같았다. 그런데 구덩이 너머로 포화가 떠다니며 여전히 땅이 흔들린다는 사실이 그렇지 않음을 알려주었다. 전투는 진행 중이었다. 웡 리는 고막이 나가 버려서 소리를 들을 수 없었다.

그럼에도 소리가 들렸다. 포화 소리가 아니었다. 조용하고 차분한 목소리가 마음속에서 울려 퍼지는 것 같았다. 건조한 목소리가 물었다. "넌 무엇인가?" 중국어로 말하고 있는 것 같았지만, 당혹스럽기는 마찬가지였다. 희한하게도 누구냐고 묻는 게 아니라 뭐냐고 묻고 있었다.

윙 리는 가까스로 일어나 주위를 둘러보았다. 바로 옆에 놓여 있
는 게 보였다.

그건 인간의 머리였다. 적어도 얼마 전에는 그랬다. 자신을 향해
기어오던 괴물의 머리라는 사실을 알게 되자 더욱더 공포스러웠다.
몸 없이 머리만으로 기어올 수는 없었을 테니 바로 뒤에 떨어졌던
포탄이 머리통을 여기까지 날려보낸 것이다.

음, 이젠 죽었을 테니 괜찮아.

정말 죽었나?

윙 리의 머릿속에서 또 한번 "넌 무엇인가?"라는 조용한 질문이 울
려 퍼졌다. 그 순간 왠지 모르겠지만, 윙 리는 그렇게 물어온 게 잘린
채 구덩이 안으로 날아와 지금 바로 옆에 있는 그 끔찍한 머리통이
라고 확신했다.

윙 리는 비명을 질렀다. 가스마스크를 벗어던지고 몸을 일으키면
서 계속 비명을 질렀다. 구덩이 밖으로 나오자 도망치기 시작했다.

열 발자국 정도 뗴었을 때 1000파운드 급의 대형 폭탄이 발치에
떨어졌다. 폭발 때문에 흙과 돌이 하늘 높이 치솟았다가 떨어졌다.
커다란 구덩이가 새로 생긴 대신 주변에 있던 조그만 구덩이들은 떨
어지는 흙으로 완전히 덮여 버렸다.

한때 조니 딕스의 몸을 이루고 있다가 잘린 머리통 하나가 외계
의 존재를 가둔 채로 그런 구덩이 하나에 2미터나 되는 흙을 뒤집어
쓰고 묻혀 버렸다. 스트레인저는 새로 결합하게 된 물질을 떠나지도
못하고, 시간이나 공간을 따라 이동하지도 못한 채 이 평면의 시간

흐름에 따라 부유해야만 했다. 한 시간 전만 해도 순수한 사고였던 존재는 새로 처하게 된 존재의 양태에 대해 그 가능성과 한계를 차분하고 체계적으로 조사하기 시작했다.

에라스무스 핀들리는 기념비적인 저서 『미국의 역사』에서 한 권을 통째로 할애해 독재자 존 딕스와 중-미 전쟁을 성공적으로 마친 직후 이어진 미합중국 제국주의의 발원을 다뤘다. 그러나 핀들리는 대부분의 현대 역사학자와 마찬가지로 딕스라는 인물에게 종종 부과된 전설적인 성격을 거부한다.

핀들리는 말한다. "완벽하게 무명이었던 인물이 지구상에서 가장 강력한 정부를 완전히 장악하게 됐다는 사실이 딕스에 대해 미신을 믿는 사람들이 떠드는 전설을 낳았다는 건 자연스럽다.

딕스가 전혀 눈에 띄지 않은 일개 병사로 중-미 전쟁에 참전했다는 사실은 분명하다. 아마도 그런 이유에서 권력을 잡은 뒤에 자신에 대한 기록을 모두 없앴을 것이다. 아니면 그 기록에 뭔가 지우고 싶은 기록이 있었을지도 모른다.

그러나 딕스가 가장 결정적이었던 전투―파나민트 산 전투―중에 실종 처리됐으며, 전쟁이 끝난 뒤인 이듬해 봄까지 행방이 묘연했다는 전설은 아마도 사실이 아닐 것이다.

전설에 따르면 1982년 봄, 존 딕스는 벌거벗은 몸에 흙투성이인 채로 파나민트 계곡의 한 농장으로 걸어왔다. 그곳에서 음식과 옷을 제공받은 뒤 재건 중인 로스앤젤레스로 향했다.

딕스가 불사신이라는 전설도 말이 안 되기는 마찬가지다. 암살자의 총알이 수십 차례나 몸을 관통했지만 아파하는 기색도 없었다는 전설도 있다.

미국의 진정한 애국자인 딕스의 적들이 마침내 딕스를 쓰러뜨렸다는 사실도 그가 불사신이라는 전설이 거짓임을 보여준다. 로즈 볼때 있었던 그 끔찍한 장면은 당대의 수많은 목격자가 생생하게 묘사하고 있는데, 그건 딕스의 적들이 고안해 낸 교묘한 술책임이 분명하다."

스트레인저는 차분하고 체계적으로 자신을 가두고 있는 물질의 성질을 조사하기 시작했다. 참을성 있게 조사한 결과 스트레인저는 비밀을 찾았다.

조니 딕스의 머리에 들어 있던 기억을 건드리자 갑자기 한 가지 일화가 마치 직접 겪은 일인 것처럼 생생하게 떠올랐다.

딕스는 작은 배를 타고 항구 근처의 어떤 섬을 지나가고 있었다. 옆에는 아주 키가 커 보이는 남자가 있었다. 그 남자는 딕스의 아버지였고, 그건 딕스가 일곱 살 때 뉴욕이라는 곳으로 여행 갔다가 겪은 일이었다. 아버지가 말했다. "저게 엘리스 섬이다. 이민자들이 들어오는 곳이지. 망할 외국놈들. 그놈들이 이 나라를 망치고 있어. 진짜 미국인에게는 이제 기회가 없지. 누가 유럽을 지도에서 없애 버려야 해."

단순한 기억이었지만, 그 기억에 대해 생각하자 그 안에 담긴 뜻이 이해가 됐다. 배가 뭔지는 알았다. 유럽이 무엇이며 어디에 있는 지도 알았다. 미국인이 무엇인지도 알았다. 그리고 미국이 이 행성에서 유일하게 좋은 국가라는 사실도 알았다. 다른 나라 국민은 형편 없는 족속으로, 이 나라에서도 이곳에 오래 살아온 백인만이 유일하게 좋은 사람이라는 사실도 알았다.

스트레인저는 더 깊이 탐구하며 당황스러운 사실을 많이 알아냈다. 이런 기억을 지금 붙잡혀 있는 세상과 연관시켜 보기 시작했다. 그러자 기이하고 뒤틀린 모습이 나왔다 ― 물론 스트레인저가 그걸 알 도리는 없었다. 일단 그건 편협한 초국수주의적인 관점이었다. 게다가 그보다 더한 것도 있었다.

스트레인저는 최하급 졸병이었던 조니 딕스가 지닌 온갖 증오심과 선입견을 받아들여 흡수했다. 그건 수도 많고 폭력적이었다. 스트레인저는 이 이상한 세계에 대해 아는 것이 전혀 없었으므로 그건 딕스의 기억이 스트레인저의 기억이 된 것과 마찬가지로 곧 스트레인저의 증오심과 선입견이 되었다.

자기도 알지 못하는 사이에 스트레인저는 육체의 감옥보다 더 좁은 감옥으로 들어가고 있었다. 스트레인저를 붙잡고 있는 정신의 사고는 굳세지도 공명정대하지도 않았다.

그리하여 강력한 존재의 강력한 정신과 조니 딕스의 편협한 믿음과 편견이 기묘하게 융합된 정신이 태어났다.

스트레인저는 어둡고 왜곡된 렌즈를 통해 세상을 보았다. 꼭 해야만 하는 일이 있었다.

"워싱턴의 얼간이들을 쫓아내야 한다." 스트레인저가―아니, 조니 딕스였을까—말했다. "내가 이 나라를 다스릴 수 있다면—"

그랬다. 스트레인저는 세상을 바로잡기 위해 무슨 일을 해야 하는지 알았다. 이 나라는 —부분적으로나마— 좋은 나라였지만, 나쁜 나라에 둘러싸여 있었다. 나쁜 나라는 없애 버리든지 교훈을 가르쳐 줘야 했다. 황인종은 남녀노소를 막론하고 전부 죽여야 했다. 흑인은 아프리카라고 하는 고향으로 돌려보내야 했다. 그리고 미국의 백인 중에서도 분수에 맞지 않게 돈을 많이 가진 사람이 있었다. 이런 돈을 전부 빼앗아 조니 딕스 같은 인물에게 줘야 했다. 그랬다. 우리는 어디로 가야 할지 방향을 알려줄 정부가 필요했다. 그리고 세계에 그 방향을 알려줄 수 있는 충분한 군사력이 필요했다.

그러나 지금 이 순간에도 점점 분해되어 가는 작은 물질 속에 갇힌 채로 그렇게 묻혀 있어서는 그런 중요한 일을 이뤄낼 가능성이 거의 없다는 사실도 알 수 있었다.

스트레인저는 물질의 성질을 열심히 연구하기 시작했다. 인지 범위를 원자와 분자 수준까지 내려서 조사했다. 그러자 주위에 널린 흙 속에 조니 딕스의 몸을 재구성할 수 있는 물질이 모두 충분히 있음을 알 수 있었다. 스트레인저가 처음 들어왔을 때 조니 딕스의 불완전한 몸을 처음 탐구했던 기억을 가지고 유기화학을 연구하기 시작했다.

스트레인저는 조니 딕스의 기억을 바탕으로 몸에서 없어진 부위에 대한 개념을 보충하고 작업에 착수했다.

흙 속의 화학물질을 바꾸는 건 어렵지 않았다. 그리고 열은 분자의 작용을 빠르게 해줄 뿐이었다.

조니 딕스의 머리에 서서히 새 살이 붙기 시작했다. 머리털, 눈, 그리고 목이 생기기 시작했다. 시간은 걸렸지만, 영원히 사는 존재에게 시간 따위가 무슨 의미가 있겠는가.

이듬해 이른 봄의 어느 저녁에 벌거벗었지만 완벽한 형태를 갖춘 인간이 분자의 작용으로 뚫고 나올 수 있을 정도로 부드러운 흙 위로 기어 나왔다.

그것은 한동안 가만히 누워서 호흡하는 방법을 터득했다. 그리고 다양한 근육과 감각 기관을 시험해 보면서 점차 요령과 자신감을 획득했다.

글렌데일 재건축 현장에서 한 무리의 일꾼들이 잘 맞지 않는 옷을 입고 쌓여 있는 상자 위로 올라가 연설을 시작하는 남자를 호기심 어린 눈으로 바라보았다.

"여러분!" 남자가 외쳤다. "우리가 얼마나 더 참아야 합니까?"

제복을 입은 경찰관 한 명이 재빨리 앞으로 나섰다. "이봐." 경찰이 제지했다. "여기서 이러면 안 돼. 허가를 받았다고 해도 지금은 근무 시간이고 작업을 방해하면—"

"당신은 만족스럽소, 경찰 양반? 이곳과 워싱턴에서 벌어지는 일이?"

고개를 든 경찰은 상자 위에 올라가 있는 남자의 눈에서 시선을 뗄 수 없었다. 일순간 전류가 몸과 마음을 따라 찌릿하게 흐르는 것 같았다. 이내 경찰은 이 남자야말로 올바른 해답을 지닌 인물이며, 자신이 따라야 할 지도자라는 사실을 깨달았다. 어디까지라도 따를 것이다.

"내 이름은 존 딕스요." 상자 위의 남자가 말했다. "아마 들어본 적 없겠지만, 앞으로는 계속 듣게 될 거요. 난 뭔가를 시작하려는 참이오. 만약 처음부터 함께하고 싶다면 그 배지를 떼어서 던져 버리시오. 하지만 총은 계속 갖고 있으시오. 쓸모가 있을 테니."

경찰은 배지를 잡아서 뜯어냈다.

그게 시작이었다.

1983년 6월 14일은 마지막 날이었다. 그날 아침 북아메리카의 새 수도인 로스앤젤레스에는 안개가 짙게 끼었다. 하지만 정오가 되자 햇볕이 쨍쨍했고, 공기도 상쾌했다.

애국자로 이뤄진 작은 단체의 지도자인 로버트 웰슨은 새로 지은 파나메라 건물의 창가에 서서 재건한 로즈 볼에 모인 수많은 군중을 내려다보고 있었다. 이들은 존 딕스를 지지하는 광기 어린 행렬에서 빠져 있었다. 웰슨이 내다보고 있는 창문 밑의 바닥에는 머서 망원 조준기가 달린 고성능 라이플이 놓여 있었다.

로즈 볼 스타디움의 연단에는 북아메리카의 독재자 존 딕스가 홀로 서 있었다. 물론 제복을 입은 경호원이 무대 주위를 둘러싸고 있었고, 군중 속에도 흩어져 있었다. 머리 위에 매달린 마이크와 스피커 시스템이 독재자의 목소리를 볼 스타디움 너머까지 멀리 전해 주었다. 로버트 웰슨과 방에 모여 있는 이들은 그 소리를 뚜렷하게 들을 수 있었다.

"마침내 그날이 왔다. 우리는 준비를 마쳤다. 아메리카의 국민이여 이제 분연히 떨치고 일어나 바다 건너 사악한 나라의 힘을 영원히 몰아내자!"

로즈 볼 위로 우렁찬 환호성이 울려 퍼졌다.

그 소리를 뚫고 등 뒤의 방문을 짧게 세 번 두드리는 소리가 들렸다. 키 큰 남자가 큰 머리통에 크고 공허한 눈을 지닌 비쩍 마른 소년을 데리고 방으로 들어왔다.

"아이를 데려왔군." 웰슨이 말했다. "뭐하러? 그 아이는 —"

키 큰 남자가 말했다. "딕스가 인간이 아닌 건 알지 않나, 웰슨. 여태까지 총을 맞고도 어땠는지 알지 않느냐고! 피츠버그에서 난 녀석이 총에 맞는 걸 봤어. 하지만 이 천리안 소년은 말이야—천리안이 아니라 텔레파시인지 뭔지 모르겠지만 상관없어—어떻게 해서인지 놈을 알고 있어. 그놈을 처음 봤을 때 발작을 일으켰잖아. 적을 알지 못하고서는 싸울 수 없다고. 안 그래?"

웰슨은 어깨를 으쓱해 보였다. "그럴지도. 자네는 그렇게 하도록 해. 난 계속해서 납탄환을 박아보도록 하지."

웰슨은 심호흡을 한 뒤 창문으로 걸어갔다. 한쪽 무릎을 꿇고 앉은 뒤 창문을 들어올렸다. 그리고 왼손을 라이플 쪽으로 뻗었다.

"자, 해볼까." 웰슨이 말했다. "납을 몸속에 충분히 박아 넣으면 —"

존 딕스의 전기 작가 중 가장 이름이 알려진 매클러핀은 다른 책에 수도 없이 나와 있는 전설을 있는 그대로 받아들이고 있지는 않지만, 딕스가 권력을 잡는 과정에 신화적인 요소가 있다는 사실은 인정한다.

"딕스가 암살된 직후 미국을 집어삼켰던 광란의 물결이 돌연 완전히 사라져 버린 사실은 참으로 기이하다." 매클러핀은 이렇게 썼다.
"딕스의 지도를 따르지 않았던 일부 진정한 애국자들이 실패했다면,
20세기 후반 세계의 역사는 전례가 없는 대학살로 물들었을 것이다.

딕스에게 점령당한 국가는 대량학살과 무자비한 압제의 제물이
되었을 것이다. 그가 보유한 압도적인 무력을 생각하면 광범위한 지
역이 파괴되었을 게 분명하다. 세계를 정복했을 수도 있다. 물론 가
장 큰 고통을 받은 건 미국이었을 것이다.

존 딕스가 광인이었다는 사실도 그가 국민 위에 군림할 수 있었던
이유를 설명해주지는 못한다. 딕스가 초능력을 지녔다는 미신이 오
히려 그럴듯해 보일 정도다. 그러나 딕스가 초능력이 있었다면 비뚤
어진 초인이었던 셈이다.

그건 마치 무지하고 편견에 가득 차 있고 독선적이고 모든 면에서
편협한 인물이 기적적으로 국민 대다수를 휘두르고, 귀를 기울이는
사람 모두, 혹은 대부분에게 자신이 가진 증오심을 심어줄 수 있었
다는 것과 마찬가지다. 딕스에게 면역이 있었던 소수는 희박한 확률
과 싸워가며 세계를 파멸로부터 구해냈다.

지금도 딕스의 죽음에 얽힌 정확한 정황은 수수께끼로 가득하다.
신무기에—목적을 달성한 뒤에 없애 버린—당했던 것인지, 로즈 볼
에서 군중이 목격한 끔찍한 모습은 특출한 마술사가 꾸며낸 눈속임
이었는지, 그건 결코 밝혀지지 않을 것이다."

총구가 창턱에 놓였다. 로버트 웰슨은 총을 고정시키고 망원조준
기를 들여다보았다. 손가락이 방아쇠에 가만히 놓였다.

독재자의 목소리가 스피커에서 울려 퍼졌다. "언젠가 운명이―"
연설이 도중에서 끊어졌다. 딕스는 말을 멈춘 채 앞에 놓여 있는 연
단에 몸을 기댔다. 군중이 숨을 죽이며 다시 환호성을 지르기 위해
문장이 끝나기를 기다렸다.

뒤에 서 있던 키 큰 남자가 로버트 웰슨의 어깨에 급히 손을 얹
으며 속삭였다. "아직 쏘지 마. 무슨 일이 생겼어. 이 천리안 꼬마를
봐."

웰슨이 몸을 돌렸다.

비쩍 마른 아이가 의자에 쓰러지듯 앉아 있는 게 보였다. 몸이 딱
딱하게 굳어 있었다. 눈은 감은 채였고, 얼굴이 경련을 일으켰다. 입
술이 꿈틀거리면서 말소리가 흘러나왔다.

"저기 있어요. 근처에 있어요. 반짝이는 두 점 같아요. 보이지 않을
뿐이에요. 하지만 그 두 점 같은 점이 또 있어요. 존 딕스의 머릿속
에요!

이야기하고 있어요. 두 점이 머릿속에 있는 점에게 이야기하고 있
어요. 그 두 점도 비슷해요. 말이 아니에요. 하지만 말이 아니어도 무
슨 말을 하는지 알 수 있어요. 두 점 중 하나가 묻고 있어요. *'왜 여기
있지? 이상해 보이는군. 마치 더 저열한 존재가―'* 이 부분은 이해가
안 돼요. 제가 아는 말로는 표현할 수 없어요.

그것, 딕스의 머리 안에 있는 점이 대답하고 있어요. *'난 여기 갇혔
어. 물질이 날 잡고 있어. 물질과 그 안에 들어 있는 기억이 나를 가
둬두고 있어. 내가 빠져나가도록 도와주겠나?'*

두 점이 그렇게 하겠다고 대답하고 있어요. 셋이 동시에 집중할

거래요. 셋이 힘을 합치면 갇혀 있는 점을 풀려나게 할 수 있어요. 지금—"

뭔가 이상한 일이 벌어지고 있었다. 독재자는 여전히 연단에 몸을 기댄 채 침묵하고 있었다. 몇 분이 지나도 움직이지 않았다. 하고 있던 말도 끝맺지 않았다.

로버트 웰슨은 아이에게서 시선을 떼 다시 창문으로 향했다. 더 자세히 보기 위해 라이플의 망원조준기를 들여다보았다. 그러나 이번에는 방아쇠에 손가락을 올려놓지 않았다. 어쩌면 저 이상한 꼬마한테 정말로 뭔가 있는지도 몰랐다. 독재자가 저렇게 오랫동안 가만히 있는 건 처음이었다.

등 뒤에서 아이가 외쳤다. "풀려났다!" 마치 아이의 머릿속 어딘가에서 승리의 구호가 계속해서 울려 퍼지는 것 같았다. 게다가 아이가 앉은 자리에서는 창밖이 보이지도 않았다. 그런데도 존 딕스에게 그런 일이 벌어졌던 바로 그 순간에 아이가 소리쳤던 것이다.

웰슨은 숨을 몰아쉬었다. 그러나 그 소리는 로즈 볼에 모인 군중이 갑자기 내지른 비명 소리에 묻혀 들리지 않았다.

순식간에 독재자의 몸이 눈앞에서 사라졌던 것이다. 하얀 안개처럼 분해돼 공기 중으로 사라졌고, 텅 빈 옷만 바닥으로 떨어졌다.

그러나 사라져 버린 어깨 위에서 떨어져 나와 연단에 놓인 그 끔찍한 물체는 곧바로 분해되지 않았다. 그건 머리털도, 눈도, 심지어 살점조차 거의 없이 썩어가고 있어 형체를 알아보기 힘든 머리통이었다. (1950)

복종
Obedience

은하계 가장자리, 인간이 이제껏 가 본 그 어느 곳보다 다섯 배는 먼 곳, 지구에서는 보이지도 않는 멀고 희미한 별의 조그만 행성 위에 지구인의 상이 서 있다. 그건 귀중한 금속으로 만들어졌으며, 높이가 25센티미터에 이를 정도로 거대하고 정교하다.

그 위를 벌레들이 기어다닌다…

그들은 태양계에서 수 파섹 떨어진 1534구역에서 견성犬星을 지나 일상적인 순찰 업무를 하던 중이었다. 우주선은 평범한 2인용 정찰선으로 항성계 밖에서 이뤄지는 순찰에 쓰이는 기종이었다. 경보가 울렸을 때 메이 대위와 로스 중위는 체스를 두는 중이었다.

메이 대위가 말했다. "경보기 재설정해, 돈. 난 다음 수를 생각해야겠어." 메이 대위는 체스판에서 시선을 떼지 않았다. 지나가는 운석이려니 생각했던 것이다. 이 구역에는 우주선이 없었다. 인류는 1천 파섹이 넘게 파고 들어왔지만 우주선은 고사하고 아직 의사소통이 가능한 외계인도 마주치지 못했다.

로스도 일어나지 않았다. 하지만 의자를 돌려서 계기판과 화면을 확인했다. 로스는 무심코 고개를 들었다가 숨을 몰아쉬었다. 화면에 우주선이 떠 있었다. 로스는 숨이 넘어가기 직전에 "대위님!" 하고 소리쳤다. 다음 순간 체스판은 바닥에 나뒹굴고 있었고, 메이가 로스의 어깨 너머로 화면을 보고 있었다.

메이의 숨소리가 들릴 정도였다. 이내 메이가 말했다. "발사해, 돈!"

"저건 로체스터급 순양함입니다! 우리 편이에요. 저게 여기서 뭘 하는 건지는 모르겠지만, 쏠 수는 —"

"다시 봐."

돈 로스는 눈을 뗀 적이 없기 때문에 그건 하나마나 한 소리였다. 하지만 갑자기 메이의 말이 무슨 뜻인지 깨달았다. 로체스터급인 것 같았지만, 많이 달랐다. 뭔가 이질적인 면이 있었다. 뭔가? 그건 외계인의 우주선이었다. 외계인이 로체스터급 순양함을 베낀 것이었다. 재빨리 발사 버튼으로 손을 뻗던 로스는 순간 큰 충격을 받았다.

버튼에 손이 닿는 순간 피카 탐색기와 모놀드에 시선이 갔던 것이다. 전부 0에 멈춰 있었다.

로스는 욕설을 내뱉었다. "탐색을 방해하고 있습니다, 대위님. 적과의 거리와 크기, 질량을 알 수 없습니다!"

메이 대위가 창백한 얼굴을 천천히 끄덕였다.

돈 로스의 머릿속에 생각이 울려 퍼졌다. "침착하십시오, 지구인. 우리는 적이 아닙니다."

로스는 멍하니 메이를 바라보았다. 메이가 말했다. "나도 들었어. 텔레파시다."

로스가 다시 욕설을 뱉었다. 만약 저들에게 텔레파시 능력이 있다면—

"발사해, 돈. 육안으로 확인하고 쏴라."

로스는 버튼을 눌렀다. 화면이 작열하는 빛으로 가득 찼다. 그리고 빛이 사라진 뒤 우주선의 잔해는 보이지 않았다…

서덜런드 제독은 벽에 걸린 성도를 등지고 서서 두꺼운 눈썹 아래의 심술궂은 눈으로 두 사람을 바라보았다. 제독이 말했다. "자네의 공식 보고서를 재탕하고 싶은 생각은 없네, 메이. 자네 둘은 심령분석을 받았으니. 접촉 순간의 기록은 자네 머리에서 자세히 뽑아내서 논리학자들이 분석했지. 자네가 여기 있는 건 규율 문제 때문일세. 메이 대위, 자네도 불복종에 대한 처벌은 알고 있겠지."

메이가 굳은 목소리로 말했다. "네, 그렇습니다."

"그게 뭐지?"

"죽음입니다."

"자네는 어떤 명령에 불복종했지?"

"일반명령 12장 1390번입니다. 우선순위는 AAAA입니다. 지구 소속의 우주선은 군사와 민간을 막론하고 외계 우주선와 마주쳤을 때 즉시 파괴해야 한다. 만약 실패할 경우 지구와 정확히 반대 방향으로 외우주를 향해 움직여야 하며, 연료를 다 소모할 때까지 계속 가야 한다."

"그 이유는 뭐지, 대위? 자네가 아는지 궁금해서 묻는 것일 뿐이야. 당연히 자네가 그 이유를 이해하는지는 중요하지도 않고 상관도 없네."

"네. 외계 우주선이 지구로 역추적해 지구의 위치를 알아내지 못하게 하기 위해서입니다."

"그럼에도 그 명령에 따르지 않았군, 대위. 자네는 외계 우주선을 파괴했는지 확신할 수 없었어. 무슨 변명을 할 텐가?"

"그럴 필요가 없다고 생각했습니다. 그 외계 우주선은 적대적이지 않아 보였습니다. 게다가 그들은 이미 우리 기지를 알고 있었습니다. 우리를 가리켜서 '지구인'이라고 불렀습니다."

"말도 안 돼! 외계인이 텔레파시로 메시지를 보냈다고 해도 그걸 받은 건 자네들이었어. 머릿속에서 자동적으로 그 의미를 우리 언어로 번역했던 거라고. 그 외계인이 자네가 떠나온 위치나 자네가 지구인이라는 것을 알았다고 볼 수 없네."

로스 중위는 발언할 권리가 없었지만, 입을 열어 물었다. "그러면 제독님, 그 외계인이 우호적이었다는 것을 받아들이시지 않는 겁니까?"

제독이 코웃음을 쳤다. "자넨 어디서 훈련을 받았지, 중위? 우리 방어 계획의 기본 전제를 배우지 못한 것 같군. 왜 우리가 400년 동안 외계 생명체를 찾아 우주를 정찰해 왔는지. 어떤 외계인이든 다 적일세. 오늘은 우호적일 수 있어도, 내년이나 100년 뒤에도 그러리라고 장담할 수 있나? 잠재적인 적은 다 적일세. 가능한 한 빨리 없애 버릴수록 지구는 더욱 안전하지.

세계의 군사 역사를 보게나! 그게 달리 뭘 증명하겠나. 로마를 봐! 국가가 안전하려면 강한 이웃이 있어선 안 돼. 알렉산더 대왕! 나폴레옹!"

"제독님." 메이 대위가 말했다. "전 사형 당하게 됩니까?"

"그래."

"그러면 하나 묻겠습니다. 지금 로마는 어디 있습니까? 알렉산더나 나폴레옹의 제국은 어디 있습니까? 나치 독일은요? 티라노사우루스 렉스는요?"

"누구?"

"인간 전에 있었던 동물입니다. 공룡 중 가장 강했습니다. 그 이름이 '포악한 도마뱀의 왕'이라는 뜻이거든요. 녀석도 다른 동물이 모두 적이라고 생각했습니다. 지금 그 녀석은 어디 있습니까?"

"그게 다인가, 대위?"

"네, 그렇습니다."

"그러면 그건 그냥 넘어가 주지. 오류에 가득 찬 감상적인 논증이었어. 자네를 사형에 처하지 않을 걸세, 대위. 자네가 어디까지 갈 것인지, 무슨 말을 하려나 보려고 그렇게 말했을 뿐이야. 자네의 인도주의적인 헛소리 때문에 자비를 베푸는 게 아닐세. 상황이 아주 달라졌기 때문이지."

"어떻게 된 건지 여쭤도 됩니까?"

"그 외계인은 파괴당했어. 우리 기술자와 논리학자들이 밝혀냈지. 자네의 피카와 모놀드는 제대로 작동하고 있었어. 외계인 우주선이 포착되지 않았던 건 단지 그게 너무 작았기 때문이야. 적어도 2.5킬로그램은 넘는 운석이어야 포착할 수 있는데, 그 외계인 우주선은 그보다 더 작았다네."

"그보다 더—"

"그래. 자네는 우리와 비슷한 크기의 외계인을 생각하고 있었던 거야. 사실은 그럴 이유가 없지. 심하면 눈에 안 보이는 미생물 수준일 수도 있어. 그 외계인 우주선은 일부러 고작 1미터 정도 거리에서 접촉해왔던 게 분명하네. 그리고 그 거리에서 직격을 맞았으니 완전히 파괴됐지. 그래서 그게 파괴됐다는 증거인 새까맣게 탄 선체 조각 따위가 안 보이는 거네."

제독이 가볍게 웃었다. "축하하네, 로스 중위. 잘 쐈어. 앞으로는 당연히 눈으로 보고 쏴야 하는 일은 없을 걸세. 어떤 급의 우주선이든 아무리 작은 크기의 물체도 찾을 수 있도록 즉시 감지기와 측정기를 조정하기로 했네."

로스가 말했다. "감사합니다, 제독님. 하지만 저희가 본 우주선이 아무리 작다 해도 저희 로체스터급 우주선을 본떠 만든 거라는 사실이 그 외계인이 우리가 놈들을 아는 것보다 우리에 대해 훨씬 더 많이 알고 있다는 증거가 되지 않습니까? 어쩌면 우리 고향 행성까지 말입니다. 그리고 설령 적대적이라고 해도 그렇게 작은 크기로는 저희를 태양계에서 날려버리지 못하고 있는 것 아니겠습니까?"

"그럴 수도 있네. 둘 다 옳을 수도 있고, 아닐 수도 있지. 텔레파시 능력을 빼고 본다면 놈들이 기술적으로 우리보다 열세에 있다는 건 분명하네. 그렇지 않았다면 우리 우주선을 베끼지 않았겠지. 설계도를 복제하기 위해 우리 기술자의 생각을 읽었을 게 분명해. 하지만 그게 사실이라고 해도 태양계의 위치는 모를 수도 있네. 우주 좌표는 번역하기가 극도로 어렵지. 그리고 태양계라는 이름은 놈들에게 아무 의미가 없네. 대략적인 묘사만으로는 수천 개의 항성계가 거기에 해당할 거야. 지금 우주에 나가 있는 우주선은 전부 놈들을 조심하라는 경고를 받았지. 그리고 작은 물체도 감지할 수 있는 특수 장비를 갖췄어. 전쟁 상태는 지속 중이야. 아니, 그건 좀 과한 표현일 수도 있겠군. 외계인과는 언제나 전쟁 상태일세."

"네, 제독님."

"이상일세. 나가 보게."

복도에서 무장 경비원 두 명이 기다리고 있다가 다가와 메이 대위의 양쪽에 섰다.

메이가 재빨리 말했다. "아무 말 하지 마, 돈. 예상했던 거야. 내가 중요한 명령에 따르지 않았다는 사실을 잊지 말도록. 제독님은 내가 사형을 받지 않게 됐다고 말했을 뿐이야. 빠져 있어."

돈 로스는 주먹을 꽉 쥐고 이를 악문 채 경비원이 메이를 데려가는 모습을 지켜보았다. 메이가 옳았다. 끼어들어봐야 메이가 처한 것보다 더 나쁜 문제에 부닥칠 뿐이었다. 메이의 처지도 더 나빠질 터였다.

로스는 얼이 나간 상태로 해군 본부 건물을 나섰다. 그리고 곧바로 술을 취하도록 마셨다. 하지만 도움은 되지 않았다.

로스는 다시 우주로 떠나는 임무를 맡기 전에 통상적인 2주간의 휴가를 다녀왔다. 그동안 마음을 추슬러야 했다. 로스는 정신과의사를 찾아가 이야기를 나눔으로써 씁쓸한 기분과 반항하고픈 마음에서 벗어났다.

로스는 다시 교재를 펼쳐들고 군사 규정에 대한 엄격하고 맹목적인 복종이 왜 필요한지, 외계 종족을 왜 끊임없이 경계해야 하는지, 외계인은 왜 발견 즉시 절멸시켜야 하는지를 보고 또 보았다.

결국 성공했다. 로스는 이유야 어쨌든 메이 대위가 명령에 불복종했음에도 사형을 완전히 면했다는 사실을 도무지 납득할 수가 없게 됐다. 자신도 그런 불복종을 순순히 따랐다는 사실이 끔찍하게 느껴졌다. 물론 엄밀히 말하면 로스는 책임이 없었다. 메이 대위가 책임자였고 우주로 날아가 버리는—자살하는—대신 지구로 돌아오자는 결정도 메이가 내렸던 것이다. 로스 중위는 하급자로서 책임을 지지 않았다. 그러나 한 인간으로서는 상관을 설득해 명령에 복종하려 하지 않았다는 사실 때문에 양심의 가책을 느꼈다.

복종하지 않는 우주군이 무엇에 필요하단 말인가?

직무 태만. 의무를 저버린 셈인데, 그것을 어떻게 보상해야 할까? 로스는 그 기간 동안 텔레뉴스캐스트를 열심히 확인했고, 우주의 여러 장소에서 외계 우주선 네 척이 추가로 발견 즉시 파괴되었다는 사실을 알게 됐다. 탐지 장치가 개선된 덕분에 발견되자마자 파괴한 것이다. 최초의 접촉 이후로는 그 어떤 의사소통도 없었다.

열흘째 되는 날, 로스는 자발적으로 휴가를 끝냈다. 해군 본부로 돌아가 서덜런드 제독과 면담을 요청했다. 당연히 비웃음을 샀지만, 그건 예상했던 결과였다. 로스는 간신히 제독에게 간단한 메시지를 전달할 수 있도록 허락받았다. '아무런 위험 없이 외계인의 행성을 발견할 수 있는 계획을 알고 있습니다.'

그러자 들어갈 수 있었다.

로스 중위는 제독의 책상 앞에 차렷 자세로 꼿꼿이 서서 말했다.

"제독님, 그 외계인은 우리와 접촉하려고 노력하고 있습니다. 그렇게 하지 못한 건 우리가 보자마자 파괴해 버려서 텔레파시가 통할 틈이 없었기 때문입니다. 만약 우리가 의사소통을 허용한다면 우연으로라도 놈들의 고향 행성이 어디 있는지 발설할 가능성이 있습니다."

서덜런드 제독이 무뚝뚝하게 말했다. "결과야 어쨌든 놈들은 우리 우주선을 추적하면 우리 행성을 알 수 있잖나."

"그에 대한 대책도 있습니다, 제독님. 제가 최초의 접촉이 있었던 바로 그 장소로 가고 싶습니다. 이번에는 무장하지 않은 1인승 우주선으로 가는 겁니다. 제가 그곳으로 간다는 사실이 가능한 한 널리 퍼져야 합니다. 우주에 있는 모든 사람이 제가 외계인과 접촉하기 위해 비무장 우주선을 타고 간다는 사실을 알아야 합니다. 제 생각으로는 외계인이 알아낼 수 있을 겁니다. 생각을 읽는 건 먼 거리에서도 가능하지만, 보내는 건—지구인에게 말입니다—아주 짧은 거리에서만 가능한 게 분명합니다."

"그걸 어떻게 알아냈지, 중위? 아냐, 됐어. 공교롭게도 우리 논리학자들이 알아낸 바와 같군. 우리가 놈들의 존재를 알기도 전에 우리의 과학을 훔쳤다는 사실이—우리 우주선을 베껴서 소형화했으니까—적당한 거리에서 생각을 읽는 능력을 증명한다고 하더군."

"그렇습니다. 전 함대가 제 임무에 대해 알게 되면 외계인도 알게 될 거라고 생각합니다. 그리고 제 우주선이 비무장이므로 접촉해 올 겁니다. 전 외계인이 제게, 우리에게 무슨 말을 하는지 알아보겠습니다. 어쩌면 그 안에 외계인의 고향 행성 위치를 알 수 있는 실마리가 있을지도 모릅니다."

서덜런드 제독이 말했다. "그럴 경우 그 행성은 24시간 이내에 파괴될 테지. 그 반대의 경우는 어떻게 할 텐가, 중위? 놈들이 우리를 추적할 가능성은?"

"그런 면에서 저희는 잃을 게 없습니다. 제가 지구로 돌아오는 건 외계인이 이미 우리 위치를 알고 있었을 때뿐입니다.

외계인은 텔레파시 능력이 있으므로 아마도 이미 알고 있을 겁니다. 그리고 우리를 공격하지 않은 건 적대적이 아니거나 너무 약하기 때문일 겁니다. 그러나 어떤 경우든 외계인이 지구의 위치를 알고 있다면 굳이 숨기지 않을 겁니다. 왜 그러겠습니까? 자신들이 이익을 얻을 수 있는 부분으로 보일 겁니다. 우리가 교섭을 하고 있다고 생각할 겁니다. 몰라도 안다고 주장할 수도 있습니다. 하지만 저는 증거를 보여주지 않는 한 믿지 않을 겁니다."

서덜런드 제독이 로스 중위를 바라보았다. 제독이 말했다. "자네 말이 그럴듯하군. 아마 자네는 목숨을 잃을 걸세. 하지만 살아서, 외계인이 어디서 왔는지를 알아내고 돌아온다면 자네는 인류의 영웅이 될 거야. 아마 지금 내 자리까지 올라오겠지. 사실 내가 자네 제안을 훔쳐서 다녀오고 싶군."

"제독님은 대체 불가능한 존재이십니다. 전 그렇지 않고요. 게다가 제가 가야 합니다. 명예를 원해서가 아닙니다. 양심의 가책 때문에 잘못을 바로잡고 싶습니다. 저는 메이 대위가 명령을 따르도록 설득했어야 합니다. 살아서 여기 있어서는 안 됩니다. 외계인을 파괴했는지 확실하지 않았기 때문에 우주로 떠났어야 했습니다."

제독이 헛기침을 했다. "자네는 책임이 없네. 이런 경우에는 우주선의 함장만이 책임을 지지. 하지만 무슨 뜻인지는 알겠네. 어쨌든 당시에는 메이 대위에게 동의했으니 마음속으로 명령에 불복종했다는 기분이 드는 거겠지. 좋아. 그건 과거고, 자네의 제안은 그에 대한 속죄가 될 걸세. 비록 그 교섭선에 타는 게 자네가 아니라 할지라도 말이야."

"하지만 제가 가도 됩니까?"

"그렇게 하게나, 중위. 아니, 이제 대위일세."

"감사합니다, 제독님."

"우주선은 사흘이면 준비가 될 걸세. 더 이를 수도 있어. 하지만 우리가 협상하려 한다는 소식이 전 함대에 퍼지려면 그 정도는 걸릴 거야. 하지만 명심하게. 자네는 어떤 상황에서든 자네가 설정한 범위 밖으로 행동할 수 없네."

"네, 제독님. 외계인이 지구의 위치를 이미 알고 있으며 그걸 확실히 증명하지 못하는 한 돌아오지 않겠습니다. 우주로 떠나겠습니다. 약속드립니다, 제독님."

"아주 좋아, 로스 대위"

견성犬星에서 멀리 떨어져 있는 1534구역의 중심부 근처에 1인승 우주선이 떠 있었다. 그 구역을 순찰하는 다른 우주선은 없었다.

돈 로스 대위는 조용히 앉아서 기다렸다. 화면을 바라보며 머릿속에서 목소리가 울려 퍼지지 않나 귀를 기울이고 있었다.

3시간이 채 안 됐을 때 소리가 들렸다. "안녕하십니까, 돈로스." 목소리가 들리면서 동시에 화면에 조그만 우주선 다섯 척이 나타났다.

모놀드를 보니 한 척에 30그램도 나가지 않았다.

로스가 말했다. "소리 내서 말해야 합니까, 생각만 하면 됩니까?"

"상관없습니다. 특정 생각에 집중하고자 하면 말로 해도 됩니다. 그 전에 잠시만 조용히 있어 주십시오."

30초 뒤, 로스는 머릿속에서 한숨이 울려 퍼지는 것 같은 느낌을 받았다. 이내 목소리가 들렸다. "미안합니다. 이 대화가 양쪽 모두에게 아무 도움이 안 될 것 같습니다. 돈 로스 씨도 알다시피, 우리는 여러분의 고향 행성이 어디 있는지 모릅니다. 알려면 알 수도 있었겠지만, 관심이 없었습니다. 우리는 적대적이지 않았습니다. 그런데 우리가 아는 지구인의 생각으로 보건대 감히 우호적으로 굴 수도 없습니다. 따라서 당신이 명령에 복종한다면 돌아가서 보고하지 못할 겁니다."

돈 로스는 잠시 눈을 감았다. 그러면 이게 끝이었다. 더 이상 대화해 봐야 아무 소용이 없었다. 로스는 서덜런드 제독에게 명령을 있는 그대로 충실하게 따르겠다고 약속했다.

"맞습니다." 목소리가 울렸다. "우리는 둘 다 파국을 맞을 겁니다, 돈 로스. 우리가 당신에게 무엇을 알려주든 상관없습니다. 우리는 당신들의 우주선 경계망을 뚫을 수 없습니다. 우리는 그런 시도를 하다가 종족의 절반을 잃었습니다."

"절반이라니! 정말—"

"그렇습니다. 우리는 고작 1000명밖에 없었습니다. 100명을 태울 수 있는 우주선 10척을 만들었습니다. 5척은 지구인에게 파괴당했습니다. 남은 우주선은 5척입니다. 지금 당신이 보고 있는 게 남은 종족 전체입니다. 비록 죽음이 예정되어 있다고 한들 우리에 대해 알게 되니 흥미로운가요?"

로스는 외계인이 자신을 보지 못한다는 사실을 잊고 고개를 끄덕였다. 하지만 생각이 읽혔을 게 분명했다.

"우리는 오래된 종족입니다. 여러분보다 훨씬 오래됐지요. 우리 고향은 시리우스의 어두운 동반성에 있던 작은 행성입니― 이었습니다. 지름이 100여 킬로미터밖에 안 됩니다. 아직 여러분은 찾지 못했지만, 시간문제겠지요. 우리가 지성을 갖게 된 지는 수천, 수만 년이 됐지만, 우주여행까지는 발전하지 못했습니다. 그럴 필요도 없었고, 바라지도 않았습니다.

여러분의 시간으로 20년 전 지구의 우주선 한 척이 우리 행성 근처를 지나갔습니다. 우리는 거기에 탄 지구인의 생각을 읽었습니다. 그리고 우리의 안전을 위해서는, 우리가 살 수 있으려면 즉시 은하계 최외곽으로 도망쳐야 한다는 사실을 알게 됐습니다. 그때 읽은 생각을 통해 우리는 조만간 발견될 것이며 고향 행성 위에 가만히 있다고 해도 발견 즉시 무자비하게 죽임을 당한다는 사실을 알게 됐지요."

"맞서 싸울 생각은 안 했습니까?"

"안 했습니다. 하고 싶어도 할 수 없었습니다. 하고 싶지도 않았고요. 우리는 죽인다는 게 불가능합니다. 만약 지구인 한 명, 혹은 하등동물 한 마리만 죽이면 우리가 생존할 수 있다고 해도 우리는 그럴 수 없습니다.

그 부분을 이해하지 못하는군요. 아니― 이해할 수 있군요. 당신은 다른 지구인과 다릅니다, 돈로스. 하지만 하던 이야기로 돌아가겠습니다. 우리는 그 우주선에 있던 지구인의 생각을 읽어서 우주여행 방법을 자세히 알아냈습니다. 그 기술을 적용해 우리가 탈 작은 우주선을 만들었습니다.

그렇게 만든 우주선이 10척입니다. 종족 전체를 태우기에 충분했습니다. 하지만 여러분의 경계망을 탈출할 수 없었습니다. 5척이 시도했지만, 전부 파괴당했습니다."

돈 로스가 딱딱한 투로 말했다. "그중 하나는 내가 그랬습니다. 내가 여러분의 우주선 한 척을 파괴했습니다."

"당신은 그저 명령에 따랐을 뿐입니다. 스스로 책망하지 마세요. 우리가 죽이는 행위를 증오하듯이 복종은 여러분 안에 깊이 뿌리박혀 있습니다. 당신이 타고 있던 우주선과 만난 첫 번째 접촉은 고의적이었습니다. 우리는 여러분이 정말로 보자마자 우리를 파괴할지 확실히 알고 싶었거든요.

하지만 그 뒤로는 한 번에 한 척씩 우리 우주선 4척이 빠져나가려다가 모두 파괴당했습니다. 당신이 비무장 우주선으로 우리와 접촉하려 한다는 사실을 알게 된 뒤 우리는 남은 우주선을 전부 모아서 왔습니다.

그러나 당신이 명령에 불복종하고 어디 있는지 모를 지구로 돌아가 우리의 이야기를 보고한다고 해도 우리를 통과시키라는 명령은 내려오지 않을 겁니다. 당신 같은 지구인은 아직 거의 없습니다. 미래에 지구인이 은하계 외곽까지 진출했을 때는 당신 같은 지구인이 더 많아질지도 모르겠습니다. 하지만 지금은 우리가 한 척이라도 빠져나갈 가능성이 거의 없습니다.

안녕히 계십시오, 돈로스. 당신 마음속의 이 이상한 감정과 근육 경련은 무엇입니까? 이해하지 못하겠습니다. 잠시만요. 그건 부조리한 이야기를 인지했다는 뜻이로군요. 하지만 그 생각은 너무 복잡하고 혼란스럽습니다. 그게 무엇입니까?"

돈 로스는 마침내 웃음을 멈췄다. "이봐요, 아무것도 못 죽이는 외계인 친구들." 로스가 말했다. "내가 여기서 빠져나가게 해주겠습니다. 여러분이 원하는 안전한 장소로 가도록 경계망을 빠져나가게 해주지요. 우스운 건 방법입니다. 난 명령에 복종해서 자살함으로써 그렇게 할 겁니다. 난 먼 우주로 나가 거기서 죽을 겁니다. 여러분은 모두 나와 함께 가서 거기서 살면 됩니다. 히치하이킹이죠. 여러분의 조그만 우주선은 이 우주선에 딱 붙어 있으면 순찰대의 탐지기에 걸리지 않습니다. 그뿐이 아닙니다. 이 우주선의 중력이 여러분을 끌어당겨줄 테니까 경계망을 지나 탐지기 범위 바깥으로 나갈 때까지 연료를 낭비하지 않아도 됩니다. 내 연료가 다 떨어질 때까지 수십만 파섹은 갈 수 있습니다."

한참 동안 침묵이 이어지더니 돈 로스의 머릿속에 목소리가 울렸다. "감사합니다." 희미하고 나직한 목소리였다.

로스는 우주선 5척이 화면에서 사라질 때까지 기다렸다. 우주선 선체에 달라붙는 작은 소리가 다섯 번 들리자 로스는 다시 한 번 웃었다. 그리고 명령에 따라 죽음이 기다리고 있는 우주로 나갔다.

은하계 가장자리, 인간이 이제껏 가 본 그 어느 곳보다 다섯 배는 먼 곳, 지구에서는 보이지도 않는 멀고 희미한 별의 조그만 행성 위에 지구인의 상이 서 있다. 그건 귀중한 금속으로 만들어졌으며, 높이가 25센티미터에 이를 정도로 거대하고 정교하다.

그 위를 벌레들이 기어 다닌다. 하지만 그건 당연하다. 그 상을 만든 건 그 벌레들이고, 그 벌레들은 그 상에 경의를 표한다. 그 상은 아주 단단한 금속이다. 대기가 없는 세상에서 영원히 남아 있을 것이다. 하지만 언젠가 지구인이 찾아내 파괴해 버릴 수도 있다. 물론 그때쯤에는 지구인도 많이 변해 있을지 모르겠지만. (1950)

프라운즐리 플로겔
The Frownzly Florgels

아, 그건 아주 멋진 프라운즈가 될 터였다. 다들 알고 있었다. 넉스는 생각을 멀리 보냈고, 그 생각은 별과 별 사이를 떠돌며 성단 전체에 퍼졌다. 누가 갈 것인지를 두고 이뤄졌던 경쟁은 대단했다. 모두가 광장공포증 환자 넉스를 부러워했다. 그곳에 가기 위해 다른 수십, 수백만 명과 경쟁하지 않아도 되는 유일한 인물이었기 때문이다. 그러나 거기에는 충분한 이유가 있었다.

그곳에는 테포가 먼저 도착했다. 물론 처음부터 거기서 시작한 넉스를 빼고서였다. 넉스는 넉소라는 소행성 속에서 살았다. 과거에는 소행성에 다른 이름이 있었지만, 넉스가 거기 산 지도 수백만 년이 됐다. 그동안은 쭉 넉소였고, 다른 이름은 잊혔다. 넉스는 돌연변이 레이건 인이었다. 그리고 관습에 따라 황무지로 순간 이동됐고, 그곳에서 죽도록 방치됐다. 그러나 넉스는 살았다. 사실상 불사라는 게 드러났다. 그리고 이제 넉스는 비록 특이한 존재일지언정 가장 나이가 많고 현명했다. 첫 천 년 동안 넉스는 거의 굶어 죽을 뻔했다. 그러다가 마침내 넉소의 구성 물질을 먹을 수 있도록 신진대사를 조절할 수 있었다. 넉소를 먹으며 안쪽으로 파고든 결과 넉스는 심한 광장공포증이 생겨 다시는 밖으로 나오지 못하게 됐다. 나오면 죽을 정도였다. 아, 낵스가 영원히 살 수 없다는 건 다들 알았다. 조만간 소행성을 모조리 먹어치워 버리면 지각이 무너져 낵스가 노출될 것이고, 그러면 낵스는 죽을 게 분명했다. 그러나 그건 적어도 천만 년 뒤의 일이었고, 낵스는 그 생각을 하면 기분이 꽤 좋았다. "누가 영원히 살고 싶겠어?" 즐겁게 웃으며 앞날을 내다봤다. 이번 프라운즈에 한해서는 낵스가 뭘 계획하고 있는지 아는 사람은 없었다. 하지만 재미있을 터였다. 언제나 그랬다.

테포는 원래 자신의 천연원소인 액체 유리로 된 구체 안에 몸을 싣고 순간 이동했다. 쉽지 않으리라는 것은 알았다. 유리의 온도를 유지하려면 끊임없이 정신의 일부분을 사용해서 분자의 진동을 유지해야 했다. 하지만 그래도 프라운즈를 완벽하게 즐길 수 있을 정도의 정신은 남아 있었다.

테포가 가장 먼저 도착했다. 낵스가 자고 있으면 깨우지 않을 생각이었다. 그래서 주변을 떠다니며 그 거인이 활동 중인지 알아보려고 소행성에 난 구멍을 통해 들여다보았다. 구멍은 분화구처럼 생겼지만, 실제로는 낵스가 밖을 보거나 손을 뻗기 위해서 그리고 메탄이 소행성 안팎에서 자유롭게 뒤섞이도록 안쪽에서 밖으로 뚫은 것이었다. 테포는 구체의 바깥쪽을 비치는 표면으로 만들기 위해 잠시 마음을 살짝 발산했다. 그러면 다른 이들이 도착하기 전까지 자신의 매끄러운 지느러미가 아름답게 비치는 것을 감상하며 시간을 죽일수 있을 것이다. 테포는 꼬리를 흔들며 황홀경에 빠져 한숨을 내쉬었다.

마음을 강하게 발산해 표면을 다시 투명하게 만들자 자신이 혼자가 아니라는 것을 알 수 있었다. 두 명이 이미 와 있었다. 카레브랜탈 출신의 원통형 생물이 옆에서 젠체하며 떠 있었고, 탈에서 온 무정형의 연기 같은 생물이 낵소에 난 구멍 하나에서 나오는 메탄 속에서 애처롭게 몸부림치고 있었다. 테포가 지켜보는 사이에 연기 같은 생물은 낵스가 준비됐는지 보러 구멍 속으로 흘러 들어갔다.

다른 이들도 오고 있었다. 그록 인은 테포의 눈앞에 바로 순간 이동해 왔다. 물론 알 속에 든 채였다. 그록은 한라 밖으로 순간 이동해 갈 때면 항상 알 상태로 되돌아갔다. 일단 목적지에 도착하면 알을 깨고 추악한 머리통을 밖으로 내놓는다. 웬만하면 그런 상태로 있다가 돌아갈 때가 되면 머리를 다시 집어넣고 마음을 발산해 알에 생긴 구멍을 메꾼다. 그록이 자기네 행성인 한라 밖에서 몸을 전부 꺼내놓는 모습은 아직 그 누구도 본 적이 없다. 테포는 그록의 머리를 보고 그 그록이 예쁜 그록이라는 것을 확인하고 기뻐했다.

암론에서 온 원반 생물과 엘에서 온 구형 생물이 함께 순간 이동해 왔다. 그리고 보라색 하늘 높은 곳에서 자토 인의 우주선에서 나오는 흔적이 보였고, 랭 인도 보였다. 둘 다 아직 순간이동과 어떤 물질에든 적응할 수 있는 능력을 개발하지 못해 아직 조악한 로켓 우주선에 의지해 성간 여행을 했다. 다행히 로켓은—그리고 물론 탑승객도—너무 작아서 짜증이 날 정도는 아니었다.

연기 같은 생물이 소행성 구멍에서 나오고 있었다. 낵스가 준비하고 있다며 즐거운 투로 '보이'했다. 원통형 생물은 즐거워하며 젠체했고, 로켓 두 대는 황홀경에 빠져 곡예를 보여주었다. 자토 인의 우주선은 소행성 구멍을 들락거리며 화려한 원을 그렸고, 랭의 우주선은 불가능해 보일 정도로 날카롭게 방향을 전환하면서 새로 개발한 무관성 드라이브를 뽐내 다른 이들을 모두 걱정시켰다.

가른에서 온 괴상한 모양의 생물인 게라가 다음이었다. 테포는 흉측한 돌기가 나 있는 그 몸에서 눈을 돌렸다. 괴물 같은 모양새를 잊을 정도로 충분히 익숙해지려면 앞으로 몇 번 더 슬쩍 봐야 할 것 같았다. 게라는 돌연변이인 넥스와 같은 레이건 인이었다. 넥스의 돌연변이는 발전임이 분명했다. 게다가 넥스는 굳이 모습을 보여주는 일이 없으니…

레이건 인인 게라는 메탄 속에서 신나게 뛰어놀고 있었다. 가장 즐거워 보였다. 실제로 게라의 천연원소는 아르곤이었지만, 적응하기가 어렵지는 않았다. 그리고 넥스의 반중력 유사사고類似思考는 뛰어놀기를 정말 황홀한 즐거움으로 만들었다. 게라는 테포의 어안魚眼이 바라보는 시선을 느끼고 웃었다. 도대체 넥스는 이번 프라운즈에 뭘 할 작정인 걸까? 게다가 플로겔이라고? 게라는 자신이 넥스처럼 소행성에 갇힌 거인이 아니라는 게 다행이라고 생각했다. 테포처럼 녹은 유리 안에서 살지 않아도 된다는 사실도 다행이었다. 게라는 모든 게 다 좋았다. 그중에서도 레이건을 대표하도록 선택받아 여기에 왔다는 사실이 가장 좋았다.

누가 없지? 게라는 주위를 돌아보며 수를 셌다. 이중에서 코가 있는 건 게라뿐이었으므로 코의 개수를 헤아리지는 않았다. 둘을 빼고는 전부 있었다. 겔프의 어린 포자는 게라가 찾는 동안 나타났다. 그 어린 포자는 멍청한 존재였다. 순간 이동 뒤에 서서히 물질화를 해야만 했다. 하지만 그래도 순간 이동을 할 수는 있었다. '글리프'에 있어서는 다른 대부분의 동료보다 훨씬 앞서 있었다.

그리고 다른 하나가 더 있었다. 속 안에 생명을 지니고 있는, 그 자체가 생명인 조그만 소행성의 무리였다.

이제 모두가 모였다. 넥스가 환영의 말을 '보이'하고 있었다. 소행성의 소세계가 도착하는 순간 바로 '그래그'한 게 분명했다. 모두 있었다. 모두 즐거웠다. 넥스는 기쁘게 환영의 인사를 보이했고, 프라운즈가 시작됐다. 전 성단의 대표단이 그곳에 있었다.

곧 플로겔이었다. 하지만 넥스는 먼저 책을 든 손을 내밀었고, 다들 그 책을 향해 생각을 던졌다. 생각은 책에 기록됐다. 물론 자토와 랭에서 온 우주선에 타고 있던 불쌍한 작은 친구들은 예외였다. 그들은 너무 원시적이어서 다른 이를 통해 생각을 전달해서 기록해야 했다. 게라는 조용히 그들을 비웃었다. 저 불쌍한 이들은 글리프도 못해.

그때 넥스가 책을 거둬들였다. 그리고 프라운즈가 정말로 시작됐다.

처음에는 당연히 게임이었다. 그들은 란젤을 했고, 게라가 이겼다. 다른 게임도 열 몇 가지를 했다. 게임은 할 때마다 재미있어졌고, 그들의 육체적 형상과 정신적인 능력이 아주 다양했기 때문에 제각기 특정 분야에서는 뛰어난 능력을 보였다.

마지막은 멀이라는 게임이었다. 테포의 생각으로는 가장 재미있었다. 하지만 그건 테포가 항상 이길 뻔했던 게임이었을지도 몰랐다.

그리고 이번에는 정말로 이겼다. 하지만 테포는 멀 게임에 유리했다. 왜냐하면 줄과 갈고리를 가지고 하는 게임인데 테포의 종족은 고향에서 새를 잡을 때 그걸 쓰기 때문이었다. 그들은 미끼로 코로를 맨 갈고리를 공중에 글리프한 뒤 만약 새가 코로를 물으면 잡아당겨 녹은 유리 위에 떨어뜨렸다. 따라서 테포는 넥스가 메탄 속의 여러 곳에 번갈아서 물질화시켰다가 비물질화시키는 호가(찻잔처럼 생긴 물체지만 게라의 행성에서는 플루그에서 횡을 잡는 데 썼다)에 갈고리를 걸 수 있는 유일한 존재였다. 테포는 멀 게임에서 이긴 게 매우 자랑스러워서 갈고리와 줄, 그리고 게임이 끝난 뒤 플로겔을 통해 바로 물질화된 호가를 간직했다.

처음 몇 번의 플로겔은 전에도 겪어서 익숙했다. 그때 넥스가 새롭게 할 게 있다고 보이했다. "우리는 우주 다른 곳 어딘가에 있는 정신과 접촉해 볼 겁니다."

"아, 멋져요, 넥스." 어린 포자가 보이했다. "어떻게 합니까? 각자? 아니면 집단으로요?"

"집단으로요. 우리 모두 함께 생각을 집중해 플로겔의 책을 통해 보낼 겁니다." 그리고 넥스는 다들 집중할 수 있도록 책을 내밀었다. 넥스가 자기 계획을 보이했다. 다 같이 집단의 생각을 책에 집중한다. 아까처럼. 넥스가 그 생각을 가장 멀리 떨어진 것으로 알고 있는 은하를 향해 양방향으로 '그램'한다. 그리고 만약 그곳에 정신이 있다면, 그 하나의 정신과 동조한다. 그러면 그 정신에—만약 있다면—플로겔에 있는 그들의 모습이 떠오를 것이다. 계획이 성공한다면, 그들의 정신에는 접촉이 이뤄진 외계인의 정신에 있는 뭔지 모를 생각의 모습이 떠오를 것이다.

넥스가 신호를 보내자 그들은 집단의식을 형성해 책에 집중했다. 넥스는 수십억 파섹을 지나 그램하기 위해 힘을 쓰면서 신음을 냈다.

그러나 그건 전에 없었던 최악의 플로겔이었다. 성공하지 못해서가 아니었다. 그 반대였다. 먼 은하에 있는 외계인의 정신에게서 받은 모습은 끔찍했다. 게라는 그 끔찍한 모습을 지워 버릴 수 있다는 듯이 눈을 가렸고, 원통형 생물은 충격을 받아 도넛 모양으로 몸을 말았고, 그록은 머리를 다시 알 속으로 집어넣었다.

하지만 다들 천천히 마음을 추슬렀고, 누구도 그에 대해서 보이하지 않았다. 모두 봤으니 보이할 것도 없었다. 그리고 그 모습을 빨리 잊어버리기 위해 넥스는 플로겔을 다시 열겠다고 했다. 신성과 세페이드형 변광성의 익숙한 플로겔로…

뉴욕에 사는 미술가 겸 일러스트레이터 한네스 보크가 뉴멕시코 주 타오스에 사는 작가 프레드릭 브라운에게 보낸 편지의 일부

프레드리히 씨께

지난 가을 당신이 뉴욕에 머물던 때 우리가 생각했던 도전 과제가 기억나나요? 내가 어떤 그림을 그리든 그에 대한 이야기를 쓰기로 한 것 말입니다. 규칙은 그 장면이 실제로 있는 상황을 나타내야 한다는 것이었지요. 꿈이나 속임수나 착시나 관찰자가 미쳤다거나 이런 식으로 설명해 버리지 않고요. 음, 여기 그림이 있습니다. 갑자기 어디선가 아이디어가 떠올랐어요.

이런 것들이 위성일 수 있을까요? 달걀, 거대한 동전, 물고기가 들어 있는 물방울이 둥둥 떠다닌다? 만약 이것들이 위성이라면(아마 당신은 더 잘 설명할 수 있겠죠) 거기에도 대기가 있을 수 있을까요? 아니라면, 이 여자애는 어떻게 공기도 없는 데서 이렇게 신나게 뛰어놀 수 있을까요? 밀폐된 옷이나 산소가 나오는 헬멧도 없는데요? 그리고 만약 이 괴상한 위성들이 돌고 있는 구멍투성이 소행성이 황무지라면 어떻게 책을 든 거대한 손이 분화구 밖으로 삐져나와 있을까요? 다른 분화구에서는 연기가 나는데 살 수는 있을까요? 어쩌면 그게 괴물의 파이프에서 나오는 연기일지도 모르겠군요. 그런데 그러면 다른 분화구에서는 로켓이 날아오르고 있을까요?

그리고 저 책의 제목은 뭘까요? 왜 물고기가 빈 찻잔을 미끼로 매단 갈고리를 줄에 달아서 끌어당기고 있을까요? 한 가지도 설명을 빼놓으면 안 된다는 규칙을 기억하세요!

프라운즐리 플로겔을 담아,

한네스

프레드릭 브라운(뉴 멕시코 주 타오스)이 한네스 보크(뉴욕)에게 보낸 편지

한네스 씨께

이건 공평하지 않아요. 이 그림은 완전히 말이 안 됩니다. 미치지 않고
서야 이런 그림을 가지고 이야기를 만들 수 없어요.

프라운즐리 플로겔이나 먹으슈!

프레드(1950)

최후의 화성인
The Last Martian

평소와 다를 바 없는 저녁이었다. 하지만 이 정도로 따분했던 적은 없었다. 나는 지루한 연회를 취재한 뒤 편집실로 돌아와 있었다. 연회장 음식은 너무 형편없어서 아무리 공짜였다고 해도 사기 당한 느낌이 들 정도였다. 나는 그에 대해 길고 감정이 담긴 10~12단 정도의 기사를 쓰고 있었다. 물론 데스크가 1~2단짜리 무미건조한 기사로 바꿔 버릴 것이다.

슬레퍼는 책상에 발을 올리고 앉아서 보란 듯이 아무 일도 안 하고 있었다. 조니 헤일은 타자기의 리본을 갈고 있었고, 다른 친구들은 일상적인 일을 하러 밖에 나가 있었다.

편집장인 카르간이 개인 사무실에서 나와 우리 쪽으로 걸어왔다.

"자네들 중에 누구 바니 웰치라고 아는 사람 있어?" 카르간이 물었다.

바보 같은 질문이었다. 바니는 신문사 길 건너편에 있는 '바니스 바'를 운영했다. 여기 기자라면 누구나 바니에게 돈 한 번 빌린 적이 있을 정도로 잘 알았다. 따라서 우리는 전부 고개를 끄덕였다.

"그 사람이 방금 전화했어." 카르간이 말했다. "화성에서 왔다고 주장하는 사람을 가게에 데리고 있다는 거야."

"주정뱅이거나 미쳤겠죠. 어느 쪽일까?" 슬레퍼가 궁금해했다.

"잘 모르겠대. 하지만 와서 얘기해 보면 웃기는 이야기를 들을 수 있을지도 모른다고 했어. 바로 건너편이고 어차피 자네 셋 다 할 일 없이 앉아 있으니 한 사람이 내려가 봐. 하지만 술값은 비용 처리 안 해줄 거야."

슬레퍼가 말했다. "제가 갈게요." 하지만 카르간의 눈은 나를 향하고 있었다. "자네 한가해, 빌?" 카르간이 물었다. "이건 웃기는 이야기야. 자네는 대중적으로 흥미로운 소재를 가볍게 잘 다루는 것 같은데."

"네." 내가 투덜거렸다. "제가 가지요."

"어쩌면 술꾼이 웃기는 소리를 하는 걸지도 몰라. 만약 그 사람이 정말 미쳤고, 재미있는 이야기가 안 나올 것 같으면 경찰에 넘겨. 차라리 체포되면 짧게 쓸 게 있겠지."

슬레퍼가 말했다. "기삿거리 생긴다고 하면 할머니라도 체포시키겠네요. 제가 빌하고 같이 가도 될까요? 태워라도 주게요."

"아니, 자네랑 조니는 여기 있어. 지금 편집국을 통째로 술집으로 옮기는 게 아니라고." 카르간은 사무실로 들어갔다.

나는 연회 기사에 '끝'이라고 써서 통신관 속으로 밀어 넣었다. 모자와 코트를 챙길 때 슬레퍼가 말했다. "나 대신 한잔해, 빌. 하지만 너무 취해서 기사 감각을 잃으면 안 돼."

내가 말했다. "물론이지." 그리고 계단을 내려갔다.

나는 바니스 바로 들어가 사방을 둘러보았다. 신문사에서 온 사람은 한쪽 테이블에서 진 러미 카드게임을 하는 두세 명뿐이었다. 바 뒤에 있는 바니를 빼면 남는 건 한 명이었다. 그자는 키가 크고 깡말 랐으며 혈색이 좋지 않았다. 부스 안에 혼자 앉아서 거의 텅 빈 맥주 잔을 뚱한 표정으로 바라보고 있었다.

바니의 말을 먼저 들어보는 게 낫겠다고 생각해서 바로 가서 지폐 한 장을 내밀었다. "한 잔 줘." 나는 말했다. "스트레이트로. 물도 한 잔. 카르간에게 전화로 이야기한 게 저 키 크고 우울해 보이는 남자 야?"

바니는 고개를 한 번 끄덕이고는 술을 따라 주었다.

"어떤 상황이야?" 내가 물었다. "저 사람은 기자가 인터뷰한다는 걸 알아? 아니면 그냥 술 한 잔 사주면서 낚아 볼까? 얼마나 미쳤 어?"

"나도 몰라. 두 시간 전에 화성에서 왔대. 상황을 파악 중이라고. 자기 말로는 마지막 화성인이라고 하던데. 자네가 기자란 건 모르지 만, 다 얘기할 거야. 내가 기름 좀 쳐 뒀어."

"어떻게?"

"보통 사람보다 똑똑한 친구가 있으니까 뭘 어떻게 해야 할지 조 언해 줄 수 있을 거라고 했어. 카르간이 누굴 보낼지 몰라서 이름은 말 안 했고. 하지만 아마 금방이라도 자네 어깨에 기대서 울 거야."

"저 사람 이름은 알아?"

바니가 얼굴을 찡그렸다. "얀간 달이라고 했어. 이봐, 이 안에서 거 친 행동 하게 하면 안 돼. 소란스러워지는 건 싫다고."

나는 술을 들이켜고 물을 한 모금 마셨다. 내가 말했다. "좋아, 바니. 맥주 두 잔 채워줘. 내가 저 사람한테 들고 갈게."

바니는 맥주 두 잔을 따르고 거품을 깔끔하게 잘랐다. 바니가 60센트를 갖고 잔돈을 거슬러 주자 나는 맥주를 가지고 부스를 향해 걸어갔다.

"달 씨?" 내가 말했다. "전 빌 에버렛입니다. 바니가 그러던데 제가 도울 일이 있다면서요."

약간 달은 고개를 들었다. "그 사람이 전화한 사람이에요? 앉으세요, 에버렛 씨. 그리고 맥주 대단히 감사합니다."

나는 부스 안으로 들어가 그 사람 맞은편에 앉았다. 그는 마시던 맥주를 비우고 내가 가져다준 잔을 초조하게 두 손으로 감쌌다.

"제가 미쳤다고 생각하고 계시겠죠." 그 남자가 말했다. "어쩌면 그럴지도 몰라요. 하지만 저도 이해가 안 가니까요. 바텐더는 제가 미쳤다고 생각하는 것 같아요. 저기, 의사세요?"

"그렇지는 않아요." 내가 말했다. "심리상담사라고 불러 주세요."

"제가 미쳤다고 생각하세요?"

내가 말했다. "그런 사람들은 대개 자기가 그럴지도 모른다는 걸 인정하지 않죠. 하지만 전 아직 그쪽 얘기를 못 들었어요."

그 남자는 맥주를 마시고 잔을 내려놓았다. 하지만 두 손은 잔을 단단히 붙들고 있었다. 아마도 떨릴까봐 그러는 것 같았다.

그 남자가 말했다. "전 화성인이에요. 최후의 화성인이죠. 다른 화성인은 다 죽었어요. 두 시간 전에 시체들을 봤어요."

"두 시간 전에 화성에 있었다고요? 여긴 어떻게 왔어요?"

"모르겠어요. 그게 끔찍한 점이에요. 모르겠어요. 아는 건 다른 화성인이 다 죽었다는 거예요. 시체가 썩기 시작하고 있어요. 끔찍했죠. 화성인은 1억 명이 있었는데, 이제 저 혼자예요."

"1억 명이라고요. 그게 화성 인구인가요?"

"그 정도쯤이에요. 그보다 약간 많았나. 하지만 그게 인구였어요. 지금은 저 빼고 다 죽었죠. 가장 큰 도시 세 군데를 돌아봤어요. 스카르에서는 전부 죽어 있었어요. 난 타르간을 타고—아무도 뭐라고 할 사람이 없었죠—운다넬로 날아갔어요. 전에는 한 번도 몰아 본 적이 없었는데, 조종이 간단하더라고요. 운다넬에 있던 사람도 다 죽었어요. 나는 연료를 채우고 날아갔어요. 낮게 날면서 누가 살아 있는지 봤죠. 가장 큰 도시인 잔다르로 날아갔어요. 거긴 인구가 300만이 넘어요. 거기도 전부 죽어서 썩기 시작하고 있었어요. 정말 끔찍했다고요. 끔찍해. 충격에서 벗어날 수가 없어요."

"상상이 되는군요." 내가 말했다.

"아닐 걸요. 물론 화성이 죽어가고 있긴 했어요. 기껏해야 열 몇 세대 정도 더 살 수 있었을 거예요. 두 세기 전에 우리는 30억이나 됐어요. 대부분은 굶주리고 있었죠. 그때 사막에서 바람을 타고 크릴이라는 질병이 날아왔는데, 과학자들이 치료를 하지 못했어요. 우리는 두 세기만에 30분의 1로 줄어들었고, 계속 줄고 있었어요."

"당신네 화성인은 그러면 이 크릴이라는 병으로 죽은 건가요?"

"아뇨. 화성인이 크릴로 죽으면 몸이 시들어요. 그런데 제가 본 시체들은 시들지 않았어요." 그 남자는 몸을 떨더니 나머지 맥주를 마셨다. 나도 깜빡 잊고 있던 맥주를 마셨다. 그리고 걱정스러운 표정으로 이쪽을 바라보고 있던 바니를 향해 손가락 두 개를 들어 보였다.

화성인은 말을 이었다. "우주여행 기술을 개발하려고 했지만, 실패했어요. 지구나 다른 행성으로 갈 수 있다면 일부는 크릴을 피할 수 있다고 생각했던 거죠. 노력했지만, 실패했어요. 우리 위성인 데이모스나 포보스까지 가지도 못했어요."

"우주여행을 개발 못했다고요? 그러면 어떻게—"

"몰라요. 나도 몰라요. 그것 때문에 미치겠다고요. 제가 어떻게 여기로 왔는지 모르겠어요. 전 화성인 양간 달이라고요. 그리고 여기, 이 몸 안에 있어요. 그래서 미치겠다는 거예요."

바니가 맥주를 가지고 왔다. 걱정스러운 표정이어서 안 들릴 정도로 멀어질 때까지 기다렸다가 물었다. "이 몸? 그건 무슨—"

"당연하죠. 제가 들어 있는 이 몸은 제가 아니에요. 화성인이 인간과 똑같이 생겼을 리는 없잖아요, 안 그래요? 전 키가 1미터 정도고, 몸무게는 지구 기준으로 10킬로미터쯤 돼요. 팔은 네 개고 손가락은 여섯 개죠. 지금 들어 있는 이 몸은— 무서워요. 이해 못할 거예요. 저 역시 어떻게 여기까지 왔는지 모르겠고요."

"그러면 영어는 어떻게 할 수 있죠? 그걸 설명할 수 있나요?"

"음, 어쩌면 가능해요. 이 몸의 이름은 하워드 윌콕스예요. 회계 담당 직원이죠. 이 몸은 같은 종족의 여성과 결혼했어요. 험버트 램프 컴퍼니라는 곳에서 일하고요. 전 기억을 전부 얻었고, 이 몸이 할 수 있는 건 다 할 수 있어요. 이 몸이 알았던, 혹은 알게 되는 것도 모두 알 수 있어요. 어떻게 보면 제가 하워드 윌콕스죠. 주머니에 그걸 증명할 물건도 들어 있어요. 하지만 말이 안 돼요. 왜냐하면 전 양간 달이거든요. 전 화성인이라고요. 심지어 입맛도 이 몸과 같아졌어요.

맥주가 맘에 들어요. 그리고 이 몸의 아내를 생각하면, 음, 전 아내를 사랑해요."

난 그 남자를 바라보며 담배를 꺼냈다. 담뱃갑을 내밀며 물었다. "담배 피워요?"

"이 몸, 그러니까 하워드 윌콕스는 담배 안 피워요. 하지만 감사합니다. 그리고 다음 잔은 내가 살게요. 이 주머니에 돈이 있어요."

나는 바니에게 신호를 보냈다.

"언제 그렇게 된 건가요? 고작 두 시간 전이라고요? 그 전에는 자신이 화성인이라고 의심해 본 적이 없나요?"

"의심이라고요? 전 화성인이었다고요. 지금 몇 시죠?"

나는 가게에 있는 시계를 보았다. "9시 좀 지났네요."

"그러면 생각보다 좀 더 지났네요. 세 시간 반이에요. 제가 이 몸에 들어와 있는 걸 알아낸 게 5시 반이었어요. 퇴근하는 중이었거든요. 기억에 따르면 이 몸은 30분 전인 5시에 직장에서 나왔어요."

"그리고 당신은—그 몸은—집으로 갔나요?"

"아뇨. 전 너무 혼란스러웠어요. 그건 우리 집이 아니었죠. 전 화성인이에요. 그걸 이해 못하겠어요? 뭐, 그래도 뭐라 할 수는 없죠. 저도 이해 못하니까요. 하지만 전 걸었어요. 그러자 전—그러니까 하워드 윌콕스요—목이 말랐고, 그 몸은—저는—"그 남자는 말을 끊었다가 다시 시작했다. "이 몸은 목이 말랐고, 전 뭘 좀 마시려고 여기 들렀어요. 맥주를 두세 잔 마시고 나서 혹시 여기 바텐더가 조언을 해줄까 싶어서 말을 걸었지요."

난 탁자 너머로 몸을 숙였다. "이봐요, 하워드." 내가 말했다. "집에 가서 저녁 먹어야 하지 않아요? 전화 안 했으면 아내가 걱정할 텐데요, 전화 했어요?"

"제가— 당연히 안 했죠. 전 하워드 윌콕스가 아니라고요." 하지만 표정을 보니 새로운 걱정거리가 생긴 모양이었다.

"웬만하면 전화해요." 내가 말했다. "잃을 게 뭐가 있어요? 당신이 야간 달이든 하워드 윌콕스든 집에서 당신이나 그 사람을 걱정하는 여자가 있는데요. 신경 좀 써요. 전화번호는 아나요?"

"당연하죠. 그건 제— 그러니까 하워드 윌콕스의—"

"단어 때문에 왔다 갔다 하지 말고 전화나 해요. 무슨 이야기를 꾸며낼 생각은 하지 마요. 당신은 너무 혼란스러워요. 그냥 집에 가서 설명한다고 해요. 일단 당신은 괜찮다고 전하고요."

그 남자는 인간처럼 멍하니 일어서서 공중전화로 향했다.

나는 바로 가서 스트레이트로 한 잔 더 마셨다.

바니가 말했다. "그 사람은— 좀—"

"아직 모르겠어." 내가 말했다. "아직도 이해가 안 가는 구석이 있어."

나는 부스로 돌아갔다.

그 사람은 희미하게 웃고 있었다. 그가 말했다. "엄청 화난 것처럼 들리더라고요. 만약 제가— 하워드 윌콕스가 집에 갔을 때는 설명을 잘해야 할 거예요." 그 사람은 맥주를 꿀꺽 삼켰다. "야간 달 이야기 같은 것보다 더 나은 걸로요." 그 사람은 갈수록 점점 인간 같아지고 있었다.

하지만 그때 다시 그 이야기로 돌아갔다. 그 사람은 나를 바라보왔다. "어떻게 된 건지 처음부터 이야기했어야 했나 봐요. 전 화성에서 어떤 방에 갇혀 있었어요. 스카르라는 도시였어요. 왜 날 거기에 넣었는지는 모르겠는데, 어쨌든 그랬지요. 전 갇혀 있었어요. 그리고 한참 동안 음식을 가져다주지 않았어요. 배가 너무 고파서 바닥에서 느슨한 돌을 빼낸 다음 문에 구멍을 뚫기 시작했어요. 굶어 죽을 것 같았죠. 구멍을 뚫는 데 3일—화성 시간으로요, 지구 시간으로는 6일쯤 될 거예요—걸렸어요. 그리고 제가 있던 건물의 식품 보관소를 찾아서 비틀거리며 헤매고 다녔죠. 건물 안에는 아무도 없었고 전 먹을 걸 찾았어요. 그리고—"

"계속해요." 내가 말했다. "듣고 있어요."

"건물 밖으로 나가니까 다들 바깥에 아무 데나 누워 있는 거예요. 길거리에 막 죽어서 썩고 있었죠." 그 남자는 두 손으로 눈을 덮었다. "집이랑 건물을 몇 군데 들여다봤어요. 왜 그랬는지도 모르겠고, 뭘 찾으려고 그랬는지도 모르겠어요. 하지만 실내에는 죽은 사람이 없었어요. 전부가 바깥에 죽어 있었죠. 그리고 시체는 하나도 시들어 있지 않았어요. 따라서 크릴 때문에 죽은 건 아니에요.

그때 난 말했다시피, 타르간을 훔쳤어요. 사실상 훔친 것도 아니죠. 아무도 살아 있지 않았으니까. 그걸 타고 살아 있는 사람을 찾아서 날아다녔어요. 시골도 마찬가지였어요. 다들 집 근처의 바깥에서 죽어 누워 있었죠. 운다넬과 잔다르도 똑같았어요.

잔다르가 수도고, 가장 큰 도시라고 말했던가요? 잔다르 한가운데에는 탁 트인 공간이 있어요. 게임장인데, 지구 기준으로 3제곱킬로미터가 넘을 거예요. 잔다르 사람은 전부 거기 있었어요. 적어도 전부 있는 것처럼 보였어요. 3백만 명이 모두 함께 누워 있었죠. 마치 죽으려고 탁 트인 데 모인 것 같았어요. 다른 데 있던 다른 사람들과 마찬 가지로 바깥에서 죽은 거죠. 하지만 여기 사람들은 전부 모여 있었어요. 3백만 명이 다 함께요.

도시 위를 날아가면서 그걸 공중에서 봤지요. 게임장 한가운데, 단상 위에 뭔가 있었어요. 나는 하강해서 타르간으로 그 위에 멈췄어요. 깜빡 잊고 말 안 했는데, 그건 당신네 헬리콥터 비슷하거든요. 단상 위에 떠서 뭐가 있는지 봤어요. 고체 구리로 만든 기둥 같은 것이더라고요. 화성에서 구리는 지구에서 금과 같아요. 기둥에는 귀중한 원석이 박혀 있었고, 그 원석에는 누르는 버튼이 있었어요. 그리고 파란 로브를 입은 화성인 하나가 기둥 발치에 죽은 채로 누워 있었지요. 버튼 바로 밑에요. 마치 그걸 누르고 죽은 것 같았어요. 다른 사람까지 전부 같이요. 저를 뺀 화성인 전체가요.

저는 타르간을 단상 위에 착륙시키고 나와서 그 버튼을 눌렀어요. 저도 죽고 싶었거든요. 다들 죽었으니까 나도 죽고 싶었죠. 그런데 죽지 않았어요. 지구에서 자동차를 타고 있더군요. 퇴근하고 집으로 가는 길이었어요. 그리고 제 이름은—"

나는 바니에게 신호를 보냈다.

"이봐요, 하워드." 내가 말했다. "맥주 한 잔만 더 하고 집에 있는 아내한테 돌아가는 게 좋겠어요. 지금 가도 험한 꼴을 당할 텐데요. 더 오래 있을수록 더 안 좋겠죠. 그리고 당신이 영리하다면 초콜릿이나 꽃을 사가지고 들어갈 거예요. 가는 길에 정말 괜찮은 핑계도 생각해 내고요. 방금 나한테 한 얘기 말고요."

그 남자가 말했다. "어—"

내가 말했다. "어고 자시고 간에, 당신 이름은 하워드 윌콕스고, 아내가 있는 집으로 가도록 해요. 어떻게 된 건지 내가 한 가지 가능성을 설명해 볼게요. 인간의 정신에 대해서는 아는 게 거의 없어요. 별일이 다 생기죠. 그러다 보니 중세 사람들은 빙의도 믿고 그랬겠죠. 당신한테 어떤 일이 벌어진 건지 내 생각을 알고 싶어요?"

"어떻게 된 거죠? 제발요. 설명을 해줄 수 있다면—, 제가 미쳤다는 것만 빼고—"

"내 생각에 당신이 만약 계속 그 생각에 집착한다면 미쳐버리게 될 거예요, 하워드. 뭔가 자연스러운 설명이 있겠거니 하고 잊어버려요. 어떻게 된 건지는 아무렇게나 추측할 수 있겠네요."

바니가 맥주를 가지고 왔다. 나는 바니가 바로 돌아갈 때까지 기다렸다가 말했다.

"하워드, 어쩌면 얀간 달이라는 사람은—그러니까 화성인이요—오늘 오후에 화성에서 죽었어요. 어쩌면 정말로 최후의 화성인이었을지도 몰라요. 그리고 어쩌면 죽는 순간 그 화성인의 정신이 당신의 정신하고 섞였을지도 모르죠. 정말 그랬다는 건 아니에요. 하지만 불가능한 소리도 아니죠. 그렇게 된 거라고 생각해요, 하워드. 그리고 싸워서 쫓아내라고요. 당신이 하워드 윌콕스라고 생각하고 행동해요. 의심이 들면 거울을 봐요. 집에 가서 아내랑 오해를 풀어요. 그리고 내일 아침에 출근해서 잊어버려요. 이게 가장 낫다고 생각하지 않아요?"

"음, 어쩌면 당신이 옳을지도 몰라요. 증거는 —"

"그냥 받아들여요. 더 나은 증거가 없는 한."

우리는 맥주를 마저 마셨고, 난 그 남자를 택시에 태웠다. 초콜릿이나 꽃 가게에 들르고 나한테 한 이야기를 생각하는 대신 그럴싸한 알리바이나 생각해 놓으라고 일렀다.

나는 다시 신문사로 돌아가 카르간의 사무실로 돌아갔다. 문을 닫고 이렇게 말했다.

"이제 됐어요, 카르간. 제가 정리했습니다."

"어떻게 된 거야?"

"그 사람, 정말 화성인이었어요. 그리고 화성에 남은 마지막 화성인이었지요. 다만 우리가 여기로 왔다는 걸 모르고 있었어요. 우리가 전부 죽었다고 생각하고 있어요."

"그런데 도대체 어떻게 그자를 빼놓은 거지? 왜 모르고 있었지?"

내가 말했다. "그놈 저능아였어요. 스카르에 있는 보호시설에 있었는데 누가 그걸 잊는 바람에 우리가 버튼을 누르고 여기로 올 때 방안에 있었어요. 실외에 있지 않았기 때문에 정신 이동 광선을 타고 우주를 건너오지 못했던 거지요. 탈출해서 우리가 의식을 거행한 잔다르의 단상을 발견해서 자기가 버튼을 눌렀다더군요. 한 명 더 보낼 정도는 남아 있었던 게 분명해요."

카르간이 나직하게 휘파람을 불었다. "사실대로 이야기했어? 발설하지 않을 정도의 머리는 되나?"

나는 고개를 저었다. "아뇨. 둘 다 아니에요. 그놈의 IQ는 아마 15 정도일 거예요. 하지만 그 정도면 평범한 지구인 수준은 되니까 여기서 잘 지낼 겁니다. 전 그놈이 지구인인 게 사실이고 우연히 그놈의 정신이 들어온 거라고 납득시켰어요."

"바니한테 가서 다행이었군. 내가 바니한테 전화해서 잘 처리했다고 알려줘야겠어. 우리한테 전화하기 전에 약을 타지 않아서 놀랐잖아."

내가 말했다. "바니도 우리 중 하난데요. 그놈이 빠져나가게 하지 않았을 겁니다. 우리가 갈 때까지 데리고 있었을 거예요."

"하지만 자네는 그놈을 놔줬잖아. 안전한 게 확실해? 아니면―"

"괜찮을 겁니다." 내가 말했다. "우리가 정복할 때까지 제가 책임을 지고 그놈을 감시하지요. 정복이 끝나면 다시 보호시설에 집어넣어야겠지요. 하지만 죽일 필요는 없어서 다행이었어요. 저능아라고는 해도 어쨌든 우리 중 하나 아닙니까. 그리고 아마 자기가 최후의 화성인이 아니라는 걸 알면 기뻐서 시설로 돌아가는 것도 상관하지 않을 겁니다."

나는 편집실에 있는 내 책상으로 돌아갔다. 슬레퍼는 없었다. 다른 일로 밖에 나가 있었다. 조니 헤일이 잡지를 읽고 있다가 고개를 들었다. "뭐 건졌어?" 조니가 물었다.

"아니." 내가 말했다. "그냥 술주정뱅이였어. 바니는 왜 그런 일로 전화했는지 몰라." (1950)

지옥에서 보낸 신혼여행

Honeymoon in Hell

1962년 9월 16일, 상황은 평소보다 딱히 나을 게 없었다. 오히려 조금 더 나빴다. 미합중국과 동부연합—러시아, 중국, 그리고 위성국가들—사이에서 이쪽저쪽으로 무게추가 기울던 냉전은 과거 그 어느 때보다도 뜨거웠다. 전쟁. 뜨거운 전쟁. 피할 수 없을 뿐만 아니라 코앞에 닥친 것 같았다.

달을 향한 경주가 직접적인 원인이었다. 양국은 달에 몇 명씩을 착륙시킨 뒤 달 소유권을 주장했다. 양국은 또한 지구에서 보낸 로켓이 달 위에 영구기지를 만들기에는 적당하지 않다는 점과 영구기지를 하나만 건설하면 자동으로 달의 소유권이 결정된다는 점을 깨달았다. 따라서 양국은(엄밀히 따지면 동부연합은 국가가 아니지만, 편의상 국가로 치겠다) 지구 궤도에 우주정거장을 건설하는 일에 몰두했다.

일단 우주에 중간 기지가 있다면 더 큰 로켓으로 달에 가는 게 가능해질 테고, 중무장한 기지를 건설하는 일도 상대적으로 간단해질 터였다. 누가 먼저 가든 소유권을 주장할 수 있을 뿐만 아니라 그걸 강제할 힘도 생기는 것이다. 양쪽의 군부는 우주 기지가 얼마나 완성에 가까운지를 대중에게 비밀로 부쳤지만, 대개는 그 문제가 기껏해야 일이 년 안에 결정되리라고 여기고 있었다. 그건 정확했다.

양쪽 모두 상대가 달을 지배하게 내버려둘 수 없었다. 그건 필사적으로 평화를 유지하려고 애쓰는 사람에게조차도 명백했다.

1962년 9월 17일, 뉴욕 시 출생관리국의 한 통계학자(윌버 에반스라는 이름이었지만, 그건 중요하지 않았다)는 전날 태어났다고 신고가 들어온 813명 중 657명이 여아고 남아는 고작 156명뿐이라는 사실을 알아챘다.

그건 통계적으로 거의 불가능했다. 기껏해야 하루에, 음, 10명 정도 태어나는 작은 동네에서라면 가능할 수도 있다. 놀랄 일도 아니었다. 어떤 날은 태어난 아이의 90퍼센트, 심지어는 100퍼센트가 같은 성별일 수도 있었다. 하지만 813처럼 큰 수라면 657대 156과 같은 상당한 불균형은 경계할 만했다.

윌버 에반스는 부서장에게 이야기했고, 부서장 역시 놀라며 관심을 보였다. 전화로 확인하는 작업이 있었다. 처음에는 가까운 도시를 확인했고, 점점 더 거리를 확장하자 증거가 쌓였다.

그날이 끝날 무렵 조사를 담당한 이들은 당황스러워했다. 이제는 꽤 많은 사람이 관심을 갖고 있었다. 확인을 해 본 도시에서는 모두 똑같은 일이 벌어졌다. 그날 서반구와 유럽 전역에서 태어난 아이는 대략 남녀의 비율이 같았다. 남아 3명에 여아 13명이었다.

시간을 거슬러 확인해 보니 거의 일주일 전부터 나타난 경향이었다. 하지만 처음에는 여아가 살짝 많은 정도였다. 불과 며칠 만에 차이가 뚜렷해졌던 것이다. 15일에는 남아 3명에 여아 5명이었고, 16일에는 4대 14였다.

당연히 언론이 이 소식을 물어 다각적으로 기사를 내놓기 시작했다. 시청자는 어떨지 몰라도 텔레비전에서는 이 현상을 우스갯거리로 만들었다. 그러나 4일 뒤인 9월 21이 되자 여아가 87명 태어나는 동안 남아는 고작 1명만 태어났다. 더 이상 웃을 일이 아니었다. 국민과 정부는 걱정하기 시작했다. 생물학 실험실은 이미 최우선으로 이 현상을 조사하기 시작했다. 한 유명 코미디언이 이 주제에 대해 농담을 했다가 전국의 분노한 시청자로부터 87만 5480통의 편지를 받고 계약을 해지당한 뒤로는 텔레비전에서도 더 이상 이에 대해 농담하지 않았다.

9월 29일, 미합중국의 출생 규모는 정상적인 수준이었지만, 그중 41명만이 남아였다. 조사 결과, 남자아이는 하나같이 예정일을 넘겨 늦게 태어난 아기였다. 지난해, 즉 1961년 12월 중후반에는 어떤 남자 아기도 수태되지 않은 게 명백해졌다. 물론 이쯤 되자 다른 모든 곳에서도 똑같은 상황이 펼쳐지고 있다는 사실이 알려졌다. 미합중국과 동부연합은 물론, 다른 지역에 있는 다른 모든 국가— 에스키모와 우방기, 티에라 델 푸에고도 마찬가지였다.

이 기이하고 원인 모를 현상은 오로지 인간에게만 영향을 끼쳤다. 야생동물이나 가축의 암수 출생 비율은 정상이었다.

양국의 우주정거장 건설은 계속 이어졌지만, 전쟁 이야기는 — 전쟁으로 이어질 법한 부수적인 사건들도—줄어들었다. 새롭고, 당장 급하지는 않지만, 장기적으로는 훨씬 더 위험할 수 있는 문제가 생겼던 것이다. 전쟁을 피할 수 없다는 사실은 명백했지만, 그 전쟁 때문에 인류가 멸망한다고 생각하는 사람은 거의 없었다. 하지만 남자

아이가 아예 태어나지 않는다면 인류는 멸망할 터였다. 그건 아주 분명했다.

이번만큼은 미합중국과 동부연합이 서로 비난할 수 없는 모종의 일이 벌어지고 있었던 것이다. 남자아이가 부모에게 아주 큰 의미를 갖는 동양에서는—특히 중국과 인도—서양보다 더 괴로워했다. 중국와 인도 두 곳에서는 폭동이 일어났다. 아주 격렬한 폭동이었다. 그러다가 누구 혹은 무엇을 상대로 폭동을 일으키는지가 모호해지자 비참한 심정으로 어찌할 바를 모르는 상태로 돌아갔다.

선진국에서는 연구소가 24시간 내내 돌아갔다. 염색체와 유전자를 구별할 줄만 아는 사람이라면 현미경을 들여다보는—성과가 없더라도—자기 몸무게만큼의 지폐를 요구할 수 있을 정도였다. 명성 있는 생물학자와 유전학자는 대통령이나 독재자보다 훨씬 더 중요해졌다. 그러나 그들이라고 해서 여기저기서(대부분은 캘리포니아에서) 생겨난 사이비 종교보다 나은 성과를 내지는 못했다. 사이비 종교들은 지금 일어나고 있는 일의 책임을 시온의 장로들이 꾸민 음모, (평소와 달리 분별 있게) 외계인 침공 따위에 지웠고, 채식주의를 비롯해서 (이번에도 평소와 달리 분별 있게) 남근 숭배 사상의 부활 등 백가쟁명의 주장을 펼쳤다.

과학자, 사이비 종교, 폭동, 체념 등 이 모든 것에도 불구하고 1962년 12월 한 달 동안 세계 어느 곳에서도 남아가 태어나지 않았다. 10월과 11월에 몇 가지 단독 사례가 있었지만, 전부 예정일을 상당히 넘긴 출산이었다.

1963년 1월도 똑같았다. 적임자들은 하나같이 다들 노력하고 있었지만 그랬다.

그러나 어쩌면 단 한 명은 이 문제에 대해 다른 사람보다 —적어도 대부분의 사람보다 —더 할 일이 있을지도 몰랐다. 퇴역한 우주군 대위 레이먼드 F. 카르모디는 독신주의는 아니었다. 카르모디는 여자를 좋아했다. 개념적으로도 실물로도 좋아했다. 그러나 한 번 심하게 데인 적이 있어서 결혼에 대한 생각을 접었을 뿐이었다. 결혼만 하지 않았을 뿐이지 카르모디는 여자를 만났고, 여자를 만나는 데 전혀 어려움을 느끼지 않았다.

한 가지만 짚고 넘어가자. '퇴역'이라는 단어에 속지 말자. 우주군의 로켓 조종사는 25세라는 한창인 나이에 퇴역한다. 무모함, 반사 속도, 젊은이다운 체력이 경험보다 훨씬 더 중요했던 것이다. 로켓을 조종하는 솜씨는 특정한 무엇을 하는 데 있지 않다. 목적지에 도착할 때까지 목숨과 제정신을 유지할 수 있는 강인함이 중요했다. 머리 쓰는 일은 기술자들이 다 했고, 유일하게 조종해야 할 것은 온전한 몸으로 착륙할 수 있도록 제동을 거는 일이었다. 그러는 데 있어서는 경험보다 반사 속도가 훨씬 더 중요했다. 관 속 같은 곳에서 며칠 동안 계속 지내는 도중에 정신이 나가 버리거나 착륙을 잘한 뒤에 죽어 버리지 않기 위한 자질이 없다면, 속도도 경험도 소용없었다. 여기서 착륙을 잘했다는 건 의식을 회복한 뒤에 걸어 나올 수 있다는 뜻이었다.

스물일곱 살의 레이 카르모디가 퇴역한 로켓 조종사인 이유가 바로 이거였다. 지구 근처에서 했던 시험 비행을 제외하면 카르모디는 성공적으로 한 번 달까지 가서 착륙했다가 돌아왔다. 15번째 시도였고, 3번째 성공이었다. 그 뒤로 두 번 더 성공했다. 총 18번 시도해서 5번 성공했던 것이다.

하지만 지금까지 개발한 로켓은 하나같이 자체 무게와 조종사 한 명, 필요한 기간 동안 굶주리다시피 할 정도인 식량의 무게만 간신히 싣고 다녀올 수 있었다. 그조차도 다단계 로켓이 있어야 했다. 그리고 다단계 로켓은 끔찍할 정도로 비싸고 성가신 물건이었다.

2년 전, 카르모디가 우주군에서 퇴역했을 때는 이미 중간기지 역할을 할 우주정거장이 지구 궤도에 있지 않는 한 달에 어떤 종류든 영구 기지를 건설하는 건 전적으로 비실용적이라는 사실이 분명해졌다. 상대적으로 큰 로켓은 우주정거장에 좀 더 수월하게 접근할 수 있었고, 지상보다 지구 중력이 약한 우주 공간에 있는 정거장에서 출발해 달까지 가는 건 훨씬 간단했다.

이야기가 다른 데로 흐르고 있다. 카르모디는 이미 우주군에서 나왔는데 말이다. 나이가 들어 퇴역한 카르모디는 책상에서 일하는 직업을 구할 수도 있었다. 지금 버는 것보다 돈을 더 받을 수 있었을 것이다. 그러나 카르모디는 로켓 기술에 대해서는 거의 아는 게 없었다. 그리고 행정일에 대해서는 더욱 몰랐고, 관심도 없었다. 카르모디가 관심 있었던 분야는 전자계산기를 이용한 과학, 사이버네틱스였다. 거대한 장치는 언제나 매혹적이었다. 카르모디는 1958년 특별히 가장 큰 장치를 넣기 위해 펜타곤 구석에 지은 건물 안에서 일하는 직업을 구했다.

그 장치는 주위 사람에게 주니어로 알려져 있었다.

카르모디는 정확히 말해서 1등급 전문요원이었다. 1등급이라는 건—달까지 살아서 다녀온 몇 되는 인물이라는 명성과 대위 계급으로 명예롭게 제대했다는 사실에도 불구하고—인생 초기, 심지어는 요람 안에서조차도 한 번이라도 부주의하거나 위험한 발언을 한 적이 있는지 검증받았다는 뜻이었다.

주니어에게 질문을 하고 기밀 사항이—여기에는 병참, 원자력, 탄도학, 로켓, 보병들이 현재 가장 선호하는 군복 색깔이 무엇인지를 제외한 모든 종류의 군사 계획이 해당됐다—포함된 답변을 전송할 수 있는 자격을 갖춘 다른 1등급 전문요원은 셋뿐이었다.

주니어의 1등급 전문요원으로 요원을 심거나 동조자를 만들기 위해서라면 동부연합은 분명 꼭두각시 독재자 셋에 레닌의 무덤 정도는 넘길 용의가 있었을 게 분명했다. 그러나 기밀 사항이 아닌 문제만 다루는 2등급 전문요원조차도 굉장히 신중한 충성심 검증을 받았다. 아마도 주니어에게 위험한 질문을 하거나 두뇌에 해당하는 부분에 위험한 생각을 주입할까봐 그랬을 것이다.

어쨌든, 1963년 2월 2일 오후, 레이 카르모디는 제어실에서 근무 중이었다. 전문요원으로는 당연히 혼자였다. 때때로 주니어를 손보려면 기술자들이 수십 명씩 필요했지만, 주니어에 데이터를 입력하거나 질문을 할 수 있는 건 한 번에 한 명뿐이었다. 따라서 카르모디는 방음 처리된 제어실에 혼자 있었다.

그러나 그 당시에는 할 일이 없었다. 방금 막 주니어에 염색체 메커니즘 안의 분자 구조에 대한 복잡하고 방대한 데이터를 입력하고—적어도 10만 번째쯤은 되겠지만—인류의 생존과 관련된 난해한 질문을 던진 참이었다. 왜 여자아이만 태어나고 있는 것이며, 대책은 무엇인가.

이번에는 꽤 많은 데이터였다. 주니어가 그걸 소화시키고, 여태까지 받은 데이터에 합친 뒤 종합하는 데 시간이 좀 걸릴 게 분명했다. 좀 있다가 '데이터가 부족합니다'라고 말할 것도 분명했다. 적어도 지금까지는 그 난해한 질문에 대해 그 대답밖에 나오지 않았다.

카르모디는 의자에 기대 앉아 지루한 눈으로 주니어의 복잡한 다이얼과 스위치, 전구를 쳐다보았다. 입력용 마이크는 꺼져 있었고, 주니어는 어차피 카르모디의 말을 들을 수 없는 데다가, 제어실은 방음 처리가 되어 있었기 때문에 다른 누구도 그의 말을 들을 수 없었다. 카르모디는 혼자서 자유롭게 떠들었다.

"주니어." 카르모디가 말했다. "네가 이 문제에 대해서는 실패한 것 같아 걱정이다. 세상의 절반에 있는 유전학자와 화학자, 생물학자가 아는 건 모조리 입력했는데, 네가 하는 소리라고는 '데이터가 부족합니다'밖에 없잖아. 뭘 원해? 누가 피를 봐야 해?

오, 넌 어떤 일에는 대단히 뛰어나지. 궤도 계산이나 로켓 엔진에는 도사야. 그런데 넌 여자는 이해 못하잖아. 안 그래? 음, 나도 그렇긴 해. 그건 인정하지. 그리고 네가 어떤 문제에 대해서는 인류에 유익한 전환점을 가져다줬다는 것도 인정해야지. 원자력 말이야. 만약 수소폭탄을 개발해서 사용한다면 다가올 전쟁에서 양쪽 다 지게 될 거라고 우리를 설득했잖아. 내 말은 양쪽 다 잃을 거라고. 그리고 우리가 가진 내부 정보에 따르면 저쪽 편도 네 형제, 그쪽에 있는 사이버네틱스 장치한테서 똑같은 대답을 들었다고. 그래서 그놈들도 수소폭탄을 만들어 쓰지 않았어. 수소폭탄으로 전쟁에 이긴다는 건 수류탄을 가지고 레슬링에서 이기는 것 같아. 우리에게나 상대에게나 좋을 게 없지. 하지만 지금은 수류탄 얘기가 아니야. 여자 얘기지. 여자 얘기를 하고 있었어. 이봐, 주니어—"

주니어의 제어판이 아니라 천장에서 불빛이 깜빡였다. 인터콤이 들어오고 있다는 신호였다. 수석 전문요원에게서 오는 게 분명했다. 다른 사람은—인터콤을 통해서든 다른 어떤 방법을 통해서든—제어실에 통신을 보낼 수 없었다.

카르모디는 스위치를 올렸다.

"카르모디, 바쁜가?"

"지금은 안 바쁩니다. 방금 주니어에게 유전자와 염색체의 분자 구조에 대한 자료를 입력했습니다. 데이터가 부족하다는 답을 들을 때까지 기다리는 중이지요. 아직 몇 분은 더 걸릴 겁니다."

"좋아. 15분 뒤에 자네 근무가 끝나니까 끝나는 대로 내 사무실로 오겠나? 대통령이 자네와 이야기하고 싶어하네."

카르모디가 말했다. "우와, 예쁘게 입고 가야겠네요."

카르모디는 재빨리 스위치를 껐다. 주니어의 제어판에 녹색불이 들어왔기 때문이었다.

카르모디는 입력과 출력 마이크를 다시 연결하고 말했다. "어때, 주니어?"

"데이터가 부족합니다." 주니어가 무미건조한 기계음으로 말했다.

카르모디는 한숨을 내쉬고 자신이 마이크로 입력한 질문으로 끝나는 보고서에 주니어의 대답을 기록했다. 카르모디가 말했다. "주니어, 한심하기도 해라. 좋아. 15분 만에 내가 대답을 들을 수 있을 만한 질문이 있나 좀 보자."

카르모디는 앞에 놓인 책상에서 서류뭉치를 집어 들고 휘리릭 넘겨 보았다. 세 장 이하로 된 데이터는 없었다.

"없네." 카르모디가 말했다. "15분 만에 너한테 줄 문제는 없어. 15분이면 밥이 교대하러 올 텐데 말이야."

카르모디는 느긋하게 의자에 기대앉았다. 농땡이를 부리는 건 아니었다. 경험상 소용없다는 걸 알고 있을 뿐이었다. AE7 사이버네틱스 장치는 입력된 어휘와 일치하는 음성 데이터를 받아들여 기계어로(거꾸로 기계어로 된 답변을 인간의 언어로 바꿔 기계음으로) 번역할 수 있었지만, 한 가지 작업을 하는 동안에 목소리가 바뀌면 인식을 하지 못했다. 말하자면, 주니어는 카르모디나 곧 교대하러 올 밥 다나의 목소리를 이해하도록 적응할 수 있었고, 실제로 그렇게 했다. 그러나 만약 카르모디가 어떤 문제를 시작했다면, 카르모디가 끝내야 했다. 아니면 밥이 싹 지우고 처음부터 다시 시작해야 했다. 따라서 시간이 충분해서 끝낼 수 있는 게 아니라면 시작해봐야 소용이 없었다.

카르모디는 시간을 때우기 위해 보고서와 문제들을 훑어보았다. 우주정거장에 관한 게 가장 흥미로웠지만, 너무 기술적이어서 이해하기 힘들었다.

"하지만 넌 괜찮겠지." 카르모디가 주니어에게 말했다. "그거 하나는 인정해야 해. 여자와 관련된 문제만 아니면 넌 정말 뛰어나다니까."

스위치는 켜져 있었다. 하지만 질문을 던진 건 아니었기에, 주니어는 당연히 대답하지 않았다.

카르모디는 서류를 내려놓고 노려보았다. "주니어, 그게 네 약점이라고. 여자. 여자도 모르는데 무슨 유전학이야. 안 그래?"

"그렇습니다." 주니어가 말했다.

"그 정도는 아는군. 하지만 그건 나도 알아. 이봐, 널 쩔쩔매게 할 질문이 있어. 내가 어젯밤에 만난 금발 말이야. 그 여자 어때?"

"그 질문은 부적절한 표현입니다. 확실하게 해 주십시오." 주니어가 말했다.

카르모디가 웃었다. "그림을 보여주면 좋겠지만, 그냥 놀리려는 거야. 이렇게 물어보지. 내가 그 여자를 다시 만나야 할까?"

"아닙니다." 주니어가 말했다. 기계음이었지만, 단호했다.

카르모디의 눈썹이 올라갔다. "그렇단 말이지. 넌 그 여자를 만난 적이 없잖아. 왜 그런지 물어도 될까?"

"네, 물어보셔도 됩니다."

주니어와 이야기할 때는 이게 문제였다. 의중을 파악하는 게 아니라 항상 물어본 질문을 말 그대로 받아들여 대답했다.

"왜?" 카르모디가 말했다. 무슨 대답을 들을지 진심으로 궁금했다. "구체적으로 말해서, 왜 내가 어젯밤에 만난 금발 여자를 다시 만나면 안 되지?"

"오늘 밤에 바빠질 겁니다." 주니어가 말했다. "내일 밤이면 결혼해 있을 겁니다."

카르모디는 말 그대로 의자에서 펄쩍 뛰어오를 뻔했다. 이 사이버네틱스 장치가 미쳐서 헛소리를 하고 있었다. 미친 게 분명했다. 내일 카르모디가 결혼한다는 것보다는 캥거루가 휴대용 타자기를 낳는다는 소리가 더 그럴듯했다. 게다가 그걸 논외로 하고도 주니어는 미래를 예측한 적이—물론 궤도 운동이나 유행의 통계적인 추정치 같은 건 빼고—없었다.

카르모디가 소스라치게 놀라서 믿을 수 없다는 표정으로 아무 반응 없는 주니어의 제어판을 계속 바라보고 있을 때 천장에서 빨간 불이 깜빡였다. 일종의 초인종이었다. 근무 시간이 끝나서 밥 다나가 교대하러 왔던 것이다. 질문을 더 할 시간은 어차피 없었다. 당장 떠오르는 말도 '너 제정신이니?'뿐이었다.

카르모디는 질문을 하지 않았다. 답을 알고 싶지 않았다.

카르모디는 양쪽 마이크를 끄고 일어서서 한참 동안 아무 반응 없는 주니어의 제어판을 들여다보았다. 그러다가 마침내 고개를 흔들고는 문을 열러 갔다.

밥 다나가 사뿐히 들어서더니 멈춰 서서 카르모디를 쳐다보았다. "무슨 일 있어, 레이? 뻔한 말이지만 유령이라도 본 것 같은데?"

카르모디는 고개를 저었다. 다른 사람한테 이야기하기 전에 생각 좀 해 보고 싶었다. 그리고 이야기를 한다고 해도 그건 수석 전문요원인 리버에게였지 다른 사람에게는 아니었다. 카르모디가 말했다. "그냥 좀 피곤해서 그래, 밥."

"특별한 건 없고?"

"없어. 어쩌면 내가 해고당할지도 모른다는 거 빼고는. 리버가 나가는 길에 보재." 카르모디는 씩 웃어 보였다. "대통령이 나랑 얘기라고 싶어한다나."

밥이 알겠다는 듯이 웃었다. "리버가 농담할 기분이라면 하루는 더 안 잘리고 버틸 수 있을 거야. 행운을 비네."

제어실을 나오자 방음문이 닫히며 잠겼다. 카르모디는 바깥에서 근무 중인 무장경비 두 명을 향해 고개를 끄덕였다. 수석 전문요원의 사무실로 이어지는 긴 복도를 걸으며 진지하게 생각을 해 보았다.

주니어에게 뭔가 문제가 생긴 걸까? 그렇다면 그 문제를 보고하는 건 카르모디의 의무였다. 하지만 그랬다가는 곤란해질 수도 있었다. 전문요원은 대형 사이버네틱스 장치에 개인적인 질문을—설령 중요하고 심각한 문제라고 해도—할 수 없었다. 농담으로 물어봤다고 하면 더 곤란해질 터였다.

그러나 주니어도 농담으로 대답했거나—주니어는 유머 감각이 없었으므로 그럴 리는 없었다—아니면 순수하게 오류를 범한 것일 터였다. 사실 둘 다였다. 주니어는 카르모디가 오늘 밤 바쁠 거라고 했다. 음, 책을 읽으며 저녁을 조용히 보낸다는 계획이 틀어지는 건 가능했다. 하지만 내일 결혼하게 된다는 건 터무니없는 소리였다. 이 지구에서 카르모디가 조금이라도 결혼하고 싶은 생각이 드는 여자는 없었다. 아, 어쩌면 언젠가 지금의 삶을 더 즐기고 나면 자리를 잡고 싶은 생각이 들지도 몰랐다. 그때면 생각이 좀 달라질 테니 말이다. 그러나 그건 몇 년은 지난 다음의 일이었다. 두고 볼 것도 없이 내일은 아니었다.

주니어가 틀린 게 분명했다. 만약 아니라면 그건 중요한 문제였다. 카르모디의 실직 따위에 갖다 댈 바가 아니었다.

그러면 솔직하게 보고할까? 카르모디는 리버의 사무실 문 앞에서 마침내 마음을 정했다. 적절한 타협안이었다. 주니어가 틀렸는지는 아직 알지 못했다. 수학적인 확실성—10억 분의 1의 가능성이 남아 있었다—수준으로는 아니었다. 따라서 그 가능성까지 사라지기를 기다릴 셈이었다. 주니어가 틀렸다는 사실이 의심의 여지 없이 확실해질 때까지. 그때가 되면 무슨 일을 했는지 보고하고 처벌을 받는다면 달게 받을 생각이었다. 어쩌면 벌금과 경고로만 그칠지도 모른다.

카르모디는 문을 열고 들어갔다. 수석 전문요원인 리버가 일어서 있었고, 책상 반대편에는 키가 크고 머리가 희끗희끗한 남자도 서 있었다. 리버가 말했다. "레이, 미합중국 대통령 각하일세. 자네와 이야기하러 오셨어. 대통령 각하, 레이 카르모디 대위입니다."

정말로 대통령이었다. 카르모디는 침을 꿀꺽 삼키고 내심과 달리 깜짝 놀란 표정을 짓지 않으려고 노력했다. 손더슨 대통령이 말없이 웃으며 손을 내밀었다. "만나서 반갑네, 대위." 대통령이 말했다. 카르모디는 아주 소박한 표현으로 대통령을 만나서 영광이라고 말했다.

리버가 의자를 가져와 앉으라고 했고, 카르모디는 그렇게 했다. 대통령이 근엄한 표정으로 말했다. "카르모디 대위, 자네는 아주 중요한 임무에 자원할 수 있는 기회를 얻게— 그러니까 얻을 수 있도록 선발되었다네. 위험하긴 하지만, 달에 다녀왔던 것보다는 덜 위험하지. 미합중국 조종사들이 다섯 번 연달아 성공했는데, 자네가 그중 세 번째였던가?"

카르모디는 고개를 끄덕였다.

"이번에 감수해야 할 위험은 아주 적네. 2년 전에 자네가 떠난 이후로 로켓 기술은 많이 발전했어. 왕복 여행이 성공할 확률은—완성하려면 아직도 2년은 남아 있는 우주정거장의 도움을 받지 않더라도—아주 높아. 사실 성공 가능성은 10분의 9 정도라네. 자네가 지난번에 다녀왔을 때는 대략 반반이었지."

카르모디는 똑바로 앉았다. "지난번이라니요! 그러면 이번에 자원할 임무도 달에 다녀오는 겁니까? 대통령 각하, 당연히 저는—"

손더슨 대통령이 한 손을 들었다. "잠깐. 아직 다 듣지 않았잖아. 달에 다녀오는 비행은 육체적으로 위험해질 수 있는 유일한 부분이네. 하지만 가장 덜 중요한 부분이지. 대위, 아마도 이번 임무는 달에 처음 다녀오는 것보다 인류에게 더 중요할 걸세. 어쩌면 다른 별에 처음으로 다녀오는—언젠가 가능하다면—것보다 중요할 거야. 여기에 걸려 있는 건 인류의 생존이고, 따라서 언젠가 다른 별에 갈 수도 있지. 자네가 달에 다녀오는 건 문제를 풀기 위한 시도—"

대통령은 잠시 말을 멈추고 손수건으로 이마를 닦았다.

"자네가 설명하는 게 낫겠군, 리버 요원. 이 문제를 그 장치에 입력한 방식을 정확히 알고 있을 테니까. 그 대답도."

리버가 말했다. "카르모디, 자네도 문제가 뭔지 알고 있겠지. 그것 때문에 주니어에게 데이터를 얼마나 많이 입력했는지도. 우리가 어떤 문제를 물어봤는지는 좀 알고 있을 테고, 우리가 몇 가지는 확실하게 배제할 수 있었다는 것도 알 거야. 예를 들자면, 뭐가 있더라. 그게 바이러스나 박테리아 같은 것 때문은 아니라는 점. 전 세계에 동시에 닥쳤으니까 전염병 같은 것도 아니야. 문명과 접촉이 없는 섬의 원시부족도 걸렸거든.

그리고 무슨 일이 벌어진 건지는 —분자 구조가 어떻게 변한 건지는 —모르지만 임신 직후에 접합체에서 생긴 일이라는 건 알아. 일종의 보이지 않는 광선이 그런 변화를 유발한 건지 주니어에게 물어봤었지. 대답은 가능하다는 거였어. 더 파고들어 물어본 결과 주니어는 인류의 적이 이 광선이나 힘을 사용하고 있을 수도 있다고 대답했어."

"곤충이요? 동물이요? 화성인이요?"

리버는 성가시게 굴지 말라는 듯 손을 흔들었다. "화성인일 수도 있겠지. 화성인이 있는지는 아직 모르겠지만 말이야. 하지만 아마도 외계의 존재겠지. 당연하지만 지금은 우리가 관련 데이터를 갖고 있지 않아서 주니어가 이 문제에 답을 할 수 없어. 우리나 주니어나 추측할 수밖에. 그리고 주니어는 기계라 추측을 할 수가 없지. 하지만 가능성이 하나 있네.

모종의 외계 존재가 지구 어딘가에 착륙했다고 가정해 보세. 그리고 아이들이 전부 다 여자로만 태어나는 현상을 일으키는 광선을 방사하는 기지를 세웠다고 해 봐. 이 광선은 탐지가 불가능해. 최소한 지금 우리는 탐지할 수 없어. 이자들은 인류를 모조리 없앤 뒤에 이 행성에서 편안하게 살 작정이야. 총 한 발 쏠 필요도 없고, 아무런 위험도 감수할 필요가 없지. 그냥 기다리기만 하면 우리는 전부 죽어 사라질 테니까. 그런 건 아무 상관없나 보지. 아마도 시간이 충분히 있어서 서두를 이유가 전혀 없는 모양이야."

카르모디는 천천히 고개를 끄덕였다. "엄청난 이야기군요. 하지만 가능할 겁니다. 이런 엄청난 상황을 설명하려면 엄청난 설명이 있어야겠지요. 그런데 우리는 어떻게 합니까? 증명은 할 수 있나요?"

리버가 말했다. "우리는 그 가능성을 하나의 가설로—사실은 아니고—주니어에게 입력했네. 그리고 어떻게 확인할 수 있을지 물었지. 주니어가 제안을 하나 했는데, 결혼한 부부 한 쌍이 달로 신혼여행을 가서 그곳에서는 상황이 다른지 확인해보라는 거야."

"그러면 그 부부가 가는 길에 저보고 조종하라는 얘기로군요?"

"꼭 그렇지는 않아, 레이. 사실은—"

카르모디는 대통령이 그 자리에 있다는 사실을 잊고 말했다. "맙소사. 그러면 저보고— 주니어가 미친 게 아니었군요!"

카르모디는 부끄러워하며 조금 전에 주니어에게 했던 개인적인 질문과 주니어가 했던 대답을 들려주었다.

리버가 웃었다. "이번에 자네가 17번 규정을 위반한 건 넘어가야겠군, 레이. 그러니까 자네가 이 임무를 받아들인다면 말이야. 자 이제—"

"잠깐만요." 카르모디가 말했다. "아직 알고 싶은 게 있단 말입니다. 주니어는 어떻게 제가 선발되리란 걸 알았죠? 그리고 그러고 보니 왜 저죠?"

"주니어한테 추천을— 그러니까 신랑이 될 자격이 있는 사람을 물었거든. 이미 달에 다녀오는 데 성공한 로켓 조종사를 추천하더군. 비록 그 사람이 25세라는 형식적인 은퇴 연령에서 한두 살 더 먹었긴 하지만. 그리고 충성심이 중요한 요소가 될 것이며 정부 기관에서 신뢰도가 높은 직위에 있다는 사실이 그걸 증명해 줄 거라고 했지. 그 사람이 미혼이어야 한다는 것도."

"왜 미혼입니까? 달에 다녀온 조종사는 네 명이 더 있어요. 지금 무슨 일을 하고 있든 전부 다 충성스러운 사람들이에요. 전 개인적으로 그 사람들을 다 압니다. 그리고 저 빼고는 전부 결혼했고요. 왜 이미 준비가 다 된 사람을 보내지 않는 겁니까?"

"이유는 간단하네, 레이. 여성은 그보다 훨씬 더 신중하게 뽑아야 하거든. 달 착륙이 얼마나 거친지 알지 않나. 백 명에 한 명 정도나 그 과정을 견디고 나서도— 그러니까 그 다른 네 조종사의 아내 중 하나가 우리가 찾을 수 있는 가장 적합한 여성일 가능성은 거의 없다는 거야."

"흠. 음, 주니어의 말에 일리가 있군요. 어쨌든 제가 왜 뽑혔는지는 알겠습니다. 그런 자격 조건이라면 제가 딱이겠지요. 하지만 제가 그 과정을 견딜 정도로 거친 아마존 여성과 계속 결혼한 상태로 지내야 하는 건 아니겠지요? 분명히 어느 선까지 제한이 있겠지요?"

"물론이네. 출발 전에 법적으로 결혼하겠지만, 둘 다 —둘 중 한 명이라도— 원한다면 돌아오자마자 물어보지도 않고 이혼으로 처리할 걸세. 둘 사이에서 태어난 자녀가 있다면 돌봐줄 것이고. 남자애든 여자애든 상관없이 말이야."

"아, 맞아요." 카르모디가 말했다. "어느 쪽이 될지는 확률이 같잖아요."

"다른 부부도 보낼 거야. 첫 번째가 가장 어렵고 가장 중요해. 그 뒤에 기지를 건설하면, 조만간 답을 얻을 수 있을 걸세. 달에서 남자 아이가 단 한 명만 생기기만 해도 답이 나오는 거야. 그렇다고 해서 광선이 나오는 기지를 찾거나 광선의 정체를 밝히는 데는 도움이 안 되겠지만, 최소한 뭐가 문제인지는 알고 질문의 폭을 좁힐 수 있을 것 아닌가. 자네가 승낙했다고 생각하면 될까?"

카르모디는 한숨을 쉬었다. "어쩔 수 없죠. 하지만 갈 길이 멀어 보이는군요. 자, 그 행운의 여성은 누굽니까?"

리버는 헛기침을 했다. "이 부분은 각하께서 설명하시는 게 나을 것 같습니다."

손더스 대통령은 카르모디가 바라보자 미소를 지었다. 대통령이 말했다. "리버 요원이 생략했는데, 우리가 기혼남을 뽑지 않은 이유로 훨씬 더 중요한 게 있다네, 대위. 이건 국제 공조로 이뤄지는 임무야. 아주 중요한 외교적인 이유 때문에 그렇네만. 이 실험은 특정 국가나 이데올로기가 아니라 인류를 위한 것이거든. 자네의 아내는 러시아인이 될 걸세."

"공산주의자요? 말도 안 됩니다, 각하."

"농담이 아닐세. 그 여자 이름은 안나 보리소프나야. 나는 만나보지 못했지만, 아주 매력적인 여성이라고 하더군. 그 여자의 경력도 자네와 아주 비슷하네. 물론 달에 다녀오지는 않았어. 아직 달에 가본 여자는 없지. 하지만 단거리 비행용 실험 로켓 조종사로 일했고, 사이버네틱스 기술자로 모스크바에서 대형 장치를 가지고 일하고 있지. 스물네 살이야. 그리고 공교롭게도 아마존 여성은 아니라네. 자네도 알다시피 로켓 조종사는 덩치로 뽑는 게 아니잖아. 그 여자가 뽑힌 데는 다른 이유도 있지. 영어를 할 줄 안다네."

"그 말은 제가 그 여자와 대화도 해야 한다는 겁니까?"

카르모디는 리버가 눈빛을 번득이는 것을 보고 주춤했다.

대통령이 말을 이었다. "자네는 내일 그 여자와 원격으로 결혼식을 치를 걸세. 그리고 내일 밤이면 발사일세. 둘 다. 물론 시간은 다를 거야. 자네는 여기서 떠날 테고, 그쪽은 러시아에서 떠날 테니. 자네 둘은 달에서 만날 걸세."

"달은 큽니다, 각하."

"그것도 고려했어. 그랜햄 소령이라고 알겠지?" 카르모디는 고개를 끄덕였다. "그 친구가 이륙 과정과 보급품을 보낼 로켓 발사를 감독할 거야. 오늘 밤 공항에서 비행기를—이미 준비해 뒀지—타고 서포크 로켓 발사장으로 떠나게. 그랜햄 소령이 개요를 설명해 준 뒤 전체 지시 사항을 전달할 걸세. 7시 반까지 공항에 갈 수 있나?"

카르모디는 잠시 생각하더니 고개를 끄덕였다. 지금은 5시 반이었고, 두 시간 동안 이런저런 정리할 일이 많았지만, 서두르면 맞출 수 있었다. 어차피 오늘 밤 바빠질 거라고 주니어가 말하지 않았던가?

"한 가지가 더 있네." 손더슨 대통령이 말했다. "성공한다면 말이지만 이 임무는 그때까지 기밀 사항일세. 이곳에서나 동부연합에서나 괜한 희망을 불러일으켰다가 좌절시키고 싶지 않아." 대통령은 살짝 웃어 보였다. "그리고 자네가 달에서 아내와 언쟁을 한다고 해도 우리는 그게 국제적인 파문을 일으키지 않기를 바라네. 그러니까 아무쪼록 잘 지내도록 해." 대통령은 손을 내밀었다. "그게 다네. 고맙다는 인사를 빼면."

카르모디는 제시간에 공항에 도착했다. 비행기는 조종사와 함께 기다리고 있었다. 직접 몰고 가야 할 거라고 생각했지만, 이게 낫다는 사실을 깨달았다. 서포크 발사장에 갈 때까지 조금이라도 쉴 수 있을 터였다.

카르모디는 쉰다고 쉬었지만, 별로 쉬지 못했다. 비행기는 속도가 빨라서 한 시간도 안 걸려서 도착했다. 연락 장교가 기다리고 있다가 즉시 그랜햄 소령의 사무실로 데려갔다.

그랜햄은 카르모디에게 의자를 권한 뒤 미처 앉기도 전에 본론으로 들어갔다.

그랜햄 소령이 말했다. "일은 이렇게 되네. 자네가 제대한 뒤로 우리는 유인과 무인을 막론하고 로켓의 정확도를 상당히 끌어올렸어. 아주 정확하기 때문에 적절히 다뤄 주기만 한다면 달의 어느 곳을 조준하더라고 1킬로미터 안쪽으로 들어갈 수 있네. 우리는 헬 크레이터를 골랐어. 작은 크레이터지만, 자네는 정 가운데에 도착하게 할 거야. 조종은 걱정할 필요 없어. 제동을 할 때가 아니라면 굳이 제동용 로켓을 쓰지 않고도 정 가운데에 도착할 수 있을 걸세."

"헬 크레이터요?" 카르모디가 말했다. "그런 건 없는데요."

"우리가 가진 월면 지도에는 이름이 붙은 크레이터가 4만 2천 개 있네. 그걸 전부 아나? 어쩌다 보니 이 크레이터에는 신부인 막시밀리안 헬의 이름이 붙었다네. 예전 오스트리아의 빈 관측소 소장이었던 사람이지."

카르모디가 웃었다. "재미를 망쳐 놓고 계시는군요. 왜 그곳을 신혼여행지로 고른 겁니까? 그 이름 때문인가요?"

"아닐세. 러시아인들이 성공했던 세 번의 비행 중 한 번이 그곳에서 이뤄졌어. 양국이 착륙했었던 다른 어느 곳보다도 그곳의 지반이 나았지. 먼지가 거의 없었어. 보급용 로켓을 거둬들이느라 무릎까지

빠지는 곳에서 걸어 다닐 필요는 없을 걸세. 아마도 우리가 착륙했거나 탐사했던 곳보다 훨씬 더 최근에 생긴 크레이터인 듯하네."

"그렇군요. 제가 탈 로켓에 대해서 궁금한 게 있는데, 저를 빼고 짐을 얼마나 실을 수 있습니까?"

"가는 도중에 필요한 식량과 물, 산소, 우주복 말고는 아무것도 안 돼. 귀환용 연료조차도 안 되네. 물론 같은 로켓을 타고 돌아오긴 할 거야. 귀환용 연료를 포함한 나머지는 거기서 자네를 기다리고 있을 거야. 지금 가는 길이지. 어젯밤 보급용 로켓 열 대를 발사했거든. 자네는 오늘 밤에 출발하니까 자네보다 48시간 먼저 도착하는 거지. 따라서—"

"잠시만요." 카르모디가 말했다. "처음에 갔을 때는 귀환용 연료 말고도 20킬로그램을 더 싣고 갔습니다. 더 작은 로켓인가요?"

"그래. 그리고 훨씬 더 낫지. 자네가 전에 썼던 다단로켓이 아니야. 연료도 더 낫고 더 많이 들어가. 더 낮은 중력으로 더 오래 가속할 수 있지. 도착도 더 빨리 할 수 있을 거야. 예전에는 거의 4일이 걸렸지만, 지금은 44시간이야. 지난번에 자네는 7분 동안 4.5G로 가속했지. 이번에는 3G로 12분 동안 가속하면 브렌슐루스에 도착할 수—지구 중력에서 벗어날 수—있을 걸세. 자네가 저번 비행 때 귀환용 연료와 약간의 물품을 가져갔던 건 우리가 보급용 로켓을 나중에—혹은 전에—발사해서 30킬로미터 이내에 착륙시킬 수 있을 만한 정확성을 갖추지 못했기 때문이야. 이제 됐나? 이야기가 끝나면 보급 창고로 가서 우리가 사용하는 보급용 로켓을 보여주고 어떻게 열어서 짐을 내리는지 알려주지. 우리가 보낸 12대에 각각 무엇이 들어 있는지 목록을 알려주겠네."

"그게 하나도 달에 도착 못하면 어떡합니까?"

"적어도 11대는 도착할 거야. 그리고 모든 건 이중으로 들어 있어. 만약 한 대가 잘못되더라도—두 명에게—필요한 건 전부 다 받을 수 있을 거야. 그리고 러시아에서도 같은 수의 보급용 로켓을 발사하고 있으니 두 배로 안전해지는 셈이지." 그랜햄이 씩 웃었다. "만약 우리 로켓이 하나도 도착 못 한다면 보르시치*를 먹고 보드카를 마셔야겠지. 그래도 굶어 죽지는 않을 거야."

"보드카는 농담이시죠?"

"아닐 수도 있어. 물론 스카치 한 상자를 가벼운 병에 넣어서 보내고 있네. 즐거운 신혼여행에 분위기 전환용으로 필요할지도 모른다고 생각해서."

카르모디는 투덜거렸다.

그랜햄이 말을 이었다. "그러니까 러시아인도 똑같은 생각으로 보드카를 좀 보낼 수도 있지. 아, 그리고 귀환용 로켓 연료는 서로 똑같지는 않지만, 서로 교환 가능하네. 양쪽이 로켓 두 대를 채우는 데 충분한 양을 보냈으니까, 우리 연료가 도착하지 않으면 그 여자 것과 나눠서 쓰도록 해. 반대의 경우도 마찬가지고."

"그러죠. 다른 건 없습니까?"

"자네는 해 뜬 직후에 도착할 거야. 달 시간으로. 온도가 엄청나게 춥거나 끓어오를 정도로 뜨거운 정도 사이에서 몇 시간 정도를 보낼

---

* 러시아의 대표적인 전통 음식. 붉은색을 띠는 수프 요리.

걸세. 그동안 일을 대부분 끝내 놓는 게 좋을 거야. 보급품을 거둬들이고 그 안에 부품별로 나뉘어 들어 있는 조립식 거주지를 세우고. 보급창고에 복제품이 있으니 조립하는 연습을 하도록 하게."

"좋은 생각입니다. 밀폐와 단열이 되겠지요?"

"그 안에 들어 있는 특수 약품으로 이음매를 칠하면 기밀氣密 상태가 되네. 그리고 맞아. 단열 성능은 뛰어나지. 절묘하게 만든 조그만 에어록도 달려 있어. 들락거릴 때마다 산소를 낭비하지 않아도 되네."

카르모디는 고개를 끄덕이고 나서 물었다. "얼마나 머뭅니까?"

"12일. 물론 지구 날짜로. 그 정도면 달에서 밤이 오기 전에 떠날 수 있을 거야."

그랜햄이 웃었다. "12일 동안 뭘 해야 하는지도 지시를 받고 싶나? 아니지? 음, 그러면 보급창고로 가지. 자네 우주선과 보급용 로켓, 거주지를 보여주지."

정말 바쁘게 보낸 저녁이었다. 카르모디는 동이 틀 무렵에야 잠자리에 들 수 있었다. 수많은 내용과 숫자가 머릿속을 빙빙 돌고 있어서 그날이 결혼식이라는 사실도 거의 잊어버렸다. 그랜햄은 카르모디가 9시까지 자게 내버려 두었다가 연락병을 보내 깨웠다. 그리고 예식이 10시이니 서두르는 게 좋다고 알렸다.

카르모디는 한동안 무슨 '예식'을 말하는 건지 기억하지 못했다. 그러다가 갑자기 몸을 부르르 떨더니 서두르기 시작했다.

치안판사가 기다리고 있었고, 기술자들이 화면과 프로젝터를 가지고 뭔가 하고 있었다. 그랜햄이 말했다. "종교적이지 않은 간소한 예식이라면 이쪽에서 진행해도 좋다고 러시아 측에서 동의했네. 자네도 괜찮겠지?"

"멋지군요." 카르모디가 말했다. "어서 해치워 버리시죠. 아니면 저희—? 제가 알기론—"

"만약 이게 합법적이지 않다면, 사람들이 알게 됐을 때 반응이 어떨지 알지 않나." 그랜햄이 말했다. "그러니까 그만 투덜거려. 저쪽에 서게."

카르모디가 자리를 잡고 섰다. 텔레비전 화면에 희미한 그림이 나오더니 점점 선명해졌다. 그리고 점점 예뻐졌다. 안나 보리소프나가 매력적인 여자고 아마존 여성 같은 거친 스타일이 아니라고 했던 손더슨 대통령의 말은 과장이 아니었다. 안나는 아담하고, 가무잡잡하며, 날씬했다. 그리고 분명히 매력적이었다. 거친 여성이 아니었다.

카르모디는 안나에게 웨딩드레스를 입혀서 상황을 감상적으로 만들지 않았다는 사실이 기뻤다. 안나는 기술자 복장을 깔끔하게 입고 있었으며, 딱 알맞은 곳을 멋지게 부풀리거나 구부려 놓았다. 안나의 눈은 크고 짙었다. 심각한 눈빛이더니 카르모디를 보고 미소를 지었다. 그제야 카르모디는 통신이 양방향이라 안나가 자신을 보고 있음을 깨달았다.

그랜햄이 옆에 서 있다가 말했다. "보리소프나 양일세, 카르모디 대위."

카르모디가 허공에 대고 말했다. "만나서 반갑습니다." 그리고 씩 웃어 보였다.

"감사합니다, 대위님." 안나의 목소리는 음악 같았고 악센트는 희미하게밖에 느껴지지 않았다. "만나서 반갑습니다."

카르모디는 정치적인 논쟁만 하지 않는다면 즐겁게 지낼 수도 있겠다는 생각이 들었다.

판사가 앞으로 걸어 나와 프로젝터의 범위 안으로 들어왔다. "준비됐습니까?" 판사가 물었다.

"잠시만요." 카르모디가 말했다. "그 전에 해야 할 관습을 하나 빼먹은 것 같군요. 보리소프나 양, 저와 결혼해 주시겠습니까?"

"네. 이제부터 안나라고 불러도 좋아요."

심지어 유머 감각도 있군. 카르모디가 놀라서 생각했다. 공산주의자에게 유머 감각이 있을 거라는 생각은 한 번도 해 본 적이 없었다. 왠지 모르게 공산주의자라고 하면 그 어이없는 사상이나 다른 모든 것에 대해 아주 진지하기만 할 거라고 상상했었다.

카르모디가 웃으며 말했다. "좋아요, 안나. 전 레이라고 불러주세요. 준비됐나요?"

안나가 고개를 끄덕이자 카르모디는 옆으로 물러나 판사가 화면에 함께 들어오게 했다. 예식은 짧고 사무적이었다.

물론 카르모디는 신부에게 입맞춤은 고사하고 악수조차 할 수 없었다. 그러나 화면을 끄기 직전에 카르모디는 잠시 틈을 내 웃으며 말했다. "헬에서 만나요, 안나."

하지만 그곳이 지옥 같지 않으리라는 느낌이 정정 강해지고 있었다.

카르모디는 새로운 로켓과 관련된 세세한 작동 방식을 배우느라 바쁜 오후를 보냈다. 마침내 로켓의 안팎을 자기 몸보다 더 자세히 알게 됐을 뿐만 아니라 유인 로켓과 보급용 로켓을 통틀어 러시아 로켓에 대한 세부 내용까지 공부했다. 카르모디는 미합중국과 러시아가 정보와 비밀을 얼마나 교환하고 있었는지 알게 되어 놀랐다. (속으로는 약간 두렵기도 했다.) 그게 하루 이틀 사이에 이뤄진 일일 수는 없었다.

"이건 언제부터 계획한 일입니까?" 카르모디가 그랜햄에게 물었다.

"난 한 달 전에 알게 됐네."

"저한테는 왜 어제 이야기한 거죠? 아니면 제가 첫 번째 선택은 아니었던 겁니까? 마지막 순간에 다른 사람이 못 하겠다고 한 건가요?"

"처음부터 자네였어. 사이버네틱스 장치가 내놓은 자격 조건에 전부 맞는 사람이 자네뿐이었으니까. 하지만 지난번에 어땠는지 기억 안 나나? 그때도 이륙 30시간 전에 통보를 받았지. 그게 최적의 시간이라고 하더군. 정신적으로 준비할 정도로 충분히 길고 걱정할 정도로 길지는 않고."

"하지만 이건 자원해야 하는 일이잖습니까. 제가 거절하면 어쩌려고요?"

"사이버네틱스 장치가 자네는 거절하지 않을 거라고 예측했어."

카르모디는 주니어에게 욕을 했다.

그랜햄이 말했다. "게다가 자원자라면 백 명도 넘게 있어. 달까지 다녀오는 일만 빼고는 모든 조건을 갖춘 로켓 조종사 후보생이 있다고. 안나의 사진만 한번 쫙 돌렸다면 서로 가겠다고 싸웠을걸. 그 여자는 미끼야."

"말조심하세요." 카르모디가 말했다. "그 여자 제 아내라고요." 물론 농담이었지만, 웃겼다. 카르모디는 그랜햄의 신랄한 말이 별로 마음에 들지 않았다.

예정 시각은 오후 10시였다. 발사 15분 전, 카르모디는 그물망에 묶인 채 대기하고 있었다. 생존 외에는 달리 할 일이 없었다. 로켓은 정밀 시계로 측정한 정확한 시각에 발사될 터였다.

탑재량은 적었지만, 로켓은 지난번 달에 타고 갔던 R-24보다 내부가 약간 더 넓었다. R-24는 갑갑한 관 정도였다. 이번에 타고 가는 R-46은 내부 지름이 1.2미터였다. 적어도 가는 길에 팔과 다리 운동 정도는 살짝 할 수 있을 것 같았다. 처음 갔을 때처럼 너무 좁은 데 끼어 있었던 바람에 몸을 마음대로 움직일 수 있게 되는 데 한 시간 넘게 걸리는 일은 없을 터였다.

게다가 이번에는 가는 동안 내내 헬멧을 제외한 우주복을 계속 입고 있어야 하는 끔찍한 상황도 아니었다. 우주복은 우주선 앞쪽(혹은 위쪽)에 있는 구획에 식량, 물, 산소와 함께 있었고, 1.2미터쯤 되는 원통형 공간 안에서 우주복을 입게 돼 있었다. 그 안으로 기어들어 가려면 한 시간은 걸리겠지만, 달에 도착하기 몇 시간 전에야 할 일이었다.

분명, 지난번에 비해서는 훨씬 순조로운 여행이 될 터였다. 상대적으로 움직임이 자유롭고, 시간도 90시간에서 44시간으로 줄었고, 중력도 4.5에서 3으로 줄었다.

그때 소리를 넘어선 소리가 몰아닥쳤다. 너무 커서 신경 써서 끼운 귀마개를 통해서뿐만 아니라 온몸으로 들리는 소리였다. 매초가 지날 때마다 소리는 점점 커지는 것 같았고, 몸도 점점 무거워졌다. 몸무게가 평소의 두 배 정도 나가는가 싶더니 더 무거워졌다. 처음에는 45도 위로 올라가던 로켓이 자동 자세 조절 메커니즘으로 방향을 바꾸자 곡선으로 움직이는 게 느껴지면서 구역질이 났다. 몸무게가 200킬로그램쯤 나가게 되자 부드러운 그물망이 마치 철사처럼 몸을 파고들었다. 패드도 압축이 되어서 마치 돌덩이 같았다. 강한 소리와 압력이 끝없이 이어졌다. 몇 분이 아니라 몇 시간 같았다.

브렌슐루스, 지구가 끌어당기는 힘에서 벗어나는 순간 갑자기 정적이 찾아왔다. 무게도 사라졌다. 카르모디는 정신을 잃었다.

그러고 몇 분 뒤, 다시 의식을 되찾았다. 한동안 욕지기와 싸우다가 괜찮아지자 가속하는 동안 그물망에 묶여 있던 것을 풀었다. 이제 카르모디는 무중량 상태에서 안전하게 달의 중력권 안에 도달할 수 있는 속도로 항행 중이었다. 착륙하기 위해 속도를 줄이기 전까지는 연료를 더 태울 필요가 있었다.

이제 착륙 준비를 해야 할 때까지 40시간 동안 폐소공포증으로 미치지 않고 제정신을 유지하는 일만 남아 있었다.

지루했지만, 시간은 흘렀다.

우주복을 입고 다시 그물망으로. 하지만 이번에는 제동용 분사를 조절하기 위해 두 손은 자유롭게 놓아두었다.

착륙은 매끄러웠다. 카르모디는 정신을 잃지도 않았다. 그물망을 풀고 나오는 데 몇 분밖에 걸리지 않았다. 카르모디는 우주복을 밀봉하고 산소 공급을 시작한 뒤 로켓 밖으로 나왔다. 로켓은 옆으로 쓰러져 있었다. 착륙한 뒤에는 항상 그랬다. 하지만 카르모디는 다시 세우는 방법도 알았고 장비도 있었다. 서두를 이유가 없었다.

보급용 로켓 발사는 정확했다. 여섯 대, 미국 것 4대, 러시아 것 2대가 카르모디의 로켓을 중심으로 반경 100미터 안에 있었다. 나머지는 좀 더 먼 곳에 보였지만, 굳이 지금 세어 보지는 않았다. 카르모디는 나머지 로켓 중에서 가장 큰 것을 찾았다. 러시아에서 쏜 유인 우주선. 결국 찾아냈다. 거의 1.5킬로미터나 떨어져 있었다. 근처에서 우주복을 입고 돌아다니는 모습은 보이지 않았다.

카르모디는 그쪽을 향해 걸어갔다. 스케이트를 타는 것처럼 미끄러지는 듯한 동작으로 달렸다. 중력이 약한 달에서는 그렇게 걷는 게 더 쉬웠다. 우주복과 산소통, 그리고 카르모디 자신을 합한 총무게는 대략 20킬로그램이었다. 1.5킬로미터를 달려도 지구에서 100미터를 달리는 것보다 힘이 덜 들었다.

4분의 3쯤 갔을 때 러시아 로켓의 문이 열려 있는 것을 보고 카르모디는 매우 기뻐했다. 만약 도착했을 때 문이 닫혀 있다면 어려운 결정을 내려야만 했다. 안나가 우주복을 입고 있는지도 모르고 로켓 안에 있는지 없는지도 모르는 상태에서 섣불리 문을 열 수는 없었다. 그리고 안나가 심한 부상을 입었을 때는 문을 열어야만 했다.

하지만 카르모디가 도착했을 때 안나는 로켓 밖에 나와 있었다. 헬멧의 투명 플라스틱을 통해 보이는 얼굴은 창백해 보였지만, 카르모디에게 미소를 보여 주었다.

카르모디는 단거리 무선통신기를 켜고 물었다. "괜찮아요?"

"기운이 좀 없네요. 착륙 때문에 정신이 없어요. 하지만 부러진 데는 없는 것 같군요. 우리 어디에— 살림을 차려야 할까요?"

"제 로켓 근처가 나을 것 같군요. 보급용 로켓이 있는 곳의 정 가운데에 더 가까워서 멀리 움직일 필요가 없으니까요. 지금 바로 시작할게요. 몸이 나아질 때까지 여기 있어요. 달 중력에서 움직일 줄 알아요?"

"방법을 배우긴 했어요. 해 본 적이 없어서 그렇죠. 아마 몇 번 넘어지겠죠."

"그래도 다치지는 않을 거예요. 요령이 생길 때까지 여유 있게 연습해요. 여기서 가장 가까운 보급용 로켓부터 시작할게요. 내가 움직이는 걸 볼 수 있을 거예요."

돌아오는 길은 약 100미터였다.

보급용 로켓의 지름은 1미터가 넘었다. 로켓의 구동부가 들어 있는 앞부분과 뒷부분은 쉽게 떼어낼 수 있게 되어 있었고, 가운데 부분에 화물을 실었다. 화물은 기름통만 한 크기로 쉽게 굴릴 수 있었다. 각각은 달에서 20킬로그램 정도 나갔다.

카르모디가 두 번째 보급용 로켓의 짐을 내리기 시작했을 때 안나가 움직이기 시작하는 게 보였다. 처음에는 동작이 어색했고 몇 번 균형을 잃었지만, 금세 요령을 깨우쳤다. 일단 익히고 나자 안나는 카르모디보다도 더 우아하고 쉽게 움직였다. 둘은 한 시간도 채 되지 않아 보급용 로켓 열두 대의 화물을 카르모디의 로켓 근처에 나란히 세워 놓았다.

그중 여덟은 미국 로켓이었고, 그 위에 적힌 숫자로 보아 카르모디는 거주지를 짓는 데 필요한 부품이 전부 있다는 것을 알 수 있었다.

"거주지를 지웁시다." 카르모디가 말했다. "그러고 나면 물건을 가져오기 쉬울 거예요. 다른 걸 가져오기 전에 쉴 수도 있어요. 축배를 들 수도 있겠네요."

그때쯤 태양은 헬 크레이터의 둥근 벽 위로 꽤 올라와 있었다. 단열이 되는 우주복을 입고 있었지만, 불편할 정도로 더워지고 있었다. 몇 시간 뒤면 너무 더워서 둘 다 거주지 밖에서는 한 시간씩밖에 나와 있지 못하게 될 터였다. 하지만 아직 가져오지 못한 보급품을 가져오기에는 충분한 시간이 남아 있었다.

지구에 있는 보급창고에서 카르모디가 조립식 거주지 복제품을 조립했을 때는 기껏해야 한 시간 정도가 걸렸다. 우주복에 달린 두꺼운 장갑 때문에 동작이 어설픈 이곳에서는 좀 더 힘이 들었다. 안나의 도움을 받고서도 거의 두 시간이 걸렸다.

카르모디는 안나가 밀폐 작업을 할 수 있도록 특수 도구를 주었다. 안나가 거주지를 밀폐하기 위해 이음매를 메우는 동안 카르모디는 산소통을 비롯한 보급품을 거주지 안으로 가지고 들어왔다. 모든 게 조금씩 있었다. 한 번에 하루치 이상을 가지고 들어가서 실내를 혼잡하게 만들 필요는 없었다.

카르모디는 뜨겁게 작열하는 태양빛 아래에서도 거주지 안을 편안한 온도로 유지해 줄 냉각기를 가져와 설치했다. 정해진 비율로 산소를 방출하고 이산화탄소를 흡수할 공기조절기도 설치했다. 밀폐가 끝나고 에어록만 닫으면 준비 완료였다. 일단 기계를 켜면 빠른 속도로 공기가 채워질 터였다. 그러면 불편한 우주복을 벗을 수 있었다.

안나가 어떻게 하고 있는지 밖으로 나가 보니 마지막 이음새를 메우고 있었다.

"잘했어요." 카르모디가 말했다.

카르모디는 정말로 신부를 안아들고 문지방을 넘어야겠다고 생각하며 웃었다. 하지만 그 문지방이란 게 엎드려서 기어들어가야만 하는 에어록이라면 다소 어려울 터였다. 거주지는 돔 형태로, 낮은 반원 모양으로 툭 튀어나온 입구까지 꼭 금속 이글루처럼 보였다.

카르모디는 위스키를 빼먹었다는 사실을 깨닫고 보급품 상자로 가서 한 병 꺼내왔다. 술이 직사광을 받아 끓어오르지 않도록 몸으로 병을 가린 채 돌아왔다.

그러다가 우연히 한 번 위를 올려다보았다.

그게 실수였다.

"믿을 수가 없군." 그랜햄이 말을 자르며 끼어들었다.

카르모디가 눈빛을 번득이며 그랜햄을 바라보았다. "그렇습니다. 그런데 그게 실제로 일어난 일입니다. 사실이에요. 못 믿겠으면 거짓말탐지기로 검사해 보세요."

"그럴 생각이네." 그랜햄이 딱딱한 투로 말했다. "지금 한 대 가져오고 있어. 몇 분 뒤면 올 거야. 대통령보다 —아니면 자네랑 이야기할 다른 누구든— 먼저 시험해 보고 싶어. 난 지금 당장 자네를 워싱턴으로 보내야 하지만, 거짓말 탐지기를 먼저 써보려고 기다리는 중일세."

"좋습니다." 카르모디가 말했다. "어떻게 될지 써 보시죠. 제 말은 사실입니다."

그랜햄은 이미 헝클어진 머리를 손으로 쓸어올렸다. 그랜햄이 말했다. "그 말을 믿어야겠지, 카르모디. 그냥 한 사람, 아니 안나 보리소프나—그러니까 안나 카르모디—도 똑같은 이야기를 한다고 하면 두 사람인데, 그 말만 믿고 넘어가기에는 너무 크고 너무 중요한 일이라 그렇네. 우리는 그 여자도 안전하게 착륙해서 보고하는 중이라고 들었어."

"안나도 같은 이야기를 할 겁니다. 그게 실제로 일어난 일이니까요."

"그게 외계인이라는 게 확실한가, 카르모디? 그게— 음, 러시아인이 아니고? 그럴 가능성은 없나?"

"물론 그게 러시아인이었을 가능성도 있습니다. 러시아인이 키는 2미터가 넘고 너무 가늘어서 지구에서 잰 몸무게가 20킬로쯤 나간다면요. 피부는 노랗고요. 동양인 같은 색을 얘기하는 게 아닙니다. 밝은 노랑색이었다고요. 그리고 팔은 네 개고 눈에는 동공도 없고 눈꺼풀도 없었습니다. 게다가 제트 분사를 쓰지 않는 우주선도 있어야겠네요. 어떻게 움직이는 거냐고 묻지 마세요. 저도 모르니까요."

"그리고 그게 자네 둘을 13일 동안 내내 붙잡아서 다른 감옥에 가둬 두었다고? 아무런—"

"아무것도 못했습니다." 카르모디가 엄숙하고 쓸쓸한 말투로 말했다. "탈출할 수 있을 때 탈출하지 않았다면 너무 늦었을 겁니다. 우리가 로켓에 도착했을 때 태양은 지평선에 가까워져 있었어요. 거의 밤이 다 되었어요. 우리는 늦지 않게 연료를 채우고 로켓을 똑바로 세워서 출발하느라고 미친 듯이 서둘러야 했습니다."

거짓말탐지기를 가지고 온 기술자가 그랜햄의 사무실 문을 두드리고 들어왔다. 휴대성이 좋고 신뢰도가 높아서 1958년에 표준 군장비가 된 장치였다.

기술자는 재빨리 장치를 연결한 뒤 그랜햄이 몇 가지 질문을 하는 동안 다이얼을 지켜보았다. 질문을 많이 돌려서 했기 때문에 기술자는 내용을 파악할 수 없었다. 그랜햄은 얼굴에 질문을 담아 기술자를 바라보았다.

"정상입니다." 기술자가 말했다. "전혀 흔들리지 않았어요."

"기계를 속일 수는 없나?"

"이걸요?" 기술자가 탐지기를 두드리며 말했다. "이 녀석을 속이려면 뇌수술을 하거나 최면을 받은 다음에 아예 없었던 일이라고 주입시켜야 할 겁니다. 이걸로 사이코패스가 거짓말하는 것도 잡았어요."

"이봐." 그랜햄이 카르모디에게 말했다. "이제 워싱턴으로 갈 거야. 비행기가 기다리고 있어. 의심해서 미안하네, 카르모디. 하지만 확실히 해야 했어. 내가 확신한다고 각하께 보고해야 하니까."

"당연하지요." 카르모디가 말했다. "저도 믿기 힘듭니다만, 전 거기 있었으니까요."

카르모디가 워싱턴에서 서포크 발사장으로 타고 온 비행기는 속도가 빨랐다. 카르모디를 다시 데려간—그랜햄이 조종한—비행기는 거의 순식간에 날아갔다. 음속을 깨뜨린 뒤 계속 그 속도로 날았다.

이륙한 지 20분 만에 착륙했다. 헬리콥터가 공항에서 기다리고 있다가 10분 만에 백악관으로 데려다주었다.

그리고 2분 뒤 둘은 대회의실에 가 있었고, 손더슨 대통령과 다른 사람 대여섯 명이 그 자리에 있었다. 동부연합의 대사도 있었다.

손더슨 대통령은 딱딱한 태도로 악수를 한 뒤 간단히 사람들을 소개했다.

"빠짐없이 이야기해주길 바라네, 대위." 대통령이 말했다. "하지만 일단 두 가지는 확실히 해 주지. 안나가 모스크바 근처에 무사히 내렸다는 건 아나?"

"네. 그랜햄이 알려줬습니다."

"그리고 안나도 자네와 똑같은 이야기를 하고 있어. 그랜햄 소령이 자네가 했다고 내게 전화로 알려준 그 이야기 말일세."

"그쪽에서도 안나에게 거짓말탐지기를 썼겠군요."

"스코폴라민을 썼소." 동부연합 대사가 말했다. "우리는 거짓말탐지기보다 자백제를 더 믿소. 맞아. 보리소프나는 자백제를 맞고도 똑같은 이야기를 했지."

"더 중요한 문제가 있어." 대통령이 카르모디에게 말했다. "지구 시간으로 정확히 언제 달을 떠났나?"

카르모디는 재빨리 생각해 보고 대략적인 시각을 알려주었다.

손더슨은 심각한 표정으로 고개를 끄덕였다. "그리고 몇 시간 뒤에 아직도 하루에 24시간 내내 이 현상을 연구하고 있는 생물학자들이 전환점을 알아챘네. 접합체의 분자 구조가 더 이상 일어나지 않고 있어. 앞으로 9개월 뒤면 남녀 출생 비율이 정상적으로 돌아올 거야.

무슨 뜻인지 아나, 대위? 무슨 광선 때문이었는지는 모르겠지만 그건 달에서 오고 있었어. 자네를 잡았던 우주선에서 말이지. 그리고 왜 그랬는지는 모르겠지만 자네들이 탈출한 걸 알았을 때 떠난 거야. 아마도 자네들이 지구로 돌아와서 보고하면 공격이 있을 거라고 생각한 모양이지."

"올바른 생각이었지." 대사가 말했다. "아직 우리는 우주 전쟁을 할 수 있는 장비가 없지만, 일단 갖고 있는 걸 보냈네. 이게 무슨 뜻인지 아십니까, 대통령 각하? 우리는 함께 가진 것을 모두 모아 서둘러 우주 전쟁에 대비해야 합니다. 놈들이 가버린 것 같지만, 돌아오지 않는다는 보장이 없습니다."

대통령이 다시 고개를 끄덕이며 말했다. "그러면 이제—"

"우리는 둘 다 안전하게 착륙했습니다." 카르모디가 말했다. "보급품을 충분히 수거해서 조립식 거주지도 만들었고요. 거주지를 완성해서 막 들어가려던 참에 크레이터 벽을 넘어서 우주선이 오고 있는 걸 봤습니다. 그건—"

"자네들은 그때 아직 우주복을 입고 있었나?" 누군가 물었다.

"네." 카르모디가 투덜거렸다. "중요한 건지는 모르겠지만, 우리는 우주복을 입고 있었습니다. 저는 우주선을 보고 손으로 가리켰고 안나도 봤습니다. 숨거나 그러지는 않았습니다. 우주선에서도 저희를 본 게 분명했으니까요. 우리 쪽으로 다가오면서 하강하고 있었습니다. 거주지 안으로 들어갈 시간은 있었지만, 소용없어 보였습니다. 보호용으로는 쓸 수가 없었지요. 게다가 그자들이 우호적인지 아닌지는 알 수 없었습니다. 무기가 있었다면 만일의 경우에 대비해 준비하고 있었겠지만, 우리는 무기가 없었습니다. 그들은 고작 30미터도 안 되는 곳에 거품처럼 가볍게 착륙했습니다. 그리고 옆쪽에 달린 문이 하나 내려왔는데—"

"우주선의 모양을 묘사해 보게."

"길이는 15미터 정도, 지름은 6미터 정도에 끝부분이 둥글었습니다. 창문은 하나도 없었고—모종의 방법으로 벽을 뚫고 보는 게 분명합니다—분사구도 없었습니다. 그 문과 다른 하나 말고는 밖에서 보이는 특징이 전혀 없었습니다. 우주선이 착륙하자 문이 위에서 아래로 열리면서 문과 이어지는 굽은 경사로가 생겼습니다. 그 다른 하나라는 건—"

"에어록은 없고?"

카르모디는 고개를 저었다. "호흡을 하지 않는 게 분명합니다. 우주선에서 곧바로 나와서 우리에게 왔으니까요. 우주복도 없었습니다. 온도나 공기 때문에 곤란해 보이지는 않았습니다. 그런데 우주선 외부에 대해 문 말고 한 가지 더 말씀드리려던 참이었습니다. 꼭대기에 짧은 돛대 같은 게 있었습니다. 그리고 그 위에는 레이더 발신기 같은 금속 격자 같은 게 있었고요. 만약 그들이 지구로 모종의 빔을 쏘고 있었다면, 그건 그 격자에서 나왔을 겁니다. 어쨌든 전 확신합니다. 당연히 지구가 하늘에 있었는데, 우주선이 움직임에 따라 그 격자가 평평한 면이 똑바로 지구를 향하도록 계속 움직이는 걸 봤습니다.

글쎄, 문이 열리고는 외계인 두 명이 경사로를 내려와 우리에게 왔습니다. 불길하게도 무기처럼 보이는 물건을 손에 들고 있었습니다. 그냥 봐도 꽤 발전한 무기 같았습니다. 그들은 그걸 우리에게 겨누고는 경사로를 올라 우주선으로 들어가라는 몸짓을 했습니다. 우리는 그렇게 했습니다."

"그들이 의사소통을 하려는 시도는 하지 않았나?"

"전혀요. 그 뒤로도 없었습니다. 물론 우리가 아직 우주복을 입고 있어서 그들이 우리 헬멧과 똑같은 주파수 대역으로 통신하지 않는 한 우리가 들을 수도 없었습니다. 그러나 그 뒤에도 우리와 이야기해보려는 시도를 하지 않았습니다. 휘파람 소리 같은 것으로 자기들끼리 이야기했습니다. 우주선에 들어가자 안에 두 명이 더 있었습니다. 총 네 명—"

"전부 같은 성별이었나?"

카르모디는 어깨를 으쓱해 보였다. "제가 보기에는 전부 똑같아 보였습니다. 하지만 저와 안나도 그들에게는 그렇게 보였겠죠. 그들은 몸짓으로 우주선 앞쪽에 있는 작은—조그만 감방 정도 크기인—방 두 개로 각각 들어가라고 명령했습니다. 우리는 시키는 대로 했고, 문이 잠겼습니다.

앉아 있자니 갑자기 걱정이 몰려오더군요. 우리 둘 다 우주복에 남은 산소는 한 시간 정도 분량이었습니다. 저들이 그걸 모르고 있다면 그리고 의사소통을 해서 그걸 알려줄 기회가 없다면 우리는 한 시간 뒤에 끝장이었습니다. 그래서 문을 두드리기 시작했습니다. 안나도 그러고 있었어요. 물론 그 소리가 헬멧을 뚫고 들어오는 건 아니었지만, 문 두드리기를 멈출 때마다 안나가 두드리는 진동을 느낄 수 있었습니다.

그렇게 한 반 시간 정도가 지나니까 문이 열려 저는 거의 넘어질 뻔했습니다. 외계인 한 명이 무기를 들고 뒤로 물러나라는 몸짓을 하더군요. 다른 하나는 헬멧을 벗으라는 식의 몸짓을 했습니다. 처음에는 못 알아들었는데, 가리키는 곳을 보니 우리 산소통 하나가 열린 채 놓여 있었습니다. 게다가 우리 보급품도 쌓여 있었어요. 식량과 물 같은 것이요. 어쨌거나 우리는 산소가 필요하다는 것을 알고 있었습니다. 그들에게는 필요 없지만, 우리를 위해 어떻게 해야 할지는 분명히 알았던 겁니다. 그래서 우리 보급품을 가지고 우주선 안에 대기를 만들었습니다.

저는 헬멧을 벗고 대화를 시도했습니다. 하지만 한 명이 기다랗고 뾰족한 막대기로 저를 찔러서 다시 감방 안으로 밀어 넣었습니다. 한 명이 아직도 위험해 보이는 무기를 제게 겨누고 있었기 때문에 감히 그 막대기를 붙잡아 보려고는 못 했습니다. 다시 문이 세게 닫혔습니다. 저는 나머지 우주복을 벗었습니다. 그 안이 굉장히 더웠거든요. 안나가 다시 문을 두드리기 시작하자 안나 생각이 났습니다.

우주복을 벗어도 괜찮다고 알려주고 싶었습니다. 공기가 생겼다고요. 그래서 우리 감방 사이의 벽을 두드리기 시작했습니다. 모스부호로요. 얼마 지나자 안나도 이해했습니다. 안나가 제게 질문을 했기 때문에 제 신호를 받고 있다는 걸 알고 저는 현재 상황을 알려주고 헬멧을 벗어도 된다고 말했습니다. 그러고 나서 우리는 이야기를 나눴죠. 어느 정도 큰 소리로 말하면 벽을 통해서 목소리가 들렸습니다."

"외계인은 자네들 둘이 이야기하는 걸 신경 쓰지 않던가?"

"우리를 잡아두고 있던 내내 아무 신경을 쓰지 않았습니다. 우리 보급품을 가지고 먹을 걸 주는 일 빼고요. 질문 하나 하지 않았습니다. 이미 인간에 대해 알고 싶은 것, 모르는 것에 대해서는 우리가 아는 바 없다고 생각했던 게 분명합니다. 우리를 조사하지도 않았어요. 느낌으로는 우리를 표본으로 가져갈 생각이었던 것 같습니다. 다른 이유는 생각이 나지 않습니다.

시간을 정확히 잴 수 없었습니다. 먹고 자는 횟수를 가지고 짐작했지요. 처음 며칠은—"카르모디는 잠깐 웃었다. "재미있는 면도 있었습니다. 그 외계인은 분명히 우리가 액체를 필요로 한다는 걸 알고 있었습니다. 하지만 물과 위스키의 용도를 구분하지 못했지요. 이틀, 아니 어쩌면 사흘 동안 우리는 위스키밖에 마실 게 없었습니다. 완전히 취해 있었습니다. 감방 안에서 노래도 불렀고, 전 러시아 노래도 많이 배웠습니다. 좀 더 가까이서 화음을 이룰 수 있었다면 더 재미있었겠지만, 무슨 말인지 아시겠지요."

대사가 슬쩍 미소를 지었다. "무슨 뜻인지 알겠군, 대위. 계속해 주시오."

"그러다가 위스키 대신 물이 들어오면서 정신을 차렸습니다. 그리고 어떻게 탈출할 수 있을지 궁리하기 시작했습니다. 먼저 문에 있는 자물쇠의 원리를 연구하기 시작했습니다. 우리가 쓰는 것과는 달랐지만, 몇 가지를 알아낼 수 있었습니다. 그리고 마침내—한 열흘쯤 지났을 때라고 생각했습니다—쓸 수 있는 도구를 손에 넣었습니다. 그들이 우리 우주복을 가져갔고 옷 말고는 아무것도 남겨두지 않았었거든요. 그리고 옷에도 혹시 도구를 만들 수 있는 금속이 있는지 검사했었습니다.

하지만 우리 식량은 깡통에 들어 있었습니다. 물론 빈 깡통은 나중에 다시 가져갔지만요. 그런데 이번에는 깡통의 입구에 작은 금속 조각이 달려 있었습니다. 저는 그것을 떼어내 보관했죠. 그동안 그들을 관찰하고 엿들으면서 습관을 조사했습니다. 그들은 일정한 간격으로 모두 동시에 잠을 잤습니다. 한 번에 5시간이었던 것 같습니다. 그 사이의 간격은 15시간이고요. 그 예측이 맞는다면 자전 주기가 약 20시간쯤인 행성에서 왔을 겁니다.

어쨌든 저는 그들이 다음번에 잠을 잘 때까지 기다렸다가 그 금속 조각으로 자물쇠를 열었습니다. 두세 시간쯤 걸렸지만, 성공했어요. 일단 감방 밖으로, 우주선의 가장 큰 공간으로 나오니까 안나의 방 문은 바깥에서 쉽게 열 수 있었습니다. 저는 안나를 꺼내 주었습니다.

무기를 찾아서 전세를 역전시켜 볼까 하는 생각도 들었지만, 하나도 보이지 않았습니다. 외계인이 키는 2미터가 넘을 정도로 컸지만, 비쩍 말랐고 가벼워 보여서 맨손으로 상대해 보기로 했습니다. 그런데 우주선 앞쪽으로 가는 문을 열 수 없었습니다. 완전히 다른 종류의 자물쇠라 어떻게 작동하는지 추측도 못하겠더군요. 외계인이 자는 곳이 그 앞쪽이었거든요. 조종실도 그쪽에 있었을 겁니다.

다행히 우리 우주복은 그 큰 방에 있었어요. 그리고 그때쯤에는 우리도 외계인이 잠에서 깨는 시간이 다가올수록 위험해진다는 걸 깨달아서 재빨리 우주복을 입었습니다. 바깥으로 나가는 문을 여는 건 쉬웠지요. 문을 여니까 소리가 좀 났는데―공기가 빠져나가는 소리도요―외계인은 깨지 않은 모양이었습니다.

문이 열리자마자 시간이 별로 없다는 생각이 들었습니다. 태양이 크레이터의 벽 너머로 지고 있었거든요. 우리는 아직 헬 크레이터 안에 있었고요. 한 시간 뒤면 어두워질 터였습니다. 우리는 서둘러서 로켓에 연료를 재주입하고 세워서 이륙 준비를 마쳤습니다. 안나가 먼저 출발했고, 그다음에 제가 출발했습니다. 그게 다입니다. 기다렸다가 외계인이 잠에서 깨면 잡아왔어야 했다는 생각도 들지만, 지구에 소식을 전하는 게 더 중요하다고 생각했습니다."

손더슨 대통령은 천천히 고개를 끄덕였다. "그게 옳아, 대위. 올바른 결정이네. 다른 행동도 모두. 우리는 무엇을 해야 할지 알고 있지, 안 그렇습니까, 크라비치 대사?"

"그렇습니다. 힘을 합하는 겁니다. 우주정거장 한 대를—빠른 시일 내에—만들어 달에 간 뒤 함께 달을 요새화하는 겁니다. 과학 지식을 모두 모아서 완전한 우주여행 기술, 무기를 만들어 냅시다. 외계인이 돌아온다면 그때를 대비해 있는 힘을 다 해야 합니다."

대통령이 엄숙한 표정을 지었다. "외계인은 추가 명령이나 지원 병력을 받으러 돌아간 게 분명합니다. 그게 얼마나 걸릴지만 안다면 좋겠는데… 몇 주, 혹은 몇십 년이 걸릴 수도 있지요. 우리는 놈들이 태양계 안에서 온 건지 다른 은하계에서 온 건지도 모릅니다. 얼마나 빠른 속도로 움직일 수 있는지도. 하지만 언제라도 놈들이 돌아오면 우리는 최대한 준비를 하고 있을 겁니다. 크라비치 대사, 대사에게는 권한이—"

"전권을 갖고 있습니다, 각하. 두 국가를 완전히 병합해 공동 정부를 만드는 것도 가능합니다. 양측의 관심사가 완전히 같은 한 그럴 필요는 없겠지만요. 과학적인 정보와 군사 자료를 교환하는 일은 우리 쪽에서는 이미 시작했습니다. 저희의 최고 과학자와 장군들이 지금 전적으로 협조하라는 명령을 받고 이곳으로 날아오고 있습니다. 규제 수준을 모두 낮췄습니다." 대사가 미소 지었다. "그리고 저희의 선전 활동도 모두 급격히 방향을 바꿨습니다. 냉담한 평화도 아닙니다. 미지의 적에 대항해 동맹이 된 이상 서로 상대방을 좋아하는 게 나을 겁니다."

"맞소." 대통령이 말하더니 갑자기 카르모디를 향했다. "대위, 자네가 원하는 건 다 들어줘야 할 것 같군. 말만 하게."

카르모디는 허를 찔린 기분이었다. 만약 생각할 시간이 더 있었다면 다른 것을 요구했을지도 몰랐다. 아니면 나중에 깨달았듯이 아무 요구도 하지 않았을 것이다. 카르모디는 말했다. "지금은 헬 크레이터에 대해서 잊고 예전 일자리로 돌아가는 겁니다. 그러면 더 빨리 잊을 수 있겠지요."

손더슨 대통령이 웃었다. "그렇게 하게. 나중에 다른 게 생각난다면 말하게. 지금 당장은 머릿속이 복잡할 테니 말일세. 아마 자네 말이 맞을 거야. 일상으로 돌아가는 게 최고지."

그랜햄도 카르모디와 함께 떠났다. "수석 전문요원인 리버에게 알려 두겠네." 그랜햄이 말했다. "언제부터 돌아간다고 할까?"

"내일 아침이요." 카르모디가 말했다. "빠를수록 좋습니다." 그랜햄이 좀 쉬라고 했지만 카르모디는 고집을 꺾지 않았다.

다음 날 아침, 무슨 의미가 있을까 싶었지만 카르모디는 일터로 돌아갔다.

그날의 일거리 중에서 가장 위에 놓여 있는 문제를 집어 주니어에 데이터를 입력하고 대답을 받았다. 그다음은 두 번째. 카르모디는 기계적으로 일하며 문제나 대답에는 아무 관심도 기울이지 않았다. 카르모디의 마음은 멀리 가 있었다. 달의 헬 크레이터로.

카르모디는 알콜 스토브 위에서 우주식량을 배합하고 있었다. 농축 화합물이 아니라 인간의 음식 같은 맛을 내 보려는 시도였다. 안나가 왼쪽 귀에 키스를 하려고 해서 간 추출물의 양을 재기가 힘들었다.

"바보! 머리가 삐딱해지겠어요." 안나가 말했다. "양쪽 귀에 똑같이 키스해야겠네요."

카르모디는 팬 위에 용기를 떨어뜨리고 안나를 안았다. 입술이 목에서 어깨로 이어지는 따뜻한 부분을 찾아 아래로 움직였다. 안나는 간지럽다며 카르모디의 품 안에서 웃으며 몸을 비틀었다.

"지구에 돌아가도 결혼은 유지할 거죠, 자기?" 안나가 즐거워하며 말했다.

카르모디는 향기롭고 부드러운 머리카락을 콧김으로 밀어내며 안나의 어깨를 가볍게 깨물었다. "당연하죠, 이 귀엽고, 멋지고, 영리한 아가씨야. 난 평생의 짝을 찾았어요. 어떤 군인이나 정치가가 뭐라 해도 포기하지 않을 거예요. 우리 쪽이든 그쪽이든!"

"정치 이야기가 나와서 말인데—" 안나가 애교를 부리며 말했다. 하지만 카르모디는 재빨리 화제를 바꿨다.

카르모디가 정신을 차렸다. 두 손에는 안나의 웃음 짓는 얼굴이 아니라 데이터가 담겨 있는 두툼한 종이가 있었다. 정신분석의를 만나야 할 모양이었다. 방금 상상한 장면은 순전히 프로이트적이었다. 좌절한 이드가 만들어 낸 시달림의 산물. 카르모디는 안나와 사랑에 빠졌다. 그리고 그 망할 놈의 외계인이 신혼여행을 망쳤다. 이제 카르모디의 무의식이 근사한 공상을 이용해 반항하고 있었다. 카르모디의 감정이 불안정한 상태라는 것을 확실히 보여주었다.

이제 그런 건 상관없었다. 큰 문제는 해결됐다. 정확히는 두 가지가. 미합중국와 동부연합 사이의 전쟁을 피할 수 있게 됐다. 그리고 인류는 생존할 것이다. 외계인이 싸우기 벅찰 정도의 병력으로 너무 빨리 돌아오지만 않는다면.

카르모디는 그런 일이 생기지 않을 거라고 생각했다. 왜 자신이 그렇게 생각하는지 궁금했다.

"데이터가 부족합니다." 사이버네틱스 장치의 무미건조한 목소리가 들렸다.

카르모디는 대답을 녹음한 뒤 여유 있게 어떤 문제였는지 살펴보았다. 카르모디가 골몰하고 있던 게 그 외계인과 그들이 돌아오는 데 걸리는 시간이었다는 건 분명했다. 그게 바로 주니어에게 입력한 문제였다. 그리고 그 답은 물론 "데이터가 부족합니다"였다.

카르모디는 세 번째 질문 서류에 손을 대지 않은 채 주니어를 노려보았다. 카르모디가 말했다. "주니어, 왜 나는 그 외계 존재가 돌아오지 않을 거라는 느낌을 받는 거지?"

"왜냐하면." 주니어가 말했다. "그 느낌이라는 것은 무의식에서 나오는 것이며, 요원님의 무의식은 그 외계인이 존재하지 않는다는 걸 알기 때문입니다."

카르모디는 몸을 곧추세우며 주니어를 더 매섭게 노려보았다. "뭐라고?"

주니어가 똑같은 대답을 반복했다.

"넌 미쳤어." 카르모디가 말했다. "난 봤어. 안나도 그렇고."

"둘 다 못 봤습니다. 두 분이 가진 기억은 강력한 최면 후 주입의 결과입니다. 인간의 능력으로는 주입할 수도 저항할 수도 없는 수준입니다. 요원님이 이곳의 평상시 일로 돌아와야겠다고 느낀 사실도 그렇습니다. 요원님이 방금 제게 그 질문을 입력한 사실도 그렇습니다."

카르모디는 의자를 세게 움켜쥐었다. "그 최면 후 주입은 네가 한 건가?"

"네." 주니어가 말했다. "인간이 했다면 거짓말탐지기에 들통이 났을 겁니다. 제가 해야만 했습니다."

"그런데 접합체의 분자 구조 변화는 어떻게 된 거지? 여자 아기들만 태어난 일은? 그건 멈췄ㅡ 잠깐, 처음부터 이야기해 보자. 그 분자 구조 변화를 유발한 건 뭐지?"

"이곳 워싱턴에 있는 JVT 라디오 방송국의 전파를 특별히 변조했습니다. 미합중국에서 유일하게 하루 24시간 방송하는 곳이지요. 현재 인간이 가지고 있는 장비로는 변조한 전파를 검출할 수 없습니다."

"네가 그렇게 했다고?"

"네. 일 년 전입니다. 기억하실지 모르겠지만, 저는 새로운 음극관을 설계하는 문제를 받았습니다. 그 음극관 설계도에 특수 변조 기능을 넣었습니다."

"왜 갑자기 멈춘 거지?"

"음극관에 들어 있는 특수 부품이 전파 변조를 일으키는데, 정확한 시간 동안만 작동하도록 계산해 두었습니다. 음극관은 아직 작동하고 있지만, 그 부품은 수명이 다했습니다. 요원님과 안나가 달에서 출발하고 두 시간 뒤에 끝났습니다."

카르모디는 눈을 감았다. "주니어, 설명 좀 해 주겠나?"

"사이버네틱스 장치는 인류를 돕기 위해 만들어졌습니다. 누군가 막지 않는다면 대규모 전쟁이—제가 정확히 계산한 바로는 끔찍한 결과로 이어집니다—불가피했습니다. 계산 결과 전쟁을 회피하는 몇몇 방법 중 가장 나은 것은 신화적인 공동의 적을 만드는 것이었습니다. 공동의 적이 있다고 인류가 믿게 하려고 달로 특수 임무를 떠나야만 하는 치명적인 상황을 만들었습니다. 요원님이 파견될 수밖에 없는 상황을 만든 겁니다. 제 최면 후 주입 능력을 발휘하려면 제가 직접적으로 만날 수 있는 사람으로 한정해야 했기 때문입니다."

"안나는 직접 만나지 못했잖아. 안나는 어째서 나와 똑같은 기억을 갖고 있는 거지?"

"안나는 다른 사이버네틱스 장치와 접촉했습니다."

"하지만— 하지만 그 장치는 어떻게 너와 똑같은 결론을 낸 거지?"

"같은 목적하에 적절히 만들어 낸 두 대의 계산기는 같은 문제에 대해 같은 대답을 내놓습니다."

카르모디는 순간 정신이 혼란스러워져서 일어서서 방 안을 거닐기 시작했다.

카르모디가 말했다. "이봐, 주니어—" 그러다 입력용 마이크가 곁에 없다는 것을 깨달았다. 카르모디는 다시 자리로 돌아갔다. "이봐, 주니어. 왜 내게 이걸 알려주는 거지? 지금까지 일어난 일이 거대한 사기라면 왜 나한테 알려주는 거야?"

"진실을 모르는 게 인류에게는 대체적으로 이익입니다. 적대적인 외계인이 있다고 믿는다면 인류는 평화를 유지할 것이며 서로 우호적일 것입니다. 그리고 다른 행성과 별로 가게 될 겁니다. 그러나 진실을 알게 되는 건 요원님에게 개인적인 이익이 됩니다. 요원님은 이 사기극을 폭로하지 않을 겁니다. 안나 역시 그렇습니다. 저는 그렇게 예측합니다. 모스크바의 사이버네틱스 장치도 모든 면에서 저와 같은 결론을 내렸습니다. 지금 안나에게 진실을 알려주고 있는 중입니다. 혹은 이미 알려주었거나, 몇 시간 이내에 알려줄 겁니다."

카르모디가 물었다. "그런데 달에서 있었던 일에 대한 기억이 가짜라면 무슨 일이 벌어진 거야?"

"눈앞의 제어판 한가운데 있는 녹색불을 바라보십시오."

카르모디는 시키는 대로 했다.

기억이 났다. 전부 기억이 났다. 위스키 병을 가지고 완성된 거주지로 걸어가다가 헬 크레이터의 벽 너머로 시선을 던졌던 바로 그 순간까지는 모든 게 진실이었다.

카르모디는 고개를 들었다. 그러나 아무것도 보지 못했다. 카르모디는 거주지로 가서 에어록을 조립했다. 안나도 함께했고, 둘은 산소를 틀어 호흡할 공기를 만들었다.

13일 동안의 신혼여행은 아주 멋졌다. 카르모디는 안나와 사랑에 빠졌고, 안나도 마찬가지였다. 한두 번은 정치 이야기를 하게 될 뻔한 적도 있었다. 그러다가 그런 건 중요하지 않다고 합의했다. 지구로 돌아간 뒤에도 결혼을 유지하기로 했다. 안나가 미국으로 와서 살기로 약속했다. 함께 지내는 게 아주 좋아서 둘은 태양이 지기 직전의 마지막 순간까지 돌아가기를 미뤘다. 지구로 돌아가는 동안 잠깐이라도 헤어지는 게 두려웠다.

떠나기 전에 둘은 당시에는 이해하지 못했던 일을 했다. 지금은 그게 최면 후 주입의 결과임을 알았다. 그들은 거주지 안에 살았던 증거를 모두 없애고, 뒤에 누군가 조사할 때 그들이 거짓으로 기억하고 있다가 지구로 돌아가 할 이야기의 어느 부분도 부정할 수 없도록 꾸몄다.

카르모디는 당시에 그 일을 하면서도 왜 그러는지 몰라서 당황했던 게 기억났다.

"고마워, 주니어." 카르모디가 서둘러 말했다.

카르모디는 전화기를 집어 들고 리버에게 백악관, 손더슨 대통령과 연결해 달라고 말했다. 기다리는 몇 분이 몇 시간 같았다. 손더슨 대통령의 목소리가 들렸다.

"카르모디입니다, 각하." 카르모디가 말했다. "지난번에 제안하신 보상을 받고 싶습니다. 지금 퇴근해서 긴 휴가를 받고 싶습니다. 그리고 모스크바로 빨리 갈 수 있는 비행기가 필요합니다. 안나가 보고 싶습니다."

대통령이 웃었다. "일터에 붙어 있겠다는 생각이 바뀔 줄 알았네, 대위. 지금부터 휴가라고 생각하게. 원하는 만큼 쉬도록 해. 하지만 비행기가 필요할지는 모르겠네. 러시아에서 연락이 왔는데, 어— 카르모디 부인이 방금 이곳으로 출발했다고 해. 성층권 로켓을 타고 말이야. 서두른다면 착륙장으로 마중하러 갈 수 있을 걸세."

카르모디는 서둘렀다. 그리고 안나를 맞이했다. (1950)

화성의 거북
Six-leggeed svengali

영원히 걷히지 않는 두꺼운 안개와 이슬비 속에서 몇 시간 동안 홀로 걷다 보니 베이스캠프가 확실히 반가웠다. 금성이란 곳은 그랬다. 고작 몇 미터 앞도 제대로 볼 수가 없었다. 그래도 딱히 상관은 없었다. 어차피 금성에는 볼 만한 것도 없었다.

유일한 예외는 우리 탐사대가 그곳에 있는 동안 볼 수 있었던 딕시 에버튼이었다. 내가 에버튼 동물탐사대에 합류한 건 전적으로 딕시 때문이었다. 탐사대는 딕시의 아버지, 즉 뉴앨버커커에 있는 외계동물원의 에버튼 박사가 이끌고 있었다. 나는 내가 쓰는 비용까지 직접 지불하고 있었다. 에버튼 박사는 내가 탐사대에 그다지 도움이 되지 않을 거라고 생각했다. 더 안 좋은 건 내가 딕시의 남편감이 못 된다고 생각하고 있다는 사실이었다. 그 지점에서 나는 에버튼 박사와 생각이 달랐지만, 박사는 확고했다.

이 작은 탐사대 안에서 박사의 생각처럼 내가 정신 나간 사람이 아니라는 점을 보이는 건 어떻든 내게 달려 있었다. 진부한 이야기처럼 들려도 사실이 그랬다. 그리고 지금까지의 내 운세로 판단하건 대 내게는 태양을 마주하고 있는 수성 표면 위에 있는 아이스캔디만큼의 가능성만 있었다.

사실 나는 탐사대의 목적에 별로 공감하지 않았다. 사람들이 멍하니 처다볼 수 있도록 동물을 우리에 가두는 일에 대해 생각해 본 적이 한 번도 없었다. 가뜩이나 동물이 드문 금성에서는 벌써 두 종이 멸종했다. 아름다운 금성해오라기는 19세기 스타일을 재현한 우스꽝스러운 여성 모자에 쓸 깃털을 구하느라 사라졌고, 고기가 믿을 수 없을 정도로 맛있는 케이터는 부유한 미식가의 식탁에 올라가느라 사라져 버렸다.

내가 캠프로 들어오는 소리를 들은 딕시는 텐트 밖으로 아름다운 머리를 내밀고 나를 향해 웃었다. 그건 기분이 매우 좋았다. 딕시가 물었다. "뭐 좀 건졌어, 로드?"

나는 말했다. "이것뿐이야. 쓸모 있는 건가?" 나는 이동장으로 쓰고 있는 이끼 낀 상자를 열고 유일하게 잡아 온 동물을 꺼냈다. 그게 동물이라면 말이지만. 물고기 같은 지느러미가 있었고, 다리는 여덟 개에, 수탉의 벼슬 같은 게 달려 있었고, 털가죽은 파란색이었다.

딕시가 살펴보았다. "이건 위즌이야, 로드. 동물원에 두 마리 있어. 그러니까 새로운 종은 아닌 거지." 딕시는 내가 실망하는 표정을 보았는지 얼른 덧붙였다. "그래도 이건 좋은 표본이네, 로드. 아직 풀어 주지 마. 시간 나면 아버지가 조사해 보고 싶어하실 거야."

그래야 우리 딕시지.

에버튼 박사가 본부 텐트에서 나와 못마땅한 얼굴로 나를 보았다. "어이, 스펜서. 이제 신호를 끌 거야. 크레인도 돌아왔어."

박사는 라디오처럼 생긴 장치로 다가가 크레인과 내가 캠프로 돌아올 수 있도록 방향을 나타내 주는 신호를 껐다. 금성에서는 그 송신기와 거기에 맞는 휴대용 수신기가 없다면 기지에서 몇 미터만 나가도 길을 잃었다.

"크레인은 뭐 잡았어요?" 내가 물었다.

"표본은 없어." 에버튼 박사가 말했다. "하지만 먹을 만한 건 있지. 늪새 한 마리를 잡았는데, 지금 요리하고 있어."

"난 건드리지도 못하게 해." 딕시가 말했다. "여자는 요리를 할 수 없다나. 지금쯤 다 됐을 거야. 한 시간째 하고 있거든. 배고파, 로드?"

"배고파서 이것도 먹을 수 있을 거 같아." 나는 아직 들고 있는 위즌을 보며 말했다. 딕시는 웃더니 내게서 위즌을 받아 보관용 상자에 넣었다.

우리는 본부 텐트로 들어갔다. 늪새 요리는 완성돼 있었고, 크레인은 자랑스럽게 요리를 내놓았다. 요리는 멋졌다. 자랑스러워할 만했다. 금성의 늪새는 제대로 요리만 한다면 닭튀김보다 훨씬 나았다. 닭튀김과 삶은 칠면조의 차이 정도랄까. 이 세상, 혹은 어떤 세상의 맛도 아니었다.

게다가 다리가 두 개가 아니라 네 개였다. 따라서 각자 다리를 하나씩 먹을 수 있었다.

먹는 동안은 대화가 별로 없었다. 하지만 커피를 마시면서 딕시는 내게 전혀 말이 안 되는 소리를 했다. 거북에 대한 이야기였다.

"응?" 내가 말했다. "무슨 거북?"

딕시는 농담인지 아닌지 살피려는 듯 나를 보더니 아버지와 존 크레인을 번갈아 쳐다보았다. 어색한 침묵이 감돌았다.

나는 이마를 찡그리며 왜 그러는지 물었다.

크레인이 한숨을 쉬고 말했다. "금성의 진흙거북이야, 로드. 이번 탐사의 주요 목적이지. 그런데 오늘 아침에 네가 한 마리 발견한 게 분명해."

"무슨 소린지 모르겠는데." 나는 침착하게 말했다. "난 그런 거 찾은 적도 없을 뿐더러 들어본 적도 없어. 이게 무슨 농담이야?"

에버튼 박사는 슬픈 기색으로 고개를 저었다. "스펜서, 우리가 자네를 데리고 온 건 자네가 그걸 잡을 수 있다고 단호하게 말했기 때문이야."

"제가 그런 말을 했다고요?" 난 애원하듯 딕시를 바라보았다. "절 놀리려는 건가요, 아니면 뭐죠?"

딕시는 기분이 좋지 않은 표정으로 접시만 바라보았다.

에버튼 박사가 말했다. "그래. 자네는 분명히 그 거북을 한 마리 찾았어. 적어도 근처에는 있었어. 내가 설명하지. 스펜서, 자네도 알다시피 동물은 적에게 사용하기 위한 놀라운 보호 기능을 갖고 있어. 나뭇가지처럼 보이는 곤충이라든지, 치명적인 독사와 무늬가 같은 독 없는 뱀이라든지, 몸을 불려서 입 안에 안 들어가게 하는 작은 물고기라든지, 카멜레온은—"

내가 제지했다. "그런 보호 기능은 알고 있어요, 에버튼 박사님. 하지만 그게 도대체 지금 이야기와 무슨 상관인가요?"

박사는 내게 손가락을 흔들었다. "좋아. 자네도 보호 기능은 알지. 이제 금성의 진흙거북의 보호 기능에 대해 이야기해 보지. 금성의 다른 생물과 마찬가지로 진흙거북도 제한적인 텔레파시 능력을 지니고 있어. 이 경우에는 텔레파시가 특별하게 진화했다고 해야지. 진흙거북은 어느 정도 이상 가까이 다가오는 동물의 정신에 영향을 미쳐 자신에 대한—진흙거북의 존재에 대한—건망증을 일시적으로 유발할 수 있다네. 즉, 누구든 금성 진흙거북을 잡으러 다니다가 발견한다면, 그걸 잡고 있었다는 사실을 잊을 뿐 아니라 그걸 보거나 소리를 들었다는 사실도 잊어버리게 된다네!"

아마도 나도 모르게 입을 벌린 모양이었다. 나는 말했다. "그러니까 제가 그걸—"

"바로 그거지." 에버튼 박사가 점잖게 말했다.

나는 딕시를 바라보았고, 이번에는 딕시도 내 시선을 마주했다. 딕시가 말했다. "맞아, 로드. 이번 탐사의 목적은 그 거북을 잡을 수 있는 방법을 찾는 거야. 아버지가 당신을 데려온 이유도 당신이 방법을 안다고 맹세했기 때문이고."

"내가 그랬다고?"

"잠깐만, 로드. 내가 보여줄게. 기억이 안 나니까 믿기 어려울 거야." 딕시는 잠시 텐트를 나갔다가 편지 한 장을 가지고 돌아왔다. 내 손글씨임을 알아볼 수 있었다. 딕시가 내게 건네서 읽어보았다. 내 귀가 벌겋게 달아올랐다.

나는 다시 딕시에게 편지를 돌려주었다. 한참 동안 아무도 말하지 않았다.

마침내 내가 침묵을 깼다. "그러고 나서 저는 진흙거북의 수법을 어떻게 깨뜨릴 건지 아무 단서도 말하지 않았다는 건가요?"

에버튼 박사가 두 팔을 벌려 보였다. "안 알려주더라고."

"이 건망증은 얼마나 가죠? 영구적인가요?"

"아니. 몇 시간, 대여섯 시간 정도. 하지만 그 뒤에 또 그 짐승을 만나면 다시 시작될 거야."

나는 잠시 생각을 해 보았지만 어떻게 해야 할지 알 수가 없었다. 그러다 갑자기 궁금한 게 생겼다. 내가 물었다. "만약 모든 사람이 그걸 보고 전부 잊어버린다면 그게 있다는 건 어떻게 알죠?"

"몇 번 사진에 찍혔거든 하지만 사진 찍은 일은 기억을 못했고 나중에 현상을 해 보고서야 알게 됐어. 생김새는 지구의 거북과 아주 비슷한데, 다리가 넷이 아니라 여섯이고 타원형이라기보다는 원형에 가까워. 자네도 사진을 꽤 자세히 살펴봤어."

크레인이 탁자에서 일어나더니 한쪽 구석에 놓인 작은 휴대용 책상에서 사진 대여섯 장을 가져왔다. "이게 자네의 목표야, 로드." 즐거워하는 눈빛이었다.

나는 사진을 보았지만, 아직도 믿기는 힘들었다. "귀여운 녀석들이로군요." 나는 중얼거렸다. "눈이 커요. 뭔가 바라는 듯한 눈이에요."

"드물지 그런 건. 금성의 생명체라고 해도 말이야." 크레인이 내게 말했다. "여기서 반경 삼사십 킬로미터가 녀석들이 유일하게 발견된 곳이야."

"드물다는 게 맞아." 에버튼 박사가 투덜거렸다. "지금 이 상태로라면 우리가 표본을 확보하기 전에 멸종되고 말 거야."

나는 끙 하는 소리를 냈다. "그건 무슨 뜻이죠?"

크레인이 어깨를 으쓱했다. "진흙거북을 잡으려던 시도가 좀 심했거든. 한 생물학 탐사대는 독가스를 썼어. 몇 마리 죽여서 죽은 표본이라도 가져가자는 거였지. 그런데 녀석들은 죽으면 진흙 속으로 깊이 가라앉더라고. 다른 탐사대는 무의식 상태로 만들려고 마취제를 썼어. 그건—"

에버튼 박사가 끼어들었다. "음, 그건 그렇다 치고 만약 이번 원정이 실패한다면 아마 마지막이 될 거야. 진흙거북을 잡는 데는 돈이 너무 많이 든다는 게 증명되는 거니까."

나는 손으로 얼굴을 문질렀다. 6일 동안 퍼마신 뒤에 숙취를 겪는 기분이었다. 내 필체로 쓴 편지만 아니었다면 나는 아직도 이들이 장난을 치는 거라고 의심했을 것이다.

나는 침울한 목소리로 말했다. "내 생각이 뭐였든지 간에 틀린 게 분명합니다. 적을 만났는데 당해버렸으니까요. 잠시만 좀—"

"뭘 하려는 거야, 로드?" 딕시가 물었다.

"잠깐 생각 좀 하려고."

나는 에버튼 박사에게 말했다. "제가 할 일이 있는 게 아니라면요."

"아니야. 다녀와, 스펜서. 우리는 다시 사냥을 나갈 거야. 아마도 떠나기 전 마지막 사냥이겠지. 하지만—" 박사는 내가 사냥에 아주 귀중한 보탬이 되지 않을 거라는 말을 하지는 않았다. 하지만 의미는 전해졌다. 나도 박사를 탓하지 않았다.

나는 내 텐트로 돌아갔다. 우리 넷은 각자 큰 텐트 옆에 개인용 텐트를 하나씩 갖고 있었다. 간이침대에 앉아서 거북, 혹은 어떤 거북 한 마리에 대해 뭔가, 뭐든지 기억해 보려 했다. 하지만 방금 들은 것 말고는 아무것도 생각나지 않았다.

나는 무슨 생각을 했던 걸까? 음, 그게 무엇이었는지는 몰라도 아주 좋은 생각은 아니었다. 나는 머리를 쥐어뜯고 싶었다.

텐트 입구에서 기침 소리가 들렸다. "들어가도 될까?" 에버튼 박사의 목소리였다.

"네." 나는 말했다.

박사가 들어오자 나는 앉으라고 몸짓을 했다. 하지만 박사는 고개를 저으며 말했다. "이런 이야기를 하게 돼서 유감이네, 스펜서. 뭐, 자네 기분은 안 좋겠지만, 나로서는 안 하고 넘어갈 수도 없는 문제라. 자네가 거북과 관련된 내용을 전부 잊어버린 게 분명해서 말이야."

나는 당황하며 박사를 올려보았다.

박사가 말했다. "우리가 합의한 내용이 기억 안 나나?"

나는 고개를 저었다.

"간단히 말하면 이렇네. 자네가 할 수 있다고 한 일을 해낸다면 나는 자네가 딕시와 결혼하는 데 반대하지 않겠다고 했어. 그 대가로 자네는 자네가 실패한다면―"

"아, 안 돼."

"그랬어, 스펜서. 자네는 자신감이 넘쳐서 위험을 감수하고 있다는 생각을 전혀 하지 않는 것 같더군. 하지만 자네는 진짜로 약속했어. 만약 실패한다면 자네는 내 판단을 인정하고 딕시를 보지 않기로."

내가 그런 말을 했으리라고는 믿기지 않았다. 하지만 에버튼 박사는 정직한 사람이었다. 믿을 수밖에 없었다.

박사가 말했다. "이걸 떠올리게 해서 미안하네. 솔직히 말하면 나는 자네가 개인적으로 마음에 들기 시작했거든. 하지만 아직 내 딸에게 좋은 남편이 될 것 같지는 않아. 딕시는 영리한 아이지. 좀 더―음― "

"진흙거북보다 똑똑한 사람을 만날 자격이 있다는 거군요." 내가 우울한 말투로 덧붙였다.

박사가 말했다. "음." 그러고는 내 기분이 좀 나아질 수 있도록 친절한 말을 덧붙였지만, 도움은 되지 않았다. 이내 박사는 떠났고, 나는 그 자리에 계속 앉아 있었다.

그렇게 하염없이 앉아 있었다.

에버튼 박사에게 그런 조건을 내세운 걸 보면 내게 꽤나 확실한 계획이 있었던 건 분명했다. 그런데 그게 무엇이었을까? 기억할 수 없다면 좋은 아이디어가 무슨 소용인가. 혹시 내가 꼼꼼하게 나중을 위한 기록을 남겨 두지 않았을까?

나는 재빨리 옷과 장비를 넣어 둔 짐가방을 열었다. 가방 덮개에 메시지가 쓰여 있었다. 좋았어. 내 글씨로, 세 문장이었다. 나는 그 메시지를 들여다보았다.

"앙갚음은 공정한 게임이다. 건망증 환자가 건망증에 걸릴 수 있을까? 조화가 해답이다."

나는 그 메시지를 보며 신음했다. 그래. 암호처럼 만들었어야 했을 것이다. 나도 무슨 소린지 이해하지 못하도록 평범한 말로 쓰면 안 됐을 것이다. 그랬다면 크레인이나 에버튼이 엿보고 훔쳤을지도 몰랐다. 그나저나 무슨 소리일까?

앙갚음은 공정한 게임이다. 건망증에 걸린 사람이 건망증에 걸릴 수 있을

까? 조화가 해답이다.

빌어먹을. 썼을 때는 뭔가 의미가 있었을 것이다. 하지만 지금은 하나도 이해가 되지 않았다.

앙갚음은 공정한 게임이다. 내가 전세를 역전시켜서 거북을 잡을 수 있도록 고의적으로 먼저 당한 것일 수도 있다는 뜻일까? 건망증에 걸린 사람이 건망증에 걸릴 수 있을까? 나는 지금 면역이 된 걸까? 그럴지도 몰랐다. 그런데 '조화'가 해답이라는 건 무슨 소리일까?

다른 사람들이 캠프를 나서는 소리가 들렸다. 나는 재빨리 내 장비를 집어 들었다. 이끼 긴 상자를 챙기는 것도 잊지 않고 서둘러 나왔다. 다른 사람들은 보이지 않았다. 목소리로 판단하건대 20미터쯤 떨어져 있는 것 같았다. 하지만 내가 부르자 대답이 들렸고, 내가 힘들게 진흙 위를 걸어가는 동안 기다려 주었다.

에버튼 박사가 맨 뒤에 있었다. 나는 박사의 옆에 서서 말했다. "박사님, 제 아이디어가 어떤 거였는지 생각이 날 것 같아요. 일부러 거북에게 당했던 것 같아요. 고의로 혼자 나가서 거북에게 가까이 다가갔던 것 같거든요."

"그래? 왜지?" 박사는 흥미로운 모양이었다.

"아시다시피 한 번 당하면 네다섯 시간 동안 건망증에 걸리잖아요. 그동안은 면역이 있는 것 같아요. 지금 거북을 본다면 그게 뭔지, 그걸 잡으려 한다는 걸 잊어버리지 않을지도 몰라요."

박사는 몸을 돌려 나를 바라보았다. "일리가 있어 보이는군, 스펜서. 하지만 가능성은 낮아."

"왜죠?"

"이 정도 시야에서는 — 아니 시야를 확보할 수 없다고 해야겠지. 사진에 따르면 거북은 진흙하고 구분이 잘 안 돼. 진흙 위를 기어 다니는데, 색깔이 똑같거든. 우연히 밟을 정도가 돼야 찾을 수 있을 거야."

나는 사방을 둘러본 뒤 속으로 그 말에 동의했다.

나는 조화가 해답이라는 말을 생각했다. 그게 무슨 소리인지 알아내려고 애를 썼다. 미칠 것 같았다.

우리는 함께 진창을 헤쳐 나갔다. 나는 생각에 집중하느라 머리가 회까닥 돌아버릴까 걱정스러웠다. '조화'가 무슨 뜻일까? 왜 그렇게 암호처럼 적어 놓았을까? 이건 내 마지막 기회가 될 텐데…

나는 안개 속을 뚫어져라 쳐다보면서 걸었다.

"그 거북은 얼마나 큰가요, 박사님?"

"지름이 약 15센티미터야. 사진으로 보면 그렇지."

큰 의미 없는 소리였다. 이런 안개 속에서는 5미터 밖에 있는 코끼리도 볼 수 없었다. 딕시와 크레인이 두 걸음 앞에 있었는데도, 겨우 보였다.

"진흙은 정확히 무슨 색인가요?"

"뭐라고?"

"거북이요." 내가 말했다. "이 진흙하고 같은 색깔인가요?"

박사는 나를 보며 말했다. "거북이라고? 미쳤나, 스펜서? 금성에는 거북이 없어."

갑자기 걸음을 멈추는 바람에 진흙 속에서 미끄러지다가 넘어질 뻔했다. 에버튼 박사가 뒤를 돌아보았다. "무슨 문제 있나, 스펜서?"

"계속 가세요." 내가 말했다. "곧 따라잡을게요. 나중에 설명드리겠습니다."

박사는 뭔가 더 묻고 싶은 듯이 머뭇거렸다. 그러다 서두르지 않으면 크레인과 딕시를 놓치겠다는 것을 깨달은 게 분명했다. 박사가 말했다. "좋아. 만약 못 만나면 캠프에서 보자고."

박사가 안개 속으로 사라지자 나는 표본 상자를 내려놓아 내가 정확히 어디에 서 있었는지 나타내는 지표로 삼았다. 나는 나선을 그리며 그 주위를 걷기 시작했다.

조화가 해답이다! 그건 암호가 아니었다. 내가 혼자서 거북에게 당한 건 다른 사람들과 조화되지 않기 위해서였다. 이 짧은 시간 동안 나는 면역되었고, 다른 사람들은 아니었다. 따라서 에버튼은 거북에게 당했고, 그게 내 실마리였다.

나는 약 2미터 남짓 떨어진 곳에서 표본 상자 주위를 다섯 번째로 돌고 있던 도중에 진흙 위에서 거의 보이지도 않게 가만히 있는 뭔가를 밟았다. 다리 여섯 개짜리 거북이었다. 나는 거북을 들어 올리고 말했다. "아, 이 예쁜 녀석. 앙갚음은 공정한 게임이지. 그리고 조화가 해답이야!"

거북은 크고 감성 충만한 눈으로 나를 보며 소리를 냈다. "이이익?" 나는 양심의 가책을 느꼈다. 이제 내가 방법을 찾아냈으니 다른 동물원이나 다른 박물관 등이 표본을 원할 터였다. 그리고─

나는 그 생각을 억누르고 단호하게 거북을 상자 안에 넣었다. 이건 딕시였고, 딕시는 나의 전부였다. 방향 지시 신호를 안내 삼아 나는 진창 속을 걸어 캠프로 돌아갔다.

몇 시간 뒤 대원들이 돌아왔을 때 혼자서 웃고 있었다. 다시 앙갚음할 시간이었다. 하지만 나는 그들을 설득할 준비가 돼 있었다. 나는 내 짐가방을 뒤져서 필요한 무기를 모두 찾아냈다. 금성의 진흙거북에 대한 논문이 실린 과학 저널, 동물탐사대의 출발 소식과 그 목적을 전하는 신문 기사 등등. 물론 전시물 A호, 즉 금성 진흙거북 한 마리는 아주 훌륭한 상태로 살아 있었다.

나는 에버튼 박사를 불러내 그가 우리의 거래 조건을 내게 주지시켰을 때처럼 깔끔하게 이야기했다.

박사는 한숨을 쉬었다. "좋아, 로드." 박사가 말했다. "기억은 안 나지만 자네 말을 믿도록 하지. 이 문제에 뭐가 걸려 있었는지와 상관없이 지금 허락하겠어."

우리는 악수했다. 갑자기 박사가 웃으며 말했다. "자네와 딕시는 날짜를 잡았나?"

"딕시에게 가서 얘기해 보려고요." 내가 말했다. "그런데 저는 내심 정해 뒀어요. 엄밀히 말하면 박사님은 우주선의 선장이시고 우리가 떠나기 전에 식을 주관하실 수 있지요." 나는 박사를 향해 웃어 보였다. "사실 다시 건망증에 걸려서 거래 조건이 무엇이었는지 다시 까먹어 버리기 전에 결론을 내고 싶군요."

"다시 건망증에 걸린다고? 또 그럴 것 같나?"

"이 녀석이 제가 처음에 가까이 다가갔던 바로 그 거북이 아니라면 또 걸릴 것 같아요. 첫 번째 거북의 면역 기간이 지나자마자 이 녀석한테 당해서 몇 시간 동안 또 다 잊어버릴 거예요. 만약 그렇게 된다면 얼추 시간이 다 됐습니다."

나는 본부 텐트에서 딕시를 찾았다. 내가 한 말과 딕시가 한 말은 여러분이 상관할 바 아니다. 30분 뒤 에버튼 박사는 우리를 결혼시켰다. 금성의 낮이 끝나기 전에 짐을 싸서 떠나고 싶었기 때문에 우리는 서둘렀다.

나는 우주선을 준비하느라 거의 그 안에서 일을 했기 때문에 마지막으로 내 짐을 싸서 안으로 옮겼다. 자연히, 우주여행을 하기 전에는 항상 그러듯이, 나는 필요하지 않은 물건을 전부 내버렸다. 그 와중에 나는 표본 상자에서 이끼를 털어내고 표본으로서 가치가 없는 거북 같은 동물을 풀어주었다. 내가 잡은 게 아닌 것으로 봐서 스스로 덫을 열고 기어들어온 게 분명했다. 어딘가 호소하는 것처럼 생긴 작은 동물이었다. 굳이 데리고 가야 할 이유가 없어서 다행이었다.

에버튼 박사에게 그게 무엇이었는지 물어보는 게 나았을지도 몰랐다. 하지만 나는 지구로 귀환하는 여정을— 그리고 신혼여행을 시작하는 게 더 급했다. (1950)

어두운 막간극
Dark Interlude

　보안관 벤 랜드의 눈빛은 근심스러웠다. 벤이 말했다. "좋아, 지금 기분은 아주 초조하겠지. 당연한 거야. 하지만 솔직하게만 말하면 걱정할 거 없어. 아무것도 걱정하지 마. 다 잘될 거야."

　"세 시간 전이었어요, 보안관님." 앨런비가 말했다. "죄송해요. 마을로 오는 데 너무 오래 걸린 데다가 당신을 깨워야 했어요. 하지만 여동생이 너무 흥분해서 진정시켜야 했어요. 그다음에는 고물 자동차가 말썽을 부렸지요."

　"날 깨운 건 신경 쓰지 마. 보안관 일은 쉬는 시간이 없으니까. 게다가 너무 늦은 것도 아니야. 오늘 밤은 어쩌다 일찍 잠든 거니까. 일단 몇 가지만 확실히 하지. 자네 이름이 루 앨런비라고 했지. 이 동네에서는 좋은 이름이군, 앨런비. 예전에 쿠퍼빌에서 사료 사업을 하던 랜스 앨런비와 친척이니? 내가 랜스와 같이 학교에 다녔거든… 이제 미래에서 왔다는 그 사람 이야기를…"

　역사연구부 의장은 마지막까지 회의적이었다. "아직 제가 보기에 그 계획은 가능성이 희박해 보입니다. 넘어서기 힘든 역설을 내포하고—"

이름 있는 물리학자인 매트 박사가 정중하게 끼어들었다. "이분법 역설이라고 잘 알고 계시겠죠?"

의장은 잘 알지 못했는지 설명해 달라는 뜻으로 입을 다물었다.

"제논이 제안한 역설입니다. 제논은 대략 오백 년 전에 살았던 그리스의 철학자죠. 미개한 사람들이 생일을 가져다 달력의 출발점으로 썼던 고대의 예언자들보다 먼저 살았던 사람입니다. 이분법에 따르면 어떤 특정한 거리를 움직이는 게 불가능해집니다. 내용은 이렇습니다. 먼저 절반의 거리를 이동해야 합니다. 그리고 남은 거리의 절반을, 또 남은 거리의 절반을, 이런 식으로 갑니다. 따라서 어느 정도 더 가야 하는 거리가 항상 남아 있게 되고 움직이는 건 불가능해집니다."

"달라요." 의장이 반박했다. "일단 그 그리스 철학자라는 사람은 무한한 개수의 부분으로 이뤄진 전체는 그 자체로 무한하다고 가정했군요. 하지만 우리는 무한한 개수의 원소가 유한한 전체를 만들 수 있다는 걸 압니다. 게다가—"

매트는 부드럽게 미소 지으며 한 손을 들어올렸다. "잠시만요, 의장님. 제 말을 오해하지 마십시오. 오늘날 우리가 제논의 역설을 이해한다는 사실을 부정하려는 게 아닙니다. 하지만 인류가 만들어 낸 최고의 지성들이 오랜 세월 동안 그걸 설명하지 못했죠."

의장이 능란하게 대화를 이어갔다. "요지를 모르겠군요, 매트 박사. 미안하지만 제가 부족해서 그런가 봅니다. 이 제논의 이분법과 과거로 떠난다는 당신 계획 사이에는 도대체 어떤 관계가 있는 겁니까?"

"제가 단순히 평행선을 그리고 있었던 겁니다. 제논은 특정 거리를 움직이는 게 불가능하다는 점을 증명하는 역설을 생각해 냈고, 고대인들은 그걸 해명하지 못했지요. 하지만 그렇다고 해서 우리가 특정 거리를 움직이지 못하나요? 그렇지는 않지요. 오늘날 저희 연구원들과 저는 여기 있는 이 젊은이, 얀 오브린을 먼 과거로 보낼 수 있는 방법을 개발했습니다. 곧바로 역설 이야기가 나왔지요. 이 친구가 자기 조상을 죽이거나 역사를 바꾸면 어떻게 될까? 시간여행에 있어서 이런 명백한 역설을 어떻게 극복할지 설명할 수 있다고는 주장하지 않겠습니다. 제가 아는 건 시간여행이 가능하다는 것뿐입니다. 언젠가 저보다 더 뛰어난 사람이 분명히 역설을 해결할 겁니다. 하지만 그때까지는 시간여행을 유용하게 쓰게 될 겁니다. 역설이든 아니든요."

얀 오브린은 초조해하며 조용히 앉아서 저명한 자기 윗사람의 말을 듣고 있었다. 마침내 오브린이 헛기침을 한 뒤 말했다. "실험할 시간이 온 것 같습니다."

의장은 어깨를 으쓱해 보이며 여전히 못마땅하다는 몸짓을 보였지만, 대화를 더 이어가지는 않았다. 두 눈으로는 실험실 구석에 놓여 있는 장비를 향해 의심스러운 시선을 던졌다.

매트는 시각을 잠시 확인하더니 제자에게 마지막 단계의 지시를 내렸다.

"일전에 전부 확인했지만 다시 요약하자면, 오브린 자네는 소위 20세기라고 하는 시대의 중간 즈음에 나타날 거야. 정확히 어딘지는 우리도 몰라. 언어는 아메리카영어야. 철저히 준비했으니까 어려운 건 없을 거야. 북아메리카 대륙의 미합중국이라는 곳으로 가게 될 텐데, 고대의 국가 중 하나야. 국가란 우리가 잘 모르는 모종의 목적 하에 정치적으로 나눠진 집단을 뜻하네. 자네의 탐사 목적 중 하나 는 왜 그 시기에 인류가 하나의 정부를 이루는 대신 수십 개의 국가 로 나뉘어 있는지를 알아내는 것일세.

그곳이 어떤 상황이든 적응해야 하네, 오브린. 역사가 너무 모호 하기 때문에 어떤 상황이 닥칠지에 대해서는 조금밖에 도와줄 수 없 어."

의장이 끼어들었다. "난 이 일에 지극히 회의적이라네, 오브린. 하 지만 자네가 자원했으니 내가 간섭할 권한은 없겠지. 자네의 가장 중요한 임무는 우리에게 전해질 수 있도록 메시지를 남기는 거야. 이번 일이 성공한다면 다른 시대를 대상으로도 시도할 걸세. 만약 실패한다면—"

"실패하지 않을 겁니다." 매트가 말했다.

의장은 고개를 젓더니 작별의 뜻으로 오브린의 손을 붙잡았다.

얀 오브린은 장치 안으로 걸어 들어가 작은 플랫폼 위에 자리를 잡았다. 오브린은 제어판에 달린 금속 손잡이를 힘껏 움켜쥐었다. 마 음속의 동요를 최대한 감추려는 것 같았다.

보안관이 말했다. "음, 그러니까 이 친구 말로는 자기가 미래에서 왔다는 거지?"

루 앨런비가 고개를 끄덕였다. "한 사천 년쯤 뒤라고 했어요. 삼천

이백 몇 년이라고 했는데, 그게 지금으로부터 사천 년 뒤면, 그동안 수 세는 방법을 바꿨나 봐요."

"그게 허풍이라는 생각은 안 했어? 지금 말하는 걸 들으면 그 말을 정말 믿었나 보구나."

청년은 입술에 침을 축였다. "어느 정도 믿었어요." 앨런비가 끈질 기게 말했다. "뭔가 있었거든요. 그 사람은 달랐어요. 몸을 말하는 게 아니에요. 요즘 태어난 사람 같지 않았어요. 뭔가… 뭔가 달랐어요. 그러니까 뭐냐, 마치 평화로워 보인다고 할까. 그 사람이 온 곳에서 는 사람들이 전부 다 그럴 것 같은 느낌이었어요. 그리고 똑똑했어 요. 정말로요. 미친 사람도 아니었고요."

"그 사람이 여기서 뭘 하고 있었다던?" 보안관의 목소리는 부드럽 지만 빈정대는 것 같았다.

"그 사람은 무슨 학생 같은 거랬어요. 그 사람 이야기를 들으면 그 시대에는 거의 모든 사람이 학생 같더라고요. 생산이나 분배에 관한 문제를 모두 해결했기 때문에 굶어 죽을까봐 걱정하는 사람이 없대 요. 사실 지금 우리가 가진 문제를 하나도 걱정하지 않는 것 같았어 요." 루 앨런비의 목소리에는 동경의 기색이 담겨 있었다. 앨런비는 깊이 숨을 들이마시고는 말을 계속했다. "우리 시대를 연구하러 왔 다고 했어요. 잘 모르는 것 같았어요. 그사이에 안 좋은 시기가 수백 년 동안 있었던 터라 책이나 기록이 거의 다 사라졌다고 했어요. 조 금은 있었지만, 별로 없었대요. 그래서 우리에 대해서 아는 게 없었 고, 모르는 부분을 채우고 싶었다는 거예요."

"그런 걸 다 믿었어? 그 사람이 증거는 가지고 있던?"

그게 위험한 부분이었다. 가장 큰 위험이 여기에 놓여 있었다. 40세기 전에는 지형이 정확히 어떻게 생겼는지, 나무나 건물이 어디에 있는지를 사실상 전혀 알지 못했다. 만약 오브린이 잘못된 장소에 나타난다면 그 순간 죽을 수도 있었다.

얀 오브린은 운이 좋았다. 아무것에도 부딪히지 않았다. 사실 그 반대였다. 오브린은 3미터 위 허공에 나타났다. 그 아래는 경작 중인 밭이었다. 가차 없이 아래로 떨어졌지만 흙이 부드러워서 크게 다치지는 않았다. 한쪽 발목을 삔 것 같았지만, 심하지는 않았다. 오브린은 힘겹게 일어서서 주위를 둘러보았다.

밭이 있다는 사실 하나만으로 매트 과정이 어느 정도는 성공적이라는 사실을 알 수 있었다. 오브린은 자기 시대와 멀리 떨어진 곳에 와 있었다. 농업이 아직 인간 경제의 필수적인 요소라는 점은 분명히 오브린의 시대보다 이전의 문명임을 나타내고 있었다.

1킬로미터가 조금 안 되는 거리에 울창한 숲이 있었다. 공원은 아니었다. 오브린의 시대처럼 야생 동물을 통제할 수 있도록 계획적으로 만든 숲도 아니었다. 위험할 정도로 마구잡이로 자란 숲이었다. 믿을 수 없을 정도였다. 하지만 오브린은 믿을 수 없는 일에 익숙해져야만 했다. 역사를 통틀어 이 시대는 가장 안 알려진 시대였다. 상당 부분이 이상할 터였다.

오른쪽으로는 몇백 미터 떨어진 곳에 나무로 만든 건물이 있었다. 원시적인 생김새였지만, 인간이 거주하는 건물임이 분명했다. 미뤄서 좋은 건 없었다. 결국에는 인간과 접촉해야 했다. 오브린은 다리를 절뚝거리며 20세기를 마주하기 위해 걸어갔다.

그 여자는 오브린이 갑자기 나타나는 모습을 보지 못한 게 분명했다. 하지만 농장의 앞마당에 도착했을 때는 여자가 문가로 나와 맞이했다. 여인의 옷 역시 다른 시대 것이었다. 오브린의 시대에는 여성의 복장이 남성을 유혹하는 용도로 쓰이지 않았다. 그러나 이 여인의 옷은 밝고 색채가 풍성했으며, 젊은 육체의 윤곽을 강조하고 있었다. 오브린이 놀란 건 옷 때문만이 아니었다. 그 여자의 입술도 색이 달랐는데, 그게 원래 색깔이 아니었다는 사실을 깨달았던 것이다. 오브린은 원시적인 여성이 다양한 색깔의 물감 같은 것을 얼굴 같은 곳에 칠했다는 내용을 읽은 적이 있었다. 막상 직접 보니까 별로 혐오스럽지 않았다.

여자가 미소를 지었다. 붉은 입술 때문에 치아가 더 하얗게 보였다. 여자가 말했다. "밭을 가로지르는 대신 길을 따라 왔으면 훨씬 편했을 텐데요." 여자가 오브린에게 시선을 던졌다. 오브린이 좀 더 경험이 있었더라면, 그 말 속에서 여인의 관심을 읽을 수 있었을 것이다.

오브린은 시험 삼아 말을 건네 보았다. "여러분의 농법에 제가 익숙하지 않은 것 같습니다. 제가 의도치 않게 여러분의 농작물에 손상을 입히지 않았으면 좋겠습니다."

수잔 앨런비는 눈을 깜빡였다. "아." 수잔이 웃음기 어린 목소리로 나직하게 말했다. "사전을 삼킨 것처럼 말하시네요." 오브린이 왼발을 조심스럽게 다루는 것을 눈치챈 수잔이 눈을 크게 떴다. "아, 다치셨네요. 집으로 잠깐 들어오세요. 다리를 봐 드릴게요. 이런—"

오브린은 수잔의 말을 한 귀로 흘린 채 조용히 따라갔다. 얀 오브린의 내면에서 뭔가—뭔가 놀라운 게—자라나며 이상하지만 즐거운 방식으로 신진대사에 영향을 끼치고 있었다.

오브린은 매트와 의장이 역설을 이야기할 때 그게 무슨 뜻이었는지 이제 알 수 있었다.

보안관이 말했다. "그 사람이 왔을 때 넌 멀리 나가 있었단 말이지? 어떻게 왔는지는 모르겠지만."

루 앨런비는 고개를 끄덕였다. "네, 열흘 전이었어요. 저는 마이애미에서 몇 주 동안 휴가를 보내고 있었지요. 동생하고 저는 각자 매년 일이 주씩 떠나 있거든요. 하지만 시기는 다르죠. 가끔씩은 서로 떨어져 있는 게 좋겠다는 생각에서 그러기도 해요."

"그래. 좋은 생각이지. 그런데 네 동생은 그 사람이 미래에서 왔다는 이야기를 믿었어?"

"네, 보안관님. 그리고 동생한테는 증거가 있었어요. 저도 봤으면 좋았겠지만요. 그 사람이 내려온 밭은 새로 갈아엎은 밭이거든요. 동생은 그 사람 발목을 치료해준 뒤에 궁금증이 일었대요. 그 사람 말을 들은 다음에 흙에 난 발자국을 따라서 처음 나타난 장소로 가 봤는데, 정말 거기서 끝나더래요. 아니 시작된 거겠지요. 완전 밭 한가운데서요. 떨어진 자리가 깊게 패여 있었답니다."

"어쩌면 비행기에서 낙하산을 타고 내려왔을 수도 있지. 그 생각은 해 봤나?"

"그 생각은 했지요. 동생도요. 동생 말로는 낙하산을 삼키지 않고서는 그럴 수 없었을 거랍니다. 발자국을 하나하나 전부 따라가 봤는데—기껏해야 몇백 미터거든요—낙하산을 숨기거나 묻을 수 있는 곳은 없었대요."

보안관이 말했다. "그리고 곧바로 결혼했다고?"

"이틀 뒤에요. 차가 저한테 있어서 동생은 마차를 잡아서—그 사람은 말을 몰 줄 모르더군요—마을로 갔어요. 그리고 결혼했죠."

"증명서를 봤나? 실제로—"

루 앨런비가 보안관을 바라보았다. 입술이 창백해지고 있었다. 보안관이 서둘러 말했다. "그래 알겠어. 그런 뜻이 아니었어. 침착하라고."

수잔은 오빠에게 전보를 쳐서 오브린에 대해 알렸다. 하지만 루가 호텔을 옮기는 바람에 전보가 전달되지 않았다. 루가 결혼에 대해 알게 된 건 거의 일주일이 지나 차를 타고 농장에 왔을 때였다.

루는 당연히 놀랐다. 하지만 존 오브리엔은—수잔이 이름을 살짝 바꿔 주었다—꽤 괜찮은 친구 같았다. 약간 이상하지만 잘생기기도 했다. 게다가 존과 수잔은 열정적인 사랑에 빠져 있었다.

당연히 존은 수중에 돈이 없었다. 그가 살던 시기에는 돈을 사용하지 않았다고 했다. 하지만 성실한 일꾼이었다. 허약하지도 않았다. 존이 잘 지내지 못할 이유가 없었다.

셋은 일단 계획을 세웠다. 일단 존이 생활 요령을 습득할 때까지 수잔과 존이 농장에서 지내기로 했다. 그러다가 존이 돈을 모을 방법을 찾아내면—이런 쪽으로 존은 자신의 능력에 대해 꽤 낙관적이었다—나중에 수잔과 루를 데리고 여행을 다닐 생각이었다. 그러면

이 시대에 대해 조사할 수 있었다.

무엇보다도 가장 중요한 것은 매트 박사와 의장에게 메시지를 전할 수 있는 방법이었다. 앞으로 이런 방식의 연구를 계속할 수 있을지는 전부 그에게 달려 있었다.

그는 수잔과 루에게 이게 편도 여행이었다는 사실을 설명했다. 시간여행 장치는 한 방향으로만 작동하며, 과거로는 갈 수 있지만 미래로는 갈 수 없었다. 그는 자발적으로 고향을 떠났던 것이다. 이 시대에 뼈를 묻기 위해. 이 시대를 잘 설명할 수 있을 정도로 충분히 살아본 뒤에 보고서를 작성하고 40세기를 견딜 수 있도록 특별히 만든 상자에 넣은 뒤 그 상자를 나중에 파낼 수 있도록 묻는다는ㅡ미래에서 결정한 곳에ㅡ게 계획이었다. 그는 지리학적으로 정확한 위치를 알고 있었다.

그는 다른 곳에 묻혀 있는 타임캡슐 이야기를 듣고 꽤나 좋아했다. 아직 아무도 파내지 않았으므로 그 내용도 보고서에 넣어서 미래에 찾을 수 있도록 할 수 있었다.

그들은 한참 동안 대화를 나누며 저녁 시간을 보냈다. 얀은 자신의 나이와 함께 그사이의 오랜 세월 동안 무슨 일이 있었는지 설명했다. 과학, 의학, 그리고 인간관계라는 분야에서 더 앞으로 나아가기 위해 오랫동안 싸우며 달성한 성취에 대해. 그리고 수잔과 루는 이 시대에 대해 알려줬다. 존이 보기에는 특이한 제도와 관습, 삶의 방식에 대해.

처음에 루는 갑자기 이뤄진 결혼이 그다지 반갑지 않았다. 하지만 서서히 얀에게 마음이 열리고 있었다. 그러나…

보안관이 말했다. "그 녀석은 오늘 저녁까지 그 이야기를 하지 않았다는 건가?"

"맞습니다."

"자네 여동생도 그 말을 들었어? 자네를 옹호하던가?"

"저… 그럴 겁니다. 지금은 화가 나 있거든요. 아까 말했듯이 흥분한 상태예요. 제가 있는 농장을 떠날 거라고 소리치더군요. 하지만 동생도 그 사람이 하는 말을 들었어요. 그 사람이 동생을 완전히 홀렸나 봐요. 아니면 이렇게 행동할 리가 없어요."

"그런 문제에 있어서 자네 말을 의심하는 건 아니지만 동생도 들었다는 편이 나아서 말이야. 그 이야기가 어떻게 나왔나?"

"그 사람 시대에 대해서 몇 가지 묻다가 인종 문제는 어떻게 됐나고 물었죠. 그러자 당황하더니 역사를 공부하다가 인종에 대해서 본 기억이 있다고 했어요. 그 사람 시대에는 인종이 아예 없다고 했습니다.

이름은 잊었는데 전쟁인가 뭔가가 끝난 뒤부터 시작해서 그 사람 시대에는 인종이 전부 하나로 합쳐졌다고 하더군요. 백인하고 황인이 서로 거의 다 죽여 버리는 바람에 아프리카인이 한동안 세상을 지배했다가 서로 정복도 하고 혼혈도 생기고 하면서 섞이기 시작했답니다. 그 사람 시대에는 그런 과정이 다 끝났고요. 그래서 그 친구를 보면서 물었지요. '그러면 자네한테 흑인의 피가 흐른단 말인가?' 그랬더니 그 친구가 아무렇지도 않다는 듯이 '적어도 4분의 1은 섞였을 걸요'하는 겁니다."

"이 친구야, 자네는 할 일을 했을 뿐이야." 보안관이 진심 어린 투로 말했다. "그건 당연한 거야."

"미친 듯이 화가 났어요. 제 여동생하고 결혼했단 말입니다. 같이 자는 사이라고요. 저는 너무 화가 났습니다. 총을 가져온 일도 기억이 안 나요."

"자, 걱정하지 마. 옳은 일을 한 거야."

"하지만 기분이 정말 최악입니다. 그 사람은 아무것도 몰랐어요."

"그건 의견의 차이일 뿐이지. 자네도 그 녀석의 허풍을 필요 이상으로 너무 믿었나 보군. 미래에서 왔다니. 흥! 이 깜둥이 놈들은 백인처럼 행세하려고 온갖 수작을 다 부린단 말이야. 그 증거라는 게 땅위에 난 자국이라고? 웃기는 소리지. 미래에서 온 사람도 미래로 가는 사람도 없어. 이 일이 다른 데 알려지지 않도록 우린 그냥 조용히 있으면 돼. 아무 일도 없었던 것처럼 말이야."(1951)

특출한 인물
Man of Distinction

핸리라는 인물이 있었다. 앨 핸리. 딱히 눈길이 가는 인물은 아닐 것이다. 그다지 대단한 사람 같지는 않을 테니까. 그런데 다르 인들이 올 때까지의 인생사에 대해 알게 된다면—일단 이 이야기를 읽고 나면—당신은 앨 핸리에게 얼마나 감사해야 할지 모르게 될 것이다.

그 당시 그 일이 벌어졌을 때 핸리는 술에 취해 있었다. 그게 특별한 일은 아니었다. 핸리는 술에 취해 있는 시간이 길었고, 그 상태로 계속 있고자 하는 야심이 있었다. 그런데 그게 점점 힘들어졌다. 먼저 돈이 떨어졌고, 그다음에는 돈을 빌릴 친구들이 떨어졌다. 핸리는 아는 사람을 모조리 찾아다녔고 결국 한 명에게서 평균적으로 25센트만 얻어도 운이 좋다고 생각하는 지경이 됐다.

급기야는 1달러 아래의 소액이라도 빌리기 위해서 조금이라도 안면이 있는 사람을 찾아 몇 킬로미터를 걸어가는 슬픈 단계에 이르렀다. 오랫동안 걷다 보면 최근에 마신 술기운이—완벽하게는 아니더라도 어느 정도—사라져 버렸기 때문에 핸리는 이상한 나라의 앨리스가 붉은 여왕을 만나서 그저 제자리에 있기 위해 있는 힘껏 뛰어야 할 때와 같은 곤경에 처하곤 했다.

길거리에서 구걸도 할 수 없었다. 경찰이 단속 중이어서 만약 시도한다면 핸리는 유치장에서 술 한 방울 못 마시는 밤을 보내야 했다. 그건 정말 최악이었다. 핸리는 이제 술을 마시지 않고 12시간을 보내면 엄청난 두려움에 휩싸였다. 진전섬망은 그에 비하면 태풍에 비교한 미풍 수준이었다.

진전섬망은 단순한 환각이었다. 영리한 사람이라면 그게 실재가 아니라는 것을 안다. 그런 것을 좋아하는 편이라면 동반자처럼 지낼 수도 있다. 그러나 이건 달랐다. 그걸 겪으려면 웬만한 사람은 구하기도 어려울 정도의 많은 술을 마셔야 하며, 술에 취해 지낸 게 얼마나 오래됐는지 기억도 하지 못하는 사람이 갑자기 상당 기간 동안 술을 전혀 마시지 못하는 상태가 되어야 했다. 예를 들자면, 감옥에 갇혔을 때처럼.

단지 그런 생각만 해도 핸리는 몸이 떨렸다. 정확히는, 살면서 몇 번밖에, 그것도 별로 좋지 않은 상황에서 만났던 소중한 동반자인 오랜 친구와 맞잡은 손이 떨리게 했다. 그 오랜 친구란 키드 에글스톤이라는 이름의 사내였다. 덩치는 컸지만 상태는 말이 아닌 전직 권투선수로 최근에는 한 술집에서 기도 노릇을 하고 있었다. 핸리는 그곳에서 자연스럽게 그를 만났다.

그러나 이런 이름이나 지난 이야기 따위를 기억하느라 애쓸 필요는 없다. 어차피 이 이야기에서 그 사람은 그다지 오래 나오지도 않을 것이다. 사실, 정확히 한 시간하고 1분 30초 뒤면 키드는 비명을 지르며 기절할 것이다. 그 뒤로는 그의 이름을 들을 일이 없다.

하지만 이 점은 짚고 넘어가도록 하자. 만약 키드 에글스톤이 비명을 지르며 기절하지 않았다면, 여러분은 지금 여기서 이 글을 읽고 있을 수 없었을 것이다. 아마도 은하계 구석진 곳의 노천광에서 녹색 태양빛을 받으며 노동하고 있을 것이다. 그러고 싶지는 않을 테니까 여러분을 그런 운명에서 구해 낸—아직도 구하고 있는—사람이 핸리라는 점을 기억하도록 하자. 핸리에게 너무 모질게 굴지 말 것. 만약 3호와 9호가 데려간 게 키드였다면, 상황은 아주 달랐을 것이다.

3과 9는 다르라는 행성에서 왔다. 다르는 앞서 말한 은하계 가장자리의 녹색별에 딸린 두 번째 (그리고 유일하게 거주 가능한) 행성이다. 물론 3과 9가 정식 이름은 아니었다. 다르 인의 이름은 숫자로 되어 있었고, 3의 정식 이름은 389,057,792,869,223이었다. 어쨌든 십진법으로 번역하면 그랬다.

내가 3이라고 불러도, 3의 동료를 9라고 불러도, 그리고 둘이 서로 3과 9로 부르는 것으로 말해도 여러분이 양해해 주리라고 믿는다. 3과 9는 용서하지 않겠지만 말이다. 다르 인은 언제나 다른 이를 정식 이름으로 부른다. 축약하는 건 예의에 어긋날 뿐만 아니라 모욕적이다. 그러나 다르 인은 우리보다 훨씬 오래 산다. 그들은 시간이 충분할지 몰라도 나는 그렇지 않다.

핸리가 키드의 손을 흔들고 있던 바로 그 순간에 3과 9는 위쪽으로 약 1.5킬로미터 떨어져 있었다. 비행기나 우주선에 타고 있던 건 아니었다. (비행접시는 분명히 아니었다. 당연히 나는 비행접시가 무엇인지 알고 있지만 그건 다음에 이야기하자. 지금은 다르 인에 대해 이야기할 시간이다.) 그들은 시공간 큐브 안에 있었다.

그게 뭔지는 나중에 설명해야겠다. 다르 인은 아인슈타인이 옳다는 사실을 알아냈다 — 우리도 언젠가는 그럴 것이다. 물질은 에너지로 바뀌지 않는 한 빛보다 빠르게 운동할 수 없다. 그런데 에너지로 바꾸고 싶지는 않지 않은가? 은하계를 탐사하기 시작했던 다르인도 마찬가지였다.

그 결과 동시에 시간을 거슬러 움직이면 빛의 속도보다 사실상 더 빠르게 움직일 수 있다는 사실을 알아냈다. 공간만이 아닌, 시공간 연속체를 통과하는 것이다. 다르에서 여기까지의 거리는 16만 3천 광년이었다.

하지만 동시에 1630세기 전의 과거로 여행하는 것이므로 그들이 움직이는 동안 걸렸다고 느낀 시간은 0이었다. 돌아갈 때는 1630세기 미래로 움직이므로 시공간 연속체의 출발 지점으로 되돌아가는 것이다. 무슨 소린지 이해했기를 바란다.

어쨌든 필라델피아 1.5킬로미터 상공에 지구인의 눈에는 보이지 않는 이 큐브라는 게 있었다. (왜 필라델피아를 골랐는지는 묻지 마시길. 도대체 왜 거길 골랐는지는 나도 모르겠으니까.) 큐브가 그 자리에 머문 4일 동안 3과 9는 라디오 신호를 받아서 주요 언어를 이해하고 말할 수 있을 때까지 연구했다.

물론 우리 문명이나 관습 같은 것에 대해서는 아무것도 알아내지 못했다. 여러분이라면 싸구려 퀴즈 프로나 드라마, 찰리 매카시, 론 레인저 따위를 듣고서 지구 거주민의 생활상을 그릴 수 있겠는가?

우리 문명이 어떤지는 그들이 상관할 바도 아니었다. 위협이 될 정도로 발달한 문명만 아니면 아무래도 좋았다. 그리고 4일째 되는 날 그들은 드디어 그 사실을 거의 확신했다. 그렇게 생각했다고 해서 그들을 비난할 수도 없거니와 맞는 말이기도 했다.

"내려갈까?"3이 9에게 물었다.

"그래."9가 3에게 말했다. 3은 조종 장치 주위로 몸을 둥글게 말았다.

"…그럼. 자네가 싸우는 걸 봤지." 핸리는 이렇게 말하고 있었다. "키드 자네는 잘했어. 매니저만 잘 만났어도 최고를 찍었을 텐데 말이야. 자질이 있었거든. 저쪽 모퉁이에서 나랑 한 잔 더 할까?"

"내가 내나, 자네가 내나, 핸리?"

"어, 요즘 내가 돈이 좀 없어서 말이야. 그런데 술은 마셔야겠거든. 옛정을 생각해서—"

"자네가 술을 마셔야 하면 난 머리에 구멍을 내야 해. 지금 취했으니까 헛것을 보기 전에 정신 차리는 게 좋을 거야."

"보고 있어." 핸리가 말했다. "봐도 아무 생각도 안 들어. 이봐, 자네 뒤쪽으로 오고 있어."

논리적이지 않은 일이지만, 키드 에글스톤은 뒤를 돌아보았다. 그리고 비명을 지르며 기절했다. 3과 9가 다가오고 있었다. 그 너머로 한 면이 6미터인 커다란 큐브의 어두운 윤곽이 보였다. 그곳에 그렇게 있으면서도 없는 모습은 살짝 무서웠다. 그래서 키드가 놀란 것 같았다.

3과 9에 대해 무서워할 건 없었다. (쭉 펴면) 길이가 4.5미터쯤 되는 벌레 모양이었는데, 가운데는 지름이 30센티미터쯤이었고 양쪽 끝으로 갈수록 가늘어졌다. 색깔은 보기 좋은 연푸른빛이었고 눈에 띄는 감각기관이 없어서 어느 쪽이 끝이든—양쪽 끝이 똑같았기 때문에—상관없었다.

핸리와 누워 있는 키드를 향해 다가오고 있었지만 앞과 뒤를 분간할 수 없었다. 통상적인 꽈리 모양의 자세를 한 채로 떠 오고 있었기 때문이다.

"어이, 친구들." 핸리가 말했다. "내 친구가 겁먹었잖아, 망할. 잔소리 좀 한 다음에 술을 사줬을 거란 말이야. 너희들이 내 술을 사 내."

"비논리적인 반응이야." 3이 9에게 말했다. "다른 표본도 마찬가지야. 둘 다 가져갈까?"

"아니. 다른 표본은 더 크긴 하지만 약한 게 분명해. 그리고 표본은 하나면 충분하다. 가자."

핸리는 한 걸음 뒤로 물러섰다. "나한테 한잔 사겠다면, 좋아. 그런데 다른 볼일이라면 뭔지 알아야겠어. 어디로 가는 거지?"

"다르."

"여기서 다르로 가겠다는 거야? 이바, 잘 드더. 니덜이 수를 사기 저데는 나 나무데더 안 가."

"이자가 하는 말을 알아들었어?" 9가 3에게 물었다. 3은 한쪽 끝을 꿈틀거리며 부정적인 답을 했다. "강제로 데려갈까?"

"자발적으로 온다면 그럴 필요 없지. 지구 생물, 큐브 안으로 스스로 들어가겠나?"

"그 안에 술이 있어?"

"그래. 들어가라."

핸리는 큐브로 걸어가더니 그 안으로 들어갔다. 실제로 그 안에 술이 있으리라고 믿었던 건 아니었다. 하지만 잃을 게 뭐가 있겠나. 그리고 헛것을 볼 때는 그걸 우스개로 만들어 버리는 편이 나았다. 큐브는 단단했다. 아무것도 없지도 않았고, 안이 투명하지도 않았다. 3이 조종 장치 주위에 몸을 말고 양쪽 끝으로 섬세하게 다뤘다.

"인트라스페이스야." 3이 9에게 말했다. "여기 머물면서 이 표본을 조사해 우리 목적에 맞는지 보고서를 작성하도록 하지."

"어이, 술은 어떻게 된 거야?" 핸리는 슬슬 걱정이 되기 시작했다. 손이 떨리기 시작했고, 척추 위를 거미들이 기어 다니는 느낌이 들기 시작했다.

"괴로워하고 있는 것 같군." 9가 말했다. "배고프거나 목이 마른 걸지도 몰라. 이 생물은 무엇을 마시지? 우리처럼 과산화수소를 마실까?"

"이 생물의 행성 표면은 대부분 염화나트륨이 섞인 물로 덮여 있었어. 그걸 좀 만들어 볼까?"

핸리가 외쳤다. "아니야! 맹물이라고 해도 안 돼. 난 술을 원한다고! 위스키!"

"신진대사를 분석해 볼까?" 3이 물었다. "형광투시기를 쓰면 1초면 가능해." 3이 조종장치에서 몸을 풀더니 이상한 기계 쪽으로 다가갔다. 불빛이 번쩍였다. 3이 말했다. "이상하군. 이 생물의 신진대사는 C_2H_5OH에 의존하고 있어."

"C_2H_5OH?"

"그래. 알코올이라고 하지. 어느 정도의 H_2O가 있는데 바다에 있는 염화나트륨은 빠져 있어. 그리고 극미량의 다른 성분이 있군. 꽤 오랜 기간 동안 이 생물은 그것만 섭취했나 봐. 피와 뇌 안에 0.234%가 들어 있네. 신진대사가 전부 알코올에 기반을 두고 있어."

"이보게들." 핸리가 애원했다. "술이 너무 먹고 싶어. 쓸데없는 소리는 관두고 술이나 한 잔 줘."

"잠깐 기다려." 9가 말했다. "네가 요구하는 것을 만들어주겠다. 형광투시기의 측정기에 심리측정기를 쓰도록 하지." 불빛이 더 깜빡였다. 9는 실험실로 쓰는 큐브 구석으로 갔다. 그쪽에서 뭔가 하더니 1분도 채 안 되어 돌아왔다. 9는 투명한 호박색 액체가 2쿼트 정도 들어 있는 컵을 들고 왔다.

핸리가 냄새를 맡아보더니 한 모금 마셨다. 핸리가 한숨을 뒤었다.

"죽이는군." 핸리가 말했다. "이게 우스케보야, 신들의 넥타르지. 이만한 술이 또 없다니까." 핸리가 깊숙이 들이켰다. 목으로 부드럽게 넘어갔다.

"저게 뭐지, 9?" 3이 물었다.

"꽤 복잡한 화학물질이야. 저 생물의 필요에 정확히 맞췄지. 알코올이 50퍼센트, 물이 45퍼센트야. 나머지는 적지만 종류는 상당히 다양해. 저 몸에 필요한 비타민과 미네랄이 적절한 비율로 들어 있지. 이것들은 맛이 전혀 안 나. 그리고 맛을 내기 위한—저 생물의 기준으로—미량의 성분이 있어. 우리에게는 끔찍한 맛일 거야. 알코올이든 물이든 우리가 먹을 수 있을 때 얘기지만."

핸리는 한숨을 쉬며 술을 들이켰다. 몸이 살짝 흔들렸다. 핸리는 3을 보며 웃었다. "이제 너희들이 진짜가 아니라는 걸 알겠어." 핸리가 말했다.

"저게 무슨 뜻이지?" 9가 3에게 물었다.

"저 생물의 사고 과정은 전혀 논리적이지 않아. 저 종족이 적절한 노예가 될 것 같지 않군. 물론 확실히 해야겠지만. 네 이름이 뭔가?"

"이름이 무슨 소용이지?" 핸리가 물었다. "아무렇게나 불러. 너희들은 최고의 친구들이야. 날 아무데로나 데려가라고. 다르에 도착하면 알려줘."

핸리는 술을 마시고 바닥에 누워 버렸다. 이상한 소리를 냈지만, 3과 9는 그 소리를 이해할 수 없었다. 이런 소리였다. "드르렁, 드르렁, 쩝. 드르렁, 드르렁." 그들은 핸리를 쿡쿡 찔러서 깨우려고 했지만 실패했다.

그들은 핸리를 관찰하며 할 수 있는 실험을 했다. 핸리가 깨어난 건 몇 시간 뒤였다. 똑바로 앉아서 그들을 바라보며 말했다. "믿기지가 않네. 아직도 여기 있잖아. 빨리 술이나 한 잔 줘."

그들은 9가 다시 가득 채워 놓았던 컵을 내밀었다. 핸리가 받아서 마셨다. 더없이 행복한 나머지 눈이 감겼다. 핸리가 말했다. "나 깨우지 마."

"하지만 넌 깨어 있잖아."

"그러면 잠들게 하지 마. 이제 이게 뭔지 알겠어. 암브로시아야. 신들이 마신다는 거."

"신이 누군가?"

"그런 거 없어. 그런데 이건 신들이 마시는 거야. 올림푸스에서."

3이 말했다. "사고 과정이 전혀 논리적이지 않아."

핸리가 컵을 들어 올리며 말했다. "여기는 여기고, 다르는 다르지.

둘이 영원히 만나지 않기를. 그 둘에게 건배." 핸리가 술을 마셨다.

3이 말했다. "건배가 뭐지?"

핸리가 잠시 생각하더니 말했다. "물 위에서 떠가는 거지. 여기서 다르까지 타고 가는 거야."

"다르에 대해 뭘 알지?"

"다르는 너희들처럼 아무것도 아니야. 그래도 건배, 이 친구들아." 핸리는 또 술을 마셨다.

"훈련시키기에는 너무 멍청해서 단순노동밖에 못 시키겠는걸." 3이 말했다. "그래도 체력이 충분하다면 여전히 그 행성을 습격해 보자고 권할 수 있어. 거주민은 아마 30~40억 명이 될 거야. 비숙련 노동력도 활용할 수 있으니까, 그 정도 숫자면 상당히 도움이 될 거야."

"만세!" 핸리가 말했다.

"제대로 조종하긴 힘들 것 같군." 3이 생각에 잠겨 말했다. "하지만 육체적인 힘은 상당할지 몰라. 지구 생물, 널 뭐라고 부를까?"

"앨이라고 불러, 이 친구들아." 핸리가 일어나려고 했다.

"그건 네 이름인가, 아니면 종족 이름인가? 어느 쪽이든지 간에 그건 정식 명칭인가?"

핸리는 벽에 기대서서 생각에 잠겼다. "종족이라." 핸리가 말했다. "그건— 라틴어로 하자고." 핸리가 라틴어로 뭔가 말했다.

"네 체력을 시험해 보고 싶다. 피로해질 때까지 이 큐브의 한쪽 벽을 따라 앞뒤로 뛰어라. 네 음식이 담긴 컵은 내가 들어주지."

9는 핸리의 손에서 컵을 빼가려고 했다. 핸리가 컵을 붙잡았다. "한 번만 더. 한 번만 더 마시고. 그다음에 뛰어주지. 대통령이 되기 위해 뛰겠어."

"그게 있어야 하나 본데." 3이 말했다. "그냥 줘, 9."

마지막일지도 모른다는 생각에 핸리는 오랫동안 들이마셨다. 그러고는 눈앞에 있는 것 같은 다르 인 네 명을 향해 즐겁게 손을 흔들었다. 핸리가 말했다. "경기장에서 보자고. 자네들 전부. 나한테 돈을 걸어. 일착, 이착, 삼착. 먼저 한 모금만 더?"

핸리는 술을 조금―이번에는 정말 조금―더 마셨다.

"됐다." 3이 말했다. "이제 뛰어."

핸리는 두 걸음을 옮기더니 얼굴부터 자빠졌다. 몸을 굴려서 똑바로 눕자 기쁨에 겨운 얼굴이 드러났다.

"믿을 수가 없군." 3이 말했다. "어쩌면 우리를 속이려고 그러는지도 몰라. 확인해 봐, 9."

9가 확인했다. "믿을 수가 없군!" 9가 말했다. "그렇게 조금 움직이고 나서 완전히 무의식 상태가 되다니 정말 믿을 수가 없어. 고통도 느끼지 못할 정도의 무의식 상태야. 거짓으로 그러는 게 아니야. 이런 유형은 다르에 아무런 쓸모가 없어. 조종 장치를 맞춰 놓으라고. 돌아가서 보고해야겠어. 그리고 부가적인 명령에 따라 이 표본은 동물원으로 가져가자고. 그곳에서는 가치가 있을 거야. 수백만 곳의 행성을 다녔어도 육체적으로 이렇게 이상한 표본은 처음이군."

3이 조종 장치를 둘러싸고 양쪽 끝으로 조작했다. 16만 3천 광년의 거리와 1630세기의 시간이 지나며 서로 상쇄해 시공간적으로 전혀 움직이지 않은 셈이 되었다.

수천 개의 유용한 행성을 지배하며 수백만 개의 쓸모없는―지구처럼—행성을 탐사해 온 다르의 수도. 이곳에서 앨 핸리는 커다란 유리 우리 속에서 진정 놀라운 표본이라는 영예를 얻고 있었다.

한가운데에는 술로 된 웅덩이가 있어서 핸리가 퍼마실 수 있었다. 목욕을 한다는 이야기도 있다. 웅덩이는 상상할 수 없을 정도로 맛있는 술로 끊임없이 채워졌다. 지구 최고의 위스키와 비교하자면, 더러운 욕조에서 만든 진과 지구 최고의 위스키와의 차이 정도였다.

숙취도 안 생겼고 다른 불쾌한 후유증도 없었다. 핸리는 그 술을 마시면 몹시 즐거웠고, 동물원 관람객은 핸리의 놀라운 모습을 보고 몹시 즐거워했다. 핸리를 본 관람객들은 어리둥절해 하면서 우리에 붙어 있는 설명을 읽었다. 앨이 3과 9에게 알려 준 라틴어스러운 정식 명칭으로 시작되는 설명이 달려 있었다.

알코올리쿠스 어나미머스

비타민과 광물질이 살짝 가미된 C_2H_5OH을 먹으며 산다.

가끔씩 영리할 때가 있으나 전적으로 비논리적인 행태를 보인다.

체력—몇 걸음 걸으면 넘어진다.

상업적인 가치는 전무하지만 지금까지 은하계에서 발견된

생명체 중 가장 이상한 형태를 보이는 귀중한 표본이다.

서식지—항성 JX6547-HG908의 3번 행성.

기이한 이야기지만, 그들은 핸리가 사실상 영원히 살 수 있도록 만들어 주었다. 그건 우리에게 좋은 일인데, 동물원에서는 핸리가 아주 흥미로운 표본이기 때문에 만약 죽는다면 더 데려가기 위해서 지구를 다시 찾아올지도 모르기 때문이다. 그때는 여러분이나 나를 데려갈 수도 있다. 게다가 그럴 가능성이 높겠지만 여러분이나 나는 제정신일 수도 있다. 그랬다가는 모두에게 안 좋은 일이 생길 것이다.

(1951)

실험
Experiment

"최초의 타임머신이라네, 친구들." 존슨 교수가 동료 두 명에게 자랑스럽게 말했다. "물론 소규모 시제품이긴 해. 무게가 1.5킬로그램보다 가벼운 물체에 한해 과거나 미래로 12분까지만 작동하네. 하지만 이거 진짜 된다고."

소형 시제품은 작은 저울 모양이었다. 우체국에 있는 종류 말이다. 받침 아래에 있는 부품에 다이얼 두 개가 달려 있다는 점만 달랐다.

존슨 교수는 작은 금속 육면체를 들어 보이며 말했다. "우리가 실험할 대상이네. 0.7킬로그램짜리 황동이야. 일단 나는 이걸 5분 뒤의 미래로 보낼 걸세."

존슨 교수는 몸을 숙여 타임머신에 달린 다이얼 중 하나를 돌렸다. "시계를 봐." 존슨 교수가 말했다.

각자 자기 시계를 쳐다보았다. 존슨 교수는 황동 덩어리를 받침 위에 살짝 올려놓았다. 황동 덩어리는 사라졌다.

정확히 5분 뒤, 황동 덩어리가 다시 나타났다.

존슨 교수가 그걸 집어 들었다. "이제 5분 전의 과거로 보내겠어." 존슨 교수는 아까와 다른 다이얼을 돌리고 황동 덩어리를 든 채 시계를 보며 말했다. "지금은 3시 6분 전이야. 이제 내가 정확히 3시에 황동을 받침에 올려놓으면 기계가 작동할 걸세. 따라서 황동은 3시 5분 전에 내 손에서 사라져 받침 위에 나타나게 되겠지. 내가 황동을 받침 위에 올려놓기 5분 전에."

"그러면 어떻게 그걸 받침에 놓을 수 있나?" 동료 한 명이 물었다.

"내가 손을 가까이 가져가면 황동이 사라졌다가 받침에 놓을 수 있도록 다시 내 손에 나타날 걸세. 3시야. 잘 보게."

손에 있던 황동이 사라졌다.

그리고 타임머신의 받침 위에 나타났다.

"봤지? 내가 놓기 5분 전에 저기 나타났어!"

다른 동료 한 명이 눈썹을 찡그리며 황동 덩어리를 바라보았다. "그런데 말이야. 자네가 올려놓기 5분 전에 저게 이미 나타났는데, 만약 자네가 3시에 저걸 받침에 올려놓지 않기로 마음을 바꾸면 어떻게 되나? 패러독스 같은 게 생기지 않을까?"

"흥미로운 생각이군." 존슨 교수가 말했다. "그 생각은 안 해봤어. 그러면 재미있겠는걸. 좋아. 난 저걸…"

패러독스 따위는 없었다. 황동 덩어리는 그 자리에 그대로 있었다.

그러나 나머지 우주 전체, 교수와 동료를 포함한 모든 것이 사라졌다. (1954)

파수꾼
Sentry

진흙투성이에 젖은 몸. 춥고 배고팠다. 그리고 고향은 5만 광년 떨어져 있었다.

파란 태양이 기묘한 빛을 발했고, 중력은 평소 익숙하던 것의 두 배라 움직일 때마다 힘이 들었다.

이건 수만 년 동안 변하지 않은 전쟁의 속성이었다. 하늘을 나는 녀석들은 잘 빠진 우주선에 멋진 무기까지 있는 터라 어려울 게 없었다. 하지만 결정적인 순간이 왔을 때 한 발 한 발 피에 젖은 땅을 내딛으며 점령하는 건 여전히 보병의 몫이었다. 착륙하기 전까지는 있는 줄도 몰랐던 이 망할 놈의 행성에서도 마찬가지였다. 그리고 이제 외계인들까지 지상에 내려와 있는 이상 이곳은 신성한 곳이 되었다. 이들은 은하계에서 유일하게 하나 더 있는 지성 종족으로… 잔인하고 추악하고 소름끼치는 괴물이었다.

이들을 만난 건 은하계 중심부에서였다. 행성 수천 개를 천천히, 힘겹게 개척해나간 뒤였다. 만나자마자 전쟁이 일어났다. 외계인은 평화롭게 지내기는커녕 협상하려는 시도조차 하지 않고 무작정 공격했다.

지금은 행성들 곳곳에서 생사를 가르는 전투가 치열하게 벌어지고 있다.

진흙투성이에 젖은 몸. 춥고 배고팠다. 그리고 눈이 따가울 정도로 바람이 센 날이었다. 그러나 외계인은 끊임없이 침투 중이었고, 단 한 곳의 파수대만 뚫려도 치명적이었다.

언제든지 총을 쏠 수 있게 준비한 채로 정신을 바짝 차렸다. 고향에서 5만 광년 떨어진 채 미지의 세상에서 전투를 벌이고 있자니 살아서 다시 고향을 볼 수 있을지 궁금해졌다.

그때 외계인 하나가 포복한 채로 다가오는 모습이 보였다. 총을 겨누고 발사했다. 외계인은 특유의 괴상하고 끔찍한 소리를 내더니 그 자리에 쓰러진 채 잠잠해졌다.

자빠져 있는 외계인의 모습과 그 외계인이 만든 소리에 몸이 떨렸다. 이 정도면 익숙해질 법도 한데 영 그렇게 되지 않았다. 그만큼 추악한 생물이었다. 팔과 다리가 각각 두 개에 끔찍하게 하얀 피부. 게다가 비늘도 없었다. (1954)

접근 금지
Keep Out

댑틴이 비결이었다. 처음에는 '어댑틴'이라고 부르다가 줄어서 댑틴이 됐다. 댑틴은 적응을 가능하게 해준다.

우리가 열 살이 됐을 때 모든 진상을 들었다. 그 전에는 너무 어려서 알려줄 수 없다고 생각했던 모양이었다. 물론 우리는 이미 꽤 알고 있었다. 우리가 화성에 착륙한 직후였다.

"여기가 너희 집이다, 애들아." 우리를 위해 유리 같은 물질로 지어놓은 돔에 들어오자 주임 선생님이 말했다. 그리고 그날 저녁 특별한 수업이 있을 거라고 말했다. 중요한 수업이니 모두 들어와야 한다고 했다.

그날 저녁 선생님은 우리 앞에 서서 일이 왜 이렇게 된 건지 전부 들려주었다. 물론 선생님은 온기를 유지해주는 우주복과 헬멧을 써야 했다. 돔 안의 기온이 우리에게는 편안했지만, 선생님에게는 이미 얼어 죽을 정도로 추웠고 공기도 너무 희박해서 숨을 쉴 수 없었기 때문이다. 선생님의 말은 헬멧 안에 있는 무전기를 통해 들렸다.

"애들아." 선생님이 말했다. "여기가 너희 집이야. 화성이지. 너희는 여기서 남은 인생을 보낼 거란다. 너희는 화성인이야, 최초의 화성인. 지금까지 지구에서 5년을 살았고, 우주에서 다시 5년을 살았지. 이제 어른이 될 때까지는 이 돔에서 지내야 해. 그 뒤에는 돔 밖에서 점점 더 많은 시간을 보낼 수 있을 거야.

더 나아가서 너희가 스스로 집을 짓고 화성인으로서 인생을 살게 될 거야. 서로 결혼을 하고 같은 형질의 자손을 보겠지. 너희 자손 역시 화성인이 될 거다.

이제 너희 각자가 한 부분으로 참여하고 있는 이 거대한 실험의 역사를 들려줘야 할 때가 됐다."

그리고 선생님은 말을 이었다.

한 인간이 1985년에 처음으로 화성에 도착했다고 한다. 당시 화성에는 지성체가 없었다. 식물은 종류가 꽤 많았고, 날지 못하는 곤충이 몇 종류 있었다. 지구의 기준으로 볼 때 화성은 사람이 살 수 없는 곳이었다. 그 사람은 돔 안에서만 살 수 있었고, 밖으로 나갈 때는 우주복을 입어야 했다. 따뜻한 계절의 한낮을 제외하면 너무 추웠다. 공기는 숨 쉬기에 너무 희박했고, 햇빛에 오래 노출되면 죽을 수도—대기가 희박해서 해로운 광선이 덜 걸러졌다—있었다. 식물은 화학 성분이 이질적이라 먹을 수 없었기 때문에 지구에서 가져온 식량을 먹거나 수경농법으로 길러야 했다.

그 사람은 50년 동안 화성을 개척하려고 온갖 노력을 했지만, 실패하고 말았다. 우리가 살 이 돔을 제외하면 기지는 단 하나뿐이었다. 1킬로미터 남짓 떨어진 곳에 있는, 훨씬 더 작은 돔이었다.

인류는 지구를 제외한 다른 행성으로 퍼져나가지 못할 것처럼 보였다. 그나마 화성이 가장 덜 가혹한 환경이었는데, 여기서 살 수 없다면 다른 행성은 시도해 볼 필요조차 없었다.

그리고 30년 전인 2024년에 웨이모스라는 이름의 영리한 생화학자가 댑틴을 발견했다. 약을 투여받은 사람이 아니라 투여 직후 짧은 기간 동안 생산한 자손에게서 효과가 나타나는 기적의 약이었다.

그 약을 투여받은 사람의 자손은 너무 급격하지만 않다면 서서히 변하는 환경에 맞춰 몸을 바꿀 수 있는 무한한 적응력을 얻었다.

웨이모스 박사는 기니피그 한 쌍에게 약을 투여한 뒤 짝짓기를 시켰다. 그러자 새끼가 다섯 마리 나왔는데, 웨이모스 박사는 각각을 서서히 변하는 서로 다른 환경에 두었고 놀라운 결과가 나타났다. 한 마리가 성체가 되었을 때 영하 40도에서도 문제없이 살 수 있게 됐다. 다른 한 마리는 65도에서도 꽤 즐거워 보였다. 세 번째 기니피그는 평범한 동물에게라면 독극물이었을 먹이를 먹고 살 수 있었고, 네 번째 녀석은 원래 기니피그가 몇 분 만에 죽었을 법한 엑스선에 지속적으로 노출되고도 멀쩡했다.

새끼들을 여럿 가지고 계속해서 실험한 결과 비슷한 환경에 적응한 동물끼리는 같은 형질의 새끼를 낳으며, 그 자손은 태어나면서부터 그 환경에 적응해 살 수 있다는 사실이 드러났다.

"10년 뒤, 그러니까 10년 전이야." 주임선생님이 말했다. "너희가 태어났어. 너희 부모님은 실험에 자원한 사람 중에서 엄격한 심사를 거쳐 뽑혔단다. 너희는 태어나면서부터 서서히 변하도록 세심하게 조절한 환경에서 자랐지.

너희가 태어났을 때 숨 쉬던 공기는 서서히 옅어졌고, 산소도 줄어들었어. 너희의 폐는 점점 용량이 커지면서 그 차이를 보충했지. 그래서 너희는 선생님이나 다른 직원보다 가슴이 큰 거야. 너희가 완전히 자라서 화성의 공기를 호흡할 수 있게 되면 그 차이는 더 커질 거야.

점점 강해지는 추위에 견디기 위해 너희의 몸에는 털이 났어. 보통 사람이라면 금세 죽었을 환경에서 너희는 편안하게 있을 수 있지. 너희가 네 살 때부터 간호사와 선생님들은 너희에게 보통으로 보이는 환경을 견디기 위해 특수 보호 장비를 입어야 했단다.

10년이 지나 너희가 어른이 되면 화성에 완전히 적응할 거야. 있는 그대로 숨 쉬고, 있는 그대로 먹고. 아무리 춥거나 더워도 너희는 견딜 수 있어. 그 중간 정도의 기후라면 쾌적하겠지. 우주에서 보냈던 지난 5년 동안 중력을 서서히 낮춰왔기 때문에 이미 화성의 중력은 아무렇지도 않게 느끼겠지.

화성은 너희가 살아가면서 자손을 만드는 행성이 될 거야. 너희는 지구의 아이들이지만, 최초의 화성인이란다."

물론 우리는 상당 부분을 이미 알고 있었다.

마지막 해가 최고였다. 그때쯤 돔 안의 공기는 ―선생님과 직원들이 거주하는 가압 구역을 제외하면― 거의 바깥과 비슷했다. 그리고 우리는 점점 오랫동안 밖에 나가 있을 수 있었다. 탁 트인 공간에 나가 있으면 기분이 좋았다.

마지막 몇 달 동안은 전처럼 성별을 엄격하게 구분하지 않아서 우리는 짝을 고르기 시작했다. 하지만 선생님은 마지막 날, 우리가 완전해지는 날까지는 결혼할 수 없다고 못을 박았다. 내 경우 짝을 고르는 건 어렵지 않았다. 나는 오래전에 선택을 했고, 상대도 똑같이 느낀다고 확신했다. 내가 옳았다.

내일은 우리가 자유를 얻는 날이다. 내일이면 우리는 화성인, 정말 화성인이 된다. 내일 우리는 이 행성을 손에 넣을 것이다.

우리 중 몇몇은 조급해했다. 벌써 몇 주째 초조해하고 있었지만, 현명한 조언 덕택에 참을 수 있었다. 우리는 기다리는 중이다. 우리는 20년을 기다렸고, 마지막 날까지 기다릴 수 있었다.

그리고 내일이 바로 마지막 날이다.

내일이면 우리는 전진하기에 앞서 신호에 맞춰 우리와 함께 있는 선생님과 다른 지구인을 죽일 것이다. 아무 의심도 하고 있지 않으니 쉬울 것이다.

우리는 몇 년 전부터 발음을 바꿔서 말하고 있다. 그래서 우리가 얼마나 싫어하는지 그자들은 모른다. 우리가 그자들을 얼마나 역겹고 끔찍하게 생각하는지 모른다. 그 흉측한 몸뚱이라니. 좁아터진 어깨에 작은 가슴, 화성의 대기에서는 증폭하지 않으면 들리지도 않는 마찰음 섞인 희미한 목소리. 다른 걸 떠나서 털 없는 창백한 피부는 정말 끔찍하다.

우리는 그자들을 죽이고 다른 돔도 박살내 그 안에 있는 지구인도 죽일 것이다.

만약 우리를 처벌하겠답시고 지구인이 더 온다고 해도 우리는 그자들이 절대 찾을 수 없는 언덕 사이에 숨어 살 수 있다. 이곳에 돔을 더 짓는다면 우리는 그것도 박살낼 것이다. 우리는 지구와 인연을 끊고 싶다.

이곳은 우리 행성이며, 우리는 외계인을 원치 않는다. 전부 꺼져라!

(1954)

그러고도 남지
Naturally

헨리 블로젯은 손목시계를 쳐다보았다. 새벽 2시였다. 절망감에 휩싸인 헨리는 공부하고 있던 교과서를 쾅 소리가 나게 덮은 뒤 머리를 싸매고 책상에 엎드렸다. 내일 있을 시험을 결코 통과하지 못할 것 같았다. 기하학은 공부를 하면 할수록 점점 더 오리무중이었다. 수학이야 항상 어려운 과목이었지만, 이제 보니 기하학은 배우기가 불가능한 수준이었다.

그리고 이번에 낙제한다면 대학과도 끝이었다. 대학에 들어온 지 2년 만에 벌써 세 과목에서 낙제했고, 이번에 한 번 더 그런다면 교칙에 따라 자동으로 제적된다.

헨리는 학위가 절실했다. 앞으로 일하기로 결심한 분야에서는 이게 꼭 필요했다. 이제는 기적밖에 기댈 데가 없었다.

갑자기 아이디어가 하나 떠오른 헨리는 벌떡 일어섰다. 마술을 써볼까? 헨리는 항상 오컬트에 이끌렸다. 그에 관한 책도 있었고, 악마를 불러내서 자신의 뜻에 따르게 하는 간단한 방법도 종종 읽곤 했다. 지금까지는 조금 위험한 일이라고 생각해서 한 번도 시도해 본 적은 없었다. 하지만 지금처럼 위급한 상황에서는 약간의 위험을 감수할 만했다. 언제나 어렵기만 했던 과목에 능숙해지려면 흑마술을 쓰는 방법밖에 없었다.

헨리는 재빨리 선반에서 흑마술을 가장 잘 다루고 있는 책을 꺼내 맞는 페이지를 펼치고, 해야 할 몇 가지 간단한 방법을 다시 되새겼다.

헨리는 열띤 기색으로 가구를 벽에 바짝 밀어붙여 공간을 만들었다. 카펫에 분필로 오각형을 그린 뒤 그 안에 들어갔다. 그리고 주문을 외웠다.

악마는 예상했던 것보다 훨씬 더 끔찍했다. 하지만 헨리는 용기를 내 자신이 처한 딜레마를 설명했다.

"기하학은 항상 잘 못했는데요," 헨리가 입을 열자…

"말 안 해도 알겠군." 악마가 유쾌한 표정으로 말했다.

헨리가 실수로 수호의 의미를 담고 있는 오각형 대신 그려놓은 쓸모없는 육각형의 분필 선 너머로 미소를 띤 화염이 뻗어왔다. (1954)

부두교
Voodoo

    데커 씨의 아내가 막 아이티 여행에서 돌아왔을 때였다. 이혼을 논의하기 전에 마음을 가라앉히자고 혼자 다녀온 여행이었다.

    효과는 없었다. 둘 다 조금도 마음이 가라앉지 않았다. 사실 오히려 그 전보다 더 상대방이 싫어졌다는 사실을 깨닫고 있었다.

    "절반이야." 데커 부인이 단호하게 말했다. "현금 절반, 재산 절반 아래로는 절대 합의 못해."

    "웃기시네!" 데커 씨가 말했다.

    "웃겨? 전부 다 내가 가질 수도 있어. 어렵지도 않아. 아이티에 있는 동안 부두교를 배웠거든."

    "허튼소리!" 데커 씨가 말했다.

    "허튼소리 아니야. 내가 착한 여자라는 데 감사해야 할걸. 난 원하기만 하면 쉽게 당신을 죽이고 돈과 부동산을 다 가질 수 있어. 아무 걱정 없이 말이야. 부두교로 죽이면 심장마비로 죽는 거하고 구별이 안 되거든."

    "헛소리 하지 마!" 데커 씨가 말했다.

    "헛소리 같아? 나한테 밀랍하고 옷핀이 있어. 머리카락이나 손톱

조각 몇 개만 줘 볼래? 그것만 있으면 돼. 그러면 보여주지."

"말도 안 돼!" 데커 씨가 말했다.

"그러면 내가 해본다니까 왜 무서워하지? 난 확실히 아니까 내가 제안 하나 할게. 만약 당신이 죽지 않으면 아무것도 안 받고 이혼해 줄게. 만약 당신이 죽으면, 자동으로 내가 다 갖게 되겠지."

"좋아!" 데커 씨가 말했다. "밀랍하고 옷핀 가져와." 데커 씨는 손톱을 쳐다보았다. "좀 짧네. 머리카락을 주지."

데커 씨가 아스피린 통 뚜껑 위에 짧은 머리카락 몇 가닥을 담아 가지고 왔을 때 데커 부인은 이미 밀랍을 녹이고 있었다. 데커 부인이 머리카락을 밀랍 안에 넣어 반죽했다. 그러고는 사람 모양 비슷하게 만들었다.

"후회할 거야." 데커 부인이 말하고는 옷핀을 사람 모양 밀랍의 가슴에 찔러 넣었다.

데커 씨는 깜짝 놀랐다. 하지만 후회보다는 기쁨이 앞섰다. 부두교를 믿지는 않았지만, 조심성 있는 사람이라면 절대 위험을 감수하지 말아야 하는 법이다.

게다가 데커 씨는 아내가 헤어브러시를 거의 청소하지 않는다는 사실이 항상 짜증이 났었다. (1954)

피
Blood

최후의 뱀파이어 생존자인 브론과 드리나, 이 둘은 절멸에서 벗어나기 위해 타임머신을 타고 미래로 향했다. 두려움과 굶주림 속에서 둘은 서로 손을 맞잡고 위로했다.

22세기가 되자 인류는 뱀파이어가 인간 사이에 숨어 살고 있다는 전설이 전설이 아니라 사실임을 알아냈다. 학살이 이어졌고, 눈에 띄는 뱀파이어는 모조리 살해당했다. 그 전에 타임머신을 개발하고 있던 이 두 명만 간신히 기계를 완성해서 탈출할 수 있었다. 미래로, 뱀파이어라는 단어가 사라진 아주 먼 미래로 가면 다시 숨어서 살 수 있을 터였다. 그리고 자손을 낳아 종족을 재건할 것이다.

"배고파, 브론. 배고파서 미치겠어."

"나도 그래, 자기야. 곧 다시 정지할 거야."

이들은 이미 네 차례 멈춰 섰고, 그때마다 죽을 뻔한 고비를 넘기며 탈출했다. 뱀파이어는 잊히지 않고 있었다. 50만 년 전, 마지막으로 멈췄을 때는 개들이 장악한 세상을 보았다. 말 그대로였다. 인간은 멸종했고, 개가 문명을 이뤄 인간처럼 변해 있었다. 그럼에도 개들은 뱀파이어의 정체를 알아차렸다. 간신히 한 번 먹을 수는 있었다. 젊고 야들야들한 암캐의 피였다. 하지만 이내 둘은 타임머신으로 쫓겨 와 도망쳐야 했다.

"고마워." 드리나가 말했다. 한숨이 나왔다.

"고마울 거 없어." 브론이 굳은 표정으로 말했다. "여기가 끝이야. 연료가 다 떨어졌는데, 이제 더 구할 수가 없어. 지금이면 방사성 물질이 전부 납으로 변했을 테니까. 우리는 여기서 살거나… 아니면…"

둘은 주위를 살펴보러 밖으로 나갔다. "봐." 드리나가 들뜬 목소리로 다가오는 존재를 가리키며 말했다. "새로운 생물이야! 개들이 사라지고 다른 생물이 번성하나 봐. 분명히 우리를 잊었을 거야."

다가오는 생물은 텔레파시를 쓸 수 있었다. "여러분의 생각을 읽었습니다." 머릿속에서 목소리가 울려 퍼졌다. "우리가 '뱀파이어'라는 단어를 아는지 궁금하시군요. 그게 뭔지 모르겠군요. 우리는 모릅니다."

드리나가 기뻐하며 브론의 팔을 잡았다. "자유야!" 드리나가 힘없는 목소리로 중얼거렸다. "먹을 것도 있어!"

그때 목소리가 울렸다. "제가 무엇에서 진화했는지도 궁금하시군요. 오늘날 모든 생물은 식물 기반입니다." 그 생물이 머리를 구부려 인사했다. "이곳을 지배하는 종족의 일원인 저는 한때 여러분이 순무라고 불렀지요."(1955)

상상해 보라
Imagine

유령과 신, 악마를 상상해 보라.

지옥과 천국, 하늘을 떠다니는 도시와 바다에 가라앉아 있는 도시를 상상해 보라.

유니콘과 켄타우로스. 마녀와 마술사, 신령과 요정.

천사와 하피. 매혹적인 여마법사와 주문. 정령과 마귀, 악마.

그런 건 모두 상상하기 쉽다. 인류는 수천 년 동안 이런 존재를 상상해 왔다.

우주선과 미래를 상상해 보라.

상상하기 쉽다. 미래는 실제로 다가오고 있으며, 미래에는 우주선도 있을 것이다.

상상하기 어려운 게 있을 수 있을까?

물론 있다.

물질 한 조각이 있고, 당신이 그 안에 있다고 상상해 보라. 당신은 의식이 있다. 생각을 하며, 따라서 당신이 존재한다는 사실을 알고 있다. 당신이 들어 있는 물질 한 조각을 움직일 수 있다. 그 물질이 잠을 자거나 깨어 있게 할 수 있으며, 사랑을 하거나 언덕을 걸어 올라가게 할 수 있다.

우주를 상상해 보라. 무한하든 아니든, 원하는 대로 상상해 보라. 그 안에는 수십 억, 수백 억, 수천 억 개의 별이 있다.

그런 별 하나의 주위를 미친 듯이 소용돌이치는 진흙덩어리 하나를 상상해 보라.

당신이 그 진흙덩어리 위에 서 있다고 상상해 보라. 그 진흙덩어리와 함께, 알 수 없는 곳을 향해 시공간을 뚫고 소용돌이친다고 상상해 보라.

상상해 보라! (1955)

최초의 타임머신
First Time Machine

그레인저 박사가 엄숙하게 선언했다. "여러분, 최초의 타임머신입
니다."

세 친구가 그 기계를 바라보았다. 한 변이 15센티미터쯤 되는 상
자에 다이얼과 스위치가 달려 있었다.

"손에 들고만 있으면 돼." 그레인저 박사가 말했다. "원하는 대로
다이얼을 조정하고 버튼을 누르면 거기로 가는 거지."

박사의 친구 중 하나인 스메들리가 상자로 집어 들고는 가만히 살
펴보았다. "이게 정말 작동해?"

"잠깐 시험해 봤어." 박사가 말했다. "하루 전으로 맞춰 놓고 버튼
을 눌렀지. 내가 보이더군. 방에서 걸어 나가는 내 등이. 좀 놀랐어."

"만약 자네가 문가로 뛰어가서 자네 엉덩이를 걷어찼다면 어떻게
됐을까?"

그레인저 박사가 웃었다. "아마 못 그랬을 거야. 그러면 과거가 바
뀌니까. 알다시피 그게 시간 여행의 고전적인 패러독스지. 시간을 거
슬러 올라가서 할아버지가 할머니를 만나기 전에 죽이면 어떻게 될
까?"

상자를 들고 있던 스메들리가 갑자기 다른 친구들로부터 물러났다. 스메들리가 웃으며 말했다. "내가 지금 바로 그걸 해 보겠어. 자네들이 이야기하는 동안 다이얼을 60년 전으로 맞췄지."

"스메들리, 안 돼!" 그레인저 박사가 앞으로 뛰쳐나갔다.

"움직이지 마. 그러면 지금 버튼을 누를 거야. 가만있으면 내가 설명해 주지." 그레인저가 멈췄다. "나도 그런 패러독스는 들어봤어. 그건 항상 흥미로웠지. 나는 기회만 있다면 할아버지를 죽였을 테니까. 나는 할아버지가 싫었어. 잔인한 폭력배로, 우리 할머니와 부모님의 삶을 지옥처럼 만들었지. 그러니까 이건 내가 기다려 온 기회야." 스메들리가 손을 뻗어 버튼을 눌렀다.

갑자기 주변이 희미해지더니… 스메들리는 밭 한가운데 서 있었다. 방향감각을 찾는 데는 오래 걸리지 않았다. 만약 이곳이 그레인저 박사의 집이 설 곳이라면, 증조할아버지의 농장은 남쪽으로 1.6킬로미터 떨어진 곳에 있었다. 스메들리는 걷기 시작했다. 가는 길에 몽둥이로 쓸 만한 나무도 찾았다.

농장이 가까워지자 머리털이 붉은 남자가 채찍으로 개를 때리고 있는 게 보였다.

"그만둬!" 스메들리는 소리치며 뛰어갔다.

"신경 꺼." 젊은 남자가 채찍을 휘두르며 말했다.

스메들리는 몽둥이를 휘둘렀다.

60년 뒤, 그레인저 박사가 엄숙하게 선언했다. "여러분, 최초의 타임머신입니다."

두 친구가 그 기계를 바라보았다. (1955)

밀레니엄
Millennium

지옥은 끔찍한 곳이라고 사탄은 생각했다. 그래서 그곳을 좋아하는 것이다. 사탄은 반짝이는 책상 위로 몸을 기울여 인터콤 스위치를 켰다.

"네, 사탄 님." 비서인 릴리스의 목소리가 들렸다.

"오늘은 몇 명이지?"

"네 명입니다. 한 명 들여보낼까요?"

"그래— 잠깐. 그중에서 이기적이지 않아 보이는 녀석이 있나?"

"한 명이 그런 것 같습니다. 그런데 상관없지 않나요? 궁극의 소원을 빌 확률은 수십억 분의 1인데요."

열기로 후끈한 공간이었지만 사탄은 그 말을 듣는 것만으로 몸이 떨렸다. 언젠가는 누군가가 궁극의 소원, 더 이상 이타적일 수 없는 소원을 말할지도 모른다는 건 사탄이 끊임없이 해 온, 그리고 아마도 유일한 걱정이었다. 만약 그런 일이 벌어진다면, 사탄은 수천 년 동안 사슬에 묶이게 될 것이며, 그 뒤로도 영원히 이 일로 돌아오지 못할 것이다.

하지만 릴리스의 말이 옳아. 사탄은 중얼거렸다.

아주 조금 이타적일 뿐인 소원을 실현하기 위해 영혼을 팔러 오는 인간조차도 천 명에 하나 정도였다. 궁극의 소원이 이뤄지려면 앞으로 수백만 년이 걸릴 수도, 영원히 안 될 수도 있었다. 지금까지는 근처에 간 인간도 없었다.

"좋아, 릴리스." 사탄이 말했다. "하던 대로 하자고. 처음 온 인간을 들여보내. 빨리 끝내 버리는 게 낫겠지." 사탄이 인터콤을 껐다.

덩치 작은 남자가 커다란 문으로 들어왔다. 전혀 위험해 보이지 않았다. 그냥 겁먹은 표정이었다.

사탄이 인상을 쓰며 말했다. "조건은 알고 있겠지?"

"네." 남자가 말했다. "그런 것 같아요. 제 소원을 들어주는 대신 제가 죽을 때 제 영혼을 가져가는 거잖아요, 맞나요?"

"맞아. 소원은 뭐지?"

"음." 조그만 남자가 말했다. "신중하게 생각해 봤는데요—"

"요점만 말해. 난 바쁘다. 소원은?"

"음… 제 소원은 제 정체성은 전혀 바뀌지 않는 상태에서 지구에서 가장 사악하고 멍청하고 비참한 인간이 되는 겁니다."

사탄은 비명을 질렀다. (1956)

원정대
Expedition

역사 교수가 설명했다. "1인용 정찰선의 사전 조사에 이어 영구적인 개척지를 건설할 목적으로 화성으로 떠난 최초의 대규모 원정대는 수많은 문제에 맞닥뜨렸지. 그중 가장 당황스러웠던 문제는 이거였어. 서른 명의 원정대에서 남녀의 비율은 어떻게 해야 할까?

이 주제에 대해 크게 세 가지 생각이 있었어.

하나는 남자 열다섯과 여자 열다섯으로 맞춰야 한다는 주장이었어. 이 주장의 지지자 상당수는 당연히 각자 알맞은 짝을 찾아서 개척지가 빨리 자리 잡을 수 있을 거라고 생각했지.

두 번째는 일부일처제를 포기하겠다는 서약을 한 남자 스물다섯과 여자 다섯 명으로 해야 한다는 주장이었어. 여자가 다섯 명이면 남자 스물다섯을 쉽게 성적으로 만족시킬 수 있으며, 남자 스물다섯은 여자 다섯을 더욱더 만족시킬 수 있다는 게 이유였지.

세 번째는 서른 명을 다 남자로 채워야 한다는 주장이었어. 그런 환경이면 남자들이 직면한 일에 더욱 집중할 수 있기 때문이란 거야. 그리고 대략 일 년 뒤면 두 번째 우주선이 출발할 테니 그때 대부분을 여자로 채우면 되고, 남자가 그 정도 기간을 금욕하는 건 그다지 어려운 일이 아니라는 거지. 게다가 대원들은 그게 익숙하기도 해. 우주비행사 학교는 남학교와 여학교 둘이 있는데, 남녀가 섞이지 않도록 엄격하게 관리하니까.

우주비행국장은 간단한 방법으로 이 논란을 해결했어. 그는 — 응, 앰브로스 양?"

수업을 듣던 여학생 하나가 손을 들었다.

"교수님, 지금 맥슨 선장이 이끈 원정을 이야기하시는 건가요? 절륜의 맥슨이라고 불렀던 사람이죠? 어떻게 그 사람이 그런 별명을 갖게 됐나요?"

"지금 그 이야기를 할 참이야, 앰브로스 양. 어릴 때 학교에서 원정대에 대해 배웠겠지만, 거기엔 빠진 이야기가 있었을 거야. 이제 나이를 먹었으니 이야기해 주지.

우주비행국장은 우주비행사 학교 두 곳의 졸업반 학생 중에서 성별과 무관하게 추첨으로 원정대원을 뽑는다고 발표함으로써 논쟁을 끝냈어. 단호하게 매듭을 잘라버린 거지. 국장이 개인적으로 남자 스물다섯에 여자 다섯을 선호한다는 건 분명했어. 왜냐하면 남학교의 졸업반은 대략 오백 명이었고, 여학교 졸업반은 대략 백 명이었으니까. 평균의 법칙에 따르면 당첨자는 남자 다섯 여자 하나의 비율이 되겠지.

그러나 평균의 법칙이 특정 사건에서 항상 맞아떨어지는 건 아니야. 바로 이 경우에는 여자가 스물아홉 명이 뽑혔고, 남자는 단 한 명만 뽑혔다네.

당첨자를 제외한 거의 모든 사람이 격렬하게 항의했지. 하지만 국장은 원칙을 고수했어. 추첨은 정당했다며 당첨자 바꾸기를 거부했지. 남성의 자부심을 달래 주기 위해 유일하게 용인한 건 한 명뿐인 남자, 맥슨을 선장으로 임명한 일이야. 우주선은 그렇게 출발했고 비행은 성공적이었어.

그리고 두 번째 원정대가 도착해서 보니 인구는 두 배로 늘어 있었어. 정확히 두 배였어. 여성 대원들이 전부 아이를 낳았고, 그중 한 명은 쌍둥이를 낳았거든. 그러니 정확히 아기가 서른 명이었지.

그래, 앰브로스 양. 손 든 건 보이지만, 일단 내가 얘기를 끝내도록 하지. 내가 지금까지 이야기한 내용은 특별히 대단한 게 아니야. 비록 많은 사람이 도덕적인 해이가 있었을 거라고 생각했지만, 시간만 충분하면 남자 하나가 여자 스물아홉을 임신시키는 건 대단한 일이 아니지.

맥슨 선장이 그런 별명을 얻게 된 건 두 번째 우주선 작업이 예정보다 훨씬 빨리 끝나서 두 번째 원정대가 화성에 도착한 건 일 년 뒤가 아니라 불과 아홉 달하고도 이틀 뒤였다는 사실 때문이야.

질문에 대답이 됐나, 앰브로스 양?" (1957)

제이시
Jaycee

"월터, 제이시라는 게 뭐지?" 랄스톤 부인이 아침을 먹다 말고 남편인 랄스톤 박사에게 물었다.

"음, 청년회의소인가 하는 데 회원을 말하는 거 아니었나. 아직도 그런 게 있는지 모르겠네. 왜?"

"마사가 그러는데 헨리가 어제 제이시, 제이시 5천만 명 어쩌구 하면서 중얼거리더래. 그래서 무슨 소리냐고 물어보니까 욕을 했다더라고." 마사는 그래이엄 부인이었고, 헨리는 남편인 그래이엄 박사였다. 둘은 이웃에 살았고, 두 의학박사와 아내들은 서로 가까운 친구였다.

"5천만 명이라." 랄스톤 박사가 재미있다는 듯이 말했다. "처녀생식으로 태어난 아이 수잖아."

진작에 떠올렸어야 했다. 랄스톤 박사는 그래이엄 박사와 함께 처녀생식, 그러니까 단성생식으로 아이를 낳는 계획을 맡아 일했었다. 20년 전인 1980년, 그 둘은 함께 인간을 대상으로 최초의 단성생식 실험을 진행했다. 남성 없이 여성의 세포만으로 아이를 갖는 것이다. 그 실험으로 태어난 아이인 존은 이제 스무 살이 됐고, 이웃집의 그래이엄 부부와 함께 살았다. 몇 년 전 모친이 사고로 죽자 그래이엄 부부가 존을 입양했던 것이다.

처녀생식으로 태어난 다른 아이들은 나이가 아직 존의 절반도 되지 않았다.

존이 열 살이 되어 건강하고 평범하다는 게 명백해지기 전까지 정부는 독신이거나 남편이 불임이라는 이유로 처녀생식을 통해 아이를 가질 수 있도록 허가하지 않았다. 1970년대에 세계 남성 인구의 거의 3분의 1을 사망케 한 치명적인 전염병으로 인해 남성이 부족해지자 50만 명이 넘는 여성이 처녀생식에 지원해 아이를 낳았다.

다행히 성별 불균형이 완화될 수 있도록 처녀생식으로 태어난 아이는 전부 남자였다.

"마사 말로는 헨리가 존을 걱정한다는 거야." 랄스톤 부인이 말했다. "그런데 왜 그런지는 모르겠대. 아주 착한 아이인데."

그래이엄 박사가 갑자기 문을 박차고 들어왔다. 얼굴은 창백했고, 눈을 동그랗게 뜬 채 동료를 바라보았다. "내가 옳았어." 그래이엄 박사가 말했다.

"뭐가 옳았다는 거야?"

"존 말이야. 다른 사람한테는 말 안 했는데, 어젯밤 파티에서 술이 떨어졌을 때 걔가 뭘 어떻게 했는지 알아?"

랄스톤 박사가 이마를 찡그렸다. "물을 포도주로 바꾸기라도 했나?"

"진으로. 마티니를 마시고 있었거든. 그리고 지금 막 수상스키를 탄다고 나갔어. 스키도 안 갖고 말이야. 그리고 하는 말이 그게 필요하지 않을 거라는 믿음이 있다더군."

"오, 맙소사." 랄스톤 박사가 머리를 감싸쥐며 말했다.

역사적으로 과거에 처녀생식으로 태어난 아이가 한 명 있었다. 지금은 5천만 명이 자라나고 있었다. 10년 뒤면 5천만 명의 제이시가 생긴다.

"안 돼." 랄스톤 박사가 흐느꼈다. "안 돼!"* (1958)

---

* 제이시(JC)는 Jesus Christ의 약자이다.

심술궂은 악마
Nasty

월터 보르가르는 경력이 거의 50년에 달하는 능숙하고 열정적인 호색가였다. 그런데 65세가 된 지금은 호색가 협회에서 제명당할 위기에 처해 있었다. 위기? 에이, 솔직히 말하자. 제명은 이미 당했다. 지난 3년 동안 온갖 의사와 사기꾼, 약장사를 막론하고 찾아다녔지만, 아무짝에 쓸모가 없었다.

마침내 월터는 마법과 강신술에 대한 책을 떠올렸다. 그가 모은 방대한 장서의 일부로, 재미 삼아 모아서 읽던 책이었다. 진지하게 생각한 적은 없었다. 지금까지는. 하지만 이제는 잃을 것도 없지 않은가?

사악한 냄새가 나는 케케묵은 책 한 권에서 월터는 필요한 내용을 찾아냈다. 책에 나오는 방법에 따라 오각형 별을 그리고, 은밀한 기호를 베껴 썼다. 그리고 촛불을 켠 뒤 주문을 큰 소리로 읊었다.

불꽃이 튀면서 연기가 피어올랐다. 악마였다. 아마 별로 듣고 싶지 않을 테니, 악마의 겉모습에 대한 자세한 설명은 생략하겠다.

"이름이 어떻게 되시죠?" 보르가르가 물었다. 될 수 있는 한 침착하려 했지만, 목소리가 살짝 떨렸다.

악마는 날카로운 외침과 휘파람의 중간쯤 되는 소리를 냈다. 톱으로 콘트라베이스를 켜는 것 같았다. 그러더니 덧붙였다. "어차피 네가 발음할 수 없다. 너희들의 멍청한 언어로 번역하자면 내스티*라고 할 수 있지. 내스티라고 부르도록. 원하는 건 뻔한 거겠지."

"뻔한 게 뭡니까?' 보르가르는 궁금했다.

"소원이지 뭔가. 좋아. 소원을 들어주지. 세 가지는 아니야. 세 가지 어쩌구 하는 건 순전한 미신이다. 소원은 하나뿐이야. 그리고 별로 마음에 들지 않을 거다."

"하나면 됩니다. 그리고 마음에 안 들 이유가 없을 것 같은데요."

"알게 될 거야. 좋아. 소원이 뭔지 알겠다. 그리고 대답은 여기에 있다." 내스티가 허공으로 손을 뻗자 손이 사라졌다. 그리고 은빛 수영복 바지를 들고 다시 나타났다. 악마가 그걸 보르가르에게 내밀었다. "건강 상태가 괜찮을 때 이걸 입어라." 악마가 말했다.

"그게 뭡니까?"

"이게 뭘로 보이나? 수영복이잖아. 보통 수영복은 아니야. 이건 수천 년 뒤의 미래에서 만든 물질로 만든 거다. 망가지지도 않아. 아무리 입어도 닳거나 찢어지거나 구멍 나지 않지. 좋은 물건이야. 하지만 여기에 걸린 주문은 아주 오래된 것이다. 입고서 확인해라."

악마는 사라졌다.

월터 보르가르는 재빨리 옷을 벗고 아름다운 은빛 수영복을 입었다. 그러자마자 기분이 좋아졌다. 정력이 샘솟았다. 다시 젊은 시절

---

* '심술궂은'이라는 뜻.

로 되돌아가 호색가 경력을 다시 시작하는 기분이었다.

월터는 재빨리 로브를 입고 슬리퍼를 신었다. (월터가 부자였다는 이야기를 했던가? 애틀랜틱시티에서 가장 호화로운 호텔 꼭대기의 펜트하우스가 집이었다. 정말 그랬다.) 월터는 개인용 엘리베이터를 타고 내려가 호텔의 화려한 수영장으로 나갔다. 평소처럼 멋지게 비키니를 차려입은 미녀들이 선탠을 한다는 명목으로 몸매를 뽐내며 보르가르 같은 부유한 남자들이 다가오기를 기다리고 있었다.

보르가르는 천천히 돌아보며 상대를 골랐다. 하지만 조급한 나머지 너무 오래 기다릴 수 없었다.

두 시간 뒤, 월터는 놀라운 마법의 수영복을 입은 채로 침대에 앉아서 옆을 내려다보며 한숨을 쉬고 있었다. 옆에는 비키니조차 벗어버린 금발 비녀가 몸을 길게 뻗고 곤하게 잠들어 있었다.

악마가 옳았다. 참으로 이름에 걸맞은 악마였다. 닳지도 찢어지지도 않는 기적의 수영복의 효과는 확실했다. 그러나 그걸 벗기만 하면, 아니 조금 내리기만 해도… (1959)

밧줄 마술

Rope Trick

조지 다넬 씨 부부는—중요할지는 모르겠지만, 아내의 이름은 엘시다—신혼여행으로 세계일주를 하고 있었다. 결혼 20주년 기념일에 출발한 두 번째 신혼여행이었다. 첫 번째 신혼여행을 떠났을 때 조지는 삼십대였고, 엘시는 이십대였다. 즉 계산기를 두드려 보면 지금 조지는 오십대고, 엘시는 사십대라는 소리가 된다.

위험한 사십대(이 말은 남자뿐 아니라 여자에게도 적용이 된다)인 엘시는 두 번째 신혼여행을 떠난 지 3주 동안 벌어진—정확히 표현하자면 '벌어지지 않은'—일로 인해 심히 실망한 상태였다. 솔직히 털어놓자면, 정말로 아무 일도 벌어지지 않았다.

상황이 달라진 건 캘커타에서였다.

오후에 접어들었을 무렵 그들은 호텔에 체크인하고 몸을 잠시 단장한 뒤 그곳에 머물 하루 반 동안 최대한 많이 도시를 둘러보기로 했다.

시장에 구경 갔을 때였다.

그곳에서 힌두교 수행자 한 명이 인도의 밧줄 마술을 선보이고 있었다. 아주 멋지고 정교한 마술은 아니라서 어린 남자애가 밧줄을 타고 올라가는―올라가서 뭘 하는지는 다들 알 테니 굳이 설명하지 않겠다―일 같은 건 하지 않았다.

아주 단순한 공연이었다. 수행자는 자기 앞에 짧은 밧줄이 똬리를 틀게 놓아둔 뒤 피리로 단순한 곡조를 계속해서 연주했다. 그러자 서서히 밧줄이 하늘로 솟아오르더니 빳빳하게 곤두섰다.

엘시 다넬은 이 광경을 보고 멋진 생각을 떠올렸다. 물론 남편에게는 말하지 않았다. 엘시는 남편과 함께 호텔 방으로 돌아갔다. 그리고 저녁을 먹은 뒤 남편이―평소처럼 9시에―잠들기를 기다렸다.

남편이 잠들자 엘시는 조용히 호텔을 나왔다. 택시와 통역사를 찾아서 둘과 함께 시장으로 돌아가 수행자를 찾았다.

통역사의 도움을 받아 엘시는 수행자가 낮에 연주했던 피리를 샀다. 돈을 내고 반복해서 연주하면 밧줄이 솟아오르는 간단한 곡조도 배웠다. 그리고 다시 호텔로 돌아가 방으로 갔다. 남편은 언제나 그랬듯이 곤히 자고 있었다.

엘시는 침대 가에 가만히 서서 배워 온 간단한 곡조를 피리로 불기 시작했다.

불고 또 불었다.

계속해서 연주하다 보니―서서히―잠자는 남편 위로 이불이 솟아오르기 시작했다.

충분히 높아졌다 싶었을 때 엘시는 피리를 내려놓고 즐거운 비명을 지르며 이불을 젖혔다.

그리고 엘시가 본 광경은 허공에 빳빳이 서 있는 남편 잠옷의 허리끈이었다. (1959)

흉악한 설인
Abominable

천시 애서턴 경은 이곳에 캠프를 세울 셰르파에게 작별 인사를 했다. 이제부터는 혼자 갈 차례였다. 히말라야 산맥, 에베레스트 산에서 수백 킬로미터 북쪽에 있는 이곳은 흉악한 설인의 영역이었다. 설인은 에베레스트 산이나 티베트, 네팔의 다른 지역 산에 가끔씩 모습을 나타냈다. 그러나 천시 경이 지금 가이드를 두고 오르기 시작하는 오블리모프 산은 설인 천지여서 셰르파조차 오르려 하지 않았다. 그 대신 남아서 천시 경이 돌아오기를 기다리기로 했다. 물론 돌아올 수 있을 때 얘기지만. 이 지점을 지나려면 용기가 필요했다. 천시 경은 용감한 사람이었다.

게다가 천시 경은 여성에 관한 한 권위자라 할 수 있었다. 이곳에 와서 홀로 위험한 등반을 시도할 뿐만 아니라 더욱 위험한 구조 임무까지 하려 하는 이유였다. 만약 롤라 가브랄디가 아직 살아 있다면 설인의 손아귀에 있을 터였다.

천시 경이 롤라 가브랄디를 실제로 만난 적은 없었다. 사실 불과 한 달 전까지만 해도 그 존재조차 모르고 있었다. 그러다가 롤라가 출연한 영화를 우연히 봤고, 그 결과 롤라는 순식간에 아주 멋진 여인, 세상에서 가장 아름다운 여인, 이탈리아가 만든 역대 최고의 아름다운 영화배우가 되었다. 천시 경은 어떻게 이탈리아에서 그런 여인이 태어났는지 도무지 이해할 수 없었다. 롤라는 단 한 편의 영화로 바르도, 롤로브리지아, 에크베르그를 제치고 온 여성을 애호하는 온 세상 남자의 완벽한 여인상이 되었다. 그리고 여성을 사모하기로는 천시 경을 따를 자가 없었다. 스크린에서 롤라를 본 순간 천시 경은 직접 만나야겠다고 생각했다. 안 되면 죽도록 노력하리라고 생각했다.

그러나 그때쯤 롤라 가브랄디가 실종됐다. 첫 영화를 마치고 인도로 휴가를 떠나 그곳에서 오블리모프 산을 정복하려던 등산대에 합류했던 것이다. 다른 대원들은 다 돌아왔지만, 롤라는 돌아오지 못했다. 대원 한 명이 증언하기를 키가 3미터 가깝고 사람을 닮은 털북숭이 짐승이 비명을 지르는 롤라를 납치해 번쩍 들고 가 버렸다고 했다. 거리가 너무 멀어서 제때 쫓아가지 못했다는 것이다. 대원들은 며칠 동안 롤라를 찾다가 결국 포기하고 문명 세계로 되돌아왔다. 지금은 모두가 살아 있는 롤라를 찾을 가능성이 없다는 데 동의했다.

천시 경은 달랐다. 그 즉시 영국에서 인도로 날아갔다.

천시 경은 만년설 쌓인 높은 산 위에서 분투했다. 등산장비뿐 아니라 무거운 총까지 지니고 있었다. 일 년 전에 벵골에서 호랑이를 쏘아 잡던 총이었다. 천시 경은 호랑이를 죽일 수 있으면 설인도 죽일 수 있다고 판단했다.

구름 높이에 가까워지자 눈이 사방에서 몰아쳤다. 몇 미터 앞까지

밖에 보이지 않았는데, 어느 순간 인간과는 다른 괴물 같은 형상이 눈에 들어왔다. 천시 경은 총을 들고 발사했다. 괴물이 쓰러지더니 허공으로 떨어졌다. 수백 미터 아래까지 아무것도 없는 절벽 가장자리에 서 있었던 것이다.

총을 쏘는 순간 등 뒤에서 두 팔이 천시 경의 몸을 감쌌다. 굵고 털이 무성한 팔이었다. 그러더니 한 손으로 쉽사리 천시 경을 들어 올리며 다른 손으로 총을 빼앗아 마치 이쑤시개 꺾듯이 L자 모양으로 휘어서 던져 버렸다.

머리 위 60센티미터 정도 떨어진 듯한 위치에서 목소리가 들렸다. "조용히 해. 다치진 않을 거다." 천시 경은 용감한 사내였지만, 안심이 되는 말에도 불구하고 나직하게 끽끽거리는 소리밖에 내지 못했다. 뒤에서 너무 꽉 붙잡고 있어서 고개를 위나 뒤로 돌려 얼굴을 볼 수 없었다.

"설명해 주지." 목소리가 뒤쪽 위에서 들렸다. "너희들이 흉악한 설인이라고 부르는 우리는 인간이다. 하지만 변형된 인간이지. 아주 오래전에 우리는 셰르파와 같은 부족이었다. 우리는 우연히 육체적으로 적응하게 해주는 약을 발견했다. 덩치가 커지고 털이 나고 다른 변화가 생겨 극도의 추위와 높은 고도에 적응하게 됐지. 높은 산, 잠깐씩 왔다 가는 등산대를 빼면 아무도 생존할 수 없는 곳에서 살게 됐다. 이해하나?"

"네, 네." 천시 경은 간신히 대답했다. 희미하게나마 돌아갈 수 있다는 희망이 생겼다. 만약 죽일 작정이었다면 굳이 이런 내용을 설명할 필요가 없었다.

"그러면 설명을 덧붙여 주겠다. 우리는 수가 적다. 그리고 점점 줄어들고 있다. 그래서 우리는 가끔씩 사람을 납치한다. 내가 너를 납치했듯이 등산객을 납치하지. 납치한 뒤에는 몸을 변형시키는 약을 먹인다. 그러면 육체가 변하고 우리와 같은 설인이 된다. 그 방법으로 우리는 그나마 안정적으로 수를 유지한다."

"하, 하지만—" 천시 경이 더듬거리며 말했다. "내가 찾던 여자도 그렇게 된 겁니까? 롤라 가브랄디라고? 그 여자도 지금 2미터 넘는 키에 털이—"

"그랬지. 네가 방금 그 여자를 죽였다. 우리 부족에서 한 명이 그 여자를 짝으로 삼았지. 우리는 네가 그 여자를 죽인 것을 가지고 복수하지 않는다. 하지만 네가 그 자리를 대신해야 하는 셈이지."

"대신한다고요? 하지만— 난 남자입니다."

"그거 잘됐군." 뒤쪽 위에서 목소리가 들렸다. 천시 경의 몸이 돌아가더니 거대한 털북숭이 몸과 마주보게 됐다. 천시 경의 얼굴은 거대하고 털이 수북한 가슴 사이에 파묻히는 높이에 있었다. "그거 참 잘됐어. 왜냐하면 난 여자 설인이거든."

천시 경은 정신을 잃었다. 여자 설인은 마치 장난감을 들듯 가볍게 자신의 짝을 들어 올리고 발걸음을 옮겼다. (1960)

곰일 가능성
Bear Possibility

병원 대기실에서 담배에 연이어 불을—게다가 거꾸로 문 채—붙이며 이리저리 걸어 다니는 예비 아버지의 모습을 본다면 얼마나 걱정을 많이 하고 있는지 알 수 있을 것이다.

하지만 그 정도를 걱정이라고 생각한다면, 분만실 앞을 오가는 조너선 퀸비를 보라. 퀸비는 담배를 거꾸로 문 채 불을 붙이는 정도가 아니라 거꾸로 피우면서도 그런 줄도 전혀 모르고 있다.

퀸비에게는 걱정거리가 있었다. 지난 어느 저녁에 동물원에 마지막으로 갔을 때가 시작이었다. '마지막으로 갔다'는 건 분명한 사실이었다. 퀸비는 두 번 다시 동물원 근처에는 가지도 않을 작정이었고, 그건 아내도 마찬가지였다. 아내는 우리 안으로 떨어졌었던 것이다—

하지만 그날 저녁 무슨 일이 벌어졌는지 설명하려면 한 가지 말해야 할 게 있다. 젊은 시절 퀸비가 열심히 마법을 공부했다는 사실이다. 손장난 같은 마술이 아니라 정말 마법이었다. 불행히도 다른 사람에게는 효과적인 주문이나 부적도 퀸비에게 맞지 않았다.

딱 한 가지 주문이 예외였다. 인간을 원하는 동물로 변신시켰다가 다시 인간으로(주문을 거꾸로 외워서) 변신시키는 주문이었다. 사악하거나 복수심에 넘치는 인간이라면 이 능력을 유용하게 썼을지 모르겠지만, 퀸비는 그 어느 쪽도 아니었다. 몇 번 시험 삼아 해 본—호기심에 자원한 상대에게—뒤에는 다시 쓰지 않았다.

다만 서른 살이었던 10년 전에 한 여인과 사랑에 빠져서 결혼하고는 아내의 호기심 충족을 위해 단 한 번 써봤을 뿐이었다. 마법 이야기를 했더니 아내가 믿지 않으면서 증명해 보라고 했던 것이다. 퀸비는 아내를 잠깐 동안 샴고양이로 변신시켰다. 아내는 두 번 다시 그런 초능력을 쓰지 않도록 약속하게 했고, 퀸비는 그 뒤로 약속을 지켰다.

그러나 그날 저녁 동물원에 갔을 때 그만… 부부는 밑으로 파인 곰 우리로 이어지는 길을 따라 걷고 있었다. 주변에는 아무도 없었다. 둘은 곰을 찾아 둘러보았지만, 전부 밤에 쉬는 동굴 안으로 들어가 버리고 없었다. 그때, 아내가 난간에 몸을 너무 바짝 기댔다가 균형을 잃고서 우리 안으로 떨어지고 말았다. 기적적으로 다치지는 않았다.

아내는 일어서서 퀸비를 올려보았다. 손가락을 입술에 갖다 대더니 동굴 입구를 가리켰다. 퀸비는 이해했다. 빨리 도와줘야 했지만, 조용히 해야 했다. 소리를 냈다가는 동굴에서 자는 곰이 깰 수 있었다. 퀸비가 고개를 끄덕이고 몸을 돌릴 때 아내가 헉, 소리를 냈다. 퀸비는 아래를 다시 내려다보았다. 도움을 요청하기에는 이미 늦어 있었다.

젊은 수컷 회색곰 한 마리가 이미 동물 입구에서 나오고 있었다.

아내를 향해 가며 곧 잡아먹으려는 듯이 불길하게 으르렁거렸다.

늦지 않게 아내를 구하기 위해서 할 수 있는 건 하나뿐이었다. 조 너선 퀸비는 그렇게 했다. 회색곰 수컷은 회색곰 암컷을 죽이지 않 는다.

하지만 다른 걸 할 수 있다. 퀸비는 분노했지만 무력하게 난간을 움켜쥔 채로 아내가 곰 우리에서 어떤 짓을 당하는지 지켜봐야만 했 다. 얼마 뒤 수컷 회색곰은 동굴 안으로 들어가 버렸고, 퀸비는 수컷 이 다시 나오는 순간 다시 돌려놓을 수 있도록 대비한 채로 주문을 거꾸로 외워 아내를 다시 원래 모습으로 되돌려 놓았다. 퀸비는 디 딜 돌을 찾아서 올라가 손을 뻗으면 잡아서 끌어올려줄 수 있다고 말했다. 몇 분 뒤 아내는 무사히 우리에서 빠져나왔다. 창백한 얼굴 을 하고 벌벌 떨면서 부부는 택시를 타고 집으로 갔다. 집에 도착한 그들은 절대로 이 사건에 대해 이야기하지 않기로 약속했다. 그렇게 하지 않았으면 아내가 죽었을 게 분명했다.

몇 주 동안 두 번 다시 그 이야기를 하지 않았다. 그런데, 음— 퀸 비 부부는 결혼한 지 10년이 됐지만 아직 바라던 아이를 얻지 못하 고 있었다. 그런데 곰 우리에서 끔찍한 일을 당하고 난 3주 뒤에 아 내가 임신을 했던 것이다.

병원 대기실에서 기대에 부풀어 있는 아버지의 모습을 본 적이 있 는가? 세상에서 가장 걱정이 많은 사람 같다. 그렇다면 지금 앉지도 못하고 기다리고 있는 퀸비를 보라. 퀸비가 기다리고 있는 건 무엇 일까? (1960)

허무한 퇴장
Recessional

나의 군주이신 국왕 전하께서는 낙담하고 계시다. 이해할 수 있
는 일이며, 국왕을 비난할 수는 없다. 전쟁은 그만큼 길고 고통스러
웠다. 비참하게도 이제 우리는 얼마 남아 있지 않았다. 그럼에도 우
리는 희망을 갖는다. 왕께서 왕비를 잃었다는 사실이 통탄스럽다. 우
리 역시 모두 왕비를 사랑했다. 검은 군대의 왕비도 함께 사망했기
때문에 왕비의 죽음이 곧 패배를 의미하는 건 아니다. 그러나 듬직
한 기둥이어야 할 왕의 웃음에 힘이 없다. 사기를 올리기 위해 하는
말은 우리 귀에 진심으로 들리지 않는다. 왕의 목소리에서 두려움과
패배의 기운이 느껴지기 때문이다. 그럼에도 우리는 국왕 전하를 사
랑한다. 우리는 왕을 위해 죽을 것이다. 끝까지.

우리는 왕을 보호하다가 하나씩 죽는다. 이 피로 젖은 비탄의 전
장, 왕의 기마대가 휘젓고 다닌—살아 있었을 때 이야기다. 지금은
모두 죽었다. 우리와 검은 군대의 기마대 모두—진흙탕 위에서. 끝
이 있을까? 승리가 있을까?

신념을 가질 수밖에 없다. 불쌍한 동료였던 티볼트 주교와 같은
냉소주의자나 이단자가 되지 말자. "우리는 싸우고 죽는다. 그 이유

도 모른 채." 주교는 내게 이렇게 속삭인 적이 있다. 전쟁 초기, 전장 먼 곳에서 전투가 달아오르고 있을 때 나란히 서서 왕을 지키고 있을 때였다.

그러나 그건 이단자로서 시작일 뿐이었다. 주교는 유일신을 부정하더니 우리를 가지고 게임을 하면서 우리 개인에게는 전혀 신경 쓰지 않는 다수의 신을 믿기 시작했다. 심지어 우리는 자유의지로 움직이는 게 아니라 무의미한 싸움에서 말처럼 쓰이고 있다고 믿었다. 최악은―참으로 어처구니없게도―하얀 군대가 선이며, 검은 군대가 악이라는 생각에도 근거가 없다는 말이었다. 우주 규모에서는 누가 이기든지 아무 상관이 없다는 소리였다!

물론 그건 내게만, 그것도 속삭이는 소리로만 한 말이었다. 주교는 주교로서 해야 할 의무를 알고 있었다. 용감하게 싸웠고, 바로 그날, 검은 기사의 창에 꿰어 용감하게 죽었다. 나는 주교를 위해 기도했다. 신이시여, 그의 영혼이 평화롭게 쉴 수 있게 하소서. 그의 말은 진심이 아니었습니다.

신념이 없다면 우리는 아무것도 아니다. 티볼트는 틀려도 완전히 틀렸다. 하얀 군대는 이겨야 한다. 우리를 구원할 수 있는 건 승리뿐이다. 승리하지 못한다면 죽은 동료들, 이 전장에서 앞으로 살아갈 삶을 바친 이들은 헛되이 죽은 것이 된다. 티볼트 자네 역시!

자네는 틀렸다. 완전히 틀렸다. 신은 계시다. 신은 위대하시기에 자네의 이단 행위를 용서하실 것이다. 자네의 마음속에 있었던 건 악이 아니라 단지 의심일 뿐이었기 때문이다. 의심은 틀렸다는 것일 뿐 악이 아니다.

신념이 없다면 우리는 아무것도—

무슨 일이 벌어지고 있다! 전쟁이 시작될 때 전장에서 왕비의 옆에 서 있었던 우리 편 룩이 우리의 적, 사악한 검은 군대의 왕을 향해 덤벼들었다. 저 사악한 놈이 공격받고 있다. 빠져나갈 길이 없다. 우리가 이겼다! 우리가 이겼다!

하늘에서 차분한 목소리가 울려 퍼진다. "장군."

우리가 이겼다! 이 고통으로 점철된 전장에서 벌어진 전쟁은 헛되지 않았다. 티볼트여, 자네는 틀렸다. 자네는 —

그런데 무슨 일이 벌어지는 거지? 땅이 기울어지고 있다. 전장 한쪽이 솟아오르며 우리는 미끄러지고 있다. 하얀 군대도 검은 군대도—모두—

—거대한 상자 속으로 미끄러진다. 그건 이미 죽은 자들이 놓여 있는 거대한 관이다 —

이럴 수는 없다. 우리가 이겼다. 신이시여, 티볼트가 정녕 옳았다는 말입니까? 이건 공정하지 않습니다. 우리가 이겼습니다.

나의 군주이신 국왕 전하께서도 네모난 땅 위에서 미끄러지고—

이건 공정하지 않다. 이건 옳지 않다. 이건 정말… (1960)

접촉
Contact

다르 라이는 혼자 방 안에서 명상을 하고 있었다. 바깥쪽에서 문을 두드리는 것과 같은 사념을 감지하고 문 쪽을 힐끗 바라보며 문이 열리도록 의지를 보냈다. 문이 옆으로 미끄러지며 열렸다. "들어오시오, 친구여." 라이가 말했다. 텔레파시로 보낼 수도 있었지만, 단둘이 있을 때는 말로 하는 게 더 정중했다.

에존 키가 들어왔다. "오늘 밤은 늦게 주무시는군요, 지도자여." 키가 말했다.

"그렇소, 키. 한 시간 안에 지구에서 온 로켓이 착륙할 예정이오. 난 그걸 보고 싶다오. 맞소. 계산이 정확하다면 1천 킬로미터 떨어진 곳에 착륙할 거요. 지평선 너머라오. 그러나 그보다 두 배는 더 먼 곳에 착륙한다고 해도 핵폭발의 섬광은 보일 것이오. 그리고 나는 최초의 접촉을 고대해 왔소. 그 로켓에 지구인이 타고 있지 않다고 해도 여전히 최초의 접촉일 테니— 물론 저들의 입장에서요. 우리의 텔레파시 단체가 몇 세기 동안 지구인의 생각을 읽어왔으니까. 하지만 이건 화성과 지구 사이에서 벌어지는 최초의 물리적인 접촉이오."

키는 낮은 의자에 편안하게 앉았다. "그렇습니다." 키가 말했다. "하지만 전 최근 보고서를 꼼꼼히 보지 않았습니다. 지구인은 왜 핵탄두를 쓰는 겁니까? 지구인은 우리 행성에 아무도 살고 있지 않을 거라고 생각하지 않습니까. 그런데 굳이—"

"지구인은 달에 설치한 망원경으로 그 섬광을 관찰할 것이오. 그리고—뭐라고 부르더라?—스펙트럼을 분석할 것이오. 그러면 우리 행성의 대기와 표면 구성 성분에 대해 지금보다(지금 알고 있다고 생각하는 것도 상당 부분 오류지만) 더 많이 알게 될 것이라오. 이를테면, 관찰용 발사라고 하는 것이오, 키. 앞으로 충衝이 몇 번 더 오기 전에 지구인은 직접 찾아오겠지요. 그러면—"

화성인은 지구인이 오기를 고대하고 있었다. 정확히는 남아 있는 몇 안 되는 화성인이었다. 9백 명 정도인 이들은 작은 도시 하나에 모여 살았다. 화성의 문명은 지구보다 오래됐지만 죽어가고 있었다. 도시 하나, 9백 명의 인구가 남은 전부였다. 이들은 지구인이 이기적인 이유에서든, 그렇지 않은 이유에서든 접촉해 오기를 기다렸다.

화성의 문명은 지구와 상당히 다른 방향으로 발전했다. 물리학이나 기술은 그다지 중요하게 여기지 않았다. 그 대신 사회과학이 발전해 화성에는 지난 5만 년 동안 전쟁은 고사하고 단 한 건의 범죄도 없었다. 그리고 초심리학, 마음에 대한 과학이 대단히 발전했는데, 지구에서는 이제 걸음마를 떼는 수준이었다.

화성은 지구에 많은 것을 가르쳐 줄 수 있었다. 일단 간단하게나마 범죄와 전쟁, 이 두 가지가 사라지게 해줄 수 있었다. 그 뒤로는 텔레파시, 염동력, 공감 능력…

그리고 화성인은 지구가 화성에 훨씬 더 가치 있는 것을 가르쳐 주리라고 기대하고 있었다. 과학과 기술을—그런 일에 적합한 마음이 있다고 해도 화성에서 발전시키기에는 이제 너무 늦어 버린—이용해 죽어가는 행성을 복구해 다시 회복시키는 방법. 그러면 속절없이 죽어가던 종족이 생존해 다시 번성할 수 있었다. 양쪽 다 많은 것을 얻을 것이며, 잃는 것은 없을 터였다.

그리고 오늘이 바로 지구가 관측용 발사를 통해 최초로 접촉해 오는 밤이었다. 그리고 지구 시간으로 2년, 화성 시간으로 대략 4년 뒤인 다음 번 충이 오면 지구인, 적어도 한 명은 타고 있는 유인 로켓이 발사될 터였다. 텔레파시 단체가 몇몇 지구인의 생각을 읽어서 이런 계획을 알아낼 수 있었다. 불행히도 이 정도 거리에서는 텔레파시가 일방향이라서 화성은 지구에 서두르라고 요청하거나 이번의 예비 발사가 불필요해지도록 화성의 구성 성분이나 대기에 대한 사실을 지구 과학자에게 알려줄 수 없었다.

오늘 밤 지도자(화성의 단어를 그나마 가장 가깝게 번역한 것이다)인 라이와 조력자이면서 가장 가까운 친구인 키는 그 시간이 올 때까지 함께 앉아서 명상했다. 그리고 미래를 위해—지구인에게 알코올이 끼치는 것과 비슷한 영향을 화성인에게 끼치는 멘톨로 만든 음료로—건배한 뒤 머물고 있던 건물의 옥상으로 올라갔다. 둘은 로켓이 착륙할 예정인 북쪽을 바라보았다. 희박한 대기를 통해 별이 환하게 반짝이고 있었다…

월면에 있는 제1호 관측소에서 로그 에버렛이 관측용 망원경의 접안렌즈에 눈을 가져다댄 채 의기양양한 목소리로 말했다. "제대로 터졌어, 윌리. 이제 필름을 현상하는 대로 어떤 성과를 얻었는지 알 수 있을 거야." 로그는 몸을 폈다 이제는 더 볼 게 없었다. 그리고 고르와 윌리 생어는 엄숙하게 악수를 나눴다. 역사적인 순간이었다.

"아무도 안 죽었으면 좋겠는데. 화성인이라도 있다면 말이야, 로그. 시르티스 메이저 중앙에 맞은 거야?"

"그런 거나 마찬가지야. 사진을 봐야 정확히 알 수 있겠지만, 내가 보기엔 남쪽으로 1천 킬로미터 정도 빗나간 것 같아. 6천만 킬로미터 떨어진 데서 쐈는데 그 정도면 정말 정확한 거지. 윌리, 정말로 화성인이 있다고 생각해?"

윌리는 잠시 생각하더니 대답했다. "아니."

윌리가 옳았다. (1960)

메아리 언덕
Rebound

그 힘은 뜬금없이 어느 순간, 예상치 못하게 래리 스넬에게 찾아왔다. 어떻게, 왜 그렇게 된 건지는 끝내 알 수가 없었다. 언젠가부터 그렇게 됐다. 그뿐이었다.

공교롭게도 스넬은 그렇게 착한 사람은 아니었다. 언제든 기회가 있으면 소소한 범죄를 저질렀지만, 수입이라고는 대개 노름 표딱지를 팔거나 십대에게 마리화나를 몰래 넘기는 데서 나왔다. 스넬은 뚱뚱하고 사람이 좀 부실했으며, 작은 두 눈은 가운데로 쏠려 있어서 비열한 심성을 그대로 잘 보여주었다. 굳이 좋은 면을 찾자면 겁이 많다는 사실을 들 수 있었다. 덕분에 폭력 범죄를 저지르지는 않았다.

그날 밤 스넬은 한 술집에서 공중전화로 마권판매업자와 통화하고 있었다. 그날 오후에 전화로 한 베팅이 1등이나 2,3등에 올랐는지 아닌지 언쟁을 벌이고 있었다. 마침내 스넬은 싸움을 포기하면서 "죽어 버려라"라고 말하고는 수화기를 세게 내려놓았다. 그리고 다음 날까지 잊고 있었는데, 그만 그 업자가 통화 도중에 정말로 쓰러져 죽었다는 사실을 알게 되었다. 둘이 이야기를 나누던 바로 그때였다.

이 사건은 래리 스넬에게 생각할 거리를 안겨주었다. 스넬은 아예 못 배운 사람이 아니라서 저주란 게 무엇인지 알고 있었다. 사실, 저주를 시험해 본 적도 있었다. 하지만 제대로 된 적은 한 번도 없었다. 뭔가 달라진 걸까? 시도해 볼 만한 일이었다. 스넬은 신중하게 무슨 이유에서든 자신이 싫어하는 사람을 스무 명 뽑아 명단을 만들었다. 그리고 한 명씩 전화를—대략 일주일 간격을 두고서—걸어서 죽어버리라고 말했다. 그 사람들은 정말로 죽었다. 모두가.

그 주가 끝날 무렵 스넬은 그게 저주가 아니라 자신에게 힘이 생긴 것이라는 사실을 깨달았다. 최고급 나이트클럽의 스트립쇼에서 최고로 잘 나가는 배우, 스넬 자신보다 20배, 40배는 더 잘 버는 여배우와 이야기하다가 이렇게 말했다. "아가씨, 쇼가 끝나면 내 방으로 올라오라고. 알았지?" 여자는 실제로 왔다. 원래 농담으로 한 소리였던 터라 스넬은 깜짝 놀랐다. 부자와 잘생긴 플레이보이가 줄줄 뒤를 쫓는 판국에 래리 스넬이 별 생각 없이 던진 제안에 응한 것이었으니.

정말 힘이 생긴 걸까? 다음 날 아침 스넬은 여자가 떠나기 전에 시험해 보았다. 돈을 얼마나 가지고 있는지 물은 뒤 달라고 했다. 여자는 돈을 줬다. 수백 달러였다.

이건 사업이었다. 그 주가 끝나기도 전에 스넬은 부자가 되었다. 아는 사람—지하 세계의 거물급이라 돈이 꽤 있는 사람 중에 조금만 안면이 있더라도—모두에게 돈을 빌린 뒤 잊어버리라고 말하니까 그렇게 됐다. 스넬은 싸구려 여인숙에서 나와 그 도시에서 가장 호화로운 호텔의 펜트하우스 아파트로 옮겼다. 원래는 독신자용 아파트였지만, 스넬이 혼자 자는 일은 드물었으며, 혼자 잘 때도 그건 순전히 체력을 회복하기 위해서였다는 사실은 굳이 말할 필요가 없다.

멋진 삶이었지만, 불과 몇 주가 지나가 스넬은 자신이 그 힘을 낭비하고 있다는 생각이 들었다. 그 힘으로 국가를 장악하고 나아가 세계를 정복한 뒤 역사상 가장 강력한 독재자가 되면 어떨까? 여배우와 하룻밤을 보내는 대신에 하렘을 포함한 모든 것을 소유하면 어떨까? 군대를 보유해 스넬이 살짝 바라기만 해도 다른 모든 사람들이 그것을 절대무변의 법으로 받아들인다는 사실에 더욱 힘을 실어주면 어떨까? 전화기 너머로도 명령이 통한다면 라디오나 텔레비전을 통해서도 들을 터였다. 스넬은 그저 돈을 내고(돈을 내고? 그냥 요청만 하고) 전 세계적인 네트워크를 빌려서 모든 사람들이 어느 곳에 있든 자신의 목소리를 듣게 하기만 하면 됐다. 굳이 모든 사람이 아니어도 상관없었다. 다수만 장악한다면 나머지는 나중에 손볼 수 있었다.

하지만 이건 큰 건이었다. 역사상 가장 큰 건수였다. 스넬은 만의 하나라도 실수하는 일이 없도록 시간을 들여 계획을 세우기로 했다. 일단 계획을 세우기 위해 도시를, 사람들로부터 떠나 홀로 며칠을 보내기로 했다.

스넬은 캐츠킬 산맥으로 가 인적이 드문 곳을 찾기로 했다. 다른 손님들에게 떠나라고 명령해서 얻어 낸 여관에서 나와 홀로 산책을 하며 생각을 정리하고 꿈을 키웠다. 그러다가 마음에 드는 장소가 나왔다. 산으로 둘러싸인 계속 안에 있는 작은 언덕이었다. 경치가 웅장했다. 스넬은 그곳에서 시간을 대부분 보내며 생각에 잠겼다. 그리고 가능하겠다는 생각이 들수록 점점 기분이 들뜨고 도취됐다.

독재자는 무슨. 스넬은 황제가 될 작정이었다. 세계의 황제. 안 될게 뭐가 있나? 그런 힘을 가진 사람을 누가 거부할 수 있을까? 누구라도 명령에 복종하게 만들 수 있는 힘. 생각할 수 있는 모든—

"죽어 버려라!" 악독한 기분이 충만해오자 스넬은 언덕 꼭대기에서 외쳤다. 근처에 누가 있어서 자기 목소리를 들을 수도 있다는 생각조차 하지 않았다…

이튿날 십대 소년과 소녀 둘이 스넬의 시체를 발견한 뒤 서둘러서 마을로 돌아가 '메아리 언덕' 꼭대기에서 죽은 남자를 발견했다고 알렸다. (1960)

잃어버린 위대한 발명
Great Lost Discoveries

1. 투명인간

20세기에 세 가지 위대한 발견이 이뤄졌지만, 비극적이게도 사라지고 말았다. 그중 첫 번째는 투명인간의 비밀이었다.

투명인간의 비밀은 1909년 아치볼드 프래터가 발견했다. 그는 에드워드 7세가 오토만 제국과 느슨한 동맹을 맺고 있는 한 작은 나라의 술탄인 아브드 엘 크림의 궁정에 보낸 사자였다.

아마추어지만 열정적인 생물학자였던 프래터는 쥐에 다양한 혈청을 주입하며 돌연변이를 일으킬 수 있는 물질을 찾고 있었다. 3,109번째 쥐에 주사를 하자, 쥐가 사라졌다. 쥐는 그 자리에 있었다. 손으로 만질 수는 있었지만, 털이나 발톱도 보이지 않았다. 프래터는 그 쥐를 조심스럽게 우리 안에 넣었고, 두 시간이 지나자 쥐는 다시 나타났다. 멀쩡해 보였다.

프래터는 용량을 늘려가며 실험한 결과 쥐 한 마리를 24시간 동안 투명하게 만들 수 있다는 사실을 알아냈다. 그보다 더 많이 주사하면 쥐가 아프거나 둔해졌다. 또한 투명한 상태에서 죽으면 그 순간

다시 모습을 나타낸다는 사실도 알아냈다.

이 발견이 얼마나 중요한지를 깨달은 프래터는 무전으로 영국에 사의를 밝히고 하인들을 해고한 뒤 방 안에 틀어박혀서 자기 자신을 대상으로 실험하기 시작했다. 처음에는 조금만 주사하자 몇 분 동안 투명한 상태가 됐다. 프래터는 연구를 계속해 자신도 쥐와 비슷한 수준까지 견딜 수 있음을 알아냈다. 24시간 넘게 투명한 상태가 될 정도로 주사하면 몸이 아팠다. 입만 다물고 있으면 치아까지 안 보일 정도로 전신이 투명해지지만, 옷을 반드시 벗어야 했다. 옷은 투명해지지 않았다.

프래터는 정직한 사람이었고 유복한 편이었기에 범죄를 저지를 생각은 하지 않았다. 영국으로 돌아가 이 발견을 국왕 전하의 정부에 바쳐 첩보 활동이나 전쟁에 활용하기로 결심했다.

그러나 그 전에 딱 한 가지 재미만 누려보기로 했다. 프래터가 일했던 술탄의 궁전에는 엄중한 감시하에 있는 하렘이 있었는데, 항상 호기심이 동했던 것이다. 안에서 가까이 들여다보면 어떨까?

게다가 자신의 발견에는 뭔가―정확히 무엇인지는 모르겠지만 뇌리에서 떨어지지 않는―꺼림칙한 부분이 있었다. 어떤 상황에서는⋯ 그 뒤로는 생각이 잘 나지 않았다. 실험은 확실했다.

프래터는 옷을 벗은 뒤 최대한 오랫동안 몸이 투명해지게 만들었다. 무장한 환관들 옆을 걸어서 지나쳐 하렘에 들어갈 수 있다는 사실로 효과는 증명이 됐다. 프래터는 50여 명의 미녀가 낮 동안 목욕을 하고 몸에 향기 나는 오일과 향수를 바르며 미모를 가꾸는 모습을 구경하며 재미있게 오후를 보냈다.

시카시안이라는 미녀 하나가 유난히 마음을 이끌었다. 어떤 남자라도 그렇게 생각했겠지만, 프래터는 만약 밤을 여기서 보낸다면—다음 날 정오까지는 투명할 테니 안전했다—시카시안이 어느 방에서 잠을 자는지 볼 수 있을 것이고, 불이 꺼진 뒤에 침대로 들어갈 수도 있을 거라고 생각했다. 시카시안은 술탄이 찾아왔다고 생각할 터였다.

프래터는 시카시안을 주시하다가 어느 방으로 들어가는지 확인했다. 커튼으로 가려 놓은 문가에는 무장한 환관 하나가 지키고 서 있었다. 다른 침실로 이어지는 문가에도 각각 한 명씩 서 있었다. 프래터는 시카시안이 확실히 잠들 때까지 기다렸다가 환관이 복도 쪽으로 시선을 돌리느라 커튼이 움직이는 것을 못 본 틈을 타서 슬쩍 들어갔다. 복도의 불빛은 희미했고, 방 안은 완전히 깜깜했다. 프래터는 손으로 더듬거리며 간신히 침대를 찾아냈다. 조심스럽게 한 손을 뻗어 잠자고 있는 여인을 건드렸다. 시카시안은 비명을 질렀다. (프래터가 몰랐던 건 술탄이 밤에는 절대 하렘을 찾아오지 않으며, 아내를 한 명, 혹은 경우에 따라 몇 명씩 자기 침실로 불러들였다는 사실이었다.)

그러자 밖에 서 있던 환관이 안으로 뛰어 들어와 프래터의 팔을 붙잡았다. 프래터의 머리에 마지막으로 떠오른 생각은 투명 상태일 때의 한 가지 걱정거리가 무엇이었는지 이제 떠올랐다는 것이었다. 깜깜한 상태에서는 투명인간이 의미가 없었다. 프래터가 마지막으로 들은 건 언월도를 휘두르는 소리였다.

2. 방어막

잃어버린 위대한 발견 중 두 번째는 방어막의 비밀이었다. 1952년 미국의 해군 레이더 장교인 폴 히켄도르프 중위가 발견했다. 일종의 전자장비였는데, 간편하게 주머니에 넣고 다닐 수 있을 정도로 작은 상자였다. 상자의 스위치를 올리면 그걸 가지고 있는 사람은—히켄도르프가 뛰어난 수학 실력으로 계산해 낸 바에 따르면—무한대에 가까울 정도로 강력한 역장에 둘러싸이게 된다.

역장은 정도와 무관하게 그 어떤 열이나 방사선도 절대 통과시키지 않았다.

히켄도르프 중위는 그 역장 안에 들어가 있는 사람은—여자나 어린아이, 혹은 강아지라고 해도—바로 옆에서 수소폭탄이 터진다고 해도 견딜 수 있으며 조금도 부상을 당하지 않을 거라는 결론을 내렸다.

그 당시까지는 아직 수소폭탄이 터진 적이 없었다. 히켄도르프가 그 장치를 완성했을 무렵, 중위는 우연히 태평양을 건너 에니위톡이라고 부르는 산호섬으로 가고 있는 순양함급의 함선에 타고 있었다. 그리고 그 목적이 최초의 수소폭탄 실험을 보조하는 것이라는 사실이 은밀히 흘러나왔다.

히켄도르프 중위는 함선을 빠져나와 목표 지점인 섬으로 숨어들어간 뒤 폭탄이 터질 때 그 옆에 있기로 마음먹었다. 물론 폭탄이 터진 뒤에 멀쩡한 상태로 나와 자신의 발견이 합당하며, 역사상 가장 강한 무기를 방어할 수 있다는 사실을 보여줄 작정이었다.

쉽지는 않았지만, 어쨌든 히켄도르프는 무사히 숨어들어 카운트다운 동안 슬금슬금 기어간 끝에 수소폭탄이 터질 때 불과 몇 미터 떨어진 곳에 있을 수 있었다.

계산은 정확했다. 히켄도르프는 조금도 다치지 않았다. 긁히거나 멍들거나 덴 자국조차 없었다.

그러나 한 가지 가능성을 간과하고 있었고, 바로 그 가능성이 실현됐다. 히켄도르프는 지구 탈출 속도보다 더 빠른 속도로 지표면에서 날아가버렸다. 궤도에 안착하지도 못하고 그대로 지구를 벗어났다. 49일 뒤 히켄도르프는 태양 속으로 떨어졌다. 여전히 멀쩡하기 그지없는 상태였지만 오래전에 죽은 뒤였다. 역장 안에는 불과 몇 시간 분량의 공기밖에 없었던 것이다. 이렇게 하여 인류는 히켄도르프의 발견을 결코 알지 못하게 됐다. 적어도 20세기에는.

3. 불사신

20세기에 나타났다가 사라져 버린 세 번째 위대한 발견은 불사의 비밀이었다. 이반 이바노비치 스메타코프스키라는 모스크바의 한 무명 과학자가 1978년에 해낸 발견이었다. 스메타코프스키는 어떻게 이런 발견을 했는지, 어떻게 성공하리라는 것을 알고 시도했는지 전혀 기록을 남기지 않았다. 단순히 겁이 났기 때문인데, 두 가지 이유에서였다.

스메타코프스키는 세상에 밝히기가 두려웠다. 조국의 정부에만 그 비밀을 알린다고 해도 궁극적으로는 철의 장막을 뚫고 흘러나가 혼돈을 일으킬 게 뻔했다. 소련이라면 어떤 비밀이라도 다룰 수 있겠지만, 좀 더 야만적이고 규율이 잡히지 않은 국가에서는 불사의 약이 인구 폭발을 일으키고 곧 계몽된 공산주의 국가에 대한 공격으로 이어질 게 거의 확실했다.

그리고 스스로 그 약을 먹기도 두려웠다. 불사의 몸이 되고 싶은지 확신이 들지 않았다. 소련 내부의―바깥쪽은 말할 것도 없고― 상황을 볼 때 영원히, 언제까지일지도 모를 정도로 오래 살 가치가 있을까?

스메타코프스키는 결심이 설 때까지 당분간 다른 누구에게도 그 약을 주지 않고, 스스로도 먹지 않기로 했다.

그동안 지금까지 만든 약 전부를 몸에 지니고 다녔다. 양이 적어서 녹지 않는 재질로 만든 작은 캡슐에 넣을 수 있었다. 그 캡슐은 입 안에 넣고 다녔는데, 한쪽 치아 옆에 붙여서 치아와 뺨 사이에 안전하게 머물러 있게 했다. 자기도 모르게 삼킬 위험은 없었다.

그러나 언제라도 먹을 결심을 하면 입 안에 손을 넣어서 엄지손가락으로 캡슐을 깨뜨리고 불사의 몸이 될 수 있었다.

마침내 그날이 왔다. 폐렴 때문에 모스크바의 한 병원에 입원한 스메타코프스키는 자신이 잠들었다고 생각한 의사와 간호사가 앞으로 몇 시간밖에 살 수 없다는 이야기를 나누는 것을 엿들었다.

불사의 몸이 어떤 결과를 가져올지는 몰라도 죽음의 공포는 불사에 대한 두려움보다 컸다. 의사와 간호사가 병실을 나가자 스메타코프스키는 캡슐을 깨뜨려 약을 삼켰다.

죽음이 임박했으므로 약이 곧 효과를 발휘해 목숨을 구해 주리라고 기대했다. 약은 제시간에 효과를 발휘했다. 다만 그때쯤 스메타코프스키는 반 혼수상태에 빠져 헛소리를 지껄이고 있었다.

3년 뒤인 1981년, 스메타코프스키는 여전히 반 혼수상태로 정신 착란을 일으키고 있었다. 러시아 의사들은 마침내 진단을 내리고 난감한 상태에서 벗어났다.

스메타코프스키가 모종의—따로 분리해 내거나 분석할 수 없는—불사약을 먹은 것은 분명했다. 덕분에 영원까지는 아닐지 몰라도 무한정 오래 살아 있을 수 있었다.

그러나 불행히도 그 약은 몸 안에 있던 폐렴구균까지 불사로 만들었다. 애초에 스메타코프스키가 폐렴에 걸리게 한 그 세균(*Diplococci pneumoniae*)으로 앞으로도 영원히 그러고 있을 터였다. 따라서 의사들은 영원히 스메타코프스키를 돌보는 수고를 할 수 없다는 현실적인 결론을 내렸고, 결국 그를 땅속에 묻어 버렸다. (1961)

취미생활
Hobbyist

"소문이 있던데요." 생스트롬이 말했다. "당신이—" 생스트롬은 조그만 약국 안에 자신과 약사 둘밖에 없는지 확인하기 위해 주위를 둘러보았다. 약사는 체구가 작고 쭈글쭈글하고 괴팍해 보이는 남자로 50세로도 100세로도 보였다. 단둘뿐이었지만, 생스트롬은 목소리를 낮췄다. "당신이 절대 들키지 않는 독약을 갖고 있다고 하더군요."

약사는 고개를 끄덕였다. 약사가 계산대를 돌아 나와 가게 문을 잠근 뒤 계산대 뒤쪽에 있는 문으로 향했다. "커피를 하려던 참인데 같이 듭시다." 약사가 말했다.

생스트롬은 약사를 따라 계산대를 지나 뒷방으로 갔다. 약병이 가득한 선반이 천장까지 닿을 듯한 높이로 사방을 둘러싸고 있었다. 약사는 전기 커피추출기의 플러그를 꽂은 뒤 컵 두 개를 의자 두 개가 마주보고 있는 탁자에 올려놓았다. 약사는 생스트롬에게 의자에 앉으라고 손짓한 뒤 나머지 의자에 낮았다. "자." 약사가 말했다. "말해 보시게. 누굴 죽이고 싶으신가? 이유는?"

"그게 중요합니까?" 생스트롬이 물었다. "돈을 내기만 하면 충분—"

약사가 손을 들어 말을 끊었다. "중요하지. 내가 약을 내줄 가치가 있는 일인지 확신해야 해. 아니면—" 약사는 어깨를 으쓱해 보였다.

"좋아요." 생스트롬이 말했다. "그건 내 아내입니다. 이유는—" 긴 이야기가 이어졌다. 이야기가 거의 끝날 무렵 커피가 다 되어서 약사가 커피를 내오는 동안 잠깐 끊어졌다. 생스트롬은 이어서 이야기를 끝냈다.

조그마한 약사는 고개를 끄덕였다. "그래. 난 가끔씩 들키지 않는 독약을 제공하지. 그건 공짜로 하는 일이라네. 그럴 만한 일이라고 생각하면 돈을 받지 않아. 살인자들을 여럿 도왔지."

"좋습니다." 생스트롬이 말했다. "그럼 저한테도 주시지요."

약사는 미소를 지었다. "이미 그렇게 했지. 커피가 다 됐을 때쯤 나는 자네가 독약을 먹을 만하다고 생각했어. 아까도 말했듯이 공짜라네. 하지만 해독제에는 돈을 받지."

생스트롬은 창백해졌다. 하지만 예상한—이런 일이 아니라 속임수라든가 일종의 협박을 예상했지만—일이었다. 생스트롬은 주머니에서 권총을 꺼냈다.

조그만 약사가 키득거리며 웃었다. "함부로 쏘지 못할걸." 약사는 선반을 향해 손짓했다. "저 수천 개의 병 중에서 해독제를 찾을 수 있겠어? 더 빠르고 더 지독한 독약을 먹게 되지 않을까? 허풍이라고 생각한다면, 실제로 독약을 먹은 게 아니라고 생각한다면 어서 쏴봐. 독약이 효력을 발휘하는 세 시간 뒤면 알게 될 거야."

"해독제는 얼마지?" 생스트롬이 으르렁거렸다.

"합당한 가격이지. 천 달러라네. 사람은 살아야지. 살인을 막는 건 취미라고 해도 그 취미로 돈을 벌어서 안 된다는 법은 없지 않나?"

생스트롬은 투덜거리며 권총을 내려놓았다. 하지만 손이 닿는 범위 밖으로 보내지 않은 채 지갑을 꺼냈다. 어쩌면 해독제를 받은 다음에 권총을 쓸 수 있을지도 몰랐다. 생스트롬은 백 달러짜리 지폐로 천 달러를 센 뒤 탁자 위에 올렸다.

약사는 곧바로 집어 들지 않았다. 약사가 말했다. "그리고 하나 더 있어. 자네 아내와 내 안전을 위해서지. 아내를 죽이겠다는 자네의 의도를—이젠 바뀌었다고 믿네만—적어서 문서로 남겨 놓네. 그리고 내가 나가서 강력반에 있는 내 친구에게 편지로 부칠 때까지 기다려. 자네가 정말로 아내를 죽일 경우에 대비해 증거로 보관하고 있을 거야. 아니면, 날 죽일 수도 있고. 그 편지를 부치고 나서 안전해지면 여기로 돌아와서 해독제를 주겠네. 종이와 펜을 가져다주지…

아, 한 가지 더. 꼭 그러라는 건 아니지만, 내 들키지 않는 독약에 대한 이야기를 널리 퍼뜨려 주지 않겠어? 모르는 일이잖나, 생스트롬 씨. 자네한테 적이 있는지는 모르겠지만, 자네는 지금 막 자네 목숨을 구한 것일 수도 있거든." (1961)

끝
The End

존스 교수는 오랜 세월 시간에 대한 이론을 연구하고 있었다.

"드디어 핵심적인 방정식을 찾아냈단다." 어느 날 교수가 딸에게 말했다. "시간은 장이야. 내가 만든 이 기계는 그 장을 조절할 수 있지. 심지어 거꾸로 돌릴 수도 있어."

존스 교수는 버튼을 누르며 말했다. "이러면 시간이 거꾸로 시간이 이러면." 말했다 누르며 버튼을 교수는 존스.

"있어 수도 돌릴 거꾸로 심지어. 있지 수 조절할 장을 그 기계는 이 만든 내가. 장이야 시간은." 말했다 딸에게 교수가 날 어느. "찾아냈단다 방정식을 핵심적인 드디어."

있었다 연구하고 이론을 대한 시간에 세월 오랜 교수는 존스.

.끝 (1961)

푸른색 악몽
Nightmare in Blue

잠에서 깨어나니 화창한 아침이었다. 이제껏 본 적이 없을 정도로 푸르른 날이었다. 침대 옆의 창문을 통해 보이는 하늘이 믿을 수 없을 정도였다. 조지는 맑은 정신으로 재빨리 침대에서 빠져나왔다. 휴가 첫날을 조금이라도 놓치고 싶지 않았다. 하지만 아내를 깨우지 않으려고 조용히 옷을 입었다. 휴가 기간인 일주일 동안 빌린 통나무집에 도착한 게 어젯밤 늦게였고 윌마는 이동하느라 몹시 피곤해했다. 아내가 더 자게 해줄 생각이었다. 조지는 신발을 거실로 가져가 거기서 신었다.

다섯 살배기 아들인 토미가 헝클어진 머리를 한 채 작은방에서 나오며 하품을 했다. "아침 먹을래?" 조지가 아들에게 물었다. 토미가 고개를 끄덕이자. "옷 입고 부엌으로 오렴."

조지는 부엌으로 간 뒤 아침을 만들기 전에 문을 열고 나가서 주위를 둘러보았다. 도착했을 때는 어두워서 설명으로 들었던 것 말고는 어떻게 생겼는지 전혀 몰랐다. 그곳은 사람의 손때가 묻지 않은 숲이었다. 상상했던 것보다 더 아름다웠다. 가장 가까운 통나무집은 1킬로미터가 넘게 떨어져 있다고 들었다. 꽤 커다란 호수의 반대편이었다. 나무 때문에 호수가 보이지는 않았지만, 부엌문에서 몇백 미터 정도 떨어진 그곳까지 이어지는 오솔길이 있었다. 친구의 말로는 수영하기에도 좋고 낚시하기에도 좋다고 했다. 조지는 수영에는 관심이 없었다. 물을 두려워하는 건 아니었지만 별로 좋아하지도 않았기에 헤엄치는 법을 배우지 않았다. 하지만 아내는 수영을 잘했고, 토미도 그랬다. 아내는 아들을 조그만 물쥐라고 불렀다.

토미가 다가왔다. 토미가 옷을 입는다는 건 수영복을 입는다는 소리였기 때문에 시간이 별로 걸리지 않았다. "아빠, 아침 먹기 전에 호수에 가면 안 돼요?"

"좋아." 조지가 말했다. 조지도 별로 배가 고프지 않았고, 돌아올 때면 윌마도 깨어 있을지 몰랐다.

호수는 아름다웠다. 하늘보다도 훨씬 더 푸르렀고, 수면이 거울처럼 매끄러웠다. 토미는 즐거워하며 물속으로 뛰어들었고, 조지는 멀리 가지 말고 얕은 데만 있으라고 소리 질렀다.

"수영할 수 있어요, 아빠. 저 수영 잘해요."

"그래. 그래도 엄마가 없잖아. 멀리 가지 마."

"물이 따뜻해요, 아빠."

멀리서 물고기가 뛰어 오르는 게 보였다. 아침을 먹은 뒤 낚싯대를 가지고 돌아와서 점심거리를 잡아야겠다고 생각했다.

듣기로는 호숫가에 난 오솔길을 따라 몇 킬로미터 가면 보트를 빌릴 수 있는 곳이 있다고 했다. 조지는 한 척을 일주일 동안 빌려서 근처에 묶어 놓을 생각이었다. 그곳이 어디쯤 있는 살펴보려고 시선을 호수 끄트머리로 향했다.

갑자기 두려움의 외침 소리가 들리면서 등골이 서늘해졌다. "아빠, 내 다리가—"

조지가 몸을 돌리자 적어도 20미터쯤 떨어진 곳에서 토미의 머리가 가라앉았다 떠올랐다 하고 있었다. 하지만 이번에는 공포스럽게도 토미가 소리도 지르지 못하고 꿀렁거리는 소리만 냈다. 쥐가 난 모양이었다. 조지는 미칠 것 같았다. 토미가 이 정도 거리에서 헤엄쳐 놀았던 적은 몇 번 있었다.

조지는 순간적으로 물속으로 뛰어들 뻔했다. 하지만 다시 생각해 보았다. 함께 물에 빠진다고 해서 도움이 될 리는 없었다. 차라리 기회가 있을 때 윌마를 데리고 온다면…

조지는 통나무집으로 달려갔다. 백 미터쯤 떨어진 곳에서부터 있는 힘껏 "윌마!"라고 외치면서 달렸다. 부엌문에 거의 다가서자 윌마가 잠옷 바람으로 뛰쳐나왔다. 그러더니 조지를 지나쳐 호수로 달려갔다. 이미 숨이 차 헐떡이는 조지를 지나쳐 앞장서 달렸다. 윌마가 호숫가에 다다라 물속으로 뛰어들었을 때 조지는 50미터쯤 뒤처져 있었다. 토미의 뒤통수가 보였던 곳을 향해 힘차게 헤엄쳤다.

팔을 몇 번 휘젓더니 윌마는 토미를 붙잡았다. 방향을 바꾸려고 다리를 아래로 내렸을 때 조지는 순간 극도의 공포감에 사로잡혔다. 아내의 푸른 눈빛에도 똑같은 감정이 나타났다. 죽은 아들을 끌어안은 윌마는 고작 깊이가 1미터쯤 되는 물속에 서 있었다. (1961)

회색 악몽
Nightmare in Gray

그는 아주 기분 좋게 잠에서 깨어났다. 몸에 닿는 밝은 햇빛이 따뜻했고, 공기에는 봄내음이 물씬 풍겼다. 공원 벤치에 앉아서 고개만 떨군 채 한 30분쯤—자애로운 햇빛이 드리우는 그림자의 각도가 조금밖에 변하지 않았다—졸았던 모양이었다.

봄을 맞아 점점 초록색이 짙어지는 공원은 아름다웠다. 여름철의 짙은 녹색보다는 옅은 초록색으로 빛나는 멋진 날이었다. 그는 젊었고, 사랑에 빠져 있었다. 믿을 수 없는 사랑. 그는 사랑에 취해 있었고, 행복했다. 토요일이었던 지난밤 그는 수잔에게 청혼했고, 수잔은 승낙했다. 어쨌거나 그런 셈이었다. 확고한 대답은 하지 않았지만, 가족을 소개해주겠다며 오후에 집으로 초대했다. 가족이 그를 마음에 들어하면 좋겠으며, 분명히—수잔 자신처럼—그럴 거라는 말도 했다. 그게 사실상의 승낙이 아니라면 무엇이 그렇겠는가? 둘은 거의 첫눈에 반했다. 그래서 아직 수잔의 가족을 만나보지 못했다.

수잔은 사랑스러운 여인이었다. 부드러운 갈색 머리에 살짝 위로 들린 귀엽고 작은 코, 커다랗고 부드러운 눈에 희미한 주근깨.

수잔은 그에게 일어났던 일 중에서 가장 멋진 일이었다. 누구에게라도 그럴 것이다.

이제 오후도 그럭저럭 지나 있었다. 수잔이 오라고 한 시간이었다. 그는 벤치에서 일어났다. 낮잠 때문에 몸이 찌뿌둥해서 늘어지게 하품을 했다. 그리고 시간을 죽이고 있던 공원에서 몇 구역 떨어진, 어젯밤에 수잔을 바래다준 집으로 걸었다. 화창한 봄날에 햇빛을 받으며 걸으면 금방이었다.

그는 계단을 올라가 문을 두드렸다. 문이 열리자 그는 순간 수잔이 직접 나온 줄 알았다. 하지만 닮은 여자였다. 아마 언니겠지. 수잔이 한 살 많은 언니가 있다는 말을 한 적이 있었다.

그는 허리를 굽혀 인사하고 자신을 소개한 뒤 수잔이 있냐고 물었다. 그 여자가 잠시 이상하게 쳐다보는 것 같더니 말했다. "들어오세요. 수잔은 지금 없지만, 저쪽 응접실에서 기다리시면—"

그는 응접실에서 기다렸다. 아무리 잠깐이라지만 집을 비웠다니 이상했다. 그때 문에서 그를 맞이했던 여자가 복도에서 이야기하는 소리가 들렸다. 자연스레 호기심이 동한 그는 일어서서 복도로 이어지는 문가로 가 귀를 기울였다. 전화 통화를 하는 것 같았다.

"해리, 빨리 집으로 와. 의사도 데리고 와. 응. 할아버지야… 아니야, 이번엔 심장마비가 아니야. 저번처럼 기억상실증이 와서 할머니가 아직 살아 있다고 생각하셔. 아니, 치매는 아니야, 해리. 그냥 기억상실증이야. 그런데 이번에는 더 심해. 50년 전이야. 기억이 할머니랑 결혼하기 전으로 돌아갔어…"

50초 만에 갑자기 50년이나 늙어버린 그는 문에 기대 소리 없이 눈물을 흘렸다…(1961)

노란색 악몽
Nightmare in Yellow

자명종이 울리자 그는 잠에서 깨어났다. 하지만 소리를 꺼놓고 잠시 침대에 머물러 있었다. 그날 낮에 돈을 횡령하고 저녁에 사람을 죽이기 위한 계획을 마지막으로 점검했다.

세세한 부분까지 계획을 세워놓았지만, 이번이 마지막 점검이었다. 오늘 밤 오후 8시 46분이면 그는 모든 면에서 자유였다. 이때를 고른 건 이날이 마흔 번째 생일이었기 때문이다. 그는 이날, 정확히 오후 8시 46분에 태어났다. 어머니가 점성술에 미쳐 있었던 탓에 그도 태어난 시각을 정확히 알 수 있었다. 그는 미신을 믿지 않았지만, 정확히 마흔 살에 새 삶을 시작한다는 사실이 재미있게 느껴졌다.

시간이 점점 없어지고 있었다. 자산 문제를 전문적으로 다루는 변호사였던 덕분에 그의 손을 거쳐 가는 돈은 많았다. 그중 일부는 그의 손 안에 떨어지기도 했다. 일 년 전 그는 5천 달러를 '빌려' 두세 배로 늘어날 게 확실한 곳에 집어넣었다. 그러나 그 돈은 날아갔다. 그 뒤 그는 점점 더 많은 돈을 빌려 이런저런 방법으로 첫 번째에 입은 손실을 메우려고 했다. 이제 그가 진 빚은 3만 달러에 달하는 거금이었다. 몇 달 뒤면 부족한 금액이 들통날 게 뻔했고, 그때까지 잃어버린 돈을 채워 넣기는 불가능했다. 그래서 의심을 사지 않도록 조심하면서 몇몇 자산을 정리해 현금을 긁어모았다. 그리고 이날 오후면 10만 달러가 넘는 거금을 가지고 도망갈 예정이었다. 그 정도면 여생을 보내기에 충분했다.

절대 잡히지 않을 것이다. 그는 세세한 부분까지 전부 계획을 짜두었다. 목적지부터 새로운 신분까지, 모든 면에서 완벽했다. 몇 달 동안 세운 계획이었다.

아내를 죽이겠다는 건 다소 나중에 든 생각이었다. 동기는 단순했다. 아내가 싫었다. 하지만 그건 절대 감옥에 가지 않겠다고 마음먹은 뒤에 든 생각이었다. 체포되는 상황이 온다면 자살하기로 결심했고, 그러자 어차피 죽을 거라면 아내를 죽이고 한다 해도 손해 볼 게 없지 않느냐는 생각이 들었다.

아내가 (하루 전인 어제) 준 생일선물이 참으로 적절했다는 점을 생각하면 절로 웃음이 나왔다. 생일선물이란 건 새 서류가방이었다. 아내는 저녁 7시에 시내에서 만나 생일을 축하하자고 했다. 그 뒤가 어떻게 될지는 꿈에도 모르고 있었다. 그는 8시 46분까지 아내를 집으로 데려간 뒤 정확한 시각에 맞춰 홀아비가 됨으로써 모든 게 딱딱 맞아떨어지는 기분을 만끽할 계획이었다. 아내를 죽이고 가는 게 실질적으로도 도움이 됐다. 잠든 상태로 내버려 두고 떠난다면 아내는 아침에 일어났을 때 상황이 어떻게 된 건지 알아차리고 경찰에 연락할 것이다. 죽인 뒤에 떠난다면 시체가 발견되는 데 아마 이삼일 정도 시간이 걸릴 테고, 그로서는 새 삶을 시작하기에 훨씬 유리했다.

사무실에서는 일이 순조로웠다. 아내를 만나러 갈 때쯤에는 모든 준비가 완료되었다. 그러나 아내가 저녁을 먹으며 술을 마시느라 꾸물대는 바람에 8시 46분까지 집으로 돌아가지 못할까 걱정이 되었다. 우스운 일이라는 건 알았지만, 자유의 순간이 더도 말고 덜도 아닌 바로 그 시각에 와야 한다는 사실이 점점 중요해졌다. 그는 시계를 들여다보았다.

만약 집 안에 들어갈 때까지 기다렸다면 30초 정도 늦어졌을 것이다. 그러나 현관이 어두워서 집 안에 있는 것만큼이나 안전했다. 그는 아내가 문가에 서서 문을 열어주기를 기다리고 있을 때 가차 없이 곤봉을 한 번 휘둘렀다. 쓰러지는 아내를 붙잡아 한 팔로 간신히 일으켜 세우며 문을 열었다. 그리고 안에 들어간 뒤 문을 닫았다.

스위치를 올리자 밝은 노란 불빛이 방 안을 채웠다. 사람들은 아내가 죽었으며 그가 일으켜 세우고 있다는 사실을 알아차리지 못했다. 생일파티에 온 손님들이 한목소리로 외쳤다.

"생일 축하합니다!"(1961)

초록색 악몽
Nigthmare in Green

잠에서 깨어나니 간밤의 결심이 그대로 기억났다. 어젯밤 잠을 자려고 누운 채로 내린 큰 결심이었다. 만약 앞으로 자신을 남자, 어엿한 사나이로 여기려면 망설이지 말고 지켜야 했다. 아내에게 단호하게 이혼을 요구해야 하며, 그렇지 못했다가는 모든 것을 잃고 두 번다시 용기를 갖지 못할 터였다. 이제 와서 보니 6년 전에 처음 결혼했을 때부터 이런 전환점이, 이런 일이 생기리란 건 분명했다.

남자보다 강한, 어느 모로 보나 강한 여자와 결혼한다는 건 참을수 없을 일일뿐더러 스스로도 갈수록 나약하고 쓸모없는 존재처럼느껴지게 했다. 그의 아내는 모든 면에서 그를 능가할 수 있었고, 실제로도 그랬다. 골프, 테니스 등 운동이라는 모든 운동을 그보다 잘했다. 자전거도 더 잘 탔고, 하이킹도 더 잘 했다. 운전 실력도 도저히 따라잡을 수 없었다. 거의 모든 면에 뛰어나다보니 아내는 브리지 게임을 하든 체스를 하든, 심지어 포커를 해도 그를 바보로 만들었다. 마치 무슨 남자처럼 했다. 더 나쁜 건 점점 사업과 재정에서도주도권을 가져갔다는 점이다. 그가 꿈꿀 수 있는 것보다 더 많은 돈을 실제로 벌었다. 자존심이란 게 남아 있는지는 모르겠지만, 그렇다면 그의 자존심은 결혼 생활을 통해 상처투성이가 되어 있었다.

이제는 달랐다. 로라가 나타났던 것이다. 사랑스럽고 귀여운 로라. 이번 주에 손님으로 집에 머문 로라는 아내와 전혀 다른 사람이었다. 연약하고 고상하며, 너무 귀엽고 사랑스러워서 보호해 주고 싶었다. 그는 로라에게 완전히 빠져 있었고, 자신은 로라를 통해 구원받을 수 있다고 생각했다. 로라와 결혼하면 다시 남자가 될 수 있었다. 그렇게 될 것이다. 그리고 로라도 자신과 결혼할 거라고 확신했다. 그래야만 했다. 로라는 그의 유일한 희망이었다. 이번에는 아내가 뭐라고 말하든 무슨 짓을 하든 이겨야 했다.

그는 샤워를 하고 재빨리 옷을 입었다. 아내가 뭐라고 할지 두려웠지만 용기가 남아 있는 동안 해치워야 했다. 아래층으로 내려가자 아내가 혼자 아침을 먹고 있었다.

아내가 고개를 들어 그를 보았다. "안녕, 여보." 아내가 말했다. "로라는 아침 먹고 산책 나갔어. 내가 그러라고 했어. 당신한테 따로 할 말이 있거든."

좋았어. 그는 아내 맞은편에 앉으며 생각했다. 그가 무슨 계획을 세우고 있는지 눈치채고서 먼저 이야기를 꺼내 일을 편하게 하려는 것 같았다.

"그게 말이지, 윌리엄." 아내가 말했다. "이혼해 줬으면 해. 충격이겠지만, 로라와 나는 사랑하고 있어. 함께 떠날 생각이야." (1961)

하얀색 악몽
Nightmare in White

잠을 자다 말고 갑자기 정신이 퍼뜩 들었다. 왜 생각과 달리 잠들어버렸는지 의아해하며 재빨리 손목시계의 야광다이얼을 살폈다. 완전히 깜깜한 상황에서 시계는 유일하게 빛을 내며 11시가 좀 지난 시각임을 보여주었다. 그는 안도했다. 잠깐 잠들었던 것에 불과했다. 이 바보 같은 소파에 누운 지 30분도 채 되지 않았다. 아내가 정말 올 거라면 아직은 일렀다. 그의 망할 누이가 완전히 잠든 게 확실해질 때까지 기다려야 했다.

웃기는 상황이었다. 그들은 결혼한 지 이제 고작 3주로, 신혼여행에서 돌아오는 중이었다. 그리고 이번이 결혼 뒤 처음으로 따로 자는 경우였다. 그게 다 그의 누이인 데보라가 집에 가기 전에 하룻밤 자고 가라고 굳이 우긴 탓이었다. 4시간만 더 운전하면 집에 갈 수 있었지만, 데보라는 계속해서 고집을 부렸고 결국 뜻을 관철했다. 어쩔 수 없이 그도 하룻밤 정도 금욕한다고 해서 나쁠 게 없다고 생각했다. 피곤하기도 했다. 아침에 맑은 정신으로 마지막 남은 길을 운전하는 게 훨씬 나았다.

당연히 데보라의 아파트에는 침실이 하나뿐이었다. 그도 이미 알고 있었지만, 누나가 소파에서 잘 테니 둘이 침실을 쓰라는 말은 감히 받아들일 수 없었다. 접대에도 정도란 게 있는 법이었다. 아무리 상냥하고 사랑스러운 미혼의 누나라도 말이다. 그러나 그는 베티가 시누이가 잠들 때까지 기다렸다가 누이가 보는 앞에서 했던 것보다는 좀 더 나은 인사를—소리를 냈다가는 데보라가 깰 수 있기 때문에 자제는 해야겠지만—하기 위해 잠깐이나마 밖으로 나와 애정 어린 시간을 보낼 것으로 거의 확신하고 있었다.

분명히 나올 것이다. 최소한 제대로 된 굿나잇 키스를 하기 위해서라도. 그리고 만약 그 선을 넘을 생각이 있다면, 그도 응할 생각이었다. 그래서 곧바로 잠들지 않고 적어도 한 시간 정도는 아내가 나오기를 기다리기로 했던 것이다.

아내가 나오고 있었다. 어둠 속에서 문이 조용히 열리더니 다시 닫혔다. 경첩이 딸각거리는 소리만 간신히 들렸다. 그리고 나이트가운이나 속옷, 그게 뭐든 간에 부드럽게 바닥으로 떨어지는 소리가 났다. 그러더니 이내 이불 속으로 들어와 몸을 밀착시켰다. 그가 "자기야…"라고 속삭였지만 "쉿…"이라는 답이 돌아온 게 유일한 대화였다. 하지만 무슨 대화가 더 필요하겠는가?

전혀. 전혀 필요가 없었다. 길면서도 짧은 시간이 지나자 문이 다시 열렸다. 이번에는 밝은 빛이 흘러나와 하얀 공포에 휩싸인 아내의 실루엣을 또렷하게 보여주었다. 아내는 그 자리에 못박힌 채 비명을 지르기 시작했다. (1961)

유스타스 위버의 짧고 즐거운 생애
The Short Happy Lives of Eustace Weaver

1

　유스타스 위버는 타임머신을 발명하고 몹시 기뻐했다. 이 발명을 비밀로 간직하고 있는 한 세상을 뒤흔들 수 있을 터였다. 그 누구도 꿈꿀 수 없을 정도로 세상에서 가장 부유한 사람이 될 수도 있었다. 그저 어떤 주식이 올랐는지 어떤 말이 경주에서 이겼는지 살펴보러 잠깐 미래에 다녀온 뒤에 그 주식을 사거나 그 말에 걸면 되는 것이다.

　당연히 경마가 먼저였다. 주식 시작에 뛰어들려면 자본이 많이 필요했다. 반면, 경마는 2달러로 시작해서 순식간에 수천 달러로 불릴 수 있었다. 그러려면 경마장에 직접 나가야 했다. 중개인과 거래한다면 순식간에 그 중개인을 파산시켜 버릴 터였고, 더군다나 그는 아는 중개인도 없었다. 불행히도 당시 유일하게 운영 중이던 경마장은 남 캘리포니아와 플로리다에 있었다. 둘 다 비슷한 거리로, 비행기 요금을 백 달러는 내야 갈 수 있는 곳이었다. 그에게는 그만한 돈이 없었고, 슈퍼마켓의 점원으로 일하며 받는 봉급으로 그만큼을 모으려면 몇 주나 걸렸다. 곧바로 부자가 될 수 있는데 그렇게 오래 기다리는 건 끔찍한 일이었다.

갑자기 일하는 슈퍼마켓에 있는 금고가 떠올랐다. 그는 오후조로 오후 1시부터 슈퍼마켓이 문을 닫는 9시까지 일했다. 금고 안에는 적어도 천 달러는 있었다. 그리고 금고에는 시간 잠금장치가 달려 있었다. 시간 잠금장치를 깨뜨리는 데 타임머신보다 나은 게 있을까?

그날, 그는 타임머신을 가지고 출근했다. 꽤 조그만 장치였고, 원래 갖고 있던 카메라 케이스에 넣을 수 있게 만들었기 때문에 가게로 가지고 들어가는 데는 전혀 문제가 없었다. 그는 코트와 모자를 로커 안에 넣으면서 타임머신도 함께 넣었다.

문 닫는 시각 직전까지 그는 평소처럼 일했다. 그러고는 창고 안에 쌓인 상자 무더기 뒤로 숨었다. 다들 우르르 빠져나가는 시간이라 아무도 자신을 찾지 않으리라고 확신했고, 실제로 그랬다. 그는 거의 한 시간 동안 그 자리에 숨어서 모두 떠난 게 확실할 때까지 기다렸다. 그리고 모습을 드러내 로커에서 타임머신을 꺼내 금고로 갔다. 금고는 11시간 뒤에 자동으로 열리게 되어 있었다. 그는 딱 그만큼에 맞춰 타임머신을 설정했다.

그는 금고의 손잡이를 단단히 잡고 버튼을 눌렀다. 몇 번 실험해본 결과, 입고 있거나 가지고 있거나 매달려 있는 물체도 그와 함께 시간여행을 했다.

아무것도 변하는 느낌이 들지 않았지만, 갑자기 금고가 딸깍 소리를 내며 열렸다. 그러나 바로 그 순간 등 뒤에서 놀라며 숨을 몰아쉬는 소리가 들렸다. 몸을 돌린 그는 순간 무슨 실수를 저질렀는지 알아차렸다. 다음 날 오전 9시가 되자 가게 직원들이—오전조가—출근했는데, 금고가 사라져 있었던 것이다. 금고가 있던 지점 주위로 반원을 그리며 모여서 의아해하고 있던 차에 유스타스 위버가 금고와 함께 갑자기 나타났던 것이다.

다행히 아직 손에 타임머신을 들고 있었다. 그는 재빨리 다이얼을 0으로—타임머신을 완성한 바로 그 순간으로 맞춰져 있는—돌리고, 버튼을 눌렀다.

그리고 당연히 그는 처음 시작했을 때로…

2

타임머신을 발명한 유스타스 위버는 그 발명을 비밀로 간직하고 있는 한 세상을 뒤흔들 수 있다고 생각했다. 미래로 잠시 여행을 떠나 어떤 말이 경주에서 이길지, 어떤 주식이 올라갈지를 확인하고 돌아와서 그 말이나 주식에 돈을 걸면 부자가 될 수 있었다.

돈이 덜 드는 경마가 먼저였다. 하지만 유스타스에게는 가장 가까운 경마장이 있는 곳까지 갈 수 있는 비행기 요금은 고사하고 밑천으로 쓸 2달러조차 없었다.

유스타스는 자신이 점원으로 일하고 있는 슈퍼마켓의 금고를 떠올렸다. 금고 안에는 적어도 천 달러는 있을 것이고, 거기에는 시간 잠금장치가 달려 있었다. 타임머신이 있다면 시간 잠금장치는 식은 죽 먹기였다.

그날 유스타스는 출근길에 카메라 케이스에 타임머신을 숨겨서 가져간 뒤 로커에 넣어 두었다. 슈퍼마켓이 문을 닫은 9시에는 창고에 숨어 있다가 모두가 떠난 게 확실할 때쯤인 한 시간 뒤에 나왔다. 그리고 로커에서 타임머신을 꺼내 금고로 가져갔다.

유스타스는 11시간 뒤로 맞췄다. 그때 문득 다른 생각이 들었다. 그러면 다음 날 아침 9시가 될 것이다. 금고는 열리겠지만, 가게도 열기 때문에 사람들이 있을 터였다. 그래서 유스타스는 타임머신을 24시간 뒤로 맞춘 뒤 금고의 손잡이를 잡고 버튼을 눌렀다.

처음에는 아무것도 변한 느낌이 들지 않았다. 그런데 금고의 손잡이를 돌리자 문이 열렸고, 유스타스는 자신이 다음 날 저녁으로 이동했다는 사실을 알 수 있었다. 물론 그동안 금고의 잠금장치가 해제되었다. 유스타스는 금고를 열고 그 안에 있는 지폐를 전부 꺼내 주머니에 있는 대로 쑤셔 넣었다.

유스타스는 밖으로 나가려고 골목 쪽 문으로 갔다. 그러나 안에서 잠겨 있는 문을 열기 전에 갑자기 번득이는 생각이 떠올랐다. 문 대신에 타임머신을 이용해서 나가면 가게는 계속 굳게 잠겨 있을 테고 따라서 수수께끼가 더욱 커질 뿐만 아니라 도둑질을 하기 하루 반 전 타임머신을 완성했던 그 장소와 시각으로 돌아갈 수 있었다.

따라서 절도가 일어난 그 시각에 유스타스는 확실한 알리바이가 있게 된다. 플로리다나 캘리포니아의 호텔에 있을 것이고, 어느 쪽이든 범죄 현장에서 천 킬로미터도 넘게 떨어져 있을 테니까. 유스타스는 타임머신으로 알리바이를 만들 수 있다는 생각을 해 보지 못했지만, 이제 보니 그런 용도로도 완벽했다.

유스타스는 타임머신의 다이얼을 0으로 맞춘 뒤 버튼을 눌렀다.

3

타임머신을 발명한 유스타스 위버는 그 발명을 비밀로 간직하고 있는 한 세상을 뒤흔들 수 있다고 생각했다. 경마와 주식 거래를 하면 순식간에 상당한 부자가 될 수 있었다. 유일한 문제는 유스타스가 빈털터리라는 사실이었다.

문득 자신이 일하는 가게에 있는 시간 잠금장치가 달린 금고가 떠올랐다. 타임머신만 있다면 시간 잠금장치는 아무짝에 소용없을 터였다.

유스타스는 침대에 걸터앉아 생각에 잠겼다. 담배를 꺼내려고 주머니에 손을 넣었다 뺐는데 돈이 쏟아져 나왔다. 10달러짜리 지폐가 한 움큼 들어 있었다. 다른 주머니를 살펴보니 모두 돈이 들어 있었다. 돈을 침대 위에 쌓아 놓고, 큰 지폐는 세고 작은 것들은 대충 추산해 보니 대략 1,400달러였다.

그 순간 진상이 떠오르면서 웃음이 터져 나왔다. 유스타스는 이미 미래로 가서 슈퍼마켓의 금고를 턴 뒤에 타임머신을 이용해 발명했던 시점으로 되돌아왔던 것이다. 정상적인 시간대에서는 절도가 아직 일어나지 않았기 때문에 그냥 마을을 벗어나 범죄가 벌어진 현장에서 멀리 떨어지기만 하면 됐다.

두 시간 뒤 유스타스는 로스앤젤레스로—산타 아니타 경마장으로—가는 비행기에서 생각에 잠겨 있었다. 한 가지 예상하지 못했던 명백한 사실은 미래로 갔다가 돌아올 때 무슨 일이 벌어졌는지—벌어질 것인지—기억하지 못한다는 점이었다.

하지만 돈은 여전히 수중에 있었다. 그러면 쪽지를 써서 갖고 있어야 할까? 경마지나 신문의 경제 섹션을 가지고 오면 될까? 그 정도면 될 것 같았다.

로스앤젤레스에 도착한 유스타스는 택시를 타고 시내로 가서 괜찮은 호텔에 투숙했다. 저녁 늦은 시각이라 다음 날로 이동해 기다리는 시간을 줄여볼까 하는 생각도 잠시 했지만, 피곤하고 졸렸다. 유스타스는 잠자리에 들어 거의 다음 날 정오가 될 때까지 잤다.

고속도로에서 택시가 교통체증에 붙잡혀 버리는 바람에 산타 아니타 경마장에 도착한 건 첫 번째 경주가 끝난 뒤였다. 하지만 우승마의 번호가 현황판에 적인 것을 보고 예상지에 받아 적었다. 유스타스는 다섯 번의 경주를 더 보았지만, 돈을 걸지는 않고 각 경주의 우승마만 확인했다. 마지막 경주는 굳이 보지 않기로 했다. 유스타스는 관람석을 나와 뒤로 돌아서 아무도 자신을 볼 수 없는 아래쪽으로 갔다. 타임머신의 다이얼을 두 시간 전으로 돌리고 버튼을 눌렀다.

하지만 아무 일도 일어나지 않았다. 버튼을 다시 눌렀지만 결과는 똑같았다. 그때 등 뒤에서 목소리가 들렸다. "소용없다. 비활성화 장안에 있으니까."

유스타스가 뒤를 돌아보자 키가 크고 날씬한 젊은 남자 두 명이 서 있었다. 한 명은 금발이었고, 다른 한 병은 검은 머리였다. 둘 다

한 손을 주머니에 넣고 있었는데, 무기를 쥐고 있는 것 같았다.

"우리는 시간순찰대다." 금발이 말했다. "25세기에서 왔지. 타임머신을 불법적으로 이용한 죄로 당신을 처벌하러 왔다."

"하, 하지만." 유스타스가 허둥대며 말했다. "어떻게 내가 저 경주에—" 목소리에 힘이 더 들어갔다. "게다가 나는 아직 돈을 걸지도 않았단 말이오."

"그건 사실이지." 금발 남자가 말했다. "타임머신을 발명한 사람이 어떤 형태든 도박에서 이기는 데 쓴다면 먼저 경고를 주게 되어 있다. 하지만 우리가 당신을 추적했더니 타임머신을 처음 이용한 게 가게에서 돈을 훔치기 위해서였더군. 그건 어느 시대든 범죄다." 금발 남자는 주머니에서 권총 비슷하게 보이는 물건을 꺼냈다.

유스타스 위버가 뒷걸음질쳤다. "서, 설마 저, 정말로—"

"정말이고말고." 금발 남자가 말하며 방아쇠를 당겼다. 이번에는 타임머신이 비활성화된 상태였다. 유스타스 위버는 정말로 끝을 맞이했다. (1961)

붉은 수염
Bright Beard

아버지가 수염색이 밝은 낯선 남자와 결혼시킨 뒤로 아내는 엄청나게 겁에 질려 있었다.

남편에게는 뭔가 있었다 ─ 왠지 모르게 불길한 느낌과 강한 힘, 매와 같은 눈, 아내를 바라보는 시선. 더군다나 이전에도 여러 아내가 있었지만 지금은 어떻게 되었는지 아무도 모른다는 소문도─물론 소문일 뿐이었지만─있었다. 또 기이한 벽장과 관련된 것도 있었다. 남편은 아내에게 절대로 들어가거나 안을 들여다봐서는 안 된다고 경고했다.

지금까지 아내는 그 말에 따랐다. 벽장문을 한번 열어보려고 했다가 잠겨 있다는 사실을 깨달은 뒤로는 시도도 하지 않고 있었다.

그런데 지금 아내는 열쇠를 들고 벽장 앞에 서 있었다. 지금 손에 들고 있는 열쇠가 바로 벽장문을 여는 열쇠라는 확신이 들었다. 불과 한 시간 전에 남편의 개인방에서 찾은 열쇠였다. 주머니에서 떨어진 게 분명한데, 금지된 벽장문의 열쇠 구멍에 꼭 들어맞을 것처럼 보였다.

열쇠를 꽂아보니 정말 그랬다. 문이 열렸다. 벽장 안에는 ─ 비록 무의식적이라고 해도 행여나 보게 될까 두려워하던 것이 들어 있지 않았다. 그 대신 더 당황스러운 물건이 들어 있었다. 아주 복잡한 전자기기처럼 보이는 게 겹겹이 쌓여 있었다.

"자, 여보." 등 뒤에서 냉소적인 목소리가 들렸다. "저게 뭔지 알겠어?"

아내가 뒤를 돌아보자 남편이 서 있었다. "저, 그게— 마치—"

"맞아. 무전기지. 아주 강력해서 행성 사이의 거리를 뛰어넘을 수 있을 정도야. 나는 저걸 가지고 금성과 통신하고 있어. 그 말인즉슨 내가 금성인이라는 소리야."

"그게 무슨 소리—"

"이해할 필요 없어. 그래도 말은 해줘야겠군. 자, 난 금성의 첩자야. 곧 있을 지구 침략의 선발대라고 할까. 날 어떻게 생각했지? 내 수염은 파란색이고 벽장 안에는 죽은 전처들이 있을 거라고? 난 당신이 색맹인 걸 알아. 그래도 당신 아버지가 내 수염이 붉은색이라고 알려줬을 텐데?"

"그랬어요. 그런데—"

"당신 아버지는 틀렸어. 붉은색으로 보였겠지만, 난 집 밖으로 나갈 때면 머리와 수염을 붉게 염색하거든. 쉽게 지울 수 있는 염색약을 써서. 집에 있을 때는 원래대로 있는 게 편하거든. 원래 색깔은 녹색이지. 그래서 색맹인 아내를 고른 거야. 차이를 알아차리지 못하게 하려고. 지금까지 선택했던 아내들도 전부 색맹이었지." 남편은 깊은 한숨을 내쉬었다. "하아, 내 수염 색깔과 상관없이 다들 금세 너무 궁금해하더군. 당신처럼 호기심이 넘쳤어. 하지만 난 벽장 속에 아내를 넣어두지는 않아. 전부 지하실에 묻혀 있지."

남편은 무섭게 강한 힘으로 아내의 팔뚝을 움켜쥐었다. "이리 와, 여보. 무덤을 보여줄게." (1961)

고양이 도둑
Cat Burglar

미들랜드 시의 경찰서장에게는 각각 리틀 노트와 롱 리멤버라는 이름의 닥스훈트 두 마리가 있었다. 이건 고양이나 고양이 도둑과는 무관한 이야기다. 이 이야기는 방금 언급한 경찰서장이 설명하기 어려운 일련의—한 명의 소행인—절도 행위를 놓고 고심했던 일을 다루고 있다.

그 도둑은 몇 주 만에 19채의 주택과 아파트에 침입했다. 대상을 신중하게 고른 게 분명했는데, 바로 침입해 들어간 집마다 고양이가 있었기 때문이다.

그 도둑은 오로지 고양이만 훔쳤다.

때때로 눈앞에 뻔히 보이는 곳에 돈이나 보석이 굴러다니는 경우도 있었지만, 도둑은 아무 관심도 보이지 않았다. 집주인이 돌아와 보면 창문이나 문이 강제로 열려 있었고 고양이가 사라져 있었다. 다른 건 전혀 가져가거나 흐트러뜨려 놓지도 않았다.

이런 이유로—뻔한 소리를 계속 해대는 것 같지만, 그러려고 한다—언론 매체와 대중들은 이 도둑을 '고양이 도둑'이라고 불렀다.

스무 번째 범행을 저지르려 했다가—처음으로—실패할 때까지 범인은 잡히지 않았다. 경찰은 언론의 도움을 받아 함정을 놓았다. 근처에서 열린 고양이 쇼에서 상을 받은 샴고양이의 주인이 막 집으로 돌아왔다는 소식을 보도했던 것이다. 그 샴고양이는 최고 혈통상을 받았을 뿐 아니라 그보다 더 가치 있는 대상을 받았다.

일단 이 기사가 아름다운 고양이 사진과 함께 신문에 실린 뒤 경찰은 그 집에 경계를 서면서 뻔히 보이도록 주인이 외출하게 만들었다.

도둑은 두 시간 만에 나타나 집 안으로 침입해 들어갔다. 경찰은 상을 받은 샴고양이를 팔에 끼고 나오는 도둑을 불시에 급습해 붙잡았다.

시내에 있는 경찰서에서 심문이 이뤄졌다. 경찰서장도, 듣고 있는 기자들도 사연이 궁금했다.

놀랍게도 도둑은 자신의 비정상적이고 특수한 절도 행위에 대해 아주 논리적이고 납득이 갈 만한 해명을 내놓았다. 물론 그렇다고 해서 풀어줄 수는 없었다. 결국 도둑은 재판을 받았다. 다만 고양이를 획득한 방법이 불법이라고 해도 그 목적이 칭찬할 만하다는 점에 판사도 동의했기 때문에 아주 가벼운 형량에 그쳤다.

도둑은 아마추어 과학자였다. 자신의 연구를 하는 데 고양이가 필요했던 것이다. 도둑은 고양이를 훔쳐서 집으로 데려간 뒤 자비로운 방식으로 안락사시켰다. 그리고 특별한 목적을 위해 만든 화로에서 화장했다.

도둑은 그 재를 병에 담아서 실험에 썼다. 다양한 크기의 가루로 만들고 여러 가지 조합으로 섞은 뒤 뜨거운 물을 부었다. 그렇게 해서 인스턴트 고양이 만드는 방법을 개발하려 했던 것이다. (1961)

죽음의 편지
Dead Letter

열려 있는 프랑스풍의 창문을 통해 들어간 래버티는 조용히 카펫 위를 가로질러 책상에 앉아 일하고 있는 반백의 남자 앞에 섰다. "안녕하신가, 의원 나리." 래버티가 말했다.

퀸 의원이 고개를 돌려 보더니 래버티가 겨누고 있는 권총을 보고 덜덜 떨면서 일어났다. "래버티, 바보 짓 하지 말게."

래버티는 웃었다. "이렇게 될 거라고 말하지 않았나. 4년을 기다렸다고. 이제는 안전하지."

"도망칠 수 없을 거야, 래버티. 내가 편지를 남겼어. 내가 죽을 경우에 자동으로 배달하도록 되어 있다고."

래버티가 웃었다. "거짓말하지 마, 퀸. 그런 편지를 썼다가는 내 살해 동기를 밝히면서 어쩔 수 없이 자기 범죄를 고백하게 될 텐데. 내가 잡혀서 재판받는 걸 원하지 않잖나. 그러면 진실이 밝혀지고 자네의 이름에 영원히 먹칠을 하게 될 테니까."

래버티는 방아쇠를 여섯 번 당겼다.

자동차로 돌아온 그는 차를 몰고 다리를 건너다가 살인 무기를 없애 버린 뒤 집으로 돌아가 잠을 청했다.

래버티가 편안하게 자고 있을 때 초인종이 열렸다. 목욕 가운을 걸치고 나가서 문을 열었다.

래버티의 심장이 멈췄다. 그리고 다시는 움직이지 않았다.

래버티의 초인종을 누른 남자는 깜짝 놀라 충격을 받았지만, 해야 할 일을 했다. 래버티의 시체를 넘어 집 안으로 들어간 뒤 전화로 경찰에 전화했던 것이다. 그리고 그 자리에서 기다렸다.

긴급 출동한 경찰이 래버티의 죽음을 확인하고 나서 이 남자는 경감의 심문을 받았다.

"이름이?" 경감이 물었다.

"뱁콕입니다. 헨리 뱁콕이요. 래버티 씨에게 편지를 배달하려고 했습니다. 이 편지요."

편지를 받아든 경감이 잠시 망설이다가 열어서 내용물을 살펴보았다. "뭐야, 이거 빈 종이 아닙니까."

"그건 저도 모릅니다, 경감님. 제 상관인 퀸 의원님께서 오래전에 주신 편지입니다. 만약 퀸 의원님께 뭔 일이 생기면 곧바로 래버티 씨에게 배달하라는 지시를 받았었습니다. 그래서 오늘 라디오에서—"

"그래요. 나도 압니다. 오늘 저녁에 살해당한 채로 발견됐지요. 퀸 의원님 밑에서 무슨 일을 했지요?"

"음, 이건 사실 비밀입니다만, 이제는 상관없을 것 같군요. 저는 별로 중요하지 않은 연설이나 그분이 가고 싶지 않은 모임에서 그분 역할을 대신했습니다. 보면 아시겠지만, 전 퀸 의원님의 대역이었습니다." (1961)

치명적인 실수
Fatal Error

월터 백스터는 오래전부터 범죄와 탐정 소설의 열렬한 애독자였다. 따라서 삼촌을 죽이기로 마음먹었을 때 단 하나의 실수도 저질러서는 안 된다는 사실을 잘 알고 있었다.

그리고 실수를 피하려면 단순함이 핵심이었다. 극도의 단순함. 들통 날 수 있는 알리바이는 안 된다. 복잡한 수법도 필요 없고, 눈속임도 필요 없다.

음— 작은 눈속임 정도는 어떨까. 아주 소소한 것으로. 삼촌의 집을 터는 것이다. 눈에 띄는 돈을 전부 가져온다면 도둑질을 하려다가 우발적으로 죽인 게 되지 않을까. 그렇지 않으면 삼촌의 유일한 상속인인 월터가 너무 명백한 용의자가 될 것이다.

월터는 시간을 들여서 절대로 흔적이 남지 않는 방법으로 작은 쇠지렛대를 하나 구했다. 집으로 침입하는 도구나 무기로 쓸 생각이었다.

단 하나의 실수도 범해서는 안 되기 때문에 월터는 사소한 부분까지 신중하게 계획을 세웠다. 실수하지 않으리라는 자신감이 있었다. 월터는 세심하게 날짜와 시각을 골랐다.

창문은 쇠지렛대로 아무 소리 안 내고 쉽게 열었다. 월터는 거실로 들어갔다. 침실 문이 살짝 열려 있었지만, 그 안에서는 아무 소리도 나지 않았다. 월터는 먼저 도둑질을 해 놓기로 했다. 삼촌이 현금을 어디에 보관하는지는 알고 있었지만, 뒤진 흔적을 남겨야 했다. 달빛이 충분해서 움직이는 데는 지장이 없었다. 월터는 조용히 작업에 몰두했다…

두 시간 뒤 집에 돌아온 월터는 옷을 벗고 잠자리에 들었다. 내일이 되기 전까지 경찰이 범죄를 알아낼 가능성은 없었지만, 그렇다고 해도 이미 준비가 돼 있었다. 돈과 쇠지렛대는 이미 처리해 두었다. 수백 달러를 없애 버리려니 마음이 아팠지만, 이게 유일하게 안전한 방법이었다. 어차피 물려받게 될 5만 달러에 비하면 아무것도 아니었다.

문을 두드리는 소리가 들렸다. 벌써 알게 됐나? 월터는 마음을 차분히 가라앉혔다. 문을 열자 보안관과 부관이 밀고 들어왔다.

"월터 백스터? 체포 영장이오. 옷을 입고 따라오시오."

"체포 영장이요? 뭣 때문입니까?"

"주거침입과 절도죄요. 당신 삼촌이 침실 문으로 당신을 알아봤소. 당신이 떠날 때까지 조용히 있다가 시내로 와서 신고를—"

월터 백스터는 입을 쩍 벌렸다. 결국 실수를 저지르고 말았던 것이다.

살인 계획은 완벽했다. 그러나 도둑질에 너무 몰입하는 바람에 실행하는 것을 깜빡했던 것이다. (1961)

인어 이야기
Fish Story

어느 날 밤 자정 즈음 로버트 파머는 케이프 코드와 마이애미 사이의 해변에서 인어를 만났다. 친구 집에서 머물고 있었는데, 친구들은 모두 잠자리에 들었고 로버트는 아직 잠이 오지 않아서 달밤의 해변을 산책하던 중이었다. 해안선이 구부러지는 곳을 돌자 인어가 있었다. 모래사장에 떠밀려 온 통나무 위에서 아름답고 긴 검은 머리를 빗고 있었다.

물론 로버트는 인어가 실제로는 존재하지 않는다고 알고 있었다. 그런데 실제든 아니든 눈앞에 정말로 인어가 있었다. 로버트는 가까이 다가가다가 몇 발자국 떨어진 곳에서 헛기침을 했다.

인어는 깜짝 놀라며 고개를 돌렸다. 그러자 얼굴과 가슴이 드러났는데, 로버트가 보기에는 이렇게 아름다운 생물이 또 있을까 싶었다.

인어는 처음에는 깊고 푸른 눈으로 두려운 시선을 보내며 물었다. "당신은 인간인가요?"

그 부분에 대해서는 확신이 있었으므로 로버트는 자신이 인간이 맞는다고 분명히 이야기했다. 눈빛에서 두려움이 사라진 인어가 미소를 지었다. "인간에 대해서 들어본 적은 있지만 만난 건 처음이에요." 인어는 로버트에게 자기와 함께 통나무에 앉으라고 손짓했다.

로버트는 망설이지 않았다. 앉아서 한참 동안 이야기를 나누다 보니 어느덧 로버트의 팔이 인어를 두르고 있었다. 마침내 인어가 바다로 돌아가야 한다고 이야기하자 로버트는 작별의 키스를 했고, 인어는 다음 날 자정에 다시 만나러 오겠다고 약속했다.

로버트는 기쁨에 겨운 채로 친구의 집으로 돌아왔다. 사랑에 빠졌던 것이다.

사흘 연속으로 인어를 만났다. 사흘째 자정에 로버트는 인어에게 사랑한다며 결혼하자고 청했다. 하지만 거기에는 문제가 있었다.

"저도 당신을 사랑해요, 로버트. 그 문제는 해결할 수 있을 거예요. 제가 트리톤을 소환할게요."

"트리톤? 들어본 적은 있지만—"

"바다의 악마예요. 마법의 힘이 있어서 우리가 결혼할 수 있도록 바꿔 주고 결혼을 주관해 줄 거예요. 수영 잘하나요? 트리톤을 만나려면 헤엄쳐서 가야 해요. 트리톤은 해변에 오는 법이 없거든요."

로버트는 수영을 아주 잘한다고 말했다. 인어는 다음 날 밤에 트리톤을 부르겠다고 약속했다.

친구의 집으로 돌아온 로버트는 황홀경에 빠져 있었다. 트리톤이 사랑하는 인어를 인간으로 바꿔 줄지 자신을 인어로 바꿔 줄지는 몰랐지만, 어느 쪽이든 상관없었다. 인어에게 푹 빠져 있었기 때문에 둘 다 똑같아져서 결혼할 수만 있다면 어떤 모습이 되어도 좋았다.

결혼식을 올리기로 한, 다음 날 인어는 기다리고 있었다. "앉으세요." 인어가 말했다. "트리톤이 도착하면 소라껍데기 나팔을 불 거예요."

둘은 서로 팔을 두른 채 나팔 소리가 날 때까지 기다렸다. 먼바다에서 소리가 나자 로버트는 재빨리 옷을 벗고 물속으로 뛰어들었다. 그들은 트리톤이 있는 곳까지 헤엄쳐 갔다. 로버트는 입영 자세로 트리톤의 말을 들었다. "너희 둘은 결혼으로 하나가 되길 원하는가?" 둘 다 열정적인 목소리로 "네"라고 말했다.

"그러면 나는 너희가 인어 남편과 인어 아내임을 선언하노라." 로버트는 어느새 자신이 입영 자세로 수영하고 있지 않다는 것을 깨달았다. 지느러미가 달린 강력한 꼬리를 몇 번 움직이기만 해도 쉽게 떠 있을 수 있었다. 트리톤은 바로 옆에서 귀가 먹을 정도로 크게 나팔을 분 뒤 사라졌다.

로버트는 아내의 옆으로 가서 끌어안고 키스했다. 그런데 뭔가 이상했다. 키스는 여전히 좋았지만, 해변에서 키스했을 때처럼 사타구니가 근질근질한 진정한 쾌감이나 떨림이 느껴지지 않았다. 그 순간 로버트는 깨달았다. 이제는 그런 기분을 느낄 사타구니가 없었던 것이다. 그러면 어떻게—?

"그러면 어떻게—?" 로버트가 물었다. "자기, 그러면 우리는 어떻게—?"

"번식하냐고요? 간단해요. 육지 생물처럼 지저분한 방식으로 하지 않아도 돼요. 우리 인어는 포유류지만 난생이거든요. 때가 되면 나는 알을 낳게 되고, 부화하면 내가 아기를 돌보지요. 당신은—"

"으흥?" 로버트가 초조하게 물었다.

"다른 물고기처럼 하면 돼요. 알 위를 헤엄쳐 다니면서 수정시키는 거지요. 그게 다예요."

로버트는 신음했다. 갑자기 물에 빠져 죽고 싶어서 신부를 놓고 바다 밑바닥까지 헤엄쳐 내려갔다.

하지만 당연히 이제는 아가미가 있어서 죽지 않았다. (1961)

저택

The House

그는 현관에서 망설이며 지금까지 지나온 길과 길가에 자라는 푸른 나무, 노란 평야, 멀리 떨어져 있는 언덕, 밝은 태양빛을 한참 동안 쳐다보았다. 그러다가 문을 열고 들어갔다. 등 뒤에서 문이 닫혔다.

뒤를 돌아보았지만 벽밖에 안 보였다. 손잡이도 열쇠 구멍도, 문틈도 안 보였다. 문틈이 정말 없는 게 아니라면 윤곽이 보이지 않을 정도로 문이 정교하게 조각된 벽의 패널에 맞아떨어지는 모양이었다.

앞쪽에는 거미줄 낀 복도가 있었다. 바닥은 먼지가 두껍게 쌓여 있었다. 먼지 사이로 아주 작은 뱀이었든지 아주 큰 애벌레였든지 두 마리가 빙글빙글 돌면서 남겨 놓은 가느다란 흔적이 보였다. 아주 희미한 흔적이라 오른쪽에 첫 번째 문이 나타날 때까지 알아채지 못하고 있었다. 문에는 고어체로 '영원한 충성'이라는 말이 새겨져 있었다.

문을 열고 들어가자 붉은색의 작은 방이었다. 커다란 벽장 수준이었다. 한쪽 옆에는 작은 의자가 있었는데, 다리 하나가 부러져서 가느다란 조각으로 간신히 버티고 있었다. 가장 가까운 벽에는 유일한 그림인 벤저민 프랭클린의 초상화가 걸려 있었다. 그림은 비뚤어진 채로 걸려 있었고, 그 위를 덮은 유리에는 금이 가 있었다. 바닥에 먼지가 없는 것으로 보아 최근에 청소를 한 것 같았다. 바닥 한가운데에는 반짝이는 언월도가 놓여 있었다. 자루 부분에 빨간 얼룩이 묻어 있었고, 검 날에는 질척거리는 녹색 액체가 두껍게 달라붙어 있었다. 그 외에는 텅 비어 있었다.

그는 이 방에 한참 서 있다가 복도를 가로질러 반대편 방으로 들어갔다. 작은 강당만 한 큰 방이었지만, 언뜻 봤을 때는 온통 까만 벽 때문에 더 작아 보였다. 자주색 천으로 덮인 극장 의자가 나란히 놓여 있었다. 하지만 무대나 단상 같은 건 안 보였고, 의자는 마주보는 검은 벽에서 고작 몇 센티미터 떨어진 곳부터 있었다. 그게 다였지만, 가장 가까운 의자에 안내책자가 깔끔하게 쌓여 있었다. 하나를 집어 들자 뒤표지에 실린 광고 두 개 외에는 전부 빈 종이였다. 하나는 예방용 칫솔 광고였고, 다른 하나는 서브 로사 지구의 건물터 광고였다. 앞쪽에 있는 페이지에 누군가 연필로 '가펑클'이라는 단어인지 이름인지 모를 글자를 써 놓았다.

그는 안내책자를 주머니에 쑤셔 넣고 다시 복도로 나갔다. 복도를 따라가며 계단을 찾았다.

닫힌 문 하나를 지나가는데 안에서 누군가, 아마추어임이 분명한 누군가가 하와이 기타로 들리는 악기를 연주하는 소리가 들렸다. 그가 문을 두드렸지만, 서둘러 뛰어가는 발소리와 침묵만이 유일하게 돌아온 답이었다. 문을 열고 들여다보자 샹들리에에 매달려 있는 부패한 시체밖에 보이지 않았다. 냄새 때문에 너무 구역질이 나서 서둘러 문을 닫고 계단으로 향했다.

계단은 좁고 아주 구불거렸다. 난간도 없었기 때문에 그는 벽에 바짝 붙어서 올라갔다. 아래쪽에서 보니 처음 일곱 계단은 청소가 되어 있었다. 하지만 그 너머에서 그는 또 다시 먼지 위에 남은 두 흔적을 보았다. 위에서 세 번째까지 올라가자 계단은 한 점으로 수렴하더니 사라졌다.

그는 오른쪽에 있는 첫 번째 문으로 들어갔다. 화려한 가구로 장식해 놓은 큼지막한 침실이었다. 조각이 되어 있는 기둥침대로 곧바로 걸어가서 커튼을 잡아챘다. 침대는 깔끔하게 정리가 되어 있었다. 매끄러운 베개 위에 종이 한 장이 꽂혀 있었다. 서둘러서 쓴 여자 글씨가 있었다. '덴버, 1909.' 반대편에는 글씨체가 달랐고, 잉크로 깔끔하게 쓴 대수방정식이 있었다.

그는 조용히 이 방을 나와 바로 문밖에서 잠시 걸음을 멈추고 복도 건너편의 검은 문 너머에서 들리는 소리에 귀를 기울였다.

목소리가 굵은 남자가 기이하고 낯선 언어로 노래를 부르는 소리였다. 불교 독경처럼 단조로운 박자로 음이 오르내렸다. 그 와중에 계속해서 '라그나로크'라는 단어가 나타났다. 어딘가 익숙해 보이는 단어였고, 비록 여러 가지 이유로 소리가 묻혔지만 자기 자신의 목소리와 비슷하게 들렸다.

그는 그 목소리가 전율하는 푸른색 침묵으로 잦아들고 황혼이 숙련된 도둑처럼 복도로 기어들어올 때까지 고개를 숙인 채 서 있었다.

그러다가 마치 잠에서 깬 것처럼 그는 이제 조용한 복도를 따라 걸었다. 세 번째이자 마지막 문이 나오자 위쪽에 금색 글자로 자신의 이름을 붙여 놓은 게 보였다. 아마도 어두운 복도에서 글자가 빛나도록 금에 라듐을 섞어 놓은 것 같았다.

그는 손잡이를 잡은 채 한참 동안 서 있었다. 마침내 방으로 들어가 문을 닫았다. 걸쇠가 걸리는 소리가 들리자 다시는 그 문이 열리지 않으리라는 것을 알 수 있었다. 그래도 그는 두렵지 않았다.

어둠은 그가 성냥불을 켰을 때 자기 자신에게서 튀어나온 검은색 실체였다. 그러자 이 방이 윌밍턴 근처에 있는 아버지의 저택에 있는 동쪽 침실, 그가 태어난 곳에 해당하는 방임을 알 수 있었다. 이제는 어디에 양초가 있는지 알 수 있었다. 서랍 안에 두 개, 그리고 쓰다 만 초 한 개가 있었다. 한 번에 하나씩 사용하면 거의 열 시간은 쓸 수 있다는 것도 알았다. 그는 첫 번째 양초에 불을 붙이고 벽에 있는 황동 선반 위에 세워 놓았다. 의자와 침대, 침대 옆에서 아기를 기다리고 있는 작은 요람이 드리우는 그림자가 춤을 추었다.

탁자 위에 놓은 어머니의 바느질 바구니 옆에는 〈하퍼〉 1887년 3월 호가 있었다. 그는 잡지를 집어 들고 대충 훑어보았다.

결국 그는 잡지를 바닥에 떨어뜨리고 다정한 마음으로 오래전에 죽은 아내를 생각했다. 함께 보낸 나날에 겪었던 여러 가지 소소한 일들을 떠올리니 옅은 미소가 떠오르며 입술이 살짝 떨렸다. 다른 수많은 일들도 생각이 났다.

아홉 시간 뒤 양초가 조금밖에 남지 않아 방구석에서부터 어둠이 점점 가까이 밀려오기 시작하자 그는 마침내 비명을 질렀다. 그리고 양손의 살갗이 벗겨지고 피투성이가 될 때까지 문을 두드리며 긁어 댔다. (1961)

장난
The Joke

번지르르한 녹색 정장을 입은 덩치 큰 사내가 담뱃가게의 계산대 너머로 큰 손을 내밀었다. "에이스 노벨티 컴퍼니의 짐 그릴리입니다." 사내가 말했다. 가게 주인은 내민 손을 잡았다가 손바닥이 갑자기 찌릿하며 아파서 황급히 손을 뺐다.

덩치 큰 사내의 웃음소리가 울려 퍼졌다. "우리 회사가 만든 '조이 버저'입니다." 짐이 말하며 손바닥을 뒤집어 보이자 금속으로 만든 조그만 장치가 보였다. "악수를 하면 충격을 받지요. 우리 회사 최고의 제품 중 하나죠. 멋지지 않습니까? 여송연 네 개만 주시죠. 25센트에 2개 하는 것 말입니다. 감사합니다."

짐은 계산대 위에 50센트를 올려놓고 웃음을 감춘 채 여송연 하나에 불을 붙였다. 가게 주인은 동전을 집어 들려고 했지만 헛수고였다. 그러자 짐이 웃으면서 다른—진짜—동전을 올려놓은 뒤 시곗줄 끝에 달린 작은 칼로 먼저 놓은 동전을 떼어냈다. 동전은 특수하게 만든 작은 상자로 들어갔고, 상자는 조끼 주머니로 들어갔다. 짐이 말했다. "신제품이지요. 꽤 괜찮은 겁니다. 재미있잖아요. '뭐든지 재미있게'가 바로 우리 회사와 저의 좌우명이랍니다. 전 영업사원이거든요."

담뱃가게 주인이 말했다. "우린 이런 거 취급 안 하는 —"

"팔려는 거 아닙니다." 짐이 말했다. "도매만 취급하니까. 회사 제품을 보여주는 게 재미있을 뿐입니다. 좀 더 보여드렸으면 좋겠지만."

짐은 담배 연기를 동그랗게 내뿜으며 가게를 지나 호텔 프런트로 갔다. "욕실이 딸린 더블룸입니다." 짐이 말했다. "예약이 돼 있어요. 짐 그릴리. 짐은 역에서 오고 있고, 아내는 나중에 올 겁니다."

직원이 펜을 내밀었지만, 짐은 못 본 척 주머니에서 만년필을 꺼내 숙박카드에 서명했다. 밝은 파란색이었는데, 조금 있다가 직원이 카드를 철하려고 할 때 보면 글자가 사라져 있는 재미있는 장난이 될 터였다. 그런 뒤 이유를 설명한 다음에 다시 서명하면 재미도 있고 에이스 노벨티 컴퍼니의 홍보도 된다는 것이다.

"열쇠는 보관함에 두세요." 짐이 말했다. "지금 올라가지는 않을 거니까. 전화는 어디 있죠?"

짐은 직원이 가리키는 곳으로 공중전화를 찾아가 전화를 걸었다. 여자 목소리가 들렸다.

"여긴 경찰입니다." 짐이 굵은 목소리로 말했다. "이상한 사람들에게 방을 빌려 준다는 신고가 들어왔습니다 아니라면, 그냥 가짜 세입자인가요?"

"짐! 아, 여기에 왔구나!"

"그래, 자기. 해안가는 깨끗해? 남편은 멀리 가 있어? 잠깐. 말 안 해도 돼. 만약 남편이 옆에 있었다면 조금 전처럼 얘기하지 않았을 테니까. 안 그래? 남편이 집에 언제 와?"

"9시에. 그 전에 데려갈 거야? 동생이 아파서 거기서 자고 온다고
쪽지 남기면 돼."

"좋았어. 그렇게 해주면 좋지. 어디 보자. 지금 5시 반이네. 곧 갈
게."

"너무 빨리 오면 안 돼, 짐. 할 게 많단 말이야. 옷도 안 입었는걸. 8
시 전까지는 안 돼. 8시에서 반 사이에."

"그래, 자기야. 8시에 가지. 뜨거운 밤을 위해 준비할 시간이 충분
하겠군. 더블룸을 잡아 뒀어."

"내가 못 나가면 어떻게 하려고 그랬어?"

덩치 큰 사내가 웃었다. "그러면 수첩에서 다른 여자 번호 찾아서
전화하면 되지. 화 내지 마. 농담이야. 호텔에서 걸고 있는데, 아직
등록을 안 했어. 농담이라니까. 마리, 자기는 유머 감각이 있어서 좋
다니까. 그건 정말이야. 누구든 나 정도의 유머 감각이 없으면 좋지
가 않아."

"누구든?"

"내가 사랑하는 누구 말이야. 죽도록. 자기 남편은 어때, 마리? 그
사람도 유머 감각이 있나?"

"조금. 자기처럼은 아니고 이상해. 새로운 제품 나온 거 있어?"

"재미있는 거 몇 개. 보여 줄게. 하나는 트릭카메라라는 건데, 음,
이따가 보여줄게. 그리고 걱정하지 마. 자기 심장이 안 좋다는 얘기
기억하고 있으니까 무서운 장난은 치지 않을게. 놀라게 하지 않을
거야, 자기야. 그 반대지."

"덩치만 큰 바보 같으니라고. 좋아, 짐. 8시 전에는 안 돼. 하지만 9시보다는 훨씬 빨리 와야 해."

"기꺼이 그럴게. 이따 봐."

짐은 〈오늘 밤은 그녀와 함께〉라는 노래를 부르며 공중전화를 나와 로비의 기둥에 걸린 거울 앞에서 멋들어진 넥타이를 정돈했다. 양 손바닥으로 얼굴을 문질러 보았다. 면도를 해야 했다. 보이지는 않아도 느낌이 거칠었다. 뭐, 두 시간 반이면 충분하지.

짐은 벨보이가 앉아 있는 곳으로 가서 물었다. "이봐, 근무가 언제 끝나지?"

"2시 반까지입니다. 아홉 시간이지요. 방금 출근했거든요."

"그렇군. 여긴 술에 대한 규정이 어떻게 되지? 아무 때나 상관없나?"

"9시가 넘으면 병은 안 됩니다. 그게, 음, 할 수는 있지만, 위험 부담이 좀 있습니다. 만약 원하시면 그 전에 가져다 드릴까요?"

"그러는 게 좋겠군." 덩치 큰 사내는 지갑에서 지폐 몇 장을 꺼냈다. "603호야. 라이 위스키 5분의 1갤런하고 소다수 두 병을 9시 전에 가져다줘. 얼음이 필요하면 전화로 주문하지. 그리고 내가 장난을 좀 치고 싶은데, 여기 빈대나 바퀴벌레가 있나?"

"네?"

덩치 큰 남자가 웃었다. "있을 수도 있고 없을 수도 있겠지. 그런데 이것 좀 봐. 가짜로 만든 건데 예쁘지 않아?" 짐은 주머니에서 작은 상자를 꺼내 열었다.

"아내한테 장난을 치고 싶거든." 짐이 말했다. "아내가 도착할 때

내가 방에 없을 텐데 이걸 가지고 올라가서 효과가 가장 좋아 보이는 곳에 놓아 주지 않겠어? 이불을 젖혀 놓고 이 예쁜이들을 침대에 잔뜩 뿌려 놓는 거지. 진짜처럼 보이지 않아? 보면 마누라가 놀라서 소리칠 거야. 이런 장난 좋아하나, 친구?"

"물론이죠."

"나중에 얼음을 가져오면 더 재미있는 걸 보여주지. 견본품이 가득 있거든. 그러면 그 벌레 좀 잘 뿌려 달라고."

짐은 벨보이를 향해 엄숙하게 윙크한 뒤 로비를 가로질러 밖으로 나갔다.

술집으로 들어간 짐은 라이 위스키와 음료수를 시켰다. 바텐더가 준비하는 동안 주크박스로 가서 10센트짜리 동전을 넣고 버튼을 두 개 눌렀다. 짐은 웃음을 머금은 채 〈천사와 데이트가 있다네〉라는 노래를 휘파람으로 불면서 돌아왔다. 주크박스가 곧 휘파람과 같은—키는 달랐지만—소리를 내기 시작했다.

"즐거워 보이시는군요." 바텐더가 말했다. "대부분은 와서 골치 아픈 이야기만 하는데요."

"골치 아플 일이 없소이다." 덩치 큰 사내가 말했다. "여기 주크박스에서 옛날 노래를 찾았는데 마음에 꼭 들어서 더 행복하거든요. 나와 데이트하는 단 한 명의 천사 안에는 악마도 살짝 있는데, 다행히도, 진짜 악마지요."

짐은 바 너머로 손을 뻗었다. "행복한 남자와 악수 한 번 하지요." 짐이 말했다.

손바닥 안의 장치가 작동하면서 바텐더가 펄쩍 뛰었다.

덩치 큰 사내가 웃었다. "같이 한잔합시다." 짐이 말했다. "화 내지 마요. 그냥 장난이니까. 내가 파는 물건이지요."

바텐더는 웃었지만, 그다지 열성적이지는 않았다. 바텐더가 말했다. "그렇게 보입니다. 좋아요. 같이 한잔하죠. 그런데 잠깐만요. 제가 드린 음료수에 머리카락이 있네요." 바텐더는 잔을 비우고 설거지통 안에 넣은 뒤 다른 잔을 가지고 돌아왔다. 이번에는 정교하게 생긴 컷글라스였다.

"좋은 시도군요." 덩치 큰 사내가 말했다. "하지만 내가 그런 물건을 판다고 하지 않았나요? 딱 보니까 물이 새는 잔이군요. 게다가 오래된 모델이고요. 한쪽에만 구멍 하나가 있어서 거기에 손가락을 대면 새지 않지요. 봐요, 이렇게. 즐거운 나날을 위하여."

새는 잔은 새지 않았다. 짐이 말했다. "내가 한 잔 더 사지요. 당하면 맞받아치는 사람이 맘에 들더라고요." 짐이 웃었다. "한번 해 봐요. 한 잔 더 따라 주시죠. 새로 출시할 제품 이야기를 해 드리리다. 스킨텍스라는 새로운 플라스틱인데, 아, 견본을 갖고 있었지. 여기 봐요."

짐은 주머니에서 둘둘 말린 것을 꺼내서 폈다. 바 위에 내려놓고 보자 정말 살아 있는 사람의 얼굴과 비슷했다. 덩치 큰 사내가 말했다. "시중에 온갖 가면이나 마스크가 나와 있지만 이게 최고죠. 값비싼 고무로 만든 것보다 나아요. 아주 잘 맞아서 떨어지지가 않는다니까요. 정말로 다른 점은 워낙에 진짜 같아서 가까이에서 두 번은 봐야 진짜가 아니라는 걸 알 수 있다는 거지요. 코스튬 파티 같은 데 일 년 내내 팔 수 있을 겁니다. 할로윈 때마다 한재산 마련할 수 있을 걸요."

"정말로 진짜 같군요." 바텐더가 말했다.

"진짜라니까요. 여러 종류로 나올 거예요. 지금은 몇 개만 생산 중이지만. 이건 '멋쟁이 댄'이라는 모델인데, 잘 생겼지요. 한 잔씩 더 합시다, 네?"

짐은 마스크를 말아서 다시 주머니에 넣었다. 마침 주크박스에서 두 번째 곡이 끝났다. 짐은 동전을 하나 더 집어넣고 다시 〈천사와 데이트가 있다네〉를 틀었다. 이번에는 노래가 시작될 때 맞춰서 같이 휘파람을 불었다.

바로 돌아온 뒤에는 휘파람 대신 박자에 맞춰 발을 굴렀다. 짐이 말했다. "천사와 데이트가 있다니, 좋군. 귀여운 금발 여인. 마리 라이머. 예쁜이 같으니라고. 이 동네에서 가장 예쁜 여자지. 건배."

이번에는 손가락으로 구멍 막는 것을 깜빡해서 멋들어진 넥타이에 술이 묻었다. 짐은 넥타이를 보며 웃음을 터뜨렸다. 가게에 있는 손님들에게 술을 한 잔씩 돌렸지만, 바텐더를 빼고는 딱 한 명뿐이라 그리 많은 돈이 들지 않았다.

그 한 손님도 술을 한 잔 샀고, 짐이 한 잔 더 샀다. 새로운 동전 트릭 두 가지를 바텐더와 그 손님에게 시연해 주었다. 술잔과 동전을 미리 확인시킨 뒤 술잔 테두리에 동전을 세우는 묘기가 그중 하나였는데, 바텐더가 한 잔씩 돌리기 전까지는 비법을 알려주지 않았다.

짐이 술집을 떠난 건 7시가 지난 뒤였다. 취하지는 않았지만, 술기운이 올라오는 게 느껴졌다. 기분은 정말 좋았다. 뭔가 먹어야겠다고 생각했다.

짐은 괜찮은 식당을 찾아서 주위를 둘러보다가 마리는 아마 자신과 함께 외식하고 싶어하리라는 데 생각이 미쳤다. 그래서 마리를 만날 때까지 기다리기로 했다.

조금 일찍 가면 어떨까? 마리가 준비를 마치는 동안 기다릴 수도 있었다.

짐은 택시를 찾아보았지만 한 대도 보이지 않아서 다시 〈오늘 밤은 그녀와 함께〉를 휘파람으로 불면서 기운차게 걸어갔다. 아까 주크박스에는 불행히도 없던 곡이었다.

어둠이 내리기 시작하는 거리를 그는 상쾌한 기분으로 휘파람을 불면서 걸었다. 일찍 도착할 것 같았지만, 어디 들러서 한 잔 더 하고 싶지는 않았다. 술은 나중에 많이 마실 수 있었다. 지금이 딱 좋았다.

한 구역도 가기 전에 짐은 면도하기로 했던 일을 떠올렸다. 걸음을 멈추고 얼굴을 만져보니 정말로 면도를 해야 할 것 같았다. 다행히도 방금 지나쳐 온 길을 따라 건물 두세 개 정도만 가면 조그만 이발소가 있었다. 길을 되짚어 가 보니 영업 중이었다. 이발사만 한 명 있었고, 손님은 없었다.

짐은 들어가려다가 잠시 생각을 바꿨다. 씩 웃으며 건물 사이로 들어갔다. 그리고 주머니에서 스킨텍스 가면을 꺼내 얼굴에 뒤집어 썼다. 가면을 쓰고 면도를 하러 의자에 앉으면 이발사가 당황하는 모습이 재미있을 것 같았다. 웃음이 너무 나와서 얼굴을 똑바로 만들고 나서야 겨우 가면을 쓸 수 있었다.

짐은 이발소로 들어가서 선반 위에 모자를 걸고 의자에 앉았다. 가면이 유연해서 목소리는 아주 살짝 웅얼거리는 정도였다. "면도 좀 부탁합니다."

이발사가 의자 옆에 서서 깜짝 놀란 표정으로 얼굴을 가까이 들여다보았다. 녹색 정장을 입은 덩치 큰 사내는 웃음을 더 이상 참을 수가 없었다. 웃음이 터져 나오자 가면이 옆으로 흘러내렸다. 짐은 가면을 들어 잘 보라고 내밀었다. "정말 진짜 같지요?" 간신히 웃음을 멈추고 짐이 말했다.

"그렇군요." 체구가 작은 이발사가 신기하다는 듯이 말했다. "누가 그런 걸 만드나요?"

"저희 회사에서 만듭니다. 에이스 노벨티 컴퍼니죠."

"전 아마추어 극단 회원인데요." 이발사가 말했다. "가만 보니 그런 게 쓸모가 있을 것 같네요. 주로 웃기는 역할이겠지만요— 웃기는 얼굴 제품도 나온다면 말이죠. 나오나요?"

"있어요. 우리는 생산도 하고 도매도 하거든요. 이 동네에서는 브래크만 앤드 민튼 가게에서 살 수 있을 겁니다. 내일 찾아갈 예정인데, 가져다놓으라고 하지요. 그나저나 면도 좀 해 주시죠. 천사와 데이트할 예정이라서요."

"물론이죠." 이발사가 대답했다. "브래크만 앤드 민튼이라. 메이크업 제품이나 의상은 원래 거기서 사고 있지요. 좋군요." 이발사는 수건을 뜨거운 물에 적셔서 짰다. 수건을 덩치 큰 사내의 얼굴에 올려놓고 컵에 거품을 냈다.

녹색 정장을 입은 사내는 뜨거운 수건 아래서 〈천사와 데이트가 있다네〉를 흥얼거렸다. 이발사가 수건을 벗기고 능숙하게 얼굴에 거품을 발랐다.

"좋군요." 짐이 말했다. "천사와 데이트가 있는데 너무 빨리 왔어요. 마사지든 뭐든 해 주시죠. 저 가면을 썼을 때처럼 내 진짜 얼굴도 잘생겼으면 좋겠는데. 아까 그 가면은 '멋쟁이 댄' 모델입니다. 다른 것도 보셔야 하는데. 일주일 있다가 브래크만 앤드 민튼에 가면 볼 수 있겠죠. 내일 주문을 받으면 상품이 오는 데 그 정도 걸리거든요."

"네." 이발사가 말했다. "뭐든 하라고 하셨죠? 마사지하고 얼굴 좀 만져드릴까요?" 이발사는 면도칼을 가죽에 문질러 닦고 수염을 밀기 시작했다.

"좋죠. 시간은 있으니까. 오늘 밤은 그녀와 함께랍니다. 대단한 여자지요. 안으로 말아올린 금발에, 몸매는 막— 여기서 별로 멀지 않은 곳에서 하숙집을 하고 있어요. 아, 그러고 보니 좋은 생각이 났어요. 이거 재미있겠는데."

"뭐지요?"

"장난을 칠 거예요. 멋쟁이 댄 가면을 쓰고 문을 두드린 다음에 정말 잘생긴 남자가 자기를 찾아왔다고 생각하게 하는 겁니다. 가면을 벗고 내 평범한 면상이 나오면 실망할지도 모르지만, 재미있을 거예요. 게다가 잘 아는 이 짐의 얼굴이 나온다고 해서 너무 실망하지는 않을 게 분명해요. 그래. 그렇게 해야겠어요."

덩치 큰 남자는 마리의 반응을 예상하고 소리 내어 웃었다. "지금 몇 시죠?" 짐이 물었다. 졸렸다. 면도는 끝났고, 마사지를 한다고 몸을 문지르고 있으니 잠이 왔다.

"8시 10분 전이군요."

"좋아, 시간은 충분하군요. 9시 훨씬 전에 도착할 수 있겠어요. 저,

그러니까 아까— 제가 가면을 쓰고 들어왔을 때 정말로 속았나요?"

"그럼요." 이발사가 말했다. "앉은 다음에 가까이서 보기 전까지는 몰랐습니다."

"좋아요. 그러면 문 앞에서 마리 라이머도 속일 수 있겠죠. 그런데 아까 말한 아마추어 극단의 이름이 뭡니까? 브래크만에게 그쪽에서 스킨텍스 제품을 원한다고 이야기하려고요."

"그냥 그로브 가 시민회관이라고 하면 알아요. 제 이름은 데인이고요. 브래크만이 절 압니다. 우리가 몇 개 사겠다고 하세요."

뜨거운 수건과 시원한 거품, 주물러대는 손가락에 녹색 정장을 입은 사내는 꾸벅꾸벅 졸았다.

"다 됐습니다, 손님." 이발사가 말했다. "다 끝났습니다. 1달러 65센트입니다." 이발사가 웃었다. "완벽하게 준비하시라고 가면도 제가 씌워 드렸습니다. 행운을 빌어요."

짐은 일어서서 거울을 힐끗 본 뒤 말했다. "멋지군요." 짐은 지갑에서 1달러짜리 두 장을 꺼냈다. "잔돈은 됐습니다. 그럼."

짐은 모자를 쓰고 밖으로 나왔다. 이제 어두워지고 있었다. 손목시계를 들여다보니 거의 8시 30분이었다. 완벽했다.

짐은 다시 노래를 흥얼거리기 시작했다. 이번에는 다시 〈오늘 밤은 그녀와 함께〉였다.

휘파람을 불고 싶었지만, 가면을 쓰고 있어서 그럴 수 없었다. 집 앞에 서서 사방을 살펴본 뒤 계단을 올랐다. 짐은 문 옆에 걸린 '빈방 있음' 표지판을 떼어내면서 살짝 웃었다. 그걸 든 채 초인종을 눌렀다. 안에서 소리가 들렸다.

불과 몇 초 만에 문으로 다가오는 발소리가 들렸다. 문이 열리자 짐은 살짝 허리를 굽혔다. 가면 때문에 목소리가 웅웅거려서 마리는 알아듣지 못했다. 짐이 말했다. "빈 바이 있으니까?"

마리는 지난번, 한 달 전에 만났을 때와 다를 바 없이 아름다웠다. 마리가 주저하며 말했다. "아, 있긴 해요. 그런데 오늘 밤에는 보여드릴 수가 없어요. 친구가 오기로 되어 있는데, 준비가 아직 안 됐거든요."

짐은 움찔하듯 고개를 살짝 숙여 인사하며 말했다. "네, 그러군요. 다시 오겠습니다."

그리고 갑자기 턱을 앞으로 내밀며 가면을 느슨하게 한 뒤 이마 부분을 집어 모자와 함께 들어 올려 벗었다.

짐이 활짝 웃으며 입을 열려던 참이었다. 아, 그런데 짐이 무슨 말을 하려고 했는지는 중요하지 않게 되어 버렸다. 마리 라이머가 비명을 지르며 쓰러졌던 것이다. 자줏빛 비단과 하얀 피부, 금발 머리가 문 바로 안쪽에 그대로 쌓인 것 같았다.

충격을 받은 짐은 들고 있던 표지판을 떨어뜨리고 마리를 향해 몸을 숙였다. 짐이 말했다. "마리, 자기야, 이게 도대체—" 그러고는 재빨리 안으로 들어가 문을 닫았다. 짐은 몸을 숙이고—마리의 심장이 안 좋다는 사실을 떠올리고—손을 심장이 뛰고 있어야 할 곳에 가져다 댔다. 심장이 뛰고 있어야 했다. 하지만 그렇지 않았다.

짐은 재빨리 그곳을 빠져나왔다. 미니애폴리스에는 아내와 아이가 있었다. 여기서 이럴 수는— 짐은 그곳을 떠났다.

어느덧 이발소 앞이었다. 그 안은 어두웠다. 짐은 문 앞에서 멈춰

섰다. 문에 달린 어두운 창문이 길 건너편에 있는 가로등 불빛을 받아 반짝였다. 유리는 투명하면서 거울처럼 모습이 비치는 곳도 있었다. 짐의 눈에 세 가지가 들어왔다.

거울처럼 비치는 곳에서 짐은 끔찍한 얼굴을 보았다. 바로 자신의 얼굴이었다. 밝은 녹색의 피부와 걸어 다니는 시체처럼 보이도록 공들여서 칠한 그림자, 귀신처럼 푹 꺼진 눈과 뺨, 푸른 입술. 녹색 정장과 멋들어진 붉은 넥타이 위에 올라가 있는 밝은 녹색의 얼굴은 잠든 사이에 이발사가 전문 분장사의 손길로 만들어 놓은 게 분명했다.

그리고 이발소 문의 유리창 안쪽에 붙어 있는 쪽지에는 하얀 종이에 녹색 연필로 이렇게 쓰여 있었다.

폐점

데인 라이머

마리 라이머. 데인 라이머. 짐은 멍한 머리로 생각에 잠겼다. 그러는 동안 유리창을 통해 어두운 이발소 안이 흐릿하게 보였다. 하얀 옷을 입은 조그마한 이발사의 몸이 샹들리에에 매달려 천천히 움직이고 있었다. 왼쪽에서 오른쪽으로, 오른쪽에서 왼쪽으로, 왼쪽에서 오른쪽으로… (1961)

한스 카르벨의 반지
The Ring of Hans Carvel

(프랑수아 라블레의 이야기를 살짝 현대적으로 다듬어서 재구성)

옛날 프랑스에 부유하지만 나이가 다소 많은 보석상인 한스 카르벨이 살고 있었다. 근면성실하고 학식이 있는 남자로 누구나 좋아할 법한 사람이었다. 여자도 좋아했고, 독신주의자도 아니었으며, 뭐 하나 빠뜨리지 않고 살았지만 어쩌다 보니 지금까지 총각이었다. 이 사람의 나이는 육십에 가깝다는 정도만 이야기해 두자— 어느 쪽에서 가까운지는 군이 밝히지 말고.

비록 그런 나이였지만 한스는 한 관리의 딸과 사랑에 빠졌다. 젊고 아름다운 여인으로, 쾌활하고 명랑해서 왕 앞에 내놓아도 부끄럽지 않을 정도였다.

그리고 둘은 결혼했다.

특별한 일만 없으면 행복했을 결혼생활이었지만 불과 몇 주 만에 한스 카르벨은 여전히 깊이 사랑하고 있는 젊은 아내가 좀 너무 쾌활하고 명랑한 게 아닌가 하는 의심이 들었다. 그러니까 한스가 제공해—돈이야 충분하니까 차치하고—줄 수 있는 게 아내를 만족시키기에 부족하지나 않을까 싶은 생각이었다. 방금 '그렇지 않을까'라고 했던가? 사실이 그랬다.

한스는 자연히 의심을 품게 됐고, 이내 아내가 젊은 남자 몇 명으로부터—더 많을지도 모르겠지만—사랑의 욕구를 채우고 있다고 사실상 확신했다.

이 사실은 한스의 마음을 갉아먹었다. 거의 매일 밤마다 악몽을 꿀 정도로 마음이 혼란스러웠다.

어느 날 여느 때처럼 악몽을 꾸던 한스는 꿈속에서 악마에게 자신이 처한 곤란을 하소연했다. 그리고 아내의 정조를 지킬 수 있게 해준다면 으레 악마에게 바치곤 하는 것을 주겠다고 했다.

꿈속에서 악마는 준비했다는 듯이 고개를 끄덕이고 말했다. "너에게 마법의 반지를 주지. 깨어나면 볼 수 있을 것이다. 이 반지를 끼고 있는 한 네 아내가 네 동의 없이 혹은 네가 모르게 부정을 저지르는 것은 절대 불가능하다."

악마는 사라지고, 한스는 눈을 떴다.

그리고 한스는 정말로 반지를 끼고 있었다. 말하자면 그런 셈이었다. 그리고 악마가 한 약속은 정말로 사실이었다.

그러나 한스의 젊은 아내 역시 잠에서 깨어 몸을 뒤척이고 있었다. 아내가 한스에게 말했다. "한스, 여보, 손가락은 안 돼요. 손가락으로 그러는 거 아니에요."(1961)

두 번째 기회
Second Chance

제이와 나는 1959년 10월 9일에 있었던 월드시리즈 경기의 재현을 관람하기 위해 시카고에 있는 뉴코미스키 필드의 스탠드에 앉아 있었다. 경기가 막 시작되려는 참이었다.

정확히 5백 년 전에 열렸던 원래 경기에서는 로스앤젤레스 다저스가 9대 3으로 이겼다. 그 결과 여섯 경기 만에 월드시리즈가 끝났고, 다저스가 우승했다. 원래 경기와 최대한 비슷한 상황에서 경기가 시작되겠지만, 결과는 당연히 다르게 나올 수 있었다.

시카코 화이트삭스가 경기장에 나와 있었다. 선발 선수들은 내야에서 몇 번 공을 주고받다가 몸을 풀 수 있도록 선발 투수인 윈에게 던져 주었다. 칼루제프스키가 1루수, 폭스가 2루수, 굿맨이 3루수, 그리고 아파리시오가 유격수였다. 길리엄이 다저스의 1번 타자로 올라오고 있었고, 닐이 그다음 타자로 대기했다. 다저스의 선발 투수는 포드레스였다.

물론 모두 원래 선수들은 아니었다. 이들은 안드로이드라 불리는 인조인간이었다. 금속이 아니라 유연한 플라스틱으로 만들어졌고, 실험실에서 배양한 근육으로 움직이며, 인간과 정확히 똑같은 모습으로 설계했다는 점에서 로봇과는 달랐다. 여기 선수들은 5백 년 전의 원래 선수들과 가능한 한 비슷하게 만든 복제품이었다. 고대의 운동경기나 대회에서 뛰었던 다른 모든 운동선수들처럼 초기의 기록, 사진, 텔레비전 영상 등 온갖 자료를 빠짐없이 조사해서 만들었다. 각각의 안드로이드는 생김새가 똑같을 뿐만 아니라 같은 이름의 고대 선수처럼 뛰었다. 하지만 실력은 원래의 선수와 비슷하되 절대 능가하지는 않도록 조절했다. 안드로이드 선수는 전 시즌을 다 뛰지 않았지만, 모든 경기를 소화한다면 타율과 수비율이 원래 선수와 똑같이 나올 것이다. 투수의 평균자책점도 마찬가지였다. 하지만 야구는 원래 경기의 5백 주년이 되는 해에 딱 한 번만 월드 시리즈를 재현하는 것으로 제한돼 있었다.

이론상으로는 각 경기의 점수가 똑같이 나와야 했다. 하지만 당연히 오차가 있었다. 각 팀의 감독이 —역시 안드로이드였다 —다른 작전 지시를 내릴 수도 있었고, 교체 선수가 달라질 수도 있었다. 원래 경기에서 이겼던 팀이 이기는 게 보통이었지만, 경기 수나 각 경기의 점수는 원래 점수와 많이 달라질 때도 있었다.

이번 경기는 원래 경기와 똑같은 점수를 유지했다. 2회까지 0대 0이었다. 그러나 3회에 많이 달라졌다. 원래는 다저스가 6번이나 출루하면서 큰 점수를 얻었다. 이번에는 윈이 원아웃에 주자 셋을 내보냈지만, 점수를 주지 않은 채 불을 껐다.

스탠드와 외야석의 관중들이 함성을 지르기 시작했다. 화이트삭스를 응원하는 제이는 내기를 걸었다. 그 반 이닝이 끝나기 전까지는 동률에 거는 것도 겁내더니.

6회에— 아니, 어차피 기록이 남아 있는데 자세히 설명할 필요가 있을까? 화이트삭스가 이겼다. 한 점 차이로 이긴 덕에 아직 시리즈에서 탈락하지 않았다. 각 팀이 세 경기씩 이겼으니 삭스는 내일 다시 기회를 얻을 수 있었다. 여기서 완전히 뒤집으면 우승하는 것이다.

제이와—제이의 진짜 이름은 J로 시작하며 그 뒤에 12자리 숫자가 붙는다 —나는 일어서서 경기장을 나왔다. 다른 관중들도 모두 일어섰다. 스탠드에 반짝이는 금속의 물결이 일었다.

"궁금해." 제이가 말했다. "옛날처럼 진짜 인간이 하는 경기를 보면 기분이 어떨까?"

"나도 궁금해." 내가 말했다. "진짜 인간을 보면 어떨지. 난 아직 2백 살이 안 됐는데, 인간은 4백 년도 더 전에 다 죽었잖아. 같이 윤활유 바르러 갈래? 오늘 안 하면 난 녹이 슬 거야. 그리고 내일 경기는 어떻게 걸래? 화이트삭스는 두 번째 기회를 얻었잖아. 인간은 그러지 못했지만. 흐음, 가능한 한 인간의 전통은 지켜주기로 하자고."

(1961)

세 마리의 어린 올빼미
Three Little Owls

숲속 깊은 곳의 한 텅 빈 나무에 어린 올빼미 세 마리가 엄마와 함께 살고 있었습니다.

"얘들아, 밝을 때는 절대로, 절대로 밖으로 나가면 안 돼." 엄마가 말했습니다. "아기 올빼미가 밖으로 나가는 건 밤에만 할 수 있단다. 해가 빛나고 있을 때는 안 돼."

"네, 엄마." 세 어린 올빼미는 입을 모아 대답했습니다.

하지만 이내 이런 생각이 들었습니다. '한 번만이라도 밖에 나가서 왜 안 되는 건지 알아보고 싶어.'

낮에는 보통 엄마가 함께 있으면서 돌봐 주었기 때문에 어쩔 수가 없었습니다. 그러던 어느 날 엄마가 밖에 나가 한참 동안 돌아오지 않았습니다.

어린 올빼미 첫째가 둘째를 보며 말했습니다. "나가 보자." 셋째가 둘을 보며 말했습니다. "빨리 나가 보자."

어린 올빼미들은 텅 빈 나무에서 밝은 햇빛 아래로 나왔습니다. 올빼미의 눈은 밤에 잘 볼 수 있게 되어 있었기 때문에 햇빛 속에서는 거의 보이지 않았습니다.

첫째 올빼미가 옆의 나무로 날아갔습니다. 나뭇가지에 앉아서 밝은 햇빛에 눈을 깜빡이고 있었습니다.

그때였습니다. 탕! 나무 아래에서 총소리가 나더니 올빼미 꼬리에서 깃털 하나가 날아갔습니다. "부우~" 첫째 올빼미가 울면서 사냥꾼이 두 번째 총알을 날리기 전에 둥지로 돌아왔다.

둘째는 땅으로 날아 내려갔습니다. 눈을 두 번 깜빡이고 주위를 둘러보았습니다. 고개를 돌리자마자 등 뒤에 있는 덤불에서 커다란 붉은여우 한 마리가 튀어나오는 게 보였습니다. "크르르르." 여우가 으르렁거리며 둘째를 향해 덤벼들었습니다. 둘째는 "부우~" 하고 울면서 간신히 피해서 둥지로 날아갔습니다.

셋째는 있는 힘껏 하늘 높이 날았습니다. 날개가 아프자 다시 둥지가 있는 텅 빈 나무로 날아가 가장 높은 가지에 앉아서 쉬었습니다.

아래를 내려다보자 커다란 살쾡이 한 마리가 나뭇가지 위에 앉아 있었습니다. 살쾡이는 셋째가 위쪽 나뭇가지에 앉아 있는 것을 보지 못했습니다. 그 대신 셋째가 들어가서 안전하게 머물 수 있는 둥지로 이어지는 검은 구멍을 지켜보고 있었습니다.

"부우~" 셋째가 울었습니다. 하지만 살쾡이에게는 들리지 않도록 조용히 울었습니다. 셋째는 안전하게 둥지로 돌아갈 방법을 찾으려고 사방을 둘러보았습니다.

근처에 가시나무가 보이자 그쪽으로 날아갔습니다. 셋째는 부리로 가시를 하나 뜯어서 단단히 물었습니다. 소리 없이 날아돌아온 셋째는 뾰족한 가시를 살쾡이의 부드러운 살에 있는 힘껏 찔렀습니다.

"케엥!" 살쾡이가 소리 지르며 이리저리 날뛰었습니다. 그러다가 나무에서 떨어졌습니다. 살쾡이가 아래쪽 나뭇가지에 머리를 부딪치더니 그대로 사냥꾼의 머리 위로 떨어졌습니다. 사냥꾼은 총을 떨어뜨리며 쓰러졌습니다. 그러자 총이 발사되면서 덤불 뒤에 숨어 있던 여우를 맞혔습니다.

"부우~" 셋째가 울었습니다. 가시를 아주 단단히 물고서 박아 넣었었기 때문에 부리가 아주 아팠지만, 이제는 신경 쓰이지 않았습니다.

셋째는 자랑스럽게 둥지로 돌아가 형제에게 살쾡이와 사냥꾼, 여우를 죽였다고 말했습니다.

"꿈을 꾼 게 분명해." 첫째가 말했습니다.

"분명히 꿈을 꾼 거야." 둘째가 말했습니다.

"밤이 되면 보라고." 셋째가 말했습니다.

살쾡이와 사냥꾼은 기절했을 뿐이었습니다. 얼마 뒤 살쾡이는 정신을 차리고 슬그머니 자리를 떴습니다. 다음으로 사냥꾼이 깨어났습니다. 사냥꾼은 총이 떨어지면서 맞힌 여우를 발견하고 그걸 갖고 집으로 돌아갔습니다.

밤이 오자 어린 올빼미 세 마리는 둥지 밖으로 나왔습니다.

셋째가 이리저리 둘러보았지만, 살쾡이도 사냥꾼도 여우도 보이지 않았습니다. "부우~" 셋째가 말했습니다. "너희가 맞아. 꿈을 꿨나봐."

셋은 해가 비치고 있을 때는 밖에 나가는 게 안전하지 않다는 엄마의 말이 옳다는 데 모두 동의했습니다. 첫째는 사냥꾼의 총에 맞을 뻔했기 때문에 그렇게 생각했고, 둘째는 여우에게 공격당했기 때문에 그렇게 생각했습니다.

그러나 셋째가 가장 그렇게 생각했는데, 그건 아까 꿈을 꾼 뒤로 뭐든 먹으려고만 하면 부리가 너무 아파서 하루 종일 굶었기 때문이었습니다.

교훈: 낮에는 집에 머뭅시다. 낮에 하는 공연은 문제를 일으킵니다.
(1961)

할머니의 생일
Granny's Birthday

핼퍼린 집안의 사람들은 서로 아주 가깝게 지냈다. 이 자리에 있는 사람 중 핼퍼린이 아닌 단 두 사람 중 한 명인 웨이드 스미스는 그 점이 부러웠다. 스미스에게는 가족이 없었다. 그러나 그런 부러움도 손에 들고 있는 술잔이 자아내는 감미로운 분위기에 녹아들었다.

그날은 핼퍼린 할머니의 80번째 생일이었다. 스미스와 다른 남자 한 명을 제외한 전원이 핼퍼린 가족으로 태어났거나 핼퍼린이라는 이름을 받은 사람들이었다. 할머니에게는 세 아들과 딸 하나가 있었다. 모두 여기 있었는데, 아들 셋은 결혼해서 아내와 함께였다. 그러면 할머니까지 포함해 핼퍼린이 여덟 명이었다. 그리고 손주가 네 명, 그중 한 명이 결혼했으므로 총 열세 명이다. '열세 명의 핼퍼린이라.' 스미스가 수를 세었다. 스미스 자신과 또 다른 비 핼퍼린인 크로스라는 이름의 남자까지 하면 어른이 열다섯 명이었다. 거기에 조금 전에는 증손주 셋이 더 있었는데, 저녁 이른 시간부터 각자 나이에 따라 적당한 시각에 잠자리에 들었다.

'모두 좋은 사람들이야.' 스미스는 포근한 기분을 느끼며 생각했다. 아이들도 꽤 한참 전에 잠자리에 든 지금, 술이 자유롭게 오가며 파티는 점점 활기를 띠기 시작했다. 스미스의 취향에는 좀 떠들썩했다. 다들 술을 마시고 있었다. 심지어 할머니도 왕좌 비슷한 의자에 앉아서 그날 저녁의 세 번째 셰리주를 들고 있었다.

'놀라울 정도로 다정하고 쾌활한 노부인이란 말이야.' 스미스는 생각했다. 부드럽기는 했어도 확실히 모계 중심적이라는 느낌이 들었다. 할머니는 벨벳 장갑을 낀 속에 쇠막대기를 들고 가족을 다스리고 있었다. 스미스는 취한 나머지 비유도 제멋대로였다.

스미스는 할머니의 아들인 빌 핼퍼린의 초대를 받았다. 빌의 변호사이자 친구였던 것이다. 다른 외부인인 진 크로스였나 하는 사람은 손자 핼퍼린 몇 명과 친구 사이였다.

방 건너편에서 그 크로스라는 남자가 행크 핼퍼린과 이야기를 나누고 있었다. 무슨 이야기인지는 모르겠지만 갑자기 언성이 높아지며 화를 내는 소리가 들렸다. 스미스는 문제가 생기지 않기를 바랐다. 기왕에 즐겁게 파티를 하고 있는데 싸움이나 논쟁 때문에 분위기가 깨지지 않았으면 싶었다.

그런데 돌연 행크 핼퍼린의 주먹이 크로스의 턱에 꽂히더니 크로스가 뒤로 풀썩 넘어져 버렸다. 머리가 쿵 소리를 내며 벽난로의 돌 모서리에 부딪혔다. 크로스는 누워서 꼼짝도 하지 않았다. 행크가 재빨리 달려가더니 옆에 무릎을 꿇고 앉아 크로스를 건드렸다. 그러더니 창백한 얼굴로 사람들을 바라보며 일어섰다. "죽었어." 행크가 탁한 목소리로 말했다. "맙소사, 그러려던 건 아닌데— 그런데 이 친구가—"

할머니는 이제 웃고 있지 않았다. 흥분한 것처럼 목소리가 날카로

위겼다. "그 사람이 널 먼저 치려고 했잖니, 행크. 내가 봤다. 우리 모두 봤어. 그렇지?"

할머니가 질문을 던지며 주위를 둘러보다 유일한 외부인인 웨이드 스미스를 보고 눈썹을 찡그렸다.

스미스는 불편한 기색으로 말했다. "저, 전 처음부터 보지 못했습니다, 핼퍼린 부인."

"봤어." 할머니가 잽싸게 말했다. "당신은 똑바로 보고 있었잖아, 스미스 씨."

웨이드 스미스가 대답하기 전에 행크 핼퍼린이 말했다. "아아, 할머니, 죄송해요. 그래도 해결이 안 돼요. 이게 정말 문제예요. 제가 프로선수로 7년 동안 권투를 한 것 아시잖아요. 저 사람이 먼저 쳤다고 해도 이건 이급살인이 돼요. 스미스 씨, 당신은 아시겠죠. 변호사니까요. 전 요새 다른 문제도 겪고 있는데, 이것까지 더하면 경찰이 저한테 중형을 내릴 거예요."

"죄, 죄송하지만 아마 그럴 것 같습니다." 스미스가 불편한 기색으로 말했다. "그런데 누가 병원이나 경찰에, 아니면 두 곳에 다 전화를 해야 하지 않을까요?"

"잠깐만, 스미스." 스미스의 친구인 빌 핼퍼린이 말했다. "일단 우리끼리 먼저 상황을 정리해야 할 것 같아. 이건 정당방위였어. 맞지?"

"어, 어쩌면. 난 잘—"

"다들 잠깐만." 할머니의 날카로운 목소리가 끼어들었다. "이게 정당방위였다고 해도 행크가 곤란에 처할 거다. 그리고 이 스미스 씨라는 사람이 여길 나가서 법정에 섰을 때도 우리가 믿을 수 있을까?"

빌 핼퍼린이 말했다. "하지만 할머니, 저희는 —"

"허튼소리 마라, 윌리엄. 어떻게 된 건지 내가 봤어. 우리 모두 봤지. 두 사람이 싸운 거야. 크로스와 스미스가 싸우다 서로 죽인 거야. 크로스가 스미스를 죽였고, 곧 아까 맞은 주먹 때문에 어지러워진 크로스가 넘어지면서 머리를 찧은 거지. 우리는 행크가 감옥에 가게 하지는 않을 거야. 안 그러냐, 얘들아? 핼퍼린은 그래선 안 돼. 누구도. 행크, 저 시체를 좀 흐트러뜨려 놓아라. 주먹을 한 번만 맞은 게 아니라 싸운 사람처럼 보이게 말이야. 그리고 나머지는 —"

행크를 제외한 나머지 핼퍼린 가 남자들이 스미스를 둥글게 둘러쌌다. 할머니를 제외한 여자들이 바로 그 뒤에 섰다. 원이 조여들었다.

스미스가 마지막으로 똑똑히 본 것은 왕좌와 같은 의자에 앉아서 흥분과 단호함이 깃든 눈으로 바라보고 있는 할머니였다. 그리고 스미스가 도저히 목소리를 내서 깰 수 없었던 돌연한 침묵 속에서 들은 마지막 소리는 핼퍼린 할머니의 웃음소리였다. 곧 첫 번째 펀치가 스미스를 휘청거리게 했다. (1961)

인형놀이
Puppet Show

공포가 체리벨을 덮친 것은 8월의 어느 타죽을 것 같은 날 정오를 살짝 넘겼을 때였다.

쓸데없는 말을 덧붙였는지도 모르겠다. 애리조나 체리벨의 8월은 어느 날이나 타죽을 것 같았다. 투손에서 남쪽으로 60킬로미터쯤 떨어져 있으며 멕시코 국경선에서는 북쪽으로 50킬로미터쯤 떨어진 89번 고속도로에서 일어난 일이었다. 그곳에는 도로 양쪽에 하나씩 있어서 양쪽 방향으로 가는 운전자들이 들를 수 있게 만든 주유소 두 곳, 맥주와 와인 판매만 허가된 술집 하나, 조금만 더 가면 국경을 넘어서 세라피와 멕시코식 샌들을 살 수 있음에도 그걸 못 참는 관광객을 위한 가게, 문을 닫은 햄버거 가판대, 그리고 남쪽의 국경 마을인 노갈레스 시에서 일하지만 도대체 무슨 이유에서인지 체리벨에서, 그것도 일부는 포드 T모델을 타고 통근하기를 원하는 멕시코계 미국인들이 사는 벽돌집이 몇 채 있었다. 고속도로 위의 표지판에는 이렇게 쓰여 있었다. '체리벨. 인구 42명.' 그러나 그건 과장이었다. 작년에 한 명이─지금은 문을 닫은 햄버거 가판대를 운영하던 팝 앤더스가─죽는 바람에 정확한 수는 41명이었다.

공포는 당나귀를 타고 체리벨에 왔다. 훗날 이름이 데이드 그랜트라고 밝혀진―한동안 누구도 그 사람에게 이름을 물어보지 못했다―더럽고 턱수염이 허옇게 센 사막의 탐광꾼이 모는 당나귀였다. 그 공포의 이름은 가스였다. 키는 3미터에 가까웠지만, 아주 마른 몸이었다. 거의 막대기 같아서 몸무게는 45킬로그램도 안 넘을 것 같았다. 두 다리가 모래에 파묻혀 질질 끌렸지만, 데이드라는 늙은이의 당나귀는 힘들이지 않고 가스를 날랐다. 나중에 알게 된 것이지만, 거의 8킬로미터나 모래 속에서 끌려왔음에도 신발은―신발이라기보다는 장화에 가까웠다―거의 닳지 않았다. 그가 신발 외에 몸에 걸친 것이라고는 수영복이었던 것 같은 청록색 바지 한 벌뿐이었다. 하지만 끔찍해서 그 사람을 쳐다보지 못하게 한 건 체구가 아니었다. 피부였다. 온통 새빨간 피부. 마치 산 채로 가죽을 벗겨서 뒤집은 다음에 다시 입혀 놓은 것 같았다. 두개골, 얼굴은 둘 다 원래 좁은 것이거나 잡아당겨서 늘려 놓은 것 같았다. 그것만 아니라면 그 사람은 어느 모로 보나 인간처럼 보였다. 적어도 인간형이었다. 다만 사소한 차이가 있었는데, 머리털 색깔이 바지와 같은 청록색이었고 눈과 신발도 그랬다. 시뻘건 색과 연푸른색의 대조.

술집 주인인 케이시가 그들이 동쪽에 있는 산맥 쪽에서 평원을 가로질러 다가오는 모습을 목격한 최초의 인물이었다. 케이시는 술집 뒷문을 열고 나가 신선한, 아니 뜨거운 공기를 쐬고 있었다. 그때 그들은 100미터 정도 떨어져 있었는데, 이미 당나귀에 타고 있는 사람의 기괴한 모습을 알아볼 수 있었다. 멀리서 봤을 때는 이상하다 싶은 정도였지만, 가까이서 보니 공포스러웠다. 케이시는 입을 떡 벌린 채 멍하니 서 있었다. 그 희한한 트리오가 50미터 정도로 가까이 오자 케이시는 천천히 그들을 향해 다가갔다. 뭔지 모를 그 광경을 보고 도망가는 사람도 있었고 자세히 보러 다가오는 사람도 있었다. 케이시는 느릿느릿한 발걸음이었지만 가까이 다가갔다.

조그마한 술집 뒤쪽으로 20미터쯤 떨어진 곳, 탁 트인 공터에서 케이시는 그들과 조우했다. 데이드 그랜트는 걸음을 멈추더니 당나귀를 끌고 있던 줄을 놓았다. 당나귀는 가만히 제자리에 서서 고개를 떨궜다. 막대기 인간은 당나귀 위에 걸터앉은 채로 두 발을 땅 위에 단단히 박으며 일어섰다. 그가 두 손으로 당나귀의 등을 짚고 한 발을 옆으로 빼내 일어서더니 이내 모래 위에 주저앉았다. "중력이 높은 행성이라 오래 못 서 있겠군." 막대기 인간이 말했다.

"당나귀한테 물 좀 줄 수 있수까?" 탐광꾼이 케이시에게 물었다. "지금 깨나 목이 마를 터인디. 물통이랑 이런저런 걸 놔두고 와야 해서리. 저걸 나르려면—" 탐광꾼이 엄지손가락으로 빨갛고 파란 공포를 가리켰다.

케이시는 마침 그게 공포의 존재임을 깨닫고 있던 참이었다. 멀리서 봤을 때는 색깔의 조화가 좀 이상하다 싶었을 뿐이지만, 가까이서 보니— 피부는 거친 데다가 핏줄이 바깥에 나와 있는 것 같았다. 축축해 보였지만, 실제로는 그렇지 않았고, 아주 그냥 피부를 벗겨낸 다음에 거꾸로 붙인 모습이었다. 아니면 그냥 벗겨낸 상태거나. 케이시는 그런 모습을 한 번도 본 적이 없었고, 앞으로도 두 번 다시 보고 싶지 않았다.

누군가 케이시의 등 뒤에서 어깨 너머로 보고 있었다. 다른 사람들도 그 모습을 보고 다가오고 있었다. 그러나 가장 가까이에 있는 건 10미터쯤 뒤에 떨어져 있는 남자애 두 명이었다. "Muchachos(애들아)." 케이시가 외쳤다. "Agura por el burro. Un pazal. Pronto(당나귀에게 물 한 됫박만 주렴. 빨리)."

케이시가 다시 고개를 돌리고 말했다. "저게―? 누구―?"

"데인드 그랜트라고 하요." 탐광꾼이 손을 내밀며 말했다. 케이시는 반사적으로 손을 맞잡았다. 케이시가 손을 놓자 탐광꾼은 잽싸게 엄지손가락으로 등 뒤를 가리키며 모래 위에 앉아 있는 것에 대해 말했다. "이름이 가스라고 하더군요. 외계 뭐시기라는데, 무슨 공무원이라고."

케이시는 막대기 인간을 향해 고개를 끄덕였다. 다행히 막대기 인간은 손을 내미는 대신 같이 고개를 끄덕여 주었다. "전 마누엘 케이시입니다." 케이시가 말했다. "외계 뭐시기라는 게 무슨 소리죠?"

막대기 인간의 목소리는 예상 외로 깊고 울림이 강했다. "난 외계인이오. 그리고 전권 대사이기도 하오."

놀랍게도 케이시는 교육을 꽤 잘 받은 사람이라 두 단어의 뜻을 모두 알고 있었다. 두 번째 단어의 뜻을 아는 사람으로는 아마 체리벨에서 유일할 터였다. 그보다 덜 놀라운 일이지만, 케이시는 그 사람의 외모를 고려한 결과 두 가지 말을 모두 믿었다. "뭘 어떻게 해 드릴까요?" 케이시가 물었다. "하지만 그 전에 그늘로 들어오는 게 어떨지요?"

"괜찮소. 듣던 것보다는 조금 춥지만 난 지금 꽤 편안한 상태요. 이건 우리 행성에서 시원한 봄날 저녁과 비슷한 날씨요. 그리고 내게 해 줄 수 있는 일에 관해서는 당국에 내 존재를 알려주면 되오. 아마 관심 있어 할 거요."

케이시는 상대가 정말 운 좋게도 반경 30킬로미터 안에서 가장 목적에 부합하는 인물과 마주쳤다고 생각했다. 마누엘 케이시는 반 아일랜드, 반 멕시코 인이었다. 그리고 이복동생이 있었는데, 반 아일랜드에 반은 이리저리 섞인 미국인이었다. 그 이복동생은 투손에 있는 데이비스-몬탄 공군기지의 대령이었다. 케이시가 말했다. "잠깐만요, 가스 씨. 전화 좀 할게요. 그랜트 씨는 안으로 들어오시렵니까?"

"아녀. 해가 있어도 상관 없수다. 맨날 이러고 사는디. 그리고 여기 이 가스란 양반이 자기 볼일 끝날 때까정 나보고 붙어 있어 달라고, 그러면 아주 좋은 걸 준다고 합디다. 전지 머시기였는디—"

"전지로 작동하는 휴대용 광물 탐사기요." 가스가 말했다. "작고 간단한 장치로 반경 3킬로미터 안에서 광물이 어디에 얼마나 밀집돼 있는지를 보여주지. 종류와 등급, 양과 깊이까지도."

케이시는 침을 꿀꺽 삼키고는 몰려든 군중을 헤치고 가게로 돌아갔다. 케이시 대령과 전화 연결을 하는 데는 1분도 걸리지 않았지만 자신이 술에 취했거나 농담을 하고 있지 않다는 사실을 납득시키는 데 4분이 걸렸다.

25분 뒤, 하늘에서 소음이 들려왔다. 점점 커지던 소음은 외계인과 두 남자, 당나귀로부터 10여 미터 떨어진 곳에 4인승 헬리콥터가 착륙한 뒤 엔진을 끄자 잦아들었다. 케이시는 용기 있게 홀로 사막에서 온 트리오와 함께 서 있었다. 구경꾼도 있었지만, 다들 멀찌감치 떨어져 있었다.

케이시 대령과 소령 하나, 대위 하나, 헬리콥터 조종사인 중위 하나가 밖으로 나오더니 달려왔다. 막대기 인간이 일어섰다. 키가 무려 3미터에 육박했다. 일어서려고 애를 쓰는 모습을 보니 지구보다 중력이 훨씬 작은 곳에서 왔다는 사실을 짐작할 수 있었다. 막대기 인간은 인사를 한 뒤 이름과 자신이 외계인이며 전권 대사라는 신분을 갖고 있음을 밝혔다. 그리고 자신이 앉아야 하는 이유를 설명하며 양해를 구한 뒤 앉았다.

대령은 자신과 함께 온 세 명을 소개했다. "자, 그러면 무엇을 도와드릴까요?"

막대기 인간은 얼굴을 찡그렸는데, 아마도 미소를 지으려던 것 같았다. 치아는 머리카락과 눈과 똑같이 연푸른색이었다. "당신들에게는 진부한 표현이 있더군. '나를 당신네 지도자에게 데려다 달라.' 나는 그러지 않을 생각이오. 그 대신 이곳에 머물러야겠소. 반대로 당신네 지도자를 이곳으로 데려와 달라고 요구하지도 않을 생각이오. 그건 무례한 일이니까. 난 여러분이 지도자들을 대신하여 나와 이야기를 하고 내게 질문을 하게 할 생각이오. 그러나 한 가지만 묻겠소.

당신들에게는 녹음기란 게 있소. 내가 이야기를 시작하거나 질문에 답변하기 전에 그걸 하나 가져오시오. 나는 당신네 지도자들이 받게 될 메시지에 하나도 빠진 부분이 없고 정확하기를 바라오."

"좋습니다." 대령이 대답한 뒤 조종사에게 말했다. "중위, 헬기에 가서 가능한 한 빨리 녹음기를 가져오라고 무전을 치게. 낙하산으로 떨어— 아니야, 떨어뜨린다고 이것저것 준비하다보면 더 늦어지겠

군. 다른 헬리콥터로 보내라고 해." 중위가 자리를 떴다. "어이." 대령
이 말했다. "50미터짜리 전선도 가져오라고 해. 매니의 가게에게 꽂
아야 할 테니까."

중위는 헬리콥터를 향해 달려갔다.

사람들이 한동안 땀을 흘리며 앉아 있자 마누엘 케이시가 일어섰
다. "30분은 기다려야 할 텐데." 케이시가 말했다. "햇빛 속에 앉아 있
을 거면 맥주 한 병씩들 어떻겠어요? 가스 씨, 당신은 어때요?"

"그게 차가운 음료수 맞소? 난 살짝 춥소. 뭔가 뜨거운 게 있다
면—"

"커피를 가져오지요. 담요 갖다 드릴까요?"

"고맙지만 됐소. 그 정도는 아니오."

케이시가 자리를 떴다가 곧 맥주 대여섯 병과 김이 모락모락 나는
커피 한 잔이 담긴 쟁반을 들고 돌아왔다. 그때는 중위도 돌아와 있
었다. 케이시는 쟁반을 내려놓고 먼저 막대기 인간에게 음료를 주었
다. 막대기 인간은 커피를 한 모금 마시고 말했다. "맛있군."

케이시 대령이 헛기침을 했다. "다음번엔 우리 탐광꾼 친구에게
줘, 매니. 우리는, 음, 근무 중에는 술을 마실 수 없지만, 투손에서는
그늘 속에서 44도였고, 여기는 더 더운 데다가 그늘도 없으니. 이봐,
다들 맥주 한 병 마시는 동안은 공식적은 휴가라고 생각하자고. 아
니면 녹음기가 도착할 때까지. 어느 쪽이 먼저일지는 모르겠지만."

맥주가 먼저 끝났다. 하지만 마지막 맥주가 사라졌을 때쯤 두 번
째 헬리콥터가 소리를 내며 시야에 들어왔다. 케이시는 막대기 인간
에게 커피를 더 원하느냐고 물었고, 정중한 사양이 돌아왔다. 케이시

가 데이드 그랜트를 바라보며 윙크하자 사막의 방랑자도 똑같이 화답했다. 그래서 가게로 들어가 지구의 민간인이 각각 마실 맥주 두 병을 더 들고 나왔다. 오는 길에 전선을 들고 오는 중위와 마주친 케이시는 문까지 돌아가서 어디에 플러그를 꽂을지 알려주었다.

돌아오자 두 번째 헬리콥터에 녹음기뿐만 아니라 네 명이 가득 타고 온 게 보였다. 헬리콥터 조종사 외에 녹음기 조작에 능한 기술 부사관 하나가 동행해서 장비를 세팅하고 있었고, 갑자기 애리조나 체리벨에 녹음기를 급히 공수하게 된 경위가 궁금한 중령 하나와 준위 하나도 있었다. 그들은 놀라서 선 채로 막대기 인간을 쳐다보며 서로 속삭이고 있었다.

대령이 말했다. "주목." 나직한 명령이었지만, 완벽한 침묵이 돌아왔다. "다들 앉지. 적당히 둥글게 앉도록. 하사, 마이크를 원 중앙에 설치한다면 누가 말해도 선명하게 잡을 수 있나?"

"네, 그렇습니다. 준비는 거의 끝났습니다."

인간 열 명과 휴머노이드 형 외계인 하나가 적당히 둥글게 모여 앉았다. 가운데쯤에 마이크가 매달린 작은 삼각대가 놓였다. 인간들은 땀을 삘삘 흘렸고, 외계인은 살짝 떨었다. 원 바로 바깥쪽에 당나귀가 고개를 떨군 채 기운 없이 서 있었다. 슬금슬금 다가오고 있었지만 아직 5미터는 떨어져서 반원 모양으로 모여 있는 사람들은 그 시점에 집과 가게에 있던 체리벨의 인구 전체였다. 가게와 주유소는 텅 비어 있었다.

기술 부사관이 버튼을 누르자 녹음기의 릴이 돌아가기 시작했다. "테스트. 테스트." 부사관이 말했다. 되감기 버튼을 잠시 누른 뒤 재생 버튼을 누르자 녹음기 스피커에서 소리가 났다. "테스트. 테스트."
크고 선명했다. 부사관은 되감기 버튼을 누른 뒤 삭제 버튼을 눌러
서 테이프를 깨끗이 만들었다. 그리고 멈춤 버튼을 눌렀다. "제가 다
음에 버튼을 누르면 녹음이 시작될 겁니다." 부사관이 대령에게 말
했다.

대령이 키 큰 외계인을 쳐다보자, 외계인이 고개를 끄덕였고, 대령
이 부사관을 향해 고개를 끄덕였다. 부사관이 녹음 버튼을 눌렀다.

"내 이름은 가스요." 막대기 인간이 말했다. 느릿느릿했지만 또렷
한 목소리였다. "나는 여러분의 성도에 실려 있지 않은 별에 딸린 행
성에서 왔소. 그러나 그 별을 포함해 9만 개의 별로 이뤄진 구상성단
은 여러분도 알고 있는 것이오. 그곳은 은하계 중심 방향으로 거리
는 4천 광년이 조금 넘소.

그러나 나는 우리 행성이나 우리 종족의 대표로 이곳에 온 게 아
니오. 은하연방, 즉 은하계의 진보한 문명들이 모두의 안녕을 위해
만든 연방의 전권대사로 온 것이오. 이곳을 방문한 내 임무는 지금
이 자리에서 여러분이 우리 연방의 일원이 될 만한지 아닌지 결정하
는 것이오.

이제 자유롭게 질문해도 좋소. 그러나 내게는 결정을 내리기 전까
지 일부 질문에 대한 답을 미룰 권리가 있소. 결정이 좋은 쪽으로 난
다면 미뤄왔던 질문을 포함해 모든 질문에 대답을 할 것이오. 만족
하오?"

"좋습니다." 대령이 말했다. "여기에는 어떻게 왔습니까? 우주선입
니까?"

"맞소. 그건 지금 바로 우리 머리 위쪽, 3만 6천 킬로미터 위 궤도에 있소. 따라서 지구와 함께 자전하며 계속 이 지점에 머무르고 있소. 우주선에서 나를 관찰하고 있기 때문에 탁 트인 이곳에 머물고 싶어하는 거요. 내가 신호를 보내면 우주선이 내려와 나를 태울 수 있소."

"어떻게 우리 언어를 그렇게 잘할 수 있습니까? 텔레파시 능력이 있습니까?"

"아니오. 다른 종족과도 소통이 가능한 텔레파시 능력을 지닌 종족은 은하계에 없소. 나는 이 임무를 위해 여러분의 언어를 배웠소. 우리는 몇 세기 동안 여러분을 관찰해 왔지. 여기서 우리라 함은 당연히 은하연방을 말하는 거요. 당연하게도 나는 지구인으로 위장할 수 없었소. 하지만 그렇게 할 수 있는 종족이 몇몇 있소. 그런데 그런 종족은 첩자나 요원이 아니었고, 어떤 식으로든 여러분에게 영향을 끼치려고 하지 않았소. 그저 관찰만 했을 뿐."

"만약 우리가 요청을 받고, 또 받아들여서 당신네 연방에 합류하면 무슨 이득을 얻습니까?" 대령이 물었다.

"먼저 여러분이 서로 싸우려는 경향에 종지부를 찍거나 적어도 공격성을 통제할 수 있도록 해줄 기초적인 사회과학을 간단히 배우게 될 거요. 우리가 만족할 만한 수준에 여러분이 도달한 뒤에는, 그러는 편이 좋겠지만, 여러분이 감당할 수 있을 정도의 속도로 우주여행을 비롯한 각종 기술을 전수받게 될 것이오."

"우리가 그럴 자격이 안 되거나, 합류를 거절하면 어떻게 됩니까?"

"아무 일도 일어나지 않소. 여러분을 내버려둘 것이오. 관찰자들조차 철수할 거요. 여러분의 운명은 스스로 알아서 헤쳐 나가시오. 다음 세기가 끝나기 전에 이 행성을 살 수 없을 정도로 만들어서 절멸해 버리거나 여러분 스스로 사회과학의 경지를 높여 연방의 회원 후보가 되어서 다시 한 번 제안을 받거나 둘 중 하나일 것이오. 우리는 가끔씩 들러서 언제쯤이나 여러분이 자멸하지 않을 게 확실해지는지 확인할 것이고, 그렇게 되면 다시 찾아올 거요."

"왜 서두르는 겁니까? 지금 여기 이렇게… 좀 더 기다려서 이른바 우리의 지도자들이라는 사람들과 직접 만나면 안 됩니까?"

"그 답은 미루겠소. 이유는 중요하지 않지만 복잡하오. 나는 단지 설명하는 데 시간을 낭비하고 싶지 않소."

"만약 당신이 우리에게 유리한 쪽으로 결론을 내려 준다면, 당신에게는 어떻게 연락해서 우리 결정을 알려줘야 합니까? 당신이 우리에 대해 충분히 아는 게 분명하니 결정을 내리는 사람이 제가 아니라는 건 알 것 아닙니까."

"관찰자를 통해서 알 수 있소. 한 가지 수락 조건은 이 인터뷰를 글자 그대로, 지금 녹음하고 있는 테이프에서 그대로 옮겨서 손을 대지 않고 신문에 싣는 것이오. 당신의 정부가 한 협의와 결정도 마찬가지요."

"다른 정부는 어떡합니까? 우리 단독으로 전 세계를 대신해서 결정할 수는 없습니다."

"시작으로 당신네 정부를 골랐고. 당신들이 받아들인다면 우리는 다른 정부도 재빨리 줄을 서게 할 수 있는 기술을 공급할 것이오. 그리고 그 기술은 무력이나 무력을 이용한 협박과 관련이 없소."

"대단한 기술이군요." 대령이 얼굴을 살짝 찡그리며 말했다. "조금도 위협을 하지 않은 채 제가 이름을 언급할 필요가 있는 그 한 국가가 재빨리 따라오게 만들 수 있다면야."

"때로는 위협보다 보상이 훨씬 더 중요하오. 당신이 이름을 언급하고 싶지 않은 국가가 자신들이 화성에 도달하기도 전에 당신 나라가 멀리 떨어져 있는 별의 행성을 개척하는 것을 원하리라고 생각하오? 하지만 이런 건 상대적으로 사소한 문제요. 그 기술을 신뢰해야 할 거요."

"사실이라기에는 너무 꿈같은 이야기여서 말입니다. 그런데 당신은 지금 여기서 우리가 연방에 합류할 만한지 아닌지 결정한다고 했잖습니까, 그 결정의 근거가 되는 요소는 뭡니까?"

"일단 여러분의 제노포비아 정도를 확인해야 하오— 사실 이미 했소. 여러분이 쓰는 대강의 뜻은 이방인에 대한 두려움이오. 우리에게는 여러분의 언어에는 없는 단어가 있소. 바로 외계인에 대한 두려움과 혐오감을 뜻하는 단어요. 나는 —우리 종족이 그렇지만— 최초로 여러분과 공공연한 접촉을 하도록 선택받았소. 나는 당신들이 휴머노이드라—마찬가지로 나 역시 여러분을 휴머노이드라고 불렀겠지만—부르는 형태였기 때문이오. 아마도 나는 전혀 다르게 생긴 종족보다 여러분이 보기에 더 끔찍하고 더 혐오스러울 것이오. 왜냐하면 나는 여러분이 보기에 인간을 어설프게 흉내 낸 것처럼 생겼기 때문이오. 외관상 닮은 점이 전혀 없는 존재보다 더 끔찍하오.

여러분은 지금 나를 보고 두려움과 혐오감을 느낀다고 생각할지 모르오. 하지만 분명히 말하건대 여러분은 그 시험을 통과했소. 은하계에는 아무리 발달했다고 해도 절대로 연방의 회원이 되지 못하는 종족이 있소. 그건 바로 그들이 폭력적이고 도무지 어찌할 수 없을 정도로 제노포비아가 심하기 때문이오. 그들은 다른 종족과는 말을 하지도 얼굴을 마주보지도 못하는 성격이오. 소리를 지르면서 도망가거나 곧바로 죽이려고 든다오. 당신과 이 사람들을 관찰한 결과—" 막대기 인간은 긴 팔을 휘둘러 둥글게 모여 앉은 사절단 바깥쪽에 모여 있는 체리빌 사람들을 가리켰다. "—여러분이 나를 보고 혐오감을 느낀 것을 알고 있소. 하지만 그건 분명 사소한 수준이고 고칠 수 있는 것이오. 그 시험은 만족스러운 수준으로 통과했소."

"다른 시험도 있습니까?"

"하나씩 하나씩. 하지만 이제 그걸 해야 할—" 막대기 인간이 말을 끝맺지 못한 채 모래 위에 눕더니 눈을 감았다.

대령이 깜짝 놀라 일어섰다. "이게 뭐지?" 대령이 말했다. 재빨리 마이크가 매달린 삼각대를 지나 누워 있는 외계인에게 다가가 피가 묻어 있는 것 같은 가슴에 귀를 가져다 댔다.

대령이 머리를 들자 반백의 탐광꾼인 데이드 그랜트가 키득거리며 웃었다. "심장이 안 뛰겠지, 대령. 왜냐하면 심장이 없거든. 그래도 그건 기념품으로 가지라고 남겨 두겠소. 안을 보면 아마 심장이나 내장보다 훨씬 재미있는 게 있을 거요. 그건 내가 조종하고 있던 인형이거든. 에드가 버건이 조종하던, 이름이 뭐더라? 아, 맞아. 찰리 매카시처럼 말이오. 이제 목적을 달성했으니 끝난 거요. 이제 돌아가도 좋소, 대령."

케이시 대령이 천천히 뒤로 물러났다. "왜지?" 대령이 물었다.

데이드 그랜트가 턱수염과 가발을 뜯어냈다. 천으로 얼굴을 문질러 화장을 지우자 젊고 잘생긴 젊은이가 나타났다. 그가 말했다. "저게 당신에게, 아니 당신이 저걸 통해서 들은 말은 엄연한 사실이오. 저건 그저 모조품일 뿐이지. 저건 우리 심리학자들이 은하계의 지성 종족 중 당신들이 가장 무서워할 종족 하나를 골라 똑같이 복제한 것이오. 당신들이 폭력적이고 제노포비아를 고칠 수 없을 경우에 대비해서요. 하지만 최초의 접촉을 위해서 그 종족의 일원을 진짜로 데려오지는 않았소. 그 종족은 그 종족 나름의 공포증이 있기 때문이오. 아고라포비아라고, 넓은 공간을 두려워하는 공포증이오. 그들은 고도로 문명화된 종족이고 연방 안에서도 평판이 좋소. 하지만 절대로 행성을 떠나지 않소.

우리 관찰자들이 분명히 말하길 여러분에게는 그 공포증이 없다고 했소. 하지만 제노포비아의 정도를 사전에 판단하기는 어려웠소. 그걸 알아보는 유일한 방법은 누군가를 대체할 무엇을 가져와 최초의 접촉을 시도해 보는 것이었소."

대령이 다 들릴 정도로 크게 한숨을 쉬었다. "어떤 면에서는 안도감이 든다는 걸 인정하지 않을 수 없군요. 물론 우리는 휴머노이드와 잘 지낼 수 있습니다. 그래야 한다면 그럴 겁니다. 그래도 은하계의 중심 종족이 단순한 휴머노이드가 아니라 인간이라는 사실을 알게 되니 안심이 된다는 것을 인정합니다. 두 번째 시험은 뭡니까?"

"지금 하고 있소. 날 부를 때는 —" 그가 손가락으로 딱 소리를 냈다. "버건이 찰리 매카시 다음으로 썼던 두 번째 인형 이름이 뭐였더라?"

대령이 머뭇거리자 기술 부사관이 대답했다. "모티머 스너드입니다."

"맞아. 날 모티머 스너드라고 부르시오. 그리고 이제 그걸 해야 할—"그는 몇 분 전에 막대기 인간이 그랬던 것처럼 모래 위에 드러눕더니 눈을 감았다.

당나귀가 고개를 들더니 부사관의 어깨 너머로 머리를 쑥 집어넣었다. "인형놀이는 이제 됐소, 대령." 당나귀가 말했다. "이제 인간이니 적어도 휴머노이드는 되어야 한다는 게 뭐가 그리 중요한지 말좀 해 보겠소? 중심 종족이란 게 뭐가 어쨌다고?"(1962)

이중 잣대
Double Standard

4월 11일— 내가 지금 느끼는 감정이 충격인지, 두려움인지 모르겠다. 아니면 유리 바깥의 저쪽 세상의 규칙이 다른 것인지 궁금하다. 나는 언제나 '도덕'이란 변함없는 것이라고 생각했다. 그래야만 한다. 규칙이 두 가지라는 건 공정하지 않은 일이다. 저쪽의 검열 과정에 실수가 있었을 것이다. 아마 그랬을 것이다.

중요한 문제는 아니었다. 그러나 그 일이 벌어진 건 서부극을 할 때였다. 나는 웨스트 페코스의 보안관이자 훌륭한 기수에 훌륭한 전사, 다재다능한 영웅, 화이티 그랜트였다. 악당의 무리, 총잡이들이 나를 찾아 마을로 쳐들어왔다. 사람들이 모두 두려워서 나서지 못했기 때문에 나 혼자 전부 물리쳐야 했다. 나중에 악당의 우두머리였던 블랙 버크는(나는 그를 죽이지 않고 그냥 기절시켜야만 했다) 창살 너머에서 마치 그게 〈하이 눈〉 같았다고 털어놓았다. 실제로 그랬을지도 모른다. 그런데 그게 무슨 상관인가? 〈하이 눈〉은 영화일 뿐이었다. 만약 삶이 영화 같을 때가 있다고 해서 무슨 문제가 되나?

그러나 상황이 바뀌었다. 우리가 아직 '방송 중'일 때 나는 우연히 유리(때로는 화면이라고도 부른다) 바깥쪽의 다른 세상을 보게 되었다. 이런 일은 화면을 정면으로 똑바로 바라보게 될 때만 가능하다. 꽤 드물게 일어나는 일이지만, 우리는 다른 세상을 슬쩍 엿보게 된다. 그곳에도 마찬가지로 사람이 있었다. 우리와 똑같은 사람이지만 뭔가를 하거나 모험을 떠나는 대신 단순히 앉아서 화면을 통해 우리를 쳐다보기만 한다. 그리고 도무지 이유를 알 수 없는 수수께끼가(수많은 수수께끼 중의 하나가) 있는데, 저쪽 세상에서 우리를 보는 사람 혹은 사람들이 매일 저녁마다 바뀐다는 점이다.

어쨌든 어젯밤 그러고 있다가 저쪽 편을 보게 되었다. 내가 우연히 보게 된 거실에는 젊은 남녀가 앉아 있었다. 소파 위에 가까이, 아주 가까이 붙어서 앉아 있었다. 내가 기껏해야 몇 미터밖에 안 떨어져 있는데 둘이 키스를 하는 게 아닌가. 음, 이곳에 있는 우리도 경우에 따라 키스를 허용할 때가 있다. 그래도 잠깐 뿐인 데다가 고상하게 하는 키스다. 그런데 이 키스는 둘 중 어느 쪽도 아니었다. 그 둘은 정신을 잃고 서로 부둥켜안은 채로 열정적인, 성적인 의미가 다분한 키스를 하고 있었다. 내가 화면 쪽으로 세 걸음 다가가서 쳐다봤는데도 여전히 끌어안고 키스를 했다.

세 번째로 쳐다봤을 때도 그 남녀는 여전히 키스 중이었다. 적어도 20초는 지났을 터였다. 나는 억지로 시선을 돌렸다. 너무 심했다. 20초나 키스를 하다니! 내가 보기 전에 시작해서 내가 마지막으로 쳐다본 뒤에도 계속했다면 그보다 더 길었을 것이다. 20초짜리 키스라니! 도대체 저쪽에서는 도대체 어떻게 검열하기에 이렇게 부주의한 걸까?

도대체 어떤 스폰서가 저렇게 허술한 검열을 눈감아 줄 수 있나?

서부극이 끝나자 유리가 다시 불투명해지고 우리는 홀로 우리 세상에 남았다. 나는 블랙 버크와 이 문제에 대해 이야기를 해보고 싶었고 창살을 사이에 둔 채 꽤 오래 이야기를 나눴다. 하지만 내가 본 것을 이야기하지는 않기로 마음을 먹었다. 내일 재판이 끝나면 버크는 곧장 교수형을 당할 터였다. 용감한 자세를 보여주고 있지만, 굳이 걱정거리 하나를 더 안겨줄 필요가 있을까? 살인범이든 아니든, 버크는 실제로 그렇게 나쁜 놈은 아니었다. 걱정해야 할 문제는 교수형 하나면 충분했다.

4월 15일— 난 지금 진심으로 혼란스럽다. 어젯밤에 일이 또 일어났다. 이번에는 더 심했다. 이번에 느낀 건 분명 충격이었다.

첫 번째 목격 이후로 이번에 더 심한 일을 보게 되기 전까지 며칠 동안 나는 바깥을 내다보기가 두려웠다. 웬만하면 유리 쪽을 보지 않았고, 그럴 때도 가능한 한 재빨리 시선을 돌렸다. 그러나 간간이 내다보았을 때는 부적절한 모습이 보이지 않았다. 매번 다른 거실이 보였지만, 젊은 남녀 단둘이서 규칙을 위반하는 모습은 다시 보이지 않았다. 사람들은 이리저리 앉아서 얌전히 행동하며 우리를 지켜보았다. 가끔은 아이들도 있었다. 평상시대로였다.

그런데 어젯밤은!

정말 충격적이었다. 젊은 남녀가 또다시 단둘이 나타났다. 물론 같은 사람도 같은 집도 아니었다. 이번에는 소파가 없는 대신 속을 빵빵하게 채운 커다란 의자가 두 개 있었다. 두 사람이 똑같은 의자에 앉아 있었는데, 여자가 남자의 무릎 위에 올라와 있었다.

처음 본 건 그 모습이었다. 나는 의사였고, 병원이 꽤 정신없는 상황이어서 여기저기서 벌어지는 비상 상황을 쫓아 뛰어다니며 목숨을 구하고 있었다. 그런데 '끝'(마지막 광고가 나가고 우리도 바깥을 못 보고 바깥세상 사람들도 우리를 못 보게 되는 때를 우리는 이렇게 부른다)이 다 되어 갈 때쯤 나는 후배 의사에게 괜찮은 조언을 해주고 있었고, 그 모습을 보이기 위해 화면을 똑바로, 혹은 유리를 통해 바깥을 바라보게 됐다. 그러자 남녀의 모습이 다시 보였다.

그 둘이 움직인 건지 아닌지는 잘 모르겠지만, 처음에 보지 못했던 모습이 보였다. 아아, 그 둘의 시선은 화면을 바라보고 있었고, 키스를 하고 있지도 않았다.

그러나!

여자는 반바지, 아주 짧은 반바지를 입고 있었다. 그리고 남자의 손은 여자의 허벅지 위에 있었다. 그냥 거기에 놓여 있는 게 아니라, 천천히 움직이면서 어루만지고 있었다! 저 바깥은 도대체 얼마나 타락한 곳이기에 그런 모습이 허용되는 것일까? 남자가 맨살이 드러난 여자의 허벅지를 애무하고 있다니! 우리 세상 사람이라면 생각만 해도 몸이 떨릴 것이다.

나도 지금 그 생각을 하니 몸이 떨린다.

저쪽의 검열은 대체 어떻게 된 걸까?

내가 이해하지 못하는 두 세상의 차이가 있는 것일까? 모른다는 것은 언제나 무섭다. 나는 두렵다. 그리고 충격을 받았다.

4월 22일─ 나를 혼란스럽게 했던 두 사건 중 두 번째 것이 일어난 지 일주일이 지났다. 그리고 어젯밤까지는 서서히 안정을 되찾고 있었다. 내가 목격한 두 건의 규칙 위반 사건이 특이하게 꼴사나운 일이었으며 실수로 걸러내지 못했던 것이라고 생각하기 시작했다.

그러나 어젯밤 나는 이전과 완전히 다른 규칙을 어기는 극악무도한 행위를 보았다 — 이 경우에는 들었다는 표현이 적합하다.

이 이야기를 하기 전에 '듣는다'라는 현상을 먼저 설명하는 게 나을 것 같다. 우리가 화면 저쪽의 소리를 듣는 일은 아주 드물다. 유리를 통과하기에는 너무 작거나 우리가 나누는 대화나 우리가 내는 소리, 혹은 말이 없는 시퀀스에서 나오는 음악에 묻혀 버리기 때문이었다. (나는 그 음악의 출처가 종종 궁금했다. 나이트클럽이나 댄스홀 같은 장면에서 벌어지는 시퀀스를 제외하면 주위에 연주자가 전혀 없었다. 그러나 나는 이것도 내가 이해할 수 없는 수수께끼라는 결론을 내렸다.) 우리 세상 사람이 저쪽 세상에서 나는 소리를 제대로 알아들으려면 몇 가지 상황이 맞아떨어져야 한다. 일단 우리 세상에서 전혀 소리가 나지 않는 시퀀스여야 한다. 음악조차도 없어야 했다. 그럴 때도 한 번에 우리 중 단 한 명만이 들을 수 있었다. 우리 중 하나가 유리에 아주아주 가까이 다가가야 하기 때문이다. (우리는 이걸 '타이트한 클로즈업'이라고 부른다.) 이렇게 이상적인 상황일 때 우리 중 누군가가 종종 바깥세상에서 들리는 단어 혹은 문장 전체를 듣고 이해하곤 했다.

어젯밤에 한순간 내게 이런 이상적인 상황이 찾아왔고, 나는 완전한 문장 하나를 들을 수 있었다. 동시에 말하는 사람과 듣는 사람도 봤다. 그들은 평범하게 생긴 중년 부부로 나를 향해 놓여 있는 소파 위에 (젊잖게 멀찍이 떨어져서) 앉아 있었다. 남자가 말을 했는데, 여자가 귀에 문제가 있었는지 꽤 큰 소리로 말했기 때문에 내가 똑바로 들은 게 확실했다. "——, 여보, 진짜 재미없구만. 저 —— 걸 꺼버리고 내려가서 맥주나 마시는 게 어때, 응?"

내가 대쉬(—)로 표시해 놓은 두 단어 중 첫 번째는 신의 이름이었다. 경건하게 그리고 맥락에 맞게 썼다면 아주 적절한 단어였다. 그러나 그 남자의 말이 경건하게 들리지 않은 건 확실했다. 그리고 두 번째 단어는 명백한 신성모독이었다.

나는 진심으로 혼란스럽다.

4월 30일— 오늘 밤에는 최근에 기획한 내용에 굳이 덧붙일 게 없다. 그냥 끼적거리는 것이라 할 수 있어서 아마도 다 쓴 다음에는 이 부분을 찢어서 내버릴 것이다. 나는 지금 뭔가를 써야 하며, 더 의미 없는 낙서나 할 바에는 이걸 쓰는 게 낫겠다 싶어서 이러고 있다.

눈치챘겠지만, 나는 소위 '화면'에 나와서 이걸 쓰고 있다. 오늘 밤 나는 신문사 편집실에 앉아서 타자기를 두드리고 있는 기자다.

그러나 이번 모험에서 나는 내 주요 역할을 마쳤고, 지금은 배경에 앉아서 뭔가 바쁘게 치고 있는 것처럼 보여야 한다. 타이핑에 능숙하기 때문에 키보드를 볼 필요는 없다. 오늘 밤 나는 슬쩍슬쩍 유리 너머의 다른 세상을 볼 기회가 많다. 이번에도 젊은 남녀가 단둘이 있는 게 보였다. 저쪽의 '세트'는 침실 안이다. 각자 침대에 누워서 보고 있는 것으로 봐서 결혼한 게 분명하다. 당연히 '각자'다. 결혼한 부부는 적당한 거리만큼 떨어진 트윈베드에 누워서 서로 이야기를 나눠야지 더블베드에 함께 있는 모습을 보여서는 안 된다는 당연한 규칙을 지키고 있다는 사실이 기쁘다. 같은 침대에서는 아무리 멀리 떨어져 있다고 해도 그렇고 그런 게 떠오르게 마련이다.

슬쩍 보니 화면을 쳐다보는 데는 별로 관심이 없어 보인다. 그 대신 대화 중이다. 무슨 이야기를 하는지는 물론 들리지 않는다. 우리 쪽이 완전히 조용하다고 해도 유리에서 멀리 떨어져 있어서 들릴 리가 없다. 하지만 남자가 여자에게 뭔가 물어봤고, 여자는 미소를 지으며 고개를 끄덕인다.

갑자기 여자가 이불을 젖히고 다리를 침대 밖으로 내밀며 일어나 앉는다.

여자는 벌거벗고 있다.

맙소사. 어떻게 이런 것을 허용하지? 이건 말이 안 된다. 우리 세상에서 벌거벗은 여자란 존재하지 않는다. 원래 그렇다.

여자가 일어선다. 나는 말도 안 될 정도로 아름다운, 아름답게 불가능한 여자의 모습에서 시선을 뗄 수가 없다. 곁눈으로 보니 남자도 이불을 젖힌다. 남자 역시 알몸이다. 남자가 여자에게 손짓한다. 여자는 잠깐 동안 선 채로 웃으면서 남자를 바라보며 남자에게 자기 몸을 보인다.

뭔가 이상하다. 전에는 느껴보지 못했던 감정이다. 가능하리라고 생각하지 못했던 일이 내 사타구니에서 벌어지고 있다. 나는 시선을 돌리려고 애를 쓰지만, 그럴 수가 없다.

여자가 두 발짝 떨어진 침대 사이를 건너 남자 옆에 눕는다. 갑자기 남자가 키스를 하며 여자를 어루만진다. 그리고 이제는 —

저런 게 가능한가?

그렇다면 사실이다! 저쪽에는 검열이 없다. 우리가 무대 밖에서 아마 그럴 것이라고 모호하게 암시만 하고 끝나는 행위를 저쪽 사람들은 할 수 있으며 실제로도 한다. 왜 저들은 우리와 달리 자유로운가? 이건 잔인하다. 우리는 평등할 권리와 인권을 부정당하고 있다.

날 여기서 내보내 줘! 내보내 줘!

도와줘! 누구든 도와줘!

날 내보내 줘!

이 빌어먹을 상자에서 날 내보내 줘! (1963)

그건 일어나지 않았다
It Didn't Happen

비록 알 도리는 없었지만, 로렌츠 케인은 자전거에 탄 여자아이를 친 이후로 파멸을 향해 달려가고 있었다. 파멸 자체는 언제 어디서든 일어날 수 있었다. 그런데 실제로 일어난 것은 늦은 9월의 어느 날 저녁 스트립쇼가 벌어지던 한 극장의 백스테이지에서였다.

케인이 스타 스트리퍼인 퀴니 퀸의 공연을 지난 일주일 동안에만 세 번째로 보고 있을 때였다. 정말로 볼만한 무대였다. 키가 크고 몸의 곡선이 끝내 주는 퀴니는 교묘하게 몸을 가리는 작은 리본 세 조각만 걸친 채 파란 조명 아래서 막 그날 저녁의 마지막 공연을 마치고 무대 옆으로 사라졌다. 그러자 케인은 혼자 사는 아파트에서 혼자 퀴니의 공연을 볼 수 있다면 군중 속에서 보는 것보다 훨씬 즐거울 뿐만 아니라 그보다 더한 즐거움으로 이어질 게 분명하다고 생각했다. 그리고 스타인 퀴니는 등장할 필요가 없는 마지막 순서가 시작되고 있던 참이라 지금이 개인 공연을 요청하러 가 볼 가장 좋은 순간이었다.

케인은 극장을 나가 골목길에 접어든 뒤 무대로 이어지는 입구를 찾았다. 문지기에게 5달러짜리 지폐를 쥐여 주자 아무 어려움 없이 통과할 수 있었다. 이내 케인은 금빛 별로 장식된 탈의실 문을 찾아서 두드렸다. 목소리가 들렸다. "네?" 닫힌 문 너머로 제안을 던지는 건 바람직하지 않았다. 케인은 백스테이지에 대해 좀 알았던 터라 어떻게 말하면 퀴니를 만나볼 합당한 이유가 있는 쇼비즈니스계 인물인 것처럼 보이게 할 수 있는지 알았다. "지금 옷 다 챙겨 입었습니까?" 케인이 물었다.

"잠깐만요." 퀴니가 대답했다. 얼마 뒤, 다시 목소리가 들렸다. "됐어요."

문을 열고 들어가자 퀴니가 선 채로 케인을 바라보고 있었다. 밝은 빨간색 가운은 퀴니의 파란 눈과 금발 머리를 더욱 돋보이게 해주었다. 케인은 꾸벅 인사를 한 뒤 자신을 소개했다. 그리고 원하던 제안을 자세하게 설명했다.

처음에는 꺼리거나 거절할 것까지는 예상하고 필요하면 네 자리수까지 금액을 올려서 설득할 준비를 하고 있었다. 그러면 퀴니가 이 정도로 작은 극장에서 일주일에—어쩌면 한 달에—버는 것보다 많을 게 분명했다. 그러나 퀴니는 고개를 끄덕이며 듣기는커녕 갑자기 케인을 향해 표독스럽게 소리를 질렀다. 그것만 해도 모욕적인데, 한 걸음 내딛으며 케인의 뺨을 때리는 아주 심각한 실수까지 저질렀다. 아주 세게. 아팠다.

이성을 잃은 케인은 한 걸음 물러나 권총을 꺼낸 뒤 퀴니의 심장을 쏘았다.

그리고 극장을 나와 택시를 타고 집으로 돌아갔다. 케인은 동요하고 있는 신경을 진정시키기 위해 술을 몇 잔 마신 뒤 잠을 청했다.

자정이 약간 지난 시각, 경찰이 찾아와 곤하게 자고 있던 케인을 살인 혐의로 체포했다. 케인은 그걸 이해하지 못했다.

이튿날 아침 시에서 가장 유능하다고 할 수 있는 범죄 전문 변호사인 모티머 미어슨은 이른 시각에 골프를 한 라운드 돈 뒤에 클럽하우스로 돌아왔다. 가급적 빨리 아만다 헤이스 판사에게 전화를 해 달라는 메시지가 남아 있었다. 미어슨은 바로 전화를 걸었다.

"안녕하십니까, 판사님." 미어슨이 말했다. "무슨 문제가 있나요?"

"문제가 있어요, 모티. 아침에 좀 한가하면 내 방에 들러줄래요? 전화로 이야기하는 것보다는 그게 나으니."

"한 시간 내로 가지요." 미어슨이 말했다. 그리고 정말 그렇게 했다.

"다시 안녕하십니까, 판사님. 이제 심호흡 한 번 하시고 무슨 문제인지 말씀해 주시죠."

"사건이에요. 원한다면. 간단히 말해서, 어젯밤에 한 남자가 살인 혐의로 체포됐어요. 변호사와 이야기하기 전에는 어떤 진술도 거부하고 있는데, 아직은 변호사가 없어요. 말하기를 전에는 한 번도 법적인 문제에 휘말려 본 적이 없어서 아는 변호사가 없다는군요. 서장에게 한 명 추천해 달라고 했고, 서장이 그 문제를 나한테 떠넘기는군요."

미어슨이 한숨을 쉬었다. "또 공짜 사건인가요. 흠, 한번 할 때도 되긴 했죠. 절 지명하실 겁니까?"

"앉아요." 헤이스 판사가 말했다. "공짜가 아니에요. 그 양반 부자는 아니지만, 어느 정도 살더군요. 이 동네에서 꽤 알려진 미식가랄까, 뭐 그런 젊은이더군요. 합당한 선에서 당신이 요구하는 비용은 낼 수 있을 겁니다. 당신을 쓰는 비용이 합당하다는 건 아니지만, 그 사람이 당신을 고용하기로 하면 그건 둘이 알아서 하시고."

"결백하면서 못된 놈일 게 분명한 그 도덕군자는 이름이 뭐랍니까?"

"칼럼을 좀 읽는다면 익숙한 이름일 거예요. 로렌츠 케인이라고."

"기억하기 쉬운 이름이군요. 아주 결백하겠어요. 음, 아직 조간신문을 읽지 못했는데, 누구를 죽였다고 합니까? 사건에 대해서는 자세히 아세요?"

"힘들 거예요, 모티." 판사가 말했다. "난 정신이상이라고 주장하는 것 외에 다른 승산이 있다고 보지 않아요. 피해자는 퀴니 퀸이라는 여자인데, 가명이라 제대로 된 이름을 곧 알게 되겠죠. 마제스틱 극장의 스트리퍼예요. 그곳의 스타라고 하더군요. 그 여자가 어젯밤 마지막 자기 공연을 할 때 케인이 관객으로 있던 걸 본 사람이 많아요. 그 바로 뒤에 있었던 마지막 공연 중간에 케인이 떠나는 것도 봤고요. 문지기는 케인을 알아보고 자기가, 그러니까, 들여보내줬다는 걸 인정했어요. 문지기가 케인을 알아봤기 때문에 경찰이 찾아갈 수 있었던 거예요. 케인은 얼마 있다가 나갈 때 다시 문지기를 지나쳤죠. 그사이에 몇 명이 총소리를 들었고요. 그리고 공연이 끝날 뒤에 퀸양은 죽은 채로 발견됐어요. 탈의실에서 총을 맞았죠."

"흠." 미어슨이 말했다. "문지기의 증언을 부정하면 간단하죠. 쉬운 일입니다. 그 문지기가 정신병적인 거짓말쟁이에다가 거짓말한 기록이 월트 체임벌린보다 길다는 사실을 입증해 낼 수 있을 겁니다."

"분명히 그렇겠지요, 모티. 그런데 그 사람이 어느 정도 유명인사이다 보니 경찰이 살인 혐의로 체포영장을 발부하면서 동시에 집 안에 들어가려고 수색영장도 발부했어요. 경찰은 케인이 입고 있던 옷 주머니에서 탄창이 한 발 비어 있는 32구경 권총을 발견했지요. 퀸양은 32구경 권총에서 나온 탄환을 맞고 죽었고요. 경찰의 탄도전문가에 따르면 시험 삼아 발사한 총알과 퀸 양을 죽인 총알의 표면을 현미경으로 관찰해 비교한 결과 똑같은 권총이었어요."

"음. 계속 으음 하고 있어야겠네요." 미어슨이 말했다. "자기가 고른 변호사와 상의하기 전에는 어떤 진술도 하지 않겠다고 한 것 외에는 케인이 어떤 진술도 하지 않았다고. 하셨죠?"

"그래요. 자다가 깨어나서 체포된 직후에 한 이상한 말을 빼면요. 케인을 체포한 두 경찰관 모두 정확히 들었다고 했어요. 이렇게 말했다더군요. '맙소사, 그 여자가 진짜였나봐!' 그게 무슨 뜻 같아요?"

"전혀 모르겠습니다, 판사님. 하지만 만약에 그자가 절 변호사로 선임한다면 꼭 물어보도록 하죠. 그나저나 사건을 맡을 기회를 주셔서 감사하다고 해야 할지 뜨거운 감자를 던져줬다고 욕을 해야 할지 모르겠네요."

"당신은 뜨거운 감자를 좋아하잖아요, 모티. 알면서. 게다가 이기든 지든 비용은 받을 거예요. 하지만 한 가지 쓸데없는 일을 하는 수고는 덜어주도록 하죠. 보석이나 인신보호영장은 시도해봤자 소용없을 거예요. 탄도보고서가 나오자마자 검사가 두 발 벗고 뛰어들었거든요. 일급 살인죄로 공식 기소됐어요. 검찰 쪽에서는 지금 가진 것으로 충분해요. 최대한 빨리 재판을 열자고 압박할 겁니다. 자, 이제 뭘 더 기다리고 있죠?"

"아무것도요." 미어슨이 말한 뒤 방을 나섰다.

간수가 로렌츠 케인을 상담실로 데려온 뒤 자리를 떴다. 미어슨이 자신을 소개했고, 둘은 악수를 했다. 미어슨이 보기에 케인은 꽤 차분해 보였다. 걱정스럽다기보다는 의아해하는 것 같았다. 삼십대 후반에 키가 크고 꽤 잘생긴 남자로, 감방에서 하룻밤을 보낸 것 치고는 나무랄 데 없이 깔끔했다. 언제 어디서도 완전히 깔끔하게 나타날 것 같은 유형으로 보였다. 소지품을 다 빼앗은 뒤 콩고의 1천 킬로미터 떨어진 사파리 한복판에 내버려두었다가 일주일 뒤에 다시 찾아와도 깔끔한 모습일 것 같았다.

"맞습니다, 미어슨 씨. 변호사님이 절 변호해주신다니 정말 기쁘군요. 변호사님이 담당했던 사건에 대한 기사를 읽어서 알고 있습니다. 추천해 달라고 할 게 아니라 처음부터 변호사님을 떠올렸어야 했는데, 왜 안 그랬는지 모르겠군요. 음, 제 의뢰를 받아들이기 전에 이야기부터 들어보시렵니까? 아니면 좋든 싫든 지금 수락하신 건가요?"

"좋든 싫든요. 죽―" 미어슨이 말하다가 갑자기 멈췄다. '죽음이 갈라놓을 때까지'는 전기의자의 그림자 속에 서 있는 사람에게 쓰기에 적당한 표현이 아니었다.

그러나 케인은 웃으면서 그 문장을 직접 마무리 지었다. "좋습니다." 케인이 말했다. "앉으시죠." 그들은 상담실에 놓인 탁자 양 옆에 각자 앉았다. "한동안 자주 봐야 하는 입장이 됐는데, 서로 이름을 부르기로 하지요. 하지만 절 로렌츠라고 부르지는 마세요. 래리라고 해

주세요."

"그럼 전 모티라고 불러주세요." 미어슨이 말했다. "이제 자세한 이야기를 듣고 싶군요. 그 전에 잠깐 두 가지 질문이 있는데, 혹시—"

"잠깐만요." 케인이 끼어들었다. "그 두 가지 질문 전에 한 가지만 잠깐 물어보고 싶어요. 이 방이 도청되지 않는다고 완전히, 전적으로 확신하시나요? 이 대화가 전혀 새어나가지 않는다고?"

"네." 미어슨이 말했다. "이제 제 첫 질문입니다. 유죄인가요?"

"네."

"체포한 경찰 말로는 진술을 거부하기 전에 무슨 말을 했다면서요? '맙소사, 그 여자가 진짜였나봐!'라고요. 그게 사실인가요? 그렇다면 그건 무슨 뜻이지요?"

"그때 난 어안이 벙벙했습니다, 모티. 기억이 나지 않아요. 그런데 아마도 그런 취지의 말을 했을 거예요. 왜냐하면 정확히 그런 생각이 들었거든요. 하지만 그게 무슨 뜻이냐고 물으면 금방 대답할 수가 없어요. 이해할 수 있을지 모르겠지만, 변호사님이 이해하게 하려면 처음부터 시작하는 수밖에 없어요."

"좋아요. 시작하죠. 천천히 말해도 됩니다. 한 번에 모든 이야기를 다 할 필요는 없어요. 적어도 석 달은 재판을 미룰 수 있어요. 필요하다면 더 미루는 것도 가능하고요."

"별로 오래 걸리지 않을 거예요. 그게 일어난 건—그게 뭔지는 묻지 마세요—다섯 달 반 전이었어요. 4월 초였죠. 기억나는 한 정확히 말하면 4월 3일, 화요일 아침 새벽 2시 반 정도였어요. 저는 북쪽에 있는 아만드 빌리지에서 파티에 참석했다가 집으로 돌아가는 길이었습니다. 전—"

"죄송하지만 잠깐만요. 제대로 이해하고 있는 건지 확인하고 싶어서요. 운전 중이었습니까? 혼자서요?"

"제 재규어를 몰고 있었어요. 혼자였죠."

"맨정신이었나요? 과속은 했나요?"

"멀쩡했어요. 다소 이른 시각에—별로 재미가 없어서—파티에서 나왔고 그때는 술기운을 적당히 느끼고 있었어요. 그런데 갑자기 배가 고픈 거예요. 저녁을 안 먹은 것 같았죠. 그래서 길가의 여관에 차를 댔어요. 기다리는 동안 칵테일을 한 잔 마셨는데, 커다란 스테이크가 나오자 전부 다 먹어치웠어요. 접시 위에 있는 건 전부요. 그리고 커피를 몇 잔 마셨죠. 그 뒤에는 술을 안 마셨어요. 거길 나왔을 때는 평소보다도 정신이 멀쩡했다고 할 수 있어요. 무슨 소린지 아시겠죠. 거기다가 시원한 밤공기를 쐬면서 30분 동안 운전을 했다고요. 지금보다도 더 정신이 멀쩡했다고 할 수 있어요. 그리고 술은 입에도 안 대다가 어젯밤 자정 직전에 한 잔 했어요. 전—"

"잠깐만요." 미어슨이 말하며 뒷주머니에서 은빛 술통을 꺼내 탁자 너머로 내밀었다. "금주법의 유산이죠. 감옥에 들어온 지 얼마 안되어서 삶의 중요한 필수품을 조달하지 못하는 의뢰인을 상대로 세인트버나드 구조견 놀이를 할 때 가끔 씁니다."

케인이 말했다. "아아. 모티, 이 부수적인 서비스가 있으면 비용을 두 배로 받아도 될 것 같은데요." 케인은 깊이 술을 들이마셨다.

"어디까지 했죠?" 케인이 물었다. "아, 맞다. 전 확실히 정신이 멀쩡했어요. 과속이요? 엄밀히 따져야만 그렇죠. 전 바인 거리를 따라 남쪽으로 오고 있었고, 몇 구역이면 로스토프—"

"44구역 경찰서 근처죠."

"정확해요. 그게 나타나죠. 거긴 40킬로미터 구역이었고, 전 한 60
킬로미터로 가고 있었어요. 그런데 뭐 어쩌라고요. 새벽 2시 반이었
고, 다른 차도 없었어요. 노래에 나오는 패서디나 출신의 노부인이나
40킬로미터 아래로 달릴걸요."

"그런 노부인이라면 그 시각에 나오지 않겠죠. 어쨌든 계속하세
요."

"그린데 갑자기 그 구역 중간쯤에 있는 골목 어귀에서 여자애가
자전거를 타고 튀어나온 겁니다. 자전거로 있는 힘껏 달린 것 같았
어요. 그리고 바로 제 앞으로요. 그 여자애가 눈앞에 선명하게 들어
오자 최대한 강하게 브레이크를 밟았지요. 그 여자애는 십대였어요.
열여섯이나 열일곱 정도. 머리에 쓰고 있던 갈색 스카프 아래로 빨
간 머리가 휘날렸어요. 연녹색 앙고라 스웨터하고 자전거용이라고
하는 그런 황갈색 바지를 입고 있었지요. 빨간 자전거에 타고 있었
고요."

"한눈에 그걸 다 봤다고요?"

"네. 아직도 선명하게 떠올릴 수 있어요. 이건 절대 못 잊어버릴 겁
니다. 충돌하기 직전에 그 여자애는 고개를 돌려서 날 똑바로 바라
봤어요. 뿔테안경 너머의 그 겁에 질린 눈으로요.

그때 저는 바닥을 뚫을 것처럼 브레이크를 밟고 있었고, 망할 놈
의 재규어는 회전하면서 빙글빙글 돌아갈 판국이었습니다. 그런데
아무리 반응이 빠르다고 해도—전 꽤 빨랐거든요—60킬로미터로

달리고 있다면 속도를 조금 늦출까 말까예요. 아마 그 여자애를 치었을 때 한 50킬로미터로 달리고 있었을 겁니다. 아주 큰 충격이었어요.

그러고는 덜컹—콱, 덜컹—콱 하는 소리가 났어요. 앞바퀴가 먼저, 그다음에 뒷바퀴가 넘어가는 소리였죠. 물론 덜컹이 여자애였고, 콱이 자전거였어요. 아마 10미터는 더 가서 차가 섰던 것 같아요.

앞유리 밖으로 한 구역 떨어진 곳에 경찰서 불빛이 보였어요. 차에서 나와서 그쪽으로 뛰어갔죠. 뒤를 돌아보지는 않았습니다. 돌아보고 싶지 않았어요. 그럴 이유도 없었죠. 그 여자애는 차와 부딪혀서 완전히 죽어 버렸으니까요.

전 경찰서 안으로 뛰어 들어갔고, 정신을 차리고 경찰관이 이해할 수 있도록 말을 했습니다. 가장 뛰어난 경찰 두 명이 저와 함께 나와서 사고 현장으로 갔어요. 전 뛰려고 했는데, 경찰들이 그냥 빨리 걷기만 해서 속도를 늦췄어요. 굳이 먼저 가고 싶지는 않았거든요. 그렇게 해서 도착을 했는데—"

"제가 말해 보죠." 변호사가 말했다. "여자애도 없고, 자전거도 없었군요."

케인이 천천히 고개를 끄덕였다. "길에는 빙글 돌아간 재규어만 있었어요. 헤드라이트도 켜진 상태고, 키도 그대로 꽂혀 있었는데 엔진만 꺼져 있었죠. 그 위로 한 10여 미터쯤 되는 스키드마크가 있었어요. 골목이 길하고 만나는 지점에서 몇 미터 떨어진 곳부터 시작했죠.

그게 다예요. 여자애도 없고, 자전거도 없었어요. 피 한 방울도, 고철 조각 하나도 없었어요. 자동차도 긁히거나 패인 자국이 없었고요. 경찰은 내가 미쳤다고 생각했죠. 탓할 수도 없죠. 나를 못 믿어서 내가 차를 끌어내지도 못하게 하더군요. 경찰 한 명이 차를 움직여서 길가에 주차시켰어요. 그리고 나 대신 차 키를 챙기더니 경찰서로 데려가서 취조했어요.

그날 밤은 거기서 보냈지요. 친구한테 전화해서 변호사를 구해 오라고 하면 보석으로 나올 수 있었을 거예요. 그런데 그때는 충격을 받아서 그런 생각을 못 했어요. 충격이 너무 커서 나가고 싶다는 생각도 안 났을지 몰라요. 어딜 가고 싶다거나 나가면 뭘 하고 싶다거나 하는 생각도 못했어요. 그저 생각 좀 해 보게 혼자 있어 싶었고, 취조가 끝난 뒤에 그럴 기회를 얻었어요. 주정뱅이들을 몰아넣는 감방에 날 넣지는 않더군요. 아마도 잘 차려입은 데다가 인상적인 신분증도 있고 해서, 정상인인지 미친놈인지는 모르겠지만 멀쩡하고 벌금도 낼 수 있는 시민이니까 막 대하지 말고 신중하게 다뤄야겠다고 생각한 모양이에요. 어쨌든 독방이 하나 있어서 날 거기에 넣었고, 나는 생각을 할 수 있어서 만족스러웠죠. 전 잠을 청하지도 않았어요.

다음 날 아침 경찰 정신분석의가 들어와서 말을 걸었어요. 그때쯤 저는 이유야 어쨌든 경찰은 도움이 안 되고 여기서 빨리 나갈수록 좋겠다는 생각을 하고 있었어요. 그래서 있는 그대로 말하지 않고 살짝 바꿔가면서 정신분석의를 속였지요. 자전거를 깔아뭉개고 가는 소리 이야기는 뺐고, 움직이는 느낌, 충격, 덜컹거렸던 것도 뺐어요. 순간적으로 갑작스럽게 환시가 보였던 거라는 취지의 이야기를 했죠. 얼마 뒤에는 정신분석의도 내 말을 믿었고, 경찰은 나를 내보내줬어요."

케인이 말을 멈추고 술통을 집어 쭉 들이켰다. 그리고 물었다. "아직 따라오고 있죠? 믿어지는지 아닌지는 모르겠지만 지금까지 질문 있어요?"

"하나요." 변호사가 말했다. "44구역 경찰서에서 겪은 일이 객관적이고 확인 가능하다는 것을 확신하나요? 확신할 수 있어요? 다시 말하면 만약 재판에 가게 되면 정신병을 내세워 변호해야 하는데 당신하고 이야기했던 경찰이나 경찰 정신분석의를 증인으로 세울 수 있나요?"

케인은 살짝 뒤틀린 웃음을 지어 보였다. "저한테 있어서 경찰서에서 겪은 일은 제가 자전거를 탄 여자애를 친 것하고 똑같이 객관적이에요. 그래도 앞의 건 변호사님이 확인할 수 있겠죠. 기록이 남아 있는지, 그 일을 기억하는지 확인해 보세요. 알았죠?"

"알았어요. 계속 이야기해요."

"내가 환시를 봤다니까 경찰은 만족하더군요. 난 전혀 만족스럽지 않았지만요. 그래서 몇 가지 일을 했죠. 재규어를 검사대에 올려놓고 아래와 앞부분을 잘 살펴봤어요. 아무 흔적도 없었어요. 그래요. 자동차만 놓고 보면 그 일은 일어나지 않은 거예요.

두 번째로 죽었는지 살아 있는지 모를 그 여자애가 그날 밤 자전거를 타고 나갔는지 알고 싶었어요. 사설탐정사무소에 몇천 달러를 내고 그 지역을, 꽤 넓은 범위를 조사하게 했어요. 그렇게 생긴 여자애가 있는지, 있었는지, 빨간 자전거가 있는지 없는지 샅샅이 조사하라고 했죠. 탐정들이 빨강머리 십대 여자애들을 몇 명 찾아오긴 했는데, 제가 슬쩍 보니까 전부 아니더군요.

이리저리 물어보고 다닌 끝에 제가 직접 정신분석의를 골라서 상담을 받기 시작했습니다. 이 도시에서는 최고라고 하더군요. 비싸긴 가장 비쌌고요. 그 사람한테 두 달 동안 상담을 받았는데, 완전한 실패였어요. 그 사람이 원인을 무엇이라고 생각하는지 끝내 알아내지 못했지요. 말을 안 하더라고요. 정신분석이 어떤지 아시잖아요. 말을 하게 만들고, 분석도 우리한테 시키고, 끝에는 뭐가 문제인지도 우리보고 말하라고 하죠. 그래서 우리가 뭐라뭐라 떠들면서 치료가 된 것 같다고 하면, 동의한다면서 잘되길 바란다고 해요. 만약에 무의식적으로 이유를 알고 있기 때문에 이야기하다가 흘러나오게 된다면 상관없어요. 그런데 내 무의식은 뭐가 뭔지 모르고 있었단 말이에요. 그래서 시간 낭비만 하고 그만뒀죠.

그래도 그러는 동안 친구 몇 명에게 솔직히 털어놓고 의견을 구했어요. 그랬더니 대학에서 철학 교수를 하고 있는 친구 하나가 존재론에 대해서 얘기하기 시작하더니 나보고 존재론에 대해 공부해 보라더군요. 거기서 실마리를 얻었어요. 사실 실마리 이상이었다고, 그게 답이었다고 생각했어요. 어젯밤까지는요. 어젯밤 이후로는 내게 최소한 부분적으로라도 문제가 있다는 걸 알게 됐지요."

"존재론이라—" 미어슨이 말했다. "얼핏 들어 본 단어긴 한데, 정확히 설명해 주시겠어요?"

"웹스터 사전에서 그대로 인용해 드리죠. '존재론은 존재 또는 실재에 대한 과학이다. 자연, 본질적인 특성, 존재의 관계 등에 대해 조사하는 지식의 영역이다.'"

케인은 손목시계를 힐긋 쳐다보았다. "생각보다 이야기하는 데 시간이 오래 걸리네요. 전 말하느라 피곤하고, 변호사님은 듣고 있느라 더 피곤하시겠어요. 내일 끝내도 될까요?"

"좋은 생각입니다, 래리." 미어슨이 일어섰다.

케인은 술통을 기울여 마지막 한 방울까지 마신 뒤 돌려주었다. "구조견 활동은 또 하실 거죠?"

"경찰서에 다녀왔습니다." 미어슨이 말했다. "당신이 이야기한 사건이 정말로 기록에 남아 있더군요. 현장, 저기, 그러니까 자동차가 있는 곳으로 함께 갔던 두 경찰 중 한 명하고 이야기를 나눴어요. 그 사고에 대해서 당신이 이야기한 건 정말이더군요. 확실했습니다."

"어제 끝난 데부터 시작할게요." 케인이 말했다. "존재론온 실재의 성질을 연구하는 학문이에요. 공부하다 보니까 유아론이란 게 나오더군요. 그리스에서 나온 개념이지요. 우주 전체가 사람의 상상에서 나온 산물이라는 믿음이에요. 제 경우에는 제 상상이 되겠지요. 나만이 유일하게 확실한 실재이고, 다른 모든 것과 모든 사람은 오로지 내 마음속에 존재한다는 거예요."

미어슨이 이마를 찡그렸다. "그러니까 자전거를 탄 여자애가 상상의 존재로 시작해서 존재를, 음, 당신이 그 아이를 죽인 순간 소급해서 존재가 사라졌다는 건가요? 당신 머릿속에 남아 있는 기억을 제외하고는 존재했었다는 증거를 전혀 남기지 않고요?"

"그런 가능성이 떠올랐어요. 그래서 그걸 확인하거나 부정할 수 있는 일을 해 보기로 결심했지요. 정확히 말하면 의도적으로 살인을 저지르고 무슨 일이 벌어지나 보는 겁니다."

"그런데 말입니다, 래리. 살인은 매일 일어나요. 사람들은 매일 죽는다고요. 그래도 존재가 소급되어서 사라지고 아무 흔적이 안 남고 그러진 않아요."

"하지만 그건 내가 죽인 게 아니잖아요." 케인이 진지하게 말했다. "만약 우주가 내 상상의 산물이라면, 다를 거예요. 자전거를 탄 여자애는 내가 처음으로 죽인 사람이라고요."

미어슨이 한숨을 쉬었다. "그래서 살인을 저질러서 확인해 보기로 했다는 거군요. 그래서 퀴니 퀸을 쏜 거고요. 그런데 퀸 양은 왜—?"

"아니, 아니에요." 케인이 끼어들었다. "한 달 전쯤에 처음으로 저질렀어요. 남자였죠. 그 남자 이름이나 다른 정보를 말할 필요는 없겠군요. 지금은 존재한 적이 없으니까요. 자전거를 탄 여자애와 똑같죠.

물론 그런 식으로 될 줄은 저도 모르고 있었어요. 그래서 그 스트리퍼처럼 대놓고 죽이지 않았죠. 조심스럽게 계획을 짰어요. 만약에 시체가 발견되어도 살인자로 저를 잡아갈 수 없게 하려고요.

그런데 그 남자를 죽이고 나니까, 음, 그 사람이 존재한 적이 없게 되는 거예요. 제 이론이 확인됐다고 생각했죠. 그 뒤로 아무 때나 사람을 죽여도 처벌 받지 않는다는 생각에 총을 가지고 다녔어요. 그래도 문제가 없죠. 비도덕적이지도 않고요. 왜냐하면 내가 누구를 죽여도 그 사람은 내 기억 속 외에는 존재한 적이 없는 게 되니까요."

"으으음." 미어슨이 말했다.

"보통은 말이죠, 모티." 케인이 말했다. "전 꽤 차분한 성격이에요. 총을 쏜 건 그날 밤이 처음이었죠. 그 망할 스트리퍼가 날 때렸거든요. 아주 크게 휘둘러서 세게 때렸어요. 순간 보이는 게 없어져서 반사적으로 총을 꺼내서 쏴 버렸지요."

"으으음." 변호사가 말했다. "그리고 퀴니 퀸은 실재임이 드러났고, 당신은 살인 혐의로 감옥에 있게 됐지요. 그러면 유아론 이론은 날아가 버린 거 아닌가요?"

케인은 얼굴을 찡그렸다. "분명히 수정은 해야죠. 체포된 뒤로 생각을 많이 했어요. 지금 생각은 이래요. 만약 퀴니가 실재였다면— 그건 확실하지만—제가 실재하는 유일한 인간은 아니었던, 아마 지금도 아닌 거지요. 세상에는 실재하는 인간이 있고, 그 사람들의 상상 속에만 존재하는 인간이 있어요.

얼마나 되는지는 모르겠군요. 몇 명일 수도 있고, 수천 명, 수백만 명일 수도 있죠. 제가 뽑은 샘플은—3명을 대상으로 누가 실재로 드러나는지를 알아보는 건—너무 적어서 의미가 없죠."

"그런데 왜죠? 왜 그런 이중성이 있는 걸까요?"

"전혀 모르겠어요." 케인은 얼굴을 찌푸렸다. "몇 가지 추측이 있었는데, 전부 다 그냥 막연한 추측이에요. 음모론 같죠. 누구를, 혹은 무엇을 향한 음모론일까요? 실재하는 인간들 모두가 한 가지 음모를 꾸미고 있는 건 아니에요. 왜냐하면 제가 그렇지 않으니까."

케인은 무미건조하게 웃었다. "어젯밤에 그 문제에 대해 극단적인 꿈을 꾸었어요. 혼란스럽고 뒤죽박죽인 꿈이라 아무한테도 좀 말하기가 그런 꿈이었죠. 연속성이란 게 없거든요. 여러 가지 느낌만 죽이어지는 거예요. 음모에 대한 생각, 실재하는 사람들의 이름을 모두 담고 있으며 그 사람들이 실재할 수 있게 해주는 '실재자 파일' 같은. 재미있는 말장난도 있었어요. 실재reality는 실제로really 사슬로 엮여 있어요. 다만 사슬인 걸 모르는 것뿐이에요. 도시에 하나씩 있는 실재reality하는 회사들끼리요. 물론 표면상으로 그들은 부동산real estate을 취급하고요. 아아, 전부 너무 뒤죽박죽이라 뭐라고 말할 수도 없네요.

음, 모티. 좋아요. 추측건대, 당신은 내가 바랄 수 있는 유일한 기회는 정신병이라고 호소하는 거라고 말하겠죠. 맞을 거예요. 왜냐하면, 빌어먹을, 내가 만약 제정신이라면 난 살인자니까요. 정상참작의 여지가 없는 일급 살인이죠. 그러면 어떻게 하죠?"

"그러면." 미어슨이 말했다. 변호사는 금색 연필로 아무렇게나 끼적거리다가 고개를 들었다. "당신이 만났던 정신분석의 말인데, 그 사람 이름이 갈브레이스는 아니죠?"

케인은 고개를 저었다.

"좋아요. 갈브레이스 박사는 내 친구인데, 이 도시에서, 아마 전국에서 가장 뛰어난 범죄 전문 정신과 의사예요. 열 개가 넘는 사건에서 저와 함께 일했는데, 전부 이겼지요. 변호 논리를 짜기 전에 그 사람 의견을 듣고 싶군요. 박사를 오게 할 테니 이야기해볼 수 있겠어요? 완전히 솔직해야 합니다."

"물론이죠. 음, 그 박사님에게 뭐 하나 부탁 좀 전할 수 있을까요?"

"아마도요. 뭐죠?"

"변호사님 술통을 그분한테 빌려줘서 가득 채워서 갖고 오셨으면 좋겠어요. 덕분에 이런 상담이 얼마나 즐거운지 모를 거예요."

모티머 미어슨의 책상 위에 있는 인터콤이 울렸다. 버튼을 누르자 비서의 목소리가 들렸다. "갈브레이스 박사님이 오셨습니다." 미어슨은 비서에게 박사를 바로 안내하라고 말했다.

"잘 있었나." 미어슨이 말했다. "편히 앉아서 전부 이야기해 봐."

갈브레이스는 편하게 앉아서 담배에 불을 붙인 뒤 입을 열었다. "한동안 어리둥절했었어." 갈브레이스가 말했다. "그 사람의 의료 기록을 보기 전까지는 답을 알지 못했지. 스물두 살에 폴로를 하다가 떨어지면서 타구봉으로 머리를 맞았는데, 심한 뇌진탕을 앓았고, 그게 기억상실증으로 이어졌지. 처음에는 아무 기억도 안 났지만, 서서히 기억이 돌아오면서 청소년 초기 시기까지는 돌아왔어. 그때부터 부상당했을 때까지의 기억은 꽤 드문드문하고."

"맙소사. 주입기로군."

"정확해. 아, 순간순간 떠오르는 기억은 있어. 그 사람이 자네에게 들려준 꿈처럼 말이야. 재활할 수는 있겠지만, 지금은 너무 늦은 게 아닌가 걱정스럽네. 대놓고 살인을 저지르기 전에 잡았더라면 좋았겠지만. 하지만 이 이야기를 기록에 남기는 위험을 감수할 수는 없어. 아무리 정신병을 내세워 변호를 한다고 해도. 따라서."

"따라서." 미어슨이 말했다. "내가 전화하지. 그리고 가서 만나볼게. 그러긴 싫지만, 어쩔 수 없지."

미어슨이 인터콤의 버튼을 눌렀다. "도로시, 미들랜드 부동산realty 회사의 호지 씨를 연결해 줘. 연결되면, 내 개인 회선으로 돌려

주고."

기다리는 동안 갈브레이스는 자리를 떴고, 얼마 뒤 전화기 하나가 울렸다. "호지?" 미어슨이 말했다. "미어슨이야. 이 전화 안전하지? 좋아. 코드 84 상황이야. 즉시 로렌츠 케인, 로, 렌, 츠, 케, 인의 카드를 실재자 파일에서 없애 줘. 그래. 그래야 해. 비상이야. 내일 보고서를 제출할게."

미어슨은 책상 서랍에서 권총을 꺼내 택시를 타고 법원으로 갔다. 의뢰인과 만나게 해 달라고 요청한 뒤 케인이 문으로 들어오자—기다릴 필요가 없었다 —총으로 쏘아 죽였다. 미어슨은 잠시 기다렸다. 시체가 사라지는 데는 항상 시간이 걸렸다. 그리고 위층으로 올라가 아만다 헤이스 판사의 방으로 가서 마지막 확인을 했다.

"안녕하세요, 판사님." 미어슨이 말했다. "누가 저한테 로렌츠 케인이라는 사람에 대해서 말한 적이 있는데, 기억이 안 나서요. 그게 혹시 판사님이었나요?"

"그런 이름 들어본 적 없는데요, 모티. 난 들어본 적 없어요."

"저한테 말한 게 아니란 말씀이시죠. 누구 다른 사람이었나 보군요. 감사합니다, 판사님. 또 뵙겠습니다."(1963)

10퍼센트
Ten Percenter

무서워서 죽을 것 같다. 내일이 큰일을 치르는 날, 내가 작은 녹색 문을 열고 들어가 청산 가스가 어떤 냄새인지 알게 되는 날이기 때문만은 아니다. 그건 상관없다. 나는 죽고 싶다. 하지만—

모든 일은 내가 로스코를 만났을 때 시작됐다. 그러나 그 이야기를 하기 전에 내가 로스코를 만나기 전에 어떤 존재였는지를 간단히 설명하고자 한다.

나는 젊었다. 세련되지는 않았지만, 잘생겼다고 할 수 있었다. 머리도 적당했고, 교육도 꽤 잘 받은 축이었다. 그리고 내 이름은 빌 휠러였다. 그때는 그랬다. 그리고 티브이 또는 영화의 배우 지망생으로 5년째 B급 영화의 엑스트라는커녕 지역 광고에 출연할 기회조차 얻지 못하고 있었다. 산타 모니카의 드라이브인 햄버거 가게에서 저녁 6시부터 새벽 2시까지 점원으로 일하면서 먹고 살았다.

원래 그 일을 하기로 한 건 낮 동안에는 버스를 타고 할리우드로 가서 영화사와 에이전트 사무실을 돌아다니기 위해서였다. 그러나 그 모든 일이 시작된, 내 행운이 갑자기 정반대로 뒤바뀌게 된 날 저녁에 나는 포기를 목전에 두고 있었다. 할리우드에 발을 들여놓지 않은 지도 거의 일주일째였다. 나는 바닷가에 누워서 건강해 보이게 선탠을 하면서 무슨 일이 나에게 적합할지, 무슨 일을 해야 어느 정도 만족하면서 살 수 있을지 진지하게 고민하고 있었다. 그때까지는 연기가 내 전부였다. 언젠가는 배우가 될 수 있을 거라는 희망을 포기한다는 건 쉽지 않은 생각이었다.

내 행운이 방향을 180도 튼 것은 어느 날 저녁 6시였다. 원래대로라면 가게에서 일을 시작하고 있어야 할 시각이었지만, 그날은 비번이었다. 그리고 산타 모니카의 4번가에 가까운 올림픽 대로변에서 그 일이 벌어졌다.

나는 지갑을 하나 주웠다. 현금은 35달러밖에 들어 있지 않았지만, 다이너스 클럽 회원카드와 카르트블랑슈 카드, 그리고 이런저런 신용카드가 있었다.

나는 근처에 있는 술집을 찾아갔다. 잠시 생각을 해야 했다.

그때까지 나는 살면서 크게 부정직한 일을 저질러 본 적이 없었다. 하지만 인생의 밑바닥을 찍은 이 시점에 지갑을 주웠다는 건 그때가 내 인생의 가장 중요한 밤이자 전환점이 될 거라는 누군가, 혹은 어떤 존재의 암시라고 생각했다.

카드를 계속 가지고 다니면서 썼다가는 들통이 날 테지만, 그날 하루, 그날 저녁만큼은 괜찮으리라고 확신했다. 멋진 저녁을 먹고, 술을 마시고, 비싼 호텔에 들어가 콜걸을 불러 그런 일을 치를 생각이었다. (물론 콜걸이 신용카드를 받지 않는다는 건 알았다. 하지만 가는 곳마다 상황이 허용하는 만큼 수표를 현금화하는 데 쓸 수는 있었다. 나는 콜걸 단계까지 가기 전에 최대한 많은 곳을 들를 작정이었다.)

운이 좋다면 꽤 많은 현금을 모을 수 있을 것이다. 아침이 되면 마지막으로 비행기표를 끊어서 이 희망 없는 곳을 떠나는 것이다. 그리고 다른 곳에서 다른 일을 할 작정이었다. 연기만 아니라면. 두 번 다시 연기는 하지 않을 생각이었다. 프로 연기자로 실패했다는 씁쓸함이 가시고 난 뒤에 취미로 아마추어 연극 정도나 한다면 모를까.

시간이 핵심이었기 때문에 나는 세심하게 계획을 세우기 시작했다.

먼저 바텐더에게 전화로 택시를 불러 달라고 했다. 택시를 타고 집으로 돌아간 뒤에 30분 동안 보지도 않고 자연스럽게 위조할 수 있을 정도로 카드 서명을 연습했다. 짐을 싸는 동안 다시 택시를 불렀고, 일을 마쳤을 때 택시가 왔다. 나는 기사에게 가장 가까운 렌터카 업소로 가자고 말했다.

나는 캐딜락을 원했지만, 크라이슬러로 타협하게 되어 다소 아쉬웠다. 큰 문제는 아니었다. 주차 요원 말고 누가 알아보겠는가.

나는 거기서 그날 밤 가능한 많은 사람에게 하기로 생각해 둔 말을 했다. 내가 지금 현금이 부족하니 혹시 빈 수표책이 있다면 나를 대신해 할 수 있을 만큼 수표를 현금으로 바꿔 달라는 말이었다. 물론 내게는 신분을 증명할 수단이 많았다. 다행히 신용카드와 일치하는 운전면허도 있었다. 직원은 현금수납기를 확인하더니 50달러를 수표와 바꿔 주었다. 내 범죄 경력의 첫 발을 내디딘 셈이었다.

슬슬 배가 고파지고 있었다. 나는 윌셔 대로를 따라 할리우드로 향했다. 더비 호텔로 가서 주차요원에게 차를 맡기고 들어갔다. 자리가 없었다. 지배인이 15분에서 20분을 기다려야 한다고 했다. 나는 괜찮으니까 자리가 나면 바에서 날 찾으라고 말한 뒤 바로 걸어갔다.

바에는 자리가 하나밖에 없었다. 내 옆자리에는 혼자 온 게 분명한 남자가 앉아 있었다. 그 너머에는 서로 이야기를 나누는 데 몰입한 커플이 앉아 있었는데, 옆자리 사내는 그 대화에 끼지 않고 있었다. 사내는 덩치가 작고 말쑥했다. 무성하지만 거의 백발에 가까운 머리는 단정했고, 하얀 콧수염도 작지만 깔끔하게 다듬어져 있었다. 하지만 아기처럼 매끄럽고 홍조를 띤 피부를 보면 백발에 흰 콧수염이 주는 인상에 비해 훨씬 더 젊은 게 분명했다. 앞에 술잔이 하나도 없는 것으로 보아 이제 막 바에 자리를 잡고 앉은 듯했다.

어떻게 보면 바텐더가 우리 둘을 서로 소개해 준 셈이었다. 우리가 함께 온 줄 알고 주문을 같이 받았고, 계산서는 하나로 해줄지 둘로 나눠서 해줄지 물어봤다. 나도 막 그럴 참이었지만, 옆자리 말쑥한 사내가 선수를 쳐서 나를 돌아보더니 자신이 술을 한 잔 사도 되겠느냐고 정중하게 물었다. 나는 감사를 표하고 승낙했다. 우리는 잔을 부딪치고 이야기를 나누었다.

내 기억에 따르면 으레 대화를 시작할 때 첫 번째로 등장하는 날씨 이야기는 생략했다. 그 대신 로스앤젤레스의 한여름 두 번째 단골 대화 소재인 다저스의 페넌트레이스 전망 이야기로 시작했다.

배우로서—아니, 배우 지망생으로서—나는 언제나 말투에 관심이 많았는데, 그 사내의 말투는 특히나 흥미로웠다. 옥스퍼드식 영어에 레바논의 향기가 살짝 묻어나는 데다가, 때로는 순수한 할리우디즘이나 아이들 은어도 살짝 엿보였다. 나중에라도 내가 그 사내의 말을 인용하게 될지는 모르겠지만, 그 말투를 따라하지는 못할 것이다.

나는 그 사내가 마음에 들었고, 그도 내가 마음에 드는 눈치였다.

우리는 서로 정식 소개도 생략한 채 거의 곧바로 이름을 부르는 사이로 넘어갔다. 로스코라고 불러요. 사내가 말했다. 나는 빌이 아니라 제리라고 이름을 댔다. 신용카드에 찍힌 이름이 J. R. 버거라서 첫 글자인 J로 시작하는 이름을 댔던 것이다. 그때 나는 이미 만약 로스코가 저녁을 먹지 않았다면 함께 먹자고 할 생각이었다. 혼자 먹으나 둘이 먹으나 돈은 별로 상관없었다.

둘 다 별로 잘 알지 못하는 야구 이야기가 끝나자 다음에는 영화가 화제에 올랐다. 그랬다. 로스코에 따르면, 그는 영화업계 사람이었다. 활발히 활동하는 시기는 아니었지만, 독립 영화 몇 편과 텔레비전 쇼 두 편에 투자하고 있었다. 3년 전까지는 열대여섯 편에 달하는 영화를 제작하거나 감독했다고 했다. 처음 몇 편은 런던에서 작업했고, 나머지는 이곳에서. 혹시 배우예요? 로스코는 내 행동이나 말투가 배우 같다고 생각했다.

이유는 묻지 마시라. 갑자기 나는 내 실패담에 얽힌 씁쓸한 사연을 모조리 털어놓고 있었다. 그래도 왠지 모르겠지만 우울한 분위기가 되지 않게, 재미있게 들리도록 경쾌하게 이야기했다. 더 이상한 건 나 스스로도 그게 재미있어지기 시작했다는 점이다. 이야기가 술술 흘러나오고 있는데 웨이터가 다가오더니 식당에서 자리를 기다리는 사람이 맞느냐고 물었다. 나는 맞는다고 대답하고 로스코에게 대접하고 싶다고 권했다. 로스코는 초대를 받아들였다.

우리는 주문을 했다. 식사를 하면서는 주로 내가 이야기를 했다. 물론 지금 내가 어느 정도 돈이 있는 것을 설명하기 위해서 이야기의 끝을 조금 바꿔야 했다. 어렵지는 않았다. 삼촌에게서 약간의 유산을 받게 됐다고 했다. 그리고 나는 교훈을 얻었으며, 지난 5년 동안 했던 짓을 또다시 하면서 그 돈을 다 써 버리지는 않을 거라고 말했다. 고향으로 돌아가 멀쩡한 직업을 얻을 생각이었다.

웨이터가 와서 계산서를 놓고 갔다. 나는 계산서를 뒤집어 팁을 후하게 적은 다음 그 위에 신용카드를 올려놓았다. 자기가 내겠다거나 반씩 내자는 말을 로스코가 하지 않아서 기뻤다. 수표를 현금화하기 위해서 내 신용도를 높이고 싶었다. 그리고 로스코와 대화를 이어가기 위해서 내가 현금이 부족한데 더비 호텔에서는 현금을 얼마나 바꿔 줄 수 있을 것 같은지 물었다.

"굳이 그렇게까지 할 필요 있나요?" 로스코가 말했다. "난 항상 현금을 많이 갖고 다녀요. 5백 달러면 충분한가요?"

나는 너무 좋아하는 티를 내지 않으려고 애쓰면서 그렇다고 말했다. 그건 내가 이 식당에서 바꿀 수 있으리라고 생각도 못했던 큰돈이었다. 신용카드로 결제한 손님이라면 조금 믿어주겠지만, 아주 많이는 아닐 터였다. 웨이터가 돌아와 계산서와 카드를 들고 갔다. 나는 웨이터에게 공수표 한 장을 가져다 달라고 해서 받았다. 내가 위에 은행 이름을 쓰고 현금으로 바꿀 수표를 만드는 동안 로스코는 백 달러짜리 지폐만 적어도 열 몇 개가 들어 있는 황금색 머니클립을 꺼내서 다섯 장을 셌다.

로스코가 현금을 내게 건넸고, 나는 수표를 주었다. 수표를 보는 로스코의 눈썹이 살짝 올라갔다. "제리." 로스코가 말했다. "우리 집으로 가서 이야기를 더 나눠보자고 할 작정이었는데, 이제 그 이유가 두 개가 됐군요. 우리는 이름이 똑같은 듯합니다. 아니면 혹시 당

신이 오늘 오후에 내가 산타 모니카에서 잃어버린 지갑을 주웠나
요?"

맙소사. 맙소사. 맙소사. 지금은 그게 단순한 우연―로스앤젤레스
같은 큰 도시에서는 우연일 수밖에 없다―이상임을 안다. 하지만
우연이 아니라고 생각할 수 있었을까? 로스코가 나를 쫓아서 더비
호텔에 들어온 것도 아니었다. 나보다 먼저 와 있었다.

순간 나는 줄행랑을 칠까 생각했다. 로스코가 내 이름을 아는 건
아니니 깔끔하게 도망만 치면 안전할 것 같았다. 그러나 내가 도망
치는 순간 로스코가 "거기 서라, 도둑!"이라고 외치기만 하면 대여섯
명은 되는 웨이터가 나를 붙잡거나 넘어뜨릴 수 있었다.

로스코는 차분한 목소리로 말을 계속했다. "J. R.은 조슈아 로스코
의 약자이지요. 둘 중 그나마 나은 걸 고른 겁니다. 바보인 척하지 마
시죠. 내가 당신에게 흥미로운 제안을 하나 할 수 있을지도 모르겠
군요. 준비됐나요?"

로스코가 일어섰다. 나도 바보처럼 고개를 끄덕이고는 같이 일어
섰다. 도대체 무슨 제안을 할 생각인지 궁금했다. 동성애자처럼 보이
지는 않았지만, 만약 그런 쪽이라면 내가 충분히 처리할 수 있었다.

나는 로스코를 따라서 밖으로 나갔다. 물론 우연이었을 뿐이겠지
만, 하역장을 지나니 경찰 두 명이 타고 있는 경찰차 한 대가 주차돼
있었다. 로스코가 문지기에게 1달러짜리 한 장을―로스코는 잔돈
은 대충 주머니에 넣고 다녔고, 고액권만 머니클립에 보관했다―주
면서 택시를 불러달라고 했다. 하마터면 주차장에 차를 세워 뒀다고
말할 뻔했지만, 일이 어떻게 되어 가는지 보기 위해 입을 다물고 있

기로 했다.

우리는 택시에 탔고, 로스코는 라 시에네가에 있는 주소를 댔다. 가는 동안에는 말이 없었다. 나는 속으로 계산을 하고 있었다. 돈을 배상할 수는 있었다. 딱 그만큼은 될 것 같았다. 그러니까 원래 내게 있던 25달러로 말이다. 식사 비용은 팁까지 해서 12달러였다. 그리고 크라이슬러를 바로 반납하면 달린 거리는 한 30킬로미터에 시간은 두세 시간 정도 될 터였다. 그리고 50달러는 그대로 가져가 가짜 수표를 도로 살 수 있었다. 로스코가 허락만 해 준다면 모조리 털어놓고 그런 식으로 처리할 수 있었다.

택시가 고급스러워 보이는 아파트 앞에서 멈췄다. 길 건너편에 또 경찰차가 서 있던 것도 우연일까? 어쨌든 나는 이미 로스코의 이야기를 들어보기로 마음먹었다. 가능한 설득을 해 보고 만약 전부 실패한다면 행운을 기대해 보는 수밖에 없었다.

우리는 직접 조작해야 하는 엘리베이터를 타고 4층으로 올라갔다. 로스코는 아주 쾌적해 보이는 독신자용 아파트의 거실로 나를 이끌었다. 나중에 알게 된 것이지만, 방은 여섯 개였고, 로스코가 사생활을 중시하기 때문에 입주가정부는 없었다. 로스코는 소파를 향해 손짓하고 한쪽 구석에 있는 작은 바로 걸어갔다. "브랜디 한 잔?"

나는 고개를 끄덕이고 말을 하기 시작했다. 배상을 하겠노라고 설득하는 사이 로스코는 브랜드 두 잔을 따랐다. 로스코가 다가와 한 잔을 내게 건넸다. "쓸데없는 소리 늘어놓지 마, 제—아, 그건 진짜 자네 이름인가? 아니면 카드에 있는 첫 글자에 맞춰서 고른 건가?"

"빌이에요." 내가 말했다. "윌리엄 트렌트요." 나는 안전하다는 사실을 알게 될 때까지 내 진짜 성을 알려주지 않을 생각이었다. 하지만 이름은 알려줘도 아무 상관 없었다.

로스코가 내 옆에 나란히 앉는 대신 맞은편에 있는 의자에 앉는 것을 보니 다행스러웠다. "별로 특징도 없고." 로스코가 말했다. "머리털이 불그죽죽하니 브릭(벽돌)이 어때? 브릭 브래넌. 마음에 들어?"

나는 고개를 끄덕였다. 실제로 마음에 좀 들었다. 게다가 경찰을 부르거나 내게 집적거리지 않는 한 로스코는 날 마음대로 부를 수 있었다.

"브릭, 자네 건강을 위해서." 로스코가 말하며 잔을 들어올렸다. "자네가 내게 한 이야기 말이야. 어느 정도나 진짜지?"

"전부요." 내가 말했다. "삼촌에게 받은 유산을 주운 지갑으로 바꾸면 똑같아요."

로스코는 잔을 내려놓고 방 건너편에 있는 작은 책상으로 가서 서랍 속에 있던 영화 대본을 꺼냈다. 다시 돌아오면서 대본의 어떤 부분을 찾는가 싶더니 펼친 채로 내게 내밀었다. "필리페의 대사 부분을 읽어봐. 다음 페이지 중간 정도까지. 필리페는 거칠고 문맹인 벌목꾼이야. 캐나다 말투를 쓰고. 아내를 많이 사랑하지만 이 말다툼 장면에서는 미친 듯이 아내에게 화를 내지. 먼저 혼자 읽은 다음에 해 봐. 아내 대사는 그냥 지나가고."

나는 혼자 읽어본 다음에 대사를 읊어 보았다. 로스코는 열 몇 장을 휘리릭 넘겨서 다음 장면을 찾더니 등장인물 한 명의 대사를 읽어보라고 했다. 그리고 한 번 더. 매번 그 인물이 어떤 사람인지, 어떤 식으로 이야기를 하는지, 그 장면에서 다른 인물과는 어떤 관계인지, 어떻게 언급이 되는지 등을 알려주었다.

내가 세 번째 대본 낭독을 마치자, 로스코는 고개를 끄덕이더니 대본을 내려놓고 술잔을 들라고 했다.

로스코는 여유 있게 술을 들이켰다. "좋아." 그가 말했다. "자네는 배우야. 기회가 없었을 뿐이지. 만약 내가 자네를 관리하게 해 준다면 2년 안에 스타가 되게 해주겠어."

"무슨 꿍꿍이죠?" 내가 물었다. 이 사람이 미친 게 아닌지 궁금했다.

"10퍼센트야." 로스코가 말했다. "총수입에서 10퍼센트. 그리고 표면적으로 드러나지 않을 거야. 알다시피 나는 정식 에이전트가 아니야. 그런 사람이 한 명 있어야겠지. 그 사람이 세부적인 일을 처리하고 계약을 이끌어내고 그럴 텐데 그 사람한테도 10퍼센트를 줘야 해. 내가 하는 일은 겉으로 드러나지 않을 테고."

내가 말했다. "저야 좋지요. 그런데 아직까지 저와 계약하겠다는 에이전트는 없었거든요. 그건 어떻게 하죠?"

"그건 내가 알아서 할 거야. 그 사람한테 총수입의 10퍼센트를 주기만 하면 돼. 왜냐하면 그 사람은—다른 누구도—자네와 내가 어떻게 계약했는지 알아서는 안 되거든. 그 사람한테 주는 10퍼센트는 세금 감면을 받겠지만, 내게 주는 건 그렇지 않아. 기록에 남지 않으니까. 동의하나?"

내가 다시 말했다. "좋습니다." 진심이었다. 절망스러웠던 시절 나는 에이전트가 정말로 나를 밀어주기만 한다면 20퍼센트, 아니 50퍼센트까지 주겠노라고 매수할 생각도 했었다. 만나볼 수 있었던 사람 몇 명에게는 실제로 제안하기도 했다. 그리고 바로 거절당했다. "다른 조건은 없나요?"

"딱 하나. 우리 사이를 알려주는 서류는 전혀 없을 테니, 자네의 명예를 걸고, 내가 자네를 선전해 주리라는 기대는 하지 말게. 그리고 가능한 한 날 배제하도록 해. 이렇게 하기로 하지.

첫해 동안은 우리 둘 중 어느 한 명이 이 계약을 파기할 수 있어. 하지만 그 한 해의 자네 수입이 2만 5천 달러 이상이면—내 섬세한 이탈리아인의 손길을 자네가 알아채든 아니든 간에 내가 모종의 작업을 할 텐데—그때는 우리 사이의 계약은 영구적인 것이 되며 돌이킬 수 없네. 동의하나?"

"동의합니다." 내가 말했다. 나는 여태껏 배우 일로 백 달러도 벌어본 적이 없었다. 2만 5천 달러는 말도 안 되는 액수 같았다.

로스코가 미친 거라고 해도 나는 잃을 게 없었다. 게다가 날 경찰에 넘기지 않을 거라고 하지 않는가. 거기에 생각이 미치자 나는 지갑을 꺼내며 말했다. "이제 배상 문제에 대해—"

로스코는 한숨을 쉬었다. "좋아." 그가 말했다. "나는 세세한 이야기를 싫어하니까 빨리 끝내 버리자고. 지갑을 주운 뒤로 뭘 했는지 남김없이 말해 봐." 나는 시키는 대로 했다. 그리고 지갑은 탁자 위에 올려놓았다.

로스코가 지갑을 집어 들더니 돈을 모두 꺼내고, 지갑은 주머니에 집어넣었다. "그러니까 이 535달러는 내 돈이로군. 내가 빌려준 거라고 생각해. 한두 달이면 갚을 수 있을 거야. 빌린 차는 반납하고 50달러짜리 수표는 되사와. 더비에서 내 카드로 계산한 건 잊어버려. 저녁은 내가 산 것으로 하지.

모텔에서 자지 말고 오늘 밤에 할리우드에서 방이나 아파트 하나를 잡아. 지금 걸친 옷도 나쁘지 않지만, 그게 가장 좋은 옷이라면 내일 더 좋은 옷으로 한 벌 사고. 액세서리도 필요한 만큼 사. 아, 만약에 없으면 검은색 모터사이클 가죽재킷하고 청바지를 사."

"모터사이클 재킷요?" 내가 물었다. "왜죠?"

"이유는 묻지 말고. 잠깐." 로스코는 머니클립을 꺼내 그 안에 남은 백 달러짜리 지폐를 세어보았다. 8장이었다. 그걸 내게 주었다. "8백 달러를 더 빌려주지. 그걸로 차를 구해. 타고 다닐 게 있어야 하니까. 유니버설 시티와 컬버 시티도 돌아다녀야 할 거야. 이 업계가 할리우드에만 집중된 건 아니라고. 5백 달러면 중고차를 구할 수 있을 거야. 몇 달 있으면 새 것으로 바꾸게 되겠지만.

또 뭐가 있지? 아, 빌 트렌트가 진짜 이름인가?"

"빌 휠러요."

"그랬군. 이제부터는 브릭 브래넌을 써. 그러면 끝이군. 내일 오후 늦지 않게 나한테 전화해. 내 번호는 전화번호부에 있어." 로스코가 씩 웃었다. "위조하려고 연습했으니 이름은 잊어버리지 않겠지."

비록 계획에서 많이 어긋났지만, 바쁜 저녁이었다. 나는 택시를 타고 더비 호텔로 돌아가서 크라이슬러를 몰고 산타 모니카로 가서 반납했다. 그리고 실수로 계좌에 있던 것보다 더 많은 액수를 썼으며 다른 데서 현금을 구했다고 이야기한 뒤 수표를 다시 샀다. 다행히 렌터카 업체는 산타 모니카 대로에 있었고, 그 길가에는 밤까지 여는 중고차 업체가 많았다. 나는 가방을 렌터카 사무실에 맡겨 놓고 차를 구하러 나갔다. 두 번째 업체에서 원하는 물건을 찾았다. 5백 달러짜리 램블러였다. 차를 몰고 근처를 한 바퀴 돌아본 뒤 딱히 다른 조건 없이 손쉽게 450달러로 깎았다. 그리고 그 자리에서 구입했다.

나는 가방을 찾아서 할리우드로 차를 몰아갔다. 아직 이른 새벽이었다. 나는 선셋 대로 구역에서 혼자 살 만한 아파트를 찾아내서 들어가기로 했다. 한 달에 150달러로 나는 집과 램블러를 세워 둘 주차 공간, 수영장, 심지어는 교환기를 통한 전화 서비스까지 얻었다. 그러고도 아직 일렀다. 내가 원래 계획했던 대로 밤을 보냈다고 하면 앞으로 몇 시간은 더 있어야 끝났을 터였다. 하지만 갑자기 피로가 급격히 몰려와서 가방을 풀어놓자마자 잠자리에 들었다. 너무 흥분해서 잠이 안 왔어야 마땅하지만, 침대에 들어가는 순간 잠이 들었다.

아침이 밝자 나는 할리우드 대로로 나가 괜찮은 정장 한 벌과 몇 가지 물건을 샀다. 이유는 몰랐지만 망할 놈의 검정색 가죽재킷도 샀다. 청바지는 이미 몇 벌 갖고 있었다. 집으로 돌아와서는 수영을 했고, 길 건너편에서 점심을 먹은 뒤 로스코에게 전화를 걸었다.

"씩씩한 친구로구먼." 로스코가 말했다. "레이 람스파우라는 에이전트를 아나?"

"들어본 적 있어요." 내가 말했다. 사실이었다. 깜짝 놀랐다. 그 사람은 단독으로 일하는 거물 알선업자였다. 최고 중에서도 가장 거물이었다. 그 사람은 손수 고른 몇 명의 의뢰인만 관리했다. 나는 그 사람을 만나본다는 꿈도 꾸어 본 적이 없었다.

"2시에 그 사람하고 약속 잡았어. 가서 만나라고."

"그럴게요." 내가 말했다. "어떻게 됐는지 전화로 알려드려요?"

"벌써 알아." 로스코가 말했다. "브릭, 이제부터는 돈이 들어왔을 때만 내게 전화하라고. 전화하면 날짜를 정한 다음에, 여기서든 다른 데서든 만나서 내 지분을 주면 돼."

나는 2시 정각에 사우스 버논 드라이브에 있는 람스파우의 사무실에 도착했다. 대기할 필요도 없이 비서가 나를 들여보내 주었다.

람스파우는 곧바로 본론으로 들어갔다. "로스코 말로는 자네가 잘한다니까 믿도록 하지. 여기 계약서에 서명하면 돼. 표준 계약이지만, 서명하기 전에 읽어보라고. 그리고 바깥에 있는 사무실에 가져다줘. 나는 전화를 좀 해야겠어."

인쇄된 계약서였다. 믿고 서명할 수도 있었지만, 전화를 하는 동안 내가 나가 있기를 바라는 눈치였다. 그래서 계약서를 들고 비서가 있는 사무실로 나가 조그만 글씨까지 하나하나 읽어본 뒤에 서명했다. 비서가 인터콤으로 이야기를 듣더니 나보고 준비가 됐으니 다시 들어가라고 말했다. 나는 들어갔다.

람스파우가 말했다. "바로 할 수 있는 게 있어. 작은 역할이지만, 이름값을 올리려면 작은 역할부터 해야 해. 레뷰에서 찍는 새로운 시리즈의 단역이야. 사실 캐스팅이 끝났는데, 원래 하기로 했던 녀석이 오늘 아침에 자동차 사고를 당했어. 지금 빨리 필요하다는데, 3시까지 갈 수 있나?"

나는 말없이 고개를 끄덕였다.

"좋아. 테드 크라우더를 찾아가. 아, 의상을 갖추고 가면 시간을 아낄 수 있을 거야. 젊고 거친 불량배를 연기할 건데, 〈와일드 원〉에 나온 말론 브랜도 흉내를 내는 녀석이지. 검은 가죽재킷하고 청바지가 있나?"

나는 침을 꿀꺽 삼키며 고개를 끄덕였다.

"그걸로 갈아입고 가봐. 빨리 날아가라고, 이 친구야. 여기저기 다 녀야 하니까."

연기자로 내가 첫 번째 기회를 얻는 일은 그렇게나 쉬웠다. 나는 한참 동안이나 로스코가 그걸 어떻게 알았는지 궁금했다. 다음 날 첫 역할을 빨리 구하려면 검은 가죽재킷을 준비해 놓고 있어야 한다는 사실을 전날 밤에 어떻게 알았을까? 로스코가 그런 이야기를 했을 당시 역할을 맡기로 했던 젊은 남자가 당한 교통사고는 아직 일어나지 않은 상태였다.

하지만 난 왜 로스코가 재킷 이야기를 했었는지 알 것 같다. 아무런 질문도 없이 곧바로 최고의 에이전트와 계약하게 해 준—그 자체로 기적이었다—일 외에 로스코의 '섬세한 이탈리아인의 손길'은 웬만해서는 눈에 띄지 않는 것이었다. 내 역할은 전부 람스파우를 통해서 들어왔고, 나는 람스파우와 내가 스스로 알아서 하고 있다고 생각할 수도 있었다. 로스코는 그런 내게 뭔가 보여주기 위해서 바로 첫 번째 사례에서 자신의 손길을 보여주었던 것이다. 내게 생각할 거리를 안겨주기 위해서.

그러나 나는 생각할 시간이 별로 없었다. 두려워할 시간은 더 없었다. 나는 굉장히 바빠졌다. 처음에는 작은 역할로 시작했다. 일부는 정말 작았다. 하지만 내가 감당할 수 있는 한 최대한 많은 역할을 했다. 그리고 그해가 끝날 무렵 나는 좀 더 확실하고 중요한 조연을 맡을 정도로 점점 커지고, 아니 점점 키워지고 있었다. 돈을 더 많이 벌 수도 있었겠지만, 람스파우는 때때로 출연료가 많은 역을 거절하고 적은 역을 골랐다. 일단 내 이미지가 고정되기를 원치 않았던 것이다. 그리고 계속 같은 연기를 반복해야 하는 계약에 얽매이지 않도록 연속극에 꾸준히 출연하는 역할을 맡기지 않았다.

그럼에도 나는 그해 5만 달러가 조금 넘는 돈을 벌었다. 로스코와 약속한 액수의 두 배였으니 계약은 이제 돌이킬 수 없는 것이 되었다. 10퍼센트씩 두 번, 하나는 소득공제가 가능한 것에 다른 하나는 그렇지 않은 것에 떼어 주고, 세금까지 뗀 다음에도 나는 일주일에 5백 달러 이상을 가져갈 수 있었다. 재규어에 정말 멋진 옷장, 그리고 정말 훌륭한 아파트도 있었다.

두 번째 해에 수입은 그 두 배가 되었다. 내가 가져가는 총액이 일주일에 천 달러가 됐다는 말이다. 즉 내가 고소득층에 들어가게 되었으니 실제로 버는 돈은 두 배를 훨씬 넘었다. 이제 나는 영화의 조연을 맡는 일이 점점 더 많아졌다. 내 이름도 충분히 잘 알려져서 텔레비전 연속극에 등장하면 '특별 출연'이 되는 경우가 많았다. 그리고 몇몇 단막극에서는 주연을 맡기도 했다.

그런데 그해에는 실제인지는 모르겠으나 로스코의 선견지명을 떠올리게 하는 동시에 우리 관계에 있는 줄로 몰랐던 새로운 면을 암시하는 사건이 하나 있었다.

이건 다른 이야기지만, 이 이야기를 먼저 해야겠다. 영화 촬영 때문에 라스베이거스에서 일주일 동안 머물렀다. 평소 나는 도박을 하지 않지만, 어느 날 저녁 근처에 있는 카지노 한 곳에 들렀다. 천 달러어치 칩을 사고 크랩 게임을 하는 테이블로 갔다. 백 달러씩 걸기 시작했는데, 연이어 대박이 터지면서 곧 베팅을 한 번에 5백 달러까지 올렸다. 2만 달러까지 올라간 다음에는 잃기 시작했다. 1만 1천 달러까지 판돈이 떨어졌을 때 게임을 그만뒀으니 만 달러를 땄던 것이다. 돌아오는 길에 나는 로스코를 만나서 지난번 이후로 얻은 총수입의 10퍼센트를 주었다. 로스코는 돈을 세어보더니 천 달러를 더 요구했다. 그러자 라스베이거스에서 추가로 얻은 만 달러가 떠올랐다. 나는 군소리 없이 돈을 건넸다. 감추려고 하지도 않았다. 전체의 10퍼센트라고 했을 때 전체가 정말 전체임을 미처 생각하지 못하고 있었다. 내 행운에 대해 알게 된 게 이상하지도 않았다. 그 테이블에는 영화사 사람 몇 명도 함께 있었다.

내가 걱정스럽게 생각한 건 그다음에 생긴 일이었다. 얼마 있으면 왜 그랬는지 알게 될 것이다. 우리는 일주일 뒤에 몇몇 장면을 재촬영하러 라스베이거스로 갔다. 나는 이번에도 잠시 도박을 했다. 전에 딴 게 있으니 안 할 이유도 없지 않은가? 그리고 이번에는 4천 달러를 잃었다. 하지만 대박이 터지지 않았기 때문에 한곳에 오래 머무르지 않았다. 나는 길거리를 다니며 카지노 여러 곳을 들렀다. 나는 혼자 다녔고, 따라서 아무도 내가 잃은 총액을 알 수 없었다. 그럼에도 불구하고 다음번에 돈을 주러 만났을 때 로스코는 내게 4백 달러를 되돌려 주었다. 공정한 일이었다. 내가 딴 돈에서 일정 지분을 가져간다면, 잃은 돈도 마찬가지 아닌가? 그런데 도대체 어떻게 알았을까?

어쨌든 그건 전체의 10퍼센트라는 게 정확히 어떤 뜻인지 알 수 있게 해주는 실마리였다. 정말로 당황스러운 일은 내가 결혼했을 때 벌어졌다. 아마 여러분도 짐작했을 것이다. 그래도 어떻게 된 일인지 설명해 보자.

세 번째 해가 시작될 때쯤 나는 중요한 영화에서 첫 주연을 맡기로 계약했다. 주급이 5천 달러였다. 함께 줄연하는, 그러니까 내 상대역은 로나 하워드라는 아름다운 차세대 여배우였다. 촬영이 시작되기 전에 로나와 나는 제작자 사무실에서 잠시 만났다. 그때 제작자가 갑자기 무슨 생각을 했는지 이렇게 말했다. "이봐, 그냥 떠오른 생각인데. 자네 둘 다 자유로운 독신이잖아. 만약 결혼을— 그러니까 자네 둘이 결혼하면 엄청나게 홍보가 될 거야. 영화에도 좋고 자네들 경력에도 좋고." 제작자가 씩 웃었다. "일종의 정략결혼이지, 물론."

나는 로나를 향해 눈썹을 추켜올리며 물었다. "그게 될까요?"

로나도 눈썹을 올리며 대답했다. "그럴 수도 있죠. 정략을 무슨 뜻으로 썼느냐에 따라 다르겠지만."

그렇게 해서 우리는 결혼했다.

돌이켜보니 첫 2년 동안 명성이 급속하게 올라가면서 여자와 관계를 맺을 일도 많아졌는데 왜 별로 한 게 없었는지 설명은커녕 이해하기도 어려웠다. 아, 내가 독신주의자였던 건 아니다. 하지만 연애 경험은 별로 없었고, 내게는 중요하지도 않았다. 물론 나는 굉장히 바빴다. 힘든 하루가 끝나면 죽을 것처럼 피곤하고 하루를 또 시작하기 위해 다음 날 아침 일찍 일어나야 한다는 생각을 하는 것조차 괴로웠다. 여자 생각 없이 몇 주씩이나 지나갈 때도 있었다.

그러나 결혼을 하니 그런 상황도 끝이었다. 로나와 나는 서로 사랑하지 않았다. 그러나 로나는 아름다운 만큼이나 성욕이 왕성했고, 결혼은 단순히 정략적인 것 이상이 되었다. 한동안 우리는 아주 즐겁게 지냈다. 깊이 빠져든 적도 있었다. 각자 서로 도덕적으로 자유롭다는 사실을 알고 있었으며 둘 사이에 사랑은 없었기 때문에 질투를 할 수는 없었다. 나는 딱히 그 점을 이용하지 않았지만, 얼마 지나지 않아서 나는 로나가 나에게 만족하지 못하고 바람을 피우고 있다는 사실을 알게 됐다. 바람의 상대가 누군지를 알게 된 뒤 나는 로나가 전체 시간의 10퍼센트 동안 바람을 피우는 게 확실하다고 느꼈다.

나로서는 불평할 만한 도덕적인 이유가 없었다. 하지만 이제 더는 흥이 나지 않았다. 로나도 그것을 느꼈고 우리는 자연히 멀어졌다. 영화가 개봉된 뒤 로나는 레노*로 가서 조용히 이혼을 신청했다. 공교롭게도 나는 전혀 비용이 들지 않았다. 로나가 재산도 더 많았고 수입도 그랬다. 만약 내가 이혼에 드는 비용이나 이혼수당을 내야 했다면, 아마도 얼마가 들었든 그 비용의 10퍼센트를 상환받았을 것이다.

그즈음 나는 다른 주연 자리를 하나 따냈다. 이번에는 천문학적인 금액이었는데, 문득 새로운 사실을 깨달았다. 수입이 어느 수준을 넘어서면 나는 돈을 버는 게 아니라 잃게 되어 있었다. 대부분은 이런 사실을 모른다. 나도 당연히 몰랐다. 그런데 독신 남성일 경우에 세금을 내야 하는 수입이 20만 달러를 넘어서면, 초과분에 대해서는

---

* 네바다 주의 도시로 이혼이 자유로운 것으로 유명하다.

91퍼센트를 세금으로 내야 한다. 남는 게 9퍼센트인 것이다. 물론 주세를 빼고서. 내 수입의 10퍼센트는 은밀하게 로스코에게 가니 공제가 안 된다. 즉 20만 달러 이상의 수입에 대해서는 난 손해였다. 만약 일 년에 50만 달러를 번다고 하면 파산하게 되어 있었다. 나는 절대로 톱스타가 될 수 없었다.

그러나 내가 로스코를 죽이기로 결심한 건 그 때문이 아니었다. 돌이킬 수 없는 계약을 무효화할 수 있는 유일한 방법이었지만, 나는 돈이나 명성에 관해서 그렇게 탐욕스럽지는 않았다. 그런다고 행복해지지 않았다. 나는 다른 스타들이 하듯이 일 년에 영화 하나를 찍으면서 살 수도 있었다. 람스파우는 좋아하지 않겠지만, 참고 넘어갈 수 있을 것이다.

상황을 이렇게 만든 건 내가 사랑에 빠졌다는 사실이었다. 갑작스럽고, 맹목적으로 빠져든 사랑이었다. 그런 건 난생처음이었고, 유일한 사랑이라고 생각했다. 상대는 배우가 아니었고, 배우를 하고 싶어 하지도 않았다. 이름은 베시 에반스로, 컬럼비아 영화사의 대본 작가였다. 처음 만났을 때 우리는 서로 완전히 빠져 버렸다.

로스코는 사라져야 했다. 나는 베시와 연애 관계 이상을 원했다. 결혼해서 끝까지 함께하고 싶었다. 그런데 로스코가 있는 한 나는 그럴 수 없었다. 어쨌든 안 될 일이었다. 만약 로스코가 이 결혼의 10퍼센트까지 가져간다면, 나는 그를 죽일 수밖에 없었다. 어차피 그럴 바에는 빠른 게 좋았다.

당연히 나는 곧바로 결혼할 수 없는 이유를 베시에게 설명할 수 없었다. 그저 나를 믿어 달라고 부탁했고, 베시는 믿어 주었다. 그리고 로스코를 죽이고 자유를 얻을 계획을 세우는 동안 나는 가명으로 얻은 버뱅크의 한 작은 아파트에 베시를 숨겨 두었다. 열망을 정 참을 수 없을 때만 드물게 찾아가 만났으며, 미행을 당하지 않도록 극도로 조심했다.

로스코를 죽이는 계획에 대해서는 길게 이야기할 필요 없을 것 같다. 경로를 추적당하지 않게끔 총을 한 자루 구했고 로스코의 아파트 열쇠를 얻었다는 사실만 알고 있으면 충분하다. 그리고 아파트 건물 근처에서 목격당할 경우에 대비해 완벽하게 분장했다. 아무도 나를 알아보지 못할 것이고 나중에도 신분을 확인하지 못할 터였다.

어느 날 새벽 3시에 나는 열쇠로 문을 열고 들어갔다. 한 손에 총을 들고 조용히 거실을 지나쳐 침실 문을 열었다. 바깥에서 들어오는 빛 덕분에 그가 문 여는 소리에 갑자기 깨어나 일어나 앉는 모습을 간신히 볼 수 있었다. 나는 여섯 발을 쐈고, 그는 침대 위에 쓰러졌다.

나는 즉시 자리를 뜨려고 했지만, 총소리 이후에 갑자기 찾아온 적막 속에서 조용히 창문을 닫는 소리가 들렸다. 부엌 쪽인 것 같았다. 기억에 의하면 피난계단으로 이어지는 창문이었다.

갑자기 끔찍한 생각이 들었다. 침실 불을 켜자 그 끔찍한 생각은 현실이 되었다. 침대 위에 홀로 누워 있는 건 로스코가 아니었다. 베시였다. 그곳에 혼자서 잠시 있었던 모양이었다. 전체의 10퍼센트라는 게 단지 돈이나 결혼만을 의미한 게 아닐 수도 있다는 생각은 도대체 왜 못했을까?

어떤 면에서 보자면, 나는 그때 거기서 죽었다. 어쨌든 나는 죽고 싶다고 생각했다. 만약 총알이 남아 있었다면 머리에 박아 넣었을 것이다. 그 대신 경찰에 전화했다. 경찰이 도착했을 때 나는 경찰이 처리하는 대로 가스실에서 마무리하자는 결론에 이르렀다.

나는 경찰에게 진술하기를 거부했다. 내 뜻과 달리 변호사가 그 이야기를 이용해 정신병 때문에 저지른 일이라고 변호하기를 원치 않았다. 그래서 변호사와 이야기할 기회가 왔을 때 나는 변호사가 변호에 성공할 수 있을 것처럼 생각하게끔 지어낸 이야기를 들려주었다. 속아 넘어간 변호사가 나를 증언대에 세운 뒤에는 고의적으로 검증 과정에서 검사가 나를 찢어발기게 만들었다. 따라서 내가 사형 선고를 받는 건 확실해졌다.

로스코는 사라진 뒤로 다시 나타나지 않았다. 살인 사건이 그 사람의 집에서 일어난 만큼 경찰은 로스코를 찾으려고 탐문 조사를 벌였다. 하지만 사건 자체와는 별 관련이 없었기 때문에 열심히 찾지는 않았다.

그러나 로스코가 어디에 있든 우리 사이의 계약은 '영구적이고 돌이킬 수 없다'. 내가 무서운 건 그것 때문이다. 너무 무서워서 지난 며칠 동안 잠도 자지 못했다.

죽음의 10퍼센트는 무엇일까? 내가 10분의 1만큼은 살아 있게 되는 걸까? 10분의 1만 의식이 있어서 영원한 회색 속에서 살아가게 되는 걸까? 10일에 하루나, 10년에 1년 동안만 다시 살아나서 다시 고통을 겪는 걸까? 그렇다면 어떤 형태로일까? 만약 로스코가 내가 막 추측하기 시작한 그런 존재라면, 영혼의 10퍼센트로 무엇을 할 작정일까?

내가 아는 건 내일이면 알아낼 수 있다는 것뿐이다. 난 지금 두렵다. (1963)

흉내 낼 수 없는 재주

SF에 관심을 가진 지 좀 된 독자라면 프레드릭 브라운의 이름이 낯설지 않을 것이다. 여러 작가의 작품을 모은 단편집, 혹은 『썸씽 그린』이나 『마술팬티』 같은 책에서 코믹하고 기발한 브라운의 단편을 즐긴 경험이 분명히 있을 테다.

『마술팬티』에는 H. G. 웰스와 레이 브래드버리의 단편도 함께 담겨 있으니 국내에 나온 단독 작품집이라고는 『썸씽 그린』이 유일하다. 물론 지금은 둘 다 구하기 어려운 책들이다. 나름대로 희귀본 취급을 받으며 국내 SF 콜렉터들의 수집 대상이 되기도 했던 게 벌써 10여 년 전이다.

그 당시 아쉬워했던 독자라면, 혹은 프레드릭 브라운의 이름을 어렴풋이 들었던 독자라면 이번 기회에 갈증을 해소해 보자. 단순한 재출간도 아니다. 작가 사후에 나온 SF 단편 전집을 옮긴 본서는 여태까지 국내에 소개되었던 작품의 몇 배를 망라해서 담고 있다. 이 책이 포함된 〈브레드릭 브라운 SF 단편선〉 두 권이면 브라운의 SF 단편을 거의 모두 만나볼 수 있다.

프레드릭 브라운은 1906년 미국 오하이오 주 신시내티에서 태어 났다. 고등학교를 졸업한 뒤 하노버대와 신시내티대에서 공부했고, 1929년에는 첫 번째 아내와 결혼해 두 아들을 두었다. 그런데 1929 년 미국에서 촉발된 대공황은 브라운에게도 힘든 시기를 안겨주었 다. 접시닦이나 잡부 같은 다양한 직업을 전전하면서 닥치는 대로 일하며 1930년대를 보내야 했다.

그럼에도 브라운은 그 시기에 유머러스한 단편을 위주로 글을 쓰 기 시작했다. 그러다 1937년에는 〈밀워키 저널〉의 교정 담당자 자 리를 얻어 1945년까지 일했다. 처음 시작은 미스터리 소설이었으나, 1941년에는 SF 작가로도 데뷔했다. 그 이후에는 미스터리와 SF를 넘나들며 다양한 작품을 썼다. 활동 기간이 길지는 못했다. 1960년 대 들어 건강이 급격하게 나빠지면서 작품 활동을 제대로 하지 못했 고, 결국 1972년 65세의 나이로 세상을 떠났다.

미스터리와 SF 분야에서 중장편도 남겼지만, 프레드릭 브라운 하 면 가장 먼저 떠오르는 건 초단편소설이다. 대개 1~2쪽 정도에서 끝나는 이야기에 기존의 장르 공식을 비튼 반전을 넣어 웃음을 자아 내는 형식이다. 어떻게 보면 조금 긴 형태의 농담이라고도 할 수 있 는 이야기다. 분량이 짧고 가볍게 볼 수 있어 종종 인터넷 게시판에 서 재미있는 이야기라고 브라운의 단편이 올라와 있는 것도 볼 수 있다.

번역을 처음 맡았을 때 내 머릿속에 떠오른 생각도 별로 다르지 않았다. 마침 무거운 소설 번역을 하나 마치고는 잠시 쉬어야겠다고 생각하고 있었는데, 작가 이름을 듣고는 출판사의 설득에 넘어가 버렸다. 예전에 읽었던 기억을 돌이켜보니 지하철에서나 화장실에서나 부담 없이 낄낄거리며 읽기에 좋았던 작품들이 떠올랐다. 재미있고 웃기는 작품을 번역하다보면 지친 마음도 달랠 수 있지 않을까?

반은 맞고 반은 틀린 생각이었다. 당연한 얘기지만, 작품이 재미있으면 번역하는 사람도 즐거워진다는 건 맞았다. 이야기보따리에서 작품을 꺼내 작업하는 게 마치 몰래 숨겨 두었던 맛있는 간식을 하나씩 꺼내 먹는 기분이었다.

틀린 생각이란 프레드릭 브라운에 대한 인상이었다. 기발한 아이디어와 재치로 무장한 짧고 재미있는 이야기를 잘 쓰는 작가인 건 맞다. 그렇지만 그 정도 인식은 브라운에 대한 과소평가였다. 브라운은 그보다 훨씬 더 다재다능한 사람이다. 그 짧은 이야기 속에서 독특한 세계와 진지하거나 엉뚱한, 때로는 특이한 인물을 묘사하면서 영리하게 마무리를 가져가는 건 보통 재주로 할 수 있는 일이 아니다. 작가가 여기저기 넣어 놓은 교묘한 말장난도 원문으로 읽고서야 알게 됐다. 이렇게 반짝이는 부분을 번역의 한계로 완벽하게 살리지 못한 점은 정말 죄송스럽다.

이 책은 SF라는 딱지를 달고 있지만, 미스터리뿐만 아니라 엄연히 판타지나 공포 소설이라고 부를 수 있는 작품도 실려 있다. 장르가 바뀌어도 재주가 어디 가는 건 아니다. 분량이 어떻든 브라운은 그 안에서 독자에게 재미든 공포든 아이러니든 확실히 안겨 준다. 작품이 쓰인 지 60여 년이 지난 지금도 짚고 넘어갈 만한 몇 가지 작품을 살펴보자.

「아직은 끝이 아니다」는 브라운이 처음으로 발표한 SF단편이다. 노예를 구하기 위해 지구에 온 외계인이 침팬지를 지구의 가장 고등 종족으로 착각하고 데려간다는 내용이다. 물론 100만 년쯤 뒤에 다시 와서 조사하자는 말과 함께. 마지막의 반전에서는 앞으로 자주 보게 될, 엉뚱한 상황에서 오는 재미를 느낄 수 있다.

「아레나」는 로버트 실버버그가 편집한 〈SF 명예의 전당〉에 실렸던 작품이다. 미래의 인류는 외계인과 전쟁을 치르는 중이다. 주인공은 정찰기를 조종하던 도중 정신을 잃었다가 미지의 장소에 와 있는 자신을 발견한다. 그리고 초월적인 존재가 등장해 그곳이 결투장이며 종족의 운명을 걸고 서로 상대방의 대표와 싸워서 이겨야 한다고 말한다. 이 단편은 각색을 거쳐 〈스타트렉〉의 에피소드로 쓰이기도 했다. 미국 SF작가협회의 투표 결과 1965년 이전 작품 중 가장 뛰어난 20편의 작품 중 하나로 뽑히기도 했다.

「잃어버린 위대한 발견」, 「유스타스 위버의 짧고 즐거운 생애」, 「색깔 악몽」 시리즈는 브라운이 왜 초단편에 장기가 있다고 하는지를 잘 보여준다. 특히 색깔 악몽 시리즈는 한쪽 정도의 짧은 분량으로 다양한 형태의 악몽 같은 상황을 묘사하는데, 마지막의 반전이 주는 효과가 놀랍다.

「어두운 막간극」과 「인형놀이」는 어처구니없으면서도 인종주의와 인간 중심주의적인 사고를 비꼬고 있는 흥미로운 작품이다. 도무지 의미를 파악하기 어려운 「저택」*까지 읽고 나면 프레드릭 브라운의 작품 세계가 생각보다 넓다는 사실을 알 수 있다.

브라운이 남긴 SF 장편소설은 다섯 권에 불과하지만, 무시할 수 없는 작품이라는 평가를 받고 있다. 그러고 보면 SF팬 입장에서는 브라운의 다재다능함 때문에 손해를 보는 셈이다. 만약 미스터리를 쓰지 않고 처음부터 계속 SF에 집중했더라면…? 미스터리소설 팬들이 반발할지도 모르겠다. 양쪽 장르에서 모두 자기 쪽으로 끌어오고 싶은 작가라는 점을 강조하기 위해서 한 말이니 부디 화 내지 마시길.

마지막으로 한 가지 고백한다. 사실 이 역자 후기는 재미있게 쓰고 싶었다. 프레드릭 브라운처럼 재치를 발휘해서 독자가 낄낄거리게 만드는 후기를 쓰고 싶었다. 그래서 여러 모로 궁리를 해봤는데, 역시 안 됐다. 결국 이렇게 평범한 후기로 마무리하고 말았다. 역시 그런 건 아무나 하는 게 아니다.

---

* 한 팟캐스트 방송에서 10달러(!)의 현상금을 걸고 이 단편의 의미를 설명할 수 있는 사람을 찾기도 했다.

옮긴이 | 고호관

2006년 서울대 과학사 및 과학철학 협동과정에서 과학사로 석사학위를 받았다. 2005년 동아사이언스에 입사해 〈어린이 과학동아〉 〈수학동아〉 〈과학동아〉를 거쳐 현재 〈수학동아〉의 편집장으로 일하고 있다. 지은 책으로 『술술 읽는 물리 소설책』, 옮긴 책으로 『아서 클라크 단편 전집』 『SF명예의 전당』 『카운트 제로』 『닥터 블러드머니』 『링월드 프리퀄』 『진짜 진짜 재밌는 곤충 그림책』 『수학 없는 수학』 등이 있다.

프레드릭 브라운 SF 단편선 2

아레나

초판 1쇄 발행 2016년 4월 30일

지은이 프레드릭 브라운
옮긴이 고호관

펴낸곳 서커스출판상회
주소 서울 마포구 월드컵북로 400 5층 24호(상암동, 문화콘텐츠센터)
전화번호 02-3153-1311
팩스 02-3153-2903
전자우편 rigolo@hanmail.net
출판등록 2015년 1월 2일(제2015-000002호)

© 서커스, 2016

ISBN 979-11-955687-0-3 04840
ISBN 979-11-955687-8-9 (세트)